KB273380

중국내 조선인소설선집 — 해방전편

중국내 조선인소설선집

해방
전편

조남철 엮음

평민사

책을 엮고 나서

1992년 중국과 국교를 맺기 이전인 1990년부터 중국의 연변지역을 돌아볼 기회를 가질 수가 있었다. 그때마다 커다란 충격과 감동을 함께 맛보곤 했다. 중국이라는 커다란 나라의 한쪽에서 우리말과 글을 사용하고 있으며 지금의 우리보다 더 우리의 옛 문화를 더 잘 보존하고 있는 이른바 '조선족'을 만날 수 있었기 때문이다. 그때 그들로부터 받았던 충격과 감동은 지금도 여전히 생생하다. 청나라 시대부터 많은 조선인들이 봉금령을 피해 농사를 짓기 위해 드나들었고 일제의 강점하에 놓였던 불행한 우리 근세에는 수많은 조선 이주농민들의 땀과 피와 애환이 서려 있는 곳, 또한 조선 독립운동의 전초기지로 수많은 독립운동가를 배출했던 곳, 그리고 지금도 여전히 우리 '조선'을 느낄 수 있게 하는 '연변'은 언제든지 감동적이었던 까닭이다.

1996년 중국내 우리 동포들인 '조선족'들을 상대로 사기행각을 벌인 '한국인'들을 처벌하고, 또한 그들에게 사기당한 '조선족'들을 돕자는 운동이 있었다. 그때 적지 않은 '한국인'들이 왜 그들을 돕느냐고 거칠게 항의하는 내용을 PC 통신에서 읽은 일이 있다. 얼굴이, 아니 온몸이 부끄러움으로 벌겋게 물드는 순간이었다. 적어도 오늘의 한국인 모두는 어떤 식으로든지 중국내 '조선족'들에게 빚이 있다고 생각한다. 우리 근세사에서 중국내 '조선족'은 단순히 외국에 살고 있는 해외동포 이상의 의미를 지니고 있다고 믿기 때문이다.

그러나 이번에 『중국내 조선인 소설선집 - 해방 전 편』을 엮은 것은 이런 이유 때문만은 아니다. 수록된 작품의 목록과 작품을 읽어 보면 쉽게 알 수 있겠지만 이들 작품은 모두 당시 우리 문단의 어떤 작품과 비교해도 그 수준이 뒤떨어지지 않는 것이다. 오히려 당대 식민지 조선인들의 고통스런 삶의 현장과 함께 중국 대륙이라는 넓은 무대를 대상으로 한 당시 우리 민족의 다양하고 활달한 삶의 흔적을 엿볼 수 있다는 점에서 우리 문학의 소재를 크게 확대했다는 의미를 지적할 수도 있겠다. 또한 우리 근대소설의 전개과정이 일제의 조선 침략과 일치한다는 사실을 염두에 둔다면, 그리고 많은 문학사가들이 1940년대를 우리 문학사의 '암흑기'로 지칭하는 것이 일반적인 현실임을 상기한다면 이 시기 중국에서 있었던 조선인 작가들의 작품은 남다른 문학사적 의미를 지니고 있는 것이다.

이 책을 통해 보다 많은 독자들이 일제하 암흑기에 중국에서 발표된 우리 조선인 작가들의 작품에 깊은 관심을 기울일 기회를 갖게 되고 더 나아가 현재 중국에 거주하는 우리 '조선족' 동포들에게도 따뜻한 애정을 가져 준다면 엮은이로서 더없는 기쁨이겠다. 아울러 시간을 두고 해방 후 중국 조선족들이 발표한 작품들을 묶을 계획임을 미리 밝혀 두고 싶다.

어려운 출판계의 현실에서도 좋은 책을 내겠다는 욕심만으로 선선히 출판의 기회를 약속한 평민사 이정옥 사장과 편집진 여러분에게도 감사의 말씀을 더한다.

1998년 3월

조 남 철

중국내 조선인 소설선집
해방 전 편·차례

책을 엮고 나서 · 5
해방 전 중국내 조선인 소설에 대하여/ 조남철 · 9

33 · 강경애/ 지하촌
66 · 김광주/ 애지
81 · 김산/ 기묘한 무기
105 · 김창걸/ 두 번째 고향
127 · 김학철/ 균열
146 · 박계주/ 모토
164 · 박영준/ 중독자
188 · 신채호/ 용과 용의 대격전

새벽 /안수길 · 206
실직 /염상섭 · 243
인력거꾼 /주요섭 · 266
심문 /최명익 · 279
조그마한 심판 /최상덕 · 317
기아와 살육 /최서해 · 331
초원 /한찬숙 · 343
제화 /황건 · 370
오마리 /현경준 · 401

해방 전 중국내 조선인 소설에 대하여

조남철

1

우리 근대 문학사는 시의 경우이거나 소설의 경우를 불문하고 온전한 모습을 갖추지 못하고 있다. 문학사에서 1940년대 전반의 우리 문학을 암흑기라고 부르는 것이 그 한 예라고 할 수 있겠다. 그것은 우리 문학의 근대화가 일제의 침략과 비슷한 시기에 이루어졌으며 또한 여러 가지 이유로 일제시대 우리 문학의 주요한 중심 축이었던 프로 문학에 대한 연구가 미진했던 사실에 원인이 있나 하셌나. 따라서 우리 문학사의 온전한 구성을 위해서는 더욱 뜨거운 노력과 다양한 자료의 섭렵 등이 필요하다 하겠다. 그 중에서도 일제시대 중국에서 활동했던 우리 작가들에 대한 연구는 남다른 중요한 의미를 지닌다고 할 수 있다. 물론 김윤식 교수가 그의 「안수길 연구」(서울 정음사, 1984)에서 지적한 바와 같이 이 시기 중국에서 활동한 조선인 작가들의 작품을 '망명문학'의 범주에 넣어야 할지 아니면 '국책문학'의 성격이 더 강한 문학으로 보아야 할지에 대한 문제는 여전히 논란의 대상이 될 수 있다. 그러나 해방 전 중국의 여러 곳에서 조선인이 조선어로 발표한 문학작품에 대한 우리들의 관심은 아무리 강조해도 지나침이 없는 일이라고 생각한다. 그것은 이 시기 중국에서 있었던 조선인들의 문학활동은 넓은 의미로 보아 우리 민족문학의 귀중한 유산이기 때문이다.

사실 중국 특히 연변 지역과 조선인과의 역사적 관계는 매우 오래 되었다. 연변 지역에 조선인이 들어와 농사를 짓기 시작한 것은 대개 17세기 초엽부터라고 한다. 두 나라 정부가 이곳을 봉금지역으로 정해 일반인들의 출입을 금지하였으나 조선 북부 지방의 가난한 농민들이 이 지역에 들어와 농사를 짓기 시작했다. 처음에는 산에 올라가 인삼 등의 산약재를 채집하는 등 소극적인 월경이었으나 시간이 지나면서 조금씩 농사를 짓기 시작하였던 것이다. 물론 이 시기 이 지역에서의 농사라는 것이 한곳에 머물러 농사를 짓는 정착 농사가 아니라 '아침에 들어와 일하고 저녁이면 돌아가며', '봄에 들어와

씨를 뿌리고 가을에 거두어 가는' 등의 농막 농사의 수준이기는 했다. 그러다가 1860년대에 들어와 조선 사람들이 대거 이 지역에 들어와 농사를 짓게 되는데 이는 당시 조선 농민들의 고통스러운 삶의 현장과 무관하지 않다. 즉 1861년과 1863년 그리고 1866년에 조선에 연이어 수재가 발생하였으며, 1869년 기사년과 1870년에는 매우 심각한 한재가 발생하여 조선 농촌과 농민의 삶의 조건이 매우 악화되었던 것이다. 이러한 재해로 말미암아 당장의 끼니를 걱정해야 했던 많은 조선인들은 결국 정든 고향을 떠나 이곳 만주로 새로운 삶의 터전을 닦기 위해 양국의 엄격한 감시와 중벌에도 불구하고 국경을 넘어 왔던 것이다. 이후 이 지역의 조선인의 수는 계속해서 증가했다. 특히 노일전쟁 이후인 1907년에는 조선 통감부 간도 파출소가 용정에 설치되어 연변지역의 조선 이주민의 숫자는 급격히 증가하게 된다. 당시 통계에 의하면 1910년 돈화현을 제외한 연변의 총인구는 대략 14만 3천여 명이었는데 이 중에서 조선인이 10만 9천5백여 명으로 전체 인구의 76.57%를 차지하였으며 나머지가 한족으로 그 비율은 23.43%에 지나지 않았다고 한다. 이를 보아 이 시기 이 지역에 조선인의 수가 한족에 비해 압도적이었음을 알 수 있다. 특히 일제에게 강제로 나라를 빼앗긴 1910년 이후 이 지역에서 조선인의 숫자는 더욱 급격히 늘게 된다.

2

물론 1900년대와 그 이전에 중국에 이주한 조선인들은 자신들의 민족문화를 제대로 유지, 발전시킬 능력을 지니지 못했다. 그것은 당시 이주민들의 대부분이 입에 풀칠하기에도 급급한 가난한 농민들이었으며 동시에 독자적인 출판기관 등의 발표수단을 가질 수 없었기 때문이다. 그러나 1910년대에 들어 서면서 반일 민족 문화 계몽 운동이 널리 전개되기 시작하면서 중국에서의 사정도 변하기 시작한다. 그 운동의 하나로 조선 국내에서는 신소설이 등장하였으며 그 영향을 받아 중국내에서도 조선인 작가들의 소설 창작 활동이 서서히 활기를 띠기 시작한 것이다. 특히 이 시기 조선 국내의 많은 문인들이 여러 가지 사정으로 중국에 들어와 반일 운동과 창작 활동을 같이 전개하면서 중국내 조선인 소설 문학의 초석을 놓을 수 있게 되었다. 물론 이 시기 소설의 수준은 국내의 신소설의 수준에서 크게 벗어나지 못해 고대소설적 요소가 적지 않기는 하지만 중국내에서 조선인들의 소설작품이 비로소 발표되기 시작했다는 사실에 주목할 필요가 있겠다.

신채호(1880-1936, 호는 단재, 무아생, 한놈 등의 필명 사용)는 1914년에 중국에 온 후 북경에서 민족 독립운동과 저술 사업에 심혈을 기울인 1910년대 중국내의 거의 유일한 조선인 작가라고 할 수 있다. 물론 공월이 1919년 8월 21일부터 상해에서 간행된 『독립신문』에 11회에 걸쳐 연재한 단편 「피눈물」이 있기는 하지만 작가의 연보도 잘 알려져 있지 않고 또한 작품도 첫 회의 내용이 전해지지 않고 있어 작품의 전모를 파악하기가 다소 어려운 형편이다.

신채호의 단편 「꿈하늘」(1910년 발표설과 1916년 발표설의 둘이 있는데 신채호가 중국으로 망명한 때가 1910년 4월 8일이라는 사실을 생각하면 1916년이 타당할 듯싶다)은 몽유록 계통의 형식을 취하고 가상의 영웅적인 인물과 환상적인 사건에 기초하고 있어 고전문학의 군담계 영웅소설이나 구한말의 '역사·전기소설'과 맥을 같이하고 있는 소설이다. 이 작품은 특히 민족에 대한 애정과 높은 수준의 미학적 특징을 보여 준다는 사실에 주목할 필요가 있다. 그는 이 작품 속에서 주인공 '한놈'을 비롯한 영웅적인 인물을 통하여 일찍이 민족 독립운동에 나선 애국지사들의 투쟁과 시련을 매우 환상적으로 그려 내고 있는데 바로 신채호 자신을 모델로 한 자전적인 소설이라는 평가를 받고 있다.

신채호는 20년대에 들어와서도 단편 「용과 용의 대격전」(1928)을 발표하였다. 1단락 '미리님의 나리심'으로 시작되어 모두 10개의 단락으로 이루어진 이 작품은 일제 침략자를 비롯한 착취자와 압제자들의 만행을 신랄하게 폭로하며 결국에는 멸망하는 그들의 모습을 통해 일제에 대한 작가의 일관된 저항의지를 보여 준다. 이 작품은 침략자, 그리고 그들과 결탁한 착취계급의 압박과 수탈의 상징이라고 할 수 있는 '천국'의 충신인 '미리'와 피착취계급의 이익과 힘의 화신인 '드래곤' 등 두 용의 격전을 통하여 민족 모순과 계급적 모순이 날카롭게 맞선 1920년대의 전형적인 상황을 그려 내고 있다. 특히 이 작품에서 '미리'는 식민지 민중진압책으로 생존안녕 보장, 문화정치 실시, 동족동문(同族同文) 주장, 자치참정권 보장, 연애문단 육성 등을 주장하고 있는데 이는 바로 1920년대 일제의 식민지 지배정책을 그대로 야유하고 있다는 점에서 특히 주목할 필요가 있다. 또한 단재는 이러한 일제의 제국주의적 식민지 지배정책을 깨기 위해서는 오직 힘만으로 가능하다고 주장하고 있는데 이는 그가 민중의 혁명적 열기와 능력으로써만 조국의 해방이 가능하다고 한 '민중 혁명론' 바로 그것이라고 할 수 있다. 이 작품은 우리 소설사에서 일반적으로 진보적 낭만주의 문학의 계보에서 중요한 의미를 갖고 있다.

1910년대 말에는 '5·4'애국운동과 중국에서의 3·1운동이라고 할 수 있는 '3·13'반일운동 등 연변을 중심으로 한 중국내에서의 반일 반제 운동이 더욱 폭넓게 전개되었다. 이 시기는 조선 국내에서도 항일 반제 운동이 적극적으로 전개되었으며 당대 현실에 대한 소설적 관심도 매우 고조된 시기였다. 이러한 문학적 특징은 중국내에서도 예외는 아니어서 이 시기 중국내에서 우리 민족의 소설 문학은 당대의 현실 생활을 구체적으로 그려 내는 일에 매우 적극적이었다. 그 대표적인 작품으로는 최서해의 「탈출기」(1925), 「기아와 살육」(1925), 주요섭의 「인력거꾼」(1925), 「개밥」(1927), 최상덕의 「유모」(1926), 「바보의 진노」(1927) 등이 있으며 상해 독립신문에 실린 고송의 「리순화」, 잡지 동방에 실린 김산의 「기묘한 무기」(1930, 이 소설은 원래 한자어로 씌어졌으나 후에 우리 글로 번역한 작품이다), 잡지 광명에 실린 일부 소설들을 들 수 있다.

최서해(1901-1931, 본명은 학송)는 중국에 이주한 조선 이농민들의 비참한 생활을 자신의 체험을 바탕으로 하여 사실적으로 그린 작가로 유명하다. 작가 자신이 1918년 간도로 이주해 나무장사, 두부장사, 부두노동자, 음식점 배달꾼 등 최하층의 생활을 전전하며 구체적으로 체험한 곤궁한 생활의 모습이 바로 그의 작품의 주요 소재가 되었던 것이다. 물론 이러한 그의 문학적 특징에 대해 '소재문학' 또는 '체험문학'이라고 하며 그 한계를 지적한 학자가 없는 것은 아니나 그가 이 시기 우리 민족의 가장 큰 문제였던 '빈궁'의 문제를 가장 구체적으로 동시에 일관되게 그리고 있다는 점에서는 이 시기의 다른 작가들과 뚜렷하게 구별되는 것이다. 자신의 간도 체험을 구체적으로 그린 자전적 소설 「탈출기」(1925), 「기아와 살육」(1925) 등의 작품들에서 등장 인물들의 항거를 통해 이 시기 조선 이주 농민들의 고난을 사실적으로 묘사하고 있는데 이 시기 다른 작가들이 그린 '가난'이 책상머리에 앉아 상상 속에서 그려 낸 사실과 비교해 보면 그의 작품이 갖는 체험의 구체성에 주목할 필요가 있다.

「기아와 살육」은 아내가 다 죽어 가는데도 돈이 없어 약조차 쓰지 못하고, 며느리에게 먹일 좁쌀을 사기 위해 머리카락을 판 어머니가 중국인 지주가 기르는 개에게 물려 죽게 되는 만주 이농 조선인의 비참한 생활을 보여 주고 있다. 주인공 '경수'를 통해 그들의 비참한 만주 생활을 잘 보여 주고 있는 이 작품은 일반적으로 초기 프로 소설의 전범적 구성을 지닌 작품으로 평가받고 있다. 또한 이 작품의 주인공 경수가 이 시기 조선 이주 농민들이 겪는 전형적인 파멸의 과정을 밟아 가고 있다는 사실에도 주목할 필요가 있을 것이다. 주인공 경수는 어머니와 처자식을 부양해야 한다. 그러나 중학교까지 공부를 하고도 제 밥벌이 하나 제대로 할 수 없는 현실에 결국 그는 실성하고 마는데 이는 바로 이 시기 조선인이라면 너나할것없이 겪어야 했던 고통의 실상이었던 것이다.

주요섭(1902-1972, 호는 여심, 필명은 금성)은 1919년 3·1운동 직후 귀국하여 등사판 지하신문을 발간하다가 10개월간의 옥고를 치르게 된다. 그 후 1920년 중국에 건너 와 이후 소주의 안상중학과 상해의 호강 대학에서 공부하면서 소설을 썼다. 1921년 매일신보에 입선된 단편 「깨어진 항아리」가 그의 문단 데뷔작이다. 이 시기 그는 특히 상해를 무대로 한 작품을 발표하였는데 「인력거꾼」(1925), 「살인」(1925), 「개밥」(1927) 등이 그 좋은 예이다. 이들 작품들은 모두 상해 하층민이라고 할 수 있는 노동자, 창녀, 도시 빈민 등의 비참한 생활상을 부각시켜 신경향파 작가로 불리기도 했다. 특히 「인력거꾼」의 '아찡'이 인력거를 끄는 모습이라든가 「살인」, 「개밥」 등의 작품에서도 그는 빈민층의 빈곤과 그 생활상을 매우 사실적으로 그리고 있어 그의 작가적 관심을 엿볼 수 있기도 하다. 이 밖에도 1920년대에 발표한 작품중에는 조선이나 중국의 빈민과 같은 사회 최하층의 비참한 생활 모습과 그들의 반항 의식을 심각하게 그려 내고 있다. 후에 그는 미국의 스탠포드 대학에서 교육학 석사 학위를 받았으며 1934년부터는 북경 보인 대학에 교수로 취임하여 광복 전까지 많은 작품을 발표하였다. 1943년에는 일제의 대륙 침략 정책에 협조하지 않는다는 이유로 쫓겨나 고향 평양으로 돌아왔다.

　최상덕(1901-1970, 언론인. 호는 독견, 필명은 독고 독)은 1920년대에 중국에 이주하여 광복 전까지 상해 등지에서 생활하면서 문화 사업을 하는 한편 소설 창작에도 열중하였다. 1921년 상해 혜령전문학교 중문학과를 졸업하고 그 이후 상해 일일신문의 기자, 중외일보의 학예부장 등을 지냈다. 그는 1920년대 후반부터 소시민 계층의 고통스러운 생활과 부조리한 현실의 모순을 지적하였다. 계급간의 갈등을 사실적으로 형상화한 중편 「유린」을 상해 일일신문에 연재하였으며 이후 서민층의 고통을 리얼하게 그린 「유모」(1926), 「소작인의 딸」(1926), 「바보의 진노」(1927) 등을 발표하였다.

　1927년 조선문단에 발표한 「바보의 진노」는 최상덕의 작가적 특징을 가장 잘 보여 주는 작품 중의 하나라고 할 수 있다. 이웃집에 사는 ‘나’의 서술로 사건이 전개되는 이 소설은 주인공 ‘배 서방’을 통해 계급의식의 갈등을 소박한 방법으로 형상화시키고 있다. ‘법 없이 살 수 있는’ 김 첨지 집 종인 배 서방은 그저 어수룩하기만 한 사람이다. 그러나 해산 중 아내가 위독하여 주인 내외에게 의사를 불러 줄 것을 부탁하지만 골치만 조금 아파도 ‘패독산’이다, 의사를 부른다 난리를 치던 첨지 내외는 교묘하게 거절할 뿐이다. 할 수 없이 의사에게 가 주인 내외가 부른다고 거짓말을 해 의사를 불러 오지만 아내는 숨을 거두고 만다. 늘 순하기만 하던 배 서방은 분노하게 되고 결국 그는 주인 내외를 처죽이고 만다. 최서해 소설과 흡사한 분위기를 보여 주는 이 작품은 최상덕의 소설의 특징을 가장 잘 보여 주며 이 시기 중국내 조선인 소설 문학이 거둔 의미 있는 성과 중의 하나라고 할 수 있다.

3

　1930년대를 흔히 우리 문학사에서 순수문학이 도래한 시대라고 한다. 그것은 이 시기 들어오면서 일제의 정치, 경제, 사회 전반에 걸친 탄압이 더욱 극심해졌는데 문학의 경우도 예외는 아니어서 일제의 탄압과 검열을 피하기 위해 그리고 또 다른 이유로는 20년대 프로 문학에 대한 일종의 문학적 반감이 순수문학이라는 형태로 나타났기 때문이다. 그러한 일제의 악랄한 탄압이 대륙 침략전쟁을 준비하기 위한 것임은 이미 다 알고 있는 사실이므로 이 자리에서 재론할 필요는 없을 것이다. 따라서 이 시기 조선 국내에서의 문학활동은 극도로 위축될 수밖에 없는 형편이었으며 이러한 사정은 중국내 우리 민족문학의 경우도 예외가 아니었다. 당시 우리 민족이 많이 살고 있던 만주 지방은 괴뢰 만주국의 통치 아래 있었기 때문에 자유로운 문학 활동이라는 것은 거의 불가능한 형편이었던 것이다. 이러한 형편은 1940년에 들어서면서 더욱 극심해졌다. 단말마적인 발악과 만행을 거듭하고 있던 일본 제국주의자들은 문학활동의 자유를 철저하게 봉쇄하였다. 그러나 이러한 어려움 속에서도 뜻 있는 작가들은 작가의 시대적 책무에 소홀하지 않아 끊임없는 창작 의욕을 불태웠다.

한편 이 시기 중국내 조선인 작가들은 발표 지면의 부족이라는 또 다른 어려움 속에 있었다. 이 시기 주목할 만한 이 지역의 문학 간행물로는 『북향』과 소년지 『카톨릭 소년』이 있었으나 이들도 1935년을 전후하여 폐간되고 만다. 이 밖에 장춘(당시 지명은 신경)에서 발간하는 협회의 기관지인 『민선일보』(『간도일보』와 『만몽일보』가 통합된 후 명칭을 바꿔 발행)가 있을 뿐이었다. 따라서 작가들은 위의 잡지 등과 신문, 그리고 조선 국내에서 출간되는 여러 간행물에 발표 지면을 얻을 수 있었다. 또는 작가들 개개인이 출판 자금을 모아 소설 작품집을 발간하기도 하였는데 그 대표적인 경우가 소설집 『싹트는 대지』(1941년), 안수길의 소설집 『북원』(1943년) 등이다.

이 시기 작가들은 당대의 특수한 문학적 환경 속에서 다양한 양상을 보여주기도 하였다. 일부 작가의 경우 일제의 단속이 극악해지자 아예 붓을 꺾어 저항의 한 방편으로 삼았으나 어떤 작가들은 현실 문제에 대한 언급이 불가능해지자 생활 세태나 애정 문제 등에 관심을 기울였는데 이들 작가들의 이러한 변화는 일제의 탄압을 피하기 위한 한 방편이기도 했다. 그러나 또 일부의 작가들은 일제의 탄압을 이겨 내지 못하고 친일 어용 작가로 전락하는 경우도 있었다.

이 시기 소설의 주제는 매우 다양하였다. 강경애의 장편 「인간 문제」나 안수길의 「새벽」, 현경준의 「사생첩」 등과 같이 일제와 괴뢰 만주국의 횡포로 말미암아 고통받는 조선 민족의 고난을 그린 작품이 있는가 하면 일본 제국주의자들의 대륙 정책과 이른바 황민화 운동 등의 모순을 지적하고 민족 의식을 은근히 고취시키려 한 김창걸의 「낙제」, 안수길의 「벼」, 박계주의 「처녀지」 등이 그 좋은 예라고 할 수 있겠다. 이 시기에는 또한 암울한 당대 현실 속에서 삶의 뿌리를 뽑힌 하층민이나 소시민들의 고뇌와 번민, 그리고 모진 삶의 격랑에 유린당한 여인들의 고단한 생활의 모습을 사실적으로 그린 작품들도 발표되었는데 현경준의 중편 「유맹」, 황건의 단편 「제화」, 박영준의 단편 「중독자」, 최명익의 단편 「심문」 등이 그 예이다. 이런 작품 속에서 우리는 당대 사회의 부조리한 현실과 모순을 고발하고 그 결과로서의 암울한 생활을 폭로하려는 작가들의 눈물 어린 노력을 엿볼 수 있는 것이다.

염상섭(1897-1963, 호는 제월 또는 횡보)은 일제의 암울한 식민 통치기간 동안 우리 소설문학이 거둔 주요한 성과중의 하나로 평가받고 있다. 처음에는 '제월'이라는 호로 문학평론을 시작하였으나 1921년 「표본실의 청개구리」를 발표하여 곧 우리 소설 문단의 중심으로 떠오르게 된다. 1936년 12월 『만선일보』의 편집국장으로 초빙되어 만주로 이주한 후 모친상과 부친상을 당하여 잠시 귀국한 것을 제하고는 해방되기까지 중국에서 거주하였다. 1939년 안동으로 이주하여 그곳의 대동항 건설주식회사 홍보담당 사원으로 종사하여 중류 이상의 풍족한 생활을 할 수 있었다.

1936년 『삼천리』 8권 1, 2호에 발표된 「실직」은 카페에 나가는 아내에게 얹혀 살던 주인공 '덕창'이가 어렵게 얻은 직장을 다시 잃게 되는 과정을 담담하게 그린 작품이다. 출구가 막힌 식민지 암울한 현실 속에서 아내에게 기생하던 주인공 덕창이는 아내가 다니던 카페에서 돈을 빌렸다가 사라지는 바람에 카페 주인에게 끌려 경찰에 가느라고 어렵게 얻은 직장에 연락도 못하게 되고 결국은 다시 아내에게 얹혀 살게 된다. 카페 주인에게 붙들려 카페에서 밤을 지새며 직장 걱정을 하던 덕창이는 결국 될 대로 되라며 자포자기의 심정에 빠지게 된다. 돈을 벌기 위해 주인집 노파에게 속아 부자집 노인의 소실이 되려던 아내는 하마터면 유곽에 넘겨질 뻔했으나 다행히 도망쳐 나온다. 다음날부터 아내는 다시 카페에 나가고 덕창이는 아무 일도 없었던 듯 집에서 어린 딸을 돌보고 집안일을 맡는다. 식민지 조선의 밑바닥 인생들의 삶의 모습을 가감 없이 보여 주고 있는 이 작품은 특히 주인공 덕창이의 자포자기하는 심리적 변화를 세밀하게 묘사하고 있다.

강경애(1906-1944)는 이 시기 간도에서 활동한 조선인 작가 중 가장 주목할 필요가 있는 작가 중의 하나이다. 그의 소설은 이 시기 우리 민족이 겪어야 했던 절대적인 가난과 궁핍한 삶의 모습을 가장 잘 그려 내고 있는 것이다. 1906년 4월 황해도 장연에서 태어난 강경애는 유독 불우한 유년기를 보냈다. 일찍 부친이 세상을 떠 어머니가 개가하였기 때문에 의붓아버지 밑에서 살아야 했다. 18세 때 형부의 도움으로 평양 숭의여학교에 입학하였으나 3학년 때 동맹휴학에 가담하여 퇴학을 당한다. 이후 고향에 돌아와 야학에서 학생들을 가르치며 독서와 습작을 통해 소설 수업을 병행하였다. 1929년 다시 간도의 용정으로 돌아와 임시 교원 등의 일을 하며 고난의 나날을 보낸 이 시기를 그는 수필 「간도야 잘 있거라」(1932. 10. 『동광』)에서 "부모 형제를 눈뜨고 잃고도 어디 가서 하소연 한마디 할 곳이 없으며 그만큼 악착한 현실에 신경이 마비되어 버린 그들—눈물조차 그들에게서 멀리 달아나 버리고 말았다. 오직 그들 앞에는 죽음과 기아만이 가로놓여 있을 뿐이다."라고 적고 있다. 1931년 말에 다시 고향에 돌아온 강경애는 장하일과 결혼한 후 다시 간도로 나간다. 1931년 『조선일보』에 「파금」을 발표하여 문단에 등단한 강경애는 이후 봉건적 인습과 성적 억압으로부터의 해방을 노동계급의 전망에서 찾으려는 내용의 최초의 장편소설 「어머니와 딸」(1931), 일제하 조선인의 고통스런 삶의 모습과 일제의 압제에 항거하는 항일 유격대의 투쟁의 모습을 그린 중편 「소금」(1934. 『신가정』), 식민지적 모순을 이해하는 방법으로 빈농계급의 역사적 변모 과정을 제시하여 우리 근대소설사에서 최고의 노동소설로 평가받는 장편 「인간문제」(1934. 『동아일보』) 등을 발표하여 이 시기 이 지역 최고의 작가라고 할 만한 활동을 보여 준다. 그러나 1936년경부터 건강이 극도로 악화되고 내외의 정세도 악화되어 작품세계도 다소의 변화를 보여 준다. 즉 「소금」이나 「인간문제」에서 보여 준 낙관적 전망을 상실하고 현실세계의 암울한 참상에 압도당해 자연주의적 편향성을 보여 주게 되는 것이다.

1936년 『조선일보』에 발표된 「지하촌」은 바로 그 낙관적 전망을 상실하고 참혹하고 암울한 현실만이 강조된 대표적인 예라고 할 수 있다. 이 작품은 모든 희망이 차단되어 버린 식민지 치하의 궁핍과 빈곤의 현장을 냉정한 시선으로 그려 내고 있다. 풍증으로 비꼬인 팔다리로 동냥하여 하루하루를 보내는 칠성이, 머리에 구더기가 들끓는 영애를 업고 사탕 한 알을 졸라 대는 동생 칠운이, 밭고랑에서 낳은 아이가 흙투성이가 된 채 죽고 마는 큰년이의 어머니. 그리고 칠성이는 그가 좋아하는 눈먼 큰년이가 원하는 것이라면 어떤 것이라도 해주고 싶어하지만, 그녀는 시집을 가버린 현실을 냉정하게 그려 내고 있는 것이다.

　최명익(1903-?, 필명은 유방)은 평양에서 태어나 평양고보 시절에는 3·1 운동에 참여하기도 했다. 1920년에는 평양고보에서 일어난 항일 시위와 관계되어 학업을 중단한다. 1928년에는 평양에서 홍종인, 김재광 등과 함께 『백치』의 동인으로 활동하며 유방(柳坊)이라는 필명으로 「화련시대」, 「처의 화장」을 발표하기도 하였다. 1930년에 중국에 들어온 그는 1936년 「비오는 길」을 『조광』에 발표하여 정식으로 등단한다. 이후 그의 소설은 심리주의 수법과 인간의 내면 세계를 그리는 데 주력한다. 이는 만주사변 이후 '작가가 자유롭게 현실을 그릴 수 없기 때문에 외적 세계를 그리는 것을 단념하고 내부 세계로 편향해 들어가' 현대 지식인의 자의식의 세계를 그리려는 데 주력한 것이다. 「무성격자」(1937. 『조광』), 「심문」(1939. 『문장』), 「장삼이사」(1941. 『문장』) 등이 모두 그 범주에 속한다고 할 수 있겠다. 해방 후 북한에서 평양문화예술협회 회장(1945), 북조선문학예술총동맹 중앙상임위원(1946) 등을 역임하였다. 1956년 『서산대사』를 출간하였고 1965년 『조선문학』 신년호에 '새로운 역사소설을 쓰겠다'는 결의를 보인 후 소식을 알 수 없다.

　「심문」은 흔히 이상의 「날개」에 비견되는 작품으로 우리 소설에 심리주의 기법을 도입한 작품이다. 날카로운 심리묘사와 잘 짜인 구성, 섬세한 문장들이 잘 어울려 있어 작가의 문학적 기량을 엿볼 수 있게 한다. 이 작품에는 세 명의 남녀가 등장한다. 이들은 모두 식민지 치하라는 시대적 열병을 심하게 앓고 있다. 작품의 화자인 나 김명인과 나의 모델 겸 정부였던 여옥이, 여옥의 첫사랑으로 끝내 파멸의 길로 가고 만 혁명 이론가이며 투사였던 현일영이 그들이다. 나는 재작년에 상처하고 딸을 기숙사에 입학시킨 후 여기저기를 돌아다닌다. 나는 상처를 한 후 여옥이라는 그림 모델과 잠시 동거한다. 그러나 사소한 말다툼 끝에 그녀는 하얼빈으로 가버린다. 몇 년 후 나도 하얼빈에 가게 된다. 물론 여옥을 만나려는 것은 아니었다. 친구인 이 군이 그곳에서 사업을 하고 있었던 것이다. 그러나 떠나기 전 이 군이 여옥이 있는 곳을 알아 냈다는 소식을 전해 와 은근히 기대를 안 한 것은 아니었다. 결국 술집의 댄서로 일하는 여옥을 만나게 되나 여옥의 형편은 아주 나빴다. 여옥은 예전의 유명한 좌익 이론가였으나 지금은 마약중독자가 되어 현일영으로 이름마저 바꾸고 살아가는 현혁과 동거하고 있었던 것이다. 결국 여옥은 나에게 현혁이 마약할 돈을 주고 그와 헤어지겠다고 한다. 그래서 현혁에게 돈 300원을 위자료로 주게 되고 마약에 깊게 중독된 현혁은 그 돈을 받고 순순히 물러난다. 그러나 이튿날 내가 약속대로 여옥의 집에 가보니 여옥은 이미 싸늘한 시체로 변해 있었다. 양심의 가책으로 같이 떠날 수 없다는 유서만이 여옥의 머리맡에 뒹굴고 있었다. 결국 이 작품은 작가의 비극적 전망을 잘 보여 주고 있다. 동시에 등장인물들의 섬세한 심리 묘사와 잘 짜여진 구성 등으로 최명익의 작가적 특징을 엿볼 수 있게 한다.

박영준(1911-1976, 호는 만우)은 평남 강서군에서 태어나 평양 광성고보를 졸업하고 서울의 연희전문 문과를 1934년에 졸업하였다. 졸업을 한 달 앞두고 농촌을 소재로 한 「모범경작생」이 『조선일보』 신춘문예에 당선되고 같은 해 콩트 「새우젓」, 장편 「일 년」이 한꺼번에 『신동아』에 당선되어 작가는 스스로 "그만 죽어도 한이 없다."며 "내 일생 최고의 기쁨이었다."고 말했다. 이후 그의 소설은 조선 농민들의 궁핍한 삶의 현장을 사실적으로 그리는 데 주력하여 이 시기 주요한 농민작가로 활동하게 된다. 1934년 용정 동흥중학에서 일 년 정도 교편을 잡고 <북향회>에서도 활동한 후 고향으로 돌아온다. 1935년에는 고향에서 독서회 사건으로 5개월간 옥고를 치르기도 하였다. 이후 1938년 다시 중국 길림성 반석으로 돌아와 간도 용정촌의 동흥중학교에서 교편을 잡으며 중국에서 생활하게 된다. 이 시기에 발표한 주요 작품으로는 「아름다운 길」(1938), 「의수」(1939), 「중독자」(1940) 등이 있는데 농촌과 농민의 삶의 모습을 다룬 초기의 소설과는 달리 소시민층의 생활과 애정, 윤리 등의 문제에 주목하게 되는데 이는 해방 후 그의 작품의 변모를 예고하는 것으로 볼 수 있다.

「중독자」는 도망쳐 버린 아내와 헤어진 후 사진기 하나를 들고 만주의 하얼빈으로 온 화자 '나'(김상현)의 이야기이다. 하얼빈에 와 여관에 묵은 첫날 같은 방에 묵은 조선에서 왔다는 청년에게 가진 돈을 다 잃어 버린 후 하얼빈을 떠나 북안진이라는 작은 고을에 도착한다. 그곳에서 역시 조선에서 돈을 벌기 위해 중국에 왔다는 여자의 도움으로 하루를 보내나 여자의 태도에 불쾌감을 느끼고 그곳을 떠나 만주의 여러 작은 마을을 돌아다니는데 벌이는 시원치 않았다. 결국 해륜이라는 도회지의 사진관에서 월급을 받고 일하기로 하고 하숙을 정한 나는 그곳의 식모 계집애인 숙이를 불쌍히 여기나 특별한 감정은 없다. 그러나 뜻하지 않게 숙이의 순정을 빼앗게 된 나는 다시 숙이를 떠나 먼 오지로 가고 그곳에서 아편에 취해 중독자가 된다.

김광주(1910-1973, 필명은 김평(金萍))은 수원에서 태어나 1933년 중국 상해로 가서 남양의대에 입학했으나 1935년 중퇴하고 중국 문학을 조선에 소개하며 동시에 대체로 현실 지향적인 「장발노인」(1933. 5. 13-20, 『조선일보』), 「밤이 깊어 갈 때」(1933. 10, 『신동아』) 등을 발표하며 문학활동을 시작했다. 1933년 상해에서 동인지 『보헤미안』을 발간하였으며 또한 '보헤미안 연극사'도 운영하였다. 이어 「남경로의 창공」(1935. 6, 『조선문단』) 「북평에서 온 영감」(1936. 2, 『신동아』),등을 발표하는데 이 작품들은 일본 군국주의 파시즘의 탄압으로 인한 지식인들의 생활고와 시대의 불안 및 그 현실 때문에 비굴해진 지식인의 고뇌를 그린 작품들이다. 이후 1945년 해방되기까지 김광주는 민족독립의 길을 찾아 화남, 화중 등지를 전전하다 해방 후 서울로 돌아간다.
「애지—이쁜이의 편지」(野鷄, 1936. 9, 『조선문학』 속간)는 남의 집 머슴살이를 하던 가난한 농사꾼의 딸 이쁜이가 이 시기 적지 않은 조선 농민의 딸들이 그랬던 것처럼 '애지'(창녀를 뜻하는 중국말)로 타락한 이야기이다. 이제는 상해의 밤거리의 창녀로 전락한 이쁜이가 예전 어릴 때 가까웠던 친구 명숙이가 상해로 신혼여행을 온다는 소식을 듣고 그에게 보내는 서간체의 형식으로 자신의 심리적 고통을 매우 잘 드러내고 있다. 또한 이 소설은 식민지 피지배 계급 중에서도 대다수 민중들이 겪어야 하는 고뇌의 모습을 매우 실감 나게 담고 있다. 이미 현진건의 「고향」이나 나도향의 「지형근」에서 본 것처럼 식민지 여성이 어떻게 좌절하는가의 한 전형으로서의 창녀의 모습을 이 작품은 잘 그려 내고 있다. 동시에 식민지 민중 일반의 고통스러운 삶과는 달리, 그러한 삶의 모습에 조금의 갈등도 없이 '돈 많고 세력 좋아' 여류 성악가가 되고 취미가 같은, 미국에서 갓 나온 젊은 피아니스트를 남편으로 삼게 되는 친구 명숙이를 통해 이 시기 일반 민중의 고통스러운 삶을 외면하고 있는 일부 지배계급의 모순을 암시적으로 보여 주고 있는 것이다.

김산(1905-1938?, 혁명운동가, 원명은 장지락, 필명은 염광(炎光))은 평북 용천군에서 태어나 1925년 중국공산당에 가입하여 사회주의 노동운동에 적극적으로 참여한 혁명가이다. 1938년에 연안에서 억울한 누명을 쓰고 처형당했다고 하는데 자세한 전말은 알려지지 않고 있다. 단편 「기묘한 무기」는 북경에서 간행된 잡지 『신동방』 제1권 제4호(1930. 4.)에 염광이란 필명으로 발표한 작품이다. 원래는 한자로 씌어진 것을 연변의 문학잡지 『문학과 예술』 편집부에서 번역하여 1990년 제3호에 발표하였다.

「기묘한 무기」는 소설가라기보다는 혁명가인 김산의 한자소설을 번역한 작품이다. 소설의 이야기는 1923년 상해의 황포강 연안에서 일어난 중요한 사건의 기록이다. 따라서 소설 미학적 구조나 수준은 기대에 크게 미치지 못한다. 선비의 집안에서 태어나 순조로운 유년기와 소년기를 보낸 조선의 젊은 청년 셋은 일제가 조선을 침략, 약탈하자 상해로 건너 와 '한국의열단'을 조직하고 조국의 독립을 위해 일하기로 결심한다. 리 군, 김익상, 오성륜 등이 바로 그들이다. 어느날 그들은 일본의 육군대신 '다나까 기이치'가 공무로 동경에서 상해로 올 것이라는 소식을 듣고 그를 없애기로 계획한다. 그러나 상해 황포강의 부두에서 다나까를 향해 총을 쏘고 폭탄을 던졌으나 죽은 것은 다나까가 아니라 아메리카의 저명한 어느 왕의 딸이었다. 겁을 먹은 리 군이 도망가 버리고 김익상과 오성륜은 결국 일경에게 잡혀 공부국(工部局)으로 잡혀 간다. 그들의 용감한 행동에 감동한 공부국의 간수 베트남 병이 다나까가 죽지 않았으며 일본 영사관으로 호송된다는 사실을 일러 주며 도망갈 것을 권하나 호송계에게 끌려간다. 일본 영사관의 감옥에는 무정부 당원으로 발각되어 잡혀 온 일본인 가토우와 그의 매부, 그리고 사기로 고소를 당해 잡혀 온 일본인 목수가 있었다. 오는 그들도 일본인이라는 사실에 강한 적개심을 품는다. 어느날 가토우의 누이동생이 배와 함께 칼을 감옥 속에 넣어 준다. 그 칼을 감춘 오는 가토우와 함께 그 칼로 감옥을 탈출할 수 있게 된다. 가토우와 헤어진 오는 프랑스 조계의 조선인이 살고 있는 집으로 가나 그곳에도 일본인 군인이 닥치자 다음날 머리를 삭발하여 변장한 채 외국 배를 타고 독일로 피신한다. 독일에서 얼마 지낸 오는 모스크바로 가 혁명을 공부한다. 결국 그는 피압박 민족과 피압박 계급을 깨워 일으켜서 제국주의자를 타도하여야 한다는 사실을 깨닫고 중국에 돌아와 혁명운동에 가담한다. 그러나 상해에서 계속 일경의 추적을 받게 되자 신변의 위협을 느껴 상해를 떠나 혁명을 위해 조국으로 돌아오게 된다. 이 작품은 작가 김산의 자전적 요소가 어느 정도 반영된 작품으로 주인공 오성륜이 바로 작가 김산이 아닌

가 싶다. 이 작품이 결국 일본제국주의 아니 전 세계 제국주의자들과 맞서
싸울 수 있는 가장 유용한 수단으로서 사회주의 혁명운동을 선택하고 있음
을 보여 주고 있기 때문이다.

  김창걸(1911-1991, 필명은 추소, 황금성, 강철)은 1911년 함경북도 명천군
의 농민 가정에서 출생하였다. 여섯 살이 되던 1916년 그의 가족은 중국 길
림성 용정현 지신구 장재촌으로 이주해 왔다. 물론 이 시기 대다수 조선인
이주자들과 마찬가지로 일제의 악랄한 착취로 가난을 견디다 못해 조금이라
도 형편이 필 것을 기대하고 정든 고향을 등졌던 것이다. 명동에서 소학교를
마친 김창걸은 15세 되던 1926년 용정의 예수교 장로회 파에서 운영하는 '은
진중학'에 입학하였다. 그러나 1년이 지난 1927년 3월 동맹휴학 운동을 주도
하여 퇴학당한 후 '대성중학'으로 진학하게 된다. '대성중학'은 당시 유행한
마르크스 주의 운동이 활발했던 곳으로 이러한 학교 분위기는 어린 김창걸
에게도 적지 않은 영향을 끼쳤다. 그는 그러한 학내 분위기에 휩쓸려 지하
단체에 가입하였으며 당시 조선 국내에서 유행한 '카프'와 '신경향파' 문학에
깊은 관심을 기울이고 많은 작품들을 읽을 기회를 가질 수 있었다.
  1928년 10월 경제적 어려움으로 더 이상 학교생활을 할 수 없었던 김창걸
은 '대성중학'을 중퇴하고 집으로 돌아왔다. 그 후 그는 낮에는 부모를 도와
농사를 짓고 밤에는 야학에 나가 교사로 학생들을 가르치는 힘든 일을 성실
히 수행하였다. 그러나 얼마 후 김창걸은 부모를 떠나 방랑의 길에 오르게
된다. 당시의 심상치 않은 정세가 그에게 깊은 회의를 불러 왔던 것이다. 그
리하여 그는 중국의 동북부 여러 곳과 연해주, 조선 국내의 여러 곳을 전전
하게 되는 것이다. 이 기간 동안 그는 사회의 온갖 궂은 일을 직접 체험하며
경험의 폭을 넓혀 갈 수 있었다. 이후 그는 6년 여에 걸친 방랑생활 중에 때
로는 남의 논에서 품팔이 농사꾼으로, 또는 공장의 막벌이 일꾼으로 일하며
민중과 근로자에 대한 애정을 키워 나가게 된다. 이 시기의 생활을 후에 그
는 「절필사」에서 이렇게 회상하고 있다.

  "방랑생활—인간 대학에서 수업하다 보니 별의별 곡절을 다 겪었다. 소련
  가서 조선 사람 농촌에서 벼가을(추수)도 해보았고 정어리 공장에서 일도
  해보았다. 조선에 가서도 조선에서 제일 크다는 H공장에서 한 해 동안 보

이라 일을 하는 인부로 있었고 Y공장에서는 이태 동안 수리 직장 인부 노릇을 하여 보았다. 여기서 나는 인간의 쓴맛 단맛 다 겪어 보았다."

　이러한 사회에서의 직접 체험과 그 체험에서 얻을 수 있었던 풍부한 견식은 이후 그의 소설 창작에 더없이 훌륭한 자산이 되었다.
　1934년 그는 긴 방황을 끝내고 다시 명동의 집으로 돌아온다. 그 후 그는 이 고장에서 농사를 짓기도 하고 소학교 교원, 점원, 사무원 노릇을 하면서 창작 활동을 계속하였다. 1936년 그는 처녀작 「무빈골 전설」을 발표하여 문단에 등장한 이후 1943년까지의 기간 동안 「두 번째 고향」, 「암야」를 비롯하여 단편 20여 편과 수십 편의 시, 수필, 평론 등을 발표하였다. 1943년 일제의 단말마적인 발악과 그에 따른 탄압은 이곳 만주에서도 예외는 아니었다. 동시에 당시 만주 지방 조선인 문인들의 주요한 발표 지면이었던 『만선일보』의 학예면도 일어판으로 바뀌게 된다. 동시에 작가들에게 친일 어용적인 문학 활동을 할 것을 강요하게 된다. 이에 김창걸은 1944년 단호하게 붓을 꺾는다. 그때의 심정을 그는 앞의 「절필사」에서 다음과 같이 밝히고 있다.

　"돈도 안 생기는 노릇, 명예나 지위란 보잘것없는 노릇, 성공할 가망이 꼬물도 안 보이는 노릇, 기껏해야 일본 놈의 '졸개'나 되게 마련인 노릇, 살아도 못살고 죽은 뒤 천추에 누명이나 끼칠 노릇, 다른 사람은 모르겠지만 내가 한다는 문학—작품을 쓴다는 것은 이런 노릇임을 참말 가슴 깊이 깨달았다. 깨닫지 못할 때에는 몰라서 속히워 하노라고 했지만 알고서야 어찌 범한단 말인가? 우선 붓을 꺾고 보자! 아무런 미련도 있어서는 안 된다. 나는 이제 붓을 꺾으려 '절필사'를 쓴다."

　일제하 민족의 미래가 암울했던 시기, 적지 않은 작가, 시인들이 일제의 위협과 회유를 이겨 내지 못하고 친일과 어용의 슬픈 붓을 들었음을 상기해 볼 때 김창걸의 이러한 진술은 참으로 많은 것을 생각하게 한다.
　1949년 이후 김창걸은 조선족이 중심이 된 길림성 연길시의 '연변대학'에서 교편을 잡아 후진 양성에 전력을 기울이며 창작활동도 게을리하지 않아 소설, 희곡, 시조, 평론 등을 썼으며 「시경」, 「홍루몽」 등의 번역 사업 및 「한조사전」, 「조선어 속담사전」의 편찬 사업에도 전력을 기울였다. 1982년 「무빈골 전설」, 「암야」 등 14편의 단편을 묶은 『김창걸 단편 소설집』을 간행

했다. 이후 그는 연변대학 교수로, 작가로서, 또한 연변문련의 부주임을 역임하다 1991년 11월에 세상을 떴다. 현재 연변에 그의 큰아들이 살고 있다.

1936년부터 1943년에 이르는 8년 동안의 창작 활동에서 그가 거둔 주요한 성과는 단편소설에서 두드러진다. 이 시기에 창작된 그의 단편소설은 당시 현실을 작가가 어떻게 이해하고 보고 있느냐와 밀접한 관계가 있는 것으로 판단할 수 있다. 즉 사실주의적 창작 방법으로 20세기 초부터 30년대에 이르는 조선인들의 비참한 삶의 모습을 진실하고 진지하게 그리고 있으며, 동시에 일제 통치하의 암흑 속에서 밝은 미래를 그리고 지향하는 우리 민족의 투쟁 및 그들의 염원과 동경을 말 그대로 생생하게 보여 주고 있는 것이다.

그의 단편소설을 살펴보면 우선 농민들을 비롯한 노동자들의 비참한 생활과 민족적이고 계급적인 압박에 대한 그들의 반항 정신을 그린 작품이 주류를 이루고 있음을 쉽게 알 수 있다. 그의 문단 등단작인 「무빈골 전설」을 비롯하여 「암야」, 「수난의 한 토막」, 「두 번째 고향」, 「낙제」, 「범의 굴」, 「밀수」 등이 그 계열에 속하는 작품이라고 할 수 있겠다.

단편 「두 번째 고향」(1938년)의 주인공도 이 시기 우리 민족이 겪어야 했던 고난의 한 전형을 보여 주고 있다. 주인공 경철이가 고향 마을 어른들의 만류에도 불구하고 정든 고향을 떠나 낯선 만주 땅으로 오지 않을 수 없었던 과정은 바로 이 시기 만주로 이주한 대부분의 조선 이주 농민들이 걸어야 했던 전형적인 삶의 모습을 보여 주고 있다. 또한 그가 만주로 이주해 와서 겪어야 했던 삶의 모습도 조선 이주 농민들의 삶의 모습과 크게 다르지 않은 것이다.

이 작품은 주인공 경철이가 간도에서 생활하는 과정 속에서 의식이 어떻게 바뀌는가를 아주 실감 나게 잘 그리고 있다. 고향에서 온 아는 이를 재워 주었다고 벌금을 물리는 등 조국을 떠난 뿌리 없는 백성이 겪을 수밖에 없는 고통을 경험하던 경철이는 결국 머리를 깎고 중학에 가서 공부를 할 것을 결심한다. 그리고 간도의 M중학에서 늦은 공부를 하던 경철이 조선 국내에서의 3·1운동에 자극받아 간도에서 있었던 1919년의 3·13만세사건을 통해 공부를 그만두고 총을 잡고 의병으로 가기로 결심하는 것이다.

이 밖에도 김창걸의 농민과 노동자들의 고통스런 삶의 모습을 그린 계열의 소설들은 잘 짜여진 소설의 구조와 등장 인물의 치밀한 성격 묘사를 통해 일제의 야만적인 탄압과 그에 맞서 싸우는 조선 농민과 노동자의 삶의 모습을 구체적이고 사실적으로 그려 내고 있다. 동시에 연변 지역을 중심으로 한 조선인 이주 농민들의 구체적인 생활의 모습을 사실적으로 묘사하고 있는 것이다.

현경준(1909-1951, 필명은 금남, 김향운)은 함북 명천에서 태어나 간도 도문가(圖們街)의 공립 백봉국민우급학교(白鳳國民優級學校)를 졸업하였다. 1934년 『조선일보』에 소설 「마음의 태양」을 발표하였으며 1935년 『동아일보』 신춘문예에 「격랑」이 당선되어 정식으로 문단에 데뷔하였다. 1930년대 후반 중국에 이주하여 광복 때까지 도문의 한 소학교에서 교편을 잡았다. 이 기간 동안 그는 단편 「사생첩」(1938), 「오마리」(1939), 「길」(1941), 중편 「유맹」(1939), 「인생좌」 등을 발표하였다. 해방 이후에는 북한에서 활약하여 북한 사회주의 문학 형성의 일익을 담당한다.

그의 초기 작품들은 작가의 수년 시절의 유랑생활에서 얻은 개인적인 체험을 당시의 시대적 격랑을 배경으로 하여 형상화하였으며 이런 까닭으로 이 시기 김정한과 함께 유능한 경향파 작가로 인정받기도 했다. 그러나 이후 그의 작품은 상당히 변모하여 계급적인 대립이 해소되고 사실적인 표현과 폭로적인 면모를 보여 주고 있다.

후기의 대표작 「사생첩」은 간도 지역으로 이주한 무식하고 또 가난한 조선 농민들이 어떻게 수탈당하고 있는가를 생생하게 보여 준다. 국경의 정거장에서 연출된 노인과 아들, 그리고 소녀의 죽음이라는 비극을 매우 객관적인 시선으로 그려 낸 장면은 작가의 관심이 어디에 있는가를 잘 설명해 주고 있다. 1941년 『만선일보』에서 간행한 『싹트는 대지』에 전재된 중편 「유맹」은 아편중독자 수용소 마을을 배경으로 명우와 규선이라는 두 조선인 청년이 다시 삶의 의미를 찾는다는 내용의 작품이다.

1939년 5월 『조선문학』에 발표된 「오마리」는 강원도 동해안 해안선을 따라 정어리떼를 쫓는 뱃사람들의 애환을 매우 구체적으로 보여 주고 있는 작품이다. 함경남도 영흥만, 갈마반도를 지나 마양도, 어대진, 웅기만을 지나 소련과 접경지역인 경흥군 서수라까지의 어로 과정에서 겪는 다양한 사건들이 이 작품의 주요한 얼개를 이루고 있다. 배의 선장 격인 고물사공 형보, 아뒷사공 용칠이, 계집을 후리는 데 능숙한 경덕이, 어렸을 때 약혼한 고향 여자 복순이를 찾아 배를 탄 순동이 등은 모두 제각기 사연을 갖고 배를 탔

다. 작품은 이들 각각의 등장인물들을 매우 실감 나게 그리고 있다. 배 안에
서 일어나는 이러 저런 사건 속에서 드러나는 등장인물들의 생생한 모습—
국경을 넘어 몰래 고기를 잡을 계획에 반대하는 병호와 경덕이의 싸움, 그리
고 싸움에 크게 다쳐 병원에 남은 경덕이를 지키라며 순동이에게 지갑을 맡
기는 형보—들이 아주 구체적인 사건 속에서 생생하게 드러나 있는 것이다.
특히 선장격인 형보가 약혼자를 찾으려는 순동이를 배려하는 모습에서 우리
는 일제하 암울한 현실 속에서도 소년과 미래 그리고 역사에 대한 긍정적
세계관을 지니고 있는 작가를 만날 수 있으며 바로 이 점이 이 작품이 가지
고 있는 긍정적인 미덕이라고 할 수 있을 것이다.

   안수길(1911-1977, 호는 남석)은 함남 함흥에서 간도 용정의 광명여고 교
감을 지낸 안용호의 2남 11녀 중 맏아들로 태어나 1926년 간도중학을 졸업
하고 이듬해 함흥고보에 입학하였다. 2학년 때 동맹휴학의 주모자로 몰려 자
퇴하고 서울 경신중학에 편입한다. 그러나 이 해 광주학생운동의 여파로 다
시 학내 만세사건이 일어나 일경에게 체포되어 15일간 구류를 살기도 하였
다. 다시 학교에서 퇴학당하여 일본으로 건너가 쿄토의 료요 중학을 거쳐
1931년 와세다 대학 고등 사범부 영어과에 입학하나 우환과 경제적인 문제
등으로 학교를 중퇴하고 귀국한다. 고향에서 문학수업을 게을리하지 않다가
1935년 『조선문단』에 단편 「적십자 병원장」과 꽁트 「붉은 목도리」가 당선되
어 문단에 데뷔하게 된다. 이후 박영준 등과 함께 문예동인지 『북향』을 간행
하고 26세 때인 1936년 간도일보사에 입사한다. 이후 1937년 『간도일보』와
『만몽일보』의 통합신문인 『만선일보』의 기자로 신경에서 근무하기 시작하여
해방되던 1945년까지 이곳에서 일한다. 이때 『만선일보』에는 염상섭, 송지영,
이석훈 등이 근무하고 있어 이 시기 간도 조선인 문학의 중추적 역할을 했
다.
   단편 「적십자 병원장」 이후 중편 「벼」(『만선일보』, 1940), 단편 「4호실」,
「한여름밤」 등을 발표하였으며 단편 「새벽」(뒤에 「호가네 지팡」으로 게재,
1940)을 재만 조선인 작품집 『싹트는 대지』(1940)에 수록하였다. 이어 단편
「목축기」(춘추 27호, 1943. 4.), 「원각촌」(국민문학, 1942), 「바람」(해신사진순
보, 1943) 등을 발표했고 이러한 초기의 단편들을 수록한 제1단편집 『북원』
(예문당, 1943. 4. 15.)을 발간하였다. 이 작품집에 수록된 단편들은 재만 동

포들의 비참한 생활상을 사실적인 수법으로 그린 작품들이다. 이어 1944년 첫 장편 「북향보」를 『만선일보』에 5개월간 연재하기도 한다.

그의 문학적 상상력의 터전이기도 한 만주는 그의 최초의 중편소설 「벼」에서부터 뚜렷한 모습으로 나타난다. 그러나 초기의 「벼」에서 「북간도」(춘조사, 1959)에 이르기까지 그의 작품의 중심적 공간인 만주는 이 시기 다른 작가들과는 다른 양상을 띠고 있다. 이를테면 최명익이나 정비석처럼 낭만적 도피처도 아니었으며 최서해의 「홍염」에서처럼 중국인 지주와 조선인 소작인과의 갈등의 장소도 아니었다. 그것은 이태준의 「농군」에서와 같이 땅에 대한 깊은 애정과 결부되어 있는 공간인 것이다. 일제의 악랄한 수탈을 견디지 못하고 정든 고향을 떠나 낯선 이국의 땅에서 원주민들과의 갈등 속에서 차지할 수 있었던 땅, 계속해서 싸워 이겨야만 지켜 나갈 수 있는 땅이 바로 만주인 것이다.

「벼」에서 원주민과의 대립을 야기한 주요 사건은 낯선 이국 땅이기는 하지만 민족의 얼을 지켜 나갈 수 있는 터전으로서의 민족학교 건립의 문제이다. 이러한 문제는 「북간도」에 이르러 훨씬 중요한 문제로 떠오른다. 민족교육이 위기에 직면하게 될 경우, 이는 광복군 활동과 연결되기도 한다. 1870년경부터 1945년 해방까지의 약 80년간에 걸쳐 북간도 지방의 조선인의 수난을 그린 이 작품은 동시에 한 가족의 4대에 걸친 수난의 가족사를 그리고 있다. 이 작품의 주제는 땅에 대한 농민들의 뜨거운 애정과 강렬한 민족의식이다. 또한 이 작품은 이 시기 순응주의자들의 자기 기만을 통렬하게 폭로하고 비순응주의자의 생활을 긍정적으로 보여 주고 있다. 최칠성 일가의 몰락과 이정수의 자수 등이 바로 그러한 모습을 보여 주고 있다. 결국 이 작품은 농민의 땅에 대한 애정이 단순히 순응주의에 머물지 않고 민족적 얼과 항상 결부되어 있다는 사실을 거듭 강조하고 있는 것이다.

「새벽」은 만주로 이주한 조선인 농민들의 고통스런 삶을 전형적으로 보여 주고 있다. 대부분의 이주 농민들이 그랬던 것처럼 창복이네도 중국 지주의 마름인 박치만의 빚을 쓰지 않을 수 없게 된다. 그 빚을 기한 내에 갚지 못하면 누이 복동네를 박치만에게 빼앗길 것도 불 보듯 뻔한 일이었다. 그래서 아버지는 당시 관가에서 엄격히 금지한 소금 밀매에 나서 그 빚을 갚으려 한다. 그러나 기한 내에 빚을 갚을 것을 염려한 박치만의 밀고로 관가에 끌려가 벌금만 더 물게 되어 빚만 더 늘어 나게 된다. 결국 누이는 박치만의 첩으로 갈 수밖에 없게 되고 삼손이를 좋아하던 누이는 스스로 목숨을 끊는다. 아버지는 박치만과 싸우다가 몰매를 맞아 쓰러지고 어머니는 그만 미쳐버린다. 아버지를 밟고 선 박치만의 궁둥이를 받으려는 창복이의 몸짓이 눈물겹다.

이 작품은 앞에서 지적한 바와 같이 이 시기 만주로 이주한 조선 농민들의 전형적인 고난의 모습을 보여 준다. 그리고 같은 민족이면서도 오히려 지주인 호가보다 더 악랄하게 조선인 소작농들을 착취하는 박치만을 통해 이 시기 우리 민족이 겪는 고난의 본질을 다시 한번 생각하게 하는 것이다.

박계주(1913-1966, 필명은 박진, 서운)는 만주 간도 용정에서 태어났다. 부친 박인근의 고향은 함흥이었으나 1910년 일제가 조선을 강제로 합병하자 용정으로 이주하였으며 1919년 3·1운동 이후에는 이두교로 이사하였다. 박계주는 1926년 용정의 구산소학교를, 1932년에는 영신중학교를 졸업하였다. 영신중학을 졸업한 이후 소만 국경의 한촌인 구사평에서 감리교 계통의 소학교 교원생활을 하기도 하였으나 문학에 더 많은 관심을 가졌다. 중학 재학 중인 18세 때인 1930년 단편 「적빈」이 신문 신춘문예의 선외 가작으로 뽑혔으며 1931년에는 단편 「혁명전선에 나서는 소년형제」를 장개석 정권의 기관지인 『민성보』에 발표하기도 하였다. 그러나 그가 본격적인 문학활동을 시작한 것은 아무래도 『매일신보』가 일천 원의 현상금을 내걸고 실시한 현상모집에 장편 「순애보」가 당선된 이후부터이다. 신파극을 통해 일본 문화를 조선에 뿌리 내리려 한 일제는 총독부 기관지 『매일신보』를 통해 대중적인 문학소설을 조선의 독자에게 널리 읽히려 했으며 그 노력의 하나로 얻은 것이 바로 「순애보」라고 할 수 있다. 따라서 이 작품은 김말봉의 「밀림」, 「찔레꽃」 등과 함께 이 시기의 전형적인 통속소설의 범주에 넣을 수 있다. 물론 「오랑캐」(『삼천리』, 1940), 「처녀지」(『문장』) 등의 작품에서 순수소설로 인정받기 위한 노력을 기울이기도 하였으나 대체로 그는 통속작가로 더 많이 알려져 있는 형편이다.

단편 「모토」의 경우 이 시기 다른 작가들과 마찬가지로 만주의 소위 '개척촌'이라는 허울좋은 선전지로 이주한 조선인 농민들의 고통스런 삶을 그리고 있다. 작품의 전반부에서는 일제의 악랄한 수탈과 곤궁에 시달리는 조선인들의 고난스러운 삶의 모습을 보여 준다. 특히 만주지방에서 일제가 선전 구호로 내세운 이른바 '오족협화'며, '왕도락토'의 허구성을 지적한 것은 매우 탁월한 작가적 안목이라고 할 수 있다. 그러나 이 작품은 전체적으로는 주인공 인준이가 농사가 싫어 도시로 가 어떻게 타락하는가를 보여 주고 있어 그의 다른 소설처럼 통속소설의 수준에서 크게 벗어나지 못한 아쉬움이 있다. 작품은 주인공 인준이가 농촌생활이 싫어 도시로 가출하여 타락한 도시에 내던져진 채 도시생활에 찌들어 가고 마침내는 아편중독자가 되어 고향마저 갈 수 없게 된 사연을 적고 있다. 또한 이 작품은 전반부에서 보여 주는 일제의 수탈에 대한 적절한 지적, 그리고 작품의 마지막 부분에서 주인공이 조국에 돌아가 죽어 조국의 한 줌 흙이라도 되겠다는 뜨거운 조국애를 보여 주고 있다. 그러나 그러한 작가의 의도는 문학적 구조로 독자에게 읽혀지지 않고 있다. 다만 주인공 인준이의 떠돌이 도시 생활만이 실감 나게 그려져 있을 뿐이다. 작품의 마지막 부분에서 인준이가 조국에 돌아가 조국의 한 줌 흙이리도 되겠다며 강을 건너는 모습은 소설적 필연성을 얻지 못하고 있으며 오히려 작품을 감상적인 수준에 머물게 하는 한계를 드러내고 있는 것이다.

김학철(1916-)은 현재 중국내 조선인 작가들의 정신적 지주라고 할 만큼 가장 대표적인 작가 중의 하나이며 그의 삶 자체가 한 편의 소설처럼 극적이어서 한국에도 많은 독자를 가진 작가이다. 1916년 원산에서 누룩 제조업자의 둘째 아들로 태어난 김학철은 1930년 3월 원산 공립소학교를 마치고 서울 보성고보에 진학하여 1935년 3월 졸업하였으나 경제적으로 어려워 진학하지 못하고 어머니를 도와 일하였다. 1930년대 들어 일제의 탄압이 더욱 극심해지자 1936년 3월 중국 상해로 와 조국의 독립운동에 참가한다. 상해의 프랑스 조계지에 숨어 살면서 남경에 본부를 둔 반일조직 '조선 민족혁명당'에 가입하여 일본인을 습격하기도 하는 등의 테러 행위에 참여하기도 했다. 그러나 이러한 개인적인 테러 운동의 한계를 실감하고 1937년 8월 중앙 육군 군관학교에 입학하여 맹훈련을 받는다. 그 후 1938년 8월부터 1941년까지 김학철은 조선의용군에서 항일무장투쟁에 적극적으로 참여한다. 이 기간 동안 그는 단막극 「서광」(1938), 「승리」(1939), 「등대」(1941)를 창작하여 무한, 류양, 태항산 항일 근거지에서 공연하였으며 작곡가 류신과 함께 '조선의용군 추도가', '고향길' 등의 노래를 창작하여 항일투쟁의 열기를 드높이는 데

앞장섰다. 그러다가 1941년 12월 태항산 지구의 하북성 호가장 전투에서 다리에 관통상을 입고 일본군에게 체포되어 석가장 일본 총영사관의 유치장에서 옥고를 치르다가 1942년 5월 일본 나가사키 형무소로 압송되어 옥에 갇히게 된다. 옥에 갇힌 기간 동안 다리의 상처가 악화되어 감옥병원에서 좌대퇴부 절단 수술을 받고 결국 다리 하나를 잃게 된다. 그 후 4년 동안 옥고를 겪고 일제가 패망하게 되자 1945년 10월 19일 서울로 돌아오게 된다. 그는 감옥에 갇혀 있는 동안 심한 육체적 손상을 입었으나 그의 정신은 더욱 견고해졌다. 1945년 단편 「지네」를 『건설』지에 발표하여 문단에 등단한 뒤 서울에서 '조선독립동맹'('조선노동당'의 전신) 서울시 위원으로 정치활동을 하면서 소설 창작에 정진하여 「균열」, 「밤에 잡은 포로」, 「담배국」 등을 발표하였다. 1946년 북한으로 가 이후 1950년 9월까지 평양에서 『노동신문』, 『인민군신문』의 기자, 주필 등으로 활동하였으나 1950년 10월부터 1952년 10월까지 중국 북경 '중앙문학연구소'에서 연구원으로 일하며 한문 중편 「범람」, 역시 한문으로 된 단편소설집 『군공 메달』을 출판하였다. 1952년 연변에 거주하기 시작한 후 전직작가로 활동하며 많은 작품을 발표하였으나 1957년 후반부터 1980년까지 '문화대혁명'의 소용돌이에 휩싸여 반우파투쟁에서 '반동작가'로 몰리게 되어 붓을 꺾게 된다. 그 와중에 그는 1967년 12월부터 1977년 12월까지 10년간을 감옥에서 보내게 된다. 1978년 1월 만기 석방 후 1980년 12월 무죄 판결로 명예를 회복한 후 다시 붓을 들어 창작활동에 나선다. 이후 왕성한 창작활동을 통해 1988년 이후 서울에서도 장편 『격정시대』, 『해란강아 말하라』 등을 출판하였다.

단편 「균열」은 작가의 특징을 매우 잘 보여 주는 작품이다. 물론 그의 많은 작품들이 자신의 체험을 바탕으로 하고 있기는 하지만 이 작품은 그의 자전적인 색채가 유독 강하게 드러나고 있는 것이다. 조선의용군 ×지대 ×대 대장인 김학천은 바로 김학철 자신이기도 한 것이다. 또한 작품에서 주인공이 일본군과의 전투에서 다리를 잃게 되는데 이 또한 바로 작가 자신의 경험인 것이다. 이 작품은 주인공 김학천과 중국인 처녀 '친'과의 애틋한 연정, 그리고 다른 대의 대장인 김시광과의 갈등, 그리고 전쟁터의 전투상황 등의 사건들을 매우 적절하게 배치하여 젊은 투사들의 애국적 항일 투쟁의 이야기를 매우 감동적으로 그려 내고 있다. 특히 적의 포격에 의한 땅의 '균열'에 대한 설명, 그 '균열' 사이에서 갈등 관계에 놓였던 시광과 화해하는 장면 등의 묘사는 작가의 역사인식의 수준과 함께 작가적 역량이 만만치 않음을 잘 보여 주고 있다. 작품의 마지막 부분에서 다리 하나가 없는 학천과 팔이 없는 시광의 따스한 화해는 어떠한 균열도 조국의 독립이라는 명분 앞에서는 하나로 합해질 수밖에 없다는 사실을 웅변으로 보여 주고 있는 것이다.

4

　이상으로 매우 제한된 지면을 통해 해방 전 중국내 조선인 작가들과 그 작품을 개괄적으로 살펴보았다. 그리고 우리는 이들 중국내 조선인 작가들은 조선 국내와는 또 다른 삶의 조건 속에서 고통스럽게 살아갔던 우리 민족의 삶의 모습을 담는 데 모든 작가적 역량을 기울였음을 확인할 수 있었다. 따라서 우리는 우리 근대소설의 전개 과정 속에서 타국일망정 중국이라는 나라에서 우리말과 글로 문학활동을 한 작가들의 작품에 주목하고 그들의 작품을 우리 소설사의 본류에 합류시키는 일에 관심을 기울여야 하겠다. 그러한 시도가 우리 소설 문학사의 질과 양을 한 단계 더 높은 곳으로 끌어올릴 것으로 믿기 때문이다. 앞으로 더 많은 작가와 작품들이 발굴되어 우리 민족 문학의 주요한 유산으로서 이들 중국내 조선인 작가들의 작품이 재조명되기를 거듭 기대한다.

지하촌(地下村)

강경애

해는 서산 위에서 이글이글 타고 있다.

칠성이는 오늘도 동냥 자루를 비스듬히 어깨에 메고 비틀비틀 이 동리 앞을 지났다. 밑 뚫어진 밀짚 모자를 연방 내려 쓰나, 이마는 따갑고 땀방울이 흐르고 먼지가 연기같이 끼어, 그의 코밑이 매워 견딜 수 없다.

"이 애 또 온다."

"어아."

동리서 놀던 애들은 소리를 지르며 달려온다. 칠성이는 조놈의 자식들을 또 만나는구나 하면서 속히 걸었으나, 벌써 애들은 그의 옷자락을 툭툭 잡아 당겼다.

"이 애 울어라 울어."

한 놈이 칠성이의 앞을 막아 서고 그 큰 입을 헤벌리고 웃는다. 여러 애들은 죽 돌아 섰다.

"이 애 이 애, 네 나이 얼마?"

"거게 뭐 얻어 오니? 보자꾸나."

한 놈이 동냥 자루를 툭 잡아 채니, 애들은 손뼉을 치며 좋아한다. 칠성이는 우뚝 서서 그 중 큰 놈을 노려보고 가만히 서있었다. 앞으로 가려든지 또 욕을 건네면, 애들은 더 흥미가 나서 달라 붙는 것임을 잘 알기 때문이다.

"바루바루 점잖은데."

머리 뾰족 나온 놈이 나무 꼬챙이로 갓 눈 듯한 쇠똥을 찍어 들고 대들었다. 여러 놈은 깔깔거리면서 저만큼 쇠똥을 찍어 들고 덤볐다. 칠성이도 여기는 참을 수 없어서 막 서두르며 내달아 갔다.

두 팔을 번쩍 들고 부르르 떨면서 머리를 비틀비틀 꼬다가 한 발 지척 내디디곤 했다. 애들은 이 흉내를 내며 따른다. 앞으로 막아 서고 뒤로 따르면서 깡충깡충 뛰어 칠성의 얼굴까지 똥칠을 해놓는다. 그는 눈을 부릅뜨고,

"이 이놈들!"

입을 실룩실룩하다가 겨우 내놓는 말이다. 애들은,

"이 이놈들!"

하고 또한 흉내를 내고는 데굴데굴 굴면서 웃는다. 쇠똥이 그의 입술에 올라가자, 앱 투 하고 침을 뱉으면서 무섭게 눈을 떴다.

"무섭다, 바루바루."

애들은 참말 무섭게 보았는지 슬금슬금 꽁무니를 빼기 시작하였다. 칠성이는 팔로 입술을 비비고 떠들며 돌아가는 애들을 물끄러미 바라보았다. 웬일인지 자신은 세상에서 버림을 받은 듯 그렇게 고적하고 분하였다.

그들이 물러 간 후에, 신작로는 적적하고 죽 뻗어 나가다가, 조밭을 끼고 조금 굽어진 저 앞이 뚜렷했다. 그 위에 수수밭 그림자 서늘하고…. 그는 걸었다. 옷에 묻은 쇠똥을 털었으나, 떨어지지 않을 뿐만 아니라, 퍼렇게 물이 든다. 그는 어디라 없이 멍하니 바라보다가 산밑으로 와서 주저앉았다.

긴 풀에 잔바람이 홀홀히 감기고 이따금 들리는 벌레소리, 어디 샘물이 있는가 싶었다. 그는 보기 싫게 돋은 머리를 벅벅 긁어 당기며 무심히 앞을 보았다. 수림 속에 햇발이 길게 드리웠고, 짹짹하는 새소리 처량하게 들렸다. 난 왜 병신이 되어 그놈의 새끼들한테까지 놀림을 받나 하고 불쑥 생각하면서 곁의 풀대를 북 뽑았다. 손목은 찌르르 울렸다.

큰년이가 살까! 그는 눈이 멀고도 사는데, 난 그보다야 훨씬 낫지. 강아지의 털같이 보드라운 털을 가진 풀 열매를 바라보며 이렇게 생각하였다. 큰년이가 천천히 떠오른다. 곱게 감은 눈, 그것 참! 그는 진저리를 쳤다. 그리고 곁에 놓인 동냥 자루를 보면서, 오늘 얻어 온 것 중에 가장 맛있고 좋은 것으로 큰년에게 보내야 하지 하였다. 어떻게 보낼까? 밤에 바자 위로 넘겨 줄까. 큰년이가 나와 바자 곁에 서있어야 되지. 그럼 누가 나오라고는 해둬야지. 누구가 그래, 안 되어, 그럼 칠운이에게 들려서 보내야지. 아니 아니, 큰년의 어머니가 알게 되고 또 우리 어머니가 알지. 안 되어, 낮에 김들 매러 간 담에 몰래 바자로 넘겨 주지. 그는 가슴이 설레어 부스스 일어나고 말았다.

가죽을 벗겨 낼 듯이 내리 쬐던 해도 어느덧 산 속으로 숨어 버리고, 어디선가 불어 오는 바람이 풀잎을 살랑살랑 흔들고 그의 몸에 스며든다. 그는 동냥 자루를 매만지다가, 어깨에 메고 지척거리며 발길을 내디디었다.

하늘은 망망한 바다와 같이 탁 터지고, 저 멀리 붉은 놀이 유유히 떠돌고 있다. 그는 밀짚 모자를 젖혀 쓰고 산밑을 떠났다. 걸음에 따라 쇠똥 내가 물씬하고 났다.

그가 산모퉁이를 돌아 동리 앞까지 왔을 때, 그의 동생인 칠운이가 아기를 업고 쪼르르 달려온다.

"성 이제 오네. 히, 자꾸자꾸 봐도 안 오더니."

큰 눈에 웃음을 북실북실 띠고 형의 곁으로 다가서는 칠운이는 시커먼 동냥 자루를 덥썩 쥐어 무엇을 얻어 온 것을 어서 알려고 하였다.

"오늘도 과자 얻어 왔어?"

"아아니."

칠성이는 얼른 동냥 자루를 옮기고 주춤 물러 섰다. 칠운이는 따라 섰다.

"나 하나만 응야, 성아."

침을 꿀꺽 넘기고 새까만 손을 내민다. 그 바람에 아기까지 두 손을 쭉 펴들고 칠성이를 말끔히 쳐다본다.

"이 이 새끼는……."

칠성이는 홱 돌아 섰다. 칠운이는 넘어질 듯이 쫓아갔다.

"응야 성아, 나 하나만."

"없 없어……."

형은 눈을 치떴다. 칠운이는 금시로 눈물이 글썽글썽해서 형을 보았다.

"난 어마이 오면 이르겠네. 씨, 도무지 안 준다고, 아까아까 어마이가 밭에 가면서 아기 보라면서 저 성이 사탕 얻어다 준다구 했는데, 씨, 난 안 준다고 다 일러, 씨 흥."

칠운이는 입을 비쭉 하더니, 주먹으로 눈물을 씻는다. 아기는 영문도 모르고 으아하고 울음을 내쳤다.

주위는 감실감실 어두워 오는데, 칠운이는 흑흑 느껴 울면서 그들의 어머니가 올라가 있을 저 산을 바라보고 뛰어간다.

"어머이, 어머이."

하고 칠운이가 목메어 부르면, 번번이 아기도,

"엄마, 엄마."

하고 또랑또랑 불렀다. 웅웅하는 앞산의 반응은 어찌 들으면 어머니의 "왜?" 하는 대답 같기도 했다. 칠성이는 칠운이와 영애가 보이지 않는 것만 다행으로 돌아서 걸었다.

동네는 어둠에 푹 싸여 아무것도 보이지 않으나, 동네 앞으로 우뚝 서있는 늙은 홰나무만이 별을 따려는 듯 높아 보였다. 그는 이제 어떻게 해서라도 큰년이를 만날 것과 또 얻어 오는 이 과자를 큰년의 손에 꼭 쥐어 줄 것을 생각하며 걸었다.

"칠성이냐?"

어머니의 음성이 들린다. 그는 돌아다보았다. 나무를 한 임 이고 이리로 오는 어머니의 얼굴은 보이지 않으나, 웬일인지 그의 머리가 숙여지는 듯해서 번쩍 머리를 들었다.

"왜 오늘 늦었느냐?"

아까 밭에서 산으로 올라갈 때 몇 번이나 아들이 나오는가 하여 눈이 가물가물해지도록 읍 길을 바라보아도 안 보이므로 어디 가 넘어져 애를 쓰는가, 또 애새끼들한테서 돌팔매질을 당하는가 하여 읍에까지 가볼까 하였던 것이다. 칠성이는 어머니의 이 같은 물음에 애들에게 쇠똥칠당하던 것이 불시에 떠오르고, 코허리가 살살 간지럽기 시작하였다.

어머니는 갈잎 내를 확 풍기면서 그의 곁으로 다가선다. 그 큰 짐을 이고서 아기까지 둘러 업었다.

"어마이, 나 사탕 성은 안 준다야 씨."

칠운이는 어머니의 치맛귀를 잡고 늘어진다. 그 바람에 어머니는 앞으로 쓰러질 듯했다가 도로 서서 한 손으로 칠운이를 어루만졌다.

"저놈의 새 새끼, 주 죽이고 말라."

칠성이는 발길로 칠운이를 차려 하였다. 어머니는 또 쓰러질 듯 막아 섰다.

"그러지 말어라. 원 그것이 해종일 아기 보느라고 혼났다. 허리엔 땀띠가 좁쌀알같이 쭉 돋았구나. 여북 아프겠니 원."

어머니는 말끝에 한숨을 푹 쉰다. 칠성이는 문득 쇠똥 내를 물큰 맡으면서 화를 버럭 올렸다.

"누 누구는 가만히 앉아 있었나!"

"아니 그렇게 하는 말이 아니어, 칠성아."

어머니는 목이 메어 다시 말을 계속하지 못한다. 그들은 잠잠히 걸었다.

집에 온 그들은 나뭇단 위에 되는 대로 주저앉았다. 어머니는 칠성의 마음을 위로하느라고 이 말 저 말 끄집어 냈다.

“올해는 웬 살쐬기 그리 많으냐. 손이 얼벌벌하구나.”

어머니는 그 손을 한번쯤 들여다보고 싶은 것을 참고 아이를 어루만지다가 젖을 꺼냈다. 칠운이는 나뭇단을 퉁퉁 차면서 홍홍거린다. 칠성이는 동생들이 미워서 더 앉아 있을 수가 없어 일어났다. 그는 어둠 속으로 휘 살피고 큰년이가 저 속에 어디 섰지 않은가 했다.

방으로 들어온 칠성이는 이제 툇돌에 움찔린 발가락을 엉덩이로 꼭 눌러앉고 일변 칠운이가 들어오지 않는가 귀를 기울이며 문을 걸었다. 그리고 동냥 자루를 가만히 쏟았다. 흩어지는 성냥과 쌀알 흐르는 소리, 솜털이 오싹일어 그는 몸을 움찔하면서 얼른 손을 내밀어 하나하나 만져 보았다. 역시그 안에 있는 돈 생각이 나서, 돈마저 꺼내 가지고 우두커니 들여다보았다. 비록 방 안이 어두워서 그 모든 것이 보이지 않으나, 눈곱같이 눈구석에 박혀 있는 듯했다. 성냥갑 따로, 쌀과 과자 부스러기 따로 골라 놓고 문득 큰년이를 생각하였다. 어느 것을 주나, 얼른 과자를 쥐며, 이것을 주지 하고 하나 집어 입에 넣었다. 바작 소리가 이 사이에 돌고 달콤한 물이 사르르 흐른다. 그는 입맛을 다시고 나서 칠운이가 엿듣는가 다시 한번 조심했다.

그는 온 손에 땀이 나도록 쥐고 있는 돈을 펴서 보고 한 푼 한 푼 세어보다가, 이것으로 큰년의 옷감을 끊어다 주면 얼마나 큰년이가 좋아할까, 그의 가슴은 씩씩 뛰었다. 고것 왜 우리 집엘 안 올까, 오면 내가 돈도 주고이 과자도 주고 또 큰년이가 달라는 것이면 내 다 주지. 응 그래. 이리 생각되자 그는 어쩐지 마음이 송구해졌다. 해서 성냥갑과 과자 부스러기를 한데싸서 저편 갈자리 밑에 밀어 놓고, 돈도 거기에 넣은 담에 쌀만 아랫방에 내려놓았다. 그리고 뒷문 곁으로 바싹 다가 앉아서 큰년네 바자를 바라다보았다.

바자에 호박 넝쿨이 엉켰고 그 위에 벌들이 팔팔 날았다. 어떻게 만날까, 그는 무심히 발가락을 쥐고 아픔을 느꼈다. 서늘한 바람이 그의 볼 위에 흘러내렸다. 그는 안타까웠다. 지금 이 발끝이 아픈 것보다도 어딘가 모르게 또 아픈 것을 느낀다.

“이 애 밥 먹어.”

칠성이는 놀라 돌아보았다. 어머니가 샛문 밖에 서있다는 것을 알자, 웬일인지 가슴 한구석에 공허를 아득하게 느꼈다.

“왜 문을 걸었나?”

어머니는 문을 잡아 챈다. 과자를 달라거나 돈을 달래려고 저리도 문을 잡아 흔드는 것 같다. 그는 와락 미운 생각이 치올랐다.

"난 난 안 먹어!"

꽥 소리쳤다. 전신이 후루루 떨린다.

"장에서 뭐 먹고 왔니?"

어머니의 음성은 가늘어진다. 언제나 칠성이가 화를 낼 때 어머니는 저리도 기운이 없어진다. 한참 후에,

"좀더 먹으렴."

"시 싫여."

역시 소리를 질렀다. 그러나 어머니는 뭐라고 웅얼웅얼하더니 잠잠해 버린다. 칠성이는 우두커니 앉았노라니 자꾸만 갈자리 속에 넣어 둔 과자가 먹고 싶어 가만히 갈자리를 들썩하였다. 먼지 내 싸하게 올라오고 빈대 냄새 역하다. 그는 자리를 도로 놓고, 내일 아침에 큰년이 줄 것인데 내가 먹으면 안 되지 하고, 획 돌아 앉고도 부지중에 손은 갈자리를 어루 쓸고 있다. 큰년이 줘야지, 냉큼 손을 떼고 문턱을 콱 붙들었다.

아침 바람이 산들산들 밀려 들어 이마에 흐른 땀을 선뜻하게 한다. 그는 얼른 적삼을 벗어 던지고, 그 바람을 안았다. 온몸이 가려운 듯하여 벽에다 몸을 비비치니 어떤 쾌미가 일어, 부지중에 그는 몸을 사정없이 비비치고 나니 숨이 차고 등가죽이 벗겨져 아팠다. 그래서 벽을 붙잡고 일어나 나왔다.

몸을 움직이니 안 아픈 곳이 없다. 손끝에 가시가 박혔는지 따끔거리고 팔뚝이 쓰라리고 아까 다친 발가락이 새삼스러이 더 쏘고, 그는 꾹 참고 걸었다.

울바자 밑에 나란히 서있는 부초종 끝에 별빛인가도 의심나게 흰 꽃이 다문다문 빛나고, 간혹 맡을 수 있는 부초 냄새는 계집이 곁에 와 섰는가 싶게 야릇했다. 그는 바자 곁으로 다가 섰다.

큰년네 집에선 모깃불을 피우는지 향긋한 쑥 내가 솔솔 넘어오고, 이따금 모깃불이 껌벅껌벅하는데 두런두런하는 소리에 귀를 세우니, 바자가 바삭바삭 소리를 내고, 호박잎의 솜털이 그의 볼에 따끔거린다. 문득 그는 바자 저 편에 큰년이가 숨어서 나를 엿보지나 않나 하자 얼굴이 확확 달았다.

어느 때인가 되어 가만히 둘러보니, 옷에 이슬이 촉촉하였고, 부초꽃이 물 속에 잠긴 차돌처럼 그 빛을 환히 던지고 있다. 모깃불도 보이지 않고 캄캄

하며, 어디선가 벌레소리가 쓰르릉 하고 났다. 그는 방으로 들어 서자 가슴이 답답하였다.

이튿날 아침에 눈을 뜨니, 벌써 뒤뜰은 햇빛으로 가득하였다. 칠성이는 일어나는 참에 어머니와 칠운이가 아직도 집에 있는가 살핀 담에 아무도 없음을 보고, 뒷문턱에 걸터앉아서 큰년네 바자를 물끄러미 바라보았다. 큰년이 아버지 어머니도 김 매러 갔을 테고, 고것 혼자 있을 터인데… 혹 마을꾼이나 오지 않았는지. 오늘은 꼭 만나야 할 터인데, 이런 생각을 하다가 무심히 그의 팔을 들여다보았다. 다 해진 적삼 소매로 맥없이 늘어진 팔목은 뼈도 없고 살도 없고, 오직 누렇다 못해서 푸른빛이 도는 가죽만이 있을 뿐이다. 갑자기 슬픈 마음이 들어 그는 머리를 들고 한숨을 푹 쉬었다. 큰년이가 눈을 감았기로 잘했지, 만일 두 눈이 둥글하게 뜨였다면 이 손을 보고 십 리나 달아날 것도 같다. 그러나 큰년이가 이 손을 만져 보고 왜 이리 맥이 없어요, 이 손으로 뭘 하겠소 할 때에… 그는 가슴이 답답해서 견딜 수 없다, 그저 한숨만 맥없이 내쉬고 들이쉬다가 문득 약이 없을까? 하였다. 약이 있기는 있을 터인데… 큰년네 바자 위에 둥글하게 심어 붙인 거미줄에는 수없는 이슬방울이 대롱대롱했다. 저런 것도 약이 될지 모르지, 그는 벌떡 일어나 나왔다.

거미줄에서 빛나는 저 이슬방울들이 참으로 약이 되었으면 하면서, 그는 조심히 거미줄을 잡아 당겼다. 팔은 맥을 잃고, 뿐만 아니라 자꾸만 떨려 거미줄을 잡을 수도 없지만 바자만 흔들리고, 따라서 이슬방울이 후두두 떨어진다. 그는 손으로 떨어져 내려오는 이슬방울을 받으려고 했다. 그러나 한 방울도 그의 손에는 떨어지지 않았다.

"에이! 비 빌어먹을 것!"

그는 이런 경우를 당할 때마다 이렇게 소리치곤 말없이 하늘을 노려보는 버릇이 있다. 한참이나 이러하고 있을 때, 자박자박하는 신발소리에 그는 가만히 머리를 돌려 바라보았다. 호박잎이 그의 눈썹 끝에 삭삭 비비치자 눈물이 핑그르르 돈다. 눈물 속에 비치는 저 큰년이, 그는 눈가가 가려운 것도 참고 눈을 점점더 크게 떴다.

빨래 함지를 무겁게 든 큰년이는 이리로 와서 빨래 함지를 쿵 내려놓고 일어난다. 눈은 자는 듯 감았고 또 어찌 보면 감은 듯 뜬 것같이도 보였다. 이제 빨래를 했음인지 양볼에 붉은 점이 한 점 두 점 보이고, 턱이 뾰족한

것이 어디 며칠 앓은 사람 같다. 큰년이는 빨래를 한 가지씩 들어 활활 펴가
지고 더듬더듬 바자에 넌다.

칠성이는 숨이 턱턱 막혀서 견딜 수 없다. 소리나지 않게 숨을 쉬려니 가
슴이 터지는 것 같고, 뱃가죽이 다잡아 씌었다. 그는 잠깐 머리를 숙여 눈물
을 씻어 낸 후에 여전히 들여다보았다. 지금 그의 머리엔 아무런 생각도 할
수 없다. 그저 큰년의 동작으로 가득 했을 뿐이다. 큰년이는 한 가지 남은
빨래를 마저 가지고 그의 앞으로 다가온다. 그때 칠성이는 손이라도 쑥 내밀
어 큰년의 손을 덥썩 잡아 보고 싶었으나, 몸은 움찔 뒤로 물러 나지며 온
전신이 풀풀 떨리었다.

바삭바삭 빨래 널리는 소리가 칠성의 귓바퀴에 돌아 내릴 때, 가슴엔 웬
새새끼 같은 것이 수없이 팔딱거리고 귀가 우석우석 울고 눈은 캄캄하였다.
큰년의 신발소리가 멀리 들릴 때 그는 비로소 몸을 움직일 수 있었고, 또 호
박잎을 젖히고 들여다보았다. 큰년이는 빈 함지를 들고 부엌문을 향하여 들
어가고 있다. 그는 급하여 소리라도 쳐서 큰년이를 멈추고 싶었으나 역시 마
음뿐이었다. 큰년의 해어진 치마폭 사이로 뻘건 다리가 두어 번 보이다가 없
어진다. 또 나올까 해서 그 컴컴한 부엌문을 뚫어지도록 보았으나, 끝끝내
큰년이는 나오지 않았다. 그는 후하고 한숨을 내쉬고 물러섰다. 햇볕은 따갑
게 내리쬔다. 과자나 들려 줄걸… 돈이나 줄 것을, 아니 돈은 내가 모았다가
치마나 해주지 하고 다시 들여다보았다. 바자만 바삭바삭 소리를 내고 고요
하다. 이제 큰년의 손으로 널은 빨래는 희다 못해서 햇빛같이 빛나고. 그는
눈을 떼고 돌아 섰다. 자기가 옷가지라도 해주지 않으면 큰년이는 언제나 그
뻘건 다리를 감추지 못할 것 같다.

"성아, 나 사탕 좀…."

돌아보니, 칠운이가 아기를 업고 부엌문으로 나온다. 그는 도둑질이나 하
다가 들킨 것처럼 무안해서 얼른 바자 곁을 떠났다. 칠운이는 저를 다우쳐
형이 저리도 급히 오는 것으로 알고 부엌으로 달아나다가 살짝 돌아보고 또
이리 온다.

"웅야, 나 하나만…."

손을 내민다.

아기도 머리를 갸웃하여 오빠를 바라보고 손을 내민다. 아기의 조 머리엔
종기가 자잘하게 났고, 거기에는 언제나 진물이 마를 사이 없다. 그 위에 가

늘고 노란 머리카락이 이겨 달라 붙었고 또 파리가 안타깝게 달라 붙어 떨어지지 않는다. 아기는 자꾸 그 가는 손가락으로 머리를 쥐어 당기고, 종기 딱지를 떼어 오물오물 먹고 있다.

아기는 그 손을 오빠 앞에 처들었다. 손가락을 모을 줄 모르고 짝 펴들고 조른다. 칠성이는 눈을 부릅떠 보이고 방으로 들어왔다. 칠운이는 문 앞에 딱 막아 서서 훙훙거렸다.

"응야 성아, 한 알만 주면 안 그래."

시퍼런 코를 훌떡 들이마신다.

"보 보기 싫다!"

칠운이 역시 옷이 없어 잠뱅이만 입었고, 그래서 저 등은 햇볕에 타다 못해서 허옇게 까풀이 일고 있으며, 아기는 그나마도 없어서 늘 벗겨 두었다. 동생들의 이러한 모양을 바라보는 그는 눈에서 불이 확확 일어난다. 눈을 돌리어 벽을 바라보자 문득 읍의 상점에 첩첩이 쌓인 옷감이 생각났다. 그는 자기도 모르게 손을 번쩍 들어 칠운이를 치려 했으나, 그 손은 맥을 잃고 늘어진다.

"난 그럼, 아기 안 보겠다야, 씨."

칠운이가 아기를 내려놓고 달아난다. 그러자 아기는 악을 쓰고 운다. 칠성이는 눈도 거들떠보지 않고 돌아 앉아 파리가 우글우글 끓는 곳을 바라보니 밥그릇이 눈에 띄었다. 언제나 어머니는 그가 늦게 일어나므로 저렇게 밥바리에 보를 덮어 놓고 김 매러 가는 것이다. 그는 슬그머니 다가앉아 술을 들고 보를 들쳤다. 국에는 파리가 빠져 둥둥 떠다니고, 밥바리에 붙었던 수없는 파리떼는 기겁을 해서 달아난다. 그는 파리를 건져 내고 밥을 푹 떠서 입에 넣었다. 밥이란 도토리뿐으로 밥알은 어쩌다가 씹히곤 했다. 씹히는 그 밥알이야말로 극히 부드럽고 풀기가 있으며, 그 맛이 달큼해서 기침을 할 지경이었다. 그러나 그 맛은 잠깐이고 또 도토리가 미끈하게 씹혀 밥맛이 쓰디쓴 맛으로 변한다. 그래서 도토리만은 잘 씹지 않고 우물우물해서 얼른 삼키려면 그만큼 더 넘어가지 않고 쓴 물을 뿌리며 혀끝에 넘나들었다.

얼마 후에 바라보니, 아기가 언제 울음을 그쳤는지 눈이 보송보송해서 발발 기어오다가, 오빠를 보고 멀거니 쳐다보다가는 그 눈을 밥그릇에 돌리고 또 오빠의 눈치를 살핀다. 칠성이는 그 듣기 싫은 울음을 그친 것이 대견해서 얼른 밥알을 골라 내쳐 주었다. 그러니 아기는 그 조그만 손으로 밥알을 쥐어 먹다가, 성이 차지 않아서 납짝 엎드려서 밥알을 쫄쫄 핥아 먹고는 또 말가니 오빠를 본다. 이번에는 도토리알을 내쳐 주었다. 아기는 웬일인지 당길 성 없게 도토리를 쥐고는 손으로 조몰락조몰락 만지기만 하고 먹지는 않는다.

"아 안 먹게이!"

도토리를 분간해서 아는 아기가 어쩐지 미운 생각이 왈칵 들어 그는 이렇게 소리쳤다. 그러니 아기는 입을 비죽비죽하다가 으아하고 울었다.

"우 울겠니!"

칠성이는 발길로 아기를 찼다. 아기는 눈을 꼭 감고 방바닥에 쓰러졌다. 그 바람에 아기 머리의 파리는 웅하고 조금 떴다가 곧 달라 붙는다. 칠성이는 재차 차려고 달려드니 아기는 코만 풀찐풀찐하면서 울음소리를 뚝 끊었다. 그러나 그 눈엔 눈물이 샘솟듯 흐른다. 칠성이는 모른 체하고 돌아 앉아 밥만 퍼먹다가 캑 하는 소리에 머리를 돌렸다.

아기는 언제 그 도토리를 먹었던지 캑캑하고 게워 놓는다. 깨느르르한 침에 섞여 나오는 도토리 쪽은 조금도 씹히지 않은 그대로였고 그 빛이 약간 붉은 기를 띤 것을 보아 피가 묻어 나오는 것임을 알 수 있다. 아기의 얼굴은 빨갛게 상기되고 목에 힘줄이 불쑥 일어났다.

그 찰나에 칠성이는 입에 문 도토리가 모래알같이 씹을 수 없고, 쓴 내가 콧구멍 깊이 칵 올리 받쳐 견딜 수 없었다. 그는 술을 텡긍 내치고 아기를 번쩍 들어 문 밖으로 내놓았다. 그리고 뼈만 남은 아기의 볼기를 짝 붙이니, 얼굴이 새까매지면서도 여전히 느껴 운다. 이번에는 밥그릇을 냅다 차서 요란스레 굴리고 윗방으로 올라오니, 게우는 소리에 몸이 오시러워서 가만히 있을 수 없었다. 문득 갈자리 속의 과자를 생각하고 그것을 남김없이 꺼내다가 아기 앞에 팽개치고 뒤뜰로 나와 버렸다. 그는 빙빙 돌다가 침을 탁 뱉었다.

한참 만에 칠성이가 방으로 들어오니, 방 안은 단 가마 속 같았다.

그는 앉았다 섰다 안달을 하다가, 머리를 기웃하여 보니, 아기는 손을 깔고 봉당에 엎드려 잠들었고, 게워 놓은 자리엔 쉬파리가 날개 없는 듯이 벌벌 기고 있으며, 아기 머리와 빠끔히 벌린 입에는 잔파리, 왕파리가 바글바글 들싼다. 과자! 그는 놀라 둘러보았다. 부스러기도 볼 수 없었다. 아기가 다 먹을 수 없고 필시 칠운이가 들어왔던 것이라 생각될 때 좀 남기고 줄 것을 하는 후회가 일며 칠운이를 보면 실컷 때리고 싶었다. 그는 달아나오면서 발길로 아기를 차고 나왔다. 손을 거북스레 깔고 모로 누운 꼴이 눈에 꺼리고 또 여윈 팔다리가 보기 싫어서 이러하고 나온 것이다.

아기 울음소리를 들으면서 그는 칠운이를 찾았다. 저편 버드나무 아래에 애들이 모여 떠든다. 옳지, 저기 있구나 하고 씩씩거리며 그리고 발길을 떼어 놓았다.

몰래몰래 오너라 했건만, 칠운이는 벌써 형을 보고서 달아난다. 애들은 수수깡을 시시하고 씹고 서서 칠성이를 힐끔힐끔 보다가는 히히 웃었다. 어떤 놈은 칠성의 걸음 흉내를 내기도 한다.

칠운이는 조밭으로 들어갔는지 보이지 않는다. 그는 잡풀에 얽혀 넘어지니, 뒤로 따르던 애들은 허하고 웃고 떠든다. 칠성이는 겨우 일어나서 애들을 노려보았다. 이놈들도 달려들지나 않으려나 하는 불안이 약간 일어 이렇게 딱 버텨 보인 것이다. 애들은 무서웠던지 슬금슬금 달아난다. 애들 같지 않고 무슨 원숭이 무리가 먹을 것을 구하러 눈이 뒤집혀서 다니는 것 같았다. 이 동리 애들은 모두가 미운 애들만이라고 부지중에 생각되어 한참이나 바라보다가 걸었다. 이마가 따갑고 발가락이 따가운데, 또 애들이 벗겨 버린 수수깡 껍질이 발끝에 따끔거린다. 애들은 내를 바라고 달아난다. 그 무리에 칠운이도 섞였을 것이라고 그는 버드나무 아래로 왔다.

여기는 수수깡 껍질이 더 많고 또 소를 갖다 매는 탓인지 쇠똥이 지저분했다. 버드나무에 기대 서서 그는 바라보았다. 저절로 그의 눈이 큰년네 집에 멈추고 또 큰년이를 만나 볼 마음으로 가득하다. 지금 혼자 있을 텐데 가 볼까, 그러나 누가 있으면… 무엇이 따끔하기에 보니 왕개미 몇 마리가 다가와 다리로 올라온다. 그는 툭툭 털고 다시 보았다.

멀리 큰년네 바자엔 빨래가 희게 널렸는데, 방금 날으려는 새와 같이 되록되록하여 쉬 하면 푸르릉 날듯하다. 있기는 누가 있어, 김 매러 다 갔을 터인데… 신발소리에 그는 돌아보았다. 개똥 어머니가 어떤 여인을 무겁게 업고 숨이 차서 온다. 전 같으면,

"요새 성냥 많이 벌었겠구면, 한 갑 선사하게나."

하고 농담을 건넬 터인데 오늘은 울상을 하고 잠잠히 지나친다. 이마에 비지땀이 흐르고 다리가 비틀비틀 꼬이고 숨이 하늘에 닿고. 그는 머리를 들어 보니 등에 업힌 여인인즉 죽은 시체 같았다. 흩어진 머리 주제며, 입에 끓는

거품 꼴, 피투성이된 옷! 눈을 크게 뜨며 머리카락에 휩싸인 여인의 얼굴을 똑바로 보니 큰년의 어머니였다. 그는 놀랐다. 해서 뭐라고 묻고 싶은데 벌써 개똥 어머니는 버드나무를 지나 퍽으나 갔다. 웬일일까? 어디 넘어졌나, 누구와 쌈을 했나 하고 두루 생각하다가 못 견뎌 일어나 따랐다. 맘대로 하면 얼른 가서 개똥 어머니에게 어찌된 곡절을 묻겠는데, 다리가 말을 듣지 않고 점점더 비틀거리기만 하고 앞으로 가지는 않는다. 그는 화를 더럭 내고 몸짓만 하다가 팍 거꾸러졌다. 한참이나 버둥거리다가 일어나서 천천히 걸었다.

큰년네 굴뚝에는 연기가 흐른다. 옳구나, 큰년의 어머니가 어찌해서 그 모양이 되었을까, 또다시 이러한 궁금증이 일어난다. 그가 큰년네 마당까지 오니, 큰년네 집으로 들어가고 싶어 발길이 자꾸만 돌려진다. 그런 것을 참고 무슨 소리나 들을까 하여 한참이나 왔다갔다 하다가 집으로 왔다.

봉당에 들어 서니 파리가 와글 끓는데 그 속에서 아기가 똥을 누고 있다. 깽깽 힘을 쓰니 똥은 안 나오고 밑이 손길같이 빠지고 거기서 빨간 핏방울이 똑똑 떨어진다. 아기는 기를 쓰느라 두 눈을 동그랗게 비켜 뜨니, 얼굴의 힘줄이 칼날같이 일어난다. 그 조그만 이마에 땀이 비 오듯하고 그는 못 볼 것이나 본 것처럼 머리를 돌리고 방으로 들어왔다. 마음대로 하면 아기를 칵 밟아 죽여 버리든지 어디 멀리로 들어다 버리든지 했으면 오히려 시원할 것 같다.

칠성이는 발길에 채어 구르는 도토리를 집어 먹으며 아기 기 쓰는 소리에 눈살을 잔뜩 찌푸리고 그만 뒤뜰로 나와 버렸다. 아기로 인하여 잠깐 잊었던 큰년 어머니의 생각이 또 나서 그는 바자 곁으로 다가섰다.

"으아 으아."

하는 아기 울음소리에 머리를 돌렸다. 영애의 울음소리가 아니요, 아주 갓난 어린 애의 울음인 것을 직각하자 큰년의 어머니가 아기를 낳았는가 했다. 그러자 불안하던 마음이 다소 덜리나, 아기 하고 입에만 올려도 입에서 신물이 돌 지경이었다. 지금 봉당에서 피똥을 누느라 병든 고양이 꼴을 한 그런 아기를 낳을 바엔 차라리 진 자리에서 눌러 죽여 버리는 것이 훨씬 나을 것 같았다.

큰년이 같은 그런 계집애를 낳았나, 또 눈먼 것을… 그는 히하고 웃음이 터졌다. 그 웃음이 입가에서 사라지기도 전에 왜 이 동네 여인들은 그런 병신만을 낳을까 하니, 어쩐지 이상하였다. 하기야 큰년이가 어디 나면서부터 눈멀었다디, 우선 나도 네 살 때에 홍역을 하고 난 담에 경풍이라는 병에 걸려 이런 병신이 되었다는데, 하자 어머니가 항상 외던 말이 생각되었다.

그때 어머니는 앓는 자기를 업고, 눈이 길같이 쌓여 길도 찾을 수 없는 데를 눈 속에 푹푹 빠지면서 읍의 병원에를 갔다는 것이다. 의사는 보지도 못한 채 어머니는 난로도 없는 복도에 한 경이나 서고 있다가 하도 갑갑해서 진찰실 문을 열었더니 의사는 눈을 거칠게 떠보이고 어서 나가 있으라는 뜻을 보이므로 하는 수 없이 복도로 와서 해가 지도록 기다리는데 나중에 심부름하는 애가 나와서 어머니 손가락만한 병을 주고 어서 가라고 하였다는 것이다.

어머니는 그 말만 하면 흥분이 되어 의사를 욕하고 또 세상을 원망하는 것이다. 그때마다 그는 어머니를 핀잔하고 그 말을 막아 버리고 하였다. 무엇보다도 불쾌하여 견딜 수 없었던 것이다

약만 먹으면 이제라도 내 병이 나을까, 큰년의 병도… 아니야, 이미 병신이 된 담이야 약을 쓴다고 나을까, 그래도 알 수가 있나. 어쩌다 좋은 약만 쓰면 나도 남처럼 다리 팔을 제대로 놀리고 해서 동냥도 하러 다니지 않고 내 손으로 김도 매고 또 산에 가서 나무도 쾅쾅 찍어 오고, 애새끼들한테서 놀림도 받지 않고… 그의 가슴은 우쩍하였다. 눈을 번쩍 떴다. 병원에나 가서 물어 볼까… 그까짓 놈들이 돈만 알지 뭘 알아. 어머니의 하던 말 그대로 되풀이하고 맥없이 주저앉았다.

큰년네 집도 조용하고, 아기의 울음소리도 그쳤는데 배가 쌀쌀 고팠다. 그는 해를 짐작해 보고, 어머니가 이제 들어오면 얼굴에 수심을 띠고 귀밑에 머리카락을 담뿍 흘리고서, 너 왜 동냥하러 가지 않았니, 내일은 뭘 먹겠니 할 것을 머리에 그리며 무심히 서있는 대싸리나무를 바라보았다.

혹시 이 대싸리나무가 내 병에 약이 되지나 않을까, 그는 대싸리나무 냄새를 코밑에 서늘히 느끼자 이러한 생각이 불쑥 일어, 대싸리나무 곁으로 가서 한 입 뜯어 물었다. 잘강잘강 씹으니 풀 내가 역하게 일며 욱하고 구역질이 나온다. 그래도 눈을 꾹 감고 숨도 쉬지 않고 대강 씹어 삼켰다. 목이 찢어지는 듯이 아프고 맑은 침이 자꾸만 흘러 내린다. 그는 이 침마저 삼켜야 약이 될 듯해서 눈을 꿈쩍거리면서 그 침을 삼키고 나니 까닭 없이 두 줄기 눈물이 주르르 흘러내린다.

그는 하늘을 바라보고 제발 이 손을 조금이라도 놀려서 어머니가 하는 나무를 내가 하도록 합시사 하였다. 평소에 이런 생각을 한번도 해본 적이 없건만 어머니가 나무를 무겁게 이고 걸음도 잘 걷지 못하는 것을 보아도 무심했건만 웬일인지 이 순간에 이러한 생각이 일었다.

한참이나 꿈쩍 않고 있던 그는 손을 가만히 들어 보고 이번에나 하는 마음이 가슴에서 후닥닥거렸다. 하나 손은 여전히 떨리어 움츠러든다. 갑자기 욱하고 구역질을 하자, 땅에 머리를 쾅 들이 쪼고 훌쩍훌쩍 울었다.

아주 캄캄해서야 어머니는 돌아왔다. 또 산으로 가서 나무를 해 이고 온 것이다.

"어디 아프냐?"

어둠 속에 약간 드러나는 어머니의 윤곽은 피로에 싸여 넘어질 듯하다. 그리고 짙은 풀 내가 치마폭에 흠씬 배어 마늘 내같이 강하게 풍겼다.

"이 애야, 왜 대답이 없어?"

아들의 몸을 어루만지는 장작개비 같은 그 손에도 온기만은 돌았다.

칠성이는 어머니의 손을 뿌리치고 돌아 누웠다. 어머니는 물러 앉아 아들의 눈치를 살피다가 혼자 하는 말처럼,

"어디가 아픈 모양인데, 말을 해야지. 잡놈 같으니라구."

이 말을 남기고 일어서 나갔다. 한참 후에 어머니는 푸성귀국에다 밥을 말아 가지고 들어와서 아들을 일으켰다. 칠성이는 언제나처럼 어머니 팔목에서 뚝 하는 소리를 들으면서 일어나 앉아 떨리는 손으로 술을 붙들었다.

"이 애야, 어디 아프냐?"

아까와 달리 어머니 옷가에 그을음 내가 풍기고, 숨소리에 따라 밥 내 구수한데, 무겁던 몸이 가벼워진다.

"아 아니."

마음을 졸이던 끝에 비로소 안심하고 아들이 국 마시는 것을 들여다보았다.

"에그 큰년네 어머니는 오늘 밭에서 아기를 낳았다누나. 내남없이 가난한 것들에서 새끼가 무이겠니."

아까 버드나무 아래서 본 큰년의 어머니가 떠오르고 으아으아 울던 아기 울음소리가 들리는 듯, 또 영애의 그 꼴이 선히 나타난다. 그는 눈살을 찌푸렸다.

“글쎄 새끼가 왜 태워, 진절머리 나지.”

한숨 섞어 어머니는 이렇게 탄식하고, 빈 그릇을 들고 나가 버린다. 칠성이는 방 안이 덥기도 하지만, 큰년의 일이 궁금해서 그만 일어나 나왔다.

뜰 한 모퉁이에 쌓여 있는 나뭇단에서 짙은 풀내가 산 속인 듯싶게 흘러나오고, 검푸른 하늘의 별들은 아기 눈같이 예쁘다.

왱왱거리는 모기를 쫓으면서 나무 말려 모아 놓은 곳에 주저앉았다. 마른 갈잎이 버석버석 소리를 내고 더운 김에 밑이 뜨뜻하였다. 어머니가 저리로부터 온다.

“칠성이냐? 왜 나왔니.”

버석 소리를 내고 곁에 앉는다. 땀 내와 영애의 똥 내가 훅 끼치므로, 그는 머리를 돌렸다. 어머니는 젖을 꺼내 아이에게 물리고 한숨을 푹 쉰다. 무슨 말을 하려나 하고 칠성이는 어머니의 눈치를 살피나, 안타깝게 병든 고양이 새끼 같은 영애를 어루만지기만 하고, 쉽사리 입을 열지 않았다.

해종일 김매기에 그 몸이 고달팠겠고, 더구나 산에 가서 나무를 해오려기에 그 몸이 지칠 대로 지쳤으련만, 또 아기에게서라도 시달림을 받으니, 오늘날이라도 잠만 들면 깨지 못할 것 같다. 그렇게 피로한 몸을 돌아보지 않는 어머니가 어딘지 모르게 미웠다.

“계집애는 자지도 않아!”

칠성이는 보다못해서 꽥 소리쳤다. 영애는 젖꼭지를 문 채 울음을 내쳤다.

그 애가 어디 자게 되었니. 몸이 아픈 데다 해종일 굶었고 또 이리 젖이 안 나니까, 하는 말이 혀끝에서 똑 떨어지려는 것을 꾹 참으니 눈물이 핑그르르 돌았다.

“오오, 널 보고 안 그런다. 어서 머.”

겨우 말을 마치자 눈물이 줄줄 흘렀다. 문득 어머니는 이 눈물이 곁으로 흘러서 영애의 타는 목을 축여 줬으면 가슴은 이다지도 쓰리지 않으련만 하였다.

한참 후에 어머니는,

“글쎄 살지도 못할 것이 왜 태어나서 어미만 죽을 경을 치게 하겠니. 이제 가보니 큰년네 아기는 죽었더구나. 잘되기는 했더라만… 에그 불쌍하지. 얼마나 밭고랑을 타고 헤매었는지, 아기 머리는 고냥 흙투성이라더구나. 그게 살면 또 병신이나 되지 뭘 하겠니. 눈에 귀에 흙이 잔뜩 들었더라니, 아이구 죽기를 잘했지, 잘했지!"

어머니는 흥분이 되어 이렇게 중얼거린다. 칠성이도 가슴이 답답해서 숨을 크게 쉬었다. 그리고 자신도 어려서 죽었더라면 이 모양은 되지 않을 것을 하였다.

"사는 게 뭔지, 큰년네 어머니는 내일 또 김 매러 가겠다더구나. 하루쯤 쉬어야 할 텐데, 이게 이게 어느 때냐. 그럴 처지가 되어야지. 없는 놈에게 글쎄 자식이 뭐냐. 웬 자식이냐."

영애를 낳아 놓고 그 다음날로 보리 마당질하던, 그 지긋지긋하던 때가 떠오른다. 하늘이 노랗고 핑핑 돌고 보리 이삭이 작았다 커보이고, 도리깨를 들 때, 내릴 때 아래서는 무엇이 뭉클뭉클 나오다가 나중엔 무엇이 묵직하게 매어 달리는 듯해서 좀 만져 보았으나, 사이도 없고 또 남들이 볼까 꺼려 그냥 참고 있다가 소변 보면서 보니 허벅다리에 피가 흥건했고, 또 주먹 같은 살덩이가 축 늘어져 있었다. 겁이 더럭 났지만, 누구보고 물어 보기도 부끄럽고 해서 그냥 내버려 두었더니, 그 살덩이가 오늘까지 늘어져서 들어갈 줄 모르고 또 무슨 물을 줄줄 흘리고 있다.

그것 때문에 여름에는 더 덥고 또 고약스런 악취가 나고, 겨울엔 더하고 항상 몸살이 오는 듯 오삭오삭 추웠다. 먼 길이나 걸으면 그 살덩이가 불이 붙는 듯 쓰라리고, 또 염증을 일으켜 퉁퉁 부어서 걸음 걸을 수가 없으며, 나중에 주위로 수없는 종기가 나서, 그것이 곪아 터지느라 기막히게 아팠다. 이리 아파도 누구에게 아프다는 말도 할 수 없는 그런 종류의 병이었다.

어머니는 지금도 척척히 늘어져 있는 그 살덩이를 느끼면서 한숨을 푹 쉬었다. 갈잎이 바삭바삭 소리를 낸다. 마침 영애는 젖꼭지를 꽉 물었다.

"아이그!"

소리까지 내치고도 얼른 칠성이가 이런 줄을 알면 욕할 것이 싫어서 그 다음 말은 뚝 그치고 손으로 영애의 머리를 꾹 눌러 아프다는 뜻을 영애에게만 알렸다. 그리고도 너무 눌렀는가 하여 누른 자리를 금시로 어루만져 주었다.

"정말 오늘 그 난시에 글쎄 큰년네 집에는 손님이 와서 방 안에 앉아도 못 보고 갔다누나."

칠성이는 머리를 들었다. 어디서 불어 오는 모기 쑥 내는 향긋하였다.

"전에부터 말있는 그 집에서 왔다는데 넌 정 모르기 쉽겠구나. 읍에서 무슨 장사를 한다나, 꽤 돈푼이나 있다더라. 한데, 손을 이때까지 못 보았다누나. 해서, 첩을 여남은두 넘어 얻었으나, 이때까지 못 낳았단다. 에그 그런 집에 나래지."

어머니는 영애를 잠잠히 내려다본다. 칠성이는 이야기하면서도 아기를 생각하는 어머니가 보기 싫었다. 하나 다음 말을 들으려니 가만히 앉아 있었다.

"그런데 어찌어찌하다가 큰년의 말이 났는데 사내는 펄쩍 뛰더란다. 그래두 안으로 맘이 켕겨서 그러하다고 하더니, 하필 오늘 같은 날, 글쎄 선 보러 왔다갔다니 큰년이는 이제 복 좋을라! 언제 봐도 덕성스러워. 그 애가 눈이 멀었다 뿐이지 못하는 게 뭐 있어야지. 허드렛일이나 앉아 하는 일이나 횡 잡았으니 눈뜬 사람보다 낫다. 이제 그런 집으로 시집가게 되고 달덩이 같은 아들을 낳아 놀 게다. 아이그 좀 잘살아야지…."

"눈먼 것을 언어다 뭘을 해!"

칠성이는 뜻밖에 이런 말을 퉁명스레 내친다. 그의 가슴은 지금 질투의 불길로 꽉 찼고, 누구든지 큰년이만 다친다면 사생을 결단하리라 하였다. 이러고 나니 머리에 열이 오르고 다리 팔이 떨렸다.

"그 그래, 시 시집가기로 됐나?"

어머니는 아들의 눈치를 살피고 어쩐지 대답하기가 어려웠다. 동시에 저것도 계집이 그리우려니 하니 불쌍한 마음이 들고 또 아들의 장래가 캄캄해 보였다.

"아직은 되지 않았더라마는…."

이 말에 그의 마음은 다소 가라앉는 듯하나, 웬일인지 슬픈 생각이 들어 그는 일어났다.

"들어가 자거라. 내일은 일찍이 읍에 가게 해. 어떡허겠니."

칠성이는 화를 버럭 내고 어머니 곁을 떠나 되는 대로 걸었다.

발걸음에 따라 모기 쏙 내 없어지고 산뜻한 공기 속에 풀내 가득히 흐른다. 멀리 곡식대 비벼 치는 소리 바람결에 은은하고, 산기를 띤 실바람이 그의 몸에 싸물싸물 기고 있다. 잠뱅이 가랭이 이슬에 젖고, 벌레소리 발끝에 채여 요리 졸졸졸, 조리 쓸쓸쓸….

그는 우뚝 섰다. 저 앞은 지척을 분간할 수 없는 어둠으로 덮였고, 하늘 아래 저 불타산의 윤곽만이 검은 구름같이 뭉실뭉실 떠있다. 그 위에 별들이

너도 나도 빛나고, 별빛이 눈가에 흐르자 눈물이 핑그르르 돌며 통곡이라도
하고 싶었다. 저 산도 저 하늘도 너무나 그에겐 무심한 것 같다.

"이 애야, 들어가자."

어머니의 기운 없는 음성이 들린다.

"왜 왜 쫓아다녀유."

칠성의 마음에 잠겼던 어떤 원한이 일시에 머리를 들려고 하였다.

"제발 들어가. 이리 나오면 어쩌겠니."

어머니는 그의 손을 붙들었다. 칠성이는 뿌리치려 했으나 힘이 부친다. 길
풀이 그들의 옷에 비비쳐 실실 소리를 낸다. 어머니는 절반 울면서 사정을
하였다. 그는 어머니 손에 붙들려 돌아오면서, 오냐 내일 저를 만나 보고 시
집가는지 안 가는지 물어 보고, 또 나한테 시집오겠니도 물어야지 할 때 가
슴은 씩씩 뛰고 어떤 실 같은 희망이 보인다.

"날 보고 네 동생들을 봐라."

어머니는 이러한 말을 하여 아들을 달래려고 한다. 칠성이는 말없이 그의
집까지 왔다.

이튿날 일부러 늦게 일어난 칠성이는, 오늘은 기어이 큰년이를 만나 무슨
말이든지 하리라, 만일 시집가기로 되었다면… 그는 아득하였다. 그때는 그
만 죽여 버릴까, 나는 그 칼에 죽지 하고 뒤뜰로 나와서 바자 곁에 다가섰
다. 큰년네 집은 고요하고, 뜨물 동이에서 왕왕거리는 파리소리만이 간혹 들
릴 뿐이다. 가자! 바자에서 선뜻 물러 섰다. 눈에 마주 띄는 저 앞의 큰 차돌
은 웬일인지 노랗게 보였다.

그는 숨이 차서 방으로 들어왔다. 옷을 이 모양을 하고 가, 하고 굽어 보
았다. 쇠똥 자국이 여기저기 있고, 군데군데 해졌고. 뭘 눈이 멀었는데 이게
보이나, 그럼 만나서는 뭐라구 말을 해야지, 그는 천장을 바라보고 생각하였
다. 입가에 흐르는 침을 몇 번이나 시하고 들이마시나, 그저 캄캄한 것뿐이
다. 생전 말이라고는 못해 본 것처럼 아득하였다.

내가 병신임을 제가 아나 하는 불안이 불쑥 일어 맥이 탁 풀린다. '너까짓
것에게 시집가!'하는 큰년의 말이 들리는 듯해서 그는 시름 없이 밖을 내다
보았다.

바자에 얽힌 호박 넝쿨, 박 넝쿨, 그 옆으로 옥수수대, 씩 나와서 살구나
무, 작고 큰 대싸리가 아무 기탄 없이 하늘을 바라보고 가지가지를 쭉쭉 쳤

으니, 잎잎이 자유스럽게 미풍에 흔들리지 않는가. 웬일인지 자신은 저러한 초목만큼도 자유롭지 못한 것을 전신에 느끼고 한숨을 후 쉬었다.

한참 후에 칠성이는 마음을 단단히 먹고 마당으로 나와서, 큰년네 집 앞으로 몇 번이나 왔다갔다하다가, 싸리문을 가만히 밀고 껑충 뛰어들었다.

봉당문도 꼭 닫히었고 싸리비만이 한가롭게 놓여 있다. 얼떨결에 봉당문을 삐걱 열었을 때 고양이 한 마리가 야옹하고 뛰어나간다. 그는 어찌 놀랐는지 숨이 하늘에 닿을 것처럼 뛰었다. 봉당으로 들어 서서 한참이나 망설이다가 방문을 열어 보았다. 무거운 공기만이 밀려 나오고 큰년이는 없었다. 시집을 갔나?하고 얼른 생각하면서, 부엌으로 뒤뜰로 인기척을 찾으려 하였으나 조용하였다. 그는 이러하고 언제까지나 있을 수가 없어서 발길을 돌리려 했을 때 싸리문소리가 난다. 그는 얼떨결에 기둥 이편으로 와서 그 뒤 멍석 곁에 바싹 다가섰다. 부엌문소리가 덜그렁 나더니 큰년이가 빨래 함지를 이고 들어온다. 그의 눈은 캄캄해지고 정신이 나릇해지다. 큰년이가 그를 알아보고 이리 오는 것만 같고, 그의 눈은 먼 것이 아니요, 언제나 창 틈으로 볼 수 있는 별 눈을 빠끔히 뜨고서 쳐다보는 듯했다. 숨이 차서 견딜 수 없으므로 멍석 아래 뒤로 돌아가며 숨을 죽이었으나, 점점더 숨결이 항항거리고 멍석 눈에 코가 맞닿아서 기절을 할 지경이었다.

큰년이는 뒤뜰로 나간다. 짤짤 끄는 신발소리를 들으면서 머리를 내밀어 밖을 살피고 발길을 옮기려 했으나 온몸이 비비 꼬이어 한 보를 옮길 수가 없다. 어색하여 그만 집으로 가려고도 했다. 그의 몸은 돌로 된 것 같았으나 마침 빨래 널리는 소리가 바삭바삭 나자 큰년이가 읍으로 시집간다! 하는 생각이 들며, 발길이 허둥하고 떨어진다.

큰년이는 빨래를 바자에 걸치다가 휘끈 돌아보고 주춤한다. 칠성이는 차마 큰년이를 쳐다보지 못하고 우두커니 서있었다.

“누구요?”

“….”

“누구야요?”

큰년의 음성은 떨려 나왔다. 칠성이는 무슨 말이든지 해야 할 터인데, 입이 꽉 붙고 떨어지지 않는다. 한참 후에 발길을 지척하고 내디디었다.

“난 누구라고….”

큰년이는 바자 곁으로 다가서고, 머리를 다소곳한다. 곱게 감은 그의 눈등은 발랑발랑 떨렸다. 칠성이는 자기를 알아보는 것을 알고 조금 마음이 대담해졌다. 이번엔 밖이 걱정이 되어 연방 눈이 그리로만 간다.

"나가 야, 어머니 오신다."

큰년이는 암팡지게 말을 했다. 어려서 음성이 그대로 남아 있다.

"너 너 시집간다지. 좋겠구나!"

"새끼두 별 소리 다 하네, 나가 야."

큰년이는 빨래를 조몰락거리고 서서 숨을 가볍게 쉰다. 해어진 적삼등에 흰 살이 불룩 솟아 있다. 칠성이는 무의식간에 다가섰다.

"아이구머니!"

큰년이는 바자를 붙들고 소리쳤다. 칠성이는 와락 겁이 일어 주춤 물러 서고 나갈까도 했다. 앞이 캄캄해지고 또 빙글빙글 돌아가는 것 같았다.

"어머니 오신다야."

칠성이는 잠깐 눈을 감았다가 덜덜 떨리어 나오는 소리에 눈을 떴다. 등으로 흘러내려온 삼단 같은 머리채는 큰년의 냄새를 물씬물씬 피우고 있다. 칠성이는 얼른 큰년의 발을 짐씬 밟았다. 큰년이는 얼굴이 새빨개서 발을 빼어 가지고 저리로 간다. 손에 들었던 빨래는 맥없이 툭 떨어진다.

재가 돌을 집어 치려고 저러나 하고 겁을 먹었으나 큰년이는 바자 곁에 다가서서 바자를 보시락보시락 만지고 있는데, 댕기 꼬리는 풀풀 날린다. 야물야물하던 말도 쏙 들어가고 애꿎은 바자만 만지고 있다.

"사탕두 주구, 옷…옷감두 주…주께. 시집 안 가지?"

큰년이는 언제까지나 잠잠하고 있다가 조금 머리를 드는 체하더니,

"누가… 사탕… 히."

속으로 웃는다. 칠성이도 따라 웃고,

"응야? 안 안 가지?"

"내가 아니, 아버지가 알지."

이 말엔 말이 막힌다. 그래서 우두커니 섰노라니,

"어서 나가 야."

큰년이는 얼굴을 돌린다. 곱게 감은 눈에 눈썹이 가무레하게 났는데, 그 눈썹 끝에 걱정이 대글대글 맺혀 있다.

"그 그럼 시집가가겠니?"

큰년이는 머리를 푹 숙이고, 발끝으로 돌을 굴리고 있다. 칠성이는 슬픈

마음이 들어 울고 싶었다.

"안 안 안 가지, 응야?"

큰년이는 대답 대신으로 한숨을 푹 쉬고 머리를 들려다가 돌아 선다. 그때 어린 애 울음소리가 들렸다. 칠성이는 놀라 뛰어나왔다.

집에 오니, 칠운이가 아기를 부엌 바닥에 내려 굴리고 띠로 아기를 꽁꽁 동이려고 한다. 아기는 다리 팔을 함부로 놀리고 발악을 하니, 칠운이는 사뭇 죽일 고기 다루듯 아기를 칵칵 쥐어 박는다.

"이 계집애 자겠니, 안 자겠니. 안 자면 죽이고 말겠다."

시퍼런 코를 쌍줄로 흘리고서 주먹을 겨누어 보인다. 아기는 바르르 떨면서 눈을 꼭 감고 눈물을 졸졸 흘리고 있다.

"그러구 자라, 이 계집애."

칠운이는 아기 옆에 엎어지고, 한 손으로 그의 허리를 꼬집어 당긴다.

"어미이, 난 여기 자꾸자꾸 아파서 아기 못 보겠다야 씨… 흥."

코를 혀끝으로 빨아 올리면서 칠운이는 이렇게 중얼거렸다. 그 눈에 졸음이 가득하더니, 그만 씩씩 자버린다.

칠성이는 무심히 이 꼴을 보고 봉당으로 들어 섰다.

"엄마!"

자는 줄 알았던 아기가 눈을 동그랗게 뜨고 오빠를 바라본다. 칠성이는 머리끝이 쭈뼛하도록 놀랐다. 해서 이 결에 발을 들어 찰 것처럼 하고 눈을 딱 부릅떠 보이니, 아기는 그 얇은 입술을 비죽비죽하며 눈을 감는다.

"엄마! 엄마!"

아기는 그 입으로 이렇게 부르고 울었다. 칠성이는 방으로 들어와서 빙빙 돌다가 뒤뜰로 나와 큰년이가 아직도 그 자리에 서있으면 하고, 바자를 가만히 뼈개고 들여다보니, 큰년이는 보이지 않고 빨래만이 가득히 널려 있었다.

방으로 들어와서 벽에 걸린 동냥 자루를 한참이나 바라보면서 큰년의 옷감 끊어다 줄 궁리를 하고, 그러면 큰년이와 그의 부모들도 나에게로 뜻이 옮겨질지 누가 아나 하고, 동냥 자루를 벗겨 메고서 밀짚모를 비스듬히 젖혀 쓴 다음에 방문을 나섰다. 눈결에 보니 아기는 무엇을 먹고 있으므로, 그는 머리를 넘석하여 보았다. 아기는 띠 동인 데서 벗어 나와 아궁이 곁에 오줌을 눈 듯한데, 그 오줌을 쪽쪽 핥아 먹고 있다.

"이 애! 이 계집애."

　칠성이는 이렇게 버럭 소리를 지르고 밖으로 나왔다. 뜨거운 물 속에 들어서는 듯 전신이 후끈하였다. 신작로에 올라 서며 그는 옷을 바로 하고 모자를 고쳐 쓰고 아주 점잖은 양하였다. 이제부터는 이래야 할 것 같다. 에헴! 하고 큰 기침도 하여 보고 걸음도 천천히 걸으려 했다. 이러면 애들도 달려들지 못하고, 어른들도 놀리지 못할 테지, 할 때 큰년이가 떠오른다. 슬며시 돌아보니, 벌써 그의 마을은 보이지 않고 수수밭이 탁 막아 섰다. 수수밭 곁으로 다가서니 싱싱한 수숫잎 내가 훅 끼치고 등이 근질근질하게 땀이 흘러내린다. 두어 번 몸을 움직이고 어디라 없이 바라보았다.

　수수밭 머리로 파랗게 보이는 저 불한산은 몇 발걸음 옮기면 올라갈 듯이 그렇게 가까워 보인다. 그의 집 창문 곁에 비껴 서서 맘놓고 바라볼 수 있는 것은 저 산이요, 또 이런 수수밭 머리에서 숨어 가며 바라볼 수 있는 것은 저 산이다.

　그는 한숨을 푹 쉬었다. 언제나 저 산을 바라볼 때엔 흩어졌던 마음이 한데 모이는 듯하고, 또한 깜박 잊었던 옛날 일이 한두 가지 생각되곤 하였다.

　먼 산에 아지랑이 아물아물 기는 어느 봄날, 그는 자리에서 일어나 창문 곁에 서니 동무들이 조그마한 지게를 지고 지팡이를 지게에 끼웃이 꽂아 가지고 열을 지어 산으로 가고 있다. 어찌나 부럽던지 한숨에 뛰어나와서 우두커니 바라볼 때 언제나 나도 이 병이 나아서 쟤들처럼 지팡이를 저리 꽂아 가지고 나무하러 가보나? 난 어른이 되면 저 산에 가서 이런 굵은 나무를 탕탕 찍어서 한 짐 잔뜩 지고 올 테야….

　여기까지 생각한 그는 흠하고 코웃음쳤다. 뼈 마디마디가 짜릿해 오고 가슴이 죄어지는 것 같다. 두어 번 머리를 설레설레 혼들고 터벅터벅 걸었다. 지금 그의 앞엔 큰년이가 있을 따름이다.

　이틀 후—.

　칠성이는 그의 마을로부터 육 리나 떨어져 있는 송화읍 어귀에 우두커니 서있었다. 읍에 와서 돌아다니나 수입이 잘 되지 않으므로, 이렇게 송화읍까지 오게 되었고 그래서야 겨우 큰년의 옷감을 인조견으로 바꾸어 가지고 돌아오는 길이었던 것이다.

　이 밤이나 어디서 지낼까 망설이다, 어서 빨리 이 옷감을 큰년의 손에 쥐어 주고 싶은 마음, 또는 큰년의 혼사 사건이 궁금하고 불안해서 그는 가기로 결정하고 걸었다.

처다보니 별도 없는 하늘, 검정 강아지 같은 어둠이 눈 속을 아물아물하게 하는데, 웬일인지 마음이 푹 놓이고, 어떤 희망으로 그의 눈은 차차로 열렸다. 산과 물은 그의 맘속에 파랗게 솟아 있는 듯, 그렇게 분명히 구별할 수 있고, 신작로에 깔린 자갈돌은 심심하면 장난치기 알맞았다.

사람들이 연락 부절하고, 자동차가 먼지를 피우며 달아나는 그 낮길보다는 오히려 이 밤길이 그에게는 퍽 좋게 생각되었다.

그래서 다리 아픈 것도 모르고 걸었다.

가다가 우뚝 서면 산 냄새 그윽하고 또 가다가 들으면 물소리 돌돌하는데, 논물 내 확 풍기고, 간혹 산새 울음 끊었다 이어질 제 멀리 깜박여 오는 동네의 등불은 포르릉 날아오는 것 같다가도 다시 보면 포르릉 날아간다.

그가 숨을 크게 쉴 때마다 가슴에 품겨 있는 큰년의 옷감은 계집의 살결 같아 조약돌을 밟는 발가락이 짜르르 울렸다. "고것 어떡허나?" 그는 무의식간에 입을 쩍 벌리고 무엇을 물어 당길 것처럼 하였다. 지금 큰년이와 마주 섰던 것을 그려 본 것이다. 이제 가서 옷감을 들려 주면 큰년이는 너무 좋아서 그 가무레한 눈썹 끝에 웃음을 띨 테지. 가슴은 소리를 내고 뛴다.

차츰 동녘 하늘이 바다와 같이 훤해 오는데, 난데없는 빗방울이 뚝뚝 떨어진다. 그는 놀라 자꾸 뛰었으나 비는 더 쏟아지고, 멀리서 비 몰아 오는 소리가 참새 무리들 건너듯 했다. 그는 어쩔까 잠시 망설이다가 빗발에 묻히어 어림해 보이는 저 동리로 부득이 발길을 옮겼다. 큰년의 옷감이 아니면 이 비를 맞으면서도 가겠으나 모처럼 끊은 이 옷감이 비에 젖을 것이 안 되어 동네로 발길을 옮긴 것이다.

한참 오다가 돌아보니, 신작로가 뚜렷이 보이고, 어쩐지 마음이 수선해서 발길이 딱 붙는 것을 겨우 떼어 놓았다.

동네까지 오니, 비에 젖은 밀짚 내 콜콜 올라오고, 변소 옆을 지나는지 거름 내가 코밑에 살살 기고 있다. 그는 어떤 집 처마 아래로 들어 섰다. 몸이 오솔오솔 춥고 눈이 피로해서 바싹 벽으로 다가서서 웅크리고 앉았다. 그의 마을 앞에 홰나무가 보이고, 큰년이가 나타나고… 눈을 번쩍 떴다.

빗발 속에 날이 밝았는데, 먼 산이 보이고 또 지붕이 옹기종기 나타나고, 낙숫물소리 요란하고. 그는 용기를 내어 일어나 둘러보았다.

그가 서고 있는 이 집이란 돈푼이나 좋이 있는 집 같았다. 우선 벽이 회벽으로 되었고, 지붕은 시커먼 기와로 되었으며 널판자로 짠 문의 규모가 크고 또 주먹 같은 못이 툭툭 박힌 것을 보아 짐작할 수 있었다. 그의 얼었던 마음이 다소 풀리는 듯하였다.

흰 돌로 된 문패가 빗소리 속에 적적한데 칠성이는 눈썹 끝이 희어지도록 이 문패를 바라보고 생각을 계속하였다. (오냐, 오늘은 내게 무슨 재수가 들어 닿나 보다. 이 집에서 조반이나 톡톡히 얻어 먹고 돈이나 쌀이나 큼직히 얻으리라….) 얼른 눈을 꾹 감아 보고, (눈도 먼 체 할까. 그러면 더 불쌍하게 봐서 쌀이랑 돈을 더 줄지 모르지.)

애써 눈을 감고 한참을 견디려 했으나, 눈등이 간지럽고 속눈썹이 자꾸만 떨리고 흰 문패가 가로 세로 나타나고, 못 견디어 눈을 뜨고 말았다.

어떡허나, 내 옷이 너무 희지. 단숨에 뛰어나와서 흙물에 주저앉았다가 일어나 섰던 자리로 왔다. 아까보다 더 춥고 입술이 떨린다. 그는 대문 틈에 눈을 대고 안을 엿보려 할 때, 신발소리가 절벅절벅 나므로 날래 몸을 움직이어 비켜 섰다. 대문은 요란스런 소리를 내고 열렸다. 언제나처럼 칠성이는 머리를 푹 숙이고 어떤 사람의 시선을 거북스러이 느꼈다.

"웬 사람이야?"

굵직한 음성, 머리를 드니 사내는 눈이 길게 찢어졌고 이 집의 고용인인 듯 옷이 캄캄하다.

"한 술 얻어 먹으러 왔슈."

"오늘은 첫 새벽부터야."

사내는 이렇게 지껄이고 나서 돌아서 들어간다. 이 집의 안심은 후하구나, 다른 집 같으면 으레 한두 번은 가라고 할 터인데 하고 어깨가 으쓱해서 안을 보았다.

올려다보이는 퇴 위에 높직이 앉은 방은 사랑인 듯했고, 그 옆으로 조그마한 대문이 좀 삐딱해 보이고 그리고 안 대청마루가 잠깐 보인다. 사랑채 왼편으로 죽 달려 이 문간에 와서 멈춘 방은 얼른 보아 창고인 듯, 앞으로 밀짚 낟가리들이 태산같이 가리어 있다. 밀짚대에서 빗방울이 다룽다룽 떨어진다. 약간 누런빛을 띠었다. 뜰이 휘휘하게 넓은데 빗물이 골이 져서 흘러 내린다.

저리도 들어가야 밥술이나 얻어 먹을 텐데. 그는 빗발 속에 보이는 안 대문을 바라보고 서먹서먹한 발길을 옮겼다. 중대문을 들어 서자 안 부엌으로부터 개 한 마리가 쏜살같이 달려나온다. 으르릉하고 달려들므로 그는 개를 어를 양으로 주춤 물러 서서 혀를 쩍쩍 찼다. 개는 날카로운 이를 내놓고 뛰어오르며 동냥 자루를 확 물고 늘어진다. 그는 아찔하여 소리를 지르고 중문 밖으로 뛰어나오자 사랑에 사람이 있나 살피며 개를 꾸짖어 줬으면 했으나 잠잠하였다. 개는 눈을 뒤집고서 앞발을 버티고 뛰어오른다. 칠성이는 동냥 자루를 입에 물고 몸을 굽혔다 폈다 하다가도 못 이겨서 비슬비슬 쫓겨나왔다. 개는 여전히 따라 큰 대문에 와서는 칠성이가 용이히 움직이지 않으므로 으르릉 달려들어 잠뱅이 가랑이를 물고 늘어진다. 그는 악 소리를 지르고 달아나왔다. 아까 나왔던 사내가 안으로부터 나왔다.

"워리 워리."

개는 들은 체하지 않고 삐죽한 주둥이로 자꾸 짖었다. 저놈의 개를 죽일 수가 있을까 하는 마음이 부쩍 일어 그는 휘돌아 서서 노려볼 때 사내는 손짓을 하여 개를 부른다. 그러니 개는 슬금슬금 물러 나면서도 칠성에게서 눈을 떼지 않았다.

갑자기 속이 메슥해지고 등이 오싹하더니, 온몸에 열이 화끈 오른다. 개를 찾았으나 보이지 않고, 큰 대문 안이 보기 싫게 버티고 있었다. 또 가볼까 하는 마음이 다소 머리에 드나 그 개를 만날 것을 생각하니 진저리가 났다. 해서 단념하고 시죽시죽 걸었다.

비는 바람에 섞여 모질게 갈겨 치고 나무 흔들리는 소리, 도랑물 흐르는 소리에 귀가 뺑뺑할 지경이다. 붉은 물이 이리 몰리고 저리 몰리는 그 위엔 밀짚이 허옇게 떠있고, 파랑새 같은 나뭇잎이 뱅글뱅글 떠돌아간다.

비에 젖은 옷은 사정없이 몸에 착 달라 붙고 지동 치듯 부는 바람결에 숨이 흑흑 막혔다. 어쩔까 하고 둘러보았으나 집집이 문을 꼭 잠그고 아침 연기만 풀풀 피우고 있다. 혹 빈 집이나 방앗간 같은 게 없나 했으나 눈에 뜨이지 않고, 무거운 눈엔 그 개가 자꾸만 얼른거리고 또 뒤에 다우쳐 오는 것 같다. 개에게 찢긴 잠뱅이 가랭이가 걸음에 따라 너덜너덜하여 그의 누런 다리 마디가 환히 들여다보이고, 푹 눌러 쓴 밀짚모에선 방울져 떨어지는 빗방울이 눈물같이 건건한 것을 입술에 느꼈다. 문득 큰년의 옷감이 젖는구나 생각되자 소리를 내어 칵 울고 싶었다.

그는 우뚝 섰다. 들은 자옥하여 어디가 산인지 물인지 분간할 수 없고, 곡식대들이 미친 듯이 날뛰는 그 속으로 무슨 큰 짐승이 웡웡 우는 듯한 그런 크고도 굵은 소리가 대지를 울린다.

지금 그는 빗발에 따라 마음만은 앞으로 앞으로 가고 싶은데, 발길이 딱 붙고 떨어지지 않는다.

바라보니 동네도 거반 지나 온 셈이요, 앞으로 조그마한 집이 두셋이 남아 있었다. 그리로 발길을 돌렸으나 미련이 남아 있는 듯 자주자주 멍하니 들을 바라보았다.

그가 개에게 쫓긴 것이 이번뿐이 아니요, 때로는 같은 사람한테도 학대와 모욕을 얼마든지 당하였건만 오늘 일은 웬일인지 견딜 수 없는 분을 일으키게 된다.

"이 친구 왜 그러구 섰수."

그가 놀라 보니 자기는 어느덧 조그마한 집 앞에 섰고 그 조그마한 집은 연자간이라는 것을 알았다. 머리를 넘석하여 내다보는 사내는 얼른 보아 사오십 되었겠고 자기와 같은 불구자인 거지라는 것을 즉석에서 알았다. 사내는 쭝긋이 웃는다. 그는 이리 찾아오고도 저 사내를 보니 들어가고 싶지 않아 머뭇거리다가도 하는 수 없이 들어갔다. 쌀겨 내 가득히 흐르는 그 속에 말똥 내도 훅훅 풍겼다.

"이리 오우, 저 옷이 젖어서 원…."

사내는 나무 다리를 짚고 일어나서 깔고 앉았던 거적자리를 다시 펴고 자리를 내놓고 비켜 앉는다. 칠성이는 얼른 희뜩희뜩 센 머리털과 수염을 보고 늙은 것이 내 동냥해 온 것을 뺏으려나 하는 겁이 나고 싫어졌다.

"그 옷 땜에 춥겠수. 우선 내 헌 옷을 입고 벗어서 말리우."

사내는 그의 보따리를 뒤적뒤적하더니,

"자 입소. 이리 오우."

칠성이는 돌아보았다. 시커먼 양복인데 군데군데 기운 것이다. 그 순간 어디서 좋은 옷 얻었는데, 나도 저런 거나 얻었으면 하면서 이상한 감정에 싸여 사내의 웃는 눈을 정면으로 보았을 때 동냥 자루나 뺏을 사람 같지 않았다. 그는 머리를 숙이고 소매에서 떨어지는 물방울을 보았다. 사나이는 나무 다리를 짚고 이리로 온다.

"왜 이러구 섰수. 자 입으시우."

"아 아니유."

칠성이는 성큼 물러 서서 양복저고리를 보았다. 난생 전 입어 보지 못한 그 옷 앞에 어쩐지 가슴까지 두근거린다.

"허! 그 친구 고집 대단한데. 그럼 이리 와서 앉기나 해유."

사내는 그의 손을 끌고 거적자리로 와서 앉힌다. 눈결에 사내의 뭉퉁한 다리를 보고 못 본 것처럼 하였다.

"아침 자셨수?"

칠성이는 이자가 내 동냥 자루에 아침 얻어 온 줄을 알고 이러는가 하며, 힐끔 동냥 자루를 보았다. 거기에서도 물이 떨어지고 있다.

"아니유."

사내는 잠잠하였다가,

"안되었구려. 뭘 좀 먹어야 할 터인데…."

사내는 또 무슨 생각을 하듯 하더니, 그의 보따리를 뒤진다.

"자, 이것 적지만 자시유."

신문지에 싼 것을 내들어 펴보인다. 그 종이엔 노란 조밥이 고실고실 말라가고 있다.

밥을 보니 구미가 버쩍 당겨 부지중에 손을 내밀었으나, 손이 말을 안 듣고 떨리어서 흠칫하였다. 사내는 이 눈치를 채었음인지 종이를 그의 입 가까이 갖다 대고,

"적어 안되었수."

부끄럼이 눈썹 끝에 일어 칠성이는 눈을 내리뜨고 애꿎이 코를 들이마시며 종이를 무릎에 놓고 입을 대고 핥아 먹었다. 신문지 내가 이 사이에 나들고 약간 쉰 듯한 밥알이 씹을수록 고소하였다. 입맛을 다실 때마다 좀더 있으면 하는 아쉬운 마음이 혀끝에 날름거리고 사내 편을 향한 귓바퀴가 어쩐지 가려운 듯 따가움을 느꼈다.

"저것이 원…."

사내의 이러한 말을 들으며 신문지에서 입을 떼고 히하고 웃어 보였다. 사내도 따라 웃고 무심히 칠성의 다리를 보았다.

"어디 다쳤나 보! 피가 나우."

허리를 굽히어 들여다본다. 칠성은 얼른 아픔을 느끼고 들여다보니, 잠뱅이 가랭이에 피가 빨갛게 묻었다. 다리엔 방금 선혈이 흐르고 있다. 별안간 속이 무쭉해서 그는 다리를 움츠리고 머리를 들었다. 바람결에 개 비린 내 같은 것이 훌씬 끼친다.

"개, 개한테 그리 되었지우."

"아, 그 기와집 가셨수… 그 개를 길러도 흉악한 개를 기르거던 홍! 한 놈이 아니우, 어디 이리 내놓우, 개에게 물린 것이 심상히 여길 것이 못 되우."

사내는 그의 다리를 잡아 당기었다. 그는 얼른 다리를 치우면서도 코 안이 싸해서 몇 번 코를 움직일 때 뜻하지 않은 눈물이 주르르 흘러 내린다. 사나이는 이 눈치를 채고 허허 웃으면서, 그의 등을 가볍게 두드렸다.

"이 친구 우오. 울기로 하자면… 허허 울어선 못쓰오."

칠성이는 머리를 번쩍 들어 사내를 바라보니 눈에 분노의 빛이 은은하였다. 다시 다리로 시선이 옮겨질 때 가슴이 턱 막히고 목에 무엇이 가로질리는 것 같아, 시름없이 머리를 숙이고 무심히 부드러운 먼지를 쥐어 상처에 발랐다.

"아이고! 먼지를 바르면 되우?"

사내는 칠성의 손을 꽉 붙들었다. 칠성이는 어린 애같이 히 웃고 나서,

"이러면 나유."

"아 원, 그런 일 다시는 하지 마우. 약이 없으면 말지, 그런 일 하면 되우? 더 성해서 앓게 되우."

칠성이는 약간 무안해서 다리를 움츠리고 밖을 바라보았다. 사내는 또다시 무슨 생각에 깊이 잠기는 것 같다.

바람이 비를 안고 싸싸 밀려 들고, 천장에 수없는 거미줄은 끊어져 연기같이 나부꼈다. 바라보이는 버드나무의 잎은 팔팔 떨고 아래로 시뻘건 물이 좔좔 소리를 내고 흐른다. 어깨 위가 어찔해서 돌아보면 큰 매통이 쌀겨를 뽀얗게 쓰고서 얼음 같은 서늘한 기를 품품 피우고 있다.

"배 안의 병신이우?"

사내는 문득 이렇게 물었다. 칠성이는 머리를 숙이고 머뭇머뭇하다가,

"아 아니유."

"그럼 앓다가 그리 되었구려… 약 써봤수?"

칠성이는 또다시 말하기가 힘든 듯이 우물쭈물하고 다리만 보았다. 한참 후에,

"아 아니유, 못 못 썼어유."

"홍! 생다리도 꺾이우는 지경인데, 약 못 쓰는 것쯤이야, 허허…."

사내는 허공을 향하여 웃었다. 그 웃음소리는 소름이 오싹 끼쳐 힐끔 사내를 보았다. 눈을 무섭게 뜨고 밖을 내다보는데, 이마엔 퍼런 힘줄이 불쑥 일

었고, 입은 꼭 다물고 있다.

"허, 치가 떨려서. 내 왜 그리 어리석었는지 지금만 같으면, 지금이라면 죽더라도 해볼걸. 왜 그 꼴이었어! 흥."

칠성이는 귀를 밝혀 이 말을 새겨 들으려 했으나 무엇을 의미한 말인지 알 수가 없었다. 사내는 칠성이를 돌아보았다. 눈 아래 두어 줄의 주름살이 돌아가신 그의 아버지와 흡사했다.

"이 친구, 나도 한 가정을 가졌던 놈이우. 공장에서 모범공이었구. 허허 모범공… 다리가 꺾인 후에 공장에서 나오니, 계집은 달아나고, 어린 것들은 배고파 울고, 부모는 근심에 지레 돌아가시구… 허 말해서 뭘 하우."

사내는 칠성이를 딱 쏘아본다. 어쩐지 칠성의 가슴은 까닭 없이 두근거려 차마 사내를 정면으로 보지 못하고 꺾인 다리를 보았다. 그리고 사내의 다리 밑에 황소같이 말없는 땅을 보았다.

어느덧 밤은 안개비로 자옥하였고, 먼 산이 눈물을 머금고, 구불구불 솟아 있으며, 빗소리에 잠겼던 개구리소리가 그의 동네 앞인가도 싶게 했고 또한 큰년의 뒤매가 홰나무 아래 어른거려 보인다. 칠성이는 부스스 일어났다.

"난 난 집에 가겠수."

사내도 따라 일어났다.

"아, 집이 있수… 가보우."

칠성이가 머리를 드니 사내가 곁에 와서 밀짚모를 잘 씌워 주고 빙긋이 웃는다. 어머니를 대한 것처럼 어딘가 모르게 의지하고 싶은 생각과 믿는 마음이 들었다.

"잘 가우… 세월 좋으면 또 만나지."

대답 대신으로 그는 마주 웃어 보이고 걸었다. 한참이나 오다가 돌아보니, 사내는 우두커니 서있다. 주먹으로 눈을 닦고 보고 또 보았다.

길 좌우에 늘어 앉은 조밭 수수밭은 이랑마다 물이 충충했고 조 이삭, 수수 이삭이 절반 넘어져 물에 잠겨 있다. 올해도 흉년이구나 할 때 어디서 맹하니 또 어디서 꽁 하는 소리가 들렸다. 저 멀리 귀 시끄럽게 우짖는 개구리소리는 무심한데, 이제 그 어딘가 곁에서 맹꽁한 그 소리는 사람의 음성같이 무게가 있었다.

안개비 나실나실 내려온다. 조금 말라 오려던 옷이 또 촉촉히 젖고 눈썹 끝에 안개비 엉키어 마음까지 묵중하고 알 수 없는 의문이 뒤범벅이 되어 돌아간다.

그가 그의 마을까지 왔을 때는 다시 빗발이 굵어지고 바람이 슬슬 불기 시작하였다. 언제나 시원해 보이는 홰나무도 찡그린 하늘 아래 우울해 있고, 동네 뒤로 나즈막이 둘러 있는 산도 빗발에 묻히어 잘 보이지 않았다. 그러나 큰년이가 물동이를 이고 이 비를 맞으면서도 저 산 아래 박우물로 달려가지나 않나 하는 생각이 집집의 울바자며 채마밭의 긴 바자가 차츰 선명히 보일 때 선뜻 들어 그의 발길은 허둥거렸다.

집에까지 오니 어머니는 눈물이 그득해서 나왔다.

"이놈아, 어미 기다릴 것도 생각지 않고 어딜 그리 다니느냐."

어머니는 동냥 자루를 받아 쥐고 쿨쩍쿨쩍 울었다. 칠성이는 잠잠히 방으로 들어오니 빗물 받는 그릇으로 절반 차지했고 뚝뚝 듣는 빗소리가 장단 맞추어 났다. 칠성이는 그만 우두커니 서서 어쩔 줄을 몰랐다. 몸은 아까보다 더 춥고 떨리어서 견딜 수 없다.

칠운이와 아기는 아랫목에 누워 있고 아기 머리엔 무슨 헝겊으로 허옇게 싸매 있었다. 그들의 그 작은 몸에도 빗방울이 간혹 떨어진다.

"아무데나 앉으렴. 어쩌겠니… 에그, 난 어젯밤 널 찾아 읍에 가서 밤새 싸다니다 왔다. 오죽해야 술집 문까지 두드렸겠니. 이놈아, 어딜 가면 간다고 하지 그게 뭐야."

이번에는 소리까지 내어 운다. 남편을 잃은 뒤 그나마 저 병신 아들을 하늘같이 중히 의지해 살아 가는 어머니의 마음을 엿볼 수가 있다. 칠운이는 울음소리에 벌떡 일어났다.

"성 왔네! 성 왔네!"

눈을 잔뜩 움켜쥐고 뛰었다. 그 통에 파리는 우그르르 끓고 아기까지 키성키성 보챈다. 칠운이는 두 손으로 눈을 비비치고 형을 보려다는 못 보고 또 비비친다.

"이 새끼야. 그만두라구. 그러니 더 아프지. 에그 너 없는 새 저것들이 자꾸만 앓아서 죽겠다. 거게다 눈까지 더치니. 그런데 이 동리는 웬일이냐. 지금 눈병 때문에 큰일이구나. 아이 어른 모두 눈병에 걸려 눈을 못 뜬다."

칠성이는 지금 아무 말도 귀에 거치지 않고 비 새지 않는 곳에 누워 한잠 푹 들고 싶었다. 칠운이는 마침내 응응 울다가 무슨 생각을 하고 뒷문 밖으로 나가더니 오줌을 내뻗치며, 그 오줌을 눈에 바른다.

"잘 발라라. 눈등에만 바르지 말고 눈 속에까지 발러… 저것도 반가워서 저리도 눈을 뜨려는구. 어제는 성아 성아 찾더구나."

어머니는 또 운다. 칠성이는 등에 선뜻 떨어지는 빗방울을 피하여 않으니, 이번에는 콧등에 떨어져 입술에 흐른다. 그는 콧등을 후려치고 화를 버럭 내었다.

"제 제길!"

"글쎄 비는 왜 오겠니. 바람이나 불지 말아야 할 터인데, 저 바람! 기껏 키운 조는 다 쓰러져 싹이 나겠구나. 아이구 이 노릇을 어찌해야 좋으냐. 하느님 맙시사."

두 손을 곧추 들고 애걸한다. 그의 머리는 비에 젖어 이기어 붙었고, 눈은 눈곱에 탁 엉기었고, 그 속으로 핏줄이 뻘겋게 일어 눈이 시컴해서 바라볼 수 없는데 시커먼 옷에 천장 물이 어룽어룽 젖었다.

칠성이는 얼른 새문턱에 걸터앉아 눈을 딱 감아 버렸다. 눈이 자꾸만 피곤하고 그래선 새 속눈썹이 가시 같아 눈 속을 꼭꼭 찌른다.

그는 눈을 두어 번 굴렸을 때 문득 방앗간이 떠오른다.

"어제 개똥네 논에 둥이 터졌는데, 전부 쓸려 나갔다누나. 에구 무서워. 저게 무슨 바람이냐. 저 바람! 우리 밭은 어쩌나."

어머니는 밖으로 뛰어나간다. 칠운이는 울면서 따르다가 문턱에 걸려 공중 나가 넘어지고 시재 가르려는 소리를 하였다. 칠성이는 눈을 부릅떴다.

"저 저놈의 새끼, 주 죽이고 말까 부다."

어머니는 얼른 칠운이를 업고 물러 나서 정신없이 밖을 바라보고, 또 나갔다가 들어왔다. 칠운이를 때리다가 중얼중얼하며 돌아간다.

칠성이는 이 꼴이 보기 싫어 모로 앉아 눈을 감았다. 무엇에 놀라 눈을 뜨니, 아랫목에 누워 할락할락하는 아이가 일어나려다 쓰러지고 소리없는 울음을 입으로 운다. 머리를 갈자리에 비벼치다가 시원치 않은지 손이 올라가서 헝겊을 쥐고 박박 할퀴는 소리만 징그러워 들을 수 없었다.

칠성이는 눈을 안 뜨자 하다가도 어느새 문득 뜨게 되고 아기의 저 노란 손가락이 머리를 쥐어 뜯는 것을 보게 된다. 조놈의 계집애는 죽었으면 하면서 눈을 감는다.

바람은 점점더 세차게 분다. 살구나무 꺾이는 소리가 뚝뚝 나고, 집 기둥이 쏠리는지 씩컥쿵!하는 소리가 뒷문에 울렸다. 칠운이는 방으로 들어와서 눕는다.

"성아, 내일은 눈약도 얻어 오렴. 개똥인 저 아버지가 읍에 가서 눈약 사 왔다는데, 그 약을 넣으니까 눈이 났다더라, 응야?"

칠성이는 잠잠히 들으며, 얼른 가슴에 품겨 있는 큰년의 옷감을 생각하였다. 차라리 눈약이나 사올 것을 하는 마음이 잠깐 들었으나 사라지고 어떻게 큰년에게 이 옷감을 들려 줄까 하였다.

부엌에서 성냥 긋는 소리가 들리더니 어머니가 들어온다.

"아궁에 물이 가득하니 이를 어쩌냐. 저것들도 아무것도 못 먹었는데… 너두 배고프겠구나."

이런 말을 하고 밖으로 나가더니 곧 뛰어들어온다.

"큰년네 논두 동이 터졌단다. 그리 튼튼하던 논두, 저를 어쩌니."

칠성이는 눈을 동그랗게 떴다.

"좀 자려무나 요 계집애야, 왜 자꾸만 머리를 뜯니. 조놈의 계집애는 며칠째 안 자고 새웠단다. 개똥 어머니가 쥐가죽이 약이라기에 쥐를 잡아 저리 붙였는데 자꾸만 떼려구 저러니 아마 나으려구 가려운 모양이지."

그렇다고 해줘야 어머니는 맘이 놓일 모양이다. 큰년네 말에 칠성이는 눈을 떴는데 딴 푸념을 하니 듣기 싫었다. 하나 꾹 참고,

"그 그래, 큰년네두 논이 떴대?"

"그래! 젖이 안 나니…."

어머니는 연방 아기를 보고 그의 젖을 주물러 본다. 명주 고름끈같이 말큰거린다.

아기는 점점더 할딱할딱 숨이 차오고, 이젠 손을 놀릴 기운도 없는지 손이 귀밑으로 올라가고는 맥을 잃고 다르르 굴러떨어진다. 어머니는 바람소리를 듣더니,

"이젠 우리 조는 못쓰게 되었겠다! 큰년네 논이 뜨는데 견디겠니… 참 큰년이는 복 좋아, 글쎄 이런 꼴 안 보렴인지 어제 시집갔단다."

"큰년이가?"

칠성이는 버럭 소리쳤다. 그의 가슴에 고이 안겨 있던 큰년의 옷감은 돌같이 딱 맞히운다. 어머니는 아들의 태도에 놀라 바라보았다.

"어마이 저것 봐!"

칠운이는 뛰어 일어서서 응응 운다. 그들은 놀라 일시에 바라보았다.

아기는 언제 그 헝겊을 찢었는지 반쯤 헝겊이 찢어졌고 그리로부터 쌀알 같은 구더기가 설렁설렁 내달아오고 있다.

"아이구머니 이게 웬일이야 응, 이게 웬일이어!"

어머니는 와락 기어가서 헝겊을 잡아 젖히니, 쥐가죽이 딸려 일어나고 피를 문 구데기가 아글아글 떨어진다.

"아가, 아가 눈떠, 눈떠라 아가!" 이같은 어머니의 비명을 들으며 칠성이는 "엑!" 소리를 지르고 우둥퉁퉁 밖으로 나와 버렸다.

비는 좍좍 쏟아지고 바람은 미친 듯 몰아 치는데 가다가 우르릉 쾅쾅하고 하늘이 울고 번갯불이 제멋대로 쭉쭉 찢겨 나가고 있다.

칠성이는 묵묵히 저 하늘을 노려보고 있었다.■

강경애

1906년에 조선 황해도 송화에서 출생. 익명 K 가마.

1921년에 평양숭의여학교에 입학하여 공부하다가 1923년에 3학년 때 동맹
　휴학 관계로 퇴학. 그 후 동덕여학교 3학년에 편입하여 1년간 학습.

1929년에 용정에 와 교편을 잡기도 하고 무직업으로 지내기도 하다가 1931
　년에 장연으로 돌아감.

1932년에 다시 용정으로 이주하여 꾸준히 작품을 발표하다가 1940년에 신
　병으로 하여 장연으로 돌아감.

1931년부터 선후하여 단편소설 「채전」, 「축구전」, 「지하촌」, 「장산곳」, 중편
　소설 「소금」, 장편소설 「인간문제」 등 20여 편, 시, 수필, 평론 등 수십
　편을 발표.

1944년 4월에 별세.

얘지[野鷄]

— 이쁜이의 편지 —

김광주

명숙아! 이렇게 부르는 것이 너의 귀에 거슬리거든 용서해라. 물론 며칠만 있으면 남의 부인이 될 너에게 이렇게 자지러지게 '해라'를 하는 것이 예가 아닌 것쯤은 나도 모르는 바는 아니다. 하지만 옛날에 너와 나와 지내던 일을 생각하면 나는 전에 부르던 그대로 이렇게 부르는 것이 더 정답다고 생각했기 때문이다.

아니, 얼마 안 되면 남의 착실한 부인이 되어 남편을 거느릴 너를 인제는 하느님의 도움이나 있어야지 그렇지 못하면 죽기 전에 다시 보지 못하리라는 생각을 할 때 있는 목소리를 다해 너를 불러 보고 싶은 간절한 충동을 어찌할 수 없구나.

상해로 신혼여행을 떠날 작정이니 부두까지 마중 나올 것은 말할 것도 없고 약 삼 주일 예정이니 두루두루 구경을 잘 하도록 안내를 해달라는 너의 편지, 등기라는 붉은 도장이 나를 비웃는 듯이 내 이름자 한복판에 보기좋게 찍혀 있더구나.

그 편지가 산산조각으로 찢어져서 값싼 분 냄새와 향수 냄새에 젖은 내 방 한구석에 흩어져 있다는 사실을 들을 때 너는 놀라움과 불쾌함을 갖겠지. 또 이 의리 없는 동무를 나무랄 테지. 심지어 남편 될 이에게 언제나 이슬 머금은 아침꽃같이 예쁘게 보여야 할 그 귀중한 얼굴에 핏대를 올려 가지고 괘씸한 년이라고 나를 욕할 것이야. 혹은 내가 너에게 한 것과 같이 이 편지를 채 다 보기 전에 찢어서 쓰레기통에 던져 버릴지도 모를 일이다.

그렇다! 나는 너의 동무 될 자격을 잃은 지도 오래고 괘씸한 년이라는 소리 들어도 마땅한 몸이다.

그러나 명숙아! 원컨대 이 불쾌한 편지나마 옛날의 정리를 생각해서 끝까지 읽어 다오. 이것은 내가 너에게 주는 마지막 편지일 뿐더러 아마 내가 이 세상에서 붓대를 잡는 마지막 길도 될 것이다.

너의 부부가 일생을 통해 가장 즐겁다는 그 신혼여행의 목적지를 허다한 명승지와 풍경 좋은 곳을 제쳐놓고 하필 상해로 결정했다는 그 동기야 내 물을 바가 아니요, 알 수도 없는 일이지만 나에게는 이보다 더 큰 공교로움과 비웃음이 어디 있겠니? 신혼여행의 즐거운 몇 주일을 황해 바다의 시원한 바람을 쏘이고 이국 정조를 즐기기 위하여 상해로 여행을 떠나기로서니 이 한 평범한 사실이 너에게 무슨 공교로움과 비웃음이 되느냐고? 그것은 당연한 말이다.

그러나 나는 어젯밤에 너의 편지를 받고 이 커다란 인생의 공교로움을 어떻게 해석해야 좋을지 몰라 방문을 굳게 닫아 걸고 날이 새도록 울었다. 남의 신혼여행 편지를 받고 그것이 샘이 나서 울었다면 이 얼마나 우습고 어리석은 일이냐? 그러나 값싼 분을 더덕더덕 바르고 두 볼과 입술을 홍당무 같이 물들인 내 얼굴, 뭇 놈의 입김에 시달릴 대로 시달린 이 썩어 가는 내 일굴이 세긴이라고는 히니밖에 없는 이지러진 체경 속에 비칠 때 걷잡을 새 없이 좍좍 흐르는 눈물을 무엇으로 막을 수 있었으랴! 여류 성악가라는 사회적 지위, 그리고 취미가 같은 음악가, 미국을 갓 나온 젊은 피아니스트를 남편으로 삼는 즐거움, 미래에 이루어질 아름다운 가정의 아기자기한 꿈으로 터질 듯한 가슴을 부둥켜 안고 희망과 계획으로 잠 못 이루는 너에게는 나의 이런 모든 소리가 두서를 찾을 길 없고 도무지 까닭 모를 일일 게다.

그리고 나의 이 편지를 받기 전까지도 너는 상해 부두에 너의 부부를 태운 평안환(平安丸)이 닿을 때 손짓하며 맞이하고 서있는 한 여자 대학생―한 마을 한 고향에서 콧물을 졸졸 흘릴 때부터 같이 자란 친한 동무―나의 그림자를 즐거움에 미어질 듯한 그 복잡한 머리 어느 구석에인지 그려 보았을 것이다.

그러나 명숙아! 내가 상해의 어느 여자대학 영문과에서 문학을 연구하고 있다는 것은 멀쩡한 거짓말이다. 놀라지 말아라.

나는 밤쥐와 같이 낮에는 잠자고 밤이 깊어 온 세상 사람들이 단잠을 이룰 때면 회박을 뒤집어 쓴 것같이 진한 분 때문에 윤곽조차 비틀어진 것 같은 기괴망측한 얼굴에 음탕한 웃음을 짓고 상해의 한복판에 저 '따스가(大世界)' 뒷골목에 출발하여 오고 가는 행인의 팔목을 지근거려 하룻밤의 고기 덩이 임자를 낚시질하는 신세다. 온 세상 사람들이 천하다 더럽다 침 뱉고 손가락질하는 '애지'[野鷄]가 되어 버린 것이다.

아버님과 어머님의 따뜻한 사랑 속에서 무남독녀 외동딸로 자라 난 너, 그야말로 금지옥엽같이 세상 근심을 모르고 자라나 앞날에도 평화한 가정의 어머니가 될 너는 애지라는 것이 무슨 말인지도 모를 것이고 또 네가 어디서인지 주소를 알고 서로 떨어진 지 이 년 만에 편지로 나의 생활을 물었을 때 서슴지 않고 대학에서 문학을 전공하고 있다고 회답을 한 나의 심리를 이상히 여길 것이다. 그러면 나는 일종의 허영심으로 너를 속여 왔던가? 그렇지 않으면 스스로 제 생활이 부끄러워서 그랬던가? 나는 이왕 붓을 든 김이니 정신을 가다듬고 좀더 자세히 써내려 가련다. 동무의 결혼 통지를 받고 이런 읽기 좋지 않은 편지를 준다는 것이 나의 본의가 아니지만 나는 이상 더 너를 속이고는 정말 괴로움을 참을 수가 없다. 즐거운 결혼날을 며칠 앞두고 한 동무의 너절한 인생의 보고를 접한다는 불행을 과히 피하려 하지 말고 끝까지 눈을 옮겨 주기 바란다.

명숙아!

너의 집이 언제 서울로 솔가를 했던지는 모르지만 너는 아직까지도 우리들이 자라 난 저 밤나무골을 저버리지는 않았겠지. 낮에도 어두우리만치 밤나무가 빽빽하게 들어 선 너의 집 뒷산. 가을이면 너와 나는 치맛자락에 한 아름씩 채 영글지도 않은 풋밤을 따가지고 너의 집 뒤뜰에서 소꿉질을 하지 않았었니? 그때부터 벌써 너는 부잣집 딸의 심술궂은 성미를 가졌고 나는 언제나 너에게 할큄을 받았었지. 밤을 딸 때나 나물을 캐러 갈 때나 시시덕거리고 곧잘 놀다가도 하찮은 일에 트집을 잡는 너에게 머리를 끄잡히고 볼따구니를 할퀴우곤 했지. 집에 돌아가면 도리어 엄마에게 핀잔을 맞는 날이 한 달에도 몇 번씩이었지. 어릴 때 일이지만 나는 지금도 때때로 우리 어머님이 하시던 꾸지람이 생각날 때가 있다.

"이런 변변치 못한 년아, 왜 남에게 얻어 맞고 남이 부끄럽게 우는 거야!"

너의 집 밤나무산을 끼고 도는 맑은 시내, 그 시내를 징검다리로 건너 서면 그리 높지 않은 고개가 셋.

어깨동무를 하고 이 고개를 하나, 둘, 셋 헤면서 넘어가 가끔 구장집 검둥이란 놈이 튀어 나와 어린 우리들을 놀래우던 그 방앗간을 지나서 보통학교에 다닐 때 그때 벌써 우리들의 싸움은 우정으로 변했고 무엇이든지 맛난 음식을 가지면 서로 나눠 먹을 줄을 알았지.

명숙아!

그때가 언제였니? 아마 보통학교 삼학년 때였을 거야. 원족 갈 날을 앞두고 조 섞인 밥으로 도시락은 싸놓고도 넣어 갖고 갈 반찬이 없어서 애꿎은 엄마만 조르고 있을 때 너는 너의 어머니 몰래 행주치마 옆자락에 장조림을 한 보시기 끼고 와서 쓰러져 가는 우리 집 싸리 울타리를 흔들면서 "이쁜아, 이쁜아."하고 나를 부르지 않았니?

그때 부드럽던 네 음성, 정말 너와 나는 친형제 부럽지 않게 자라 났지. 하기야 너의 집은 밤나무골에서 단지 하나밖에 없는 기와집이었고 우리 집은 토담과 싸리 울타리로 간신히 안이 들여다보이지 않게 된 오막살이….

동리 사람들이 호랑이같이 무서워하고 송충이같이 싫어하는 텁석부리 너의 아버지가 일 년 열두 달 가야 우리 집 울타리 안을 들여다보는 일이란 없었고 어려서부터 아버지의 얼굴도 모르고 자라 난 내가 정말 아버지보다 더 어려워하는 우리 오빠도 왜 그런지 너의 집 대문 앞을 지나다니기를 그다지 좋아하질 않있이. 히지만 너외 니는 도리어 이런 일에는 무관심하였고 우리 집은 옛날 조상 때부터 가난한 집안인 고로 너의 집과는 서로 왕래를 않거니 그저 그렇거니 하는 생각뿐이었지.

하여튼 부잣집 맏며느리감이라고 동리 사람들이 탐내던 너. 머리채가 탐스럽지 못하다고 언제나 치렁치렁 땋아 내린 내 검은 머리를 탐내었지. 그래도 오동통한 두 볼에는 언제나 복스러운 귀염성이 흐르던 너.

학교에서 집으로 돌아오는 길이면 논두렁에서 모를 가꾸는 떠꺼머리총각들과 상투잡이 머슴녀석들에게 "아주… 이쁜이란 년… 시치미를 딱 떼고… 애, 이리 고개 좀 돌리렴… 허리가 바로 양금채 같구나… 인제는 엉간히 익었어 익은걸… 뉘 집 민며느리로 가련?"하는 놀림을 받을 만큼 호리호리한 키의 나. 강냉이 수제비와 조밥에 비록 혈색은 너만 못했지만 그래도 사람 좋은 구장 영감에게 늘 이쁜이 이쁜이 하고 친딸같이 귀염을 받았었지. 정말 너와 나는 이 조그마한 밤나무골의 고명딸이 아니었니?

그러나 우리들이 보통학교를 졸업하던 해 부모네들끼리야 어찌되었든 그런 것은 전혀 모르고 손톱만한 숨김도 거리낌도 없이 자라 난 우리들의 대나무순같이 보드랍고 깨끗한 감정을 망가뜨려 버리려는 의외의 사실이 생겼지. 너는 이런 사소한 일을 지금쯤은 깨끗이 잊어 버렸을 게다. 그렇지만 나에게 있어서는 아마 죽기 전 날까지는 가슴 한구석에 뭉클하게 맺혀 있을 게다. 잊어 버려지질 않는다. 그 날이 바로 우리가 보통학교를 졸업한 뒤 처음으로 너의 집 앞마당 우물가에 언제나 음침한 늙은이처럼 꼼짝 안 하고 서있는 굵은 느티나무 밑에서 만난 날이었지. 점심을 먹고 나서 학교 동네로 수놓을 실을 사러 가니 같이 가자고 네가 약속한 날이기도 했지. 나는 부리나케 집으로 돌아가서 상을 들고 우리 오빠 방으로 들어갔지. 다른 날 같으면 웃는 낯으로 나를 대할 우리 오빠가 그 날은 웬일인지 이맛살을 잔뜩 찌푸리고 평상시에도 열기가 대룩대룩한 그의 두 눈이 그야말로 사람의 가슴을 뚫고 들여다보는 듯이 매섭더구나. 급기야 밥상을 받아 놓고는 숟갈을 들 생각도 없이 "너 이제부터는 명숙이하고 너무 가깝게 지내지 마라."하는구나. 오빠는 자초지종을 이야기하였지. 그것은 우리 돌아가신 친할머니가 너의 아버지가 어렸을 때 너의 집 종 노릇을 하였다는 것과 종의 자식과 너무 가깝게 지낸다는 까닭으로 어젯밤에 네가 밤새도록 꾸지람을 들었다는 사실이었다. 이 한 사소한 사실이 어린 내 가슴을 치는 힘은 도리어 컸다. 상전의 자식이 종의 자식과 친하게 지내 오기로서니 내가 개나 돼지라면 모르거니와 다같이 어렸을 때부터 싸움질을 하며 자라 난 우리가 장성한 뒤 친하게 지내기로 무엇이 잘못이란 말이냐? 어린 소견에도 그때 나는 퍽 분하였다. 당장이라도 너의 집으로 뛰어가서 너의 아버지에게 친하게 지내서는 안 되는 까닭을 캐고도 싶었다. 그러나 전 날 밤 집안에서 꾸중을 듣고도 이튿날 나를 대할 때 손톱만치도 그런 기색이 없는 너의 너그러운 마음을 생각할 때 나도 이런 일을 구태여 너에게 들려 주고 싶질 않았었다. 그때 이 일보다도 더한층 어린 내 맘을 아프게 하는 것은 보통학교를 첫째로 졸업을 하고도 서울 학교에 갈 수 없다는 기막힌 사정이었다. 네사 며칠 안 있으면 여학교 입학시험을 치르러 서울로 간다는 말을 들었을 때 나는 밥 먹을 것도 저버리다시피 하고 방 속에 드러누워서 이틀 동안이나 울음으로 날을 보낸 것을 너는 생각하겠지.

중학교 사학년 되던 해에 남의 밭마지기를 얻어 억지로 아들의 공부 뒤를 들던 아버지가 그리 중하지도 않은 병에 약을 잘못 쓴 까닭으로 세상을 떠나자 문학가가 된다던 터무니없는 희망도 걷어차 버리고 구장 영감의 호의로 면사무소의 직원이 되어 몇 푼 안 되는 월급에 목을 매고 남 같으면 공부에 열중할 시기에 허덕허덕하던 우리 오빠, 그보고 서울로 공부를 보내 달라는 것이 도저히 될 수 없는 일이라는 것을 나는 잘 알고 있었기 때문이다. 누이동생이 우는 것을 알고도 안타까운 얼굴 빛 이외에는 이렇다 저렇다 말이 없는 우리 오빠가 어느날 밤에 나를 불러 앉히고 앞머리를 쓰다듬어 올려 주면서 하던 말.

"오냐, 그렇게 정 하고 싶다면 가보아라! 내 담배값과 잡지, 신문 사보는 돈을 절약해서라도 학비는 댈 터이니 그 대신 너는 남에게 져서는 안 된다. 내가 공부를 마치지 못한 대신 너는 꼭 성공해야 한다. 종의 자식이라는 아니꼬운 소리를 들은 생각을 하더라도 명숙이한테 져서는 안 돼. 명숙이와 같이 고운 치마를 못 입고 고운 신발을 못 신는 것을 부끄러워하지 말고 이를 악 물고 공부로 이길 생각을 해야 한다. 돈으로 지는 것은 떳떳한 일이지마는 사람으로 져서는 부끄러운 일이 아니냐!"

말을 채 마치지도 못 하고 두 주먹을 힘껏 부르쥐면서 나의 얼굴을 쏘듯이 노려보던 그때 우리 오빠의 눈초리. 아! 그것을 생각하면 지금이라도 이 더러운 몸을 잘 드는 칼로 쪼각쪼각 저며 버리고 싶구나. 이렇게 우리 오빠의 남에게 시기 싫다는 꼿꼿한 마음 때문에 나는 또다시 너외 같이 서울 S 여학교에 기차 통학을 하게 되었지. 아침 저녁으로 십 리 길이 족히 되는 산길을 걸어 눈이 오나 비가 오나 차 시간을 놓칠까봐 겁내며 종종걸음으로 정거장까지 걸어가고 걸어오던 그때 이야기를 다 쓰자면 한이 없겠지.

하여튼 너와 나는 밤나무골에서 처음으로 서울 공부를 보낸 고명딸이었지. 그때부터 너는 집에 돌아갈 기차 시간을 가끔 놓치다시피 피아노를 둥당거리기에 미쳤었고, 나는 작문선생이 시간마다 글 잘 짓는다고 너무 추켜 세워 준 탓도 있지만 여류 작가가 되어 조선 천지에 이름을 떨치겠다는 철없고 엉뚱한 야심을 품고 공부시간을 도적질해 가면서 소설책을 읽기에 골몰했지.

그러나 모든 것은 꿈이었나 봐.

나의 세상 모르는 어린 희망은 모두 물거품같이 사라져 버리고 기괴한 운명이 나를 희롱하려고 입을 딱 벌리고 덤벼들기 시작했어.

이년급에 진급한 나를 부둥켜 안고 눈물을 흘리다시피 즐거움을 어찌할 줄 모르던 우리 오빠, 동리에서 어려서부터 글씨 잘 쓰고 공부 잘한다고 칭찬으로 자라 난 우리 오빠, 그가 밥벌이를 잃고 자리에 누워 시름시름 앓게 되었다. 이내 일어나지를 못 하고 세상을 떠날 줄이야 귀신이 아닌 다음에는 어찌 꿈엔들 생각했겠니? 말하자면 우리 오빠는 면사무소 직원 같은 일을 충실히 하기에는 그리 적당하질 않은 사람이었어. 남에게 아첨하기를 죽기보다 싫어하는 그가 우리 동리에서 뚱뚱하기로 유명한 그 부면장(付面長)—면서기로서 부면장까지 승급된 것을 하늘의 별이나 딴 것같이 장히 여기고 안하무인으로 제가 젠 척 뽐내는 그 부면장—그 영감의 눈 밖에 난 것은 세상에 너무나 뻔한 일이 아니냐? 더구나 직원들과 웃 마을 강습소 선생들을 모아 가지고 독서회인가 무엇을 만들고 동리를 소란케 하였다는 데야 더 길게 말할 것이 있니? 오빠는 면사무소에 도시락을 싸들고 다니게 되던 그 날부터 노래 잘하고 동화(童話)하기 좋아하던 그 명랑 쾌활한 성격이 완전히 변해졌어. 꿀 먹은 벙어리 모양으로 집안 식구들과 말하기도 싫어하고 어두컴컴한 건넌방 구석에서 책장과 씨름을 하거나 그렇지 않으면 일없이 하늘을 쳐다보며 뒷짐을 지고 묵묵히 문 앞을 거닐던 우리 오빠. 그가 죽기 전에 흐릿한 정신 속에서 헛소리를 치던 뼈에 사무치는 소리.

"져…져서는 안 된다. 돈으로 지는 것은 떠…떳떳하지만…사람으로 지…지는 것은…."

의사는 장질부사니 뭐니 했지만… 죽은 뒤에 무슨 일인지는 알 수 없지만 우리 오빠가 부면장에게 앙가슴을 발길에 몹시 채웠다는 놀라운 사실을 발견했던 것이다. 억울하게 세상을 떠난 오빠, 살려고 바득바득 애를 쓰던 우리 오빠, 그의 죽음이 나에게 남겨 준 것은 사람의 살림살이란 악착스런 것이라는 무서운 사실이었다.

이렇게 되고 보니 너와 나는 엎어지면 코 닿을 데에 있으면서도 완전히 딴 세상 사람이 될 수밖에 없었지. 너는 그때 피아노와 서울의 신기한 재미에 붙들렸지. 집에 돌아올 기차시간을 놓쳤다는 핑계로 서울서 묵어 버리는 날이 한 달에도 대여섯 차례씩 되었지. 나는 그 좋아하던 서울학교를 2년이 채 되기도 전에 걸어 치우고 사립문을 굳게 닫아 걸고 눈물로 날을 보내게 되었고.

명숙아!

이것을 단지 너와 나의 타고난 팔자로만 돌려야 옳단 말이냐?

그 후에 내가 언제 어떻게 밤나무골을 떠났는지 너는 마을 사람들의 풍설 이외에는 자세히 모를 것이다. 나는 무슨 짓을 해서라도 죽은 오빠를 대신하여 오십이 멀지 않으신 어머님을 봉양하려 했다. 그러나 내 나이 열여섯 살, 세상 물정이라고는 얘기로 들은 것밖에 모르는 내가 어떻게 닥쳐 오는 운명과 싸울 수가 있었겠니?

세상살이가 그악스러워지면 사람의 착한 마음도 변하나 보더라. 오빠가 돌아간 지 두 달이 될까 말까 할 때였어. 나를 유달리 등을 어루만지면서 귀여워해 주던 그 구장 영감이 나더러 부면장의 첩으로 들어가라고 뚜쟁이처럼 매일같이 우리 집을 드나들며 어머님을 조르게 될 줄을 누가 또 알았겠니?

나는 그제야 우리 오빠가 병들어 죽은 까닭을 뚜렷하게 짐작할 수 있었다. 생각만 해도 치가 떨리는 그 부면장의 얼굴. 그러나 마음 약하신 우리 어머니, 가난에 쪼들린 우리 어머니는 내가 첩으로 들어가기만 하면 새로 살림 배치를 해주고 밭마지기 논마지기 얼마든지 평생 먹고 살 것을 준다는 바람에 딸의 덕에 호강이나 해보자는 생각이었나 봐. 나를 달랬다가 울렸다가 하면서 조르시는구나. 우리 오빠를 생각한들 내가 그놈에게로 시집을 가서 하루 세 끼 밥에 목을 매고 첩 노릇을 하랴. 나는 죽기를 맹세하고 대답을 안 했다. 바로 이때였어. 술과 오입과 갖은 망나니를 다 부리다가 5년 전에 할 수 없이 밤나무골을 떠나 만주로 달아 났던 우리 삼촌이 편지를 했더구나. 우리 모녀를 오라고 하디니 마지막 편지에는 육십 원이나 되는 여비를 부쳐 주며 자기는 전자의 모든 잘못을 뉘우치고 지금은 농사를 지어 그럭저럭 살아가며 그곳에 조선 사람이 경영하는 조그마한 사립 유치원이 있으니 거기서 아이들을 데리고 창가나 하루 몇 시간씩 가르쳐 주면 어머님 한 분쯤은 아무 걱정도 없을 테니 꼭 떠나 오라는 것이었다. 물에 빠진 사람은 지푸라기라도 매어 달리고 싶다는 격으로 그때의 나는 전후를 돌아다볼 마음의 여유가 없었다. 부면장 영감 손아귀를 벗어날 수만 있다면 죽기를 사양치 않고 달아 나고 싶은 판이었으니까.

그러나 명숙아!

이 또한 얼마나 소설과 같이 남이 들으면 믿어지지 않는 기구한 나의 운명이었으랴. 그래도 그때만 해도 제 고향에서 살지 못하고 간다는 부끄러움에 야간도주를 하다시피 정든 밤나무골을 떠나 버리지 않았겠니?

서울로 공부를 다닐 때는 어린 처녀의 이슬같이 빛나는 영롱한 희망을 안고 달음질치던 기차가 그때에는 목메인 소리로 기적을 우리고 정거장을 천천히 뒤로 할 때 대여섯 개의 불이 멀리서 깜박이는 밤나무골을 유리창으로 내다보다가 서로 부둥켜 안고 북받쳐 오르는 눈물을 참지 못하던 우리 모녀의 정경, 그것을 내 이 둔한 붓으로 어찌 여기다 다 쓸 수가 있겠니?

돈, 더러운 돈 앞에는 피와 살을 나눈 형제도 소용이 없나 보더구나.

아무리 망나니라지만 우리 삼촌이 나를 데려다가 되놈에게나 팔아 먹자는 흉계를 꾸미고 있는 줄이야 당해 보지 않은 사람은 거짓말이라고 믿지도 않겠지만 나는 감쪽같이 속아서 이 거칠은 땅까지 끌려왔구나. 길림서 성 밖으로 삼사십 리 되는 '따란툰(大藍屯)'이라는 곳인데 유치원이란 다 무어 말라죽은 게냐? 농사를 짓다 짓다 안 되면 악에 받쳐 아편 장사, 그도 맘대로 안 되면 남의 집 유부녀와 처녀를 꼬여내 가지고 계집 장사, 만주로 용뿔이나 뺄 것같이 나온 사람들의 말로가 모두 이렇더구나.

이런 눈치를 채고 몸을 빼려 할 때는 벌써 늦었다. 이런 바닥에서 굴러 먹은 삼촌의 교묘한 수단을 말 한마디 통하지 못하는 내가 피할 길이 무엇이 었겠니? 나는 돈 앞에 눈깔이 뒤집힌 우리 삼촌을 저주한다.

이 땅에서는 억울히 죽는 것은 죄없는 백성뿐이었다. 토비를 칩네 공산군을 칩네 하고 밤낮 싸움질이요, 그런 싸움질이 한번 일어 날 때마다 깨끗한 몸에 씻기 어려운 흠집을 받거나 그렇지 않으면 목숨조차 건지지 못하는 여자가 얼마나 많았겠니?

에그! 생각만 해도 이가 마주치고 소름이 끼치는 그 날 새벽!

돌과 흙으로 담이라고 하나를 의지하고 장판도 없는 흙바닥에 돗자리를 하나 펴고 나란히 드러누워서 단잠이 든 어머니와 나, 난데없이 일어 난 콩 볶는 듯한 총소리에 에구머니 소리를 치고 내가 눈이 떴을 때 옆에 누웠던 어머니는 벌써 간 곳이 없고 바위 같은 사나이의 앙가슴이 내 몸을 누르고 있지 않겠니?

명숙아! 네가 머지않아 한 남편을 위하여 고이 간직했다가 바치는 그 생명 같은 정조! 사나이에게 손찌검 한번 받아 본 일도 없는 내 몸, 내 깨끗한 몸은 이렇게 억울하게 호랑이의 아가리에 먹혀 버리고 말았구나. 그때 고기덩이를 발견한 굶주린 사자같이 씩씩거리던 그 자식의 숨소리, 그리고 머리 위에 얹힌 군모 한복판에 달렸던 청천백일의 마크, 지금도 그것을 생각하면 입 안에서 신물이 돌 지경이다.

하늘이 착한 사람을 돕는다는 것은 새빨간 거짓말이다. 이 싸움 속에서도 우리 삼촌은 죽지 않고 어머님만이 손수건으로 입을 틀어 막힌 채 영영 눈을 감고 말다니.

아차! 나는 가슴에 북받치는 내 설움만 생각하고 행복된 결혼을 앞둔 너에게 이런 악착스럽고 소름끼치는 얘기를 해주었구나. 지긋지긋한 얘기를 더 쓴들 무슨 소용이 있으랴.

이렇게 되고 보니 둘러 치나 모로 치나 몸을 더럽히기는 마찬가지가 아니냐? 나는 될 대로 되라고 내 몸을 내던졌다. 도적 같은 삼촌은 힘 안 들이고 목적을 달성했고 나는 만주 바닥을 구르고 굴러서 상해까지 흘러 왔다.

곱게곱게 북돋은 깨끗한 몸을 사랑하는 남편을 위하여 바칠 너는 이 이쁜이를 개나 돼지만도 못한 인생이라고 욕하겠지? 당연한 일이다. 침이라도 뱉어 다오.

돌아보면 상해로 온 지도 벌써 일 년하고도 열 달. 그 동안 나는 몇 번이나 이 악마굴을 벗어나려고 애썼으나 그러면 그럴수록 내 몸만 아프고 괴롭다는 걸 깨달았을 때 나는 영리해졌다.

우리 집에는 나 외에도 중국 여자가 셋, 나와 같은 조선 여자가 하나, 모두 다섯 여자의 고기덩어리가 아귀같이 그악스럽고 심술궂은 포주 영감과 마누라의 배를 불리느라고 썩고 또 썩는다.

아! 나의 청춘은 이렇게 이렇게 줌먹어 들어가고 있다. 언제 사랑하는 사람의 가슴을 부둥켜 안고 고히 눈을 감고 인생을 즐길 수 있으랴.

생각하면 금방 방성통곡을 해도 시원찮을 내 신세, 그러나 나는 도리어 껄껄 웃을 때가 있다. 웃지 않고 술과 담배를 입에 안 대고 어찌 이 세상을, 어지러운 세상 꼴을 보랴.

사람이란 매달고 치면 맞았지 별수가 없더라. 처음에는 우리가 도주를 할까 겁을 내어 이곳 말고 '냥이[娘姨]'라는 감옥소의 간수와 같은 어멈이 한 사람 앞에 하나씩 붙어 있었지. 시간이 늦었다고 어서 어떤 놈이든지 물어 가지고 집으로 가자고 꼬집고 쥐어 박기도 하지만 어디 차마 코빼기도 모르는 길 가는 남자를 건드릴 수가 있더냐? 아! 나의 넓적다리와 등덜미에 시퍼렇게 든 멍. 그러나 지금은 마음만 내키면 하루밤에 한 놈쯤 물어 들이기는 드러누워 팥떡 먹기보다도 쉬운 일이다. 넓은 상해천지 으슥한 골목이면 어디를 물론하고 출몰하는 수백 수천의 애지떼.

'애지'란 말이 어디서 나온 건지 내 알 수야 있겠니? 아마 넓은 들을 싸지르는 닭떼와 같대서 하는 말인지도 모르지. 우리는 밤 열한시만 넘으면 총본부인 따스가[大世界] 로터리를 중심으로 하여 줄을 지어 늘어 선다. 그렇지 않으면 정말 넓은 들을 싸지르는 닭의 떼같이 놀이터란 데는 모조리 돌아다니면서 물건을 흥정하듯이 내 몸을 어떤 놈에게 내던진다. 애꾸눈이든 언청이든 입비뚜렁이든 그런 것은 우리 세상에서는 관계가 없다. 그의 주머니에 일 원짜리 지전이 두어서너 장만 들어 있다면 말야. 그러나 우리들에겐 한 가지 법칙이 있다. 그것은 양복쟁이는 건드리지 말라는 것이다. 왜 그런고 하니 내 양복쟁이치고 주머니에 전당표 없는 녀석을 별로 못 봤다. 천둥벌거 숭이같이 머리에 기름을 자르르 흐르게 바르신 매끈한 서방님네보다 구지레 한중복 두루마기를 질질 끄는 어수룩한 시골 영감쟁이 같은 것이 우리들이 제일 잘 노리는 인물이다. 그러나 다 까먹고 알맹이만 남은 이 악착스런 상 해 천지에 어디 그런 천치 같은 녀석들이 매일 밤마다 우리 낚시대에 걸리 겠니? 알깍쟁이 같은 녀석들을 녹여 먹자니 자연 음침 맞은 추파를 배웠고 간사스런 웃음을 배웠다. 멀쩡한 코까지 찡긋거릴 줄 알게 되고… 우리는 어 떤 땐 일부러 얌전하신 서방님, 양복을 말쑥하게 해입고 책권이나 옆에 끼고 단장을 흐느적거리며 지나가는 서방님들을 건드려 볼 때가 있다. 연지로 물 들인 두 볼에 얼른 웃음을 짓고 몸을 비비 꼬며 눈을 찡긋하면서 옆구리를 쿡 찌르던지 소매를 지근거리면 그의 하는 말.

"이건 왜 이래? 점잖지 못하게… 길 가는 사람을 붙들고."

"흥! 하나님 맙쇼! 당신이 점잖으신 집 서방님인 줄은 알았소이다. 그러나 나도 점잖은 집 고명딸이었다우."

나는 이렇게 코웃음을 칠 줄도 안다.

어떤 때는 배짱이 틀리면 심사가 나서 거리 저편 유리같이 반드러운 옆길 로 자기 아내를 한 옆에 끼고 밤산보를 나온 서방님을, 번연히 그의 옆에 어 여쁜 아내가 따르고 있는 것을 알면서도 시치미를 떼고 옆구리를 쿡 찌른다.

"밤도 늦었는데 웬만하면 같이 놀러 가시죠!"하면 그 아내 되는 여자의 팔 팔 뛰는 꼴이란 금시에 자기 남편을 누가 업어 가는 것처럼 발을 동동 구르 고 "이건 눈이 삐었나! 영업을 해먹어도 똑바로 보고나 해먹어!"하면서 악을 쓰지.

"알았소이다. 그 남자가 당신의 남편인 줄! 그러나 당신은 혹시 어려서부 터 사랑하던 애인을 박차 버리고 일생을 잘 입혀 주고 잘 먹여 준다는 조건 때문에 그 남자와 결혼을 하시지나 않았소?"

나의 배 속에서는 이렇게 코웃음을 친다. 이것은 확실히 한 가지의 야유 다. 야유인 줄을 알면서도 하지 않고는 못 견디는 나다. 사내 자식들이란 모 두 똑같아. 어여쁜 여자가 지근거리면 속으로는 그다지 싫지도 않으면서 심 지어 침을 깨—흘릴 지경인데도 아주 공연히 아래턱을 쓰다듬으며 잡아 떼는 아니꼬운 꼴이지. 사람이란 한 꺼풀 벗기면 모두 똑같은 음침맞은 동물이야.

이만하면 현명한 너는 모든 것을 잘 미루어 알겠지?

공연한 잔소리가 길어졌구나. 보기에 얼마나 지루하랴. 그러나 이왕 붓을 든 김이니 마지막으로 우스운 소리나 하나 더 하고 끝을 맺기로 하자.

그때가 언제였던가. 옳아! 내가 상해로 온 지 두 달이 될락말락한 때였다. 나는 영문도 모르고 양복쟁이를 하나 물어 들이지 않았겠니? 보아하니 옷은 그리 잘 입지는 못 했을망정 열기가 대록대록한 눈이라든지 맵시 있게 다문 입이라든지 어디로 보든지 똑똑하게 생겼더라. 물론 중국 사람이지. 나이는 아마 스물일곱이나 여덟은 되었을까? 한 옆에 책을 대여섯 권이나 끼고 얼 빠진 사람같이 번잡한 사람 틈을 왔다갔다 하기에 이게 어디서 굴러 들어온 호박인가 하고 슬쩍 건드려 봤겠지. 쓰다 달다 잔소리 한마디 없이 내 뒤를 따라오디라. 주인 마누라가 눈살을 찌푸리는 것도 못 본 체하고 방으로 끌고 들어갔지. 우선 오 원짜리 지전을 받아서 주인 마누라에게 넘기고 자리를 잡 지 않았겠니? 그런데 이 녀석이 마치 신부 방에 처음 들어온 초립동이 신랑 모양으로 한참이나 방 안을 두리번두리번하고 도무지 말이 없어. 총각인지 아닌지는 몰라도 생전 여자라곤 가까이 못 해봤나 봐. 가까스로 내가 말문을 터지게 해놓았더니 그제야 이야기가 나오는 거야. 자기는 이곳에서 자려고 온 것이 아니고 우리들의 생활을 보고 듣고 싶어서 왔으며 조금도 성가시게 굴지 않을 테니 안심하고 이야기나 자세히 해달라는 거야. 그제야 나는 그가 소설을 쓰는 사람인 줄을 알고 나란히 드러누워 자초지종 지낸 이야기를 하 나도 안 빼놓고 다 해줬지! 정말 동정하는 듯 무슨 큰 재료나 생긴 듯 가끔 씩 "허! 그것 참!"하면서 듣고 있더라. 새벽녘에 돌아갈 때 고맙다는 치하를 그야말로 코가 땅에 닿도록 하고 가더라. 그래 문 밖까지 나가서 그를 보내 놓고 막 들어오니까 집 안에서는 법석이 났더구나. 다른 것이 아니라 내가 받은 돈을 가지고 담배를 사러 갔던 하인이 그 돈을 못 쓰고 도로 가지고 온 것이다. 그 돈은 가짜 지전이었다.

이런 우스운 일이 세상에 있단 말이냐? 내 상해에 가짜 돈이 많다는 말을 들었으나 어느 게 어느 겐지 알아 낼 수가 있었겠니? 돈을 받을 때도 모르 고 하루 밤을 재웠다가 야단을 하는 자기의 미련함도 모르고 주인 마누라는 애꿎은 나만 가지고 주리를 트는구나. 어려서부터 동리 사람들이 탐스럽다고 하던 내 머리채가 남의 손에 휘어 잡혀 보기는 아마 이때가 처음일 게다. 하도 기가 막히고 우습기도 하고 억울하기도 해서 나는 하루 종일 목을 놓고 울었다.

내 그저 그 녀석이 왜 그런지 멈칫멈칫하고 내 몸에 손을 못 대고 어색하게 놀더라니. 필연코 곡절이 있는 거야. 그러나 돈은 없고 계집 구경은 하고 싶고 해서 일부러 가짜 돈을 가지고 나를 속였던 건지? 혹은 정말로 우리들의 생활을 알고 싶어서 잘못 받아 가지고 왔는지? 그야 알 수 없지만 나를 속인 세상이 그르단 말이냐? 속은 내가 그르단 말이냐?

이 년이나 되는 동안에 지내 온 기막힌 일이 왜 이것뿐이겠니? 밤도 깊으니 이만큼 해두자.

유리창 아래로 내려다보이는 상해의 밤, 미칠 듯이 돌아가는 저 붉은 불 푸른 불, 개미떼같이 몰려들었다가 흩어지고 흩어졌다 몰려드는 저 사람의 물결을 헤치고 나는 또 오늘 밤의 고기 임자를 찾아나가야 하는 것이다.

명숙아!

나의 몸은 썩을 대로 썩고 짓밟힐 대로 짓밟혔다. 그러나 우리 오빠가 눈을 감기 전까지도 외마디 소리를 지르던 그 말은 죽기 전까지는 저버리지 않겠다.

"져…져서는 안 된다. 돈으로 지…지는 것은 떳떳하지만…사람으로 지…지는 것은…."

너에게서 처음으로 편지를 받을 때 '흥! 그래도 조카딸년을 팔아 먹고는 양심에 걸렸던 모양이지. 그 망나니 삼촌이 나를 상해로 유학을 보냈다고 조선까지 기어들어가 떠들고 다닐 때는….'하며 네 편지를 한 자 한 자 읽어 내려갔다. 그때에도 눈물이 어린 내 눈앞에 어른거리는 것은 우리 오빠의 노기 가득 찬 얼굴이었다. 귀를 찌르는 것도 오빠의 말이었다.

오빠! 내 오빠를 생각할 때 나는 돌아볼 생각도 없이 대학에서 영문학을 연구하고 있다고 회답을 썼던 게다.

"명숙이가 돈 많고 세력 좋아 성악가가 되어서 떠들거든 너는 붓대를 들고 세상 사람들을 울리고 웃기고 해서 이름을 날리지 걱정이냐?"하면서 내 등을 두드려 주던 오빠. 그의 무덤에는 풀이 얼마나 무성하였을까? 그러나 나는 이 편지를 마지막으로 세상의 누구에게도 내 사정을 호소하거나 애원하지는 않을 것이다. 나는 나는 반드시 원쑤를 갚고야 말겠다. 돈 오백 원에

오 년 동안 어떤 놈이든지 상대해 주어야 한다는 조건이었으니 아직도 삼 년. 이 긴 세월을 이렇게 지내다가는 나는 뼈만 남고 말 것이다. 그 안에 나는 무슨 짓이라도 해서 내 몸을 빼내고야 말겠다. 소설도 시도 미지근한 세 상의 동정도 나는 싫다.

돈, 돈만이 나를 구할 수가 있다. 나는 그것을 똑똑히 알았다. 어차피 이리된 바에야 내 몸은 어찌 되든 좋다. 그 대신 어느 놈이든 든든한 놈이 걸리거든 나는 덮어놓고 바가지를 씌워 내 몸값을 해주고 시원스럽게 이곳을 떠나겠다. 그야말로 굴레 벗은 말같이, 들을 훨훨 싸지르는 닭의 떼같이 돈으로 계집의 몸을 저며 가는 사내놈들. 나도 돈으로 사랑을 살 것이고 남편을 살 것이다.

흥! 누가 나더러 남의 아내 될 자격이 없다고 할 것이냐? 정말 귀여운 아들 딸을 두 팔에 하나씩 안고 하루라도, 다만 한시라도 에미 노릇을 하다 죽고 싶다.

명숙아!

그만 쓰련다. 상해 부두에 배가 닿을 때 손짓하며 맞이해 주는 동무가 없다고 과히 섭섭하게는 생각지 말아.

하루 이틀 여관의 단꿈에도 싫증이 나서 혹시 너의 부부가 상해의 밤거리를 손을 잡고 구경을 나왔다가 '따스가' 어둑침침한 골목을 지나는 일이 있다 하더라도 이쁜이를 찾을 생각은 애당초 하지 말아라.

넓은 천지에 찾을 수도 없으려니와 신혼의 단꿈을 구는 너의 부부에게는 이쁜이의 악착스런 꼴을 보는 것이 그다지 행복스런 일은 아닐 거다. 그저 아편 냄새와 술 냄새와 마작소리에 젖은 상해의 거리를 지나가나 분을 되박으로 쓰고 음탕한 눈초리에 가엾은 웃음을 띠고 열을 지어 늘어선 '애지'들이 있다면 그 속에 밤나무골 이쁜이도 섞여 있는 줄만 알아라.

그러면 부디 몸 튼튼하여라. 그리고 옥동자 낳아서 잘 키우기를 멀리서 빌고 빈다.

옛날의 이쁜이■

김광주
1910년에 조선 경기도 수원에서 출생. 별명 김평(金萍).
1933년에 중국의 길림을 거쳐 상해에 가 남양대학 의학과에 입학. 재학시

동인지 『보헤미안』을 발간. 처녀작 「밤이 깊어 갈 때」를 낸 후 이어 「포
　도의 우울」, 「파혼」등을 발표.
1935년에 남양대학 의학과를 중퇴. 당시 지식인들의 불안상을 다룬 단편소
　설 「북평서 온 '영감'」, 「남경로의 창공」 등을 세상에 내놓음.
1945년에 이르기까지 민족 독립의 길을 찾아 화남, 화중 등지를 전전하다가
　광복을 맞아 서울로 나감.
1973년에 별세.

기묘한 무기[*]

1)

김산

1

이 이야기는 1923년, 상해의 황포강 연안에서 일어 난 중요한 사건에 관한 것이다.

2

포악한 용과도 같은 자본제국주의가 봉건적 집단이었던 각 나라 사이의 경계를 꿰뚫어 버린 이래 그때까지 평화스런 요람과 같은 세계에 깊이 잠들었던 사람들은 이제는 그 잠에서 흔들려 일어나 안정을 잃고 더 이상 태평스럽게 행복을 꿈꿀 수는 없게 되었다.

그 녀석은 영국에서 태어나 독일에서 뛰놀다가 지금은 미국에 머물고 있다. 기뻐 날뛰고 있다. 자신이 전 세계를 지나가는 곳에서 지금까지 어느 누구도 그에게 용감히 저항해 온 일은 없었다.

자신은 하늘의 총애하는 아들로 전 세계의 권력자 실력자들이 자기 앞에서 무릎을 꿇고 기꺼이 자신의 충실하고 고분고분한 자식이 되어 그의 힘을 과시해 주고 또 그가 소나 말처럼 여기는 군중들을 학대해 주는 일에 그는 만족하고 있다. 이 세상에는 자기밖에 없고 자신이 이 세상의 주인이라고 느끼고 있는 것이다.

이 자식들이 하나도 빠짐없이 '타고난' 매독이나 결핵환자로 장수를 할 수 없다고 한들 상관없었다. 그는 단지 이렇게 몽상하고 있을 뿐이다.

남의 자식들은 이 세상의 소나 말 같은 군중 한 사람 한 사람 모두에게나 스스로를 위해 내가 원하고 있는 무엇인가를 하게 하고 그것이 끝나고 난 뒤엔 하나씩 하나씩 죽으면 그만이다. 일을 완수한 곳과는 다른 어딘가에서

---

[*] 단편소설 「기묘한 무기」는 작가가 직접 한어로 쓴 것을 연변의 문학잡지 『문학과 예술』(1990년 제3호) 편집부에서 번역한 것임. 원제목은 「奇怪的武器」임.

쓸쓸히 죽어 가는 것이다.

그렇게 되면 누렇게 뜬 얼굴에 버쩍 마른 그놈들은 이 세상에서 보지 않아도 된다. 놈들은 태어날 때부터 아름다움과는 거리가 먼 더러운 놈들이다. 그 어리석고 불안하고 소란스런 소리도 들리지 않을 것이다. 그것은 안락하고 평온한 선율에는 어울리질 않는다. 세계는 행복의 벽돌로 쌓아 올려지고 주위엔 오직 향긋한 내음, 은근한 달콤함, 아름다움 그리고 즐거움이 있을 뿐이다. 그는 그렇게 느끼고 있는 것이다.

많은 사람으로부터 칭송을 받을 필요는 없다. 왜냐하면 자신이 충직한 자식들 이외의 인간이란 어느 누구에게도 자신을 찬미할 자격조차 없기 때문이었다. 그는 이렇게 교만할 대로 교만하여 무서운 게 없었다. 그리하여 자신의 아름다운 꿈을 완성시키기 위한 그의 발자취는 유럽 전역을 뒤덮었고 미대륙으로 번져져 갔으며 그것도 모자라 거기서 육중하기가 마치 황소와도 같은 그 몸으로 아세아의 문까지 조각내 버렸다. 여기 일본에서도 그놈은 새끼를 배어 재생했다. 이리하여 그의 자손이 일본에서 드디어 번식을 시작한 것이다.

이것이 곧 현재의 일본제국주의자들이다.

일본은 자본제국주의의 길을 걷기 시작하였으며 부친의 뜻을 이어 받아 충실하게 조상의 유덕을 닦아 올리기 위하여 혓바닥을 내밀고 사람을 먹어 치우지 않을 수 없게 되었다.

이리하여 처음 먹힌 것이 대만이요 두 번째가 조선이었다. 그 다음은 겉으로는 늙어 볼품 없어도 놈들의 눈에는 속에 많은 보화를 감추고 있는 듯이 보이는 우리의 이 나라로 순서가 돌아온 것이다. 일본제국주의자는 이처럼 대단한 먹보이다.

이러할 때 '병이 입으로 들어오는' 일은 없을까? 있다. 이놈은 많은 병을 지니고 있는 대단히 위험한 존재이다. 만일 각종의 병들이 한꺼번에 폭발해 버린다면 다음에 기록하는 것은 일본제국주의의 몸에 현재 나타나고 있는 증상의 하나이다.

3

지금으로부터 7년 전 상해에 일본인(일본 내의 피압박 계급을 제외한)의 눈에는 반역자로 보이는 사람들이 조선에서 도망쳐 왔다. 한 사람은 리군이라 하고 한 사람은 김익상 그리고 또 한 사람은 바로 오성륜이다. 그들 셋은 모두 조선에서 태어난 청년들이다.

그 집안은 모두들 국내에서는 예로부터 선비의 가문으로 알려져 있었고 경제적으로 적어도 중산계급에 속했다. 그들의 부모는 자녀들이 조금이라도 더 공부를 해서 장래 관리가 되어 재산을 모을 발판을 만들고 자기의 뒤를 이어 가문을 영화롭게 해주기만을 바라고 있었다. 그들 셋은 이런 모자랄 것 없는 가정에서 태어나 평온한 생활을 했고 당연한 일이지만 더없이 행복했다.

그리하여 부모는 빛줄기처럼 반짝이고 힘차게 약동하는 희망을 지니고 상쾌한 바람이 불어 올 때 록음이 푸르른 뜰에서도 생각 없이 하지만 실은 의식적으로 그들에게 열심히 학교 안으로, 책 속으로 향하도록 이르군 했다.

그들은 어린 시절 늘 부모의 이러한 말없는 기대를 받아들여 모두들 국내의 학생들 사이에 섞여 부모의 가르침을 충실히 따랐다. 그들이 평소에 학교 안팎을 오갈 때 그 눈에는 언제나 금빛으로 빛나는 희망의 꽃이 떠올라 동경에 차서 흔들리고 있었다. 자신들은 전생에 이미 운명이 정해져 태어난 행운아라고 그들은 느꼈었다. 모두들 얕보고 경멸하며 이 세상은 자기들의 세상이며 제 곁의 다른 이들은 그들이 있는 아름다운 울타리 밖에서 살짝 그들을 엿보거나 혹은 고개를 떨구고 한숨을 쉴 수밖에 없는 것이라고 생각하고 있었다.

그러나 불행한 일이 닥쳐 왔다. 그것은 그들 우에 홍수처럼 밀려 와 그들을 흠뻑 적시고 말았다.

그 아름다운 희망의 꽃을 열심히 추구하고 있던 바로 그때 포악한 용과 같은 저 일본제국주의자가 눈을 휘번득이더니 살찐 양처럼 조용히 자라고 있는 조선에 언뜻 눈길을 멈춘 것이다. 그리고 그놈은 아귀가 돌연 음식물의 산더미를 발견하고 그것을 먹어 치우듯이 일본에서 한 걸음에 확하고 달려들어 살찐 양처럼 탄수화물 단백질의 단맛이 가득 찬 이 조선을 맛보기 시작한 것이다.

조선은 독룡이 몰고 온 이 엄청난 홍수를 뒤집어 쓰고는 위로는 국정을 주관하는 왕궁에서부터 아래로는 노동자, 농민의 세계까지 모두가 이 물난리에 허둥거리며 방 안은 온통 진흙 투성이의 난장판이 되었다.

이때 금빛으로 빛나는 희망의 꽃을 가슴에 간직한 조선의 세 청년은 어찌 되었는가. 물론 그들도 피하지 못하고 휩쓸려 숨도 끊어질 듯 말 듯하고 있었다. 아직 인간 세계에 있다고는 해도 큰 물 속에서 오랫동안 허우적거리고 있었는데 그 후에 다행히도 황해의 파도가 그들을 구하여 오송강 입구의 황포해안에 데려다 주었는데 남몰래 강둔덕으로 간신히 기어오를 수 있었다.

이것은 그들에게 있어서 실로 이 세상에의 재생이었다!

강둔덕에 오른 뒤 그들은 자기들이 아직도 이 세상에 살아 있는 것을 함께 기뻐하고 조국의 많은 동포가 한 사람 또 한 사람 그 큰 물에 먹혀 들어가던 것을 떠올렸다. 지금 우리 셋은 정말이지 생각지도 않게 이 황포해안에 상륙할 수 있었다. 이것은 얼마나 다행스럽고 기뻐할 일이냐!

그러나 그 남부러울 것 없던 가정, 자애로운 부모, 우애 있던 형제와 친척, 친구들 이 모두가 연기와 구름이 되어 허공에 흩어져 버린 것을 다시 한번 생각했다. 곧잘 연인을 데리고 놀러 가곤 했던 번화한 거리, 푸른 산과 맑은 물의 고향, 꽃향기가 코를 진동시키던 정원, 거기는 지금은 어딜 가나 동포의 핏자욱, 진흙과 뒤엉켜 버린 핏자욱만이 온통 흩어져 있을 뿐이다. 옛날의 해방감, 청결함, 고요함은 이미 한 조각도 남아 있지 않다. 조국은 벌써 철의 사자에게 짓밟힌 어린 양이 되어 완전히 자유를 잃고 말았다.

여기까지 생각한 그들은 저도 모르게 여섯 개의 눈동자에서 한꺼번에 금빛으로 빛나는 눈물 방울을 주저없이 방울방울 황포강 위에 흘리며 이야기를 시작했다.

황포강아, 황포강아!
우리의 사랑해 마지 않는 황포강아!
영원히 잊지 못할 황포강아!
해맑은 물결로 조용히 띄운 그 보조개, 깊은 슬픔을 머금은 보조개
저 미쳐 날뛰는 파도 속에서 우리를 건져 내며 그 품에 깊이 품었다가 지금 다시 무사히 이 해안에 보내 주다니
그 자비, 사랑 그리고 달보다 빛나는 그 마음
어떻게 도대체 어떻게 너를 그리고 감사하고 동경하는 마음을 나타내면 좋을까!
황포강아, 황포강아!
사랑해 마지않는 황포강아!

영원히 잊지 못할 황포강아!
어떻게 알고 있는 거니 우리가 둥지 잃은 새
말라 버린 물 속의 물고기와도 같음을
그 자비 깊은 심성으로 상냥한 보조개를 띄우고 저 소용돌이치는 파도 속
에서 우리를 구해내 준 것이냐? 만약 내가 맞아 주지 않았더라면 그때 우
리는 틀림없이 저 미쳐 날뛰는 물결에 삼키어 죽었을 게다
이 천국과도 같은 황포연안을 거닐 수 있을 줄이야?!
너와 이야기를 나누는 오늘을 맞이할 수 있을 줄이야?!

황포강아, 황포강아!
사랑해 마지않는 황포강아!
영원히 잊지 못할 황포강아!
너야말로 틀림없이 이 세상의 신일 게다.
우리를 구해내 준
이곳은 얼마나 아름답고 영화로운 거리인가?
—아아, 그러나 그러나
이 둥지 잃은 새 물이 마른 물고기
어떻게 이대로 여기서 살아 갈 수 있단 말인가?

생각난다 조국의 쓰러진 동포들
생각난다 가정, 부모, 형제, 자매 그리고 사랑하는 이
생각난다 대문 밖에 언제나 늘어 섰던 네 마리 말이 끄는 멋진 마차
생각난다 그 번화하던 거리, 푸른 산과 해맑은 시내가 흐르던 전원
이것들 모두가 저 독룡이 몰고 온
홍수에 벌써 거의 잠겨 버리고
이 위에 무슨 더 살아 갈 필요가 있는가?!

황포강아, 황포강아!
사랑해 마지않는 황포강아!
영원히 잊지 못할 황포강아!
진정 이 세상의 신이다!
신이여, 감사합니다. 우리를 구해 주어서 아마도 그 자비가 바로 지금 홍수
속에서 허덕이고 있는 저 이재민을 구하러 가라고 우리에게 이르는 것이겠
지!

그대 알았다! 너의 충실하고 용감스런 신도가 되자.

재난 속에 있는 저 수많은 동포를 구하러 가자.

이렇게 우리의 뜨거운 눈물을 한 방울 또 한 방울 네 몸 위에 떨구고

그것을 서서히 퍼뜨려 끝내는 저 독룡의 보금자리까지 넘치게 하여 그것을 완전히 잠기게 하리다.

아아, 산이여 안심해 주소서 우리는 결단코 배신 따위는 하지 않는다.

그 자비를 위하여 싸워야만 한다.

우리의 가정, 부모, 형제와 자매, 친척과 벗들, 연인을 위해 싸워야만 한다.

그리고 무엇보다도 사천여 년의 역사를 지닌 조국을 위해 싸워야만 한다!

우리는 간다! 가서 싸우자!

4

세 사람은 조선에서 상해로 도망쳐 온 지 며칠이 지나도록 조국을 위해 어떻게 복수할까 하는 문제로 온종일 골치를 썩였다.

결국 상해에 있는 조선인 청년을 다 모아 '한국의열단'을 조직했다. 이 단체가 성립되고 그들은 이것이야말로 조국의 복수를 위한 무기라고 느꼈다. 이 단체를 하나의 폭탄으로 연단시켜 저 일본 전토를 폭파하여 두 번 다시 지구상에 존재치 못 하도록 하는 것이다. 일본 옷을 입은 놈들은 하나씩 남김없이 죽여 없앤다.

그러면 겨우 마음이 풀릴 게다. 그리고 겨우 자신들의 복수도 성공했다고 할 수 있을 것이다. 이리하여 그들은 매일 아침부터 밤까지 침상에 누워서도 꿈을 꿀 때까지는 잠시도 쉬지 않고 적을 멸하러 가려고 벼르고 있었다.

어느날, 신문에 갑작스런 한 가지 뉴스가 실렸다. 일본의 육군 대신 다나까 기이치(이하 다나까로 생략)가 ×월 ×일 ××선을 타고 공무로 동경에서 상해까지 올 예정이라는 것이었다. 그들 셋은 이 뉴스를 보고 모두 고개를 움츠리며 기뻐했다. 그리고는 이렇게 정했다. 한 사람은 두 손으로 칼을 들고 한 사람은 양손에 폭탄을, 그리고 한 사람은 피스톨을 지니기로 했다. 이야기가 끝난 뒤 오성륜은 피스톨을 슬쩍 들어 올리며 말했다.

"내가 먼저 쏘겠어. 너희 둘은 한 사람은 칼을, 다른 하나는 폭탄을 들고 있다가 만약 피스톨이 명중되지 않으면 폭탄을 든 사람이 바로 목표를 향해 폭탄을 던지고 만일 거리가 너무 가까우면 칼을 든 자가 해다오."

그가 말을 마치자 김 군이 폭탄을 서둘러 집었고 결국 칼은 리 군이 지니게 되었다.

셋은 임무가 정해지자 다나까가 최근에 찍은 사진을 한 장 찾아 내어 황포해안에 가지고 가서 일본의 배가 닿을 부두에서 그를 확인하기로 했다.

모든 준비가 갖추어진 것은 오후가 되어서였다. 그들은 황포강의 강변을 향해 걸으며 생각했다.

일본에서는 공신이라지만 그 죄악이 천하에 진동하고 있는 다나까여, 늑대보다 더 흉악한 그 군대로 하여금 동포를 살육케 하고 내 조국을 삼켜 버린 일본의 육군 대신이여! 이제는 쉬어도 좋을 때가 왔다. 우리의 총알과 칼날 아래 지은 죄를 뉘우치고 죽어 가라! 그리고 알아두어라. 이 세계에서 너는 살인을 즐기는 교형리였던 것이다. 너는 일본에서 많은 이들을 죽였지만 그것은 모두 너의 일본이 알아 할 일이다. 우리에겐 관계없다.

하지만 이제 또 피에 굶주려 우리 조국의 동포를 죽였고 그 시체들은 산과 들에 널리고 그 피는 강을 물들였다. 너는 이처럼 짐승같이 사람을 죽이고도 전혀 후회하지 않는단 말이냐? 좋다. 뉘우치지 않아도 좋다. 우리가 신의 명을 받들어 정의를 위하여 너 같은 악당을 지옥으로 보내여 징벌해 주겠다.

다나까여, 죄악이 넘치는 다나까여! 알아 두어라. 물이 넘실거리는 이 황포연안이 곧 네가 최후로 노닐던 곳이라는 것을! 알아 두어라. 지금 너는 죽지만 그래도 신은 얼마간의 연민 때문에 이처럼 편한 죽음을 허락한 것임을! 그렇지 않으면 너 같은 것은 칼로 난도질을 한대도 시원치가 않다.

세 사람은 이처럼 울분에 싸여, 하지만 웃음을 머금은 듯도 한 얼굴로 걸음을 재촉하였는데 정신을 차려 보니 어느새 황포연안이었다. 좌우로 늘어선 매서운 표정의 일본군 그리고 사냥개와 같은 눈초리로 주위를 살피고 있는 경관을 보았을 때 세 사람 가운데 하나는 조금 겁을 집어 먹은 듯했다. 아, 아, 이렇게 군경이 가득 찬 곳에 다나까를 죽이러 가다니 위험하지 않을까?

이때 용감한 오성륜은 어떻게 하면 다나까에게 피스톨을 제대로 묘준할 수 있을까 궁리하고 있다가 슬쩍 고개를 돌려 동지들을 보고는 리 군이 약간 떨고 있다는 것을 눈치챘다. 오는 그것을 보고 마음은 급하고 화가 나서 리 군을 향해 타이르듯 말했다. 여기까지 와서 겁을 내는 놈은 가버려. 빨리 돌아가라. 나는 아무래도 저들과 한바탕 해내야만 할 테니.

그가 리 군에게 화를 내고 있는 바로 그때 갑자기 '부웅—부웅—'하는 소리가 나며 배가 이미 기슭 안에 닿았음을 알렸다. 세 사람은 그 배를 뚫어지게 바라보았다. 닻을 내리자 많은 사람들이 연안에서 나간 나루배를 타고 연안을 향해 곧추 오고 있는 것이 보였다. 그때 오성륜은 서둘러서 봉투 속의 사진을 꺼내어 손바닥에 감추고는 살짝 강나루에 오르는 사람들과 맞추어 보았다.

그리하여 평소에 관부에서는 거드럭거리지만 밖에만 나왔다 하면 사람들 속에 숨으려 드는 그 다나까 대장을 찾아 내었다. 그 매서운 표정, 사치스런 몸치장, 피 냄새와 추잡과 죄악으로 뭉쳐진 몸을 보았을 때 오는 증오 때문에 미칠 것만 같았다.

"탕! 탕! 탕!"

오성륜은 잇달아 세 발을 쏘았다.

총성이 울린 후 오는 곧 뒤돌아보며 김익상에게 말했다.

"어때? 맞았어? 빨리…빨리…빨리 폭탄을 던져!…빨리…!"

'휘—익' 소리를 내며 폭탄 하나가 김 군의 손으로 던져졌다.

"아, 터지기 전에 영국 해병이 강물에 처넣어 버렸어. 저걸 봐!"

오가 당황하여 말했다.

"에잇, 빌어 먹을 영국 해병! 왜 우리 폭탄을 강물에 내던져? 네놈도 일본 제국주의의 졸개냐?"

"당연하지. 영국의 해병은 영국제국주의의 개잖아. 생각해 봐라. 제국주의와 제국주의, 제국주의의 개와 제국주의의 개란 언제나 한 패인 거다. —제기랄! 동지, 다나까는 죽은 거냐?"

오가 다시 정신을 차려 물었다.

"죽었다, 죽었어, 죽었음이 분명해. 네가 쏜 세 발은 전부 제대로 된 소리였잖아. 보아라, 그놈은 예쁜 서양 여자 하나와 함께 땅 위에 쓰러져 있지 않느냐?"

김은 이렇게 증거를 들어 대답했다.

"죽었구나, 정말로 죽었어. 우리는 성공한 거야. 조국을 위해 조금은 화풀이가 된 거지—아! 김 동지! 경관이 왔다. 빨리 피하자."

오는 이렇게 말하면서 뒤돌아보고 리 군을 찾아 함께 도망치려 했다. 그러나 고개를 돌려 찾아도 리 군은 이미 거기 없었다. 그는 곧장 김에게 물었다. "리 군은?" 그 얼굴에는 불안스런 표정이 떠올라 있었다.

"그 녀석, 내버려 두자. 여기 올 때부터 별로 내키지 않았던 거야. 네가 한 발 쏘자마자 어딘가로 도망쳐 버렸어."

김은 이렇게 대답했다.

"아아, 지긋지긋하다. 비겁하고 믿을 수 없는 엉터리 같은 가짜 혁명가 놈, 결국은 마지막에 와서 도망치다니! …좋아. 지금은 빨리 피하자. 저걸 봐. 저 시체 옆의 양복을 입은 젊은 서양인이 이쪽 내닫고 있어. 틀림없이 우리를 잡으려는 거야… 빌어 먹을, 동지, 주변의 경관도 다들 오고 있다. 빨리 뛰면서 쫓아오는 놈들을 피스톨로 쏘아. 도망쳐! 빨리 도망쳐! 서둘러….."

"피해라! 피해! 뛰어! 빨리! 빨리! 빨리…!"

"탕! 탕! 탕!"

5

오성륜은 다나까를 세 발 쏘았고 다나까가 총탄에 맞아 죽어 버렸다고 생각했다. 하지만 정말로 죽은 것은 다나까가 아니라 아메리카의 저명한 ×× 왕의 딸이었다. 그녀는 어떤 젊은이와 결혼하여 상해에 신혼여행을 온 것이었다. 그녀가 다나까 대신 죽어 버렸다.

그녀와 남편은 동경에서 다나까가 ××선을 타고 ×월 ×일 상해로 간다는 소식을 들었다. 두 사람은 다나까가 타는 배라면 쾌적하기도 할 것이고 다나까와 같은 배로 중국을 여행한다는 것은 영광스런 일이라는 쓸데없는 생각을 했고 결국 다나까와 함께 ××을 타고 중국에 오기로 정한 것이었다. 한편 다나까는 그녀가 아메리카의 귀족 출신 자본가의 딸이라는 말을 듣자 물론 기꺼이 그들을 맞아 들였고 자기와 같은 배에 태워 상해로 왔다.

상륙할 때 신혼의 두 사람은 손에 손을 잡고 어깨를 맞대고 한 걸음씩 걸어나왔다. 다나까는 이때도 많은 환영 인파의 물결을 제치고 그녀의 꽁무니에 바싹 붙어 나왔다. 다나까는 그네에게 얼이 빠진 모양이었다. 체면이고 뭐고 함께 숙소에까지 따라가 들여다보아야겠다고 생각한 것 같았다.

그런데 강나루에 오르자마자 '탕! 탕! 탕!'하는 소리가 몇 번 나면서 그녀가 갑자기 '풀썩' 땅 위에 쓰러졌다. 동시에 그녀의 몸을 꿰뚫은 최초의 붉은 총알이 벌써 회색으로 변해 가면서 다나까의 몸에 부딪쳐 약간의 통증을 남기고 땅에 떨어졌다. 다나까는 그대로 몸을 웅크려 지면에 쓰러져 움직이지 않고 죽은 체하고 있었다.

　그는 알고 있었다. 이것은 분명히 누군가가 나를 죽이려 하는 것이다. 그러나 나는 운이 너무 좋았다. 놈들은 나를 죽이려다 실수하여 앞에 있던 그녀를 죽이고 말았다. 다나까는 곧 병졸에게 범인을 잡으라고 명령했다. 그런 뒤에야 겨우 뒤뚱거리며 일어나서는 수많은 총검에 둘러싸여 휴식을 취하기 위해 일본 영사관으로 향했다.

　한편에서는 다나까의 부하와 경관 그리고 신혼여행에 왔던 그녀의 남편이 함께 일심불란하게 오와 김 두 흉악범을 쫓고 있었다. 두 사람은 있는 힘을 다해 달리면서 뒤돌아보니 누군가 벌써 바싹 옆에 와있었다. 거기서 다시 '땅!'하고 한 발 쏘아 놈을 땅 위에 쓰러뜨렸다. 한번은 적이 총을 쏘아 대는 것을 보고 곧은 길에서 재빨리 샛길로 빠져 도망치기도 했다. 날아오는 붉은 총알을 피하려는 것이지만, 잘하면 저희들끼리 쏘아 댈 수도 있다. 이렇게 도망치면서 '탕…탕…탕…'하고 뒤를 향하여 쏘아 대어 전부 십여 명을 사상시키고 마침내 오성륜은 프랑스 조계(2차 세계대전이 일어나기 전 중국의 개항도시에서 외국인 거류지로 개방되었던 치외법권지역)의 막다른 골목으로 뛰어들고 말았다. 뒤를 쫓던 놈들이 차례로 달려왔다.

　그는 더는 도망칠 수 없음을 깨닫자 각오를 굳히며 체포되었다. 도중까지 끌려와 보니 김익상이 이미 잡혀와 있었다. 이리하여 용감히 싸운 두 명의 젊은이가 이리와 같은 군경들의 손으로 공부국(工部局)에 보내져 구금당하고 말았던 것이다.

　그 날 밤 두 사람은 옥중에서 적잖이 풀이 죽어 있었다. 하지만 다나까가 총에 맞아 죽었다는 것을 떠올리면 그들은 금방 자랑스럽고 즐거운 기분이 되었다. 다나까의 죽음은 조국 회복의 징조이며 조국을 위한 복수의 첫번째 성공이다. 동시에 또한 이전의 부족할 것 없던 가정생활, 자애로운 부모와 사랑하는 벗들의 따사로움이 멀지 않아 되돌아오게 된다는 실마리이기도 하다.

　우리는 지금 잡힌 몸이지만 그다지 슬퍼할 건 없는 것이다. 이제 혹시 사형을 당한다 해도 조국과 동포에게 볼 낯이 있지 않는가. 더구나 장래에 조국이 다시 서는 날이면 온 나라가 우리를 기념해 줄 것이 틀림없다. 두 사람은 이런 생각들로 옥중에 있는 것이 조금도 고통스럽게 여겨지진 않았다. 두 사람은 이런 내용의 이야기를 나누고 있었다.

이 뻔뻔스런 다나까여, 어느 누구도 너에게 손가락 하나 대지 못했건만 지금 바로 우리들 손에 의해 영원히 끝장이 난 것이다. 이제 무서운 걸 알겠지.

이야기를 하고 있는 둘의 얼굴에는 웃음이 떠올랐다.

이튿날, 두 사람이 일본영사관에 호송된다는 소식을, 공부국의 간수로 있던 베트남 병이 몰래 알려 주었다. 그 베트남 병은 두 사람이 망국인으로 국외에 떠돌면서도 슬픔 속에 잠겨 버리는 것이 아니라 오히려 복수를 하려고 세상을 깜짝 놀라게 한 큰 사건을 일으켰음을 알고 있었다.

이것은 자기의 조국의 현실과 또 스스로가 적의 하수인 그 살인의 도구가 되어 있는 것과 비추어 생각하면 정말이지 스스로가 부끄러워 견딜 수 없었다. 자기라는 인간은 어쩌면 적의 하수인이 될 정도로 비루한 것일까. 왜 이리도 의지가 약한 걸까. 옥중의 이 조선의 지사들처럼 장거를 행하지도 못하고 조국을 멸망케 한 프랑스 제국주의를 물리치러 가지 못한 스스로를 탓하고 낙담하며 울적해지는 것이었다.

그러는 한편 용감하고 장렬한 기개를 옥 안에 가득 채우고 있는 두 사람의 지사를 쭉 지켜 보노라면 저도 모르게 외경스런 느낌이 그리고 가엾다는 생각이 치미는 것이었다.

"위대한 조선의 지사, 경애하는 용감한 젊은이여! 그대들이 다나까를 죽이려 했던 것은 더할 나위 없이 훌륭한 일이었다. 허나…." 오, 김 두 지사에게 이렇게 말하면서 그는 진심과 의분이 함께하는 얼굴로 옥문 밖에 서있었다.

"허나… 어쨌다는 거냐?"

오와 김이 동시에 물었다.

"하지만 그대들은 대단히 위험한 상태이다. 그대들이 죽이려 했던 그 자는 실은 죽지 않은 거야."

"뭐라구? 안 죽었다고?!"

오와 김은 그 말을 듣자 놀라서 외쳤다. 그러나 그들은 곧 자신있게 그놈은 죽었다며 오히려 베트남 병이 거짓말을 하고 있음을 의아하게 여겼다.

"죽지 않았어. …확실합니다."

베트남 병은 정색을 하고 말했다.

"…."

오와 김은 그래도 여전히 속이려는 게 아닐까 의심하며 베트남 병을 꼼짝 않고 바라보고만 있었다.

잠시 후 베트남 병은 그들이 자기의 말을 끝내 믿지 않는 걸 보고는 그 날 신문을 찾아와 거기에 실린 '다나까 암살 미수'의 기사를 잘라 내어 두 사람에게 보였다.

오, 김 두 사람은 그의 손에서 조그마한 신문 조각을 받아 들고 거기에 실린 사실이 베트남 병의 말과 완전히 일치하다는 것을 보고는 경악하고 말았다. 그러는 차에 오와 김 두 흉악범을 일본영사관에 호송한다는 통보가 날아 들었다. 명령을 좇아 옥문을 열고 두 사람을 내어 놓을 때 옥문지기 베트남 병은 귀에 대고 속삭였다.

"어떻게든 도망쳐야 합니다."

두 사람은 이 말을 듣고 또 그가 아까 알려 주었던 기사를 떠올리고는 겨 우 자기들을 속이려 했다는 의심은 베트남 병에 대한 억울한 누명이라는 걸 알았다. 두 사람은 뭐라고 사과하고 싶었으나 호송계가 어찌나 거칠었던지 전혀 틈을 주지 않아 그들의 재촉에 끌려갔다.

6

상해의 일본영사관은 홍구에 있었는데 바로 앞에 황포강변을 바라보고 있 었다. 끊임없이 넘실거리는 양자강이 아침저녁으로 자신의 먼지를 씻어 내려 는 듯이 동쪽을 향해 흐르고 있었다. 영사관은 구석구석까지 서양의 건축양 식을 도입하였고 높이는 약 15메터 넓이는 적어도… 우선 겉모양에서 그 새 로운 양식과 견고함은 어떤 서양식 건물에 못지않았다.

내부는 전부 4층이었는데 그 중의 두 층은 최신의 일본식 꾸밈새였으나 서양이나 중국의 아름다운 집기들도 몇 점인가 놓여 있는 등 특별히 지성스 럽게 치장되어 있었다. 이것은 영사관 관원들이 그곳에 살기 위해서였다.

하지만 1층과 4층은 이와 몹시 달랐다. 1층에 살고 있는 것은 주로 노예나 가축 취급을 받는 몇 명의 고용인들이었고 따라서 그곳의 꾸밈새(당연한 일 이지만)도 2, 3층과 같이해서는 안 되었으며 그럴 필요도 없었다. 4층은 오로

지 죄수들을 가두어 두는 공간이었으니 더구나 꾸밈새 같은 건 문제가 되지 않았다. 거기는 휑한 공간에 철조망을 둘러 쳐서 만든 커다란 감옥이 하나, 그리고 그 안에 똑같이 만들어진 작은 감옥이 하나 있을 뿐이다.

오성륜과 김익상은 공부국의 유치장에서 나와 험악한 눈빛의 십여 명의 병사에 의해 차에 실려 호송되었다. 두 사람은 신문에서 다나까가 건재하고 있다는 기사를 본 뒤로 놀라고 원통했고 스스로의 무능함에 정나미가 떨어져 있었다.

어째서 짐승만도 못한 그놈—다나까를 죽이지 못한 거냐? 그놈만 쏘아 죽였더라면 우리는—설령 어떻게—죽어도 죽는 보람이라는 것이 있다. 하지만 실은 죽이지 못했다. 그렇다면 이제부터 일본영사관으로 간다는 것은 놈에게 모욕을 당하러 가는 것이 아닌가… 아아, 우리는 얼마나 멍텅구리들이냐….

두 사람은 차 안에서 호송병의 감시를 받고 앉아서 자기들의 무능함을 한탄하고 있었는네 문득 고개를 들어 보니 어느새 일본영사관 문 앞에 이르러 있었다. 두 사람은 속으로 흠칫했다. 눈을 치켜 뜨고 욕지거리를 해대는 몇 명의 경비병들 앞을 똑바로 걸어 나갔다. 이때 두 사람은 짐승과도 같은 일본인 경비병들이 너무나 밉살스러워 당장 달려들어 박살내 버리고 싶었다. 하지만 온몸이 이미 자유를 잃고 있다는 사실을 새삼 깨닫고는 쓴웃음을 지을 수밖에 없었다.

두 사람이 일본영사관에 들어오고 보니 웬일인지 김익상은 약간 죄가 가볍다고 판단된 모양이었다. 두 사람이 서로 다른 감옥에 수감되게 되어서 오성륜은 좀 섭섭했다. 오는 곧 4층의 그 작은 감방에 수용되었다.

이 작은 감방은 커다란 감방의 한구석에 설치되어 사 면은 온통 철조망의 벽이었다. 한쪽 벽이 창에 면해 있어서 밖으로 쪽빛 하늘이 보였다. 정연하게 통일되어 얼마나 사랑스러운지. 오성륜이 그 작은 감방에 발을 들여 놓았을 때 큰 감방 쪽에서 세 사람의 죄수가 감금되어 있는 것이 보였다. 모두들 웃음 띤 얼굴로 오성륜을 맞아 주었다. 오는 그것을 보고도 끝내 한마디도 입을 열지 않았다.

물 흐르듯 시간이 흘러 오성륜이 일본영사관의 감방에 들어온 지도 벌써 며칠이 지났다. 거미줄처럼 짜여진 감방의 철벽과 철막대기가 끼워진 창을 보고 오는 이것이 이 세상과 작별하는 첫번째 정거장이라고 생각했다. 때때로 창에 기대어 밖을 내다보면 황포강에 끊임없이 일었다가 스러지는 파도

들이 일어났다 싶으면 금세 다른 파도로 가루처럼 부서져 내리고 그러면서
도 강은 유유히 흐르고만 있었다. 그것은 그대로 인생의 물거품을 상징하는
듯해서 저도 모르게 슬퍼지군 했다.

때로 그는 인간의 잔혹함에 분노를 느꼈다. 어찌하여 인간은 짐승처럼 자
기의 무리를 죽이는 걸까. 예를 들면 지금 자기와 같이 왜 피스톨을 손에 들
고 누군가를 쏘아 죽일 수밖에 없는가. 그는 생각이 여기까지 미치면 어떻게
든 스스로 이에 답하고자 하였다.

만일 저 흉악한 사기꾼 일본이 우리 나라를 점령하지 않았더라면 그들과
원수지간이 되었을까. 만약 저 악랄한 다나까가 자기의 졸개들을 움직여 조
국의 동포를 학살하고 또 우리와 같이 약간이나마 정의감이 있어 조국의 멸
망과 동포의 억울한 죽음을 좌시할 수 없는 청년들을 온 세상을 떠돌며 돌
아갈 집조차 없는 처지에 몰아 넣지 않았더라면 내가 이렇게 모질게 다나까
를 저격하게 되었을까.

또는 만약에 우리 조국이 지금 대단한 힘을 지녔고 일본인에게 무시를 당
하지 않는 정도가 아니라 오히려 일본인도 우리의 조국이 강대한 까닭에 우
리와 손을 맞잡고 두 나라가 이 세계, 아니 최소한 아세아에서 한 사람의 양
팔이라 일컬어진다면 그때 우리는 일본인을 적대시하지 않을 뿐더러 이런
흉포한 행위도 하지 않았을 게 아닌가.

여기까지 생각했을 때 오는 깨달았다. 모두 알 것 같았다. 지금 이 세계는
사람이 사람을 죽이는 세계, 강한 자가 약한 자를 죽이는 세계인 것이다. 그
는 이 세계를 움켜쥐어 작은 공으로 만들어서 있는 힘을 다해 지면에 내던
져 가루로 만들어 버릴 수 없는 것이 원통했다.

물론 그것이 완전히 공상에 지나지 않는 것을 그는 알고 있다. 세계 모든
나라를 평등하게 하고 오직 저 ‘피에 굶주린’ 포악한 민족을 한 사람도 남김
없이 없애 버릴 수만 있다면 이 세계는 평온해진다. 그러나 이번에 다나까를
죽이려 했던 것은 잘못이었다고 할 수 없을 뿐더러 조국을 회복시키고 원통
하게 죽어 간 동포들의 원수를 갚기 위해서는 이렇게라도 하지 않으면 다른
방법 없는 것이다.

감옥 속에서 이런 생각을 하기 시작하면 오의 마음은 언제나 물이 펄펄
끓는 듯한 열기로 뒤덮여 ‘사형을 당하지나 않을까’하는 따위의 걱정이 사라
져 버렸고 도리어 자칫 죽음을 당할 뻔했던 다나까가 이번 일의 화풀이로

우리 민족을 살해하려는 음모라도 꾸미지 않을까 하는 생각이 들었다. 동시에 그들 죄수들을 호랑이나 이리로 간주하여 도망치지나 않을까 매일 염려하는 간수병 심지어는 자신과 같은 감옥의, 그가 처음 이곳에 들어왔을 때 웃는 낯으로 맞아 주었던 세 사람의 일본인 죄수까지도 모두 포악한 민족이니 당장 옥문을 부수고 뛰쳐나가 놈들을 몰살시키고 싶었다. 그리고 나서 도망칠 수 없다면 피스톨로 자결이라도 해버리면 일본의 사기꾼놈들에게 모욕을 당하고 사형에 처해지는 것을 면할 수 있으니 통쾌할 것이다.

매일 아침부터 밤까지, 밤에서 새벽까지 눈을 감고 잠든 시간 이외에는 오는 항상 울분으로 가슴이 미어지는 모양이어서 무의식 또는 의식적으로 그리하여 현실적으로는 그 세 사람의 일본인 죄수들에게 적의를 불태우고 있었다. 때로는 감방 문을 지키고 있는 일본병에게도 눈을 돌렸다. 물론 울화는 한층더 치밀었다.

오는 당시 일본인은 모두 나쁜 놈이고 남녀노소 할 것 없이 전부가 우리 조선인들에게는 용서받지 못할 적들로 생각했다. 만약 정말로 감옥문을 부수고 뛰쳐 나갈 수 있다면 반드시 피스톨을 손에 들고 일본인을 보기만 하면 쏘아 죽이리라.

이리하여 홀로 좁은 감옥에 들어 앉아 언제나 몹시 고독했다. 그리고 외로움 때문에 기분이 가라앉고 우울에 잠기군 했다

커다란 감방의 세 사람은 하나가 가토우라는 이름이었고 또 하나는 그의 매부, 나머지 한 사람은 직업이 목수였다. 가토우는 무정부당으로 적발되어 체포당했다. 그 매부 역시 무정부당이라는 혐의로 함께 끌려왔다고 한다. 목수는 필시 자기만을 생각하는 별볼일 없는 사내였던 모양이었다. 사기로 고소를 당해 잡혀 왔으니.

이 세 사람은 그 날 오성륜이 감방에 들어오는 것을 보고는 다들 그에 대해 동병상련의 느낌을 가졌으나 유감스럽게도 셋 모두 조선말을 몰랐고 오성륜도 일본말을 몰랐다. 그러니 그들은 서로 의사소통을 할 수 없었으나 그 후 십여 일이나 지나고 보니 오성륜은 일종의 '머나먼 이국에서 똑같이 잡혀 있는 신세'라는 동정심이 우러나 때때로 그들을 향해 자기도 모르게 허물없는 표정을 짓기도 하였다. 또한 가토우는 오에 대한 경의를 입으로 나타낼 수 없어 곧잘 엄지손가락을 내들고는 오성륜에게 이렇게 말하고자 했다.

"자네는 이거야!"

오성륜은 이처럼 가토우가 자신을 치켜 세우는 것을 보고 일본인을 미워한 나머지 가토우에게까지 옮겨 붙었던 분노의 불꽃이 조금씩 사그라짐을 느꼈다. 이렇게 한 달 넘게 함께 지내다 보니 서로 접촉도 많아져 그들은 눈에 띄게 친해져 갔다.

어느날 해가 질 무렵 오성륜은 혼자 이리저리 탈옥을 궁리하고 있었다. 하지만 작은 방의 4면이 모두 철망으로 짜여져 있음을 보고는 결코 도망칠 수 없음을 깨닫자 장차 일본 사기꾼놈에게 모욕을 호락호락 당하느니 차라리 자살을 해버릴까 하고 생각하기 시작했다. 이런 생각을 하면서 있는 힘을 다해 팔로 철조망 벽을 두들기며 때려서 구부려 보려 했지만 결과는 실패였을 뿐 아니라 두들길 때마다 팔만 너무나 아파서 오는 결국 다시 침울해져 버렸다.

바로 그때 오는 힘이 빠져 아무런 생각도 없이 문득 창 밖의 새파란 하늘에 눈길을 돌렸다. 그러자 돌연 따스한 남풍을 타고 피리소리가 들려 왔다. 오는 얼른 귀를 기울였다.

"어디서 들려 오는 것일까?" 이렇게 중얼거리며 고개를 들고 둘러보려는데 이어서 가느다랗고 해맑은 부드러움을 흠뻑 머금은 흐르는 듯한 목소리가 창을 통해 감옥 속으로 날아들었다. 이때 머리가 좋은 오는 틀림없이 감옥 속의 누군가와 저 밖에서 피리를 불고 있는 사람과 어떤 관계가 있어 이러는구나하고 판단했다.

아니나 다를까 오가 곧 큰 감방의 세 죄수의 행동에 주의를 기울이자 그 중의 하나인 남다른 표정을 한 사람이 피리소리에 "그래."하고 대답했다.

대답을 한 것은 오와 친숙해져 있던 가토우였다. 그는 조선말은 알지 못했지만 당시 대단히 유행하고 있던 영어는 약간 할 줄 알았다. 가토우는 오성륜이 이런 바깥과의 소통에 흥미를 나타내자 숨기려 하지 않고 영어로 일러 주었다.

"밖에서 피리를 분 것은 제 누이 동생입니다."

그리고는 옆에 있는 사람을 가리키며 말했다.

"이 사람은 그 남편이죠."

오성륜은 그 말을 듣자 서둘러 일어서서 창가에 다가가 밖을 내다보았다. 그러자 기모노를 입고 게다를 신은 하얀 분칠의 젊은 여자가 건너편 건물의 옥상에 서서 그를 똑바로 바라보며 웃음 지었다. 한 달 내내 우울과 번민으

로 머리 속에 꽉 차있던 오는 이 아름다운 미소에 현기증이 일 것만 같은
영롱한 세계로 끌려들어갔다.

"…."

어쩌구 저쩌구 하는 일본말 소리가 한바탕 이번엔 가토우의 발음 기관—
입에서 쏟아져 오군을 돌려 세우더니 다음에는 또 한동안 전보다 더 가느다
란 이러쿵 저러쿵하는 목소리가 오군의 마음을 빼앗았다.

그런 소리들이 몇 번인가 오고 가자 오성륜은 머리가 약간 멍해져 버렸다.
아름다운 여자가 서있던 곳에서 사라진 뒤 오는 가토우를 향해 지금 그녀와
무슨 이야기를 했는지 물었다. 그리고 그걸 듣고 세 사람의 형량을 알게 되
었다. 가장 무거운 것이 가토우로서 이미 징역 1년의 판결이 내렸고 매부는
반 년, 그리고 목수는 사기 미수로서 징역 3개월을 보내면 석방된다는 것이
었다.

가토우는 또 오에게 말했다. 날씨가 너무 더워 갈증이 나서 지금 동생에게
배를 사오라고 했으니 가져오면 다같이 배를 먹을 수 있다고.

잠시 후 피리소리가 났다. 배를 사온 것이다. 하지만 배를 위까지 올려 보
낼 방법이 없었다. 마침내 그것을 본 오성륜이 한 가지 방법을 생각해서 그
들에게 일러 주었다.

이야기가 끝나자 오른손—수갑이 채워진 채로—으로 신중하게 침대의 돗
자리에 짜넣어진 끈을 한 가닥씩 풀어 내어 거기에 젓가락을 하나 묶어서
창으로 내던졌다. 젓가락에 손수건을 걸게 하여 다시 끌어 올리려는 것이었
다.

생각대로 배가 창 밖까지 올라왔다. 하지만 창살의 폭이 배의 꾸레미만큼
넓지 않았으므로 오는 한 손으로 끈을 꽉 잡고는 다른 손의 기다란 세 손가
락을 펼쳐 하나씩 안으로 집어 들었다. 이렇게 해서 큰 방의 세 마리 아귀들
에게 건네 주어 먹게 하는 것이었다.

마지막으로 오는 그 손수건 속에 작은 칼 하나가 들어 있는 것을 발견했
다. 그것을 본 그는 뛸 듯이 기뻤다. 이 칼이 있으면 틀림없이 일본 사기꾼
놈을 몇인가 없앨 수 있다. 설혹 죽일 수는 없더라도 놈들에게 모욕을 당하
는 일 없이 자살을 할 수는 있다. 그렇게 생각이 들자 그는 자기의 몸으로
세 사람의 시선을 가리면서 슬쩍 칼을 집어 숨겼다.

이 작은 칼을 눈치채지나 않았을까 하고 그는 쉴 새 없이 세 명의 일본

죄수들에게 신경을 곤두세웠다.

하긴 그것이 당연한 일이기는 했다. 큰 감방의 세 명의 일본인은 어느 누구도 배를 끌어 올릴 방법을 몰랐지만 오성륜은 그 좋은 머리로 그 일을 해냈다. 세 사람은 전부터 오에 대해서는 동정과 함께 경애심을 나타내고 있었지만 지금 새삼스럽게 얼마나 지혜로운 사람인가 하는 감탄의 느낌을 싱글벙글하는 얼굴 위에 나타내고 있었다. 가토우는 오의 영민함에 감탄하여 특별히 많이 배를 나누어 주었다. 오는 배를 손에 들고 천천히 먹으면서도 마음은 온통 숨겨 둔 칼에 가있어 어떻게 그것을 사용할까를 곰곰히 생각했다.

이렇게 하루 또 하루 은밀히 계획을 짜고 있으려니 감옥 안에 있는 것이 전혀 고통스럽지 않았다. 언젠가 반드시 이 몹쓸 곳에서 도망치리라 별렀다. 이리하여 오는 감옥 안에서 벅차 오르는 기분으로 날을 보내고 있었다.

7

4월의 기후, 온후한 남방—상해의 햇살은 이미 약간 자극적일 정도였다. 그래서 상해에 살고 있는 사람들은 매일 한 번씩 목욕을 하는 것이 통례였고 어느 누구도 그것을 거르지 않았다. 일본사령관의 감옥에 갇힌 죄수들 역시 마찬가지로 그들의 신—여기서는 무어라 불러야 좋을지 몰라 외람되지만 이렇게 해둔다.—의 은혜로 저녁마다 목욕을 하도록 보내져서 그 몸의 더러움을 천천히 성수로 씻어 내렸다. 이래야만 장차 겨우 천국에 올라갈 수 있는 것이다. 그러니 그들은 두말할 것도 없이 고분고분하게 이 세례를 받는 것이었다.

하지만 웬일일까, 신의 자애로움은 게으른 자들을 감동시킬 뿐이어서 태어날 때부터 완강하고 스스로의 죄악을 알고 있는 오성륜은 오랫동안 물에 잠겨 있다가 끝내는 거기에 등을 돌리려 하였다.

그 날 저녁 간수병이 언제나 하는 것처럼 그들을 목욕에 데려 가려 왔을 때 오성륜은 꾀병을 부려 목욕하러 갈 수 없다고 말했다. 그 병졸은 오의 창백하고 여윈 얼굴을 보고는 그의 속셈은 전혀 눈치채지 못하고 그를 그냥 두고 큰 방 쪽의 죄수 셋만을 데려갔다.

‘이야말로 하늘이 주신 기회다!’ 그들이 내려가 버린 후 오의 가슴은 소용돌이쳤다. 그는 서둘러 몸을 일으키고는 그 작은 칼끝을 족쇄의 나사에 대고 빙글빙글 돌려서 못을 빼어 내려 하였다. 몇 번인가 돌리자 드디어 나사가 헐거워졌다. 조금 더 힘을 주자 나사가 빠져 버렸다. 오는 무척 기뻐하며 이번에는 그 칼로 수갑의 나사를 뽑기 시작했다. 잠시 후 이것도 대성공이었다.

그러나 목욕을 하러 간 세 사람이 돌아오는 게 아닌가 싶어 금방 원래대로 채워 놓았다. 하지만 한참이 지나도 그들이 돌아오는 기척은 없었다. 그러자 다시 했을 때 안 되면 어쩔까 하고 걱정이 되어 다시 나이프로 손발의 자물쇠를 열어 제대로 되는지 어떤지를 시험해 보았다. 그 결과는 완전히 더 바랄 나위가 없었다. 그래서 다시 원래대로 해놓았다.

마침 그때 계단에서 '탁탁'하는 소리가 나서 목욕 갔던 이들이 돌아오고 있음을 알았다. 오는 얼른 잠자는 척하며 꼼짝 않고 누워 있었다.

이제는 수갑을 풀어 버릴 수 있는 칼이 있다고 생각하니 전보다는 훨씬 마음이 펴했다. 지금의 오성륜은 스스로를 결코 일본의 사기꾼놈들 손에 저 세상으로 보내질 정도의 인간은 아니라고 느끼고 있었다. 일본인을 몇인가 죽이고 도주할 수 있는 수단이 있는 것이다. 설사 그렇게까지는 안 된다 하더라도 스스로 목숨을 끊을 수 있다는 것에 대해서는 확신이 있었고 의심의 여지가 없었다.

이런 생각을 하고 있는 사이에 그 시커먼 밤의 구렁이는 눈앞에서 슬슬 사라지고 이어서 붉게 빛나는 햇빛이 다시 찾아왔다. 이때 오는 소년 시절 조국에서의 고요하고 청명하던 정원을 떠올리며 한층 가슴이 뛰어 어쩔 줄을 몰랐다. 다행히 시간은 흘러 슬픔과 기쁨이 온통 뒤섞인 그의 마음도 언제까지나 그 자리에 연연할 수만은 없었고 이 대지를 지배하는 권세도 결국은 저녁 노을에게 건네지고 뒤를 이어 다시 암흑의 밤이 드리워졌다.

이리하여 목욕 시간이 찾아왔고 같은 층의 사람들도 언제나처럼 나갔다. 드디어 하루 온종일 걸려 계획한 것을 시도해 보는 거다. 오는 생각했다. 도망을 치는 것은 한밤중 모두들 잠들었을 때가 물론 좋다. 하지만 한밤중이라 해도 간수병이나 경비병은 혹 졸고 있을지 모르지만 큰 방의 일본인 셋은 실컷 낮잠들을 잔 사람들이다. 밤중에 부스럭거리다가는 그들에게 들키지 않을까? 그렇게 되면 몹시 위험하다. —넌덜머리가 나는 일본놈들— 가토우에게서 얻은 작은 빗과 젓가락 한 짝을 한데 모아 그 위에 자기의 가죽허리띠를 풀어서는 피스톨 모양을 만들려 했다. 한밤중 조용할 때 그들을 위협하여 탈옥을 방해하지 못하게 만들려는 것이다. 마음을 정하자 그는 작은 빗을 총의 몸체로 젓가락을 총대로 하여 가죽허리띠로는 그 사이를 둘둘 감았다. 그리고 담배갑의 은박지로 젓가락의 앞부분을 완전히 감쌌다. 제대로 만들어지자 창의 희미한 달빛 아래서 그것을 번쩍거리게 움직여 보았다. 멀리서 보면 진짜로 보일 게다. 오는 싱긋이 웃었다.

오래지 않아 목욕 갔던 사람들이 돌아왔다. 간수병은 잠시 어슬렁어슬렁하더니 귀찮은 듯 아래로 자러 가버렸다. 오성륜은 바로 지금이라고 생각했다. 작은 방도 자물쇠가 풀려 있었다. 오는 재빨리 칼로 손발의 수갑을 풀어 내고 큰 방으로 뛰어들었다. 왼손에는 칼을 움켜쥐고 오른손에는 피스톨을 들고 세 사람을 위협하기 시작했다.

"어이…!"

일본인들은 갑작스레 오의 손발이 풀리고 양손의 무기가 달빛에 번쩍이는 것을 보고는 너무 놀라 할 말을 잊어 버렸다.

오성륜은 그들에게 말했다.

"이제 우리들은 살아 남을 수가 없어. 우리 조선의 의열단이 수백 명을 보내서 벌써 이 영사관을 포위했거든. 만약 내가 나가지 못하게 되면 이 총소리를 신호로 사방에서 불을 놓고 폭탄으로 이 건물을 폭파한단 말야."

오는 그 일본인들이 자신을 도망치게 돕도록 하고 싶었다.

"아, 그러면…어 어떻게…하면 되지?"

목수가 벌벌 떨며 걱정했다.

"나는 3개월만 살면 되니까 이제 곧 만기가 된다. 그러니 그러니 나는…나는…어찌하면 좋나?"

"아니? 그러면 우리 목숨도 다 끝난 것 아니냐? 그래 어제 아내가 말했었지. 나도 6개월 징역일 뿐이니 금방 출옥할 수 있어. 이래 가지고야 우리는 어떻게 해야 하나…?"

가토우의 매부도 울음을 터뜨릴 것 같았다.

이때 가토우는 오가 손에 든 피스톨과 칼을 보고 겁이 났지만 동시에 매부의 말을 듣자 자기도 동생에게서 들은 '징역 1년뿐'이라는 통지를 떠올려 한층 당황스러웠다. 그래서 오성륜에게 '그렇다면 빨리 도망쳐라.'고 말해 주었다.

오성륜이로서야 물론 바라던 바였다. 그가 말했다.

“도망치려면 이 철창을 두들겨 부숴야 된다. 하지만 어떻게 하면 되지?”

사기범인 목수가 한 가지 꾀를 생각해 내었다. 철창 옆의 나무 테두리를 물로 적셔 칼로 그것에 틈을 벌리는 거다. 이렇게 하면 소리가 나지 않는다. 틈이 벌어지면 나무틀은 저절로 통째로 빠져 버린다. 그리고 도망치면 되지 않느냐.

다른 사람들은 그 방법을 듣고 “맞다, 맞아!”하며 목수에게 그 일을 시켰다.

그런데 한 시간 정도 나무를 깎아 내어도 전혀 효과가 없었다. 오성륜은 점점 다급해져서 말했다.

“역시 이 문을 밀어 열자. 그 편이 어쩌면 간단할지도 몰라.”

세 명의 일본인 죄수들은 문을 밀라는 오의 말대로 한 덩어리가 되어 힘을 다해 밀어 보았다. 얼마 후 드디어 문이 열렸다. 그러자 모두들 얼굴빛이 달라지고 방 안 공기도 일변했다.

네 사람은 기쁜 나머지 오에게 빨리 가라고 재촉하는데 그치지 않고 모두 한꺼번에 도망치려 했던 것이다.

하지만 오성륜은 수가 많으면 불리해진다며 가토우에게만 함께 갈 것을 허락했다.

나오면서 오성륜은 일본영사관측이 도망치지 않고 남은 자들에게 왜 알리지 않았는가를 따지면서 중벌을 내리지 않을까 걱정이 되었다. 그는 언젠가 배를 달아 올렸던 끈과 칼로 조금 잘라 낸 철사를 사용하여 두 사람을 손을 뒤로 하여 옥문에 묶었다. 그리고 나서 헝겊조각, 휴지, 손수건 등으로 두 사람의 입을 틀어 막았다. 이렇게 하면 일본의 사기꾼놈이 봤을 때 오의 일행이 도망치는 것을 보고도 그들이 알리지 못했다고 생각하겠지.

일 처리가 끝나자 오와 가토우 두 사람은 뒤꿈치를 들고 가만가만 4층에서 아래층까지 곧바로 내려왔다. 1층의 입구 밖까지 와서 보니 앞에 보이는 담장의 문 옆에 있는 경비병은 전혀 눈치를 채지 못하고 있다. 그들은 그 담장 옆을 기어 밖으로 빠져 나왔다.

8

오성륜과 가토우는 일본대사관을 도망쳐 나오자마자 바로 헤어졌다. 오성류은 곧장 인력거를 잡아 타고 프랑스 조계의 조선인이 살고 있는 곳으로 향했다. 도착하자 그는 인력거에서 내려 문을 두드렸다. 한참 두드리고 나서 야 누군가가 나와 놀란 소리로 물었다.

"누구요?"

오는 그 소리를 듣자 서둘러 이름을 대고는 빨리 문을 열라고 재촉했다. 하지만 문을 열러 온 사람은 진짜 오성륜은 지금쯤 일본영사관에 감금되어 절대로 나올 수 없다고 생각했으므로 바로 문을 열려고 하지 않았다.

이렇게 실갱이를 하고 있는 동안에 집안의 사람들이 모두들 잠자리에서 일어나 귀를 기울였다. 목소리를 듣고 그것이 오성륜이라고 확인하고서야 그 들은 문을 열고 오를 들여 보냈다.

오는 집안에 들어 서자 한 사람 한 사람 벗들과 손을 부둥켜 잡고 이번 다나까의 살해 계획에 대해 그리고 체포될 때의 일들을 이야기했다. 그리고 이번 탈주 계획이 얼마나 굉장한 것이었으며 앞길에는 또 얼마나 빛이 넘치 겠는가 하는 데까지 이야기가 이르자 벗들은 오를 위하여 만세삼창이라도 할 것 같았다.

하지만 바로 이때 나쁜 소식이 전해졌다.

가토우는 오와 헤어져서 곧장 누이 동생의 집으로 달려갔었다. 동생은 가 토우의 이야기를 듣고는 자기 남편이 나오지 못한 것을 알자 일본영사관에 뛰어가 밀고를 해버렸다. 영사관에서는 이를 듣자마자 군대를 풀어 프랑스 조계의 조선인 마을을 포위하고 도망친 흉악범이 숨어 있지 않는지 수색하 겠다고 하였다.

이때 오성륜은 마침 벗들과 밀담을 나누고 있었는데 집이 포위되었다는 말을 듣고는 재빨리 지하실로 달려 내려가 깊이 몸을 숨겼다. 일본군이 문을 밀치고 들어와 수색했으나 아무것도 찾지 못하고 서둘러 다른 곳으로 가버 린 뒤 오는 지하실에서 기어 올라왔다.

올라와서 마음을 가라앉히고 생각하니 상해에 있어 가지고는 아무래도 위 험을 피할 수 없다고 여겨졌다. 그는 그 자리에서 머리를 삭발하고 보통 사 람들처럼 꾸미고는 날이 새자 마자 외국배를 잡아 타고 독일로 피신했다.

그 날 아침 상해의 신문들은 모두다 오성륜의 사진을 실었고 그를 잡거나 신고하는 사람에게는 거액의 상금을 주겠다고도 씌어 있었다. 그밖에 그가 일본영사관의 옥중에 남겨 둔 기묘한 무기도 동시에 공포되었는데 세상 사람들은 그것인 무엇인지는 알았지만 어떻게 그런 일이 있을 수 있는가 하는 것은 이해할 수 없었다. 오성륜이 상해를 떠나고 난 뒤 동지인 김익상은 동경에 압송되어 무기징역에 처해졌다고 한다. 오는 조국을 위해 복수하며 희생당한 동지를 위해 싸우고자 독일에서 얼마 동안 지냈다. 그러나 그것이 자신의 혁명 사업에는 그다지 도움이 되지 않는다고 생각되자 거기에서 방향을 바꾸어 세계 혁명의 본거지—모스크바로 혁명을 공부하러 갔다.

1926년에 들어 중국의 혁명운동이 대단히 활발해져 가자 혁명의 열정에 불타는 이 망명 청년은 안정된 생활을 누리고 있을 수만 없어서 또 마음이 초조해 나는 것이었다. 그는 중국의 혁명운동도 한국의 혁명운동도 모두 다 제국주의를 타도하려는 것이요 모두 다 세계혁명운동의 일부라고 느꼈다. 혁명에 힘을 쏟아 부으려 한다면 어느 곳 어느 나라에라도 뛰어들어가야 한다. 더구나 지금의 혁명에 있어서는 오직 압박자와 피압박자의 구별이 있을 뿐 국경 따위는 오로지 봉건집단적인 유물이므로 어떻게든 수멸시켜야 할 대상인 것이다.

이전에 혁명운동에 참가하여 다나까를 죽이려 하던 시절 그는 일본제국주의를 증오한 나머지 모든 일본인 더구나 하층민들까지도 전부 원수이니 죽여 버려야 한다고 생각했었다. 그 당시 자신을 지배하고 있던 이 유치한 관념은 정말이지 종잡을 수 없어 지금 생각해도 부끄럽다.

지금 해야 할 일은 모든 피압박 민족과 피압박 계급을 깨워 일으켜서 모두 하나가 되어 제국주의자 압박 계급을 향해 총공격을 개시하는 것뿐이다. 이렇게 하여야 비로소 하나하나의 제국주의자를 타도할 수가 있다. 모든 압박 계급을 소멸시킬 수가 있다. 또 이럴 때 비로소 전 세계의 피압박 민족과 모든 하층계급이 고개를 쳐들고 새로 이 자유와 평등의 사회를 건설할 수가 있다. 이렇게 생각하니 가슴속에 숨어 있던 혁명 열정이 한꺼번에 확 솟아올라 그를 중국으로 재촉했다.

중국에 와서 그는 실제로 혁명운동에도 가담하였다. 그러나 후에는 무슨 일인지 옛날에 살았던 상해의 작은 방에 틀어 박혀 거기서 숨죽이고 지냈다.

어디로 소문이 새어 나갔는지 오가 상해에 돌아온 지 오래지 않아 일본군이 그 집을 포위했다. 다행히 그때는 외출중이어서 그들에게 잡히지 않았다. 그 뒤 그 일을 알고는 다시 상해를 떠나 남몰래 혁명을 위해 자기의 조국으로 돌아갔다.■

김산

1905년 3월에 조선 평안북도 용천구에서 출생. 원명 장지락, 별명 김산, 염광.

1925년에 중국공산당에 가입. 선후로 지하당 북평시위 조직부장, 조선혁명청년동맹 중앙위원, 섬감영변구 소비에트 지구 조선 혁명자 대표를 역임.

1938년에 연안에서 억울한 누명을 쓰고 살해당함. 1983년 1월에 중국공산당 중앙조직부에서는 그를 '당에 충성'한 혁명자라고 긍정하고 '명예를 회복하고 당적을 회복'한다고 선포.

생전에 선후하여 많은 시와 산문을 창작. 단편소설 「기묘한 무기」는 북경에서 간행된 잡지 『신동방』 제1권 제4호(1930년 4월)에 염광(炎光)이란 필명으로 발표.

두 번째 고향

김창걸

회령읍에서 조선 이주민들이 서러운 회포를 담고 흐르는 두만강을 건너면 이쪽은 간도땅, 용드레촌으로 들어오는 길을 따라 꾸불꾸불 하루 길 착실히 걸려 '선바위'가 가로놓여 있고 그 '선바위' 조금 못 미쳐 큰 길 오른켠에 여라문 집 방금 쓰러질 듯 옹기종기 모여 앉은 자그마한 오막살이들이 숨쉬고 있는 마을이 있다.

이 마을이 바로 스물네댓 되는 경철이란 젊은이가 에누리 없이 열이나 되는 식구를 데리고 간도땅에 들어와 처음 자리잡은 수남촌이란 마을이다.

이 마을 북쪽으로는 잔잔한 시냇물이 흐르고 바로 그 시냇물을 건너면 한백여 호 되는 큼직한 마을이 있는데 그것이 간도땅에서도 너무나 이름있는 장재촌이다. 이 마을이 주체가 되어 그 마을이 부속처럼 되어 있는 수남촌은 원래 장재촌수남이라고 불렀는데 보통 단독으로 그저 수남촌이라고도 했다.

이 마을에서 간도의 첫 학교라고 하는 M학교가 바로 두어 마장 동쪽에 있었는데 M학교는 소학교뿐만 아니라 간도에서 맨 처음 세워진 중학교까지 있어 간도 일대는 말할 것도 없고 조선이나 러시아 연해주에서도 유학생들이 모여들어 매우 성황을 이루고 있었다.

아직 북상투를 쫓은 데다 갓망건을 쓴 젊은 경철이는 바로 그 전 해 가을에 이 수남촌에 먼저 들어와 사는 먼 일가인 김 영감의 연줄로 여기 먼저 들어와 보고는 올해에 가을도 대강 끝내고는 온 식구들을 데리고 이삿짐을 꾸려 가지고 여기로 이사왔던 것이다.

이사는 왔으되 집이란 쓰러지다가 괴운 말장에 의하여 채 넘어지지 못한 초가 육 간 집(북도의 육 간 집이란 세 통 집이다), 거기에 경철의 내외에 늙은 부모, 경철의 어린애 둘, 그리고 동생 넷과 어린 누이 하나, 그러니 꼭 열한 식구인지라 사람도 삼대나 옳이 거꾸로 누워 자는 형편이었다.

그런데 바로 두어 마장 되나마나한 곳에 M중학이 있고 또 의병운동이 한창 고조에 이르렀기에 경철이는 상투나 잘라 버리고 신식 문명을 받아들일 수 있지 않겠는가고 한 가닥 희망을 가지고 있는 판이다.

"집이 너무 비좁겠구나. 코구멍만한 게 말이다. 어떻게든 앉아 먹을 수야 있겠지만."하고 아버지가 걱정할라치면

"아버지 뭐, 집을 뜯어 먹고 살겠어요? 우선 배 곯지 않게 먹고 살면 되지 않겠어요?" 경철이는 무슨 무슨 자신이나 있는 듯이 대답하는 것이었다.

우선 한 달나마 비웠던 집에 가지고 온 가마짝을 걸고 백지로 발라 기운 헌 동이로 우물물을 퍼들이고 해서 조밥이나마 푸짐히 지어 먹고 나서 김 영감을 비롯한 동네 사람들과 이야기를 하다가 온종일 걸어서 피곤한 다리를 펴고 두루 드러누우니 살 것 같았다.

"이제는 내지(당시 조선족 이주민들은 조선에서 살던 고향을 내지라고 불렀다—작자 주)와는 아주 하직이구나! 간도 백성이 되고 말겠는걸!"

아버지는 숭늉을 마시고 곰방대에 잎담배를 꾹꾹 담아 피우면서 후 한숨을 내쉬며 서운한 느낌이 나는 듯 내뱉었다.

"그럼요. 오늘부터는 아주 간도 백성이 되고 마는 겁지요….."

경철이도 아버지의 말에 갑자기 서글픈 듯이 대답했다.

경철이는 대답은 그렇게 했지만 어쩐지 고향 떠난 생각에 느닷없는 향수가 치밀어 오름을 어쩌는 수 없었다. 생각하면 그는 고향을 영영 잃어 버린, 마치 '집시'와도 같은 허전한 생각에 사로잡히고 마는 상싶었다.

(나는 참말 고향을 영영 잃어 버린 사람이 되는가? 그렇다면 타향살이가 몇 해일까, 몇십 년일까? 아니, 몇백 년일까—몇백 년 산다치고—.)

경철이는 워낙 고향인 명천군에서 태어났다. 어릴 적부터 퍼그나 대담하여 범이 득실거린다는 솔밭으로 나무하러 가서 점심 때까지 오지 않으므로 집에서 찾아 떠나니 새끼범 네 마리를 안고 노느라고 정신이 팔렸더라는 일화가 있는 사람이다. 뒤산 너럭바위처럼 떡 벌어진 어깨, 눈초리가 위로 째어진 데다가 고르로운 두 눈에 광채가 도는 키큰 사나이다. 담력 있기로 이름난 젊은이였다.

그의 종조부는 북도포상으로 전라도에까지 돌아다니며 돈푼이나 벌어 밥술이나 별로 그립지 않도록 밭이랑이나 장만했었다. 그의 조부는 빈털털이로 세간이라고 났으나 일가의 밭을 부치면서 자라 났다.

경철의 당대에 와서 일곱 남매가 고스란히 한 집에서 자라는 판에 소작만

부쳐서는 도무지 살아갈 수가 없었다. 더구나 경철의 아버지는 장가갈 때 토시도 없어 일가집 남색 모본단 토시를 빌어 끼고 첫 날을 지냈는데 그 이튿날 식전에 토시 임자가 찾으러 왔다는 일화가 있는 그런 집살림이었다.

경철이는 귀여운 맏아들이어서 겨울마다 동네 서당에 다니며 제 이름자나 착실히 알게 되어 어느 겨울철에 해변가 자그마한 마을에 가서 어떤 구멍가게의 서사 노릇을 하면서 명태장사를 좀 하노라고 하다가 밑지는 바람에 없는 살림이 더욱 거덜나게 된 데다가 열이나 되는 식구가 살아 가기 너무도 힘겨워 땅이 흔한 간도땅은 미운 놈 기장밥 준다는 곳이라고 하기에 수남촌에 있다는 일가인 김 영감을 찾아갔다. —그 결과 간도로 이사해 오기로 했던 것이다.

처음에는 경철이네가 간도로 이사가는 것을 일가 친척들이 찬성하지 않았다. 경철의 종조부 세 분이 아주 반대하였다.

"팔자란 타고난 것인데 간도로 간다고 다 잘살게 된단 말인가. 빌어 먹어도 제 고장이 그래도 제일인 법이야!"하고.

다만 경철의 처가에서는 반대도 찬성도 안 하고 그저 마음대로 하라는 것이었다. 기실 경철의 장인인 황 생원은 한일합방이 되고 문명한 세상이 된다고 해서 상투를 자르는 바람에 골선비로 글만 읽다가 '상투피난'을 하느라고 간도땅에 들어가 골샌님들의 덕택으로 한 두어 해 지내다가 다시 제 고향으로 돌아온 사람이기에 가고 싶으면 가라고 오히려 권고하는 편이었다.

그러나 경철의 일가와 근친들은 계속 반대하였다.

"우리네 열촌 안 사람은 한 집도 고향을 안 떠났는데 너희들이 간도땅으로 가다니!"하고. 고향을 떠나고 싶지는 않지만 너무 배고픈 고생이 심해서 하는 수 없이 쌀이 흔한 곳으로 간다고 하면

"먹어도 같이 먹고 굶어도 같이 굶고 한데서 지내자꾸나. 설마 너희들만 굶어 죽으라고 할 텐가!"고 하는 것이었다.

그럴수록 경철이는 굽어 들지 않았다.

"우리 익산 김씨는 고향이 어딘가요? 여긴가요, 익산인가요?"

"그야 익산이 본향이지! 왜?"하고 종조부가 말하는 것이었다.

"그럼 우리 조상이 몇백 년 전에 익산으로 이사갔겠지요?"

"그거야 아마 5백 년도 더 될 것이다, 익산으로 옮겨 간 지."

"그럼 그때 북쪽 어디서인지 살다가 익산으로 나갔지 않았어요?"

그러자 이번에는 경철의 증조부가 빈 대통을 탁탁 털면서 더럭 성을 낸다.

"그러니 너희들도 간도로 이사가는 것이 당연하다는 말이로구나! 음."

"그렇습니다. 그때는 남으로 이사갔고 그 뒤에는 서울서 살다가 갑자사화(甲子士禍) 때인가 또 북으로 이사해 왔다고 족보에 적혀 있지 않습니까?"

"그러니 너희들도 또 북으로 이사가겠단 말이구나. 음, 네 마음대로 해라. 기어이 가고프면 썩 가거라!"

종조부는 안 나오는 가래를 뱉으면서 홱 돌아 앉는 것이었다.

"할아버지, 생각해 보세요. 우리 선조들이 익산으로 간 것도 그런 사정이 있었고 또 서울 온 것도 그런 사정이 있은 것이옵고 서울서 또 그때만 해도 인적이 드문 북관으로 이사해 온 것도 그러지 않을 수 없는 사정이 있은 것입지요. 지금 종가집도 그렇지만 지차집은 살아갈 수 없으니 간도땅으로 살러 가는 것이 무에 그리 이상할 것이 있겠어요. 우리도 떠나고 싶지는 않지만 정말 배고프고 등 시려서 할 수 없이 가려는 것입지요. 우리를 먹여 살려 줄 수야 없지 않아요? 물론 할아버지 댁하고 굶더라도 같이 지내고 싶은 것이 마땅한 인정인 줄은 압니다마는….."

이렇게 되어 문중회의에서도 경철이네가 간도로 이사가는 것을 동의하지 않을 수 없었다.

음력 9월 9일이 되자 작은 봉 중턱에 모신, 벌써 환갑 전에 돌아가신 할아버지와 할머니의 산소에 가서 고향 떠나는 마지막 제사를 지내어 선조에게 하직을 고하였다. 만일 할아버지와 할머니의 혼령이 계시다면 간도땅 간도땅 간 뒤에라도 그 자손들을 잘 돌봐 달라고 온 식구가 마음속으로 축원하면서.

경철이네는 뭐나 닥치는 대로 두드려 팔았다. 원체 개똥밭은 한 이랑도 없지만 앞개울의 돌각담밭을 몇 푼 받고 팔아서 소수레와 소를 장만하였다. 간도땅에 가면 밭은 문제없지만 자기의 소와 수레가 있어야 한다고 하기에. 더우기 명천에서 회령까지 몇백 리 되는 길에 철도가 놓인 구간은 겨우 60리밖에 안 되니 그 나머지 구간은 소수레에 늙은이, 어린이, 부인네들을 앉히고 가야 하기 때문이었다.

'간도땅은 미운 놈 기장밥 주는 곳, 홍두깨 같은 강냉이 이삭과 베개만한 감자를 먹을 터인데….'하고 경철이는 희망에 부푸는 속심을 금할 수 없었다. 다만 나고 자란 고향땅 선조의 산소가 있는 고향땅, 활쏘기 연습을 하던 앞개울가의 모래밭, 봄이면 천렵에 물고기 듬뿍 잡히던 박골소(沼), 뻐꾹새 울어예던 소나무숲, 떠나려니 물론 서글픈 일이지만 장차 잘 먹고 잘 입고 잘 살 간도땅을 생각하니 서운한 느낌도 한결 가시는 상싶었다.

"돈을 벌어 가지고 다시 나와 같이 살도록 하게!"하고 일가의 노인들도 배웅을 나와서 손을 흔들고 있었다.

"가서 자리를 잘 닦소. 우리도 조만간에 갈 터이니…."하고 이별을 아쉬워하는 먼 젊은 일가도 있었다.

경철이는 원체 사내대장부가 이사길에 눈물 지으랴 싶어 그저 허허 웃으면서 잘 있으라고 인사하나 부모와 아내는 그렇지도 않아 처음부터 옷깃과 치마자락에 눈물을 흘리어 전송하는 사람들을 더욱 서럽게 하였다.

어린 누이와 동생, 그리고 어린 애들만은 오히려 무슨 잔치집마냥 웃고 있을 뿐 가다가 호떡개나 사먹으라고 쥐어 주는 일가 친척의 푼돈에 좋아라고 떠들어 대고 할 뿐이다.

그러저럭 전송군들도 모두 돌아 들어가고 고향을 떠나 두어 마장 와서 용구고개에 올라 서니 고향벌이 산에 가리어 잘 안 보이게 되자 북으로 어랑벌이 내다보이었다.

경철이는 그때까지 뚜벅뚜벅 소수레를 말없이 몰고 오다가

(아, 내 고향, 나서 자란 고향, 이것으로 하직인가?!)하고 두루마기 소매로 눈물을 쓱쓱 씻었다. 이것이 고향을 떠나면서 처음 떨구는 눈물이었다.

'아, 쫓겨 가는 내 고향, 부디 잘 있으라!'하고는 다시 고향 쪽을 향하여 넋 잃은 듯 멍하니 바라보다가 무엇을 잊어 버리기나 한 듯이 소채찍으로 소등을 툭툭 치는 것이었다.

그럭저럭 한 주일이나마 걸려 회령읍에 이르러 또 하루밤을 새었다. 다음 날은 두만강을 건넌다. 두만강만 건너면 간도땅이 된다.

쌀쌀한 늦은 가을, 나무잎은 제법 단풍 들어 푸른 소나무 숲속에 군데군데 알락달락 물들어 강산은 그림 같다.

경철이네는 두만강역에 나왔다. 그들처럼 소수레를 가진 사람들, 남녀간에 이고 지고 해서 바가지짝을 찬 사람들, 솔나부랭이와 도깨 그릇을 쪽지게에 받혀진 사람들, 어느덧 강가는 살 길 찾아 두만강을 건너려는 가난한 백성들로 붐비었다.

"경철이, 이 사람!"

이때까지 아무런 별 말도 없이 수격수격 걷기도 하고 드문드문 수레에 앉

아 오기도 하던 아버지가 말을 꺼내었다.

"예, 말씀하세요."

"이 사람! 왜 강산이 이렇게 다른가! 이쪽에는 송림이 울창하고 양지바르고 한데 저쪽이 마도강이라고 하지, 왜 저쪽은 저리도 편하고 뿌옇고 자욱하고 어두운가?"

그 말을 듣자마자 어머니도

"마도강이 그렇지 별수 있겠수? 이제 건너 가면 언제 다시 이 강을 되건너 오노?"하고 말하면서 처연한 빛을 띠운다.

"글쎄요. 아무려나 우리는 북으로 가게 마련이 아닙니까? 그런 데 가서 좋은 고장으로 만들어얍지우!"

경철이는 자신있듯 대답은 했으나 이제 이 두만강을 건넌다고 생각하니 무등 서러운 회포를 금할 수 없었다. 경철이는 저도 모르게 손수건을 눈굽으로 가져갔다.

"이 사람 경철이, 언제 다시 돈 벌어 가지고 돌아오게 될까?"

"가봐야 압지우. 어찌 지금 미리 점칠 수 있겠어유!" 경철이는 그저 이렇게 미심쩍게 대답하는 수밖에 없었다.

"월조소남지(越鳥巢南枝)라, 월나라 새는 남쪽 가지에 둥지 튼다고 했거늘 사람으로서 어찌 고향을 안 그릴 수 있겠느냐 말이다!"

"고향이야 어디 살아 나기 나름입지요. 살면 다 고향이 되는 법이 아닙니까? 익산 사람이 북관 와서 살듯이 말입니다."

"그도 그렇기도 하다마는…."

그때 강역 파출소에 있는 조선 사람인 헌병보조원과 왜놈 순사가 나와 순시하다가 이 이사군들을 보고 묻는 것이었다.

"어이, 어디로 가는 이사짐인가?"

"보면 모르겠어유? 간도땅 가는 길입지요!" 그러니 그놈들은 도깨그릇하며 헌 털뱅이 이불견지들을 실은 수레를 슬슬 만지더니

"뭐 나쁜 것은 없어?"하고 으르렁대는 것이었다.

"뭐 헌 누데기뿐인뎁소. 맘대로 들춰 보시구려!" 그제야 놈들은 짐짝을 슬금슬금 만져도 보고 찔러도 보고 한다.

그때 강을 건너는 이주민 가운데 한 40쯤 되어 보이는 한 중년이 늙은 부모를 모시고 가는데 때가 다닥다닥한 토스레치마를 입은 어머니가 눈물을

흘리는 것이었다. 처음에는 눈물을 삼키다가 나중에는 서러워 목놓아 울고 있었다. 제창 초상 때와 같이.

"아이구, 약 한 첩 못 먹여 보이고 생때 같은 너를 파묻고 우리는 살자구마 도망가는구나! 흐, 흑…."

헌병보조원과 순사놈들은 힐끗 건너다보다가

"왜, 좋은 데로 돈 벌러 가는데 울긴? 방정맞게!"하고 눈을 흘기는 것이었다. 그 이사꾼들은 마지막으로 울 자유조차 빼앗긴 것이다.

경철이네는 말없이 묵묵히 강심을 들여다보면서 더러는 수레를 타고 더러는 나룻배를 타고 강을 건넜다. 그런데 서로들 말은 없으면서도 속으로는 강심에 눈물을 떨어뜨리었다.

경철이네는 다른 이주민들과 같이 두만강을 건너 오자 간도땅에 발을 디디고 강 저쪽을 바라보았다. 뱃사공은 그들을 부리어 놓고는 무심한 듯이 배를 돌려 또 강 저쪽으로 다른 패를 실으러 건너 갔다.

"아, 고향은 인제 정말 하직이구나!"

경철이는 두 번째로 울음을 터뜨렸다. 울지 말자고 몇 번이나 다진 일이지만. 그는 눈물을 씻고 한참 멍하니 고국땅 푸른 소나무숲을 바라보았다. 강물을 이제나 저제나 변함없이 잔잔한 물결을 일구며 흘러가고 있다.

그는 강 저쪽 모래불에서 주워 가지고 온 공기돌 같은 동그란 돌을 한번 꺼내어 다시 보고는 또 호주머니에 그대로 집어 넣고 길을 재우쳤다.

꼬불꼬불 오르막길, 그저 후미진 산길만이 뻗어 있다. 이름을 익히 들어오던 오랑캐령도 넘어 달라즈 거리에 거의 미쳐서였다. 길가에 한 대여섯 사람이 모여서 어정거리고 있었다. 길복판에 마대를 펴놓고 얼굴에 때가 다닥다닥 앉은 중년 남자가 하나 앉아 무슨 종이패쪽을 가지고 들었다 놓았다 하면서 외치는 것이었다.

"자, 돈이 거저 먹어, 한 장 붙여 한 장 먹어, 두 장 붙여 두 장 먹어!"
하자 역시 그 사람과 비슷한 몸매에 비슷한 옷차림을 한 사나이가

"자, 대였다. 이것이야!"하고 엎어 놓은 패쪽을 뒤엎으니

"음, 또 잃었구나!"하고 박을 잡은 사나이가 돈 일 원을 내어 준다.

"웅, 그러면 그렇지 갈 데 있나? 친구, 친구두 한번 붙여 먹어 보라구!"하고 곁사람에게 권하는 것이었다. 이것이 이른바 '야바위'라는 노름으로써 간도땅에 들어오는 멋모르는 이주민들의 호주머니를 노리는 날강도 같은 노름

판이다. 돈을 붙여 따먹는 그 사람은 진짜 노름이 아니라 '협조군'인 한 패거리로서 돈을 쉬이 따먹는 시늉을 하는 것이다.

여기 이런 싸개질에 걸려 들어 가진 돈을 다 털리고 빈손으로 일어서는 이주민도 적지 않다. 패쪽 석 장에 두 장은 무깍지이고 한 장만은 무슨 용인지 범인지 그린 것인데 박을 쥔 사람이 석 장을 뒤집어 보이면서 쥐었다 놓았다 하다가 환히 알리도록 펴놓으면서 그 따로운 한 장을 맞추라고, 거기에 돈을 대이는 것이다. 그런데 어쩐 감투끈인지 무슨 조화가 붙어서인지 꼭 그 패쪽이 옳게 보이어 돈을 붙이고 번지면 왕청같이 무깍지가 나오는 것이다.

이런 귀신 같은 노름판에 길주에서 이사 온다는 한 중늙은이가 걸려 들어 간도 오면 밭 사고 쌀 사고 살림하려던 돈 백소시를 몽땅 털리고 땅을 치고 울다가 떠나는 것을 보고 경철이는 그런 거저 먹는 판이 어디 있겠기에 그걸 넋 잃고 보고 있는가고 그것을 들여다보고 있는 동생네들을 옆을 찔러 가지고 제 길을 떠났다.

"음, 새발의 피란 말이야. 이사꾼들의 주머니를 털려구 이런 노름판을 벌려 놓고, 그리고도 그걸 말리는 관청도 없단 말이야!"하고는 수레를 재우쳤다.

아까 그 노름판에서 돈을 까바친 그 중늙은이가 팔소매로 눈을 비비며 따라오고 있었다.

"아이구, 분하고 원통해라. 온 밑천을 다 까먹었으니 당금 오늘 저녁부터 밥 사먹을 돈도 없게 되었수다!"

힘없는 맥빠진 걸음을 터벅터벅 옮기는 것이었다.

이렇게 간도땅 온 첫 날을 지내고 수남촌이란 동네에 들어와 이사짐을 부리웠다. 물론 먼저 들어온 일가인 김 영감이 반가이 맞아 주었고 또 동네 어른들도 남녀간에 다 모여들어 마중하고 시중해 주는 것을 고맙게 받았다.

처음 며칠 동안은 매우 바쁘고도 부산하게 보내었다. 먹을 양식도 사야 했고 소먹이 짚도 사야 했다. 그리고 장거리에 가서 세간살이할 도깨그릇도 사와야 했다. 마지막으로 동생까지 학교에 넣으니 일이 웬간히 뜸해졌다.

간도로 무사히 와 새해 농사 차비도 실수 없이 했다고, 온 식구들 모두 탈 없이 잘 지낸다고 고향에 편지를 보냈다. 그리고 동생을 학교에 붙이었다는 소식을 특별히 알리었다.

편지를 띄운 날 저녁 아버지는 또 고향이야기를 시작하였다.

"큰 새터집에서는 어떻게 보낼까?"

"물론 무사히 지내시겠지요. 아무튼 배고픈 고생은 꽤 하실 겁니다."

"그거야 더 말할 것도 없겠지. 정말 허리띠를 졸라 매고 겨울을 지낼 거다."

저녁 후에 배좁은 구들 위에나마 모여 앉아 이야기하는 판에

"이 집이 경철이네 집이 옳은가?"

굵고 우렁찬 목소리가 갑자기 들리었다. 뒤미처 소달구지 소리도 들려 왔다.

"애, 나가 봐라, 누가 찾는다."

그러자 후닥닥 방문을 열고 내다보던 경철이는 깜짝 놀라 소리질렀다.

"아니, 이게 누구요? 선돌집 형님이 아니우?!"

온 집안이 마구 떨쳐 나와 새로 온 선돌집 식구들을 맞이하였다. 선돌집에서도 역시 소수레에 짐을 싣고 도깨그릇이랑 어린 아이들이랑 싣고 온 것이다.

"선돌집 형님네도 끝내 오셨구만!"

"아이구, 길에서 얼마나 고생했수?"

이렇게 떠들어 대면서 아이들을 부축해 들인다, 소달구지를 벗기고 소를 외양간에 들인다 야단법석이었다.

"글쎄 이 집에서 떠난 뒤 그래도 앉아 배길까 했는데 끝내 뒤따라왔수다!"

"저런! 왜놈들이 더욱 살판 치겠지?"

"그야 더 이를 데 없지우. 저, 이사 초년에 고생이 막심하시겠지?"

"뭐, '이식위천'이라구 우선 먹을 게 있으니 살아 가지유! 동넨 다 무고한가요?"

"누운돌집 할아버지가 상사나시구 그밖에는 별일들 없어유!"

이렇게 서로 주거니받거니 하며 큰 연락이나 벌어진 듯 즐거워했다.

선돌집과는 그리 가까운 일가는 아닌 탓인지 고향에 있을 때는 그다지 자별한 사이가 아니었지만 간도에 와서 서로 같은 처지에 만나니 참말로 반갑기 그지없었다.

저녁식사를 끝내고 또 이야기판이 벌어졌다.

여기 와서 어떻게 잡도리를 했는가, 밭은 얼마나 갖췄는가, 곡식값은 얼마

인가, 겨울에 무슨 딴 벌이가 있는가, 사람들의 인심은 어떤가… 이러루한 이야기에 한창 꽃을 피우고 있는 판에 개 짖어 대는 소리가 요란스레 들려온다. 사람 몇이 문 앞으로 걸어오는 기척이 들리더니 갑자기 방문이 화닥닥 열리며

"어쩐 사람이 이리 많아? 응?"하더니 총끝이 문 안으로 쑥 들어오고 바로 그 뒤에 부연 군복을 입은 사람 셋이 달려들었다.

"응, 어쩐 사람인가?" '부연 군복'이 눈을 부라리며 거푸 묻는 것이었다.

경철이는 그들이 선바위 밑에 있는 순경국에서 온 순경인 것을 알고 두 손을 공손히 마주잡고 아뢰었다.

"저, 고향에서 일가 사람들이 간도로 들어오는 걸음에 찾아들었사와요."

"뭐, 일가 사람들이? 언제 왔는가?"

"방금 왔사와요. 저녁을 곧장 치른 길인뎁소."

경철이는 양수거지하고 사실대로 말하였다. 먼저 들어왔던 순경 우두머리는 공연히 소탄 개처럼 우줄렁거리며 상판대기를 찌그리다가 퉁명스레 내쏘는 것이었다.

"너, 여인숙 허가 있나? 객주 허가 말이다."

"객주 허가라니? 우리가 객주집인가요? 여기 온 지 몇 달 안 되는데 언제 허가 내고 객주를 하겠습니까?" 진속대로 말하여 아주 죄송히 머리를 숙였다.

"너, 그럼 객주집 허가도 없이 왜 지나가는 행객을 유숙시키는가?"

순경은 더욱 으르렁거리었다. 경철이는 너무나 억이 막혀 말을 못 했다.

"객주집 허가도 없이 사람을 유숙시키는 게 그래 잘했나 말이냐?"

"그건 잘못되었습니다. 그러나 원체 한 고향에서 잘 아는 집안 분이기에…."

"뭐? 잘못했다고 말만 하면 되나? 이 자식!"

이번에는 순경놈의 오른손이 경철의 귀쌈을 찰칵 치는 것이었다.

"응, 이놈아 벌금이다, 벌금이야! 객주 허가도 없이 사람을 재우고. 응, 벌금이야! 알았어?"

경철이는 얼얼하게 맞은 볼때기를 만지며 그저 잘못했다고 빌붙었다.

그러자 이번에는 '손님'인 선돌집 형님이란 분이 일어나 빌었다.

"이 주인 되는 분은 아무 차실도 없습니다. 우리들이 노수가 부족해서 객

주에 들지 않고 아는 집안 사이라고 해서 찾아온 것이 잘못되었습니다. 나리님, 그저 한번만 용서해 주십시오."

이때까지 그저 나를 잡아 주시오 하고 빌기만 하던 경철이는 상투를 한번 씻어 올리더니

"그래 한 고향 살던 집안 분을 들인 것이 무에 잘못인가유?"
하고 갑자기 밸을 참지 못하는 모양이다. 관자놀이가 툭툭 뛰고 있다.

"이놈자식, 뭐 어찌구 어째? 이 자식 법도 모르고 자랐구나!"
이번에는 그놈이 장갑을 벗고 제법 귀쌈을 이쪽 저쪽 마구 갈겨 대고 곁에 섰던 다른 순경놈은 총탁으로 경철의 아랫배를 찌르는 것이었다.

"가자! 이 자식 순경국에 가 겪어 봐!"하고 방아쇠를 한번 다뤄 보고는 경철이를 끌고 갈 차비를 한다.

"가자면 가지요! 나 원, 죽을 죄를 지었는가, 여기도 법 있는 곳이겠지!"
경철이는 무엇을 믿는 것이지 계속 누그러 들기는커녕 뻐대는 것이었다.

온 집안이 떠들썩해졌다. 순경의 팔을 붙잡고 말리는 아버지와 선돌집 나그네, 어머니와 아이들까지 순경의 팔에 매어 달려 주저앉히려 하였다. 그러나 그들은 순경의 총탁에 밀리고 말았다.

"아이구, 이게 무슨 변이람? 간도땅 살자고 왔다가 이게 무슨 꼴인가?"
갑자기 울음판이 벌어졌다. 그러나 경철이는 얼굴과 살쩍에 내리드리운 상투머리를 쳐올리고 갓 위에 휘항을 푹 내리 쓰고 그리고는 메투리를 찾아 신고 떠났다.

"아무 근심 마십시오. 가자고 하니 가기는 합니다마는 인차 도로 올 테니까. 간도땅도 법이 있겠지. 생사람을 뭐 어찌겠소?"
경철이는 순경들 셋에 호위되어 두어 마장 되는 선바위 밑에 있는 순경국으로 갔다. 호위된 것이 아니라 제법 붙들려 갔다.

"당신네는 한 고향 사람이 오면 밥 한 끼 안 먹이고 밤 한 번 안 재우겠수? 그게 무슨 죄란 말이우?"
"그건 인정이고 법은 법이란 말이야. 객주집 허가 없이 손님을 치지 못하는 법이란 말이야!"
역시 그놈이 그놈이다. 순경이든 순장이든 모두 그놈이 그놈인 이상 그야말로 주먹은 가깝고 법은 먼 셈이다.

"그러니 특별히 사정을 보아서 객주 허가 없이 손님을 친 벌금 3원하고

또 '문턱세' 2원하고 모두 5원이다. 알겠느냐?"

경철이 깜짝 놀랐다. 벌금이란 귀에 못이 박힌 말이지만 '문턱세'란 난생 처음 듣는 말이 아닌가!

"네? '문턱세'라니?"

"우리 나라 법에 관청 문턱을 한번 들어오면 문턱세를 물기로 되어 있어! 잔말 말고 두 가지로 벌금 5원을 내란 말이다! 알 만하냐?"

뒤미처 민간 행정상 어른인 갑장이 찾아와서 사정사정해서야 벌금 3원으로 결정하고 내일 오전에 바치기로 하고 그 날 밤 늦어서야 놓여 나오게 되었다. 경철이가 붙잡혀 온 뒤 그 동네의 한 청년이 건너 마을 장재촌에 있는 갑장한테 가서 사실을 말하고 갑장더러 순경국에 가서 사정하도록 하였던 것이다.

"아, 억울하구나! 살아 보려고 온 식구 끌고 간도땅 찾아왔다가 이런 변을 당하다니! 아, 참 원통하구나!"

경철이는 순경국에서 놓여 나와 캄캄한 길을 걸어 돌아오면서 울음을 터뜨렸다. 세 번째 우는 울음이다. 첫번은 고향을 하직하고 용구고개에 올라서서 고향을 마지막으로 되돌아볼 때였고 두 번째는 두만강을 건너와 고국을 마지막으로 하직할 때였고 세 번째는 이번이었다. 간도땅에 와서 첫 시련이 너무나 벅차구나! 너무나 힘겹구나!

경철이는 수남촌으로 갈라져 들어가는 길어름에 앉아 자꾸 울었다. 속이 쑥 내려가는 것은 아니지만 엔간히 후련해질 때까지 울다가 집을 향하였다.

그 뒤 경철이는 한 사 날 모대기다가 하루는 M중학에 다니는 한 동네의 학생 철호란 청년을 찾아가 가위를 주면서 말하였다.

"철호, 내 머리를 베어 주!"

"뭐, 머리를 깎다니 댁의 아버님이랑 모두 승낙하셨소?"

철호란 학생은 어안이 벙벙해 눈이 휘둥그래지며 물었다.

"아버님은 벌써부터 찬성하시는 눈치였소. 내가 좀 완고해서…."하고 경철이는 시무룩이 웃어 보이는 것이었다.

"참 잘 생각했소. 벌써부터 권고하고 싶었는데 참 잘되었소!"

"어쨌든 망국노가 되고선 서러워 못살겠단 말이요. 살아도 죽은 거나 마찬가지거던. 난 머리 깎고 M중학에 붙을 작정이요."

"그렇게만 되면 얼마나 좋겠소! 또 그리고는?"하고 철호는 경철이를 물끄러미 쳐다본다.

"그래 중학교를 졸업하고는 의병으로 갈 생각이오. 의병운동을 해도 글은 알아야 하겠더구만!"

경철이는 이렇게 말하면서 상투를 풀어 헤치고 썩둑 잘라 달라고 들이 대었다. 철호는 무등 기뻐하였다.

"몸은 부모에게서 받았으나 터럭도 다치지 않는 것이 효도라고? 얼마나 어리석은 일이었소? 서양 사람은 칼라 머리만 해도 세계를 쥐락펴락 하지 않소? 우리들이 상투를 가지고 간도땅에까지 와서 해싼 일이 무엇이우? 모욕밖에 당하는 게 없지요!"

철호는 경철의 상투를 뭉척 잘랐다. 기다란 머리카락과 배코자리에 있는 자른 머리카락을 함께 듬뿍 한 줌 쥐고 그대로 경철에게 보이면서 말했다.

"수천 년 지배하던 동양의 봉건 꼬리여, 잘 가라! 너와는 영영 하직이다! 상향!"(지난 날 제사를 지낼 때 축문의 맺음말) 경철이는 '상향'이란 말에 히죽이 웃음이 절로 나왔다.

머리를 깎고 나니 경철이는 제법 딴 사람 같은 깨끗한 미남자가 되었다. 망건 자리는 남았을망정 말끔하게 깎은 이마는 넙적하고 귀밑을 가리던 살쩍터럭도 깡그리 깎아 치우니 어글어글한 치째어진 맑은 눈, 숱진 눈썹, 아주 딴 사람같이 변해졌다.

바로 그 이튿날, 스물네 살에 중학생이 되려는 경철이는 아침 일찍 M중학교를 찾아갔다. 우선 교장선생을 직접 만나 이야기하게 되었다. 상투를 어제 자르고 신식 공부하러 온 사정을 말하였다.

"그럼 장가갔겠는데 아이들은 없소?"

"일찍 장가들다나니 어린 애 둘이나 있습니다. 그러나…."

경철이는 좀 부끄러운 기색으로 얼굴이 붉어짐을 감촉하였다.

"장가간 것은 허물될 게 없소. 우리 학교에는 '아이애비 학생'이 수두룩하오. 장가갔다고 국사를 못할 건 없지 않소?"

김 교장은 한참 생각하다가 이미 무엇을 공부했는가고 묻는 것이었다.

"별로 읽은 것이 없습니다. 농사 지으면서 겨울마다 구학서당에서 공부했습니다."

"구학 글은 무슨 책까지 읽었소?"

"맹자와 논어까지는 떼었습니다."

"산학(算學)은?"

"산학통편은 알 만합니다. 산판도 사칙은 문제없습니다."

"거 무던히 공부했소. 저, 역사와 지리는? 조선 것 말이오."

"자습해서 대강 알고 있습니다. 단군 반만 년 역사는 알고 있습니다."

김 교장은 한참 생각하다가 책상 서랍을 들추고 나서 또 물었다.

"동물, 식물, 광물 같은 거나 물리, 화학은 들어도 못 보았겠지?"

"동식광물은 직접 겪어 본 것으로 알고 있으나 물리와 화학은 처음 듣는 말인데 뭐 배우면 알 리라고 생각합니다."

"음, 그리 쉽사리 알게 되는 건 아닌데… 어떨까?"

김 교장은 잠깐 교원사무실로 나갔다. 교원하고 무슨 말인가 의견을 묻는 듯하였다. 돌아와서 또 묻는 것이었다.

"창가와 체조는 배워 보았소?"

"신식 창가는 잘 모릅니다. 다만 고향에서 명절 때마다 구식 타령 같은 것은 불러 보았습니다. 또 신식 창가도 여기 들어와서 학생들이 부르는 걸 들어서 대강 압니다. 저, 불러 보랍니까?"

"어디 한번 불러 보시오!"

"네, 잘 못하지만 부르겠습니다."

배를 갈라 만국회에 피를 뿌리고
육혈포로 만인 중에 원수 죽이던
이준 씨와 안중근의 용진법대로
우리들도 그와 같이 원수 쳐보세.

"허, 학생, 노래 잘 부르오. 노래는 합격이오. 그리고 체조는 행진하는 법이나 아는지, 그리고 아령 체조도…."

"저 고향에서 겨울이면 활쏘기 내기를 했습지요. 신식 체조는 못 배웠습니다마는 왼 다리 들고 하나 오른 다리 들고 둘 하는 그런 것쯤은 알고 있습니다."

하고 이번에는 제법 행진하는 자세로 본을 보이었다. 어쨌든 붙을 욕심으로 있는 실력은 다 보이려는 것이다.

"자, 그만 하오. '엎드려 총'하는 것은 못 해봤겠지?"

김 교장은 만족스레 히죽 웃고 나서

"알 만하오. 학생, 무엇보다 젊은이다운 정신과 기백이 좋소!"

하고 입학지원서를 들여다보고 나서 목책을 꺼내어 무엇을 적어 넣었다.

"그럼 물리, 화학 같은 과목은 못 배웠다니 가외로 공부할 셈치고 우선 1학년에 입학시키겠지만 구학 지식도 있고 또 공부하려는 기개도 좋으니 2학년에 입학하시오. 내일부터라도 다니시오."

그리고 또 말을 계속하였다.

"상투를 자르고 학교에 입학하는 건 참 용감하오. 우리는 그런 학생을 환영하오. 공부를 잘해서 훌륭한 의병이 되어 주오."

이렇게 되어 경철이는 어린 애 둘이나 있는 '늙은' '애아비 학생'이 되었다.

물론 한문 지식이 있으니 몇 가지 관련되는 과목은 그럭저럭 따라갈 수 있었지만 처음 배우게 되는 신식 과목이 있어 경철이는 밤늦도록 겨릅등이나 기껏 해야 석유 등잔불을 켜놓고 밤늦게 공부하여 차차 따라가게 되었다.

세월은 쉴 사이 없이 흘러 경철이네는 간도에 들어와 첫 설을 지냈다. 대보름까지 한 반 달 동안은, 고향을 떠나 마치 주막에 든 바디장사와 같이 안정되지 않은, 언제 어디로 흘러갈지 생각조차 하기 어려운 백성들이었으나 그래도 명절 기분에 싸여 있는 판이다.

수남촌에서는 좀 널찍한 팔 간집인 최도감네 아래웃방과 정주칸까지 터쳐놓고 온 동네 남녀노소가 모이어 명절놀이를 하게 되었다. 퉁소 부는 사람, 북 치는 사람, 꽹과리 치는 사람, 양산도나 성주풀이를 멋지게 넘기는 사람, 때로는 건너 마을인 장재촌에서 '원정' 오는 사람도 있어 제법 그럴듯한 여흥판이 벌어진다. 간혹 가다가 어른들만 놀 수 없다고 해서 어린 학생들의 신식 창가도 섞이게 된다. '학도가', '송죽가', '이순신 노래' 등을 부를라치면 귀여운 학생들을 더욱 자랑차게 바라보군 한다. 흥이 오르면 전날 광대판에 돌아다녔다고 하는 이 첨지의 춤도 멋드러졌고 또는 중년 부인네들의 나불나불 추는 춤도 제법 볼 만하였다.

이때만은 남녀의 부동석이 거의 해소되어 서로의 눈길만이 아니라 말을 주고받는 것도 거의 자유스러워져 그야말로 봉건사회에 오아시스를 제공해 주는 것이다. 그런가 하면 처녀들과 새각시들은 끝동저고리 입고 영초 댕기를 드리고 널뛰기를 하게 된다. 한번 솟아 반 키, 두 번 솟아 한 키, 자랑찬 재주를 보여 주는 것도 봉건사회의 부녀들의 '천당'으로 되는 것이다.

대보름 날 밤이면 며칠 밤 동네끼리 편을 갈라 가지고 횃불싸움을 하게 된다. (남선지방에서는 '쥐불'이라고 한다) 남자들은 겨릅이나 조짚으로 홰를 만들어 불을 달아 가지고 싸울내기를 하는데 진 편은 그 해 농사가 잘 안 된다고 한다. 어쨌든 이기는 편에서는 만세를 부르면서 개선하게 된다.

그리고 대보름날 밤 둥근 달 아래에서 금, 목, 수, 화, 토란 글자를 각각 쓴 윷가지 다섯을 가지고 윷을 치면 그 윷글자를 해리한 달윷책을 보면서 글 아는 늙은이가 해석해 주는데 때로는 처녀더러 언제 어느 방향으로 시집 갈 신수라고 할라치면 곁에서들은 까르르 웃으면서 놀려 대기도 한다.

이 모든 명절놀이들은 모두 고향땅에서 지난 날 몇백 년 동안 전통적으로 하여 오던 것대로 그래도 가지고 와서 하는 노릇이다.

경철이네도 이런 명절 기분에 잠겨 떠나 온 고향이 그리운 생각, 이곳 간도땅도 고향과 다름없는 제법 고향이 된 듯한 생각이 겹쳐 들었다.

"그저 고향땅에서 명절 쇠는 것 같구나! 여기도 오래면 정이 붙을라!" 수다와는 담 쌓은 과묵한 어머니가 어쩐 일인지 느닷없이 말하자 경철이는

"그렇습니다. 뭐 억지로 살란 데가 있나요. 다 제멋에 사는 건뎁소."라고 대답하며 시무룩이 웃어 댔다.

"글쎄 살아 가노라면 차츰 정들어 가는 법이지!" 아버지가 이렇게 끼어 드는 바람에 더는 모두 아무 말도 없었다.

그런데 보름 후 일 주일도 되나마나 해서 경철에게는 참기 어려운 커다란 불행이 닥쳐 왔다. 대들보와 기둥처럼 믿고 있던 아버지가 불행히도 급병으로 세상 뜬 것이었다. 원체 젊어서부터 식구 많은 집에 가난한 살림살이를 한 어깨에 메고 너무나 뼈가 휘어 드는 고생을 하였기에 겉늙고 해소병은 있었으나 50이 되나마나한 나이에 참말 뜻밖에도 일찍 돌아간 것이다. 사실인즉 똑똑한 병명도 알아 못 내고 따라서 약첩도 변변히 써보지도 못했던 것이다.

"아이구, 원통해라. 그 좋은 고향에서 쫓겨나 마도강으로 잘살아 보자고 왔다가 첫 해 농사도 못 짓고. 응, 아이구, 원통해라, 어찌 눈을 감는구?"

넋두리하며 목이 메이는 어머니의 울음에 모두들 너무나 설움에 겨워 할 뿐이다. 경철이 내외는 물론 동생들과 누이들 모두 통곡을 터뜨렸다.

그럭저럭 초상을 치르고 양지바른 언덕에 남향으로 무덤을 쓰고 아무개

무덤이라고 목비를 세워 놓았다.

경철이는 아버지가 돌아간 것이 어쩐지 꿈같이 생각되었다. 얼마나 불쌍한 분인가! 여라문 되는 식솔을 건지느라 고생은 얼마나 했던가? 간도로 오게 되니 잘살아 보겠다고 아무 반대도 없이 고향을 떠나시던 분이 아닌가? 한 해 농사 다 지어 봤더면 얼마나 좋으랴마는… 아! 하늘이 너무도 무정하다고 느껴졌다.

아버지는 평소에 늘 이런 말을 하시었다.

"고향 떠나 빈손으로는 다시 돌아가지 말아야 하느니라, 더 모욕과 천대를 받는 법이느니라. 어쨌든 간도땅으로 온 바 하고는 더 북으로 들어가지 않으면 다행이느니라. 북으로 들어가며 살게 마련이느니라. 발붙일 곳이 고향이 되고 마는 법이느니라. 그러자면 고생은 무척 해야 하느니라…."

그리고 아버지는 임종할 때에 더듬더듬 유언을 남기시었다.

"…내 뼈는 앞산 꼭대기에 부디 남향으로 묻어라. …그리고 내 뼈를 고향으로 면례해 가노라고 쓸데없는 짓은 하지 마라. …여기가 좋으니 여기서 사는 한 일 년에 한 번씩 벌초나 해라…."

경철이는 '아, 인제는 여기 이 간도땅이 아버지의 뼈를 묻은 진짜 고향이 되는구나!'하고 생각되었다.

가장 믿던 '실농군'인 아버지가 세상 뜨니 농사 짓기도 턱이 닿지 않는 것이 아닌가?

"에라, 모르겠다. 공부는 못할 신센데 헛 애만 쓰지 말고 퇴학하여야지!" 하고 하루는 김 교장선생을 찾아갔다. 찾아가서는 그 동안 아버지가 세상 뜬 이야기를 하고 나서 공부를 더 계속할 형편이 못 되어 학교를 그만두겠다고 하였다.

"경철이, 학생의 내심은 이해할 수 있소. 참으로 비감한 일이오. 그러나 그만한 일로 해서 큰 뜻을 굽히고 중도에 학교를 그만두다니, 다시 잘 생각해 보오!" 하고 김 교장선생은 경철이를 바로 쳐다보았다.

"저도 상투를 자르고 학교로 들어올 때는 비상한 각오가 있었습니다. 그러나 부득이한 사정이 아니겠습니까?"

경철이는 저도 모르게 눈물이 핑 괴었다. 교장은 더 부드럽게, 그러나 엄격하게 타일렀다.

"학생의 아버님은 어쨌든 병으로 세상 뜬 것이오. 많은 애국지사들은 병으로 감옥에 누워 세상 뜨는 것이 아니라 국사에 선뜻 목숨을 바치는데 거기 대면 학생의 경우는 참아 낼 수 있지 않소? 학생이 처음 학교 붙으러 왔을 때 부르던 노래가 생각나지 않소? 저, '배를 갈라 만국회에 피를 뿌리고 육혈포로 만인 중에 원수 죽이던 이준 씨와 안중근의 용진법대로….'하던 노래 말이오. 그걸 생각하면 그만한 일에 굽어 들고 장래를 망쳐서야 되겠소?"

경철이가 대답을 얼른 못 하고 머뭇머뭇하고 있는 것을 보고 김 교장은 계속해서 말한다.

"순풍에 돛 단 듯 되는 일이 어디 있소? 더구나 먹히운 나라를 되찾자고 큰 뜻을 품고 공부하는 일에 말이오! 다시금 생각해 보오. 어느 길이 옳은가 말이오. 학생!"

"네, 깨달았습니다. 제 너무 옹졸하게 생각했댔습니다. 오전에 학교에 가 공부하고 오후에 집에 와 농사 짓더라도 어떻게든 퇴학은 안 하겠습니다."

마침내 경철이는 교장선생 댁으로 퇴학하러 갔다가 도리어 설복당하고 공부를 계속하기로 하였다.

"교장 선생님, 안녕히 계십시오. 공연히 귀중한 시간만 헛되이 보내시게 하였습니다."

"참 옳이 잘 생각했소. 정말 기쁘오. 경철이!"

그 뒤 한 열흘 지나니 1919년 3월 13일이었다.

조선에서 '3·1'독립만세사건이 일어난 기별이 간도에도 전해 왔다. 여기서는 3월 13일에 독립만세를 부르기로 되었다. 우선 이 근방에서는 M학교 학생들이 일제히 일어났다. 전날부터 태극기를 만든다, 점심밥을 싼다 하고 준비에 바삐 돌아쳤다.

경철이도 아침 일찍 M학교 학생들의 대오에 들었다. 중학생은 물론이고 소학생도 3학년까지는 참가하게 되었다. 그래서 30리 되는 용드레촌(용정)으로 만세 부르러 가는 길이다. M학교를 중심으로 하고 그 주위 한 시오 리 되는 촌락에 사는 보통 백성들도 총동원되다시피 되었다. 그 중에는 물론 머리를 빡빡 깎은 사람이 절대 다수이지만 상투 바람에 휘항만 쓰고 나선 사람도 있고 특히는 머리태를 들들 감아 올렸거나 늘어뜨린 덜먹총각도 더러 섞이었다. 이렇게 십여 리에 뻗은 장사진은 용정 가는 큰 길에 늘어서 나가고 있다.

선두에는 M학교 교기가 펄럭거리고 있다. 그 교기는 커다란 무궁화 꽃송이가 양켠으로 휘어 든 그 속에 보습 모양으로(혹은 심장 모양이라고도 한다) 된 학교의 모표가 한복판에 그려져 있고 맨 밑에 ××학교라고 한문글자 정자가 씌어 있다.

태극기 하나씩 손에 든 군중들은 마을을 지날 때마다 "독립 만세!"를 소리 높이 외친다. 때로는 '전진가', '독립가' 같은 노래를 부르기도 하고 가담가담 M학교 교가를 부르기도 한다.

> 흰 뫼(白山, 즉 백두산)가 우뚝코
> 은택이 호대(浩大)한
> 한배검(王儉, 즉 단군)이 끼치신 이 터에
> 그 씨와 크신 뜻
> 넓히고 기르는 나의 M동.

이런 교가를 처음 듣는 사람들은 더욱 황홀해 한다.

수천 명 군중들의 앞에는 M중학이 섰고 그 선두의 한 사람으로 경철이도 서있었다. 용정 거리로 들어설 때에는 경철의 목은 거의 쉴 지경이 되었다. 목이 터지도록 "독립 만세!"를 계속해서 불렀으니 말이다.

동쪽에서 모여드는 M학교 패하고 '용정지명 기원의 우물'이란 비석이 서 있는 곳에서 다른 쪽에서 모여드는 군중들과 합쳐서 정거장 북쪽 발전소가 있는 근방에서 대회를 하게 되자 이 모임의 회장인 ×××이 '조선독립선언'을 낭독하여 선포하고 모두 용정 시내를 시위 행진하게 되었다. 만세소리는 더욱 천지를 진동하고 있었다. 지나간 십 년 동안 자나깨나 잊지 못하던 독립 만세가 아닌가?

시위 군중들은 일본영사관 쪽으로 나아가면서 더욱 높이 만세를 부르고 또 불렀다. 왜놈들더러 들으라고.

왜놈 영사관에서는 겁에 질려 숨도 크게 못 쉬고 쥐죽은 듯 그저 사태의 진전을 보고 있을 뿐이다. 그러자 총영사란 작자는 퍼뜩 머리에 떠오르는 생각이 번쩍하였다.

"옳지 됐어. 그러면 우리는 아무 시비도 안 들을 테란 말이야!"하고 소위 행진을 제지시키려고 하는 당지 육군단장인 맹아무개를 사촉하여 일을 무마시키려고 하였다. 거기에는 사복한 왜놈 밀정이 끼어 있은 것은 말할 것도 없었다. 맹아무개는 드디어 시위 군중을 향하여 사격명령을 내렸다. "탕, 탕"하고 총소리가 연방 났다.

손에 태극기밖에 안 가진 군중들, 바늘 하나도 안 가진 시위 군중들은 만세를 부르다가 하나 둘 총탄에 맞아 쓰러졌다. 망원경을 들고 이 광경을 숨어 보던 영사관 왜놈들은 속으로 너털웃음을 웃었다.

눈 없는 탄환은 정말 사정을 몰랐다. 끌끌한 청년들, 팔팔한 학생들, 낙낙한 교원들, 서근서근한 상인들, 마구 탄알에 맞아 피를 흘리며 쓰러졌다. 그 자리에서 16명이나 숨을 지었고 거의 30명이나 부상을 당하였다.

M학교의 학생, 소련 연해주에서 유학하러 왔던 독자인 학생 김병영이 피를 흘리며 쓰러지는 통에 바로 그 곁에 있던 경철이는 팔에 부상을 당하고 쓰러졌다.

영국데기 제창병원에 입원되어 대강 구급을 한 경철이는 한 닷새 만에 제 집으로 돌아왔다.

왜놈들의 탄압은 날마다 우심해 갔다. 간도에 따라와서까지 조선의 의병운동을 압살하려고 날뛰었다. 회유정책을 쓰는가 하면 숱한 밀정들을 풀어 놓아 가지고 감시, 체포, 살해를 마음대로 하고 있다.

경철이는 팔에 감았던 붕대를 풀었다. "하나 둘, 하나 둘"하면서 움직여 보았다. 아령체조까지 하고 나서 "이젠 아주 아물었구나! 아무 일도 없어!"하고 좋아하였다.

그 며칠 후 경철이는 김 교장 선생을 찾아갔다.

"어떻소? 경철이 그래 팔은 다 나았소?"

김 교장은 벌써 희어진 윗수염을 비탈아 만지면서 웃음을 띠는 것이었다.

"교장 선생님, 전 아마도 멀리 떠나야 하겠습니다."

느닷없이 불쑥 꺼내는 말에 교장선생은 눈이 휘둥그래져 "왜?"하는 눈치가 나타난다.

"인제는 공부를 그만하면 되지 않겠어요? 내일부터는 총을 메고 싸워야 하겠습니다."

"총을 메다니 그래 의병으로 가겠단 말이우?"

"네, 홍범도 부대로 갈까 합니다. 그것이 사는 길인 것 같습니다. 가만히 앉아 있는 길이 죽는 길일 것이고… 그렇지 않습니까? 교장 선생님!"

김 교장 선생은 아무 말 없이 눈을 지그시 감고 한참 생각을 가다듬더니
"좋소. 가오, 장하오. 찬동이오." 이렇게 외마디 말을 연거푸 하고 또 말을 계속하였다.
"경철이, 그만하면 어떻게 무엇을 위하여 살겠다는 진리는 알았으니 되었소. 그 뜻과 기개가 무엇보다 탄복할 만하오. 부디 가서 잘 싸우오. …그럼 내 홍범도 대장에게 편지 한 장 써주지! 어떻소?"
경철이는 너무나 기뻐서
"그러지 않아도 그 때문에 찾아 뵌 것이옵니다. 한 장, 수고스럽지만…."
경철이는 처음으로 교장 선생과 굳은 악수를 한 것이 아니라 늙은 교장 선생이 젊은 경철이를 즐겁게 보내노라고 먼저 손을 내밀었고 또 거의 으스러지게 꼭 잡았던 것이다.
그 뒤 이틀 밤 지나 경철이는 보던 책들과 헌 옷견지를 싸가지고 한밤에 집을 떠나 북으로 항히였다.
"나라를 위해 떠나니 언제 돌아올지 알 수 없소. 아이들을 잘 키우오. 어려운 살림에 식구는 많고 해서 고생하겠소. 부디 잘 있소!"
자기보다 두 살 위인 아내에게만 이렇게 부탁하고 길을 떠났다.
교장 선생은 홍범도 대장에게 편지까지 써주어 경철이를 보냈다는 말을 워낙 입 밖에도 내지 않았지만 경철이 자신도 아내 외에는 다른 어느 누구에게도 말을 내지 않았다.
그 뒤로는 누구도 경철의 행방이나 소식을 모르고 있다. 비슷한 소문이 더러 뒤로 돌고는 있지만 그것은 순전히 추측일 뿐이다. 물론 교장 선생만은 알고 있었던 것이다.
그 뒤 홍범도 대장이 소련으로 가게 되어 레닌을 직접 뵈옵고 레닌께서 친히 자기가 차고 다니던 권총까지 선사로 받게 되어 극진한 대우를 받는다는 소문이 들려 왔다. 그러나 경철이도 홍 대장을 함께 따라갔는지 또는 무슨 다른 임무로 떨어져 있는지 그것은 아무도 모르고 있다. 다만 교장 선생만은 응당 홍 대장을 함께 따라갔으리라고 믿고 있었다.
경철의 늙으신 어머니만은
"밤에 떠나간 사람은 밤에 들어오는 법이느니라!"
하면서 문을 걸지 않고 거의 십 년을 기다리고 기다리고 한다.
어디에 가있든지 간에 경철이는 지금 두 번째 고향을 생각하고 때로는 그

리운 생각에 모대기고 있을 것이다. 언제나 다시 돌아올지 참말 막연하구나!
응당 '주의자'로 전변했을 터인데….■

김창걸

1911년에 조선 함경북도 명천군에서 출생. 필명 추소, 황금성, 강철.

1916년에 부모를 따라 명동에 이주, 거기서 소학교를 마침.

1928년에 대성중학에 다닐 때 <적색혁명자 후원회>, <동만청년총동맹> 등
　　에 가입하여 혁명활동을 하다가 그 해 9월에 학교를 중퇴. 그 후 연해주,
　　조선 서울과 북관지방을 방랑.

1934년에 명동으로 돌아와 교편을 잡기도 하고 점원, 사무원 일도 하였음.

1938년에 단편소설「무빈골전설」을 쓴 뒤를 이어「두 번째 고향」,「낙제」,
　　「암야」,「건설보」등 20여 편의 소설과 시, 수필, 평론 등을 발표.

1949년부터 줄곧 연변대학 조문과에서 부교수로 사업, 생전에 연변문련 부
　　주임을 역임.

1991년 11월에 별세.

균열

김학철

1

누런 털이 보시시 난 송아지가 온몸에 한가득 따스한 햇빛을 받고 누워 가지고 등허리에서 아지랑이가 몽개몽개 피어 오르는 것도 모르고 까무락까무락 졸고 있다.

못은 말간 하늘과 솜과자보다도 더 하얗고 더 가벼워 보이는 구름을 반영하고 그리고 고요하다. 저쪽 밭 사이 길을 괭이를 메고 건드적건드적 걷고 있는 농부의 그림자가 아주 쫇나. 언덕 밑 집에시 닭이 울었다.

기지개를 쓰고 하품을 하고 싶은 것을 그렇게 하는 것조차도 노력이 들어서 못 하겠다는 듯싶은 게슴츠레한 눈을 반쯤이나 감은 게으름보 머슴이 양지바른 돌각담 밑에 거적을 펴놓고 앉아서 이를 잡다 말고 끄떡끄떡하면서 고무풍선 같은 코방울을 불었다 쭈그렸다 하고 있다.

바람은 없다. 그러나 복숭아꽃 이파리는 파릿파릿한 잔디 위에 소리도 없이 지고 있다.

그 분홍색 꽃이파리가 아까운 기색도 없이 담뿍 뿌려진 못가 잔디밭에 정성들여 깨끗이 빤 빨래를 널어 놓고 그것이 마르는 동안 여기저기서 여러 가지 빛의 꽃을 꺾어다가 그 옷 임자에게 주고 싶은 꽃다발을 만들고 있는 처녀는 얼마 전에 친[琴]이라고 부르라고 그 옷 임자(김학천 조선의용군 제×지대 제×대 대장)에게 말한 일이 있다.

꽃다발을 다 만들어 가지고 들었다 놓았다 하면서 모로 옆으로 위로 아래로 앞으로 뒤로 고개를 갸웃갸웃해 가며 보고 난 친의 두 뺨에는 방싯 웃음이 떠올랐다. 그는 꽃다발을 잔디 위에 살며시 내려놓고 일어나 가서 널어 놓은 빨래를 만져 보았다.

옷은 아직 채 마르지 않았다. 그는 도로 돌아와 앉았다.

그리고는 꽃다발을 만들고 남은 꽃 가운데서 손 닿는 대로 한 송이를 집어서 못 푸른 물 위에 던져 주었다.

못은 가느다란 파문을 일으켰다. 수면에 비친 하늘도 구름도 쭈글쭈글하게 주름이 잡혔다. 꽃을 동동 띄우고 못은 잠간 동요하다가 도로 조용해졌다.

친은 또 한 송이 꽃을 던져 주었다.

그 순간 "쿵! 우르릉—"하고 지진같이 땅을 흔들며 멀지 않은 곳에 포탄이 날아와 터졌다.

가지가 흔들려서 복숭아꽃이 한꺼번에 담뿍 떨어져서 팔팔 날려 흩어졌다.

못은 커다란 파문을 일으키고 말았다.

졸고 있던 송아지가 놀라서 "매—"하고 울며 뛰어 일어났다.

친은 두 손바닥으로 귀를 가리고 잔디 위에 푹 엎드렸다.

"쿵! 우르릉—" 또 터졌다.

못의 물이 출렁하고 파도를 일으키고 둥둥 떠있는 두 송이의 빨간 꽃이 그 위를 데굴데굴 구을렀다.

송아지가 "매—" 소리를 지르며 밭 가운데로 뛰어 달아났다.

그리고는 그만 조용해졌다.

벌 한 마리가 윙하고 가는 날개소리를 내며 날아와서 꽃다발 위에 앉았다가 그 속으로 파고 들어갔다.

친은 살며시 일어서 하늘을 처다보았다. 파란 하늘은 여전히 맑았다.

복숭아꽃 이파리가 또 팔팔 날아와 흩어졌다.

친은 꽃을 또 한 송이 집어서 못 위에 던졌다.

그때 누가 발자취도 없이 살짝 뒤로 와서 그의 두 눈을 꼭 가렸다.

친은 조용히 두 손으로 자기의 눈을 가린 손을 만져 보았다. 그것은 꺼칠꺼칠한 나무그루터기 같은 손이었다.

"알았어요, 누군지…."

친은 눈 가린 두 팔목을 꼭 잡으며 낮게 말했다.

"…."

등 뒤에서는 말이 없다. 그러나 숨소리가 들렸다.

"학천."

친의 입 가장자리에 웃음이 스쳐 갔다.

"아냐."

등 뒤의 사나이가 말했다.

"그럼 누구?"

"맞춰 봐 어디."
"맞췄는데 뭘."
"정말?"
"정말."
"틀리문 어떡헐래?"
"안 틀려."
"그래두 틀렸으문."
"그럼 맘대루 해."
사나이는 다짐을 받았다.
"아."
친이 승낙을 하니 그제야 눈을 가렸던 손이 스르르 풀렸다.
친이 돌아다보았다. 거기에는 회색 군복의 청년사관이 눈에 가득히 웃음을 띠우고 말없이 내려다보고 서있다.
김학천이었다.
조선의용군 제×지대가 주방(駐防)하고 있는 난링[南領]은 적진을 떨어지기 5킬로 약(弱)—. 산지와 평야가 많다는 곳이다.
적아의 진지 사이에 전답이 있고 거기에서는 역시 농부들이 일하는 것을 볼 수 있었다.
농민들은 포탄 같은 것에는 무관심하게 되어 버렸다. 그것은 뉘 집 어린아이가 유리병을 깨뜨린 것만큼도 자극을 주지 못했다.
전쟁은 그들의 정상적 신경과 평상 상태의 심리를 마비시켰던 것이다.
항일전쟁은 지구전의 양상을 그대로 드러냈다.
이따금 포탄이 날아와 터져서 여기저기 밭 가운데 커다란 구뎅이를 파놓군 하였다.
그러면 구뎅이는 처음에는 우물을 자주 팔 때 같이 흐린 물이 고였다가 그것이 맑아지면 거마리도 생겼고 물뱀도 떠돌아다녔다.
밤이 되면 달도 비치고 더운 때가 되면 개구리도 울었다.
학천이 숙영하고 있는 조그마한 농가의 주인 노양(老楊)은 귀밑에 흰 머리털이 드문드문하고 허리가 굽은 순박한 농부였다.
그는 자기 집에 들어 있는 이 외국 사람 군대의 젊은 사관에게 모든 일에 있어서 거짓 없는 친절을 보여 주었다. 그 딸 친도 그랬다.

전장은 이따금씩 날아오고 날아오고 하는 포탄과 부분적이고 극히 적은
충돌을 제외하면 이렇듯 평화스러워 보였다.

2

정면 적의 거점에 병력이 집결된다는 경보가 들어왔다.

전선은 갑자기 긴장했다.

비상경계가 발령되고 좌우 양익의 우군 진지와 긴밀한 연락을 취해 놓고
지대부에서는 작전회의가 열렸다.

적이 말하는 춘기 공세가 막 시작되려는 것이었다.

우군은 만반의 반격 준비를 다 갖추고 대기했다.

적진을 정찰하고 돌아오는 정찰대는 시시각각으로 익어 가는 전기(戰機)
를 알리었다.

이리하여 늦어도 내일 저녁까지는 공격이 개시되리라고 추단을 내린 날
밤 캄캄하고 흐린 하늘에는 별 그림자조차 보이지 않았다.

오전 영시 5분이 조금 지났을 즈음. 우군 경계 구역을 순찰하고 있던 이동
보초가 작전지휘부 뒷산 서낭당에서 훅하고 별안간 불길이 솟아오르는 것을
발견했다.

적에게 포격 목표를 줄 것을 염려하여 담배를 함부로 피우지 못하는 긴장
된 전선의 밤이었다.

깜짝 놀란 이동보초가 멈칫 서서 바라보려니까 불은 또 이어서 훅훅하고
타올랐다. 이동보초는 당장에 그 불길이 솟아오르는 현장으로 몰켜 갔다.

그러나 그들이 미처 그곳에 가닿기도 전에 적의 포탄이 날아와 터졌다.

우뢰 같은 포성과 함께 검붉은 화약 연기를 안은 화광이 번뜩하고 일어서
어둠 속에 잠겼던 진지를 불꽃으로 물들여서 눈앞에 드러냈다.

한 발 또 한 발. 60초씩의 정확한 사이를 두고 열두 발의 포탄이 날아와
터졌다.

이 적의 포격은 우군 진지에 적지 않은 손실을 주었다.

포격이 끝나기를 기다려서 서낭당으로 쫓아간 이동 보초는 거기에 얼빠진
사람같이 멍하니 서있는 늙은 농부 하나를 발견했다. 그의 주위에는 타다 남
은 지푸래기가 어수선하게 흩어져 있었다. 그것은 친의 아버지 노양이었다.

이동 보초는 이 군령의 위반자를 체포해 가지고 끌고 내려왔다.

다음날 작전지휘부에서 노양은

"…그래 그 밀정도 다 불었으니까 똑바른 대로 숨김없이 자세하게 다 말을 해봐. 어디 어떻게 된 일이야? 대체….."

하는 심문에 대해서

"네! 숨기다니요, 온 무슨 말씀입니까. 죄다 말씀드립죠."

하고 머리를 숙이고 한숨을 섞어 가며 토막토막 끊어서 이야기했다.

"이 늙은 놈이 아마 죽을 때가 됐나 봅니다. 그렇잖구야 어디 이런… 아니 그런데 어제 저녁 때 말씀입니다. 제가 밭에서 일을 마치구 집으로 돌아오려니까 저 건너 마을에 살던 그 노름꾼, 아 이름이 뭐랬더라요. 도무지 생각이 나야죠. 여하튼 그 곰보 녀석 말씀입니다. 아, 그 녀석이 저를 붙잡구 제 어머니 병환이 중한데 복술에게 물어 보니까 저 그 산 서낭당에 밤중 자정 때 가서 앓는 사람의 손톱과 머리카락을 배지에 꼭꼭 싸서 볏짚단 속에 넣어 살르문 병이 낫는다구 해서 지금 이렇게 영감님을 찾아왔는데 '단 두 식구에 제가 밤중에 없으면 누가 앓는 이의 병구완을 할 사람이 있어야죠. 그러나 어려우신 대루 영감님께서 오늘 밤 좀 수고를 해주시우. 이건 변변치 못한 겁니다만.'하면서 양비단으로 만든 담배 쌈지를 하나 내주겠죠. 그래 저는 그 효성이 하두 기특해서 '아니, 이건 뭘 이러시우. 그렇게 자당께서 병환이라시니 사람의 정으로 의례히 도와 드려야 할 건데. 어서 그걸랑 염려 말구 돌아가서 병구완이나 잘하시우. 내 오늘 자정 때 꼭 정성을 들여서 그렇게 해올리리다.'하고 사양을 했습니다면 하두 그러기에 정 그렇다면 하고 그만 그 담배 쌈지를 받았습니다그려. 온 천만 뜻밖에 이런 일을 저질러 놓을 줄이야 어떻게 알았겠습니까. 그만 깜빡 그놈한테 속았습니다그려. 그놈이 일본하고 내통을 한 줄 알기만 했더문야 어디 그냥… 온 이 일을 어쩝니까?"

이 선량하고도 어리석은 농부는 땅이 꺼지게 한숨을 쉬었다.

"이게 그 담배쌈지입니다." 그리고 그는 자주빛 양비단으로 만든 예쁘장스러운 담배쌈지를 꺼내어 원망스럽게 들여다보았다. 이리하여 이 사적은 즉시 임시군법회의에 회부되었다.

3

"…아니, 이것은 일종의 과실입니다. 과실과 고의와 그 사이에는 엄격한 구별이 있어야 할 것이라고 생각합니다. 무지한 농민들의 민심을 수습하기 위해서도 이번 사건을 관대한 조처를 해야 하리라고 생각합니다."하고 학천은 말을 끊었다.

"농민들의 그 무지가 무엇보다도 무서운 것입니다. 나는 아까도 말한 것같이 학천 동지의 의견과는 정반대의 의견을 가졌습니다."하고 김시광(제×대 대장)이 반대 의사를 표명했다.

임시군법회의는 이 두 개 정반대의 주장이 대립되어 끌어 내려갔다.

간부들은 묵묵히 두 사람 사이에 벌어진 불꽃이 툭툭 튀는 듯한 논쟁을 듣고 있었다.

학천이 주장하는 것은 고의가 아니고 모르고 한 것이니 관대한 처분을 해야 한다는 것이었고 시광이 주장하는 것은 모르고 한 것이라고 해서 관대한 처단을 내린다면 이 모르는 것뿐만인 농민들 틈에서 군대가 그 작전 임무를 다할 수 없다는 것이며 또 이 사건의 결과는 막대한 피해로 보아서나 민중에게 교훈을 주기 위한 것으로 보아서나 엄중한 처지를 해야만 한다는 것이었다.

회의를 하는 동안 학천의 머리 속에는 불쌍한 늙은 위법자의 실신한 것 같은 쭈글쭈글한 얼굴과 친이 애타게 옷자락을 쥐어 뜯으며 울던 눈물에 어지러워진 얼굴이 겹쳐서 나타나서 사라지지 않고 핑글핑글 돌았다.

학천은 열에 떴다. 시광의 이지는 점점더 싸늘하게 식어 갔다.

"학천 동무의 주장은 단적으로 말하자면 소자본계급적 감정에서 오는 것이라고 규정할 수 있는 것입니다. 그것은 철두철미 소 부르주아적 인도주의적 극히 값싼 동정인 것입니다. 만약 이것을 부정한다고 하면 그럼 그밖에 반드시 또 다른 어떤 원인이, 즉 사적 감정 같은 것이 그 이면에 잠재해서 활동하고 있지나 않는가 의심하지 않을 수 없다는 것입니다."

시광의 이 한마디는 상대자를 침묵시키기 충분하다.

회의는 급전직하로 위법자의 사형을 결정하고 끝이 났다.

회의실에서 일어나 밖으로 나가는 학천의 눈은 빨갛게 충혈되었다.

시광이 그 늘씬한 몸집에 긴 다리로 침착하게 저벅저벅 걸어가는 것이 보였다.

학천은 뚫어지게 그 뒷모양을 쏘아 보고 서있었다. 그리고 속으로 이렇게 외쳤다.

"이 냉혈의 짐승, 말뚝, 제국주의관료, 공식주의자!"

4

여름이 왔다. 우거진 녹음이 방어 공사를 뒤덮었다.

적의 정찰기는 우군 진지 상공을 헛되이 빙빙 선회하다가는 얻는 것 없이 그냥 날아가 버리거나 혹 그렇잖으면 이따금씩 시탐의 폭탄을 얼토당토 않는 곳에 두어 개씩 던져 보기도 하고 기관총을 소사해 보기도 했다.

군복 저고리를 벗어서 나무가지에 걸어 놓고 새파란 이파리가 겹치고 겹치고 해서 뜨거운 광선을 가리고 있는 그 나무 그늘에 비스듬히 누워서 오카리나를 불고 있는 것은 학천이었다.

서늘한 바람이 불어 왔다. 많은 사람들이 모여서 속삭이는 것 같은 소리를 내며 나뭇잎이 흔들리고 가지에 걸린 군복 저고리가 펄렁했다. 그림자도 따라서 움직였다.

피리바람소리 같은 오카리나가 엘레지의 애조를 연거푸 두 번 불렀다.

그러나 주위의 생물이 모두 다 구슬픈 곡조에 취해서 잠잠해진 것 같던 그것도 잠시… 별안간 가까운 곳에서 손풍금이 뻬스를 넣어 대군행진곡(그레이트 쏠쥐스 마—취)을 소란하게 타댔다.

학천은 입에서 악기를 뚝 떼고 벌떡 일어났다. 그리고 그 소리나는 곳을 노려보았다. 그것은 보지 않아도 시광일 것을 그는 잘 알고 있었다.

지난 봄… 군법회의에서 충돌한 이래 두 사람의 사이는 극도로 나빠졌다. 대립과 마찰이 그들 사이에 끊임없이 계속됐다.

시광은 학천의 오카리나를 귀신 우는 소리, 계집아이 취미, 소극적, 감상적, 이런 말로 배격했다.

학천은 시광의 손풍금을 질그릇 깨지는 소리, 마차가 자갈밭을 가는 소리, 미친 놈 취미, 저돌적 이런 문구로 비난했다.

시광이 오리알을 맛있다고 하면 학천은 "그것도 입이냐? 저급 취미." 이렇게 타기했고 학천이 짜장면이 맛있다고 하면 "그것도 입이냐? 이단 경향."하고 시광이 반격했다.

변증유물론적 세계관만을 제외하면 기타의 것은 모조리 정반대의 대립 상태였다.

대장들의 사이가 그러니까 그 부하들도 자연히 그것을 본받아서 매사에 대립 형세를 이루었다.

제×대와 제×대는 부득이한 공사를 제외하고는 완전히 절교 상태가 되어 버렸다.

딴 지대에서는 이 지대를 불러서 대립물의 통일지대라고 했다. 그래서 이 것이 지대 내의 합동 동작과 단결에 지장이 될까 염려한 간부들은 여러 번 중간에 나서서 두 대립된 대 사이에 협조를 알선했다. 그러나 두 대는 동시에 똑같은 성명을 발표했다.

"이러한 대립 상태는 사사에 한해서만 있는 것이다. 그러므로 공사에는 그 영향이 미치지 않는다. 이상의 이유로써 우리는 중간에 제3자가 출마해서 협조 전선을 할 필요가 있음을 인정하지 않는다."

각 대 대항의 실탄 사격, 총검술, 풍물 기타의 운동경기 같은 것이 있을 때마다 그 대립은 점점더 격화해 갔다.

각 대의 대원들은 그 음악에 대한 취미도 자기 대대장의 그것에 공명했다. 시광이 거느린 대의 대원들은 손풍금이 아니면 악기가 아니라고까지 극언했 고 학천의 부하들은 오카리나밖에는 사람의 가슴을 울리는 악기가 없다고 절찬했다.

반목대립한 두 대는 서로 상대편을 골려 주려고 기회를 노렸다. 그리고 터 럭만한 기회라도 있기만 하면 서슴지 않고 진공을 하는 것이었다. 그래서 그 것이 성공하면 쾌재를 불렀다. 그러면 패배한 편은 후일의 보복을 맹세했다. 골리고 골려 주고 하면서도 그들은 공동의 적 일본 군대와 항쟁하는 것만은 잊지 않았다.

그 날 밤 학천은 기회를 엿보고 몰래 시광의 침실에 들어가서 테이블 위 에 치장 삼아 놓여 있는 시광이 나의 '유일한 애인'이라고 이름지은 손풍금 을 단도로 푹푹 찢어서 완전히 못쓰게 만들어 놓고 살짝 자기 침실로 돌아 와서 너털웃음을 웃으며 혼자서 한참 동안 엉덩춤을 추며 돌아갔다. 그러나 다음날 '이번에야 어디 맘 푹 놓고 한번 본때있게 불어 봐야지.'하고 싱긋 웃 으며 오카리나가 들어 있는 상자를 연 그는 "앗!" 소리를 지르고는 그만 벌 린 입을 다물지 못했다.

상자 속에서 그 보중한 악기는 산산이 조각이 나서 가루가 되다시피 돼있 었다.

시광도 손풍금에 대해서는 입을 봉하고 말이 없었다.

학천도 가루가 돼버린 오카리나에 관해서는 아무 내색도 보이지 않았다.

5

8월 13일 상해사변기념일 오전 영시 30분을 기해서 항일군의 전 전선은 일제히 공격을 개시하게 되어 있었다.

그 바로 전날 제×지대 최부지대장이 말에서 떨어져 팔을 다치고 후방의원에 입원을 하게 되었다.

석차(席次)대로 노간부인 제×대 대장 김시광이 그 뒤를 이어 승급해서 부지대장의 직권을 시행하게 되었다. 그러나 간부의 결원으로 원 대의 제× 대 대장을 당분간은 겸임하게 되었다.

진지에서는 비밀리에 그러나 아무래도 어딘지 좀 어수선하게 모두들 공격 준비에 바빴다. 이런 때면 언제나 이발병이 제일로 녹아 났다.

"내일 아침엔 시체가 돼서 적의 진지에 가 드러누워 있을지도 모르니까 예쁘게 수염이나 좀 깎구."하는 것을

"이 녀석, 죽을 놈이 얼굴 단장은 웬 얼굴 단장이야?"하고 옆에 섰던 딴 한 병정이 가로 막으니까

"내버려 둬… 지옥에 가서나 한번 연애를 해보려나 봐. 그렇지?"하고 또 딴 병정이 말리니까

"하하하하…."

"허허허…."

면도칼을 든 채 이발병까지도 따라서 웃었다.

학천이 군수처에 갔다오다가 이 부하들이 웃고 지껄이고 하는 소리를 듣고 혼자 빙그레 웃으며 발걸음을 돌리려 할 때

"보고! 김 대장 동지."

전령병이 거수경례를 하고

"지대부에서 곧 오시랍니다." 했다.

"나를?"하고 학천이 물었다.

"예."

"무슨 일야?"

"모르겠습니다."

"…?"

학천은 전령병을 따라서 지대부로 갔다.

그러나 거기에는 빨간 연필 자국이 헝클어진 실뭉텡이같이 얽혀져 있는 군용지도를 펴놓고 시광이 기다리고 있었다.

"?"

"앉우."

거기에는 응하지 않고 학천은 선 채

"지대장 동무는?"하고 물었다.

"진지 시찰."

시광이 짤막하게 대답했다.

"나를 오란 것은?"

학천이 또 물었다.

시광이 대답했다.

"작전임무 전달."

"어떤?"

"김학천 대장은 제×대를 인솔하고 선발하여 적진 좌익 소고지를 기습 공격할 것."

"?"

"출발시각은 오늘 밤 열한시 정각. 이 작전의 임무는 적의 주의를 한곳에 집중시키기 위한 양동전."

"게이 거우 츠디![개가 물어 갈 것]"

학천은 이렇게 외치며 구두발로 걸상을 탁 걸어 찼다. 걸상이 나가 떨어지며 들창 옆에 놓여 있는 조그마한 탁자를 쓰러뜨렸다. 탁자 위의 근무병이 꽃을 꺾어다 꽂아 놓은 꽃병이 마루바닥에 철컥하고 떨어져 깨져서 물이 좌르르 쏟아지고 그 위에 꽃잎이 뜨고 버물어지고 했다.

시광이 벌떡 일어났다.

"무슨 폭행이야?"

"어쨌든."

학천은 손바닥으로 군용지도를 탁 때리며 "난 안 간다!"하고 잘라서 말했다.

적진의 좌익 소고지는 적의 포병 진지였다. 그것은 막기는 쉽고 빼앗기는 어려운 곳이었다. 자연의 지형도 그렇고 방어공사도 그랬다. 그것은 제일 뚫기 어려운 요점이었다.

학천은 그것을 잘 알고 있었다. 게다가 더구나 양동전이라는 것은 적에게 우군의 정말 시도하는 공격 목표를 알리지 않기 위해서 딴 곳으로 그 주의를 끌어 모으는 작전이다. 양동하는 부대는 전 작전의 이익을 위해서 희생되는 부대다.

시광이 지금 자기에게 그 희생의 임무를 둘러 씌우려는 데 대하여 학천은 이렇게 반항했다.

“안 가?”

시광은 물었다.

“그래 안 가!”

학전은 대답했디.

“왜?”

시광이 또 물었다.

“왜?”

학천이 반문했다.

“왜 안 가?”

“그렇게 가구 싶거던 네가 가라!”

“내가?”

“그래.”

“안 된다. 그건 네가, 반드시 네가 가야 한다.”

“뭐야? 건방지게 네가 뭔데 날더러.”

학천이 한 걸음 앞으로 다가섰다.

시광이 천천히 말했다.

“나는 너의 상사(上司)다.”

“…”

학천이 주춤했다.

“나는.”하고 시광이 엄숙하게 말을 이었다.

“부지대장 김시광, 그리고 아까 전달한 것은 상사의 명령.”

학천은 하는 수 없이 발뒤꿈치를 모아서 억지로 부동자세를 취했다.

시광이 위엄 있게 불렀다.

"김 대장!"

"넷."

이렇게 대답한 학천의 가슴속에서는 이글이글하는 시뻘건 분노의 불덩어리가 쿡 치밀어 올랐다.

'이놈의 자식 어데 두구 보자!'

그는 속으로 이렇게 외치며 이를 악 물었다.

"지금 전달한 명령을 충실히 집행할 것. 그만 물러가."

말을 마치고 시광이 의자에 가 걸터앉았다.

"넷."

학천이 경례를 했다. 그러나 시광은 고개만 끄덕여 보이고는 테이블 위의 지도를 들여다보았다.

학천은 한참 그 옆얼굴을 노려보다가 그만 돌아서 나가 버렸다.

학천의 저벅저벅하는 성난 구두발소리가 차차 멀어져서 들리지 않게 되었을 때 "흥!"하고 시광은 코웃음을 치고 의자 등받이에 반듯이 나자빠져 기대고 두 다리를 들어서 테이블 위에 얹고 군복 바지 주머니에서 낙화생 사탕을 한 조각 꺼내어 입에 넣고 '와지직' 소리를 내며 깨물었다. 그리고 만족한 듯이 또 웃었다.

6

총공격이 개시되었다.

적은 중포의 일제 사격으로 이것을 맞이했다.

적과 우군 사이에 서로 주고받고 하는 중포탄이 공기를 가르고 지나갈 때는 마치 기차가 지나갈 때 내는 것 같은 소리를 냈다.

기관총이 매초 열한 발 이상의 속도로 간단없이 불을 뿜었다. 총구에서는 독사의 혓바닥 같은 불길이 날름거렸다.

방어군의 진지 위에, 공격군의 머리 위에 곳을 가리지 않고 날아와 터지는 포탄의 화광이 번쩍할 때마다 굵고도 높게 자주빛 섞인 검붉은 연기와 불길이 맹렬한 속도로 솟아오르군 했다.

연기와 불길은 방어공사의 부서진 조각과 파손된 무기와 찢겨진 사람의 몸뚱이의 각 부분을 안고 올라갔다가 공중에서 흩어져 버렸다.

전장은 초연이 자욱하게 끼어서 호흡이 곤란해졌다. 달도 흐려졌다.

오전 네시. 전장은 혼란 상태에 빠졌다.

적진의 몇 부분이 돌파되어 공격군이 그 돌파구로 조수같이 밀려 들어간 것이다.

우군이 적을 포위하면 또 딴 적이 우군을 포위했다. 서로 에워싸고 에워싸이고 앞에도 적, 뒤에도 적, 갈피를 찾을 수 없게 되었다.

어두운 전야(戰野)에는 혼전란투가 벌어졌다. 도처에서 처참한 백병전이 일어났다. 이리하여 날샐 녘까지 맹렬한 싸움은 계속되었다.

동이 텄다. 포성이 차츰 가고 기관총이 입을 다물었다.

격전이 끝났다. 여기저기에서 부상 당한 전사들의 신음하는 소리가 들리었다. 상처의 고통을 못 이겨서인지 우는 소리도 들렸다.

아직도 채 개이지 않고 낮게 전장 위에 떠돌고 있는 초연을 뚫고 햇살이 뻗쳐 왔다.

검붉은 피에 끈적끈적하게 젖은 풀잎에 메뚜기가 툭툭 뛰어다녔다.

땅이 여기저기 거북 잔등같이 금이 가서 쩍쩍 갈라져 있었다. 마치 맹렬한 지진이 지나간 때와 같았다. 중포탄이 땅 속 깊이 파고 들어가서 터질 때 생기는 균열이었다. 그것은 임시 참호 대신으로도 쓸 수 있는 것이고 교통호 대신으로 쓸 수 있는 것이었다.

학천은 난투 속에서 전부 흩어져 버리고 겨우 여섯 명밖에 남지 않은 부하를 데리고 균열 속으로 적의 눈을 피해 기어들어갔다. 거기에는 벌써 칠팔 명의 군인이 들어 있었다. 우군의 병정들이다. 그러나 선두의 학천은 주춤했다. 그것은 그 병정들이 제×대의, 즉 시광의 부하들이었던 것이며 또 현재 거기에 그 대장 시광이 섞여 있었기 때문이었다.

두 대장의 시선이 부딪쳤다. 잠시 그렇게 서로 마주 쳐다보고 있다가 시광이 저쪽으로 고개를 돌려 버렸다. 학천은 말없이 기어들어갔다.

앞에서도 뒤에서도 기관총 방아쇠에 손가락을 걸고 서로 노리고 있는 이러한 경우에는 날이 밝아서 시야가 열리면 목표가 드러나서 꼼짝도 할 수 없는 것이었다.

학천은 옆의 부하가 가진 총을 달라 하여 받아 가지고 그 총끝에 자기가 쓰고 있는 강모(鋼帽)를 벗어서 씌웠다. 그리고 그것을 삐죽 균열 위로 내밀었다.

"뻥!"하고 내밀기가 무섭게 어디서 탄환이 날아와서 강모에 들어맞았다.

"이크!"

그는 목을 움츠러뜨리고 엉덩방아를 찧었다. 그리고 강모를 조사해 보았다.

구멍이 하나 뻐끔하게 뚫려져 있었다.

그는 고개를 흔들면서

"당최 어림도 없다."하며 부하들을 바라보았다.

학천은 시광과 같이 한곳에 있기는 무엇보다도 싫었지만 하는 수 없었다.

시광도 학천과 같이 있기 싫은 것은 역시 마찬가지였다.

부하들끼리 서로 말없이 노려보고 있다. 그 좁은 균열 속에서도 두 대 사이의 간격은 가능한 범위 내에서 최대한도의 공간을 이루었다.

오월동주(吳越同舟). 머리 위로는 탄환이 윙윙 날카롭게 공기를 가르며 지나갔다. 균열밖에 나가 볼 수가 없으니 적정 판단을 할 수가 없다.

우군도 그랬고 적도 그랬고 서로 구멍 속에들 처박혀서 날이 어두워지기만 기다리고 있는 것 같았다. 그러나 아직도 때는 해가 땅 위에서 겨우 한 뼘이나 기어올라왔을까 말까 할 때였다.

대륙의 살인적 혹서—해가 하늘 복판에 거의 오니까 그렇지 않아도 채 식지 않았던 땅이 후끈 화덕같이 달기 시작했다.

풀 한 포기 그늘도 없는 땡볕 아래서 군인들은 마치 뭍에 끌려 나온 메기 모양으로 늘어져서 헐떡거렸다. 땅 갈라진 좁은 틈바구니에 여럿이 겹쳐서 쪼그라뜨리고 있으려니까 땀 냄새 흙 냄새가 질식할 지경으로 호흡을 압박했다. 강모 속의 머리는 흡사 뜨끈뜨끈한 떡시루를 둘러 쓴 것 같았다. 입술이 바작바작 탔다. 그러나 바람은 없다.

그때 정면의 적이 어떠한 시도 밑에서인지 갑자기 이 균열을 향하여 공격을 개시했다.

균열 속의 열세 명은 즉시 화력망을 구성하고 그것에 응전했다.

실상 이 균열은 적의 연락선을 차단하는 위치에 가로놓여 있었던 것이다. 그래서 적은 이 지점을 탈회하려고 맹렬한 공격을 반복한 것이었으나 균열 속에서는 시광도 학천도 그 부하들도 그 당시에는 자기네가 점령하고 있는 위치가 그런 중요한, 그리고 그렇게 위험한 곳인 것을 알지 못했던 것이다.

적의 공격은 기관총의 엄호 사격을 받아 가지고 돌격으로 옮겨졌다.

눈이 부신 여름 한낮 햇볕 아래 총칼이 번쩍번쩍 빛났다. 위협하는 고함소리가 이어서 일어났다.

한 줄로 가로 흩어져서 엎드렸다가는 일어나서 뛰고 엎드렸다가는 뛰고 하며 적이 점점 가까이 몰려 들어왔다.

균열 속의 열세 사람은 기관총과 소총과 권총으로 전력을 다해 적의 돌격을 저지하려 했다.

죽음에 직면했을 때 사람은 엄숙해지고 진지해지는 것이다. 그들은 더운 것과 목마른 것을 잊어 버렸다. 두 대 사이의 공간이 어느 틈에 메꿔졌는지 알지도 못 했다.

적의 잔인스러운 눈깔과 이발이 눈앞에 다닥쳤다. 고함소리가 고막을 때렸다.

균열 속에서 기관총수가 "앗!"하고 뒤로 나가 떨어졌다. 적탄을 맞은 두 눈 사이에서 시커먼 피가 쏟아져 나왔다. 즉사였다.

"오!"하고 시광이 사수가 없어진 기관총으로 달려들었다.

"아니? 그건 내가!"하고 학천이 손에 들었던 권총을 집어 던지고 그것을 빼앗으며

"동무는 전체의 지휘를⋯."하고는 일 초의 지체도 없이 몰려드는 적에게 탄환의 우박을 퍼부었다.

시광은 원래 위치에 돌아가자마자 벼락 같은 소리를 질러서 호령했다.

"제일기관총—목표—좌전방—."

비록 적은 병력이지만 통일된 지휘 아래 쇠덩어리같이 뭉쳐진 그 힘은 무서운 것이었다.

적이 물러가기 시작했다. 도저히 이 지점을 탈회할 가능성이 없는 것을 깨달은 것이다.

달아나는 놈의 뒷잔등은 좋은 과녁이었다. 꽁무니를 쫓아가는 탄환에 픽픽 나가 쓰러지는 것이 마치 활동사진을 보는 것 같다.

단결—단결이 적을 물리쳤다.

초약 냄새가 코를 찌르는 균열 속에서 사람들은 휴우하고 숨을 내뿜었다. 그리고 땀과 흙에 짓이겨져서 새까맣게 된 얼굴을 서로들 서로들 쳐다보고 빙그레 웃었다.

학천과 시광도 서로 쳐다보고 말없이 빙그레 웃었다.

부하들은 그 대장들의 웃는 것을 보고 따라서 또 한번 서로들 마주 쳐다보고 웃었다.

시광이 허리에 찼던 수건을 뽑아서 전사자의 얼굴을 덮어 주었다. 그리고 머리를 숙이고 묵도를 했다.

학천도 병정들도 따라서 머리를 숙였다. 아무도 말하는 사람은 없다.

머리 위에는 싸움터에 늘비한 시체를 파먹으려는 까마귀떼가 날아가고 날아오고 한다.

구름 한 점 없는 하늘에는 한낮 조금 지난 해가 이글이글 타고 있다.

누가 후하고 한숨을 쉬고 입맛을 쩝쩝 다시었다.

사람들은 털석털석 주저앉아 버렸다. 잊어 버렸던 기갈이 또다시 더욱 맹렬하게 목구멍을 조이고 찌르고 했다.

7

적의 공격은 또 언제 있을는지 모른다. 그러나 균열 속의 열두 사람은 다 쓰러져서 헐떡헐떡하고 있다.

물은 한 방울도 남지 않았다. 그러나 목구멍은 화젓가락으로 쑤시는 것같이 아프다.

해는 쨍쨍 내리쬐었다.

학천이 문득 죽은 사람의 허리에 매달려 있는 물통을 생각했다. 그는 슬그머니 기어가서 시체의 허리를 더듬어서 물통을 찾았다. 그는 떨리는 손으로 그것을 흔들어 보았다. 찰랑찰랑 소리가 났다.

"오! 물, 물이다!"하고 그는 기쁨에 넘치는 소리를 쳤다. 누웠던 사람들이 벌떡벌떡 일어났다.

"물?"

"어? 물!"

"어디?"

"여기!"

학천이 눈앞의 물통을 내들었다. 통 속에서 촐랑촐랑 소리가 났다.

"오!"

열한 사람이 감격에 넘치는 소리를 질렀다.

"자! 돌아가며 한 모금씩."

학천이 물통의 마개를 "퐁"하고 잡아 뽑았다. 목젖을 울리고 입술을 핥으며 열한 사람이 그리고 시선을 집중했다.

물통 아구리에 입을 대고 물을 들이키려던 학천이 멈칫했다. 그는 속으로 생각했다.

(반 통도 못 되는 물. 혼자 다 마셔도 시원치 않을 것을… 열두 사람이….)

그러나 목젖은 타는 것같이 아프다.

"그래도 나는 참을 수 있다."

그는 목이 말라서 헐떡이고 있는 전우들의 얼굴을 또 한번 다시 쳐다보았다. 그는 눈을 딱 감고 그리고 슬며시 물통을 옆에 있는 부하에게 내주었다.

물통은 한 사람 한 사람 차례로 한 모금씩 돌아서 마지막으로 시광에게까지 갔다. 그리고 시광의 손에서 다시 학천에게로 돌아왔다. 학천이 그 물통을 받았다.

햇빛은 점점더 뜨겁게 내리쬐었다. 그러나 사람들은 말이 없다. 헐떡거리지도 않았다. 쓰러지지도 않았다.

학천이 손에서 텅 비었을 물통이 촐랑촐랑 소리를 냈다. 물통 속의 물은 단 한 모금도 없어지지 않고 그대로 남아 있었던 것이다.

머리 위에서는 까마귀떼가 시끄럽게 까욱까욱거리며 몰켜서 날고 있다.

이런 채로 밤이 되었다.

우군이 엊저녁에 하다가 날이 밝아서 중단했던 공격을 다시 계속했다.

전장은 다시 혼란을 일으켰다.

균열 속의 열두 사람도 밖으로 뛰어나왔다. 그리하여 그 지점까지 진출한 우군 부대에 합류하려 했다.

벌써 어떤 곳에서는 백병전이 벌어졌다.

"앗!"

앞에서 총을 쏘며 뛰어가던 학천이 활같이 휘어지며 쓰러졌다.

"여!"

시광이 쫓아가서 안아 일으키며 급하게 물었다.

"어디야?"

"다리 대퇴부…." 학천이 대답했다.

“좀 참아, 아퍼두.”하고 시광이 부상자를 둘러 업었다.

“아! 으—음.”

학천이 고통을 참느라고 이를 악물며

“가만 좀 가만 있어.” 했다.

“뭐야?”

“좀 가만… 음— 난 괜찮으니. 내버려 두구 동무나 어서 무사히….”

“무슨 미친 소리야? 좀 참아 아퍼두.”

이렇게 말하고 학천을 둘러 업은 채 몇 걸음 앞으로 걸어나가던 시광이

“앗! 응….”하고 왼팔을 내리드리웠다.

누릇누릇하게 마른 잔디 위에 빨갛고 노랗고 한 나무들이 바삭바삭 소리를 내며 날아와 떨어졌다.

샛말간 하늘은 무던히도 높아 보였다.

소리개 한 마리가 유유히 공중에 커다란 원을 그리며 떠돌고 있다.

봄볕같이 따뜻한 햇볕이 내리쪼이는 잔디 위에 두 젊은 사람이 비스듬히 누워 있다. 한 사람은 다리 하나가 없었다.

그리고 한 사람은 팔이 하나가 없었다.

“어, 이럴 때 손풍금이 있었으면 좋겠는걸.”

이렇게 말을 건넨 것은 다리가 없어진 학천이었다.

“음— 그렇지, 오카리나가 더 좋지.”

이렇게 대답한 것이 팔이 떨어진 시광이었다.

“허— 내가 잘못한걸.”

학천이 탄식하며 사죄하듯 말했다.

“뭘 피차 일반이야.”

시광이 뉘우치듯이 말을 받았다.

두 사람은 잠잠했다. 생각하면 감회가 깊은 일이었다.

“여, 인젠 2인 3각일세.”

학천이 또 말을 건넸다.

“아니, 2인 3완일세.”하고 시광이 받았다.

“3각이지.”

“3완이래두.”

“허— 이 사람 또 우기나?”하고 학천이 옆에 놓여 있는 지팡막대를 끌어

잡아 들이니까

"임자 고집은?"하고 시광이 막는 형용을 했다.

두 사람은 우로 얼굴을 마주 쳐다보았다. 그리고 한바탕 크게 웃었다.

"아하하…."

"어허허…."

공중에서 빙빙 떠돌고 있던 소리개가 무엇을 발견했는지 갑자기 홱하고 몸을 재치더니 쏜살같이 저편 숲속으로 떨어져 갔다.

"어, 시광. 아니 김시광 동지, 우리 불구자 동맹을 결성하는 게 어떻소? 단, 이것은 정식으로 제의함이오."하고 학천이 제의했다.

"좋지. 김학천 동지 제의에 정식으로 찬동함. 어때?"하고 시광이 찬동했다.

"하하하…."

"허허허…."

두 사람은 마주 쳐다보고 소리를 높여 또 한바탕 웃어 제꼈다.

그들의 가슴은 희망으로 불룩해졌다.

등허리에 내리쪼이는 햇빛은 여전히 뜨거웠다.■

　김학철

　1916년에 조선 원산시에서 출생.

　1930년에 서울 보성고보에 다님.

　1936년 3월에 중국 상해로 와서 조선민족혁명당 당원, 호북강릉중앙육군군
　　관학교 학생, 조선의용대대원으로 지냄.

　1941년 12월에 호가장전투에서 중상을 입고 일본군에 붙잡힌 후 1942년 5
　　월부터 광복 후까지 일본 나가사끼 감옥에 갇힘.

　1945년 11월에 서울에 가 창작활동을 하면서 단편소설 「지네」, 「균열」, 「밤
　　에 잡은 포로」, 「담배국」 및 평론 등 10여 편을 발표.

　1946년에는 평양에서 신문기자로 지냄.

　1950년에 북경중앙문학연구소 연구원으로 있음.

　1952년에 연변에 온 후 연변문련 부주임, 중국작가협회 연변분회 부주석 등
　　을 역임. 건국 후 단편소설집 7부, 중편소설집 2부, 장편소설 2부를 출판
　　하였음.

모토(母土)

박계주

이제야 파우스트는 말하게 되었습니다.
'찰나'여, 너는 지극히 아름답고나. 지금 나는 멸망해도 좋다….
—폴·바레리의 「피테송」에서

1

인준네가 이민 열차를 타고 만주의 소위 '개척촌'이라는 허울좋은 선전지로 찾아간 지도 이미 칠 년이라는 해를 손꼽게 된다.

그는 그 당시 총독부나 지방 관청의 선전대로 그곳이 좋으리라 믿어져서 떠난 것은 아니다. 일본의 식민지 정책에 의해 동양척식회사에 땅(땅이래야 조상에게서 물려 받은 것이 아니고 그야말로 피와 땀으로 긁어 모은 것이었다)을 모조리 빼앗기고 도리어 그 '동척회사'의 소작인이 되었었으며 그나마 소작에서 얻은 소출마저 홍수에 홀딱 빼앗겼을 때는 하늘이 무너지는 허무와 비애를 함께 경험하며 고향을 아니, 고국을 떠나지 않을 수 없었던 것이다. 그보다도 이러한 재난을 구실로 슬슬 달래며 어르며 표면화하지 않는 이민 정책을 강화하는 바람에 어쩔 수 없었던 것이다. 이리하여 인준이도 아버지와 어머니를 따라 시커먼 옷보따리와 이불짐을 나눠 짊어지고 그리고 그 우에 바가지들을 달아 매고 미지의 세계로 희망과 절망이 함께 뒤섞여 몽롱히 왕래하는 감상에 싸여 북으로 북으로 차를 달리었던 것이다. 그래도 삼십 년 전 혹은 오십 년 전의 이민들처럼 수천 리의 길을 육로로 비와 바람과 눈을 맞아 가며 첫 닭이 우는 새벽부터 별이 다시 뜨는 저녁까지 걸어서 가지 않은 것만은 다행한 일이었다.

그렇다고 인준이는 부모나 혹은 다른 이민들과 마찬가지로 전혀 감상적인 심회에 싸였던 것도 아니다. 왜놈의 '게다'짝 소리보다도 그 꺼떡대는 면직원 놈들의 꼴이 보기 싫었고 왜놈 순사보다도 그 조선놈의 나으리 자식들의 절꺼덕거리는 칼소리가 듣기 싫기도 했거니와, 그리고 소작이요 홍수요 한재요

하여 못살겠구나, 어떻게 살아 갈 것이냐 하는 탄식소리도 귀에 못박혀서 못
살 지경이었거니와 도대체 이 쌍놈의 산골짜기의 고리타분한 농촌 구석이
무엇보다 싫증이 났던 것이다. 이렇게 고향에 아무 미련이나 정을 느끼지 못
하는 그는 (적어도 떠나는 날까지는) 어쩌면 다른 지방으로, 더욱이 타국으
로 자리를 옮겨 본다는 것이 즐거웠을는지도 모른다.

　사실 그는 이민열차 안에서 피곤한 몸을 흔들리우면서 타국의 색다른 풍
물과 정취를 눈앞에 제 마음대로 그려 보았고 또한 동경하여 마지않았던 것
이다. 꾸냥이 사는 곳, 고량이 무성한 곳, 처녀림으로 바다를 이룬 곳, 끝없
는 광야, 언제나 흰 눈을 이고 있는 준령, 봄이 늦고 가을이 빠른 설국, 그리
고 마적이 날뛰는 대륙, 그보다도 거름 주지 않아도 곡식 잘 되는 기름진 대
지, 농사를 쉽게 하고 배불리 먹을 수 있는 낙토… 이렇게 순서 없이 주워
들은 생각을 눈앞에 찬란히 전개시켜 보면 미상불 한번 보고 싶은 곳이기도
했다.

　그러나 ‘마적’하고 생각하면 어쩐지 무시무시한 기분이 일으켜진다.

　(마적은 사람을 인질로 잡아 간다는데… 그리구 돈 안 보내면 귀를 베어
서 독촉장과 함께 보내고 그래도 소식이 없으면 총살해 버린다는데….)

　그는 유형자의 심경과도 같은 심리에 포로되기도 했었다.

　(내가 정배나 가는 것이 아닐까. 혹은 범의 굴을 스스로 찾아가는 것이나
아닐까.)

　그는 이러한 부질없는 공상과 걱정도 하여 보았던 것이다.

2

　인준네 일가가 다른 이민들과 같이 찾아간 곳은 중소국경이 가까운 라재
거우의 오지였다. 전혀 새 개척지다. 그러나 전혀 외딴 곳은 아니었다. 십여
리 떨어진 곳에도 그러한 개척지가 있었다.

　“노인장은 언제 이리로 오셨소이까?”

　하루는 인준의 아버지가 그 마을에 갔을 때 일하다 말고 길가에 앉아서
고불통에 담배를 비벼서 담는 노인에게 말을 건넸다.

　“여기요?”

　“네.”

"예야 일 년 좀 넘죠…."

"그럼 일 년 전에 고향을 떠나셨던가요?"

"고향이라니 조선 말이오?"

"네."

"말씀 마시오."

"…?"

"고향 떠난 지는 이십 년이 넘는답니다."

"그 동안 다른 곳에 계셨던가요?"

"네에."

그는 어디까지나 입이 쓰다는 모양이다. 무엇이 몹시 못마땅해 하는 눈치였다.

"우리 이십 년 전에 들어왔던 곳은 왕청 가까운 곳이었죠."

이번엔 노인이 먼저 입을 연다.

"…."

"게 와서 황무지를 피땀으로 실로 피땀으로 개간해서 지금은 제일가는 옥답을 만들어 놓은 것을 글쎄… 에익, 말해 무엇하오. 화만 버럭버럭 납니다."

인준의 아버지는 노인의 아들이 가산을 탕진한 것이나 아닌가 생각했다. 어쩌면 홍수에 전답(자기가 늘 당하던 일이니까 여기도 그러려니 하고)을 잃었을지도 모를 것이고—.

"머, 무슨 재난을 만났던가요?"

참, 어쩌면 그 비적인지 마적인지 한 것들의 약탈을 당했는지도 모른다. 그렇다고 해도 토지까지 잃을 수야 있으랴. 중국인 지주의 돈을 많이 차용했던 것일까. 그리하여 그 부채에 땅을 빼앗긴 것일까. 노인은 한동안 담배를 뻑뻑 빨더니

"그 불한당놈들헌테 생…."하고 다시 담배를 한 모금 빤다.

"…."

인준의 아버지는 말없이 노인의 입만 지키고 있었다.

"왜놈들의 개척 부대라나요. 그놈들을 데려다가 우리가 개간한 땅을 공전 가격 이하로 빼앗아서 주고 우리를 글쎄 비적이 출몰하는 위험 지대로 몰아넣어 이 신개지를 강제로 떠맡기니, 나라 없는 백성이 별 수 있소? 울며 쫓겼지."

노인은 입에서 담배대를 뽑으며 침을 찍 갈리고는

"이게 소위 오족협화요 왕도락토의 나라라는 겝니다. 이름은 좋지요. 오족
협화 왕도락토 홍! 사실 왜놈들 저희들에게야 그렇죠. 남이 다 만들어 논 옥
답을 강도질하고는 죽을 곳으루 우리를 몰아 넣으니 자기들은 살기 좋을밖
에. …다 말해 무엇하오. 제 못난 탓이지. 아암, 제 못난 탓으루 그리구 저희
들끼리 물구뜯구 하는 바람에 나라를 잃은 것이니 누굴 탓하겠소."

그의 입에서 다시 뿜겨지는 것은 담배연기인지 한숨인지 분간할 수 없었
다.

3

같은 개척민이건만, 그리고 노인의 말과 같이 오족협화의 나라건만 일본인
이민단과 조선인 이민단의 배급은 천양지차였다. 일본 농민에게는 방수포로
만든 개가죽 외투에 헝겊 장화까지 배급되나 조선 농민에게는 옷은 물론, 고
무신 한 켤레 없다. 공출을 더 많이 시키기 위한 미끼로 겨우 광목 몇 자를
배급 줄 뿐이다. 그것도 밭농사하는 사람에게는 없고 벼농사하는 사람에게
만—. 일본 농민(일본에 있을 때는 화전민 혹은 극빈자로 삐루라는 것을 구
경도 못 하던 그들)에게는 쌀 외에도 일주와 삐루까지 배급되고 겨울에는 귤
까지 배급되나 조선 농민에게는 쌀은 고사하고 겨우 좁쌀에 잡곡이었다. 판
임관이나 고등관인 친일파가 아니면 벼농사를 짓고도 그 벼농사 지은 사람
이 쌀을 구경 못 하는 곳이 여기 소위 왕도락토인 만주였던 것이다.

인준네 이민 부락도 그러한 낙토정책의 혜택(?)을 입어 조와 피와 수수와
감자 등을 주식물로 삼게 되었었다. 그래도 조선에 있을 때는 빈궁은 하였을
망정 쌀밥이라는 것을 간간이 먹을 수는 있었건만.

인준이는 피밥과 감자로는 생존욕을 만족시킬 수 없었다. 더구나 자기가
상상하고 동경했던 곳과는 동떨어지게 다른 벽지임에는 더욱 정을 붙일 수
가 없었다.

"아 아니, 그래 이렇게 살자구 예까지 기어들어왔수?"

그는 번번히 불평이었다.

"그럼 어떻게 살자구 들어왔느냐. 그래 네 생각엔 당장 호강허구 거드럭거
릴 줄 알았어?"

아버지는 아들이 이곳에 마음을 붙이지 못하는 것이 은근히 근심(누구는
마음이 붙으랴만)도 되었지만 무엇보다도 고향에 있을 때나 마찬가지로 일하
기 싫어하는 것이 못마땅했었다.

“그래두 이렇게 살자구야 예까지 기어들지 않은들, 흥!”

만주 농촌에 대한 동경이 컸던 것만치 그것에서 배반 당하는 반발심은 그
의 농촌에 대한 환멸을 그만큼 크게 했던 것이다. 개간, 노역, 조밥, 감자, 아
무것도 없는 궁벽한 유형지, 아아, 모두 지긋지긋하다. 고통이다. —이렇게
부르짖어 보면 볼수록 도시가 눈앞에 더욱 밟혀진다. 신흥 도시 목단강이 어
쩌고 저쩌고 자무스가 이렇구 저렇구 여러 가지 잡음이 이 개간지까지에도
퍼지군 하였다.

전에 조선 있을 때 그는 한번 도회지에 가서 활동사진이라는 것을 구경한
일이 있다. 그는 남이 보지 못한 것을 본 것이 자기 딴은 자랑스럽고 신기해
서 밤에 놀러 온 동무들에게 그 희한스럽던 광경을 신이 나서 설명하면 동
무들도

“그래 그림이 어떻게 움직일까.”하고 마주 신기해 하는 것에 더욱 기운 얻
어

“사람만인가 머 기차두 가구 자동차두 달리구 어떤 땐 산과 바다가 나오
고 어떤 땐 거리두 왼통 다 나타나는걸 머.”하며 신이 나 했다.

“그럼, 그 비치우는 곳이 굉장히 크겠구나?”

“그렇잖어. 아무리 이 담벼락보다는 작지. 그래 요만침은 될 거야.”

그는 손을 들어 담벽에 가져가며 그 영사되는 화면의 면적을 측량해 보였
다.

“그럼 나타나는 그림이 퍽 작겠군.”

“왜 작어. 우리만침 큰 몸집이 나타나구 대가리두 우리 대갈만한데.”

“정말?”

“정말 아니구.”

“모를 소리다.”

“아니야, 정말이다.”

“아 아니, 요만한 넓이에 사람이 우리만허구 게다가 산이 있구 바다가 나
오구….”

“그러기 신기하다지.”

　이렇게 말하는 그는 영화 ‘아리랑’의 내용을 일장 설명한 뒤 등불의 심지를 낮추고는 ‘나니와부시’를 하는 놈의 목청처럼 목소리를 변하여 변사의 흉내를 내고 있었다.

　“…신일선—참, 활동사진에 나오는 이름은 신일선이 아니지. 그건 배우의 본래 이름이구. 무에드라? 제에길, 요렇게 벌써 까먹었나. 그깟놈의 것 신일선이라 해두자꾸나—신일선이가 집에 혼자 남아 있을 때 그 고리대금업자요 지주인 부자놈은 담을 넘어 신일선이를 겁탈하려 덤벼들었다. 그리하여 서로 싸움이 벌어졌다. 그때 미친 영진이는 혼자 춤추며 돌아가다가 자기 집으로 돌아오게 되었다….”

　그는 여기서 변사의 흉내를 중지하고 보통 목소리로

　“너, 이땐 구경군들의 박수소리가 장내가 떠나갈 듯이 요란하단다. 아, 그리구 군악대가 포장 뒤에서 다라다라단다라하고 추격하는 나팔을 불구.”

　이렇게 중간 설명을 하고는 다시 변사 놀음을 계속한다.

　“…그리하여 집에 뛰어들어온 영진이는 자기 동생을 겁탈하려는 부자놈을 발견하고 낫을 집어 들어 그놈의, 그 부자놈의 배때기를 푹 찔러 거꾸러뜨렸다.”

　이렇게 인준이가 변사 노릇을 하는 동안에는 주위의 동무들은 화로를 끼고 둘러 앉아서 허공을 향해 눈을 껌벅거리며 인준의 영화 해설을 속으로 제각기 외우고 있었다. 그들은 이렇게 매일 밤 몰려들어 귀에 못이 박히도록 또 듣고 또 외우군 하였었다. 그리고는 그 끝에는 반드시

　　　아리랑 아리랑 아라리요
　　　아리랑 고개를 넘어간다
　　　나를 버리고 가시는 님은
　　　십 리도 못 가서 발 탈 난다.

하고 목청을 돋우어 모두 함께 노래를 부르군 하였었다.

　그러한 활동사진이 있는 도시, 연극이 있고 노래가 있고 곡마단이 있고 이층집이 있고 여학생이 있고 술이 있는 그러한 도시가 지금의 인준이의 마음을 꽉 점령하고 있었던 것이다.

　(하루 종일 새벽에 나가서 밤이 되두룩 호미를 잡고 일해두 겨우 이 꼴이

니… 거리의 사람들은 이 짓을 하잖아두 잘만 먹고 잘만 입기만 하던데.)

이렇게 속으로 중얼거려 보는 그는 무럭무럭 떠오르는 불평을 제어하기가 어려웠다. 그의 눈에는 도시의 사람들은 별로 일하는 것 같아 보이지 않았던 것이다.

이리하여 강탈적인 착취에서 오는 빈한, 노역, 그러한 것에 쪼들리는 농촌에의 환멸과 도시에의 허영심이 끝끝내 그로 하여금 이 라재거우를 몰래 떠나게 하고야 말았다.

4

인준이는 라재거우를 몰래 떠날 때 아버지가 고향에서부터 푼푼이 간직해 두었던 돈(비록 얼마 되지 않는 것이기는 했지만)을 훔쳐 가지고 동경성까지 걸어 나왔었다.

그는 조선 사람들이 많이 산다는 용정으로 나갈까 그렇잖으면 신흥 도시 목단강으로 들어갈까 하고 망설이며 하루 이틀을 발해의 고도 동경성에서 유했던 것이 그만 화근이 되어 알거지가 되었으니 그것은 길가에서 노는 중국 놈의 '쌩쌩이' 도박을 구경하다가 어렵지 않게 그놈의 돈을 모조리 긁어 낼 자신이 버쩍 들어 한 장 두 장 붙이기 시작하다가 도리어 자기의 주머니를 몽땅 털리우고 만 웃지 못할 희극의 일막이었던 것이다.

인준이는 너무도 분한 김에 경찰을 찾아가서 울다시피 돈을 도로 빼앗아 달라고 호소하며 애걸했더니

"에끼, 못난 녀석! 그래 그놈들이 지금두 거기 있을 줄 알아? 설령 있다구 해두 경찰이 투전꾼놈들의 뒤치닥거리를 해주는 곳인 줄 알았어?"

돈 대신에 뺨만 보기좋게 한 개 얻어 맞고 돌아 나왔을 뿐이다.

이것은 오늘까지의 그의 짧은 행로에 있어서 처음 경험하는 하나의 커다란 인생이었다. 그리하여 그는 비로소 세상을 응시하지 않을 수 없었고 새로운 인식을 갖지 않을 수 없었다. 그러나 그러한 인생의 첫 시련이 그로 하여금 도시에 대하여 환멸을 느끼게 하지는 못 했다.

그는 할 수 없이 여관비 대신에 두루마기를 빼앗기고 목단강행을 결정했다. 그것은 동경성에서 용정보다 목단강이 훨씬 가까웠으므로 걸어서 갈 수 있었기 때문이다.

목단강은 그때는 이미 건설기를 지난 뒤끝이어서 듣던 바대로 경기가 좋던 때는 아니었다. 설혹 경기가 좋다 하더라도 자본과 경험을 가지지 못한 그에게 무슨 뾰족한 수가 생길 리는 만무했다. 고작해야 인부나 그러한 류의 일자리겠으나 그것조차 휩쓸어 간 뒤여서 좀체 일자리를 구해 낼 재간이 없었다. 그냥 여관에서 외상밥만 먹자니 앞이 아득했고 그렇다고 밥을 빌어 먹을 수도 없고—. 그러던 판에 겨우 그가 발견해 낸 직업은 국수집에서 상을 훔치고 국수 그릇을 나르고 그리고 소제하는 그러한 심부름이었다. 그는 이 국수집 심부름을 하는 일을 계기로 수차 그러한 류의 직장을 바꿀 수는 있었으나 모두 의중에 들지 못했다. 그러다가 한번은 그를 크게, 실로 하늘을 날아갈 듯이 크게 기쁘게 해준 직장이 그에게 와졌으니 그것은 ‘서—커스’단에 자원해서 일꾼으로 들어가게 된 그것이다.

그는 이때처럼 기뻐해 본 적은 일찍이 경험해 보지 못했다. 그가 맡은 일이란, 흥행 진행 도중에 말이나 코끼리를 마구에서 끌어 내어 곡예사에게로 가져다 주는 것 또는 재간을 부리는데 쓰는 의자나 외바퀴 자전거나 우산이나 사다리를 나른다든가 혹은 줄 타는 여자가 실수할까봐 밑에서 여럿이 천을 펼쳐 들고 지키는 그런 따위의 것이었다.

인준이는 흥행 현장에 나갈 때마다 주머니에서 거울을 끄집어 내어 얼굴을 들여다보고 머리를 쓰다듬어 보고 턱을 어루만져 보기를 잊지 않았다. 관중이 자기 얼굴을 보고 있을 까닭은 만무했지만 그래도 그는 그렇게 하지 않고는 안심되지 않았다. 머리에 기름 바르기도 잊지 않았다. 곡예사가 공중에 높이 달아 맨 그네 위에서 외바퀴 자전거도 타고 사까다찌도 할 때 그는 그 밑에 서서 ‘에잇! 에잇!’하고 격려의 소리를 연발하면서 연신 관중을 둘러보았으나 자기를 바라보는 녀석은 하나도 없고 모두 공중에만 시선을 집중시키고 있을 뿐이다. 그래도 그는 ‘에잇! 에잇!’하고 소리칠 때마다 자기도 무슨 재주꾼인 듯이 아니, 그 재주꾼의 지휘자인 듯이 스스로 자랑스러웠고 스스로 장해서 관중에게 연신 시선을 보내군 했다.

그는 장내에서만이 아니라 입구에 나가면 으레 한참씩 서서 윗 다락에서 퍼져 흐르는 악대들의 관악소리에 맞춰 발끝으로 땅바닥을 턱턱 뚜드려 반주하며 그리고 어깨바람을 쓱쓱 날리고 고개짓하면서 돈 없어 들어오지 못하고 입구 앞에 몰켜 서서 악대와 포장의 그림과 말과 코끼리와 그리고 다락 위에 앉은 휘황찬란하게 차린 인어의 무리를 바라보는 아이, 늙은이, 아낙네, 노동자, 거지 그러한 사람들을 비예하는 것이었다. 이러한 훌륭한 곳에 있는 자기를 부러워하라는 듯이.

5

좋다, 참 좋아. 출세다. 사내로 생겨 나서 농촌에 묻혀 있을 건 아니다. 도시에 뛰쳐나오구 볼 판이다. 못난 것들. 그 귀져지분한 농촌에 묻혀 있는 것들—. 고향 친구들이 잠바를 입고 골덴 '당꼬' 바지를 입고 지까다비를 신고 게다가 일본말(쉬운 것은)까지 지껄이는 나를 본다면 얼마나 부러워할까. 정말 한번만이라도 보여 주었으면.

어째 잠바와 당꼬바지뿐이랴. 여신과 같은 절세미인들과 같이 먹고 같이 유숙하고 같이 여행하고 같이 이야기하고…. 그만이다. 도대체 국수집에서 국수 목판이나 메고 그릇이나 나르고 상이나 훔치는 사내 새끼들도 사람 자식들인가. 원, 그 따위들 무얼 해먹을 것이 없어 그 따위 짓을 한담.

그 중에서도 인준의 눈을 황홀케 하고 감격케 하는 것은 자전거 잘 타고 줄 잘 타고 사까다찌 잘하는 '세쯔꼬'의 미다. 샛별 같은 고 눈도 눈이려니와 활짝 올려 걷어 붙인 넙적다리에 허옇게 분을 바른 것은 참으로 인어(구경 하지는 못 했지만) 그대로다. 아니, 몸에 착 달라 붙는 해수욕복만 입고 밧줄 위에 올라 서서 두 활개를 벌리고 걸어가는 때의 그 흔들거리는 볼록한 가슴이며 그 허리며 그 궁둥이며를 보라. 그만 아니냐.

'오오, 나의 보살이여! 나의 선녀여!'

그는 언제부터 세쯔꼬의 구두를 열심히 닦아 주는 버릇을 길렀는지 기억에 남지 않으나 닦아 주는 때마다

"아링아도, 진쨩. 고레 갸라메루…."[고맙수, 진쨩. 이 캬라멜을….]하고 세쯔꼬는 인준이의 손에 캬라멜을 쥐어 주군 하였다. 그것은 황공하기 짝이 없는 덴노헤이까의 하사품보다도 더 감격한 것이었다.

"하, 고레와 고레와 도오모."[네, 이건 원….]

그는 그저 감격해 죽겠다. 구두만이 아니다. 양말도 코수건도 사루마다도 씻어 달라는 하명만 있다면 아니, 그보다 더한 것을 명하기로서니 싫다 할쏘냐.

그러한 물질적인 것만도 아니다. 자기의 성 '김'을 언제 집어 던지고 세쯔

꼬의 성을 따라 자기도 '낭아오'라고 스스로 불렀는지 기억에 잘 남지 않는다. 낭아오! 얼마나 좋은 발음이냐. 적어도 세계 오대강국 중의 하나인 아니, 동양 제일 강국이요, 장차는 세계의 지도권을 가지게 될 대일본제국의 성이 아니냐. 대체 일본말도 아차, 일본말이 아니라 우리 내지말도 못하는 멍텅구리들, 그 무식한 것들.

그러나 그는 세쯔꼬가 자기를 낭아오라고 불러 주지 않고 진쨩, 진쨩 하는 것이 불만했다. '쨩'이라고 하여 세쯔꼬보다 위인 자기를 어리게 대한다고 해서가 아니라 일심동체의 사이의 상징인 같은 성 '낭아오'로 불러 주지 않는 것이 불만하다는 말이다. 진쨩이란 인준이의 이름자의 인자만 따서 부르는 세쯔꼬의 독창이었다. 진쨩이거나 낭아오거나 어쨌든 세쯔꼬가 자기를 사랑해 주는 것만은 틀림없다. 늘 캬라멜을 주는 것이라든가 담배를 주는 것이라든가, 자기를 대하는 태도라든가 모두가 그럴싸하지 않느냐. 아무렴.

세쯔꼬가 자기의 어깨 위에만 올라 서려는 것, 그리고 그 말큰말큰한 종아리를 잡아 주기를 기다리는 것, 아아, 이 나의 행운이여, 팔자여. ―제길할 것, 모든 자식들이 눈에 차 보이지 않는다. 세상은 바로 내 세상이다.

뭐 얼토당토 않은 수작은 아니다. 인준이의 심산은 지금 무엇보다 '코르네트'이나 '클라리네트'를 부는 것을 배워서 명악사가 되면 세쯔꼬도 그러한 자기를 남편으로 두게 된 것을 자랑으로 삼을 것이다. 아암, 그렇구 말구. 얼굴도 이만하면 잘났겠다. 게다가 무테 안경까지 턱 얼굴에 걸어 놨으니… 인준이는 얼른 주머니에서 거울을 끄집어 내어 얼굴을 들여다보며 연신 한 손으로는 머리를 쓰다듬어 넘기고 얼굴을 이리 돌렸다 저리 돌렸다 해보고 눈을 크게 떴다 작게 떴다 해본다. 그럴듯한 얼굴이다. 좋다.

헌데 어쩌자고 이놈의 코가 글쎄 하필 개발코로 생겼누. 이놈의 코만 이렇게 생기지 않았더면 사실 잘나긴 잘난 얼굴인데. 개발코면 뭐라나. 세쯔꼬상이 좋아만 하면 그만이지.

"진쨩와 고노고로 나까나까 샤레떼이루와네."[진쨩은 요새 퍽 모―던이 되었는걸.]

상냥하게 웃어 주며 세쯔꼬는 자기 어깨까지 짚어 주는 것이 아닌가. 아이구, 활랑거리는 내 가슴아. 가슴만이 아니다. 무슨 전기에 부딪친 것처럼 손끝까지 아니, 발끝까지 모두 짜릿짜릿한 것 같다. 이게 소위 극락이라는 것일 것이다. 아니, 극락에도 이러한 황홀이 있고 이러한 감격이 있을손가.

세쯔꼬가 시키는 일이면 아무것도 좋다. 담배도 사다 주고 지리가미도 사다 주고 남의 구두까지도 세쯔꼬가 시키면 열심히 닦아 주었다. 사내놈의 곡예사의 것까지도.

"나니까 고요지와 나이데스까?"[뭐 시키실 일은 없으신가요?]

세쯔꼬가 시키기까지 기다릴 수도 없다. 먼저 이렇게 심부름을 청하지 않고는 못 배겨 있겠는걸 뭐.

"진쨩와 돗데모 이이 히도다와네."[진쨩은 참말 좋은 사람이야.]

야아! 이건 정말 정말…. 말이 다 안 나가진다.

"이야, 이야! 돈데모—."[아, 원, 천만에—.]

입에 헤벌려지며 침이 흐를 지경이다. 이 맛을 아느냐, 이 인간들아.

인준이는 아니, 진쨩은 빨리 세쯔꼬와 결혼하여 라재거우거나 조선의 고향이거나 아무데고 어서 귀향하여 동무들에게, 고향 사람들에게 자기들을 구경시키고 싶었다. 얼마나 부러워하랴. 얼마나 칭찬해 주랴. 세상은 이래서 좋다는 거다.

6

'서—커스'단은 자무쓰를 거쳐 호림, 밀산, 댜시 길림, 신경, 봉천, 안동, 대련, 금주, 승덕, 왕예묘, 치치할, 만주리, 그리고 흑하, 이렇게 동만에서 북만으로, 북만에서 남만으로, 남만에서 내몽골로, 내몽골에서 다시 북만으로 넓은 천지를 좁다하고 돌아간다. 진쨩과 세쯔꼬와의 짜릿짜릿한 연애(그는 적어도 연애하는 것이라 자인한다)도 함께 돌아간다.

지금은 진쨩은 완전히 일본 사람이다. 일본말을 모르는 놈을 보면 못나 보이기도 했거니와 알면서도 조선말을 하는 놈을 보면 화가 버럭 나서 죽겠다.

그런데 세상을 살아가자면 일본말을 모르는 조선놈과 이야기 해야만 할 경우가 꼭 있게 되는 것은 매우 딱한 노릇이었다. 그러나 그것도 문제가 아니다. 조선 떡이 먹고 싶어서 떡장사들을 만날 지경이면,

"요보상, 우리나 사람이나 이 도구[떡을] 세나치나 일이나 있오 오루마요?"하면 그만이었다.

"일본 사람도 조선떡을 먹나 봐."

곁에 앉은 다른 떡장사가 신기하다는 듯이 이렇게 중얼거리면 그는

"우리나 사람이나 이루한 나분 것이나 머그지 않는 것이오. 이누, 가이나 주려 했오 사가는 것이오."하고 개나 주지, 우리 일등 일본 국민이 이러한 것을 먹을 리가 있겠느냐고 변명하는 것이었다.

"개두 떡을 먹나. 일본 개는 별나구만."

종이에 싸주는 떡을 그는 몇 골목 지나가지 않아서 잘라 먹기 시작한다.

이렇게 개소리를 들어 가면서 떡을 먹을 수는 있었으나 그 먹고 싶은 김치를 먹어 낼 수 없는 것이 무엇보다 죽을 지경이다. 김치라고 돈만 내면 사 먹을 곳이 없는 배는 아니지만 나의 모든 것인 세쯔꼬 상이

"쿠사이 닌니꾸노 니오잉아 스루와."[썩은 마늘 냄새가 나는군.]하고 얼굴을 찡그릴까봐 먹을 수가 없다. 어째 말과 행세는 일본놈이 되는데 생리는 일본놈이 못 되느냐 말이다. 딱한 노릇이다. 어쨌든 참자. 애인을 위해 참자.

그런데 하루는 진쨩은 천지가 뒤집히는 한 사건에 부딪쳤다. 그것은 그가 밤에 밖에 나갔다기 숙사에 돌아 들어가던 길에 시커먼 나무 밑에서 '구로다'라는 일본놈 곡예사(세쯔꼬가 늘 구두를 닦아 주라던 바로 그놈)가 세쯔꼬를 끌어 안고 정말이다, 꽉 부둥켜 안고 연신 입을 맞추며 무어라 속삭이는 것을 발견했던 것이다.

아아, 이게 꿈이 아니고 사실이냐. 제발 꿈이 되어 다고. 사람 살려 다고. 아무런들 요다지도 천지가 갑작스레 뒤엎어질 수야 있으랴. 아아, 아아.

다시 눈을 부비고 보았으나 사실이다. "쪽!" 소리까지 난다. 죽겠다. 가슴이 터진다. 이 망할 놈의 세상아. 하늘아, 무너져라. 땅아 쪼개져라.

이튿날 아침에 세쯔꼬는 진쨩더러

"진쨩와 아다시 다이 스끼. 돗데모 깅아 기이떼 이루노요."[진쨩은 참 좋아. 여간 마음에 들게 굴쟎거든.]하고 캬라멜을 한 갑 쥐어 주더니

"아노네, 아다시노또 구로도산노 구쯔오 밍아이데 죠오다이네."[저어, 내 구두와 구로다 상 구두를 닦아 줘요, 응.]하며 구두 두 켤레를 내어 놓고 간다.

"에익 곤칙쇼! 구쯔모 구로다모 앗다몬쟈네에."[제길할 것! 구로다구 머이구 볼장 다 봤다!]

그는 세쯔꼬가 사라지자 이렇게 혼자 투덜거리며 구로다의 구두를 높이 들어 땅바닥에 기운껏 동댕이쳤다.

"뒈, 왜말도 동댕이칠 테다. 왜놈 행세도 오늘만이다. 누가 다시 하나 봐

라. 제길할 놈의 것!"

인준이는 하얼빈에서 '서―커스'단 일행에서 빠져 나오고 말았다.

7

몇 해가 지났다.

하얼빈의 쓰가리에 있는 태양도에서 만난 백계 노인 여자에게 그간 모은 돈을 몽땅 탕진하고 그 대신 그 고약한 놈의 병을 옮아 가진 그는 이미 백계노인의 처녀에게 아무 소용 없는 폐물이 되고 말았던 것도 옛날 일 같다. 그는 그 뒤 그 병의 고통을 마취시키기 위해 한 코 두 코 빨기 시작하던 아편에까지 중독되어 완전히 뒷골목의 거지가 되고 말았다. 비록 룸펜이었으나 도박장으로 캬바레로 돌아다니던 화려한 시절도 옛날 일 같다. 지금은 그에게 있어서 여자가 문제가 아니고 밥이 낙이 아니라 모루히네 주사를 맞는 것만이 유일한 업이요, 낙이요, 천국이었다. 그러기 위해선 무엇보다 자금 조달이 첫째 문제였다. 직업 없고 저금이 없고 아무것도 없는 알몸으로 주사값이 생길 리는 만무했다. 그러나 그는 매일 맞을 수 있었다. 그것은 중독자마다 으레 그러하듯이 최후의 수단이요 판 찍어 놓은 업인 절도였던 것이다. 신발 훔치기, 빨래 도적질하기, 그의 신경은 이러한 것을 성공시키기에 예민해졌고 민첩해졌고 발달되어 갔었다. 반대로 그의 양심은 날로 무디어 갔고 어두워만 갔고…. 경찰에도 수차 잡혀 가서 매도 맞아 보았건만 역시 그의 무딘 양심엔 아무 반응도 없었다. 아편, 아편, 아편 맛이다. 이 맛을 모르고 인간이 무슨 재미로 살까. 하늘이 무너진다 해도 두려움이 없고 옆에서 자기 여편네가 딴 사내와 간통한다 해도 분할 것 없고 쌀이 없어도 걱정 없고 옷 더럽게 입어도 부끄러울 것 없고 부자도 부럽지 않고 가난뱅이도 불쌍해 보이지 않는 이 태평, 이 평화, 이 극락세계, 민족이 어떻고 나라가 어떻고 공산주의가 어떻고 실업이 문제고 전쟁이 야단이고… 모두 실없는 놈의 소리다. 모두 얼빠진 놈의 수작이다. 아니, 한 대만 맞아 보라. 구름을 타고 신선세계를 돌아간들 이처럼 좋을 수야 있으랴. 이 아편 맛을 모르고 사는 인간들아, 못난 것들아, 불쌍한 것들아.

하루는 중국 사람의 물건을 훔치다가 들켜서 반 주검이 되도록 얻어 맞고 쓰레기통 곁에 쓰러지고 말았다.

때마침 그 곁을 지나가던 희랍 정교의 외국인 신부가 그를 동정하여 희랍교 경영인 병원에 입원시켜 치료를 받게 하였다.

신부는 매일 한 번씩 병실로 그를 방문하고 그의 개준을 바라며 타일렀다. 그리고 의사에게 부탁하여 매일 아편 주사약의 눈량을 줄여 가며 아편을 떼도록 꾀하였다.

그러한 신부의 지성과 노력은 보람이 있어서 인준이가 한 달 뒤에 병원을 퇴원하게 될 때는 아편을 다 떼다시피 되었다.

"꼬국으로 똘아까시오. 여기 하얼빈 죄악의 또시오. 어서 하루 속히 꼬국 똘아까서 부모 또으며 깨끗한 생활 뽀내시오. 평안한 생활 뽀내시오."

인준이는 신부의 권면대로 그리 하마고 결심을 표명하고 감사해 마지않았다.

그러나 아편 중독자란 으레 그러하듯이 그도 처음엔 그렇게 마음먹었으나 정거징도 채 못 가서 신부가 여비로 쥰 돈을 가지고 다시 아편굴을 찾게 되었다.

이 세상에서 무서운 것 중의 하나는 습관이라는 것일 것이다. 그는 주머니가 비어지자 다시 절도 행각을 재개하였다. 그는 다른 곳도 아니고 자기가 입원해 있던 희랍교 병원에 가서 간호부의 구두를 훔치다가 붙들렸다. 신부와 마주 시선이 치는 때 그는 미상불 머리를 숙이지 않을 수 없었다.

"형제는 나를 끼억하시오?"

신부의 눈에는 이슬이 담뿍 고여졌다. 인류 동포의 일원인 그를 긍휼히 여기는 심정에서도 그러했거니와 자기의 노력이 이렇게도 값 없이 짓밟혀지는 아니, 자기의 부덕의 수치를 뉘우침도 그 눈물 속에 있었으리라.

신부는 인준이더러 회개하라는 말을 하지는 않았다. 단지

"꼬국이 보구 싶지 않소?" 한마디를 던졌을 뿐이다. 그의 손을 힘있게 잡아 주면서.

인준이는 신부 앞에서 울었다.

"그 날 정거장에서 그만 쓰리를 만나 신부님께서 주신 돈을 몽땅 잃고 할 수 없이 도루 하얼빈에 머물게 되었지요. 정말 면목이 없습니다. 무어라고 말씀드릴 수도 없고…. 그러나 다시 한번만 여비를 주신다면 이번엔 주의해서 꼭 가려구 합니다. 참말입니다."

그는 천연스럽게 눈물까지 흘렸다.

신부는 속지 않았다. 그의 눈곱 끼고 콧물 흘리는 꼴을 보아 다시 중독자가 된 것을 직각할 수 있었다. 그러나 그는 속아야 했다. 이것이 그의 '생활'이었기 때문에, 그리고 패배하는 승리였기 때문에.

"정말 꼬국으로 갈 텝니까?"

"네."

"형제는 외국에 와서 이러한 생활 뽀낸다는 것, 조국에 대한 모욕이라는 것을 끼억하십니까? 조국이 눈물 흘립니다. 조국이 당신을 뿌릅니다."

"…."

"가시오. 어서 꼬국에 돌아가서 좋은 싸람 되시오. 여끼서는, 이 죄악의 또시에서는 다시 그 길 밟지 않을 수 없을 것이오."

"네. 그리하겠습니다. 명심하겠습니다."

그러나 신부가 현금을 주지 않고 정거장까지 데리고 나가서 차표를 사서 주는 데는 아연해 하지 않을 수 없었다. 그런 대로 차표만 사준다면 팔아 먹을 수도 있는데 짓궂게 플래트홈에까지 따라 들어와서 차에 오르는 것까지, 그리고 출발하는 것까지 보고 있는 데는 어찌할 도리가 없었다. 딱하다. 안타깝다. 분하다. 제길할 신부놈의 자식.

(조국이, 무슨 빌어 먹다 뒈질 놈의 조국이냐. 내가 살구 조국이지.)

그는 용정에서 하차했다. 고국에는 아편도 없지만 부모도 없고 그렇다고 이 꼴을 해가지고는 라재거우의 부모를 찾아가기는 싫었다.

(조국도 고향도 부모도 내게는 없다. 아편이 내 조국이요, 고향이요, 부모다.)

8

또 날과 달은 흘렀다.

지금의 인준이는 중독자의 최종 말기에 이르러 이른바 마대로 하반신을 가리우고 가마니를 뜯어서 뒤집어 쓴 완전한 거지였다. 얼굴은 때가 얹힐 대로 얹혔고 그리고 퉁퉁 부었고 긴 더벅머리며 새까만 맨발에 짚신을 질질 끌고 다니는 꼴이며… 이 이상 더 짓궂게 형용하잖아도 알 일이 아니냐. 그래도 그는 부끄럽지 않다. 살아야만 했다. 도리어 아편의 맛을 모르는 인간이 불쌍했다.

그는 그 동안 남의 것을 훔치다가 경찰에도 수없이 잡혀 갔었다. 매도 몹시 맞았었다. 그런데 지금은 그 도적질할 기력조차 이미 상실한 폐인이 되다시피 되었다.

어느날 밤 그는 쓰레기통 곁에 가마니를 쓰고 앉아 부들부들 떨면서 하늘을 쳐다보고 있었다. 그 하늘의 무수한 별들을 쳐다보고 있었다. 어느 것이 무슨 별이요 무슨 성좌인 것은 알 길이 없으나 그는 그냥 이동하는 그 성좌들을 바라보고 있을 뿐이었다. 별, 별, 또 별. —어렸을 때의 기억이 몽롱히 떠오른다. 늦은 초하의 황혼, 소를 타고 버들피리를 불며 마을로 돌아 들어올 때 하나 또 하나 나타나던 그 별들, 마을의 아이들과 냇가로 반딧불을 쫓아다니며 쳐다보던 그 별들.

　　달아, 달아, 밝은 달아
　　이태백이 놀던 달아

돌쇠랑 이쁜이랑 열지어 서서 소리소리 높여 달을 불렀으나 그 달은 나타나지 않고 찬란한 별들만이 장엄한 밤을 장식해 주던 그 하늘, 그 마을, 그 동무들이 몽롱히 떠오른다. 아니, 강렬히 떠오른다. 아아, 그리운 고향!

(내가 지금 어디에 있는고?)

그는 그냥 별을 바라본다.

(왜 여기서 나는 떨고 있어야 하느냐?)

신부의 말이 귀에 다시 울려진다. 고국이 보고 싶지 않소 하던 그 말이.

(아, 고향에 가자. 부모를 찾아가자.)

그러나 다음 순간 그는

(이 꼴을 하고 부모를 찾아가면 무엇하느냐. 마을의 수치다. 부모의 얼굴에 똥칠이다. 아니, 어머니는 통곡하실 거다. 차라리 보여 드리지 않는 것이 좋으리라.)

인준이는 라재거우를 찾아가느니보다 (솔직히 말하면 그는 이미 라재거우까지 찾아갈 기력도 긴 생명도 가지지 못했다) 고국 땅을 한 번만 보고 죽고 싶었다. 그 조국 땅을 한 번만이라도 밟아 보고 죽고 싶었다.

"조국이 눈물을 흘립니다. 조국 땅이 당신을 부릅니다."하던 신부의 말이 다시 귀를 울려 준다. 그리고

"형제는 외국에 와서 이러한 생활을 보낸다는 것이 조국에 대한 모욕이라
는 것을 기억하십니까."하던 것도.

'그렇다. 내 더러운 시체를 외국 땅에 굴려서 모국을 모욕시키지는 말자.
아니 그보다는 모국 땅에 백골을 파묻어 모국의 흙이 되자. 그것이 내게 남
겨진 최후의 행복일 것이다. 그 모토가 되는 마지막 행복을 즐기자.'

그는 자리에서 일어섰다. 그리고 정거장으로 걸어나갔다. 그러나 그의 수
중에는 차표를 살 돈도 없었거니와 차표가 있다손치더라도 차를 태워 줄지
도 의문이었다.

걸었다. 별을 쳐다보며 새벽길을 그는 걷고 또 걸었다. 떨며 쉬며 그리고
밥을 빌어 먹으며. 이리하여 이틀이 되는 저녁에야 그는 카이싼툰에 이르게
되었다. 억지로 간신히.

카이싼툰의 거리를 지나 그는 두만강 다리에 이르렀다. 아아, 저 건너다보
이는 고국의 산천! 그리운 내 조국의 땅! 어서 건너가자. 어서 밟아 보자. 내
생명이 끊기기 전에.

그러나 그는 국경 경비대의 일본 순사에게 조선의 입국을 거절당하고 말
았다.

'조선 사람이 조선의 입국을 거절당해야만 하느냐.'

그는 눈물이 쏟아지는 것을 금치 못하면서 그렇다, 자기 백골을 조선의 흙
으로 만들려는 최후의 이 희망과 행복이 무참히 짓밟히는 슬픔에 그는 눈물
을 흘리며 도로 다리를 건너왔다. 통곡하고 싶다. 몸부림치고 싶다. 어디에
부딪치고 싶다. 항거하고 싶다. 이윽고 그는 동구 밖으로 멀리 내려가더니
어두워지기를 기다려 두만강에 들어 섰다. 옅은 곳을 가려 건너 가려 했던
것이다.

그러나 절반을 지나면서부터는 물이 가슴 위로 올라갔다. 몸이 아래로 밀
리기 시작했다.

'넘어지지 말자. 어찌해서든지 고국 땅을 밟아 보자. 그리고 고국의 흙이
되자.'

그는 긴장과 흥분 속에서 최후의 힘, 있는 노력, 마지막 기운을 다 내어
물에 밀리면서도 넘어지지는 않았다.

절반을 지났다. 저편 언덕이 가까워진다. 그러나 물은 점점더 깊어진다. 목
까지 올라갔다. 숨이 차다. 더 버틸 기운도 없다. 그래도 그는 언덕에 오를

때까지 살아야만 했다.

'더 힘을 내라. 조금만 더, 아 조금만 더.'

그러나 그는 물 속에 쑥 빠지고 말았다. 수심이 갑자기 깊었기 때문이었다. 그는 물 속에서 굴렀다. 그래도 그는 일어서야만 했다. 물 위에 떠야만 했다. 언덕을 잡을 때까지 의식을 잃지 말자.

조금 뒤에 그가 물 위에 뜨며 팔을 허우적거릴 때까지는 아직 의식이 있었다. 삼켰던 물을 뿜으며 두 팔을 내어 저었다.

'잡자, 잡자, 저 언덕을….'

밀리며 허우적거리며 물을 삼키며 뿜으며 다시 잠겼다 떴다 하며 끝끝내 언덕에 손이 닿을 수 있었다. 언덕을 잡을 수 있었다. 그러나 그의 두 손에는 흙이, 그 그리운 조국의 흙이 한 움큼 쥐어졌을 뿐 언덕에 오르지 못하고 그만 언덕 아래로 떨어졌다. 물에 넘어졌다. 그리고 물 속에서 굴다가 다시 물 위에 몸이 떠올랐을 때 그는 한편 손을 물 밖에 내밀고 그 흙을 보려 했다. 그리고 코에 가져가며 냄새를 맡으려 했다. 별빛에 희미하게 아니, 전혀 보이지 않다시피 되었으나 조국의 흙 냄새를 맡아 보는 그는, 그리고 그 모토를 뺨에 대고 비벼 보는 그는 히쭉 웃었다.■

박계주

1913년에 용정에서 출생. 호 서운(曙云), 익명 박진.

1926년에 구산소학교에 다니다가 용정 영신소학교 6학년에 입학.

1932년에 영신중학교를 졸업하고 훈춘 구사평소학교에 가 교편을 잡음. 영신중학교에 다닐 때 단편소설 「적빈」, 「혁명전선에 나서는 소년 형제」, 「월야」 등과 수십 편의 시를 발표.

1933년에 조선으로 나감. 그 후 조선에서 중국의 조선족들의 생활을 소재로 한 단편소설 「모토」, 「육표」, 「사형수」, 「처녀지」 등 많은 작품을 발표.

1966년에 서울에서 별세.

중독자

박영준

첫눈에도 값싼 물건이라는 것을 알아차릴 만하나 그래도 세비로 양복이라고 몸에 걸치었으며 붉으스름한 인조견 넥타이를 매고 세로줄 난 외투를 입었으니 아무리 기구한 생활을 하는 사람들만이 이 차를 타고 북쪽으로 간다는 상식을 긍정한다 해도 나를 여편네 잃고 만주로 가는 사람이라 추측할 이가 이 차간 안에는 있을 상싶지 않다. 짐이래야 사진기계 세우는 삼각이 기차 선반 위에 있을 뿐 이민 가는 사람들같이 지저분한 보따리도 안 가졌으며 처음으로 기차를 탄 사람처럼 정신을 모으지 못하고 조급히 서둘지도 않으니 누가 나를 주의해 보려고도 하지 않으며 내 사정을 궁금히 생각하려는 이도 분명히 없는 상싶다. 김상현이란 가장 많은 성을 가진 나라는 사람이 어떠한 일 때문에 이 길을 밟지 않을 수 없는가 하는 것은 나 자신에게 있어서는 중대할는지 모르나 매일 수백 명을 먹었다 토해 버리는 기차에게 있어서나 아무 자극도 없으리만큼 눈에 익은 이 열차를 보는 사람에게 있어서나 돈을 제대로 내고 내 갈 길을 가는 나 같은 존재에게 일 분 동안은 사념이나마 빌려 줄 흥미가 없을 게 사실이다.

나는 벌써 국경을 넘었고 봉천을 지나 해가 뜰 때부터 넘어갈 때까지 계속해서 무연한 벌판을 달아나는 만주국 땅 위에 있으나 나 역시 조선서부터 같은 차에 타고 같은 의자에 앉은 사람에게 내 이야기를 한마디 아니 했으며 또 말을 듣고 나서는 새로운 기억을 머리에 새겨야 한다는 부채를 지고 싶지 않아 그들의 이야기를 청구하지도 않았다.

결국 사람을 교제한다는 것은 부채를 주고받는 것밖에 없다.

내가 내 처를 잃어 버리고 만주로 간다는 것도—물론 만주가 나의 머리에 그리 외로운 인상을 준 곳이 아니지만—만주를 몹시 쓸쓸한 곳으로 예상했음에도 불구하고 아무런 의지 없이 홀몸으로 가지 않을 수 없는 것도 내가 진 부채와 내 처에게 준 부채를 내 스스로 청산할 수가 없기 때문이다. 결혼하기 전까지는 생판 보지도 듣지도 못하던 남의 집 딸인 그 여자를 집에다 모셔 놓고 그 여자를 위하여 내가 살고 나를 위하여 그 여자가 일을 해주는 것이 어머니 배 속에서 나오기 전부터 결정이나 했던 것처럼 당연한 일로 여기게끔 친숙했다는 것이 벌써 부채를 늘이었던 것이 아니었던가. …내가 아닌 남에게 부채를 준다는 것은 나라는 사람이 살기 위하여 하는 것이라고 말할 수 있으나 그 부채를 주는 동시에 내가 또 채무자가 안 될 수 없는 이 모순을 없애기 위하여서는 아무래도 무거운 금액의 채권자나 채무자가 됨을 포기해야 한다는 도리밖에 없을 것 같다.

"가엾구려!"하는 동정을 받기도 싫으며 "당신도 불우한 사람입이다."라는 말을 입 밖에 꺼내어 나 자신과 그 사람을 컴컴한 구렁에 묻어 버리고 싶지가 않을 뿐 아니라 사람의 약점을 스스로 광고하는 불길한 말을 입 밖에 내어 목구멍을 울리고 싶지부터 않았다.

평양역에서 하얼빈까지의 거리가 가깝지 않다는 말로 표시하기에는 너무나 지루한 동안을 나는 그래도 마음의 약속을 위약하지 않으며 하얼빈까지 도착했다. 지구 위에는 나를 맞이해 줄 곳이 있을 리 없고 또 그러한 마음에 없는 기대를 가지는 것부터도 부정해 버린 뒤라 넓으나 넓은 곳은 시가지에 내 몸을 세워 놓고 눈에 익지 않은 황발(黃發)의 인간과 느껴 보지 못한 이국의 정서를 맛보아도 미궁에 들어간 듯한 공포가 떠오르지 않았으며 마찬가지 인간들이 사는 곳이라는 점에서 외국인이라고 무조건하고 숭배하던 호기심을 도리어 경멸해 보았다. 정열이 구속받지 않고 정서가 자유로워 걸음걸이부터 산 기운을 나타내는 그들에게 대한 관념도 사진기계를 둘러 메고 표연히 외국의 한복판에서 추위에 웅크리고 걸어가는 장구의 그들과 매춘부임에 틀림없는 홍안(紅眼)의 여자가 지나가는 사내를 하나 빼지 않고 흘겨보는 것을 바라볼 때 나 이외의 사람을 부러워한다는 것이 결국은 나를 경멸하는 것밖에 안 됨을 느끼지 않을 수 없다. 그들은 정열을 자유롭게 발전시킬 용기가 없다. 그 용기라는 것은 말하자면 고리대금업자 이상으로 채권자가 되고 싶은 욕망이 아닐까!

영하 30도의 북극이라는 것을 모르고 온 것이 아니지만 용서 없는 추위는 차라리 알콜병 속에 나를 집어 넣어 두었으면 하리만큼 안타깝게 매웠다.

"어이!"

지나가는 인력거를 불렀다.

"여관에!"

　내 말이 서투른 곳이니 긴 말을 한다는 것은 도리어 듣는 사람에게 괴로움을 주는 것이라 요령 있는 말 한마디를 했으나 직업에는 귀신이 되었는지 머리를 끄덕이고 내 몸이 실린 인력거를 끌기 시작하는 인력거꾼은 추운 것도 모르고 달음질했다. 그러나 인력거꾼과 나와의 거리가 너무나 가까우며 또 내가 움직이는 것은 씩씩거리는 딴 사람의 코힘 때문이라는 것을 느끼니 병신 아닌 내가 남의 등에 업힌 것 같으며 어린 애가 엄마를 의지하듯 딴 사람을 아무나 가까운 위치에 놓았다는 불쾌가 일어나 그 자리에서 뛰어 내리고 싶었다. 셀룰로이드로 만든 인력거의 창구멍으로 밖을 노릴 때 골목길로 들어가는 길모퉁이에 선 작은 간판 '경성여관'을 보았다.

　안내하는 사람이 도적이라는 것을 느낄 때와 같이 성큼 내리어 삯전 20전을 달라는 대로 집어 준 나는 남에게 업히지 않고 내 다리로 걸을 수 있다는 기쁨을 느꼈다.

　취미 없는 생활에 염증이 난다는 아내의 호기심을 사기 위하여 코닥을 사서 반 년 이상 사진을 찍어 보았으며 그가 도망친 뒤 입던 옷까지 다 없이 한 나의 생로를 사진업으로 이어 보려고 사진관 견습생 반 년의 생활을 지나 사진에 대한 기술을 남부끄럽지 않게 가지었다고 생각되는 나라 해도 생소한 곳이며 말을 모르는 데라 지리와 언어를 배우기 위하여 나는 경성여관에 얼마 동안 머물지 않을 수 없었다.

　코닥을 판 돈으로 낡은 사진기계 하나와 헌 옷 한 벌과 이곳까지 오는 차표를 사고도 아직 밥값으로 지불할 만한 돈을 얼마 가지고 있다. 물론 나의 재산이란 것은 전부가 아버지에게서 물려 받은 것이었으나 그 재산을 아내와 동거하고 그를 내 아내란 명목하에 안정시키기 위하여 전부를 탕진해 버린 뒤 나의 쓰라린 추억까지 곱게 씻기 위하여서는 코닥 하나나마 남기지 않았어야 할 것이나 서투른 이역에서는 추억의 실마리를 내게 강요하는 이 돈이 또한 나에게 생명 이상으로 필요한 것 같다. 사진관이 썩어 넘을 듯이 많은 크나큰 도회지에서 전문적 기술을 경쟁할 만큼 한 기능을 못 가진 내가 당장에 고용될 수도 없는 것이며 또 생소한 사람들을 붙들고 얼굴을 빌려 주면 네 얼굴을 만들어 줄 터이니 돈을 내라고 길가에 나설 수도 없는 것을 미리부터 짐작했기 때문에 나는 말을 배워 가지고 시골이나 오지로 들어가야 할 것을 안다는 것은 즉 내가 시간의 여유를 가질 만한 안정이 필요하다는 것이다. 시골이나 도회지나 인구의 밀도가 다를 뿐 사람이 서로 어울려 산다는 점에서는 마찬가지일 것이나 자기를 위하여 살겠다는 생활 수단이 도회지에는 너무나 노골화했다는 것이 나같이 사람의 관련을 꺼리는 사람에게는 견딜 수가 없기 때문에 도회지의 생활을 단념한 원인이 거기에 있을는지도 모르나 깊은 시골로 들어가기 위하여 며칠 동안 집 안에 박혀 만주어를 공부하는 나에게는 앉아 있는 시간이 가시방석 이상의 불안을 주었다. 며칠 만에 먹은 밥값을 내려고 돈을 꺼내면 돈의 유래가 꼬리에 꼬리를 물고 내 머리를 조선으로 몰아 내며 그런 뒤에는 기필코 아내가 눈앞에 나타난다. 한 끼에 30전씩 하는 밥을 하루 두 끼씩 먹으며 화려하지 못할 것이 분명할 뿐 아니라 무엇을 찾기 위하여 살려는지도 모르는 미래의 생명을 위하여 기억 안 되는 외국어의 단자를 삼십 넘은 내가 외우노라고 얼굴살을 찌푸릴 때 나의 옷을 쪽 벗기어 버린 내 아내는 지금 어떤 남자에게서 또한 나에게와 같은 행동을 취하고 있을까, 그는 아름다운 여자라는 점에서 어떠한 사내든지 사내를 긁어 먹을 권리가 있을는지 모른다. 사랑이 참이라는 것을 잊어 버리고 아름다움과 기쁨을 찾으려고 할 때 그는 미운 것과 괴로움을 동시에 맛보지 않으면 안 될 의무가 있다면 나의 아내는 그러한 사내를 마음대로 주무를 수가 있으며 또 그 사내에게 아름다움의 기쁨을 뺏어 갈 권리가 있을는지 모르나 그 권리가 명희(내 아내였던 여자의 이름)의 생명이고 그 생명이 살아 있는 동안 나와 같은 사내가 가엾어 보일 뿐이다. 한 사람을 가엾게 생각한다고 할 때 그 불운의 원인을 만드는 사람이 원망스럽고 밉다고 한다면 나는 아직까지도 명희를 생각하고 있는 것이 분명하다. 한 사람을 미워한다는 것은 그 동기를 어디다 두든 간에 명희를 잘 알고 명희를 사랑했다는 점에 있을 것이며 그 사랑이 완성되지 못한 비분에 시민적 분노를 가진 때문이 아닐 것인가! 나는 현재를 잊어 버리고 머리 속에 남은 기억을 들추게 된다. 지금 생각하면 그러한 재력이 참으로 내게 있었던가 하고 의심하리만큼 훌륭한 양식 응접실에서 새로 만든 이브닝 드레스를 입은 명희가 자기의 얼굴만이 아니라 몸과 옷까지도 자기를 아름답게 해주는 데 비로소 놀란 듯한 기쁨으로 내 품에 안기며 돌아가는 축음기소리에 스텝만 맞추어 폭스트롯을 출 때

  "우리 평생 죽지 말어. 응!"
하고 응석부리던 소리가 나를 깜짝 놀라게 하여 그러한 기억을 경멸해 버리

기에 노력하지 않으면 안 된다. 그러다가는 극단의 기억이 또 나를 부르기도 한다.

"또 마작을 하러 갔었군. …내가 싫고 집에 마음이 없거든 내가 어디로 사라지리다. 당신이 나를 피할 거야 무어 있소."

"당신이 싫어 놀러 다닌다구 누가 말합디까? 사내가 좀 나다니기도 해야지…."

"그럼 여편네는 무엇 때문에 데려다 논 게요? 나가 다니다가 심심할 때 보려고 주워다 논 게 여자란 것인가요? 남자가 딴 데서 웃고 짖고 하며 야단할 때 여편네는 집구석에서 혼자 적적하게 지내두 남자는 그 책임을 안 진단 말이지요?"

나는 이런 대화에 더 대답을 못한 것은 그의 말이 논리적이라는 것보다도 나의 재산명부가 점점 좀을 먹어 마음의 공허를 잊어 보겠다는 생각을 입 밖에 낼 수가 없었기 때문이었다. 내가 돈으로 그의 아름다움을 사려던 것과 같이 그는 그의 아름다움으로 나의 재산과 나의 육체 전부를 사려고 했으며 또한 나의 청춘을 뺏어 갔다. 기억을 꺼내지 말자. 미워하고 싶지 않은 생각과 같이 사랑하고 싶은 마음도 없는 나에게서 어떠한 구석으로라도 내어 쫓자. 무감각한 생활이 나의 앞길에 놓여 있는 오로지 한 갈래의 선이라고 하면 애착심을 강요하여 무가치한 것도 가치 있게 만들고 미운 것도 아름답게 하여 몸을 움직이지 못하게 하는 미련을 구태여 가질 필요가 어디 있는가?

코닥을 팔아 주머니에 넣고 온 돈이 점점 그 밑바닥을 들여다보게 할수록 만주인만이 사는 시골서도 내가 무엇하는 사람이라는 것을 알릴 수 있을 만큼 단어가 늘어 갔으나 이전부터 내 살림이, 내가 믿고 생각하는 사람이 있는 곳이 아니라 별다른 세상 속에서 나만이 살 수 있는 곳이라는 생각에 주머니를 완전히 털므로 이때까지의 나를 청산하고 길을 떠나고 싶어 이삼 일을 더 유하기로 했다. 특별한 기대를 가지려고 하지 않는 마음이 변함없음과 마찬가지로 어디로 가야 할 것인가 하는 생각에 갈 곳을 몰라 헤매지도 않는 나지만 헌 방바닥에 연기 꼬이듯 하는 추억을 싫어하면서도 마지막인 이삼 일 동안이 무척 무료하게 머리를 복잡하게 하여 무척 괴로웠다. 죽음과 같은 생활로 나간다는 절망적 생각은 피푼 한 푼어치도 아니 하지만 그래도 설레는 듯하는 가슴은 나도 모르는 사이에 미련으로 하여금 큰 자리를 빌려 준 탓인가 보다. 이럴 때 주인도 내가 머지않아 떠나갈 사람이라는 것을 알

왔던지, 그렇지가 않으면 빈 방이 없었던 탓인지 그것은 내가 알 바 아니지만 어쨌든 조선서 처음 들어왔다는 이제 나이 스무 살이나 되었을까 말았을까 하는 사람을 내 방으로 안내했다. 조선서 왔다는 생각에서 그 사람에게 호기심을 가진다면 나의 연상을 늘이어 명희의 냄새를 맡아 보려는 부질없는 생각이 안 나리라 보증할 수도 없는 일이기 때문에 아예 입을 다물려 했으나 내가 이역 사람이라는 점에서 그의 말을 듣지 않을 수 없었다.

중학을 학비 때문에 못 마치고 부모도 모르게 도망질하여 돈을 좀 벌어 보겠다는 욕심이 그가 만주에 온 목적이라고 해서 그런지 휘뚱구는 새까만 눈동자라든가 나불나불하며 잠시나마 가만두지 못하는 입술이 돈에 대한 흥미를 무척 가졌다는 것을 말해 주었다.

나와는 정반대의 인간이라는 것을 느끼면서도 말씨가 서울 말씨라는 것을 안 뒤

"고향이 어디십니까?"

하고 물은 내 마음은 나를 떠난 명희가 서울로 가있음을 알기 때문이었으리라.

"서울입니다. 손님의 고향은 어디십니까?"

내 말에 대답해 준 보수로 다시 내게 물어 볼 권리가 있는 듯 그 사람이 내 얼굴을 쳐다보았으나 내 입으로 서울이라는 말을 꺼내고 싶지 않은 괴롭고 징그러운 마음과 또 내가 서울 사는 사람이 아니라는 안도의 생각에서

"평양입니다."

라는 말을 가볍게 해버리었다. 그가 서울에 있었다고 해서 명희 소식을 알리어 주리라는 공포에서가 아니라 그의 입으로 서울이라는 말을 하게 하고 싶어한 나의 마음이 미워졌기 때문에 나는 그 뒤로부터 입을 딱 다물어 버렸다. 미운 것을 생각하는 것을 또 미워하는 마음—이것은 어느 것이 나중인지 알 수 없는 데서 나의 울분이 또 떠오른다.

밥값과 내 돈이 꼭 맞아 떨어지기 전날까지 통성명을 하지 않았기 때문에 이름도 모를 그 사내는 밤낮 거리로 나가서 일할 자리를 구하기에 초조하여 밥맛까지 잃고 덤비더니 내가 떠나려는 날 아침에는 나보다 일찌감치 어디로 사라졌다. 나에게 어디로 가게 됐다는 말을 하고 헤어지는 인사를 아니했으되 어디를 가나 돈 벌 수 있는 사람이라는 첫인상 때문인지는 몰라도 어디로 갔을까 하는 생각마저 가지게 되지 않아 아무 생각 없이 나의 출발

을 혼자서 준비하고 있을 때 여관주인이 문을 벌컥 열고 첫눈에도 노기가 등등한 얼굴을 보이며 들어왔다.

"같이 있던 사람이 어디 갔소?"

"내가 어찌 알겠소!"

"건방진 소릴 말어! 한 방에 있던 사람이 어디 갔는지도 몰라?"

"내가 그와 같이 온 사람이 되어 알겠소. 그의 친구가 되어 알겠소? 돈벌이가 생기어 갔으리라 생각하나 당신은 간 곳까지 알아야 할 것은 또 뭐요?"

"이놈 얼굴에 철판을 씌운 모양이지. 밥값 안 낸 놈을 슬쩍 빼놓고도 그런 뻔뻔한 수작을 해? 너도 오늘 나간다고 하드니 돈을 내놔… 돈 없는 놈들의 공몬 줄 모를 줄 알고….”

나는 터무니가 없었다. 밥값을 밀려 보지 않다가 나가는 날에 이런 대접을 받아야 하나 하는 생각을 하니 울화가 치밀어올라 여관 주인을 공격해 주고 싶었다. 그러려면 우선 밥값을 털어 주어야겠기 때문에 지갑 넣은 주머니에 손을 넣어 보았으나 어제 저녁까지 분명히 있던 그 지갑이 없어졌다. 내가 고개를 한번 외로 틀어 보고 미심하다는 듯이 외투 주머니까지 뒤져 볼 때 난데없는 주먹이 따귀에 소리를 내며 불을 일으키었다. 변명이 효과를 낼 때가 아니므로 때린다는 가장 더러운 수단을 옳다고 생각한 그 사람에게 아무런 대항도 하지 않으려니 그의 행동이 점점 난폭해짐과 동시에 나의 머리는 거슬러 올라 나의 힘이 그에게 지지 않으리라는 것을 보여 주고 싶었다. 그러니 나의 위치가 불리한 데 놓여 있다는 것을 생각할 때 내가 다시 사람과 더불어 관련을 맺은 보수를 받아야 하는 장면이로구나 하는 회한과 자각 속에서 따귀의 감각을 느껴 보고 싶은 충동이 일어나 그의 손길이 감각의 질서를 주리만큼 조금 늘이어 주기를 바랬다.

이렇게 생각을 해서 그런지 따귀에 큰소리가 나도 그리 아프다는 생각과 그가 나를 경멸한다는 마음이 들지 않았으며 도리어 그의 분노를 내게 주는 응징이 이것뿐인가 하는 일종의 조롱 비슷한 감정이 들어 내게로 향해 쏜살같이 내려오는 그의 손목을 잡고 조금 불그스름해진 손바닥을 보았다. 나를 아프게 하기 위한 행동이라면 때리는 사람은 조금의 고통도 느끼지 않아야 완전한 괴로움을 내게 주는 것이 될 터이나 도끼질을 종일 한 것같이 충혈된 손바닥은 나에게 미소를 주었으며 독기가 등등한 그 사람의 얼굴은 도리어 울고 싶어하는 사람같이 보여 측은한 마음을 일으키었다.

"두 놈의 밥값을 전부 내기 전에 한 걸음이나 나가나 보자…"

말소리에까지 자기의 노기와 위엄을 보이려고 덤비며 나가 버렸으나 내가 이만한 것으로 그 사람의 일시적 분노를 풀어 주었으며 또 내가 잘못한 것이 있어 그것을 이만한 정도로 풀어 놓을 수 있었던가 하는 생각을 하니 무엇을 잃어 버린 듯한 어설픈 마음이 들었다.

다시 돌이켜 혼자 생각을 하니 나에게는 잘못이 없다. 내가 한 방에 있던 사람들을 주인 모르게 내보낸 것도 아니며 나만 하더라고 자기네 밥값을 주기 위하여 곱게 준비해 두었던 돈을 어제 저녁까지도 가지고 있었으며 설사 지금 가지고 있지는 못하나 악으로 써버린 것도 아님에도 불구하고 그의 복수가 크든 작든 간에 나는 경멸과 학대를 받은 것이 사실이다. 한 방에 있던 사람을 경계 못한 것은 내가 그 이상 더 괴로움을 받아야 할 나의 잘못이지만 내가 떤 의미로 어관 주인에게 학대를 받았다는 것은 아무리 생각해도 터무니가 없는 일이다. 내가 줄 수 있는 정도 안에서 주인에게 괴로움을 완전히 주지 않고는 견딜 수가 없을 것 같았다.

내가 하얼빈을 떠나 북안진이라는 작은 고을에 도착되기는 그 뒤 약 20일이나 지난 다음이었지만 그곳 어떤 커잔[여관]에 들르려 할 때 문득 하얼빈 경성여관이 생각되어 발걸음을 돌리고 뛰어나오고 말았다.

두 사람이 같은 날에 도망을 쳤다는 점으로 그들의 의심을 확실케 해주고야 말았다는 불쾌가 이제야 일어났다는 것은 그새 한번도 영업적인 여관에 들어 보지 못한 때문이었을는지도 모르나 잘 자기 위하여 여관을 찾는 나의 주머니에 돈이라고 10전밖에 없어 이번에야말로 내가 도망질하여야 할 때가 아닌가 하는 생각이 안 생길 수 없었기 때문이었을 게다.

20일 동안 여관도 없는 곳을 두루 다녔을 뿐 아니라 잠잘 때마다 이부자리를 덮어 보지 못했다. 밥을 얻어 먹고는 밥값으로 3전씩을 주어 도리어 고맙다는 말을 들었으며 잘 재워 준 집에는 1전씩을 줌으로 내 얼굴을 다시 쳐다보게 하여 쓸데없는 돈을 쓰는 사람이라는 생각을 하게 하였으니 고생이라고는 할 수 있으나 구걸을 하거나 창피한 꼴을 보여 주지는 아니하였으므로 내 자신에 대한 불평을 느껴 볼 겨를이 없었다. 어떻게 해서든지 사진을 찍어 밥값과 잠값을 빚지지 않겠다는 노력이 컸다는 것과 고량죽과 외양

간의 수면으로 나의 육체를 지탱해 나갈 수가 넉넉히 있다는 생각은 그 생
활이 파괴되거나 중도에 중단되지 않는 한 정신의 고통을 느끼지 않게 했을
것이다. 그러나 천 리 길이나 걸은 뒤 생각조차 못 해본 곳에 이르러 여관
아니고는 잠잘 수가 없는 곳이란 생각을 하게 되니 완전히 잊었으리라고 믿
었던 사바의 기억이 일어나 도적맞은 2, 3원의 돈까지 나에게 미련을 준다.
남을 의지한다는 마음보다는 조금 귀여운 점이 있을지 모르나 도적질을 하
고 금시 피신을 하는 비겁한 행동을 하는 사람의 심리는 아무래도 타기해야
할 것이다. 그 돈을 잃지 않았다고 해도 아직 내 주머니 속에 있어 이 추운
날 밤의 안식을 줄 미끼가 될 수 없을 것은 확실하나 당장에 춥고 떨리는
감각은 속일 수가 없었다. 제일 하등 커잔에 가면 10전이라도 하루 밤을 지
낼 수 있다고 하니 다음날에 돌아다니며 사진을 찍을 셈치고 우선 여관을
잡아야 하겠는데 원체 작은 곳이라 등수를 매길 만큼 별다른 여관도 없으며
그 수도 또한 적으므로 커웬잔[客運機]이란 글자를 좁다란 나무판에 써서 벽
에 붙인 집을 찾아갔다.
  주인이 말하는 숙박료와 내 주머니에 든 10전의 돈과 꼭 들어맞을 때 나
는 가벼운 한숨을 쉬고 내 방이라는 곳으로 들어가 두 끼의 밥을 먹지 못하
여 비명을 일으키는 위의 하소는 둘째로 온몸에 휴식을 주기 위하여 쓰러져
누웠으나 방바닥은 얼음 속의 돌같이 선뜻하며 싸늘한 바람은 벌거벗은 몸
처럼 나의 살을 떨게 했다. 불을 좀 때달라고 큰소리를 했더니 주인은 밖에
서 땠다는지 못 때겠다는 소린지 잘 들리지 않게 웅얼거리므로 나는 문을
열어 젖힌 다음 불을 때고 이부자리를 내라 야단하는 수밖에 없었다. 얼마
동안 배운 나의 만주어가 이렇게 흥분했을 때까지 의사를 소통시킬 만큼 능
란하지 못할 것이며 타이른다기보다 말해 버리려는 듯이 주워 섬기는 주인
의 말을 알아들을 수도 없어 나는 나대로 불 때라는 말과 이부자리 달라는
말만을 대여섯 번 이상으로 연거푸 했다.
  두 사람의 대화가 듣기에 민망했던지 이때 어떤 젊은 여자 한 사람이 나
와서 통역을 해주었다. 아무리 불을 때도 그 방은 그리 덥지가 않으며 이부
자리는 손님에게 주는 법이 없다고 주인의 말을 그 여자가 조선말로 내 귀
에 들려 줄 때 돈을 받고 그런 법이 어디 있느냐 만약 그렇다면 딴 방으로
안내하라고 나도 조선말로 주인을 보면서 그 여자에게 통역을 청했다. 그 여
자는 어느 편에도 기울어지지 않게 말을 잘해 주었으나 싫으면 딴 데로 가

라고 하는 주인의 말이 나온 뒤 어디를 가야 거의 마찬가지니 하루 밤을 고생하시고 감이 어떻겠느냐고 몹시 나를 동정하듯 나를 유심히 바라보며 말했다.

"할 수 없지!"

하고 나는 문을 닫은 다음 방에 누워 잠이나 자려고 했다. 돈 주고 자는 잠이라고 해서 그런지 밥을 몇 끼 못 먹은 허기 때문인지 목도리를 끌러 머리를 싸맨 다음 외투를 벗어 온몸을 감고 다시 잠을 청했을 때 어느새 눈이 감기어지고 말았다. 아침에 눈을 떴을 때 얼굴까지 감았던 목도리가 허옇게 언 것을 보니 분명 잠은 들었던 모양이나 깨고 난 뒤의 추위는 더욱 심한 듯했다. 흔한 콩국이라도 몸을 녹이고 싶었으나 주머니에 든 돈은 숙박료를 주어야 할 것이므로 일찌감치 단념을 한 뒤 사진틀을 메고 여관을 나섰다.

아침부터 저녁까지 종일을 돌아다니며 자그마한 상점과 웬만한 사사집을 샅샅이 뒤지었으나 사진을 찍어 주는 이는 하나도 없었으며 도리어 낯선 집개를 보듯 이상한 눈치로 돌려 보냈다. 오륙백 호 이상이 들어 있는 곳이나 말하자면 소도시라 외지에서 들어온 낯선 사람을 몹시 경계하는 모양이었다. 좌우간 저녁 때가 되었으니 다시 잠잘 곳을 정해야 하겠는데 빈 주머니로 재워 달라는 말을 할 면목이 서지 않아 거리에서 망설였으나 농촌과 달라 외양간도 없을 것이며 있다 해도 나를 재워 줄 사람이 없을 터라 일찍부터 발길을 돌려야 할 나 자신을 후회하면서도 다시 어제 밤 잔 곳으로 걷고 있었다. 하루 밤의 낯도 익고 또 사정을 말한 뒤 사진을 찍어 달랠 수도 있을 듯한 마음에 그 방이라도 다시 빌려 달라고 했으나 벌써 내 속을 알았던지 주인은 돌같이 차게 거절해 버리며 두말을 못 하게 했다. 태양과 지구는 어째서 한 곳에 머물러 있지를 못 하고 빙빙 돌며 밤이란 어두운 시간을 주는 것인가.

얼마 살지를 못 한다고 탄식을 하면서도 밤이 되기만 하면 방 속에서 잠을 자야 한다는 게으른 습관을 사람은 어째서 본능처럼 만들어 놓은 것일까! 만들어진 세상에서 호흡하고 거기서 적당하며 평탄한 호흡을 할 수 있다는 것이 또한 진리로 되어 있는 것이며 수만 년 동안 습관으로 되어 온 것을 잠잘 곳 없는 내 입으로 중얼거린대야 나의 무능을 말하는 것뿐 아무것도 아닐 게다.

나는 거리에 나와 딴 커잔을 찾아갔으나 재워 달라는 말보다도 사진 한 장을 찍으라는 권유를 먼저 시작했으며 "부요.[싫다.]" 한마디로 거절을 할 때도 사진 앨범을 꺼내어 서투른 말로 웃어 가며 설명함으로 호기심을 사려 했다. 이래도 찍을 마음이 없느냐고 내가 반문을 했으며 "부요."하고 찍고 싶은 마음은 있는데 하는 눈치도 안 보이고 거절할 때

"여기 오셨을 줄 짐작은 했지요!"하는 부드러운 소리가 뒤에서 들렸다. 커웬잔에서 전날 밤 통역을 해준 여자가 이상한 눈치를 보이며

"돈이 없으면 누가 재워 주나요?"하고 나를 조롱하는지 내 대답을 기다리는지 내 얼굴을 빤히 쳐다보고 있었다. 남의 곤궁을 비웃고 남의 괴로움을 고소하게 보기 위하여 세상을 살아 가는 사람도 있구나 하는 생각이 문득 들자 무엇 때문인지는 몰라도 그 여자가 매춘부같이 보이어 남용의 대답을 꺼리었다.

"추운데 어디로 가세요?"

나의 뒤를 따라오며 극히 동정하는 듯한 말씨로 물을 때 나는 멈칫 서서 그의 얼굴을 바라보았다. 나의 행동에 간섭을 하고 나를 동정해 준다는 월권을 나의 승낙도 없이 가진다는 것이 미워 그를 노려볼 때 나의 마음은 확실히 그 여자의 몸에 매질을 하고 있었으며 다시 발걸음을 움직일 때의 가벼운 마음은 그를 책하였다는 안심에서 온 것일 게다.

그 뒤로 몇 마딘가 자기 방으로 가도 괜찮다는 말을 따라오며 했으나 나는 그 말에 아무런 감각도 느끼지 않고 한참 걸었다. 그 여자가 없어졌다는 생각과 어디서 자나 하는 생각이 일시에 들 때는 내가 북안진의 한끝까지 갔을 때이므로 잠자기 위해서는 다시 시내를 돌아쳐 가야 했다. 배도 고프다는 정도가 지나 무감각 상태에 있는지 배를 만져 보아도 텅 비어 있는 것 같지는 않으나 조금 전에 자기 방에는 쌀도 있으니 밥을 좀 먹고 자라고 하던 그 여자의 말이 머리에 떠오를 때는 내가 무엇 때문에 내 육체를 학대해야 하나 하는 생각이 들어 나의 위가 마치 내 육체에서 떨어진 물체처럼 측은하게 여겨졌다.

나는 커웬잔으로 가서 그 여자의 방을 두드리기로 하고야 말았다. 내가 남에게 동정을 받는다는 것은 나의 생리가 허락치 않는 것이나 내가 무엇을 주고 그 대가로 무엇을 또한 받는다면 그는 주고받는 상업적 보수 관계 이외에 딴 부채를 질 것이 없다. 만약에 내가 그 여자의 말을 고맙게 생각하여 그를 따라가서 하루 밤과 몇 끼의 밥을 신세진다면 그는 신세로써 나의 머

리에 언제나 새겨 두어야 하며 그것을 잊어 버려서는 안 될 의무가 있는 것이나 이제 내 발로 손님을 찾아가는 데는 그런 힘든 문제를 제거한 뒤라고 할 수 있다.

"사진 한 장 찍지 않으시겠습니까?"

나는 문 밖에서 이런 청탁을 하고

"찍지요."

하는 대답이 있은 뒤에 그 방 안으로 들어가 앨범을 꺼냈다.

"이것은 1원 50전, 이것은 2원인데 이왕이면 좀 크게 나오는 것으로 하시오."

그 여자는 앨범을 보는 듯 마는 듯 내 말도 듣는 듯 마는 듯 고개를 끄덕이었으나

"내일 아침 사진을 찍어 드릴 테니 우선 50전만 주십시오."

하고 손을 내밀 때 그 여자는 호호하고 가는 웃음을 웃었다.

"배가 고프시지요?"

"네, 조금 고픕니다."

그 여자는 돈을 주는 대신 나를 끌고 작은 요리집으로 가서 요리를 시키었으나 나는 내일 사진값을 받으므로 갚아 주리라는 생각에 마음껏 요리를 먹었다.

커잔으로 다시 돌아와서 딴 방을 내라고 주인에게 말하려 할 때 이불도 없이 추운 방에서 자느니 불도 잘 땐 자기 방에서 자는 것이 어떠냐고 내 얼굴을 보았다. 단발을 하고 양장을 한 젊은 여인이었다. 내 마음이 그 말을 승낙할 리 없었다.

"알지도 못하는 사내를 내 방에서 자라고 할 때 이상히 들으실는지도 모르겠습니다마는 이 먼 이국에까지 온 사내나 여자가 굳은 마음 없이 떠날 리도 없을 것이며 따라서 그러한 사람이 곤궁하고 추울 때 방을 내주는 것도 딴 마음이 있을 게 아닐 터이니 안심하고 주무십시오."

하는 말에 그만한 마음까지 가졌다면 나를 유혹하거나 내가 유혹당할 리도 없을 것 같아 손을 떼고 싶지 않으리만큼 따스한 방바닥에 그냥 늘어 붙었다. 한편 옆에는 축음기가 있고 이부자리도 깨끗하게 또는 곱게 개어 있는 것과 드레스가 걸린 흰 벽을 이상한 눈으로 둘러보았으나 이왕 이렇게 된 셈이니 그 여자의 신분을 생각해 볼 필요도 없으며 또 알고 싶은 호기심이

있다면 그것은 벌써 내가 유혹을 당하고 있다는 것이라 생각하여 눈을 감으려 했다. 위 확장이나 안 되나 하는 근심을 하리만큼 배가 부르고 숨이 가쁘다가는 심장이 약한 사람이 뜨거운 목욕탕에 들어갔다 나온 것처럼 온몸이 노곤하여질 때 포근한 잠에 들고 싶었으나 방 주인인 그 여자는 나를 사로잡은 다음 그대로 내버려 두기가 아까운지 말을 건네기 시작했다.

"고향이 어디십니까?"

"글쎄요!"

"그런 것은 잊어 버리려고 합니다."

"여기 오면 돈벌이가 될 줄 알고…."

"그저 살고 싶어서라고 해두시오."

나에게 가장 흥미없는 말뿐이었다.

"그래도 남자들은 좋을 겝니다."

그 여자는 무엇을 손에 쥐고 정신이 어디 있는지 알 수 없게 그것을 만지면서 이야기를 꺼냈으나 자기 사정을 하소연하려는 것이 목적인 모양이었다.

"나는 돌아도 오지 않을 남편을 기다리고 있답니다. 민적에도 없는 저를 남겨 두고 나가 버렸으니 두 번 다시 돌아올 사내의 마음이 아니겠지요. 그래도 저금해 두고 간 몇백 원을 가지고 그 돈이 없어지기 전에야 돌아오려니 하고 기다리고 있으니 나 같은 바보가 또 어디 있겠습니까!"

말을 그친 뒤 가벼운 한숨을 내쉬었다는 것은 나에게 준 반영을 엿보기 위한 때문이었으리라.

"뻔히 안 올 기대를 품고 청춘을 홀로 보내니 불행하기 짝이 없지요!"

"기대를 가질 바에야 오려니 하는 기대를 가져 보구려!"

"그렇게 해보려고 해도 안 되니 고통이지요."

"기대를 가지고야 살 수 있는 사람이라면 자기를 속여 가면서라도 그것을 붙들어야지요!"

그 여자는 눈물을 흘리었다. 자기의 괴로움을 나라는 사내에게 전염시키어 고통을 분할시켜 보겠다는 노력이 눈앞에 보이므로 나는 적이 불쾌를 느끼었으며 따라서 여자의 눈물이라는 데에 명희를 연상케 하여 그 방에 들어온 것을 후회하게 되었다. 명희도 자기가 외로울 때는 눈물을 흘리었다. 남편이라는 내가 생활에 대한 의혹을 가지고 한 사내가 한 여자에게 행복을 주고 환심을 얻기 위하여 자기를 없이하고 지내는 것을 회의하기 위하여 시작할 때 명희는 외로워했다. 그때 명희는 눈물을 흘리었다. 그때 나는 명희 없이 살 수가 없고 명희가 즉 나라는 생각을 가져 모든 것을 잊을 수 있는 행복감을 영원히 붙들려고 했다. 그 뒤 꺼져 가는 화로불을 보듯 생활의 권태를 점점 느낀 때 나는 명희를 내 옆에서 떠나 주지만 않게 있는 힘을 다하여 노력했으며 설마 하는 털끝같이 가느다란 기대에 목을 걸고 있었다. 이제 내가 새로 만난 여자의 말이 진정이라고 한다면 나는 나의 비극의 과정이 그 여자보다 앞섰다는 생각밖에 들지 않았으나 그 여자 역시 명희처럼 목숨을 딴 사내에게 걸거나 육체와 정신을 어떤 사내에게서 뺏어 먹음이 없이는 못 살 사람이라는 것을 느낄 때 내 마음은 냉정해졌으며 행복을 만들기 위하여 괴로움의 채바퀴에서 떠나려고 하지 않는 세상 사람을 내가 아랑곳할 바 없다는 냉정한 생각이 머리에 떠올랐다. 내 옆에 있는 사람을 보고 그의 불행을 들으면서도 냉정할 수 있다는 것은 그 사람을 위한다느니보다 나를 위하여 관대한 것이 아닐 수 없다.

"나이 스물밖에 못 되어 벌써 이런 고통을 맛볼 줄이야 누가 알았어요!"

"너무 일찍부터 행복을 찾으려 했구려!"

그 여자는 자기의 감정을 될 수 있는 대로 길게 끌어 볼 심산인 듯했으나 무표정한 나의 대답은 지나가는 바람결에 불려 보내듯 그의 호흡과 조금도 맞지 않았다. 폭신거리는 솜이불 속에 잠기어 오는 잠을 깃들이게 하는 것이 나의 소원의 전부였으나 그 여자는 불복인지 무슨 소리를 중얼거리고 있었다.

"내일 어디로 가실 작정입니까?"

얼마 동안 혼자 말하는 이야기를 꿈결같이 들으며 눈을 감고 있었으나 자기를 보아 달라는 듯이 목청을 돋우어 갈 길을 물을 때 나는 눈을 뜨고

"글쎄, 아무데로나 가지요!"

라는 대답을 하려 했으나 입을 아주 벌리기도 전에 눈을 감아 버리었다. 명희를 떠난 뒤에 이제까지 보지 못한 젊은 여자의 육체—시미즈까지 벗어 한 편에 던지려는 살결의 산 색채, 냉혈의 어류가 아니라 체온과 체취를 능히 맛볼 수 있는 풍부한 살결이 내 눈에 들어와 온몸의 피를 마라톤 식 경주를 하게 했으며 붉은 피의 색채를 일층 더 검게 만들어 주는 듯했다.

"불을 끌까요?"

석유등잔이 내 머리에 가깝게 놓여 있기 때문에 그 여자의 말을 주인의

명령이라 생각하고 머리를 쳐들어 입김을 불려 할 때 '아이구머니나!'하며 이 때까지 내놓았던 몸을 이불로 가리려는 여자의 포우즈가 다시 눈 속으로 들어와 입김도 불지 못한 채 얼굴을 이불 속으로 감추었다.

"제가 끌가요?"

나는 어찌하여야 좋을지 몰랐다. 불을 끈다면 아무것도 잊어 버려야 하는 컴컴한 세상을 만드는 것이고 불을 켠 대로 둔다면 나도 모르는 새에 눈을 뜨게 하여 몸을 떨리라. 식물성인 나와 동물성인 내가 한 오거니즘 속에서 싸우고 있는 이 전쟁을 조정해 줄 사람이 없는가? 나는 아직까지 철학을 공부하지 못했으나 이런 경우에 내가 하소를 하고 구원을 청구한다면 서로 입을 벌리고 나를 괴롭힐 철학자가 얼마든지 있을 게다. 그러나 그들이 들려 주는 말이란 한 입에서 나오는 것같이 권위를 갖거나 통제의 힘을 가지지 못 하였을 터이니 나는 내 현실에서 내 손으로 해결하는 수밖에 없다. 내 생활을 체험하지 못한 사람에게 무엇을 의뢰한다는 것부터가 얼마나 어리석은 짓이냐!

"불을 켜고 자지요."

켜진 불을 끄기는 쉬워도 꺼진 불을 다시 켜기는 힘들 것 같아 우선 켜진 대로 내버려 두게 했다. 여자는 방긋 웃는다. 두 뼘도 못 될 거리를 두고 딴 자리에 누웠을망정 좁다란 방에서 같이 숨을 쉬고 있는 그 여자와 나와의 간격을 먼저 생각해야 했다. 아직까지도 이름조차 모르는 나를 한 방에 눕혀 놓았고 이런 일을 만들기 위하여 나의 발걸음을 뒤따라까지 왔던 그 여자는 아무래도 몸을 벗기고 웃음을 웃어 보여야 할 본능적인 욕망을 가지고 있나 보다. 나는 이 이상 딴 의미로 그 여자를 평가하고 싶지는 않다.

이렇게 단정할 수 있으리만큼 내 마음의 평형이 잡히었다는 것은 나에게 유리할 뿐 아니라 다음 나의 위치를 생각해 내기에도 편리했다. 나는 과거의 기억을 잊어 버리려고 하는 동시에 새로운 기억을 만들지 않으려 한다. 이나 벼룩 같은 기억을 길러 내어 그놈에게 고생을 당하여 나의 마음을 사로잡히고 싶지 않을 뿐만 아니라 애정을 느끼지도 않으며 앞으로 가질 생각도 없이 육체적 행동을 감행하기가 싫었다. 더욱이 능동적인 여자에게 피동적인 내가 이러한 계기로 그의 뒤를 줄줄 끌리게 되는 경우가 없으란 법도 없지 않을 것이며 몸도 움직이지 못하고 그 여자의 감시 밑에 살아갈 것이 무섭게 생각되지 아니할 수 없다. 나는 불을 끄지 않기로 해버렸다. 만약 내가 능동적으로 나가지만 않았다면 상대자가 여자인 만큼 환한 불빛 아래에서 차마 나를 건드리지 못하려니 하는 마음에서다. 이런 생각을 하다가 혹시 잠이나 들지 않았나 하는 마음이 갑자기 들어 그 여자의 편을 흘겨 보니 조금도 나에게서 눈을 떼지 않았던 것처럼 깜짝 아니하는 눈살을 잔잔한 물결 이상으로 가볍게 움직이었다. 또 웃는 얼굴이었다.

"여기는 기름값이 비싼데요!"

무슨 말을 하건 웃지만 말아 줬으면 좋으련만… 꺼버리고 말까 하고 나의 손이 등잔을 향해 움직이려 할 때 온몸은 다시 싸늘해져 왔다. 피가 한참 올라 얼굴을 뜨겁게 하다가는 다시 아래로 내려가 잔잔해지는 것이 마치 조수물 같다. 이 날 밤은 성급한 바다처럼 조수물을 수십 번 오르내리게 했다. 명희가 없었고 남녀의 관계라는 것이 무엇인지를 알지 못했으며 또 거기서 쓴맛까지 맛보지 못했다면 이 날 밤이 그렇게도 괴롭지는 않았으리라. 명희의 이름을 끄집어 내어 이런 때까지 원망하려는 본의가 조금도 없었으나 내가 사람을 두려워하고 경계하려는 노력이 또한 명희라는 여자에게서부터 생겨 났으니 내가 죽을 때까지 이러한 마음을 근절시킬 수는 없을 것이다. 그가 지금 어떤 사내와 어떠한 생활을 하든 간에 내가 이러한 굴레를 벗어날 수 없어야 하는 것이 또한 나에게 대한 명희의 빚이니까.

그 날 밤에 대한 것은 이만 적고 말려 한다. 알지도 못하는 예수나 보살들의 이름을 몇 번씩이나 거듭 외며 동물성인 나를 돌과 같이 광물성인 마음으로 억누르기에 한밤을 꼴딱 새우고 난 다음 창이 훤했을 때야 편히 잠든 그 여자를 겨우 보았다. 눈과 입을 꼭 다물고 숨만 쉬는 그 여자는 다시

"나는 당신에게 맡긴 몸이니 무슨 말이 있겠습니까?"

하고 마음놓은 채 잠든 것으로만 보이어 내 자신이 귀신인가 사람인가 하는 의심을 가지게 되었다.

"일어나, 고약한 년."

고약한 년이란 나만이 들을 수 있을 만큼 가늘었으나 내가 이 이상 한 여자로 말미암아 속을 쓸 기력이 없다는 비명임에 틀림없으리만큼 악을 지른 뒤 잘 깨지 않는 그 여자의 몸을 발로 흔들었다. 냄새로 판단하는 사냥개같이 자기 몸에 아무 변화가 없음을 이상하게 생각하는 그 여자의 눈초리가 조소로 보이든 경멸로 보이든 옷만 속히 입어 주면 그뿐이었다.

사진을 찍고 이불 속에서 현상까지 해준 뒤 사진값 2원을 받아 밥값 60전

(저녁과 아침 두 끼와 잠값 10전)을 준 뒤 나는 도망치듯 북안진을 떠났다. 밥값과 방값이 그 이상의 가격을 칠 수 있을 것이나 내가 고가의 돈을 주고 호화로운 하루를 보내기 위함이 아니었다는 생각에서 그것마저 안 받겠다는 것을 커잔 주인에게 던져 버리고 나온 것이다. 당신같이 냉정한 사람이 어디 있느냐, 떠날 때에는 노상 슬픔의 눈물까지 흘리던 그 여자의 말이 한 10일 동안 시골길을 걷는 새 전부 잊어 버릴 지경이 됐다. 이국에서나 볼 수 있는 여자라 몹시 경멸해 버리고 싶기도 하나 길가에서 둥근 돌을 만져 보고 지나 버리듯 마음에 걸려 둘 필요도 없는 여자에게 그런 악의를 품는 것이 도리어 내게 짓궂어 가기만 하는 것 같아 정처없는 길을 걸을 뿐이었다.

　사진이란 것이 어떤 것인 줄도 모르는 만주 농민들에게 앨범을 보여 주고 당신의 얼굴도 사진만 찍으면 그대로 종이 위에 나타난다고 설명해 주면 고개를 외로 틀었다 바로 틀었다 하며 나를 요술쟁이처럼 생각하다가 값이 1원 이상이란 말을 해줄 때 그들은 또한 마술쟁이처럼 무서워하며 도망질치니 이따금씩 이민 부락에서 몇 장을 찍는다 해도 값을 값대로 못 받을 뿐 아니라 그 싼 밥마저 마음대로 사먹을 수가 없을 지경이라는 데서 시골도 싫증이 났다. 생활의 고행을 각오했으며 풍부한 생활이 주는 시간적 여유를 도리어 기피하여 나의 여생을 빈틈없이 생활에만 바치리라고 했으나 한 개 3전이라는 고량죽도 끼니로 먹지 못할 때 나의 육체는 줄어들어가는 듯 또한 괴로움을 준다. 어머니 배 속에서 나와 명희를 떠날 때까지 배고픈 경지를 당해 보지 못하고 살아 왔다는 영향이 만주 벌판에 서있는 내 배 속에 미친 바 있음인지 원체 사회라는 것을 인정하여 나와의 관계를 연결시켜 생각해 보려는 뜻도 안 가지었으나 의지할래야 의지할 건덕지도 없다는 것이 지구 위라는 생각을 더욱 갖게 한다. 그러나 북안진에서 만났던 여자를 조금도 건드리지 않았다는 쾌감을 느낄 때 내 생명이 편하기는 했다. 이삼 일을 더 걸었다. 하루만 더 가면 사진 찍을 사람이 많을 것이란 말을 듣고 그 말이 얼마큼 자신있게 들리어지는 것인가 적이 의심을 하면서도 많은 대신 적게나마 있어 주기를 바라며 얼마 동안을 걷고 있노라니 멀리 커다란 집과 작지 아니한 도시의 윤곽이 눈앞에 보이고 코로 맡았는지 귀로 들었는지 도회의 냄새가 머리 속에 스며들었다. 그 도시의 이름을 묻기 전에 사람이 왁작거리는 지옥이 싫어졌으며 그 풍경을 보기 전에 미끼를 기다리는 거미줄이 무서워졌다. 갈까 말까 하는 망설이는 마음이 다시 생기지 않을 수 없을 때 일평생을 무엇에 끌리어 살아야만 하는 인간이 불쌍해져 오던 길을 그대로 걸었다. 망설이고 망설이다 죽음까지 망설이면서도 제 손으로 살아 왔다는 게 부끄러운 일이 아닐까! 당장 돈이 필요한 나에게 도회지를 가릴 필요가 없으며 당장 명희와 나와의 역사를 도회지에서 만들었다 하나 보다 더 환락경이요 말초신경이 발달된 하얼빈에서도 이렇다 할 터무니를 남기지 않았으니 만주국에서도 중심지를 떠나 국경 한 모퉁이에 있는 이 작은 도시에 겁을 먹어 스스로를 어리석게 할 필요가 없다. 무엇 때문에 무서워하는가… 무서워한다는 것은 자기를 너무나 믿지 못한다는 것일 것이며 상대방을 너무 고가로 평가할 것밖에 없을 게다.

진남포만큼 큰 도회지를 해륜이라고 하며 심경의 변화가 어떻게 되었든지 간에 내가 취직된 곳은 '흑목 사진관'이라는 곳이다. 작지 않은 곳이며 사람들이 제 할 노릇을 다해 가며 사는 곳이다. 사진쯤 찍을 사람이 없지는 않은 곳이나 나보다 먼저 돈벌이에 눈을 뜬 사람들이 거리로 헤매는 나를 비웃을 지경이니 그야말로 룸펜처럼 빙빙 돌아다니기가 싫으며 따라서 추운 겨울날 시골의 경험을 한때만이라도 면해 볼 생각에 월급 25원을 불평 없이 받게 되었다. 내가 월급 자리로 들어 설 때 월급의 적고 많음보다도 혹시 일이나 없어 빈둥빈둥 놀며 마음의 여유를 주지나 않을까 하는 걱정이 컸으나 흔적거릴 만큼 손을 놀릴 수 없음에 도리어 몸이 가뜬해짐을 느꼈었다. 아무리 정신을 육체보다도 고가로 평가하고 정신의 활동이 있음으로 해서 동물과 구별된다고 하나 이 고생과 괴로움을 맛볼 기회와 충동을 일부러 줄 필요가 도대체 어디 있는지 나에게는 후생도 없다. 내가 죽으면 김상현이란 묘비를 세워 줄 사람도 없다. 행복을 찾을 수 없다 하나 구태여 불행을 찾을 필요는 어디 있는가.

나는 하숙하고 있는 집 식모 계집애가 이제 열여덟 났을까 말았을까 하는 나이에 혼자 앉아 한숨 쉬는 것을 보고 고것이 벌써부터 무엇을 깊이 생각하려는 버릇을 가지었으니 반드시 불행 속에서 살리라 하는 예감을 느끼어 "에익, 어린 것이…"하고 그의 등을 치며 가슴속에 있는 생각을 없이 하여 준 적도 있지마는 재미라는 것을 행복으로 알고 그것을 느끼려는 그의 생각이 재미없는 세상에서 벌써 배척당하고 이혼된 지 오래였다고 나는 본다. 어떤 날 저녁 밥상을 물려 놓고 혼자 앉아 있으려니 하숙집 하녀인 순자가 밥상을 가지러 들어와 말을 붙인다.

“사람은 무엇 때문에 사는가요?”

“내가 그것을 아니? 그것을 안다면 이런 곳에 오지 않았거나 벌써 죽었거나 했을 게다.”

“그래도 무슨 낙을 바라고 사는 것이 아닐까요!”

“글쎄, 네가 말하는 낙이란 결국 유쾌나 재미를 말하는 것일 터인데 낙이란 것은 어떤 자극으로 흥분된 상태에 느끼는 마음의 변동이 아니겠지… 그렇다면 벌써 낙이란 게 일시적 물건에 지나지 못하여 사람이란 순간적인 그것을 바라는 데서 더 큰 불행을 느끼지 않을 수 없게 되는 거야….”

순자는 나이가 어리었으나 러시아에서 출생되어 부모 없이 자라나 여기도 혼자 몸으로 와서 일을 하여 주고 있으니 여러 가지 고통과 쓰린 생각을 가졌을 게다. 내 눈으로는 이따금씩 보고 있으나 주인 부부에게 책망을 듣고 때로는 매까지 맞은 뒤 머리털은 노라나 검은 눈동자를 반짝이며 눈물 흘릴 때 나도 보지 않은 것만 같지 못해 눈을 딴 데로 돌리군 하였다.

이 날도 무슨 일이 있었던지 “나는 죽고 싶어요.”라는 말까지 했다.

“죽는다는 건 바보의 소리다. 네 나이 아직 어리니 그런 생각을 할는지 모르나 죽음이란 것은 너무나 무의미한 것이야. 무엇을 가지려 바득바득 애쓰다가 그것을 못 얻을 때 죽으려 하는 것인데 그렇게 요구되는 게 대체 무엇이냐? 나가서 일이나 해라.”

밥상을 들고 내 방에 들어올 때나 밥상을 가지고 내 방을 나갈 때에나 이러한 짧은 대화를 가질 수 있는 것인데 나와 순자는 꼭같이 남에게 매인 사람이라 휴식시간이나 담화의 시간을 한가롭게 가질 수도 없어 나는 손님, 그는 하녀 이러한 관계를 얼마 동안은 무난히 지키어 왔다. 키는 나이 이상으로 크다. 애티가 분명히 나고 손님 말이라 일부러 만들어서라도 나에게 불쾌감을 안 주려고 하나 나는 그의 얼굴에서 가냘픈 정경을 때때로 발견했다. 그러나 순자가 내 마음의 얼마를 점령하리만큼 나와의 거리가 그리 가까운 것이 아니었으며 또한 불쌍한 애라는 레테르를 붙여 건방진 동정심을 가지려 애를 쓰지 않는 나이기 때문에 기회 있을 때는 거짓 없는 말을 했으며 마음까지는 손님과 하녀라는 관계에서 한 걸음도 나아가지 않았던 것이다. 이렇게 말하자면 대범한 마음을 가진 채로 한겨울을 보냈다.

어떤 때 순자가 주인집 부부에게 매를 맞으며 우는 것을 보았고 두 사람이 힘을 합해 어린 순자를 사정없이 주물러 주는 광경을 목격도 했으나 주인과 하녀의 사이에 내가 들어 설 필요를 느끼지 못했으며 그러는 것이 쑥스러운 것 같아 못 본 체했다. 내 눈에도 그리 대수롭지 못한 일에 순자를 괴롭히는 주인을 볼 때 아무래도 한편이 약하다는 관념이 있어 그런지 주인을 나무라 주기도 했으나 그런 일이 지난 뒤 밥상을 들고 들어온 때에야
"어떻게든지 네 손으로 네 목숨을 살려 간다는 결심을 가져라."
하고 위로도 아니고 설교도 아닌 말을 해주었다. 만약에 다른 말을 해준다면 자기를 편들어 주는 사람이 있다는 것을 생각하고 마음을 약하게 먹음으로 자기를 망치지 않을까 하는 두려움도 없지 않았다.
그러다가 모래가 섞인 거센 바람이 불기는 하나 그렇게 날카롭지 않은 봄날이 왔을 때였다. 사진관에서도 드물게 일찍 돌아오던 나는 하숙집에 발을 들여 놓기 전에 찢어지는 듯한 녀인의 목소리를 듣고 얼핏 주인 여편네가 무슨 일을 저지르나 보다 하는 예감을 갖고 발을 움칫 뒤로 물리었으나 그렇다고 해서 안 들어간다는 이유를 발견하지 못하겠기에 그냥 내 방으로 들어갔다. 내가 들어온 것을 알았는지 몰랐는지 떠드는 소리는 그대로 요란했으며 떠드는 것만으로도 속이 시원치 않은지 나무를 두드리는 물체의 소리까지 났다.
일떠드는 소리로 순자가 또 무슨 일을 잘못했구나 하는 생각을 가졌으나 변변치 못한 인간일수록 코딱지 같은 권리에 애착을 가지고 그것을 과장하려는 데 구역질이 나서 나는 하등의 이해 관계가 없으면서도 순자를 못살게 구는 주인을 마음속으로 경멸하고 있었다. 그러나 나는 들려 오는 시끄러운 소리에 귀를 기울이려 하지 않았다. 듣고 나면 결국 나의 손해다. 사람이란 아무래도 편향성을 가지게 되므로 시시비비를 가리려 하여 시에 대한 긍정과 비에 대한 부정을 내릴 때 벌써 나에게는 어떤 부담이 생기는 것이니까….
정신을 딴 데 두기 위하여 그새 모은 사진을 한 장씩 들춰 보려 했으나 그래도 가슴을 울리는 듯한 소리에 생리적으로 오는 불쾌를 느끼어 순천공원으로 산보나 가리라 생각했다. 옷을 걸쳐 입고 송아지 같은 개들이 왔다갔다 하는 만주인 거리를 지나 공원에까지 와서 발길로 돌을 걷어 차며 거닐고 있으려니 순자가 외로운 곳에 혼자 남아 있는 듯한 생각이 들었다. 어린 애를 잡아다 놓고 뼈채 삼켜 버리려는 늑대처럼 집주인이 잔인한 동물로 보이기도 했다. 사람과 동물을 견주어 생각하고 또 순자를 동물과 타협하지 못

하는 인간으로 생각할 때 그가 이상하게도 고결해 보였다. 돌쳐 뛰어가 순자를 데리고 나올까 하는 생각까지 해보았으나 무심코 벤치에 앉아 운동장에서 놀고 있는 어린 애들을 바라볼 때 내 옆에 사람의 그림자가 서있음을 느꼈다. 옆에 서있는 사람이라고 해서 반드시 쳐다보아야 할 것도 없으련만 고개를 돌리자마자 앉으라는 말을 기다리는 듯한 순자를 발견할 때 놀라 일어난 나는 그를 껴안으려고 팔을 내밀었다. 이는 순전히 내 머리의 반사작용이라고 생각하나 멋없게 팔을 오므리고는 그를 벤치에 앉게 한 뒤 그의 노란 머리를 쓸어 만져 주고 상처 난 얼굴을 들여다보았다. 내가 공원에 도착한 지 5분도 못 된 사이에 순자가 이곳까지 왔다는 것은 나를 따라 그 집을 도망쳐 나온 것이리라 추측되었으며 푸른 점이 문둥병 환자를 연상시키는 얼굴이 징그럽게 보였으나 이런 때에는 경박한 말이 엄숙하고 비통한 공기를 비속화시킬까 두려워 아무 말도 꺼내지 못 했다. 그는 자기의 비분으로 마음의 틈이 바늘 들어갈 만큼도 없을 것이며 나 역시 묵직하고 또 설레는 가슴을 어찌할 수 없어 얼마 동안 두 사람 사이에는 침묵만이 흘렀다. 나 같은 동정을 동정이라고 말할 수는 없으리라고 생각한다. 반항 없는 개가 병들어 누워 있을 때 짓궂은 애들이 못살게 학대해 주는 것을 보고 개 편이 되어 어린 애들을 욕해 준다는 것은 생을 옹호하는 삶의 본능이며 감정 이전의 세계일 것이니까. …내 흥분이 조금 사라진 뒤 나는 그의 어깨를 흔들었다. 꿈 속에서도 그리고 흥분 속에서도 살 수 없는 현실 앞에 그의 잠을 깨워 준다는 나의 노력이었다. 이 의지의 노력은 본능의 세계를 극복하기 곤란했으나 그의 어깨를 흔드는 내 손은 무엇을 바랐는지 몰라도 확실히 어떤 무엇을 재촉한 것이 사실이었다.

“나는 다시 그 집에는 안 가겠어요.”

얼굴의 동요도 없이 까만 눈동자가 반짝이는 순자의 말이었다. 내가 이런 말을 들으리라고 예상도 하지 않았지만 그의 가슴에는 그 말만이 가득 차있는 모양이었다. 그의 생활이 그의 집을 나옴으로 호전될 것이 아니련만 하나의 괴로움에서 권태를 느낄 때 그것 역시 괴로움임에 틀림없을 것이지만 새 것을 맛보려고 하는 하나의 호기심도 순자에게는 커다란 의의를 갖는 것이리라. 순자의 말을 부정해 버릴 수가 없어서 나는 그와 함께 걷기를 시작했다. 어디를 가든 제 스스로 살아가야 할 운명임에 순자를 전에 있던 집으로 돌아가게 할 필요도 없을 뿐만 아니라 온몸에 나타나고 있는 그의 사념이 큰 무엇에 눌리우고 있는 것 같아 나는 입을 열려 하지 않았다. 두 사람의 발이 다다른 곳은 어떤 여관 앞이었다. 나는 순자를 하루밤 여기서 재운 뒤 내일부터 일자리를 구하도록 해야겠다는 생각이 앞장을 서서 문간으로 들어 섰지만 순자는 행동에 아무런 생각도 안 가진 것처럼 여관 간판도 보지 않고 제 집에 들어 서듯 나를 따랐다. 방에 들어가서 유치장에 들어온 사람들처럼 간격을 두고 앉아 있으려니 그때부터 순자가 눈물을 흘리기 시작했다. 10분나마 소리를 내며 울고도 그칠 줄 모르기에

"하늘을 보았니? 시커먼 구름이 비를 쭈욱 내리고 나면 새파래지는 하늘을! 그만 울었으면 네 마음도 개었겠구나…."
하고 한마디했다.

"비가 내리기만 했으면 좋으련만 금방 수증기가 증발하여 비를 다시 만들고 있으니 하늘이 언제 개어 보이겠어요."

이 말은 나의 가슴을 떨리게 했다. 언제까지나 구름이 끼어 있는 순자의 마음이 나의 눈에 너무도 우울하게 보였기 때문이리라. 그러나 저녁 때도 이미 늦었으며 그 자리가 나에게 너무나 짐스러워 내일 아침 올게 잘 자라는 말을 하고 일어서려 하였다.

"가세요?"

순자가 처음으로 내 얼굴을 쳐다보았다. 파래진 얼굴과 힘이라곤 한 푼어치 없는 몸뚱아리가 금시 쓰러질 것 같았다. 끝없는 지평선에서 아무 힘 없이 하늘을 쳐다보는 가엾은 처녀, 욕망도, 의지도, 용기도 아무것도 잃어 버린 고아.

"가세요…."

순자가 두 번째 "가세요."라고 하는 말은 물어 보는 것이 아니라 가려거든 가라고 명령 비슷한 말이었다. 그 말을 하고 난 뒤에는 고개를 내려뜨리고 길게 나오려는 한숨을 숨을 죽여 가며 막아 버리었다. 만약에 순자가 가지 말아 달라고 애원을 했다면 나는 어떻게서든지 그 방을 나왔을 것이다. "가세요…." 아아, 듣는 나를 원망하고 싶어하는 그 말이 나의 발길을 멈추게 하고야 말았다.

"순자야…."

나는 순자를 안아 주고야 말았다.

순자야! 십칠억이라는 수다한 인간 중에서 하필 ‘김상현’이란 내가 너의 순정을 빼앗고야 말다니… 육체가 숨쉬는 동안 너는 내 육체를 볼 것이며 내 육체를 볼 때마다 너는 내 몸을 사랑하듯 나의 체취를 향기롭게 맡아야 할 것이니 이 또한 무슨 인연이냐? 너는 내가 가장 미워하는 사람 가운데서도 보다 더 미워해야 할 사람을 왜 사랑했었더냐? 아아, 사랑이란 말을 꺼내고 싶지도 않다. 사랑! 나에게는 죽음보다도 더 미운 것이다. 만약 그 날 밤이 지난 뒤 “저는 저 혼자서 못살겠어.”하고 눈물을 흘려 가며 나에게 부둥켜안기지 않았던들 나는 다문 하루라도 너와 같이 있었을 것이다. 나는 하루 밤 사이에 너의 육체가 나이 이상으로 성숙했다는 것과 나를 얼마큼 사랑해 왔다는 것을 아무 생각 없이 느꼈다. 그러나 너의 역사에 금 하나를 그어 준 그 날 밤이 지난 뒤 그러지 않아도 생각이 헷갈리어 어쩔 줄 모를 때 너는 그 하루 밤의 역사로 나를 붙들 권리가 생긴 것처럼 말했지? 나는 겹쳐 돌아가는 생활이 싫어 만주로 온 사람이다. 너는 너의 순정을 자랑할 만큼 깨끗한 것이라 말할 것이다마는 진디물의 단물을 빨아 먹지 않고는 살 수 없는 개미와 같은 그 애정이 나에게서 멀리 떠난 지 오래다. 나는 너에게 빼앗길 것도 없고 빼앗기지도 않을 것이나 너의 순정을 빼앗을 것 없는 나의 우상을 옆에 놓고 보고만이라도 참으로 기쁨을 얻겠다는 욕망 이외에 딴 무엇이냐? 너의 불행을—그 불행을 간직한 마음 자리를 나라는 우상의 관념으로 메워 보겠다는 순정 이외에 나는 너의 순정을 딴 말로 평가할 수가 없다. 그러나 순자야, 나는 너를 미워하지 못한다. 미워하기 전에 내가 가진 부담을 두려워해야 하겠다. 너는 매일 새로운 괴로움을 느끼며 죽을 때까지 나의 이름을 잊어 버리지 못 하리라. 그게 나의 부담이다. 너에게 진 나의 부채다. 그 부채에 억눌리어 내 몸을 움직일 수가 없다. 내가 나를 원망하고 내가 너를 두려워함은 응당 있어야 할 윤리이리라.

그러나 너를 떠나 이 먼 오지에 와있는 것같이 나는 내 마음에게서도 멀리 떠나 있다. 그래서 정신이 말똥말똥해지려는 이 순간을 단축시키기 위하여 다시 아편 영매소에 가야겠다. 나는 일금 20전을 주고 이 중독 속에 빠짐으로 안식을 구하건만 너는 값도 치를 수 없는 관념에 중독되어 얼마나 괴로워하겠니? 나를 비웃지 말아라! 너는 내가 소설가들이 취재할 소설 구성의 한 소재밖에 안 되는 것이니까…. 그러나 너는 아편 중독으로 내가 잠이 들어 있을 때까지 나를 혐오하고 원망할 수 있는 자존심이나마 가지고 살아라.

박영준

1911년에 조선 평안남도 강서군에서 출생. 호 만우, 서령, 익명 박영준(朴映浚).

1934년에 광성고보를 거쳐 연희전문학교 문과를 졸업하고 그 후 용정동흥중학에 와 약 1년간 교편을 잡았음.

1938년에 김림성 반석으로 이주. 이때 단편소설 「아름다운 길」, 「중독자」, 「의수」, 장편소설 「쌍영」 등을 발표.

1945년에 광복 후 서울에 감.

서울에 간 후 단편소설 「모범경작생」, 「목화씨 뿌릴 때」 등 농촌 소재를 다룬 많은 작품을 발표하여 농촌작가라는 평언을 받았으나 후에는 현대 도시인의 고뇌와 타락상을 파헤치며 새로운 도덕의 제시를 시도한 소설 작품을 많이 발표.

1976년 서울에서 별세.

용과 용의 대격전

신채호

1. 미리님의 나리심

나리신다, 나리신다, 미리[龍]님이 나리신다. 신년이 왔다고, 신년 무진이 왔다고 미리님이 동방 아세아에 나리신다.

태평양의 바다에는 물결이 친다.

몽골의 사막에는 대풍이 인다. 태백산 꼭대기에는 오색 구름이 모여든다. 이 모든 것의 모두가 다 미리님이 내리신다는 보고다.

미리님이 내리신다는 보고에 우랄산 이동의 모든 중생들이 일제히 머리를 들었다. 부자와 귀자(貴子)들은 물론 미리님의 입에 맞도록 중국요리, 서양요리 등 갖은 음식을 장만하여 미리님의 귀에 흐뭇하도록 거문고, 가야금, 피아노 등 모든 음악을 대령한다. 그러나 가련하게 헐벗고 굶주린 빈민들은 미리님께 정성을 드리려 하나 아무 가진 것이 없다. 가진 것은 그 빨간 몸뿐이다.

이에 할 일 없이 피를 뽑아 술을 빚고 눈물을 짜 떡을 만들어 장엄한 제단 위에 창피하게 모양 없이 벌리어 놓고 미리님의 나리심을 기다린다.

1월 1일 상오 2시 첫 닭에 홰를 치자 아무 기별도 없이 구름의 비행기 탄 미리님이 닥치셨다. 일반 부귀자들은 노래하며 춤추며 거룩하신 미리님을 맞이하는데 모든 빈민들은 일제히 땅에 엎어져 운다.

울면서 미리님께 빈다.

"님이시여 님이시여 미리님이시여, 금년에는 세납이나 많이 안 물리도록 하여 주옵소서, 금년에는 도조나 많이 안 달라게 하여 주옵소서, 금년에는 감옥 구경이나 않게 하여 주옵소서, 금년에는 생활난에 철도 자살이나 없게 하여 주옵소서. 금년에도 타국 타향에 비렁거지나 안 되게 하여 주옵소서. 금년에는 ○○○○○○○이 홍왕하게 하여 주옵소서."하면서 손이 발이 되도록 빈다.

그러나 그 비는 소리가 미리님의 귀에는 들리지도 안 하고 다만 그 가련하고 모양 없는 제물만 미리님의 눈에 띄었다. 그래서 미리님이 골을 잔뜩 낸다.

"이놈들, 정성을 내지 않고 행복을 찾는 놈들 죽어 보아라."
하고 아가리를 딱 벌린다.

아이구 어머니, 그 아가리 놀보의 박이던가 그 속에서 똥통 쓴 황제이며 쇠가죽 두른 대원수이며, 이마가 반지러운 재산가며, 대통이 뒤로 달은 대지주며, 냄새 피우는 순사나리며 기타… 모든 초란이[1]들이 쏟아져 나온다. 나와서는 모든 빈민들을 모조리 잡아 먹는다.

피를 짜 먹고 살을 뜯어 먹고 나중에는 뼈까지 바싹바싹 깨물어 먹는다. 먹히지 않으려면 탄알의 밭이요. 감옥의 책임이다. 아 지옥의 세계! 가련한 인민!

2. 천궁의 태평연 반역에 대한 걱정

죽음에 빠진 인민들의 애호분규[2] 그 소리가 구중천문을 진동하여 잠 깊었던 상제가 깜짝 놀래어 깨었다. 그래서 이것이 웬 소리인가 알려 드리라고 천사에게 명령하였다.

천사가 "이것은 미리가 생존을 요구하는 인민들을 죽여 내는 소리올시다."
고 회주(回奏)하니 상제가 가라사대

"어— 미리는 참 총명한 현신이여! 요구가 세면 반항이 되고 반항이 세면 혁명이 되나니 요구하는 인민을 죽여야지! 어, 미리는 참 현신이여."하시고 미리를 불러 인민 죽이는 공으로 훈장을 주시며 작위를 높이신다. 그리고 천상의 모든 신선, 지상의 모든 귀령, 역대의 제왕 장상들을 소집하여 천궁에서 태평연을 설한다.

지상의 인민들은 배가 고파 죽는데 천궁의 연회애는 배들이 터져 죽을 지경이다. 상제가 뱃가죽을 틀키어 쥐고 모든 귀신들을 돌아보시며

"인민들이란 것은 선천적으로 반역성을 타고나 툭 하면 반기를 드나니 어쩌면 좋으랴? 공중에다 지구만한 대포를 걸고 탕탕 쏘아 모조리 죽이잔즉 전 지구가 파괴되어 인민들이 씨가 져서 우리들이 빨아 먹을 피가 없어지리

---

1) 초란이 - 기괴한 여자의 탈의 일종.
2) 애호분규(哀呼憤叫) - 슬피 외치고 격분하여 부르짖는 소리.

니 그것도 안 될 일이요, 그놈들의 자유 해방을 허하잔즉 해방된 뒤에는 그
놈들이 우리에게 피를 빨리지 안 하려 하리니 그것도 안 될 일이라. 어찌하
면 고놈들의 반역성을 쏙 뽑아 내어 산 송장을 만들어 놓고 우리들이 아무
염려 없이 고놈들의 정수바기부터 발끝까지 깨물어 먹고 거죽부터 속까지
빨아 먹고 아비 자식부터 손자까지, 손자부터 그 몇 대손까지 잡아 먹게 되
랴? 너희 제신들은 각기 방책을 올리어라!"하시니 천사 여쭈오되
　"소와 같이 코뚜레하고 굴레하고 채찍질하여 끌읍시다."
　"하하, 딱한 사람—우리가 만든 정치 법률이 코뚜레보다 더 잔악하지 안하
냐? 윤리 도덕이 굴레보다 더 흉참하지 안하냐? 군대의 총과 경찰의 칼이
채찍보다 몇만 배나 더 전율한 무기가 아니냐? 그래도 고놈들이 반역을 도
모하는구나!"
　"그러면 일등 닥터를 불러 마취약을 제조하여 고놈들을 영원히 마취시키
여 우리에게 잡히어 먹히는 줄 모르고 잡히어 먹이게 합시다."
　"흥! 그 약도 내가 써보았지! 공자놈을 시키어 명분설3)을 지어 '빈자(貧者)
천자(賤者)는 빈천의 친분을 안수(安受)하여 세력자의 명령을 잘 받아 충신
렬사의 명예를 후세에 끼쳐라.'고 속이며 석가놈과 예수놈을 시켜 '너희들이
남에게 고통을 받을지라도 이것을 반항 없이 간과하면 죽어서 너희의 영혼
이 천국으로, 연화대로 가리라.'고 속이었다.
　이러한 마취약들이 또 어데 있겠느냐? 2천 년 동안이나 크게 그 약효를
보았더니 지금에는 그 약력도 다하여 그놈들이 점점 자각하여 반역하니 혁
명이니 하고 떠드는고나."
　"그러면 오늘은 과학, 문학 등이 크게 위력을 가진 때니 다수한 과학자,
문학자들을 꾀어다가 부자 귀자—지배 계급—의 주구로 만들어 학설로써 지
배 계급의 권리를 옹호하며 시와 소설로써 지배 계급의 장엄을 구가하면 될
까 합니다."
　"오! 이것은 내가 금방 실시하여 비상한 효력을 보는 것이다. 그러나 학자
놈들이 간혹 나의 명령을 어기고 민중 속으로 뛰어들어가 반역을 꾀하는 놈
이 있고나."

---

　3) 명분설(名分說) - 사람마다 숙명적으로 타고난 본분을 지켜야 한다고 설교하는
　　유교의 교리.

3. 미리님이 안출한 민중진압책

이와 같이 상제께서 반역성을 품은 인민에게 대하여 무수히 걱정하시다가 한숨을 후— 쉬며

"인세에 백 년의 장책이 없거던 천세에 어찌 만 년의 장책이 있으랴! 술이나 마시고 고기나 먹고 그러그러 해를 보낼 일이지 걱정이 쓸데 있으랴."
하고

"천황당 앞뒤 뜰이 무너진들 어떠하리, 만수산 두렁칡이 엉켜진들 어떠하리."
하는 염 없는 시조 한 장을 부르신다. 미리가 앞으로 나와 보복하고 여쭈오되

"상제는 존엄하사 억만 중생이 첨앙하는 바이올시다. 어찌 이같은 불쌍한 말씀을 하시나이까? 지상의 인민들이 비록 반역성을 가졌으나 이를 진압하여 영원한 활지옥에 가둘 수 있습니다."

상제 가라사대

"오! 미리야, 너는 참 지용이 겸비한 귀물이니 장책이 있거든 말하여라."

미리가 다시 여쭈오되

"지상의 민중을 대개 두 부분으로 나눌 수 있으니 (1)은 강국의 민중이요 또 (1)은 식민지의 민중이올시다. 강국의 민중은 아주 그 타격적의 애국심을 가진 동시에 국(國)을 지배 계급의 국으로 오인하여 지배 계급의 세력을 확장 증진케 하는 일을 애국으로 오신하여 그 애국심이 위애국심이 되고 말았습니다. 그런즉 강국의 민중에게는 얼마큼 보통선거의 권리 같은 것, 노동 임금의 증가 같은 것이나 허하여 주고, 일면으로 그 위애국심을 장려하여 약소국의 민중을 정복케 하며 식민지의 민중을 압박케 하여 지배 계급—자본주의—의 선봉이 되게 하면 피등(彼等)의 고픈 배가 다시 이 이익 없는 허영에 불러져 우리가 비록 몇십 년 동안 피등의 피를 빨아 먹어도 아픈지를 모를 것이요, 식민지의 민중은 그 고통의 정도가 다른 민중보다 만 배나 되지만 매양 그 허망한 요행심을 가져 굶어 죽는 놈이 요행의 포식을 바라며 얼어 죽는 놈이 요행의 난의를 바라며 교수대에 목을 디민 놈이 요행의 생을 바랍니다. 그래서 반항할 경우에도 반항을 잘 못합니다. 그런즉 식민지의 민중처럼 속이기 쉬운 민중이 없습니다.

철도, 광산, 어장, 삼림, 양전옥답, 상업, 공업… 모든 권리와 이익을 다 빼앗으며 세납과 도조를 자꾸 더 받아 몸서리 나는 착취를 행하면서도 겉으로 '너희들의 생존 안녕을 보장하여 주노라.'고 떠들면 속습니다.

혁편(革鞭), 철퇴, 죽침질, 단근질, 전기뜸질, 심지어 구두(口頭)에 올리기도 참악한…(6자 생략함)…같은 형벌을 행하면서도 군대를 출동하여 부녀를 찢어 죽인다, 소아(小兒)를 산 채로 묻는다, 전 촌을 도륙한다, 곡속가리에 방화한다… 하는 전율한 수단을 행하면서도 한두 신문사의 설립이나 허가하고 '문화정치의 혜택을 받으라.'고 소리하면 속습니다.

학교를 제한하여 그 지식을 없도록 하면서도 국어와 국문을 금지하여 그 애국심을 못 나도록 하면서도, 피국의 인민을 이식하여 그 본토의 민중을 살 곳이 없도록 하면서도, 악형과 학살을 행하여 그 종족을 멸망토록 하면서도, 부어 터질 동종동문(同種同文)의 정의(情誼)를 말하면 속습니다. '건국', '혁명', '독립', '자유' 등은 그 명사까지도 잊어 버리라고 일체 구두 필두에 오르지도 못하게 하지만 옴 올라갈 자치참정권 등을 주마 하면 속습니다. 보십시오, 저 망국제를 지낸 연애 문단에 여학생의 단 입술을 빠는 청년들이 제 세상을 자랑하지 안 합니까. 고국을 빼앗기고 구축을 당하여 천애 외국에서 더 부살이하는 남자들이 누울 곳만 있으면 제2 고국의 안락을 노래하지 안합니까! 공산당의 대조류에 독립군이 떠나갑니다. 걸(乞)아지 정부의 연극에 대통령의 자루도 찢어집니다.

속이기 쉬운 것은 식민지의 민중이니 상제시여, 마음놓으십시오. 세계 민중들이 다 자각한다 하여도 식민지 민중만은 아직 멀었습니다. 우리가 식민지의 민중만 잡아 먹더라도 몇십 년 동안은 아무 걱정 없을 것이올시다."

상제께서 이 말을 들으시고

"아이고, 요 내 자식놈아, 나도 악독하지만 너는 나보다도 악독하고나. 네가 아니면 내가 어찌 이 자리를 보전하랴"하시며 미리의 등을 툭툭 두드리신다.

4. 부활할 수 없도록 참사한 야소(耶蘇)

"드래곤이 왔다, 드래곤이 왔다. 인제는 천국의 말일이다."

아, 이 소리가 무슨 소리냐? 어데서 오는 소리냐? 상제가 미리님의 진주

(陳奏)를 들으시고 심신이 상쾌하사 한참 뛰노는 판에 이 무슨 소리이랴? 이 소리의 나는 곳을 빨리 알아들이라고 상제께서 동동걸음을 치시니 미리 이하 제신들이 다 황공하여 사방으로 정찰하나 아무것도 보이는 것은 없고 다만

　"드래곤이 왔다, 드래곤이 왔다. 인제는 천국의 말일이다."
의 그 소리만 어디서부터 꽝꽝 울리어 와서 천궁의 벽, 천장, 문, 창, 기둥, 마루 주호가 들먹들먹한다. 서천불조 석가여래를 불러 온갖 주문, 온갖 진언을 다 읽어도 그 소리가 더욱 높아 가고 천궁 전체가 더욱 들먹들먹한다. 상제께서 크게 불안하사 연회를 피하여 제신들을 다 돌려 보내고 궁녀들과 밤을 새우시는데 너무 초조하사 입에 침이 바싹 마르신다.

　아니나 다르랴? 그 익일 새벽에 "'호외', '호외', '호외'를 사시오!"하는 소리에 천경 수십만 귀중들이 모두 단잠을 깨었다. 천사가 상제를 조현할 차로 오는 길에 그 '호외'를 사니 곧 천경에서 발행하는 30만 년의 노령을 먹은 『천국신문』의 '호외'이다. 벽두에 특호대자로 "상제의 외아들님 야소기독의 참사라." 쓰고 그 곁에 2호 대자로 "드래곤의 선동이라." 쓰고 기사를 아래와 같이 썼다.

　"상제의 외아들님 야소기독이 ○○○○ 지방의 농촌 야소교에서 상제의 도를 강연하더니 불의에 동 지방 농민들이 '이놈! 제 아비 이름을 팔아 1천 9백 년 동안이나 협잡하여 먹었으면 무던할 것이지 오늘까지 무슨 개소리를 치고 다니느냐?"고.

　"1천9백 년 동안 빨아 간 우리 인민의 피를 다 어디다 주었느냐?"고.

　"서양에서 협작한 것도 적지 않을 터인데 왜 또 동양까지 건너와 사기하느냐?"고.

　"'당일 예루살렘의 십자가 못 맛을 또 좀 보겠느냐?'고 발길로 차며 주먹으로 때미려, 미내(未乃)에 호미날로 퍽퍽 찍어 야소 기독의 전신이 곤죽이 되어 인제는 아주 부활할 수 없이 참사하고 말았다. …야소기독의 참사 하수자들은 민중이지만 그 하수의 수범은 드래곤이라 한다. 드래곤은 아직 출처가 불명한 괴물인데 수일 전부터 동지에 와서 상제를 '잡아 먹어도 시원치 못할 악물'이라고 욕설하며 야소기독을 '제 아비보다 더 간흉한 놈'이라고 지척하고 상제 및 기독의 죄악을 열거한 90조의 격문을 돌리고 동일에 마침 기독의 내림함을 기회하여 민중의 선봉이 되어 이같이 기독을 참살하는 흉

행을 범한 것이다."하고

동지에 다시

「부활할 수 없는 야소기독」이란 제하에 논설하여 가로되

"야소기독은 그 성부인 상제를 빼쏘듯한 간휼 험악한 성질을 골고루 가지신 성자였겠다.

그 출생 후에 성부의 도를 펴려다가 겨우 30이 넘어 예루살렘에서 유태인의 흉수에 걸리었었다. 그러나 그때의 유태인은 너무 얼된 백정이었던 때문에 다 잡히었던 야소를 다시 놓쳐 십자가를 진 채로 도망하여 '부활'한다 자칭하고 구주인민을 속이시사 모두 그 교기하에 들게 하였다. 십자군 그 뒤에 '십자군 동정, 30년 전쟁' 같은 대전쟁을 유발하여 일반 민중에게 사람이 사람 잡는 술법을 가르쳐 주셨으며 늘 '고통자가 복 받는다, 핍박자가 복 받는다.'는 거짓말로 망국 민중과 무산 민중을 거룩하게 속이사 실제의 적을 잊고 허망한 천국을 꿈꾸게 하여 모든 강권자와 지배자의 편의를 주셨으니 그 성덕신공은 만고 역사에 쓰고도 남을 것이다.

그러나 이번에는 너무 참폭하게 피살하였을 뿐만 아니라 오늘의 자각의 민중들과 비기독동맹의 청년들이 상응하여 붓과 칼로써 죽은 기독을 더 죽이니 종금 이후의 기독은 다시 부활할 수 없도록 아주 영영 참사한 기독이다. 기독이 영영 참사하였은즉 노경에 참척을 본 상제의 신세도 가련하거니와 저 기독교인이 다시 누구의 이름으로 상제께 기도하랴…."

천사 그 '호외'를 보다가 종편이 못 되어 안색이 토장빛이 되어 천궁으로 달리어 들어가 손을 벌벌 떨며 그 '호외'를 상제께 올린다.

5. 미리와 드래곤의 동생이성(同生異性)

상제께서 그 '호외'를 보시고는 얼빠진 사람같이 물끄러미 마주선 천사를 바라보다가 상상에 폭 엎어지신다. 천사가 달려들어 상제를 붙들어 일으키며

"상제폐하시여, 이같이 천국 존망에 관계되는 중대 사건을 당하여 폐하께서 정신을 놓으시면 어찌됩니까! 폐하, 폐하…."라고 목 마친 말로 상제를 진정시키는 판에 미리 이하 모든 귀대감(鬼大監), 귀영감(鬼令監)들이 상제를 위문하려고 차례로 들어온다.

천사가 미리를 보더니 두 눈에 불이 뚝뚝 떨어지고 노기충천 얼굴이 새빨

개지며

"이놈! 미리야, 네가 동양의 '뚱똑'인가, 무엇이 되어 어떻게 인민을 잘 감화하였기에 이 같은 언어도절(言語道絶)한 흉참한 사건—상제님의 외아들이신 지긋지긋하신 야소기독을 부활할 수도 없게 아주 죽여 버린 사건이 발생하도록 하였느냐? 이놈! 네 대가리에는 칼이 들지 않느냐….."하고 주먹으로 천궁의 벽을 치며 미리를 질책하니 미리는 아무 말 없이 냉가슴을 앓는 벙어리같이 얼굴만 찌푸리고 앉았다. 이러는 판에

"왔다, 왔다. 드래곤이 왔다. 인제는 천국의 말일이다!"란 소리가 또 천국을 진동한다. 천사는 말을 뚝 그치고 미리는 눈만 둥그렇다.

혼도하셨던 상제가 상(床)에서 벌떡 일어난다.

"드래곤, 드래곤! 내 자식 야소를 죽인 드래곤! 그놈 드래곤을 잡아 바치라!"고 풍전한 어조로 엄급한 명령을 내리신다. 이에 천경의 경찰대, 정탐대가 총출동하여 야단법식을 떨지만 디만 "왔다, 왔다, 드래곤이 왔다…."의 소리만 사방에서 일고 드래곤의 정체는 그림자도 보이지 않는다. 이와 같이 천경의 경찰대, 정탐대들의 대활동에도 아무 단서를 못 얻은 드래곤의 사진과 역사가 익일에 대지 동서 유일한 민중의 신문으로 등(登)하는 지민신문(地民新聞)에 게재되었다. 그러나 「드래곤의 진영」4)이란 한 장에는 다만 다수한 '0'을 그릴 뿐이요, 그 좌방에 5호 소자로 설명을 가하였다. 그 설명은 아래와 같으니

"천국이 전멸되기 전에는 드래곤의 정체가 오직 '0'으로 표현될 뿐이다. 그러나 드래곤의 '0'은 수학상의 '0'과는 다르다. 수학상의 '0'에는 '0'을 가하면 '0'이 될 뿐이지만 드래곤의 '0'은 1도, 2도, 3도, 4도 내지 십, 백, 천, 만 등 모든 숫자로 될 수 있다. 숫자상의 '0'은 자리만 있고 실물은 없지만 드래곤의 '0'은 총도, 칼도, 불도, 벼락도 기타 모든 '테로'가 될 수 있다.

금일에는 드래곤이 '0'으로 표현되지만 명일에는 드래곤의 대상의 적이 '0'으로 소멸되어 제국도 '0', 천국도 '0', 자본가도 '0', 기타 모든 지배 세력이 '0'으로 될 것이다. 모든 지배 세력이 '0'이 되는 때에는 드래곤의 정체적 건설(正體的 建設)이 우리의 눈에 보일 것이다."하고

「드래곤의 역사」란 제하에는 이렇게 썼다.

---

4) 진영(眞影) - 참다운 모습.

"드래곤은 무엇이냐? 상제가 태고인민들의 미신적 봉대(奉戴)를 받아 제위에 오르던 제5년에 허공 중에서 탄생한 일태쌍생의 괴물이 있었던바 <1>은 드래곤이 곧 그것이요, 또 <1>은 곧 현금 천궁(現今天宮)의 시위대장으로 동양 총독을 겸한 유명한 미리니 미리나 드래곤이 한자로 다 '용'이라 역한다. 그 뒤에 미리는 늘 조선, 인도, 중화 등 국에서 장성하여 드디어 동양의 용이 되어 석가, 공자 등의 소극적 교육을 받아 상제의 충신이 되어 늘 복종을 천직으로 알므로 지배 계급의 주구인 종교가, 윤리가들이 모두 미리를 인세 모범의 신으로 존봉하여 왔으므로 조선의 신화에나, 중화의 유경에나, 인도의 불경에 다 용을 비상히 찬미하여 상제에 배(配)하였다. 그래서 상제께서 미리를 발탁하여 동양 진수의 대임을 준 것이오. 드래곤은 늘 희랍, 로마 등지에 체재하여 드디어 서양의 용이 되어 늘 반역자, 혁명자들과 교류하여 '혁명', '파괴' 등 악희를 즐기어 종교나 도덕의 굴레를 받지 않는 고로 서양사에 매양 반당(叛黨)과 난적들을 드래곤이라 별명하여 왔었다.

근세에 와서는 드래곤이 또 허무주의에 침혹하여 더욱 격렬한 혁명 행위를 가지더니 마침내 야소기독을 참살한 흉범이 된 것이다." 하였다.

이 신문을 받은 천국의 궁신들이 비로소 미리와 드래곤이 본래 형제임을 알고 놀라지 않은 이 없었다.

6. 지국(地國)의 건설과 천국의 공황

미리가 비록 상제의 총신으로서 누천 년, 동양 총독의 중임을 가져왔으나 이제 반역자 드래곤이 상제의 애자를 참살한 사실이 그 관리 구역 내에서 발생한 동시에 미리가 드래곤의 친형제인 증거가 민중의 신문에까지 발표됨에 천경의 여론이 모두 미리가 드래곤과 동당이 아닌가를 의문하며 상제도 진노치 않을 수 없었다.

그래서 미리의 동양 총독의 직을 탈하고 천사로서 대하여 즉일 임소에 치부5)하여 드래곤을 체포하고 반민들을 도살하라 엄명하였다.

천사가 명령을 받아 천폐(天陛)에서 사은하고 발정하려 할 즈음에 천국 통신관이 할딱할딱하며 뛰어들어와 한 장의 지상 통신을 상제께 올린다. 상제께서 받아 본즉 ○○ 민중들이 야소를 죽인 뒤 미구에 공자, 석가, 마호메

---

5) 치부(馳赴) - 달려갔다는 뜻.

트… 등 종교 도덕가 등을 다 때려 죽이고 정치, 법률, 학교, 교과서 등 모든 지배자의 권리를 옹호한 서적을 불지르고 교당, 정부, 관청, 공해6), 은행, 회사… 등 건물을 파괴하고 과거의 사회제도를 일체 부인하고 지상의 만물은 만중의 공유임을 선언하였다.

모든 지배 계급들이 반민을 정복하려 하여 군인을 소집하나 원래 민중의 속에서 온 군인들인 고로 다 민중의 편으로 돌아가 버리었다. 다수의 상금을 걸고 신군을 모집하나 한 사람의 응모자도 없었다.

그래서 산포, 야포, 속사포… 등이 산적하였으나 일 환도 발사할 수 없었다. 이에 지배 계급들이 각기 자기들이 혈전하기로 결의하였으나 민중보다 너무 소수일 뿐더러 또 돈, 계집 기타 모든 소유를 가진 자로서 전사하기가 원통하여 모두 철옹성으로 도망하였다가 민중의 포위를 입어 먹을 것이 없어 아사하였다.

그러나 그 아사자들의 수중에는 평균 백만 위의 금전을 잔뜩 쥐고 죽었다. 지배 계급이 이미 멸망함에 민중들은 이에 전 지구를 총칭하여 지국(地國)이라 하고 천국과의 교통 단절을 선언하였다고 하였다.

다른 사건이야 어찌 되었던지 가장 상제의 머리를 찌르는 것은 "천국과의 교통 단절"이라는 구어(句語)이다. 왜? 상제나 천사나 기타 천국의 귀중들이 몇만 년 동안이나 아무 로동도 않고 지상에서 올리는 공물과 제물을 받아 먹고 살아 왔다.

그런데 이제 지국의 건설되어 교통의 단절을 선언하니 공물 제물이 올 수 없다. 그러면 모든 귀중이 다 아사할 것밖에 없다. 상제도 아사할 것밖에 없다.

상제가 이 통신을 모든 귀신(鬼臣)들에게 돌려 보이니 다 비상히 분격하여 즉일에 상제의 명령을 발하여 전체 민중을 다 박살하여 버리자고 주장한다. 하나 상제는 고개를 흔든다.

"민중이 우리를 믿던 때에 우리가 세력이 있었지 지금에야 우리가 무슨 세력이 있느냐. 세력 없는 우리로서 민중을 박살하려다가는 한갓 박살을 당할 뿐이니 민중 박살―쓸데도 없는 말이다."

이 말씀에 모든 불 같은 분격들이 푹 꺼지고

---

6) 공해(公廨) - 관청의 청사.

"그러면 사자를 지국에 보내어 교통의 회복과 제물 공물의 여전 진봉함을 민중에게 간청하여 봅시다." 한다.

그러나 인정 세태에 경험 많으신 상제는 공물이니 제물이니 하는 말도 한갓 민중을 더 격도시킬 유해무익한 말로 아시므로 이것도 불가하다 하신다.

"그러면 어찌하나요? 앉아서 굶어 죽을까요?"

상제가 한참 묵묵하시다가

"인제는 한 가지밖에 없다. 무엇이냐 하면 곧 사자를 민중에게 보내어 우리 천국의 귀중의 수효대로 바가지나 하나씩 달라고 청구하자."

"바가지는 무엇하게요?"

상제가 눈물을 흘리시며

"별 도리가 있느냐. 우리들이 매일 민중의 문 앞에 가서 바가지를 뚜드리며 민중 할아버지 밥 한 술 담아 주오 하지…."하고 목이 막혀 말을 그치지 못한다.

"그것이야 어찌… 저희들이야… 하물며 존엄하신 상제…."하고 모든 귀신들이 목을 놓고 운다. 신선의 바둑, 천녀의 거문고가 다 어데 가고 울음소리가 천궁을 진동한다. 그러나 금일에 울고 명일에 울어 365일을 울지라도 쓸데 있으랴. 마침내 울음을 걷고 바가지의 청구의 발론이 가결되고 말았다.

7. 미리의 출전과 상제의 우려

"그러면 바가지 청구의 사자로 누구를 보내랴."고 상제께서 군귀에게 하순[7]하였다. 천사가 대답하되

"이것은 미리가 가장 합당합니다. 신이 작일에 확신을 물은즉 민중들은 아직 그렇게 천국을 배척하지 않는데 원수놈의 드래곤이 민중의 머리 속으로 돌아다니며 상제와 상제 이하 내지 인세의 지배 계급의 세력은 모두 민중의 시인으로 존재한 것인즉 민중이 만일 철저히 부인만 하면 모든 세력이 추풍의 낙엽이 되리라고 자꾸 민중들을 꾀어 민중이 이같이 반란하였다 합니다. 그래서 민중들이 금일의 드래곤을 전일의 상제보다 더 믿는다 합니다. 만일 드래곤의 동의면 민중들이 우리에게 바가지 하나씩은 줄 듯합니다. 미리는 드래곤의 친형인즉 미리를 보내면 아마 드래곤의 동의를 얻기가 쉬울까 합

---

7) 하순(下詢) - 임금이 신하에게 문의하는 것.

니다."

상제가 "옳다." 하시고 즉일에 미리를 옥중에서 불러 손목을 잡고 눈물을 흘리며

"내가 총명치 못하여 하마터면 너 같은 현신을 죽일 뻔하였고나."하고 바가지 청구의 결의된 경과를 일일이 말씀하신즉

"안 됩니다, 안 됩니다. 그것은 절대로 안 됩니다. 바가지는 거지가 차는 것이요, 상제가 차는 것이 아니올시다. 거지가 바가지를 차고 민중의 문 앞에 가서 한 술 주시오 하면 민중이 동정의 밥을 줍니다. 그러나 상제께서 바가지를 차신다면 '야, 상제거지 전일의 존엄을 어디다 두었느냐?'고 손가락질을 할 것이올시다. '전일에 우리에게서 빨아 먹은 피를 다시 토하여 내놓으라'고 주먹질이나 할 것이올시다. 바가지를 주기커녕 차고 간 바가지나 깰 것이올시다. 그리고 황송하올시다마는 상제의 이마까지라도… 안 됩니다, 안 됩니다. 바가지 청구는 절대로 안 됩니다."고 미리가 울면서 간한다.

"그러면 어찌하잔 말이냐? 철도자살이나 하였으면 좋겠다만 천궁에 어데 철도가 있느냐? 칼로 자살은 차마 못 하겠고…."

"신이 입을 한번 벌리면 제왕통령, 자본가… 등 물들이 쏟아져 나옵니다. 신이 지국에 내려가 또 입을 벌리어 보겠습니다."

"오늘날에야 똥작대기만한 힘도 없는 제왕통령 등 물을 아무리 토하여 놓은들 민중이 무서워하겠느냐. 그것도 전날 말이지."

"신이 지상에 내려가 강국 민중의 애국심을 고취하여 식민지 민중을 잡아먹게 하고 식민지 민중에게는 자치나 참정권을 준다고 속이며 강국 민중에게 잡히어 먹게 하여 민중이 상식(相食)하는 틈에 천국의 권리를 회복할까 합니다."

"자각한 민중들이 그런 꾀임에 속느냐, 그것도 옛날이지."

"그렇지만 상제께서 절대로 바가지를 차서는 안 됩니다. 여하간 신이 지국에 내려가 친히 실지의 정형을 정찰하고 돌아오리다. 싸울 만하면 싸우고 그렇지 않으면 천국 군신이 다 손을 잡고 아사할 뿐이언정 바가지를 차서는 안됩니다."하고 미리가 곧 상제께 하직하고 운차(云車)를 타고 지국으로 향하여 발정(發程)할새 상제, 천사 이하 선관(仙官), 선리(仙吏), 선녀, 권속들이 모두 그 주린 가슴을 퉁기어 쥐고 운두(云頭)까지 따라 나와 일제히 손을 들고 목 마친 소리로 "미리님 만세."를 부르니 이 소리가 곧 천국의 흥망 존폐

를 한 등에 실은 미리를 지송하는 소리더라.

(미리님, 내가 작일에는 천상의 미리놈이요, 지상의 미리님이러니 금일에는 천상의 미리님이요, 지상의 미리놈이로구나. 천지의 위치가 이다지 변환하였구나)하고 미리가 속으로 홀로 생각하고 눈물이 두 뺨에 젖는다. 반공에 이르지 못하여 천사가 헐떡이며 쫓아와서

"다시 잠깐 돌아오시랍니다. 상제께서 할 말씀이 있다고 그럽니다. 미리님"하고 부르거늘 미리가 곧 회군하여 상제를 가본즉

"오늘 격노한 민중을 위력으로 눌러서는 안 될 일이니 아무쪼록 정리(情理)로 애걸하소. 이 말이 혹 나의 그대에게 주는 최후의 부탁이 아니 될까…."하고 상제가 미리의 손을 잔뜩 쥔다. 미리가

"예, 상제는 너무 우려치 마소서. 지국에 가서 신이 모든 일을 천사만사하여 행하리이다."하고 다시 총총히 등차한다.

8. 천궁의 대란, 상제의 비거(飛去)

미리를 발송시킨 뒤에 상제 이하 온 천궁 귀중들이 모여 앉아 운다. 이 울음이 미리의 떠남을 우는 울음이 아니라 곧 천국의 멸망을 우는 울음이다. 천국의 멸망을 우는 울음이 아니라 각기 자신의 불행을 우는 울음이다.

그런데 가장 처참하게 우는 이는 상제가 아니라 상제가 가장 총애하는 선녀 '꼭구'다.

상제가 너무 '꼭구'에 대한 불쌍한 생각이 나서 자기의 울음을 그치고 귀를 기울여 '꼭구'의 소리를 가만히 들으니 우는 소리가 아니요.

"왔다, 왔다, 드래곤이 왔다. 인제는 천국의 말일이다."하는 저주를 하는 소리다. 상제가 대노하여

"이년아, 드래곤이 오면 네게 시원할 일이 무엇이냐?"하고 칼을 빼어 꼭구의 목을 치니 아! 불쌍한 꼭구, 목이 똑 떨어져 죽는다. 상제가 꼭구를 죽이고는 다른 '년', '놈'의 울음소리를 들은즉 모두가 다 '꼭구'다. '꼭구'와 같이 "왔다, 왔다, 드래곤이 왔다. 인제는 천국의 말일이다."하는 소리다.

"아, 이것이 웬일이냐? 천궁의 친속들이 다 반하여 드래곤당이 되었느냐?" 하고 이에 자기가 울며 자기의 귀로 들어 본즉 자기의 울음소리도 울음소리가 안 되고 "왔다, 왔다, 드래곤이 왔다. 인제는 천국의 말일이다."하는 저주

가 되고 만다. 상제가 할 일 없어 이에 자기의 울음을 그치고 곧 엄혹한 명령을 내리여 천궁 안에 만일 우는 자가 있으면 사형에 처하리라 한다.

"그러나 내가 왜 평생 애인인 꼭구를 죽이었느냐? 미리의 회보가 왜 없느냐? 천국이 망하면 내가 어찌되랴?"하여 회한과 우울과 고통이 자꾸 상제의 머리로 올라와 견딜 수 없는 두통이 생긴다. 상제가 손으로 그 머리를 받치고 지통할 약을 좀 달라 하여 약실에 들어간즉 아! 참 기괴하다. 약실 안에는 우는 이도 없건마는

"왔다, 왔다, 드래곤이 왔다. 인제는 천국의 말일이다."란 소리가 맹렬하게 인다.

상제가 매우 의혹하여 그 소리나는 곳을 가만가만 찾아본즉 초강수의 병속이다. 상제가 대노하여 칼을 빼어 초강수병을 치니 초강수는 어데 가고 불칼이 번쩍 나와 천궁의 들보를 친다, 기둥을 친다, 지붕을 친다, 주추를 부신다 히여 뚝—따—꽝—꽉—와르르—우르르—천궁 전체가 불지옥이 되었다.

상제께서 '비가비'(雨神)를 불러 비를 좀 주어 불을 꺼라 하시더니 '비가비'는 아니 오고 '바람가비'(風神)가 달려들어 냅다 맹풍을 불어 불이 더욱 만연하여 천궁부터 천경까지를 소탕8)한다. 대세가 가고 보니 위권이 행할쏘냐, 상제가 할 일 없어 불을 피하여 궁문으로 나아가다가 맹풍의 휩싼 바 되어 어데로 날아가 버린다.

천사가 상제를 구하려다가 바람이 너무 셈으로 어찌하지 못하여

"인제는 천국의 말일이로구나." 부르짖는다. 그러나 천사는 상제의 충신이라 어찌 시세를 따라 방향을 바꿀쏘냐, 흥하나 망하나 상제는 따르리라, 천상에서 또 천상에서 또 천상, 지하에서 또 지하를 갈지라도 내가 기어이 상제를 찾으리라 하고 이에 조선의 행객같이 짚신감발을 차리며 중국의 쿠리(苦力)같이 노동복을 입고 상하 팔방으로 돌아다니며 상제의 계신 곳을 탐문한다.

9. 천사의 행걸(行乞)과 도사의 신점(神占)

천사가 '상제를 찾자면 독일무이(獨一無二), 전지전능의 상제를 잘 찾던 구미 각국으로 가보리라.'하고 런던이니, 빠리니, 로마니, 베를린이니, 뉴욕이

---

8) 소탕(燒蕩) - 불에 타서 없어지는 것.

니… 하는 유명한 도시를 다 지나 보았다.

그러나 신부나 목사 동물만 눈에 뜨이지 안 할 뿐 아니라 곧 황제대왕이니, 대통령이니, 국무총리니… 하는 명사도 들을 수 없고 은행이니, 회사니, 트레스트니… 하는 건물도 볼 수 없고 풍속이나 풍관이 하나도 옛날 것대로 있는 것이 없다. 그러나 천사는 상제를 찾기에 다른 것을 알은 체하지 못하고 모두 주마간산격(走馬看山格)으로 지날 뿐인 고로 그 상황을 알지 못하였다. 예루살렘을 지나다가 파울을 만나

'파울은 독신한 상제의 신도니 상제의 계신 곳을 알으리라.'하여

"파울아, 상제가 어데 계시냐?"고 묻다가 파울이

"이놈, 미친 놈! 지금에도 상제를 찾는 미친 놈아!"하고 천사의 뺨을 쥐어찌르는 통에 천사가 뺨이 퉁퉁 부어 달아났었다.

중국 북경에 들어와 정양문 밖 10리터 잣나무밭 속 천단을 지나니 면류관에 곤룡포, 잡수신 대청국 대황제가 천제를 올린다고 구경군이 모여든다.

"허허, 그래도 중국이 거룩한 나라여, 부벽이 또 되어 제천례(祭天禮)를 회복하였구나."하고 천사가 달려들어 상제를 찾더니 웬 사람이 손바닥을 보기 좋게 짝 펴들고 "이놈아, 꿈꾸지 말아라. 이것은 민중 경절의 연극이다. 상제가 무슨 똥쌀 상제냐!"하고 또 천사의 뺨을 내갈긴다. 아, 상제의 충신 노릇하느라고 천사의 뺨에 부기가 내릴 날이 없다.

천사가 아픈 뺨을 만지며 천교 천단서(天壇西)를 향하여 나오니 길가에 머리를 쫓고 도건을 쓰신 노도사가 점상(占床)을 받쳐 놓고 상 위에는 유문필답례금십매(有問必答禮金十枚)의 8개 대한자를 써붙인 것을 보고

'하, 저 노도사 참 희귀한 노인이다. 오늘까지 머리도 깎지 않고 복희씨의 팔괘를 신봉하는구나. 예금십매(禮金十枚)라니 불과 동전 열 닢이면 상제 계신 곳을 물어 보겠다.'하고 주머니를 뒤져 본다. 허나 '동전 열 닢은 그만두고 귀 떨어진 엽전 한 푼도 없다.'고 주머니가 방귀를 픽 뀐다.

이 지경에는 천사도 눈물을 안 흘릴 수가 없다.

'드래곤이 오기 전 내가 상제의 좌우에서 시종할 때에는 내 손이 한번 주머니에 들어가기만 하면 금강석도, 홍보석도, 백금도, 황금도, 미국의 달러도 법국의 프랑도, 원세개의 대가리—중국 은전도 나오라는 대로 나오더니 오늘에는 동전 열 닢에 주머니의 퇴박을 만났고나….'

그러나 천사가 점쳐 보고 싶은 마음이 간절하여 미소를 띠고 로도사의 앞

에 허리를 굽히며

"여보 도사님, 점 한 괘 쳐주시오. 내가 지금에는 돈이 없습니다마는 일후에 돈이 생기거든 예금 10매는 말고 천 매, 만 매라도 바치지요."

"그러시오, 오늘은 돈이 쓸데없는 세상이지만 나는 애전(愛錢)의 구습을 잊지 못하여 장난으로 하는 것이올시다. 하나 예금이 무슨 관계 있으리까. 점을 쳐드리리다. 대관절 점은 무슨 점입니까."

천사가 상제를 들추다가는 또 뺨이나 맞을까 싶어 한참 머뭇머뭇하다가

"예, 다른 점이 아니라 상전을 찾는 점이올시다. 우리 상전이 어데 가신지 몰라서요…."

"허허, 요새 세상에도 상전을 찾아다니는 이가 있단 말이오? 당신은 참 충노올시다."하고 점통을 흔드니 건지둔괘(乾之遯卦)가 나온다. 도사가 대경하여

"아— 어—, 긴(乾)은 천(天)이니 곧 상제요, 둔(遯)은 도망이니 당신이 상전을 찾는 노자가 아니라 도망한 상제를 찾는 천사인가 봅니다."

천사가 이 말에 놀라지 않을 수 없다. 그래서 두 무릎을 꿇고 공손히

"상제의 계신 곳을 가르쳐 달라."

하니 도사가 풀어 가로되

"건괘초효(乾卦初爻)의 '자(子)'가 둔괘초효(遯卦初爻)의 '진(辰)'으로 변하고 '진'이 회두(回頭)하여 '자'를 극(克)하였습니다. 진은 용이요, 자는 쥐니 상제가 용(드래곤)의 난에 도망하여 쥐구멍으로 들어갔습니다. 고어에 '천개어자'(天開于子)라 하더니 오늘은 '천폐어자'(天閉于子) 올시다. 쥐구멍에 가서 상제를 찾으시오."

10. ✕ ✕ ✕

천사가 상제를 찾을 마음이 바빠 즉시 도사를 배사(拜謝)하고 쥐구멍을 찾아간다.

쥐구멍을 찾다가 의외에 용신묘를 발견하고 천사가 대경하였다.

'용은 미리의 별명이니 미리가 여기에 와있는 것이다.'하고 묘 중에 들어가 보니 과연 미리가 있기는 있다마는 석일(昔日)에 풍(風), 우(雨), 뢰(雷), 정(霆)의 조화를 부리던 '미리'가 아니요, 일개 토우상의 미리이다. 귀가 떨어졌

고 눈이 빠졌고 이마가 깨어졌다. 그 앞에는 한 접시 제물도 놓이지 않았으니 드래곤에게 패전하고 이곳에 와서 퇴거한 것이 명백하다.

"미리야 이놈, 상제는 어데다 두고 너 홀로 여기에 와있느냐? 나는 상제를 잊지 못하여 이렇게 찾아다니는 길이다…."고 천사가 미리를 대책한다.

미리는 냉소한다.

"천사야 이놈, 상제는 찾아 무엇하느냐? 천궁에 있던 때에 상제이지 천궁이 깨어진 뒤에도 상제가 있느냐? 상제가 있다면 죽은 상제이다. 죽은 상제는 산 쥐새끼만도 못하다. 말하자면 상제도 멸망하여야 옳지. 기실 내나 네나 상제가 모두 상고 민중의 일시 미신의 조작이 아니었더냐. 민중의 조작으로서 얼마나 민중의 해를 끼쳐 왔느냐. 상제 자신만 호강하였을 뿐만 아니라 상제의 제물 공물이라 평계하고 민중의 돈을 협잡한 놈이 없었더냐. 상제의 명을 봉승하였다 하며 세세 황제로 행악한 놈이 없었더냐? 최근 세계대전에 다수한 민중을 죽이어 낸 각국 제왕, 원수, 총사령관들이 모두 상제의 이름으로서 하지 않았느냐? 남의 나라를 먹고 그 나라의 유민(遺民)의 뼈다귀를 녹이는 놈들도 또한 상제의 뜻이라 하지 않았느냐? 오늘은 미신이 깨어지니 상제도 또 깨어졌다. 상제에 부속하였던 네나 내가 안 깨어질소냐?

억만 민중들은 고양이가 되고 과거 모든 세력자는 쥐가 되었다. 상제를 찾으려거던 쥐구멍으로 가보아라…."

천사가 미리의 말을 듣고 괘씸히 생각하였지만 그 마음이 벌써 상제에게 떠나 돌릴 수 없는 바에야 단언이 쓸데있으랴. 상제나 찾아가리라고 묘문을 나오니 서역방지를 위하여 쥐를 박멸하려고 출동한 민중들을 만났다. 천사 문득 도사의 점에 상제가 쥐구멍에 있으리란 말을 생각하고 울면서

"여보시오, 쥐를 잡지 말으시오, 쥐는 곧 하늘에서 도망하여 온 상제올시다."

하나 이 말에는 대답이 없고 다만

"왔다, 왔다, 드래곤이 왔다. 인제는 쥐의 말일이다."

하는 소리만 사방에 일뿐.■

신채호

1880년 조선 충청남도 대덕군에서 출생. 호는 단재, 일편단심. 필명은 무이생, 단생, 금협산인, 적심, 한놈, 환진, 연시동인 등. 이밖에 박철, 왕조숭,

윤인원이란 별명도 썼음.

1905년에 『황성신문』 논설위원으로 있었고, 1906년에 『대한매일신보』 주필로 있으면서 이 시기에 「을지문덕전」, 「이순신전」 등 영웅전기와 수다한 사론(史論)을 발표.

1910년에 연해주로 옮겨 『해조신문』, 『청구신문』, 『권업신문』 등을 편집.

1914년에는 상해에 갔다가 남만에 이르러 민족독립투사들과도 만나고 역사 유적도 답사.

1915년에 북경에서 민족독립운동에도 참가하고 역사 저술, 문학 창작도 함.

1928년에 대만 기륭으로 가는 길에 일제 해상경찰에 체포당하고 1936년 2월 21일에 여순 감옥에서 별세.

작품으로는 단편소설 「꿈하늘」, 「용과 용의 대격전」, 시 「새벽의 별」 등 수십 편의 작품을 창작하였고 「조선사연구초」, 「조선상고문화사」와 같은 많은 역사거편과 정론을 남겼음.

새벽

안수길

우리가 살던 M골은 두만강 상류의 산골짜기였다.

당시에는 기차가 통하지 않았기 때문에 조선서 간도로 들어오는 사람들은 청진에서 배에 내려서 회령까지 기차를 타고 회령에서 두만강을 건넌 다음 오랑캐령을 넘고 명동을 지나 용정으로 통하는 길을 걸어다니었다.

오랑캐령을 채 못 미쳐 동쪽으로 산골짜기를 좇아 들어가면 한 십 리쯤하여 두만강의 조그마한 지류가 흐르고 있다. 이 냇물과 산이 닥치는 곳 만주면서도 훤한 벌판이 아닌 삼 면이 산으로 둘러싸이고 두만강 쪽이 겨우 트인 곳에 아늑히 자리잡은 마을이 M골이었다.

총안(銃眼)이 휑하니 뚫어진 포대가 네 귀에 있는 높은 토담에 둘러싸인 집이 냇가에 하나와 산 옆에 하나씩 있고 그 집 주위에 초가집들이 적어 이 삼 호, 많아 십여 호 지붕을 땅에 대이고 혹은 뭉켜 있고 혹은 외따로 놓여 있다. 토담에 둘러싸인 집이 지팡주(地方主—地方은 농장인데 원 발음은 띠팡이다. 조선 농민들은 보통 지팡이라 한다.) 집이요 초가집들이 농민의 집이었다. 냇가에 있는 것이 호가네 지팡 산 옆에 있는 것이 윤가네 지팡이다. 이 두 지팡을 합하여 M골이라 하였다.

우리는 냇가에 있는 호가네 지팡에서 살았다.

겨울에 눈이 내리고 내물이 얼기만 하면 우리 동무들은 썰매와 팽이를 만들어 가지고 잘들 놀았다.

널판지 밑에 철사가 나란히 달린 썰매를 가지고 우리들은 장등에 올랐다. 우리들은 이것을 발구라 하였다. 장등에서 우리들은 발구에 배를 붙이고 착 엎디여 급한 경사를 쏜살같이 내려오는 것이었다. 그 아찔하고도 장쾌한 맛! 우리는 그 쾌미를 향락하기 위하여 어른들에게 매를 맞아 가면서 발구를 탔던 것이었다.

아버지는 마음이 내킬 때면 큰 발구를 만들어 주었다. 팽이도 깎아 주었다.

그러나 나의 유년 시대의 추억은 발구와도 팽이와도 관계없이 소금과 관련하여 더욱 뚜렷하다.

두만강이 어는 것을 기다려 아버지는 소금 밀수를 시작하였다.

M골에서 두만강까지는 이십여 리의 길이었다. 아버지는 저녁을 먹고 강을 건너가 소금을 지고 밤중에 넘어오는 것이었다.

아버지가 소금을 지고 오면 어머니는 그것을 나누어서 자루에 넣어 등에 업고 그 위에 포대기를 씌워 마치 어린 애를 업은 것같이 꾸며 가지고 이웃 각 촌에 다니면서 한 사발 두 사발 소매하였다. 그때에는 되라는 것이 있었다. 되의 표준은 움푹한 사기밥탕기—사발이었다.

어머니가

"짭자리 아이 사겠소?"

하고 남이 알세라 집집에 돌아다니면 그들은 마치 보화나 만난 것같이 달려들어 앞을 다투어 사는 것이었다. 돈도 내고 곡식도 내고 닭알도 내고.

아버지는 어머니가 가지고 간 나머지를 지고 명동, 용정 멀리는 국자가(局子街—오늘의 연길)까지 가서 마땅한 자리에 넘겨 주고 돌아오는 것이었다.

아문(관청)에서는 밀수를 막기 위하여 무장한 집사대를 두만강변과 그럴 듯한 길목에 두고 감시하여 잡기만 하면 총살이라도 하는 것이었다. 뿐 아니라 불시에 집집을 수색하여 소금표를 조사하는 것이었다.

당시 간도는 소금이 귀하였다. 관염이라고 관청에서 파는 것이 있었으나 값이 엄청나게 비쌌다. 밀수한 소금, 즉 사염을 다투어 사는 것은 값이 싼 까닭도 있으나 소금이 깨끗하고 질이 좋기 때문이었다.

관염을 사면 소금표라고 하여 산 분량을 적은 표를 주는 것이다. 그러므로 소금표를 조사하여 거기에 적힌 분량보다 현품을 많이 가지고 있을 때에는 사염을 산 것으로 단정하고 벌금에 처하는 것이다. 그리고 산 사람만이 처벌 당하는 것이 아니라 그 출처를 탐지하여 판 사람까지 걸리게 됨은 물론이다. 그러므로 사염의 매매는 문자 그대로 비밀 거래이며 소금표의 조사는 주민에게 대하여 큰 공포였다.

아홉 살인가 열 살인가 되었을 때였을 것이다.

동지가 지난 후던지 그것은 잘 기억 안 나나 눈이 많이 온 이튿날로서 몹시 맵짠 날인 것만은 잊혀지지 않는다.

우리들은 코로 번질번질 윤이 난 헌 토시를 끼고 때묻은 수건으로 머리를 동여 매고 발구를 탔었다.

장등으로부터 밭까지 쭉 흰 눈이 덮여 있고 강변 버드나무 가지는 솜을 걸어 놓은 것 같았다. 가을 맑게 개인 하늘에 있는 듯 없는 듯 걸려 있는 명주구름같이 쏴쏴 부는 바람에 따라 눈은 얼음 위에 이리저리 굴고 그럴 때마다 햇빛에 반사되어 반짝반짝하는 것이 유난히도 곱게 보였다.

우리들은 유쾌하였다.

소리를 지르면서 장난하였다.

그러나 우리의 유쾌도 잠깐 사이의 것이었다.

정오가 되었을 때일 것이다.

"저—기 무시기야?"

한 아이의 놀라는 소리에 우리들은 장등을 올려다보았다. 거기에는 검은 옷 입은 사람 다섯이 총을 메고 이리로 넘어오는 것이었다. 백일색의 장등에 검은 복장의 사람들—그것은 선명한 인상으로 우리의 눈에 박혔다. 그것을 보던 순간의 나의 마음은 지금도 역력히 기억할 수 있다.

나는 그들이 집사대인 것을 직각하자 가슴에서 큰 돌덩이가 툭 하고 떨어지는 것 같았다.

나는 집에 뛰어가서 알려야 되겠다고 생각은 났으나 가슴이 두군거리고 오금이 조이어 그 자리에서 얼마 동안 꼼짝할 수 없었다.

지난 밤 아버지가 한 짐 져다 놓고 눈이 너무 쌓이어 명동으로 못 가져간 것을 알고 있었을 뿐 아니라 평소에 아버지가 늘 집사대를 무서워하며 소금 조사 올까 마음 못 놓던 것을 알고 있었으므로 어린 마음에 그와 같은 공포가 일어났던 것이다.

내가 집에 갔을 때는 벌써 집사대가 오는 것을 안 모양인지 아버지는 낯이 새파랗게 질려 가지고 소금 자루를 들고 부엌에서 어쩔 줄 몰랐다. 말이 도무지 없고 한번 안 된다면 어쩔 수 없이 고집 센 아버지가 그렇게 당황해 하던 모양을 생각하면 지금도 그 광경이 눈에 선하다.

"에키, 나쁜 종간나 어디 갔다 이제 오니?"

때마침 어디 갔다가 황급히 뛰어오는 어머니를 보자 아버지는 너무나 급하여 말을 더듬으면서 독이 뻗친 뱀처럼 머리를 쳐들고 눈을 부릅떴다.

어머니는 급할 때면 옆사람을 손도 못 놀리게 하는 아버지의 성질을 빤히 아는 모양, 민망해 하면서 급히 아버지 앞에 가서 소금 자루를 맞들고서 뒷문 방을 넘어 서려 하였다.

방을 넘으려고 할 때 쾅 하고 아버지는 문 옆에 놓았던 물동이에 채여 자빠졌다.

그러자 소금 자루가 퉁 하고 문지방에 떨어지고 자루목이 풀어지며 쏴— 하고 흰 소금이 쏟아져 나왔다. 깨어진 동이에서는 이내 물이 철철 흘러 아버지의 옷을 적시었다.

이때의 아버지 낯은 무어라고 형용했으면 좋을지 도무지 적당한 말을 찾을 수 없다. 그 처참하던 얼굴! 절망에 다다른 얼굴!

아버지는 그 자리에서 일어나지 않고 될 대로 되라는 듯이 다리를 뻗어 버리고 어린 애가 트집 부리는 것같이 앉았었다.

큰일이 당장 일어나는 것만 같았다.

나는 어머니와 같이 소금을 처리할 생각은 없이 너무도 겁에 질리어 아버지 무릎에 엎드려 울었다.

어머니는 아버지와 나를 돌아볼 여지도 없이 바쁘게 서둘면서

"이 간나는 어디에 가서 상기 오잤니?"

하며 누이를 책망하였다.

아버지는 울상이 되었고 어머니의 악쓰는 소리, 나의 울음소리에 집안이 들썩할 때 절걱절걱 집사대가 들어왔다.

아버지는 필경 잡혀 갔다.

어머니는 아버지의 뒤를 울며 불며 애걸하며 따라갔다.

나는 뜰에서 벌벌 떨면서 울기만 했다.

아버지와 어머니가 동구에 나갔을 때쯤 하여 누이가 뛰어들어왔다.

나는 누이를 보는 순간 악이 머리끝까지 치밀었다. 집에서 일어난 봉변도 모르고 어디 가 편안히 놀고 왔다 생각하니 누이가 퍼그나 미웠다.

나는 저도 모르게 누이한테 달려들어 주먹으로 등을 쥐어 박기도 하고 발로 차기도 하고 악을 쓰기도 하였다.

누이는 어쩔 바를 모르면서 나를 달래었다.

누이는 그때 열여섯 살이었다.

나는 울다가 자버린 기억이 난다.

어머니가 돌아온 것은 저녁 때였다.

어머니는 들어오더니 주저앉으며 한숨을 푹 쉬었다.

동리에서들 찾아왔다.

아버지의 육촌 되는 아저씨가

"어쩝디까?"

물으니까

"죽을 때를 만났지비 백 원 벌금하라오."

어머니는 어린 것을 거느리고 하도 살림이 구차하기에 애들 겨울옷이나 한 벌 해입히자고 이번 처음으로 해본 것이 이렇게 되었으니 관청에서 널리 용서해 달라고 애걸복걸하였으나 들은 체도 않고 아버지를 갖가지로 구박한 후 가두어 넣고 모레까지 백 원을 안 가져오면 징역을 시킨다고 하더란 말을 하였다.

"어쩌문 좋겠소?"

어머니 말끝은 울음으로 변하였다.

치마꼬리로 코를 풀고 나서

"백 원에 열 잎이나 있소… 내가 미쳤어. 그냥 명동으루 가겠다는 거 눈 오는 밤에 산길을 어떻게 가겠는가구 말렸등이…."

"이렇게 눈이 무릎까지 오는 날에 올 줄이야 누가 알았겠소."

옆집 아낙이 말하는 것을 들은 체도 않고 어머니는 말을 이었다.

"금년과 내년에는 죽더래도 빚을 벗는다구 봄부터 이를 뿌득뿌득 갈면서 얼음 얼기를 기두르등이…."

어머니의 울음소리는 목이 메이게 들리었다.

모두들 할 말이 없음인지 잠자코들 있었다.

사실 어머니의 말같이 백 원은커녕 열 잎도 우리 집에는 없었다. 그뿐 아니라 박치만이한테 빚을 지고 있었다.

박치만은 우리 지팡의 관리인이었으나 실상은 주인이나 다름없었다. 원주인 호씨는 학덕이 겸비한 사람으로서 북경에 본집을 두고 거기에서 살고 있었다. 원래는 길림에 있었고 길림 일대와 간도 지방에 막대한 토지를 가지고 있었으며 일시는 당지의 사립초등학교 교장까지 지낸 일이 있었다. 그러다가 연로함을 따라 동만 지방의 가산을 정리하고 고향 북경에 가서 여생을 보내는 중이었다.

호씨는 특히 조선 사람에게 이해가 많아 길림에 있을 때에는 항상 작인들에게 후하게 하였다. ××년의 흉작 ××년 수해에는 소출을 받지 않고 곡창을 열어 이듬해 추수 때까지의 식량을 나누어 준 일까지 있었다.

주인들은 입을 모아

"고마운 사람이야."

"쉽지 않은 사람이야."

하고 치하하였다.

그러나 박치만은 그런 사람이 아니었다. 소출이 적다고 작인들에게 말썽부리기가 일쑤요, 관청에 등을 대고 주민들을 위협 공갈하여 제 이익만을 취하는 것은 오히려 용서할 일이나 주민들의 부녀자를 농락하는 등 소행이 아름답지 못하였다.

그는 원래 조선 태생이나 그 자신은 언제나 그런 티를 안 내려 하였다.

그리고 그는 말을 할 때면 의례 말끝마다 디[的]자가 붙는 어색한 중어를 상용하는 것을 자랑으로 여기었다. 주민을 욕하는 경우 '왕바당' 따위의 만주어 뒤에 '빗도요마—지' 같은 리시아 말이 나오고 맨 끝에는 으례 '간나새끼', '싸구쟁이[미친 놈]'니 하는 욕지거리가 잇달아 나오는데 그 사투리로 미루어 본다면 북도 사람인 것은 확실하나 어느 고을 태생임은 알 길 없다.

항상 만주복을 입고 있었으며 일 년에 두세 차례는 '류바쉬카'를 입는 것으로 보아 해삼위에서 나와 만주로 뒹굴던 사람임은 짐작되나 누구 하나 그의 경력을 아는 사람이 없었다.

그는 호씨의 양아들이라 하고 다니었으나 확실한 것은 모른다. 그러나 한편 그런 것 같기도 하였다. 그것은 호씨가 동만 지대의 소유지를 다 정리하면서 이 지팡만은 남기어 그에게 관리케 한 까닭으로서이다. 그러나 이렇게 말하는 사람도 있다.

호씨가 길림에 있을 때이다. 박치만이도 함께 끼인 몇 명의 '호적'(胡賊)이 호씨를 노리고 있었다.

그들은 호씨의 집을 습격하려던 날 밤 그들 사이에 의견의 충돌이 일어났다. 박치만은 일당을 배반하고 호씨에게 사전에 그 일을 알리었다. 호씨는 위기일발로 사경을 면하였다. 박은 호씨의 생명의 은인이라— 하는 것이다.

호씨와 박치만과의 개인적 관계야 어찌되었든 주민들은 호씨 같은 사람이 어찌하여 박치만 같은 인간을 지팡 관리인으로 정하였는가 이것만은 모를 일이라 말하였다.

주민들은 그를 '얼되놈'이라 부르며 경멸하였으나 그의 권리에는 어찌하는 수 없었다.

그가 이 지팡의 관리인이 된 것은 우리가 이리로 이사오기 삼 년 전이라 한다.

우리가 호가네 지팡에 온 것은 내가 다섯 살 때였다.

설은 쇠었다고 하나 몹시 추운 날이었다.

나의 기억은 두만강을 넘어 선 뒤의 한 장면이 가장 또렷하였다.

아버지는 나를 오줌 얼룩이 진 요에 싸 업고 어머니는 갓난애기를 이불에 싸 업었다.

누이는 아버지의 큰 저고리를 입고 따라왔다.

나는 어찌도 추운지 요 속에 머리를 박고 아버지의 등에 꼭 붙안겨 있으려니까 아버지의 등의 때 냄새와 요의 퀴퀴한 냄새로 숨이 막혀 견디지 못하겠던 생각이 난다.

얼마 안 되는 세 간 짐은 말을 한 필 내어 실었는데 짐보퉁이에 매달아 놓은 바가지가 달랑달랑하는 것을 나는 가끔 아버지 등에서 머리를 내밀어 재미있게 바라보았다.

아버지와 어머니는 아무 말 없이 걷기만 하였다.

가끔 말군이 말을 때리는 말채찍 소리가 딱 하고 언 하늘에 찢어지게 반향되어 들리던 것이 지금도 귀에 쟁쟁하다.

우리 고향은 함경남도 H읍 S포구였다.

포구에는 둥그스름한 섬이 셋이 조롱조롱 놓여 있어 경치도 좋고 물결이 잔잔하여 여름이면 미역 감기 좋고 겨울이면 명태 잘 잡히기로 유명한 곳이었다.

나는 무슨 까닭에 좋은 고향을 뒤로 두고 이런 스산한 곳으로 찾아오는지 그 까닭을 도무지 알 수 없었다.

그저 아저씨가 몇 해 전부터 간도에 와있고 아버지는 그 아저씨를 믿고 이곳으로 오는 것임을 알았을 따름이었다.

그때 아버지와 박치만이의 계약은 대개 이런 것이었다.

우선 집을 세내었다.

작인들이 들어 있는 움집 같은 집은 지팡주가 지어 작인한테 세 놓은 것이었다.

아버지는 가을에 농사하여 물어 주기고 하고 집을 세내었다. 소도 한 마리 얻어 왔다. 가을 햇곡식이 날 때까지의 양식도 꿔왔다.

이 빚은 모두 가을에 타작하여 갚아 주는 것이었다. 물론 갚아 줄 때에는 본전에 고리를 붙여 그 액수가 엄청나게 많은 것이었다.

밭은 얼마든지 부칠 수 있었다. 그러나 우리 집에서는 겨우 여덟 상지기(垧 - 간도 지방의 소상 한 상은 1천 평)밖에 못 부치었다.

사내라고는 오십 줄에 드는 아버지밖에 없었으므로 어머니는 물론 누이, 나 어린 나까지 밭일을 하였다. 그래도 여덟 상지기라는 농사는 힘에 부치었다.

곡식은 절반씩 나누었으나 그것으로 먼저 꿔 쓴 빚을 갚아 주면 도리어 모자랐다. 하는 수 없이 다음 해로 약속하고 양식을 꿔온다.

이리하여 꼬리를 물고 채바퀴 돌듯 그 궤도에서 벗어날 수 없고 빚 벗을 방도가 없이 되어 영구히 한 지팡에서 지팡주를 위하여 일생을 바치게 되는 것이나.

그때(소금 사건 때) 우리가 박치만이한테 진 빚은 돈으로 하면 사오십 원밖에 되지 않았다.

본래의 빚은 백 원도 더 되었으나 해마다 소금 밀수를 하여 빠득빠득 조금씩 갚고 남은 것이 그것이었다.

그러나 이 돈은 누이를 볼모로 쓴 것이었다. 박치만뿐 아니라 대개의 지팡주는 빚을 주는 데 사람도 볼모 잡았다. 사람도가 아니라 사람이면 더욱 좋아하였다. 가진 것이라고 돈값에 가는 것이 없는 주민한테 무엇을 담보로 돈을 줄 것인가? 젊은 처녀나 젊은 아내는 그것이 가장 확실한 담보가 되지 않을 수 없다고 그들은 생각하였다.

그리고 이 나라(구정권시대 동삼성)의 습관은 인질이라는 것을 조금도 어색하게 생각하지 않았다.

주민들은 이 이방의 괴습을 처음에는 이해할 수 없었다. 그럴 법이 어디 있나 하고들 모두 무슨 부정한 일을 하는 것같이 마음이 꺼림칙하였으나 그렇지 않으면 돈을 돌려 주지 않는데 할 수가 없었다. 설마 남의 처자를 빼앗을라구 이렇게 생각하였으나 그 결과는 이따금 사실로 나타나는 경우도 있었다.

소금 사건 때부터 삼 년 전 박치만은 아버지에게 오 년 안으로 빚을 갚아야 되는데 누이를 볼모로 해야 된다는 계약을 하였다.

아버지는 빚을 벗고 하루바삐 그 계약을 해제하려고 애를 썼다.

이리하여 목숨을 걸고 하는 소금 밀수를 시작하였던 것이다.

"이래도 죽고 저래도 죽을 바엔….”

아버지의 결심은 비상하였을 것이다. 그러나 죽지도 않고 빚도 다 못 갚고 이런 봉변을 당했던 것이다.

이튿날 아침 어머니는 우리 집 고문격인 아저씨에게 가서 의논하였다.

아저씨는 동네 사람들과 상의하였다. 박치만을 내세워 관청에 교섭하기로 하자는 것으로 의견의 일치를 보았다.

동네 노인 몇 분이 박치만한테 갔다.

박치만은 교섭하여 주기를 쾌히 승낙하였다.

"하하, 그거 안되었군. 난 도무지 모르고 지냈는데….”

하고 그 길로 눈에 빠지면서 군청에 있는 C까지 갔었다.

우리는 그가 아버지를 구하려 친히 갔다는 데 대하여 얼마나 고마운 생각이 났는지 몰랐다.

동네 늙은이들은

"그도 사람이겠지.”

하고 이번 일에는 박을 치하하였다.

과연 저녁 때쯤 되어 박치만은 아버지를 데리고 왔다.

돌아온 아버지를 보던 순간의 기쁨은 무엇에 비겼으면 좋을지 몰랐었다.

그러나 당자인 아버지의 낯에는 어딘지 모르게 무서운 구름이 끼어 있는 것을 느끼지 않을 수 없었다.

얼마나 고생하였소 하는 이웃 사람들의 인사에 대하여 아버지는 그저 허리만 구부리고 안으로 들어갔다.

뿐 아니라 이번 사건의 은인이라고 할 만한 박치만에게도 아무런 친절한 태도가 보이지 않았다.

동네 사람들이 오히려 박치만에게 친절히 치하하였다.

"참 욕봤수다.”

"눈에 빠지문서 고맙수다.”

나는 아버지의 태도에 이상한 생각을 품으면서 뒤를 따라들어갔다.

"에키!”

아버지는 정지에 들어 서자 무엇에 골이 났는지 이렇게 큰소리를 지르면서 웃음을 띠고 맞이하는 어머니의 따귀를 후려 갈기고 옆에서 어쩔 줄 모르는 누이에게로 달려들어 머리채를 끌고 두들겼다.

어머니는 부드럽게 말을 하였으나 아버지는 더욱 살기가 등등하여

"너희들을 죽이고 나도 죽겠다."

하면서 구석에 서있는 나를 끌어다가 엎어 놓고 등을 쾅쾅 때리고 그래도 성이 가라앉지 않는 모양인지 가마를 뽑아 부엌에 던지고 몇 가지 안 되는 그릇을 올려놓는 시렁 대신으로 쓰는 석유 궤짝을 밀쳐 와르르 소리와 함께 그릇을 깨어 놓았다.

집 안은 울음소리, 아우성소리, 그릇 깨지는 소리로 요란하였다.

이 소리를 듣고 동네 사람들이 달려와서 아버지를 겨우 진정시켰다.

"이 사람, 이게 무슨 모양인가. 도대체 어째 이러는가?"

아저씨는 엄숙하게 물었으나 아버지는 아무 대답 없이 묵묵히 머리를 숙이고 있을 따름이었디.

"이 사람, 성질이 나는 대루 맡겨 두면 되는가, 참아야지. 지팡살이하는 우리들이 골이 나는 대루 때려 부실래서야 어디 끝이 있는가. 그저 억울한 일이 있어두 죽었습네 하고 참고 욕되는 일이 있어두…."

아저씨의 말이 채 마치기도 전에 아버지는 팔에 눈을 갔다 대고 잉잉 소리쳐 울었다.

"저것들으 저것들으 먹여 살리자구 써억썩 허비지마는…."

울음이 북받치어 아버지는 말끝을 맺지 못하였다.

집 안은 아버지의 느끼는 소리로 가득 찼을 뿐이었다.

벌금을 오십 원으로 탕감하고 그것을 사흘 안으로 바치게 약속했다는 것을 동리 사람들은 알았다.

그러나 이 말은 아버지의 입에서 나온 것이 아니었다.

박치만이가 이번 이렇게 된 것은 전혀 자기 힘으로써 자기를 이렇게 주민의 편의를 위하여 애쓴다는 것을 자랑 삼아 만나는 사람마다 떠들고 외웠던 것이다. 이러한 경로로 우리 집에서도 사건의 전말을 알게 되었다.

지금 같았으면 아버지가 나오던 날 왜 그처럼 골을 내었을까 이해할 수도 있지만 그때의 어린 나이로서는 아버지가 나오게 된 까닭을 안 뒤에도 도무지 그 날의 아버지의 행동이 무슨 까닭으로 그랬는지 알 수 없었다.

—사흘 동안에 돈을 만들 수는 없다. 돈을 만들 수 없을 바에야 옥에서 풀

려 난들 무슨 기쁨이 있을 것인가. 하기야 집으로 돌아간다는 것만으로도 기쁨이 없는 것은 아니겠으나 그 기쁨이 있는 뒤에는 돈에 대한 커다란 불안이 마음을 내리 눌렀을 것이다. 그렇지만 집으로 올 때까지는 마음 가운데 기쁨의 요소가 돈에 대한 불안을 이기었을 것이다. 그러나 집에 와서 가족들을 보는 순간 기쁨을 만족시키는 순간 이제까지 억압되었던 돈에 대한 불안이 한꺼번에 폭발되었을 것이다. 그 위에 하루 동안이지만 구금되어 있는 동안 육체와 마음에 받은 고통은 몸과 마음을 상당히 괴롭게 하였을 것이다. 집에 나간다는 기쁨으로 집에 올 때까지는 몸과 마음이 긴장되었을 것이나 집에 닿는 순간 기운이 한꺼번에 빠지고 신경이 피로의 절정에 이르러 날카로울 대로 날카로워졌을 것이다.

이렇게 돈에 대한 불안과 신경질적 발작이 동시에 폭발되어 그 날 아버지는 미친 사람처럼 날뛰었을 것이다.

그때의 아버지를 이렇게 더듬는다면 눈물이 나리만큼 아버지가 그리워진다.

아버지는 그 이튿날도 집안 사람에게 아무 말도 없이 조반도 안 받고 이불을 쓰고 드러누웠다.

어머니는 아버지를 잘못 건드렸다가는 무슨 변이 또 일어날지 몰라 벌금에 대하여는 이래라 저래라 입도 열지 않고 아저씨한테로 갔다.

아저씨와 의논하였으나 오십 원이라는 돈을 구득해 낼 방도가 나설 리 없었다.

사흘 되던 날 아침 아저씨는 우리 집에 왔다. 아버지는 그 날에는 오십 원에 대하여 아저씨와 함께 진정으로 근심하였다.

"별수가 있나, 급한 대목을 막고 볼 일이지. 치만이한테서 돌릴밖에."

박치만이한테서는 동전 한 푼 돌리기 싫었다. 굶으면서라도 명년까지 빚을 벗자고 이를 부득부득 갈았다.

그러나 달리 도리가 없었다.

울며 겨자 먹기. 그렇다. 아버지는 그 돈의 결과를 빤히 알면서도 치만이한테서 빚 내지 않으면 안 되었다.

아저씨와 아버지는 치만이의 집에 찾아갔다. 날마다 알 낳는 암탉은 내가 들고서.

치만이는 오십 원 돌려 줄 것을 쾌히 승낙하였다. 먼저 돈과 함께 내년까지 갚아야 된다는 조건하에.

그리고 그 자신이 C에 가서 돈을 물고 오겠다고 하였다.

"집사대장을 내가 만나 고맙다 인사를 하고 돈을 주는 것이 좋겠소. 오십 원으로 탕감하고 곧 나오게 한 것도 내가 보증 선 까닭이니까 내가 가서 인사함이 옳은 일이오."

그는 중어로 이런 뜻의 말을 하였다.

아저씨와 아버지는 앞일이야 어찌되었든 우선 급한 대목을 막을 수 있었다는 데 대하여 오히려 기쁨까지 느꼈다.

후에 안 일이지만 박치만의 이번 처사는 모두가 흉계에서 나온 것이었다.

그는 누이를 탐내었다.

삼 년 전 계약을 하였을 때에는 아직 어렸으므로 한 오 년 더 자라기를 기다리었다. 그 동안 백 원이 넘는 큰 빚을 다 갚으리라고는 꿈에도 생각지 않았기 때문에 결국은 제 뜻대로 되겠지만 그 동안에 공연히 갖다 놓고 먹일 필요가 없다고 그는 지극히 타산적인 생각을 하였다.

그러나 갚지 못하리라 생각하였던 빚은 내년까지면 훌륭히 갚아 버릴 것 같고 누이는 처녀티가 나서 때를 놓치지 않을까 염려되었으므로 이번 사건의 흉계를 꾸며 낸 것이었다.

그는 우선 빚을 치르는 원인이 소금 밀수에 있는 것을 알았다.

그는 아버지의 행동을 늘 감시하였다. 소금 지러 가는 것을 지키고 있던 차에 바로 그 안 날 밤 한 짐 져온 것을 알고 사람을 시켜 집사대에 알리었던 것이었다.

그러나 그는 동리 사람들이 아버지의 석방 운동으로 찾아갔을 때 아버지를 위하는 것같이 승낙하였으나 거기에는 다른 흉계가 있었던 것이었다.

그는 집사대를 찾아가서 아버지를 놓여 나게 하였다. 대장과 의논하고 오십 원의 벌금을 바치라 하였다. 그의 권세로 한다면 오십 원을 안 문다 하여도 석방할 수 있었으나 오십 원을 바치게 한 데 그의 흉계가 있었던 것이었다.

아버지는 오십 원 돌리러 자기한테 오리라, 오면 돈을 주되 내년까지의 약속을 한번 더 따지자. 천하에 없는 아버지일지라도 일 년 안에 진 빚과 아울러 구십여 원이라는 돈을 갚을 수 없을 것이 아니냐. 더구나 소금 밀수도 금후로는 할 수 없을 것이니까. 그렇게 되면 내년에는 누이는 창피한 꼴을 보이지 않고서라도 제 계획대로 될 것이다. 박치만이는 이렇게 생각하고 빙그레 웃었다. 그러나 이 흉계는 그 위에 또 한 가지 박에게 이롭게 꾸미어졌다.

그는 집사대장을 찾아가서 십 원 한 장을 쥐어 주고 나머지 사십 원을 제가 먹자는 것이었다. 대장은 십 원만 쥐어 주어도 고맙다고 연신 머리를 꾸벅일 것이니까.

그리하여 그는 오십 원을 가지고 눈에 빠지며 장등을 넘어 C로 갔던 것이다.

소금 사건 직후에 아버지에 대한 기억은 어렴풋하다마는 어떻든 전보다 몇 곱절 골을 잘 내고 들부시기를 잘하고 고집이 세어서 집안 사람에게 대하여는 둘도 없는 폭군이었으며 어린 나에게는 더욱이 애정을 느낄 수 없는 오히려 공포의 대상이었다.

그러나 이렇듯 집안의 폭군인 아버지가 웬일인지 밖에 대하여는 양같이 순하였으며 참지 못할 굴욕에도 비열하게 보이리만큼 잘 견디었다.

빚을 벗고 살아 보겠다고 애쓰는 빛은 찾아볼 수 없고 한 푼 쥐어도 술, 두 닢 쥐어도 호주집으로 달려갔다.

그때의 아버지가 약침을 맞지 않았을까 의심하나 그런 것 같지는 않았고 실상 그렇다 하더라도 지금 와서 아버지를 아편쟁이로 내 기억에 남겨 둔다는 것은 가련한 아버지에게 대하여 너무도 잔인한 일이며 아들 된 나로서는 도저히 못할 일인 까닭에 스스로 부정하는 것이다.

그 대신 어머니는 더욱 부지런하였다. 그 후 두 번이나 혼자서 소금을 이고 왔다. 여자로 밤길을 혼자서 더욱이 들켜 난 지 얼마 안 돼서 소금 밀수를 하지 아니치 못하게 된 어머니의 고충은 헤아리고도 남음이 있는 것이다.

농사에는 상일꾼 한 몫의 일은 넉넉히 하였다.

아버지가 맥이 풀려진 후는 전혀 어머니 손으로 농사를 지은 셈이었다. 그 우에 틈을 타서 베를 짰다.

겨울 기나긴 밤 어머니는 누이와 둘이서 삼을 삼았다.

벽에 달아 놓은 어둠컴컴한 등잔불 밑에서 어머니는 바가지를 무릎에 씌워 놓고 그 위에다 써억썩 잘도 비볐다.

아주까리 동배야 여지 말라
북데기 속에서 신갈보 난다

누이는 어머니와 함께 삼을 삼으면서 어떤 때는 이런 노래를 불렀다. 그러면 어머니는
"체예 딸아가 그기 무슨 소링야?"
하고 책망도 하였다.
내가 조르는 바람에 누이가 무서운 옛날이야기를 하면 나는 어머니 치마로 머리를 가리우고 그대로 자버리었다.
그때의 어렴풋한 기억 가운데도 이 일만은 잊혀지지 않는다.
소금 사건이 있은 지 두 달도 채 못 되었을 것이다.
섣달 그믐께라 기억된다.
우리 동리에는 육군이 십여 명 들어왔다.
우리 동리에서는 마적과 함께 육군과 순경을 무서워하였다. 아니 마적보다도 육군과 순경을 더 무서워하였다.
마적은 실상 무섭다는 소문만 듣고 한번도 그들의 침입을 받은 일이 없었으나 육군 또는 순경의 침입은 일 년에도 몇 차례였다.
당시 장작림군벌의 사용병(私傭兵)인 육군의 생활이란 말 못 되는 것이었다. 복장도 식량도 잘 내어 주지 않았다. 용돈은 물론이었다.
그들은 농촌에 다니면서 약탈하지 않으면 그들의 생활을 유지할 방도가 따로 없었다. 법이 허락하는 약탈! 그렇다. 그들의 횡포에 대하여는 호소할 곳이 없었다.
우리는 육군과 순경을 사람같이 안 여기면서도 그들 앞에 겁을 내지 않을 수 없었다.
'육군 아이들'
이 말이 얼마나 경멸과 공포로서 어린 마음에 새기어졌는지 지금도 그 여운이 생생하게 느끼어지는 것이다.
육군이 들어왔던 날의 정경을 생각하면 치가 떨린다.
그들은 한 집에 몇 명씩 나누어 들었다.
우리 집에는 셋이 들었었다.
"닭을 몇 마리 쳐?"

그들은 들어오자 아버지더러 물었다.

"다섯 마리올세다."

아버지는 낯이 파래 가지고 손을 연신 주물러 가면서 마치 공경해 받드는 태도로 고지식하게 말하였다.

"거짓말 아냐?"

"거짓말 할 택이 있소."

"모두 붙잡아 와."

이 말이 떨어지자 무섭게 아버지는 나더러 빨리 붙잡아 오라 일렀다.

나는 닭을 빼앗기는 것이 무엇보다 아까웠다.

닭은 순전히 내 손으로 길렀다.

아침 일찍이 헛간 한구석에 만들어 놓은 닭장 앞에 가면 닭들은 벌써 내가 온 줄을 알고 꼴—꼴—꼴 하며 반기는 것이었다. 모이 바가지를 들고 마당 가운데 나오면 닭들은 내 발 밑에 조롱조롱 따라나온다. 나는 모이를 줄 것처럼 하다가 뒷걸음질하며 외양간 옆으로 가면 닭들은 목을 뻗치고 몸을 흔들면서 두 다리를 재빠르게 놀려 가지고 쫓아나온다. 그 귀여운 모양—나는 닭과 정이 들었던 것이다.

그리고 우리 집 암탉은 알을 잘 낳았다. 어머니는 그 알을 가지고 명동장으로 팔러 갔다올 때에는 소금에 노랗게 절은 청어를 새끼로 매어 들고 왔다. 물론 일 년에도 명절 때 서너 차례밖에 안 되나 이것이 유난히도 기억에 남아 있다.

그 청어의 맛있던 일! 후에 바닷가에서 펄펄 뛰는 생선도 많이 먹어 보았건만 그때 그 청어의 맛에 비길 것이 아니었다. 우리는 청어를 먹기 위하여 명절을 얼마나 기다렸는지 모른다.

나는 우물쭈물하고 섰으려니까

"빨리이!"

하고 아버지는 나의 뺨을 후려 갈길 듯이 눈을 부릅떴다.

나는 아버지에게 눌리워서 곧 돌아 서려고 하다가

"나 야펜.[아편 가져와.]"

하는 소리에 놀라 머리를 그리로 돌리었다. 그랬더니 거기에는 솜을 두툼하게 놓은 보통 청복 바지저고리에 각반을 치고 다 낡은 군모를 쓴 육군이 아버지를 쏘아 잡을 듯이 노리고 있었다.

"그런 거 없소. 그런 거 있을 택이 있소."
아버지는 애원하듯이 말하였다.
"왕바당."
그 육군은 아버지한테 달려들어 멱살을 잡아 흔들었다.
"여기 좋은 거 있다."
이때 굴뚝목에서 나머지 육군들이 누이의 손목을 끌고 나왔다.
누이는 안 끌리려고 발을 버디디었다.
그들이 두 팔을 무리로 끄니까 누이는 두 발을 모은 채 엉덩이를 뒤로 버
티었다.
아버지와 힐난하던 육군은 이것을 보더니
"호, 호."
하면서 아버지의 멱살을 놓고 누이에게로 달려갔다.
"이 쌍개 같은 놈들."
누이는 소리를 지르느라고 머리를 모로 돌리고 숨을 모아 쉬면서 그 자리
에 주저앉아 발로 육군의 가슴을 힘껏 찼다. 달려온 육군이 비켜 서고 동시
에 팔을 쥐었던 육군도 물러 섰다. 그러자 누이는 땅에 드러누워 팔과 다리
를 버둥거리며 그 자리에서 빙빙 돌았다.
육군들은 누이한테 달려들다가는 팔과 다리에 맞아 물러 서며 입을 하—
벌리고 누이를 내려다보았다.
아버지와 어머니가 달려가서
"어린 아를, 어린 아를 이러는 법이 어데 있능야."
하면서 항거를 하였으나 그들은
"아편 가져와!"
하고 아버지와 어머니의 가슴을 주먹으로 쥐어 박았다.
이때에 박치만이가 뛰어왔다.
"점마듸.[웨 이러는 거요?]"
치만이는 중어로
"아편을 갖다 줄 터이니 그 애는 그대로 내버려 둬."
사뭇 명령조였다.
육군들은 치만이의 말에 흐지부지 방문턱에 걸터앉았다.
치만이는 누이를 일으키려 하였으나 누이가

"어째 이러오?"

꽥 소리를 지르며 털고 일어나서 뒤울 안으로 들어갔다.

이 광경을 생각하면 치가 떨리는 것이나 여기에서 흥분하고만 있을 것이 아니라 이야기를 앞으로 더 진행시켜야겠다.

내가 겨우 다섯 마리의 닭을 붙잡아 가지고 왔을 때에는 그들은 벌써 정지 구석의 궤짝을 뒤져 헌 누데기옷을 방바닥에 흐트러 놓고 박치만이가 갖다 준 아편에 취하여 방에 드러누워 눈만 멀둥멀둥하고 있었다.

치만이는 누이를 다치지 말게 하려는 것과 또 그들한테 호감을 사기 위하여 그가 빨던 아편을 갖다 준 것이다. 그들은 닭 세 마리를 잡고 두 마리는 다리를 묶어 놓으려 하였다.

어머니는 입쌀을 구하려 이 집 저 집으로 다니었다.

그들은 점심을 빠이판[흰 쌀밥]으로 하라는 것이었다.

우리 집의 양식이라는 것은 옥수수죽과 감자 삶은 것과 조밥이었다. 꼬량[수수]밥도 한 몫 끼는 것이나 이밥은 일 년에도 몇 차례 구경 못 하는 것이었다. 물론 조나 꼬량에 섞는 것이지만 귀한 손님이 올 때나 단오 같은 큰 명절에 겨우 상에 올랐다.

어머니는 몇 집 돌아다니었으나 끝끝내 입쌀을 얻지 못하고 돌아왔다.

아버지는 주먹으로 박치만이 집 쪽을 가리키었다.

점심을 곱게 먹고 그들은 닭 묶은 것을 들고 나갔다.

다른 집에서는 혹은 도야지 혹은 옷, 혹은 쌀—이렇게 빼앗겼다.

아버지는 그들이 장등을 넘는 것을 본 다음에야

"이런 분하고 더러운 일이 어디 있나, 꽥소리 못 하구서리 온갖 짓으로 가들한테 곱게 바친단 말이—."

하고 동리 사람들과 함께 분해 하였다.

"언제 이 성화를 아니 받고 살 때가 있을까!"

어머니는 한숨을 쉬었다.

주민들은 누구나 할 것 없이 평화롭게 안온한 속에서 즐겁게 농사를 지을 수 있는 세상을 갈망하였다. 그러나 누구 하나 십이 년 후에 이 땅에 그들이 갈망하는 세상이 웅장한 보조로 찾아오리라고는 생각지도 못했다.

"내가 이 담 커서 유명한 장수가 될 테니까 그때에 그놈 육군 아아들으 단번에 쳐없애지 뭐."

나는 어린 마음에 잘 느낄 수 있는 의분에 몸을 떨면서 이야기에서 들었던 옛날 장수의 모습을 머리에 그려 보며 이렇게 어린 애다운 공상을 말한 기억이 난다.

그 후부터 우리의 놀이는 군사놀음이요, 나쁜 놈을 잡아다 치죄하는 따위로 변하였다.

그러나 이런 어린 애다운 공상과 놀음에 물리기 잘 하는 어린이의 마음이 채 만족도 하기 전에 우리 집의 운명을 뒤집어 놓은 끔찍한 사건이 생기었던 것이다.

잊혀지지도 않는 동지달 초닷새 날.

소금 사건이 일어난 이듬해 겨울이었다.

일 년 전에 지어 놓은 원인에 대한 결과가 어떻게든 찾아오리라고는 생각했지만 이러한 모양으로 와질 줄은 아무도 몰랐다.

나는 이야기의 순서상 동지달 초닷새 날에 일어난 일을 쓰기 전에 먼저 박치만이한테 빚을 갚을 기한날의 일부터 쓰기로 하겠다.

그 날 아버지는 아침에 박치만의 집에 불리어 갔다.

며칠 전부터 집안 사람들과는 싸운 것같이 말 한마디도 아니 하고 그렇다고 술을 마시는 것도 아니면서 밤 늦게 들어오고 아침 일찍 나가던 아버지는 그 전 날 저녁에는 술에 잔뜩 취하여 들어와서는 백구 타령도 하였다.

그러던 아버지가 날이 새고 나서 그 날 아침에는 대수롭지 않은 일에 골을 내고 조반도 받지 않고 이불을 쓰고 누웠다.

이윽고 박치만네 집에서 사람이 왔다. 아버지는 몇 번 몸이 아프다고 핑계하였으나 필경은 가지 않고는 못 배겼다. 아버지가 돌아온 것은 정오가 훨씬 지나서였다.

"동지달 초닷새날에 복동네[누이] 잔치를 하기로 했소."

아버지는 집에 들어 서자 어머니에게 십 원짜리 지폐 두 장을 내던지며 말하였다. 지폐는 두 장이 각각 춤을 추면서 어머니 무릎 앞에 내려와 앉았다.

"잔치랑이?"

어머니는 어떤 예감에 가슴이 떨리었다.

"이 돈은 무슨 돈이오? 그래 딸자식 한 목숨으로 기껏 자래워서 그래 그런 얼되놈한테 팔아 먹겠소. 난 싫소 난 싫어….”

어머니는 발악을 하였다.

“이런 되놈 땅에 끌구 와서 죽을 고생을 다 시키다가 나중에는 딸까지 팔아 먹겠소. 염치없소. 데럽소. 그기 애비 노릇이오. 사철 가야 몸에 걸 헝겊 한 왼래기 안 사입히문서 뻔뻔하게 애비누라구 그 얼되놈한테 제 딸아를 팔아 먹었궁… 그기 나를 못 잡아 먹어 하는 것이랑이. 그러지 말구 나를 잡아 먹소… 잡아서 고기까지 뜯어 먹소… 어려서 최문집에 들어와서 지금까지 벼라별 종 노릇을 다했소. 범 같은 시어미 천대두 받을 대루 받았다오. 배두 곯을 대루 곯아 봤다오. 사나운 매두 맞을 대루 맞았다오. 되놈 땅에 오장이 순순히 따라와서 손톱이 무즈러지도록 일을 했다오. 이 위에 무엇이 모자라서 내 고기까지 뜯어 먹자구 하오. 옛소, 죽이오. 죽여… 복동네야 늬 애비한테 한 몽치에 맞아 죽자… 죽여라… 죽여라….”

어머니의 포악은 보통 히스테리라고 말할 성질의 것이 아니었다. 그것은 마치 함정에 든 맹수가 최후의 발악을 하는 데나 비길 수 있을까. 나는 어머니가 소리칠 때마다 금방 아버지가 머리채를 끌려 달려드는 것 같고 금방 “에키, 간나!”하고 발길로 차는 것 같고 금방 그릇을 부수는 것 같아서 마음이 조마조마하고 뼈가 짜긋짜긋하였으나 아버지는 의외에도 머리를 흐트리고 다리를 뻗고 주먹으로 방바닥을 두드리며 미친 사람같이 포악하는 어머니와 그 무릎에다 얼굴을 박고 느껴 우는 누이를 보고 섰더니

“미친 년 지랄을 그만두어. 그러문 다른 수가 있던가.”

하며 순순히 나가 버리었다. 나는 아버지가 나가는 걸 보고서야 마음의 긴장이 풀어져 그 자리에 앉았다.

순하기 양 같은 어머니가 그렇게 아버지에게 달려든 것도 전에 없던 일이려니와 대수롭지 않은 일에도 들부시기를 잘하던 아버지가 그런 포악에도 순순히 나가 버린 것도 전무후무한 일이었다.

어머니는 아버지가 나간 다음에도 묵은 설음이 한꺼번에 북받치어 오르는 듯이 다리를 뻗어 버린 채 목이 메이게 울었다.

“나는 죽어도 거겐 못 가겠소.”

누이는 어머니가 손으로 코를 풀어 던지고 머리를 다듬어 다시 얹는 때까지도 엎디어 울더니 갑자기 머리를 번쩍 들고 결심이나 한 듯이 울음 섞인 말을 하였다.

어머니가 아무 대꾸도 없이 일어서는 것을 보고 누이는 다시 엎드려 이번에는 몸부림을 치며 울었다.

누이에게는 그때 상사(相思)하는 남자가 있었다.
자유연애! 지팡살이하는 처녀의 자유연애라는 것은 그 개념부터가 다른 것이었다.
그들은 무의식으로 하는 일이나 그들 앞에 놓여 있는 역경을 뛰어넘는 오직 하나인 방법이 이 자유연애였다.
그들은 곧잘 이웃 총각과 정분이 난다. 그리고 밤을 타서 밀회를 하고 나중에는 손을 맞잡고 몰래 마을을 하직하는 것이다. 볼모의 장본밖에 안 되는 그들 앞에 이것이 가장 현실적인 도피 방법인 것이었다.
둘이 맞붙잡고 벌면 어디 가선들 이만 살림이야 못 하겠나—그들의 가슴은 희망에 뛰는 것이다.
그러나 아버지와 어머니는 딸자식이 이웃 총각과 눈이 맞았다면 이것을 얼굴 못 들 망신으로 알고 도망하면 어디까지든지 가서 붙잡아 오는 것이다.
그것은 부모 된 사람의 마땅히 느껴야 될 일이고 하여야 될 일이겠으나 그들의 아무런 위안이 없는 생활에 있어서는 자식과 더불어 가족이 한자리에 있어 서로 얼굴을 보고 서로 원망도 하고 서로 노여워도 하고… 하는 것이 큰 위안이며 고생하는 보람도 있는 것이다. 그들이 자식들의 출분을 극력 말리는 것은 자식들이 떠난 뒤의 생활의 공허가 더욱 큰 이유라고 할 것이다.
그러나 붙잡아 왔댔지 별수가 없는 것이다. 결국은 볼모의 희생으로서 딸자식을 바치는데 지나지 않는 것이 고작이다.
누이가 아래 마을 윤가네 지팡의 삼손이와 어찌는 것 같더라는 소문이 돈 것은 지난 해 여름부터였다. M골은 집이 이곳저곳 띄엄띄엄 놓여 있었으나 대수롭지 않은 일이라도 뻔하였다.
삼손이가 밤중에 누이를 만나러 호가네 지팡으로 찾아와서 우리 집 근처를 빙빙 돌다가 개한테 다리를 물리었다는 둥, 둘이 만나면 붙들고 울고 도망할 계책을 꾸민다는 둥, 또 딴 뫼 밑 빈 집 옆을 누가 지나가려니까 안에서 후닥닥 뛰어나와 도망하는 남녀가 있었는데 어둠 속에서 얼굴을 잘 알 수 없으나 물론 삼손이와 복동녀(누이)였었을 것이라는 둥, 그러니까 복동녀

는 벌써 아이를 배었을 것이라는 둥, 아니, 벌써 다섯 살이 되었다는 둥, 있
는 소문 없는 소문이 한 입을 거칠 때 보태어지고 두 입을 지날 때 커져서
위아래 동네가 들썽하였다.

"그년이 암캐처럼 수캐 궁둥이를 따라다니능구."

동리 사람들은 이렇게 웃고

"그 사람두 똑똑한 줄 알았더니 딸을 작처해 두는 거 틀린 사람이궁."
하였다.

이렇게 소문이 퍼지고 무슨 하늘이 무너지는 것같이 떠드는 데에는 밭 갈
고 씨 뿌리고 밥 먹고 곤해 죽었다나고 빚 걱정밖에라고는 화제가 없는 그
들에게는 한 개의 심심치 않은 이야기거리를 제공한다는 외에 한 가지 원인
이 있었다. 그것은 M골 사람들이 삼손이네를 싫어한 까닭이었다. 삼손이네
가족은 삼 년 전 어디서 떠들어 왔는지 알 수 없게 삼손이의 할머니, 아버
지, 어머니, 동생 하여 다섯이 남부여대로 M골에 나타났다. 선주민들은 그들
가족을 앞대 사람이라고 싫어하였다. 거의 함경남북도 사람들만이 살고 있는
M골에서는 그들 사이에 통하는 사투리 외의 사투리를 쓰는 사람이면 앞대
사람이다 하고 경원하였다. 앞대 사람은 말을 웨드레거릴 뿐만 아니라 교만
하고 의리가 없고 이기적이라는 것이었다. 어떠한 근거에서 나온 것인지는
알 수 없으나 이러한 편견으로 말미암아 삼손이네와 동리 사람들은 어울리
지 않았다.

이러한 일이 있었다고 동리 사람들은 전하였다. —윤가네 지팡의 어떤 작
인이 소출을 지팡주 몰래 밀매한 일이 있었다. 그것을 윤가한테 찌른 것이
삼손이 아버지였다고 한다. 윤가는 이 사실을 알고 그 작인을 기지사경으로
때리고 지팡에서 쫓아내었다.

또 이 이야기의 첫두머리인 소금 사건 때에도 아버지가 소금 져오는 것을
감시하고 박치만한테 찌른 것이 삼손이의 아버지였다고 모두들 말하였다.

그러나 어떤 사람이 있어 그것이 사실이냐?하고 따지어 묻는다면 입에 풀
이 날 지경으로 삼손이네 악담을 하던 사람이라도 "그렇습니다"하고 책임있
게 나서서 단정할 사람은 없었다. 그것은 증거 없는 일이었다.

증거뿐이 아니라 사실 무근일는지도 알 수 없다. 앞대 사람에 대한 이상한
편견이 그들로 하여금 M골에 불상사가 생길 때마다 그 책임을 삼손이네에
게 둘러 씌우려는 심리로 나온 것이라 해석할 수 있거니와 이번 삼손이와

누이의 연애 사건에 대한 것도 그런 것에 지나지 않는다.

삼손이는 이 동리 사람들의 편견이 못마땅하였다.

알고도 모를 일—삼손이는 주민들과 그의 집과의 간격을 이런 한마디로 되뇌이고 슬퍼하였다. 그는 그 간격을 없애 버릴 도리를 진정으로 생각하고 마음을 썩이었다.

지금 생각한다면 그는 M골에서 유일한 선각자였다.

그는 스물두 살이었다.

조선서 보통학교를 졸업하고 기독교 청년회의 강습소에서 일 년간 수학하였다. 다분히 기독교의 영향을 받은 청년이었으며 당시의 기독교 청년이 그랬던 거와 같이 그도 역시 시내의 색 사조를 잘 호흡하였다.

누이와의 연애 사건이 그렇고 지방벌의 편견 타파도 그것이다.

그는 그의 집에 아이들을 모아 놓고 야학을 가르치려고도 하였으나 결국은 그것도 실패로 돌아가고 말았다 주민들은 서당에는 보내면서 삼손이한테는 아이들을 보내지 않았다.

그의 힘은 M골에서는 아직 미약하였다. 그러나 우리 어린이들은 그를 무한히 좋아하였다.

다른 것은 몰라도 그는 우리한테 축구를 가르쳐 준 사람이었다. 그가 이사 오자 얼마 안 되어서이다. 그는 호박 같은 것을 발끝으로 하늘을 향하여 높이 올려 차는 것이었다. 우리들은 모두 신기하여 야—하고 호박이 가는 곳에 시선을 주어 하늘과 땅에 얼굴을 들었다 낮다 하였다. 그는 우리들에게 뽈 차는 법을 가르쳐 주었다. 우리들은 빈 터에 돌멩이로 한 간 간격쯤 떼어 무더기를 만들어 놓고는 그 우에 옷을 벗어 가리어 놓고 그것을 '꼴문'이라 하였다. 신은 쌍코배기[만인이 신는 신]을 든든히 들매어 신었다. 우리는 발귀에 열중하듯이 축구에 열중하였다. 밥을 먹을 것도 잊어 버리고 뽈을 찼다. 삼손이의 뽈이 터져 못쓰게 된 뒤에 새 것을 살 여력이 없어 우리는 헝겊을 동그랗게 뭉치고 그 위에 노끈 같은 것을 칭칭 감아 공 대신으로 찼다. 그러나 축구로 말미암아 삼손이는 주만들의 미움을 더 샀다. 쌍코배기가 쉬 못쓰게 되고 집에 붙어 일하지 않으니까.

"그 앞대놈새끼 때문에 아들을 버린당이."

"그놈새끼와 같이 놀문 죽인다."

그러나 나는 삼손이가 퍽그나 좋았다. 나는 그때 축구 '몰포'(포—워드)였다.

그러므로 누이와의 연애 사건에도 도무지 삼손이가 그른 것 같지 않았다.

그러나 아버지는 동리 사람들의 아우성에 잠자코 있을 리 없었다. 누이가 연애 사건 때문에 아버지에게 책망 듣던 기억을 더듬으면 다음과 같은 것이다.

소낙비가 내리다가 개인 어느 날 오후인 상싶다. 나는 아이들과 함께 앞내에서 삼태기로 미꾸리를 잡아 가지고 집으로 돌아왔다.

한 손에 삼태기를 들고 이쪽 손으로는 뚝배기를 가슴에다 안았는데 그 뚝배기 속에는 대가리가 오글오글하는 미꾸리가 가득 차있었다. 나는 많이 잡았다는 기쁨에 가슴을 뛰면서 집으로 돌아오는 사이에 몇 번이나 뚝배기 안을 들여다보았는지 몰랐다. 나는 미꾸리라는 것을 장에 갔다 파는 것인 줄 알면서도 이번의 것은 어쩐지 내놓고 싶질 않았다. 그러나 한편으로는 어머니가 언제부터 사려던 베틀의 북을 사는데 보탬이 되게 하여야겠다는 생각이 일어났다. 어머니는 반가이 맞아 들이리라. 아버지는 오래간만에 웃으리라, 이렇게 생각하면서 나는 우쭐거리며 집에 들어 섰다. 그러나 내 앞에 벌어진 집안의 광경은 나의 상상과는 너무도 어긋나는 것이었다.

"에매애앵 쇠치내 한 배뜨레기 잡아 왔슴메—."

나는 그만 집안의 독살스러운 분위기에 열었던 입을 닫지도 못 하고 부엌 옆에 엉거주춤하고 서지 않을 수 없었다.

"이 쌍간나야, 그래 그기 정말이란 말이야? 이 암내를 내는 개처럼 응이 미친 간나야. 그래 이런 망신이 어디메 있늬? …서나지래두 용서 못하겠다는데 딸간나가 그래 서방질을 댕겨. 아무리 집안이 망해서 되눔의 지팡살이를 하기루서니 …지금 동리서 무시기라구 하는지 아니? 애비 낯에 똥칠을 하구… 그래 그놈아를 당장에 떼팽개치지 못한갠? 이런 건 쥐게 없애야 된당이… 그리구 내가 자결해 죽으문 그만이 앙이겠는가…."

아버지는 화닥닥 일어나서 가마 옆에 놓은 식칼을 번쩍 집어 들고 누이한테 달려들었다. 어머니는 재빠르게 아버지의 허리를 힘껏 안았다. 아버지는 허리를 안기어서 식칼 쥔 손과 다리를 버둥버둥하면서 소리만 질렀다.

어머니는 산산이 풀어져 눈앞에 가리어진 머리칼을 헤치느라고 머리를 좌우로 혼들면서 껴안은 팔에 응응 소리를 내어 힘을 주었다.

누이는 울면서 달음박질하여 뛰어나갔다.

잠깐 동안 어머니와 아버지는 말없이 버둥거렸다.

어머니가 아버지의 허리를 놓았을 때는 누이는 어디 갔는지 보이지 않았다.

"이놈 새끼를 죽이구 와야겠다."

아버지는 그 길로 뛰어나갔다.

"남으 자식을 나쁘달 게 있는가. 떠들문 궤래[자기]이 망신 되는 줄을 모르구."

어머니는 머리를 다듬어 올리면서 아버지의 뒤를 쫓아나간다.

삼손이를 단념하기란 창자를 끊는 것 같았으나 단순한 누이는 단념치 않다가는 아버지가 저를 죽이고 그리고 아버지 자신도 자결하고 집안에 큰 변이 꼭 생길 것만 같이 생각되었다.

그 날 밤 누이는 술상을 받고 앉았는 아버지 앞에 엎드려 빌었다.

이후 삼손이와는 관계를 끊고 아버지의 말대로 순종하겠다고….

아버지는 호주를 쭉 들이켜고 카아— 하는 소리를 좀 길게 낸 다음 손가락으로 김치쪽을 쥐어 입에 넣고 우걱우걱 씹으면서 천천히 말하였다.

"허허, 그래야 옳은 법이지. 그래야만 내 딸이지… 우리 집이 이렇게 할 수 없이 되어두 그렇잖은 집안이니라. 우리 오대 조부가 참봉을 했는데 최 참봉이라문 읍에서 뜨르르했었니라. 지금두 고향에 나가문야 가문이 버젓하고…."

노여워하기 잘하는 아버지는 풀리기도 잘하는 것이었다.

"에이구 듣기 싫소. 밤낮 오대 조부 참봉소리에 귀 아파 죽겠네."

어머니는 술잔에 술을 치면서 이런 말을 하였다. 아버지는 입가에 웃음을 띠었다.

집안에 화기가 넘치었다. 앞마을에서 개 짖는 소리가 들리었다.

"내년까지면 빚을 다 벗을 테니까 빚만 벗으문 너를 내 그래 삼손이 같은 앞대놈한테 주구 있겠니. 고향에 나가서 한다 하는 가문에다 맏며느리로 보내지… 게산[거위]이 껑껑 우는 집, 갓신을 뜰뜰 끄는 집에 말이다. 허허…."

아버지는 유쾌하게 웃었다.

"너이들 배고프겠구나."

나를 끌어 앞에 앉히고 머리를 쓰다듬으면서 아버지는

"창복아, 너는 오늘 쇠치내 한 배뜨래기 잡아 왔다지? 호호, 이저는 다 자래웠거덩."
하며 어머니더러
"여보, 창복이 잡아 온 쇠치낼 모두 넣고 재장을 끓이구 감쥐를 썰어 넣구 밥을 많이 해서 아들을 푹 먹이오." 하였다.
이리하여 누이는 삼손이를 억지로 잊으려고 하였으나 그것은 도무지 될 수 없는 일이었다.
두 달이 지났을까. 그들은 전과 같은 사이로 되돌아가고야 말았다.
어느 시기까지 비밀을 지키자—그들은 겉으로는 아무렇지 않은 것같이 꾸미고 굳은 약속을 하였던 것이다.

박치만이는 누이를 첩으로 데린다고 동리에 알리었다.
도야지도 잡고 음식을 잘 차리고 잔치를 크게 한다고 하였으며 잔치 날에는 라바(만주 날나리)도 불리겠노라 하여 벌써 C에 사람을 보내어 라바 군을 오게 했다는 소문이 났다. 그리고 그 소문은 사실이었다.
그뿐 아니라 북경에 있는 호씨가 이번 잔치에 온다는 것이었다. 죽기 전에 최후로 그 전 살던 동만 지방 일대를 밟아 보겠다는 것을 항상 말하였는데 이번 치만이의 잔치를 기회로 평소의 뜻을 실현한다는 것이었다.
박치만은 라바보다도 음식보다도 호씨가 온다는 것을 더욱 자랑으로 여기였다.
"첩은 무슨 첩, 이름이 좋아 첩!"
동리 사람들은 그 사람이 끝끝내 딸을 빼앗기고 마는구나 하면서도 박치만이의 진심으로 서두는 것 같은 태도에 의아하지 않을 수 없었다.
박치만이의 태도는 사실로 진심으로 나오는 구석이 없지도 않았다.
그의 본처는 만인이고 아편을 즐기는 습관이 심하였다. 부부로서의 낙이란 이미 끊어진 지 오래다. 그는 해골이나 진배없이 된 그의 본처와 나무에서 갓 따온 과일 같은 복동녀를 대조할 때 거기에 그의 인간 애욕은 치열히 불탔다.
그 위에 그는 조선 태생이라 같은 조선 태생의 아낙을 맞아 보고 싶은 충동도 일어날 수 있는 일로서
"첩이라 하여도 이건 실상 내 본처나 다름없소. 히히, 내 말을 알아듣겠

소?”
하며 아버지를 달래었다.

“첩으루 데린다문사 복동녀두 신세를 찾겠지비!”
아낙들은 일편 부러워까지 하였다.

아낙들뿐 아니라 어른들도 북경의 호씨가 온다는 반가움으로 하여 누이의 불행은 오히려 대수롭게 여기지 않았다.

첩으로 데린다는 소문이 퍼지면 퍼질수록 누이의 마음은 초조하였다.

누이는 선고를 받은 날부터 밥을 먹는 둥 마는 둥 하였으나 잔치 날이라는 동지달 초닷새를 닷새 앞두고서부터 가마에 부었던 물도 입에 넣지 않고 뒷방에 누워 일어나지 않았다.

“어째 이리 궁상을 떨구 야단이야. 어째 집이 뒤집히는 거 보구 일어나겐?”

이렇다 저렇다 말이 도무지 없던 아버지는 이튿째 안 일어나는 것을 보고 소리를 질렀다.

“저보다 국이(생각) 없어 그러겠능가. 지 하나 구길하면 애빈 열이나 구길하는데… 썩 일어 못 나겐.”

사실 아버지의 가슴 가운데는 막연하나 한 가지 계획이 있었다. 그것은 호씨가 오면 그한테 모든 사정을 이야기하자는 것이었다. 사리에 밝은 호씨는 응당 박치만이의 처사가 그른 것을 지적할 것이 아닌가.

아버지는 이렇게 생각하였으나 이 생각은 입 밖에도 내지 않았다.

누이는 그저 틀고 누웠다.

누이는 어머니를 태산같이 믿었다. 어머니는 내 편이리라 생각하였다. 이것은 누이의 오직 하나인 희망이었다.

그러나 어머니는 누이의 그 희망까지 빼앗고 말았다. 나는 어머니가 누이의 희망을 빼앗았다 하여 그 후의 누이의 행동에 대한 책임을 어머니께 돌리는 것은 결코 아니고 도리어 어머니로서도 어찌할 수 없었다는 데 대하여 어머니를 얼마나 동정하는지 모른다.

잔치 이틀 전—그 날 저녁에 어머니는 누이의 머리맡에 앉아 누이를 달래었다.

“…생각해 봐라. 낸들 지 새끼를 몹쓸 얼되놈한테 주기 좋을 택이 있니? 하나 할 수 없는 일이로구나. 아버지 마음도 니가 곰곰히 생각해 봐라, 빚을 벗어 보자구 애를 썩썩 쓰고 이를 북북 갈았지마는 너두 알다시피 어디 맘대루 되드냐. 나두 처음에는 네 애비를 원망두 하구 악두 써봤다마는 그게 다 답답한 속에서 나오는 생트집이지 어찌 아버지만 나쁘다구 하겠느냐. 너 아버지만큼 자식에게 끔직하구 살아 보겠다구 허비는 어른도 드물단다. 요즘 술을 좀 자시는 것 같구 자식들한테두 소홀한 것같이 보이지마는 애쓰던 게 맘대루 되잖으니 화김에 그러능기지 실상 너에게나 나한테 소홀해서 그러는 게 아니란다. 도리어 그럴수록 마음으로는 진정으루 근심하며 그 범같이 보이는 어른이 밤에 자리에서 일어나 눈물을 흘리는지 아느냐?”

어머니는 치마깃을 뒤집어 두 눈에 갖다 눈물을 닦고 나서 베개에 낯을 파묻은 누이에게 다가앉으며 계속하였다.

“요즘두 니가 이틀이나 먹지 않구 드러누워 있으니 겉으루는 너를 죽이리 살구리 하면서두 밥상이라구는 받는 놀음을 하구 한 술 뜨나마나 하다가 물리는구나. 나도 끝내 반대를 해서 일이 될 것 같으문야 어째 반대를 아니 하겠니. 설마 반대를 해서 뜻대루 된다구 해보자, 니가 그 집으루 아니 가는 동시에는 빚을 곱게 바쳐야 되잖겠니. 그 돈이 어디메 있니. 돈을 못 드려봐 봐라, 너를 억지루래두 붙들어 갈 게구 아버지를 때려 죽이기래두 할 게 아니냐. 그러니까 아무래두 피치 못할 바에야 저쪽에서 좋게 데려가겠다구 할 때 선선히 가주는 게 뒤를 봐 좋지 않겠니… 지금 밖에서들은 복동녀가 신세를 찾는다구 불버들하는구나. 나는 모르지만 박개두 조선 사람이라니 되사람보다야 낫쟁겠니… 그까짓 거는 모르겠다마는 니 하나만 거기 가서 죽었습네 하구 하라는 대루만 해보려무나. 그러문 집에서처럼 배야 굶겠니. 니 덕에 니 애비 에미가 잘살자는 기 아니라 니 하나만 편안하문사 우리야 일 있니.”

어머니의 나즈막한 소리와 누이의 흐느껴 우는 소리가 방 안을 더할 수 없이 엄숙하게 만들었다.

누이는 어머니가 죽을 가지고 들어왔을 때까지 베개에서 얼굴을 들지 않았다.

누이는 머리를 흐트린 채 어머니가 떠서 먹여 주는 대로 죽을 받아 먹었다.

이튿날 아침 누이는 사흘 만에 처음 아침도 제대로 먹고 슬며시 밖으로 나갔다.

서당에서 파한 것은 정오가 넘어서였다.

언제부터 서당이 생겼는지 모르나 여름에는 일 때문에 그렇지 않지만 겨울이 되면 어른들은 우리를 동리에서 의원 노릇도 하고 한문줄이나 안다는 선생님이라 부르는 영감네 방에 몰아 보내어 하늘천 따지를 읽게 하였다.

겨울 동안 서너 달 매를 맞아 가며 부지런히 읽어야 겨우 지게 호(戶) 봉할 봉(封)까지나 외우게 되지만 그 후 근 여라문 달이나 버리게 되니까 다음 해 겨울에는 역시 하늘 천 따 지도 생전 보지 못하던 글자같이 되고 만다.

우리들은 서당보다도 썰매와 축구에 정성이 더 있었다.

그러나 선생님은 하루만 서당에 안 와도 불러다 때리고 집에서는 서당에 가기만 하면 수가 생기는 줄 알고 쫓아 보냈다.

나는 배는 고팠지만 집에 일찍이 갔댔자 먹을 것이 있을 것 같지 않고 거기에 누이 일 때문에 요즘 늘 집안이 뒤숭숭하므로 서당에서 파한 다음에도 집에 곤 돌아가지 않고 애들과 함께 얼음에서 놀았었다.

그 해에 들어서 처음으로 언 얼음이었다.

그리고 날씨가 푸근하였다.

물은 깊지 않았으나 얼음이 꺼지면 위태치 않은 것도 아니었다. 그러나 애들은 일 년 만에 만나는 얼음이라 팽이며 발귀며 있는 것을 모조리 가지고 나와 놀았다.

얼마쯤 놀고 있노라니까 이십여 간쯤 되는 건너편 언덕에서 어른들의 떠드는 소리가 요란히 들렸다.

문득 건너다보고 나는 놀라지 않을 수 없었다.

거기에는 누이가 무슨 꾸레미를 들고 앞에서 걸어오고 그 뒤에 아버지가 누이를 몰아 세워 가지고 오는 것같이 따라 섰다.

아버지 뒤에는 박치만의 집사람이 삼손이의 멱살을 잡아 끌고 무어라고 중어로 지껄이었다. 삼손이는 몸을 버티고 서서 반항하니까 박치만의 집 사람은 삼손이의 뺨을 후려 갈겼다. 삼손이도 그를 때렸다.

둘은 부둥켜 안고 뒹굴면서 싸웠다.

아버지는 뒤도 돌아보지 않고 누이를 몰아 세워 가지고 집으로 돌아왔다.

나는 잠깐 동안 싸움 구경을 하다가 아버지의 뒤를 따라 집으로 달음박질하였다.

집에 들어 서자 누이는 꾸레미를 내던지고 쓰러졌다.

"이 쌍간나 끝내나 끝내나…."

아버지는 부엌에서 부지깽이를 들고 올라와서 쓰러져 있는 누이의 궁둥이를 수없이 내리 때렸다.

누이는 엎드린 채 매가 내려질 때마다 몸을 꿈틀거릴 뿐 울지도 않고 악도 쓰지 않았다.

어머니는 아버지를 막아 서서 누이를 일으켰다.

아버지는 어머니를 피하면서 누이를 때리려 하였다.

어머니는 재빠르게 아버지 쪽에 등을 들여 밀고 누이를 안았다.

두어 번 좌우로 왔다갔다 하였다.

"그래 꼬리를 치고 사내 궁둥이를 따라 달아나는 간나를 내 집에 살려 두어…."

아버지는 소리를 질렀으나 그 소리에는 전에 듣던 호랑이 같은 날카로움이 없었다. 그 소리 가운데는 어덴지 울음을 참으면서 억지로 위엄을 돋구려는 느낌이 없지 않았다.

사실 아버지는 눈물을 흘리었다. 나는 아버지의 눈물 흘리는 낯을 보았다. 눈물 흘리는 순간의 얼굴을 보았다.

지금 이 순간에도 그때의 아버지의 얼굴이 그대로 내 마음 가운데 뚜렷이 나타나 있지마는 나는 애써 그 얼굴을 여기에 그리려고 아니 한다. 때 묻은 붓이 마음 가운데의 거룩한 경지를 행여 더럽힐까 저어함이다.

아버지는 눈물이 뺨에 흐르는 것을 깨닫자 머리를 돌리고 방으로 들어갔다.

어머니가 꼭 지키고 있는데도 누이는 몇 번이나 뛰어나려고 하였다.

삼손이는 박치만의 집 사람한테 유혈이 낭자하게 두들겨 맞고 남의 집 처녀를 유인하는 나쁜 놈이라고 '야—문'에 알린 바 되어 저녁 때가 채 못 되어 순경한테 잡혀 갔다.

"니 생각에는 귀찮은 꼬락서니를 보지 말구 도망해 버리문 고만이겠다고 한 일이겠지만 그기 다 철없는 데서 나온 생각이다. 니가 도망가문 그 뒤일이 어찌되겠니. 그때사 니 에미 애비는 죽게 되는 게 아니야. 에미 애비 죽는 거는 모르겠다만은 니라두 달아나서 잘살게 된다문야 여북 좋겠니. 그러나 그런 놈을 따라가서야 간 데마다 개꼴이 되지 어데 신세를 찾겠늬. 일시는 너희들이 정이 두터워 달아난다구 해두 그리구 지금은 죽자 살자 해두 세상일이라는 게 어떻게 아니. 어디메 가서 귀찮으문 팔아 먹겠는지 쥑여 버리겠는지 어떻게 안다더냐. 부모가 정해 준 조강지처두 거뜩하면 싫다구 하는 젊은 아이들이. 그래 너두 꼼꼼히 생각해 봐라… 그리고 아까 순경이 와서 남의 처녀딸을 홀려 내는 나쁜 놈이라구 그 사람을 잡아 갔다더구나. 그러니 아예 그 사람 생각을 딱 끊구서 아버지 시키는 대루 해라. 팔재(八字) 그런 거 어찌겠니. 근본두 모르는 그런 사람을 따라가서 개 꼴이 되는 것보다 부모 옆에서 부모 자식이 그럽지 않게 사는 대루 살다가 정녕 팔자 사나우문 같이 죽으문 그만이 아니냐. 박개는 사람이 아니라데… 부모 옆에 있으문 아무 일도 없니라.”

어머니로서는 이렇게 달래지 않을 수 없었다.

밤은 길었다.

불도 없는 캄캄한 뒤방에 어머니의 말소리가 그치자 잠깐 동안 침묵이 흘렀다. 씽씽 바람소리가 음산히 들릴 뿐.

“어마이 나가 눕소.”

누이의 기운 없는 소리에 방 안의 정적은 깨어졌다.

“내가 달아나 잘 되구 못 되는 건 모르겠소만은 내 하나이 달아나는 걸루 부모가 죽게 된다문야 아무리 범새끼만 못한 내라두 어찌 내 고집만 쓰자구 하겠소… 그래 그저 팔자가 이렇거니 하구 기왕 남한테 숭(흉)을 들은 거 늘그막에 그렇게 고생하는 부모 마음을 편안하게 해드리자구 별의별 생각을 다했지만 정작 박개한테 가자구 하니 앞이 캄캄해지구 지금까지 먹었던 마음이 간데온데 없이 달아나 버리니 이러지두 못하구 저러지두 못하구… 어마이 나는 어찌라우.”

누이의 느끼는 소리만이 들리었다.

어머니는 딸의 고민으로 들먹거리는 어깨를 어둠 가운데서도 역력히 보면서 치마자락으로 코를 조용히 풀었다.

닭 우는 소리가 들리였다.

“나는 무슨 죄를 짓구 나서 자식한테 이런 못할 짓(노릇)을 하고….”

잠자코 있던 어머니는 갑자기 땅을 치며 목놓아 울었다.

누이의 울음소리도 이에 따라 높아졌다.

“이 늙은이(영감)는 어디 갔는지!”

어머니는 아직도 들어오지 않은 아버지에게 대하여 원망 비슷이 말하였다.

아버지는 누이가 도망하는 것을 붙잡아 왔으나 그러나 싫다는 박치만이한테 억지로 가라고 한다는 것은 아무리 딱한 사정이라 하여도 차마 할 수 없는 일이었다. 처음 구원할 방도가 발견되지 않았을 때에는 단념도 하였다. 그러나 호씨가 온다는 말을 듣고부터는 다시 기운을 내었다.

아버지는 최후의 희망은 호씨를 만나 이번 사건의 자초지종을 이야기하고 구원을 받자는 것이었다. 호씨는 어저께 용정에 와있었는데 잔치날 낮에 M골로 오리라는 것이었다.

아버지는 미리 용정에 가서 호씨를 만나 보자는 것이었다. 성미가 꼿꼿한 아버지는 일이 안 되면 창피하다 하여 동리 사람은 물론 어머니한테도 안 알리고 혼자서 엊저녁 밤길을 타서 용정으로 향하였던 것이다.

아버지는 소금을 지고 다니던 길이라 빈 몸에 펄펄 날듯이 용정에 닿은 것이 밤 아홉시쯤이었다. 곧 호씨가 머물고 있는 손씨의 집을 찾아서 그를 만날 수 있었다.

호씨는 아버지의 이야기를 우선 듣기는 하였으나 그 자리에서 무어라 규정을 지을 수 없었다.

박치만이한테 지팡의 관리 일체를 맡겨 놓았을 뿐 아니라 일이 사람의 애정에 관한 것이기 때문에 우리 집안의 딱한 사정은 십분 동정하나 박치만의 개인 사정인 애정 문제에까지 들어가 간섭할 수 없는 것이 아니냐는 것이었다.

"하여튼 오늘 밤 여기서 자구 내일 아침에 일찍이 함께 지팡으로 가봅시다."

호씨는 이런 뜻을 말하고 그의 친구 손씨는

"그렇지요. 내일 아침 지팡에 들어가서 박치만이를 잘 타이르시던지… 그러나 무어 이왕 그렇게 된 일이니 아무러나 시집보내지 않겠다구… 그래두 내버려 두는 것두 해롭지야 않겠지요. 호 선생이 박치만의 뒤를 돌보아 주니 박치만의 첩이자 호 선생의 며느리나 다름없는 것이 아니겠소. 오히려 기뻐해야 될 일일 줄 아오…."

이런 뜻의 말로 도리어 아버지를 달래었다.

그리고 집안 사람을 시키어 아버지의 잠자리를 마련하라 하였다.

아버지는 그 자리에서 두 눈에 눈물이 핑 돌았다. 알지 못할 슬픔이 왈칵 치밀어올라 그 자리에 엎디여 몸부림하며 실컷 울고 싶었다.

아버지는 손씨와 더불어 호씨가 만류하는 것도 듣지 않고 밖으로 나왔다.

오충대거리를 어둠 속에 거닐면서 가슴에서 치밀어 올라오는 설음과 빠직 빠직 타는 초조에 어쩔 바를 몰랐다.

그러면서 아버지는 문득 아버지의 어린 시절에 늪에서 미역 감다가 빠져 죽을 뻔했던 때의 일이 생각이 났다고 후에 말하였다.

몹시 더운 여름날이었다 한다. 아버지가 열두 살 때의 일이었다. 아버지가 생장하던 곳은 포구가 아니고 깊은 산골짜기였다. 그 동리에 이름 높은 청소(靑沼)라는 늪이 있었다. 넓이는 겨우 벼노적가리 대여섯 개 합친 것밖에 안 되었으나 깊이는 얼마나 되는지 아는 사람이 없었다.

옛날 그 물 속에 그 마을지기 구렝이 하나가 살고 있었다. 동네 사람들은 매년 숫처녀 히니씩 이 지기구렝이한테 바치고 농사 잘되기를 빌었다.

구렝이는 숫처녀 백 명을 삼키면 용이 되어 하늘로 올라간다는 것이었다. 그리하여 아흔아홉까지는 무사하였으나 가장 중요한 백 번째가 부정한 처녀였으므로 구렝이는 하늘에 오르다가 떨어져 버리고 그 죄로 그 동네에는 구 년의 대흉과 삼 년의 대역(大疫)이 계속되어 주민이 거의 전멸되다시피 되었다는 전설이 있으며 그 후부터는 매년 이 늪에서 노소를 가리지 않고 사람이 하나씩 빠져 죽었다는 것이었다.

아버지는 아이들과 함께 미역 감으러 청소에 갔는데 먼저 옷을 벗고 들어간 아이가 젖꼭지 위를 물 위에 내어 놓고

"××야, 청소가 기껏 깊다구 해두 겨우 요것뿐이구나. 이거 봐라, 내 지금 바닥을 디디구 섰는데 여게밖에 물이 오잰다. ××야, 너두 빨리 들어오나라."

하며 손질하였다. 아버지는 더위와 호기심으로 다른 것은 의심할 여지도 없이 옷 벗기가 무섭게 뛰어들어갔다.

그러나 깊지 않으리라는 늪은 디디면 디딜수록 발이 무한정으로 빠져서 추신할 수 없이 되었다. 애를 무한 썼으나 애쓰면 쓸수록 한 걸음씩 늪 가운데 밀려 들어가서 필경에는 기진하였다.

물 속에서 있는 힘을 다 내어 소리를 질렀으나 물 밖에는 소리가 들리지 않고 그만 기절하였다. 나중에야 누가 건져 내었으나 그때의 안타깝던 일—

그것이 곧 그 날 저녁의 마음과 꼭 같은 것이었다는 것을 아버지는 말하였다.

그러나 이렇게 감상에만 젖어 있을 아버지는 아니었다. 야경 도는 딱딱이 소리를 들으면서 아버지의 가슴에는 일말의 광명이 번쩍 어렸다.
그것은 지팡에 돌아가서 주민들을 동원시켜 호씨가 M골에 들어 서는 길목에서 붙들고 정식으로 진정하자는 것이었다.
아버지의 다리에는 알지 못할 힘이 났다. 아버지는 쾌관(만주인 음식점)에 들리어 호주 한 근을 단 모금에 마시고 마늘쪽을 까서 안주로 씹은 다음 보교즈(만두) 다섯 개를 사서 호주머니에 넣고 지팡으로 향하여 달음박질쳤다.
누이를 최후의 위기에서 건져 내려는데 온 정신을 집중한 아버지는 그러나 그 사이 집에서 일어난 일에 대하여는 물론 알지도 못하였으려니와 아무런 예감조차 일어나지 않았던 것이다.

새고 나니 이튿날—동지달 초닷새날 새벽.
음산한 날씨였다.
오랑캐령을 넘어오는 북풍이 홰애하며 공중에서 회오리를 치고 눈이 보얗게 날리어 천지가 아득하였다. 도주 사건에 낭패 본 박치만이는 일찍이 데려가려 서둘렀다. 호씨가 낮에 온다 하였으나 기다릴 수 없었다.
마디 없는 라바소리가 바람에 따라 혹은 높게 혹은 낮게 들리었다.
아이들은 박치만이의 집 대문 앞에 가서 바지춤에 손을 넣고 보들보들 떨면서 라바소리를 듣고 있었다.
아버지가 그때까지 돌아오지 않았으므로 어머니는 나더러 아저씨 댁에 가서 아버지의 거처를 알고 오라고 하였다.
아저씨 댁에 갔었으나 거기서도 모른다는 것이었다.
나는 집으로 돌아오는 길에 애들 틈에 끼어 멍하니 서서 라바소리를 듣고 있었다. 벌써 햇발이 동쪽 산 위에 비치었다.
나는 얼마 동안 라바소리를 듣고 있노라니 문득 라바소리가 박치만이한테 가기 싫다는 누이의 울음소리같이 들리었다.
나는 곧 집으로 뛰어들어갔다.
나는 문을 열자 눈앞에 전개된 너무나도 너무나도 처참한 광경에 정신이 아찔하여 자빠질 뻔하였다.

정지 한가운데는 길다랗게 누이의 시체가 아무것도 가리우지 않은 채 놓여 있지 않는가.

나는 그것이 누이의 시체라는 것을 직각하였다.

나는 어머니의 손뼉을 치며 우는 소리에 놀라 정신을 차렸다가 다시금 누이의 처참한 시체를 보고 정신이 아찔하였다.

누이의 목에서는 피가 컬컬 흐르고 있지 않는가. 그의 손에는 피 묻은 낫이 쥐여 있지 않는가.

나는 또다시 어머니의 찢어지는 듯한 악쓰는 소리에 정신을 차리자 세 번째 정신을 잃었다.

정지에 넘쳐 흐르는 피 속에 누이를 껴안고 있는 어머니는 유령 그대로가 아니냐.

흐트러진 머리, 창백한 얼굴에 서린 살기, 알지 못할 고음의 악, 그리고 옷에 묻은 피.

나는 이웃집 부인이 부축해 주지 않았더면 그 자리에 자빠져서 몇 시간이고 정신을 차리지 못하였을 것이다.

이웃이 사촌이라고 옆집 사람들의 손으로 누이의 시체를 바로잡아 놓게 되었다. 선혈이 림리한 현장도 깨끗이 소제하였다.

모두가 말리었으나 언제까지고 어머니는 누이의 시체를 껴안고 넋두리를 하다가는 울고 울다가는 알지 못할 악을 쓰고 악을 쓰다가는 멍하니 천정만 쳐다보군 하였다.

이때였다.

아버지가 집에 들어 선 것은.

아버지는 지팡에 들어 서자 첫걸음으로 아저씨 집에 들리어 거기서 온갖 계획을 세우려고 하였다. 그러나 누이의 자살을 안 아저씨네 가족이 모두 우리 집으로 온 후라 집이 텅 비었으므로 아버지는 짜증을 내면서 집으로 왔던 것이다. 아버지는 천만 뜻밖의 일에 처음에는 무엇에 얻어 맞은 듯 멍하였으나 이내 미친 듯이 달려들어 누이의 시체를 안고

"복동녀야, 니가 죽다니 이게 무슨 소리야…."

하고 대성으로 통곡하였다.

그에 따라 어머니도 두 손으로 땅을 치면서 울었다. 아저씨도 팔소매를 눈

에 갖다 대고 느끼었고 아주머니, 동리 아낙들도 모두 울었다. 나도 엎디어 소리를 내면서 섧게섧게 울었다. 집 안에는 한동안 곡성이 낭자하였다.

아주머니가 울음을 그치고 코멘소리로

"창복 애비, 기왕사 이렇게 된 거 자꾸 울어 무셀(무엇) 하겠음. 에미두 아무것도 속에 넣지 않았는데 어서 그치구 죽물이래두 좀 먹솟세…."

하고 부엌에 내려가서 죽 쑨 것 두 사발을 상에 받쳐 올려 왔다.

아버지는 죽사발을 눈떠 보지도 않고 가슴을 주먹으로 쾅쾅 두드리면서 아저씨더러

"형님, 이게 이게 뉘 죄요! 나는 이대루 못살겠소. 복동녀 쥑인 거는 내요. 아이쿠, 가슴이 터진다. 아이구, 나를 쥑에 주, 쥑이오."

하며 소리 높여 또 울었다. 잠깐 그쳤던 곡성은 다시 요란하였다.

초례 치를 차림을 하고 있던 치만이는 이 불의의 사실을 알자 가슴에다 인조화(人造花)까지 붙인 채 뛰어왔다.

그는 헐떡이면서 방문을 열어 제꼈다.

"웬일이야?"

"무시기 어 어째?"

치만의 낯을 보는 순간 아버지는 벽력 같은 소리를 질렀다. 그리고 맹호같이 뛰어나가 들여 민 박치만이의 얼굴을 힘껏 박았다.

치만이가 딱 소리와 함께 "아쿠―"하고 얼굴을 손으로 막으며 나자빠지자 아버지는 펄펄 나는 것같이 박치만이의 자빠진 몸에 달려 붙었다. 아저씨는 아버지를 떼여 일으키려고 하면서

"이래서는 못쓰는 거야."

하였다.

그러자 치만이의 뒤를 따라온 그의 집 사람들이 손에 들었던 작대기로 아버지의 머리를 힘껏 내리쳤다.

아버지는 머리가 깨어져서 피가 흐르면서도 박치만이의 목을 두 손으로 잘라 쥐고 얼마 동안 놓지 않았다.

치만이는 낯이 새빨개져서 손만 버둥버둥하였다. 작대기는 연방 아버지의 머리와 몸에 내렸다.

아버지는 기진하였다.

목을 잘라 쥐었던 손이 스르르 풀리었다. 그리고 으으음 하는 소리를 입에서 내면서 쭉 늘어졌다.

치만이는 벌떡 일어났다. 발을 들어 아버지의 늘어진 가슴패기를 밟으려 하였다.

그때이다.

"하하하, 우리 복동녀 시집간다. 옥황상제께 시집간다. 저—걸 봐라. 하하하, 가마 타구 하하하."

어머니는 정지문을 박차고 뛰어나와서 하늘을 향하여 손을 들고 껑충껑충 뛰었다.

바람이 왜애 하고 불고 눈을 쏴쏴 하고 날렸다.

어머니의 피 묻은 옷과 흐트러진 머리가 바람에 날리면서 어머니는 눈에 휩쓸려 나자빠졌다.

니의 온몸은 부들부들 떨렸다. 나는 이를 악물고 옛날 장수들처럼 그들을 단번에 물리치고 싶었다. 나는 옆에 있는 커다란 돌을 가지고 그들의 머리를 부수고 싶었다. 나는 그 돌을 들려고 하였다. 그러나 밑뿌리도 뗄 수 없었다. 나는 울음이 터져 나왔다. 나는 울면서 달려가서 아버지의 가슴패기를 내리 밟으려는 치만이의 궁둥이를 주먹으로 힘껏 쥐어 박았다.

그리고 궁둥이를 물어 뜯으려고 하였으나 그의 발길에 채여 나자빠졌다.

"하하하, 저것 봐라, 복동녀야 시집가니? 하하하, 이놈들 이놈들 너 이놈… 하하하, 복동녀 시집간다. 연지 찍구 시집을 간다. 아이구, 고아라, 하하하…."

어머니는 일어나서 또 껑충껑충 뛰다가 자빠졌다.

나는 어머니의 미쳐 날뛰는 소리를 들으면서 다시 일어나 이번에는 머리로 궁둥이를 받으려 하였다.■

안수길

1911년에 조선 함흥에서 출생. 호 남석.

1924년에 부친이 계신 용정으로 이주.

1926년에 간도중앙학교를 졸업하고 함흥으로 나가 함흥고보 2학년에 다닐 때 맹휴사건이 일어나 주동학생으로 지목되니 자퇴하고 서울로 가 경신학교에 다님.

1930년에 일본에 건너가 교도량양중학을 졸업하고 1931년에 도꾜 와세다 대학 고등사범부 영어과에 입학했으나 집안의 우환으로 학업을 중단하고 귀국.

1932년에 팔도구소학교에서 교편을 잡음.

1935년에 단편 「적십자병원장」 등이 당선됨과 함께 문단에 데뷔하고 동인
지 『북향』의 편집에 가담.

1936년 이후 선후로 『간도일보』와 『만선일보』의 기자로 있음. 이 시기에 단
편소설 「새벽」, 「목축기」, 중편소설 「벼」, 장편소설 「북향보」 등 10여 편
을 발표.

1945년 4월 한국으로 나감.

1977년 4월에 별세.

실직

염상섭

"오늘은 왜 이리 늦었소?"

주인 마누라는 혼자 부엌에서 조리질을 하던 손을 멈추고 들어오는 덕창이를 신풍스러운 눈치로 멀끄러미 건너다보다가 마지못해 말을 붙인다.

"네! 좀…"하며 덕창이는 의아해 하면서도 당황한 기색으로 마루 앞과 건너방을 훑어보다가 방 안에 인기척도 없고 마루 끝에 아내의 귀신 같은 고무신짝밖에는 구두도, 계집애년의 신짝도 눈에 안 띄자 실망한 눈치로

"언제 나갔어요?"하고 묻는다.

"오늘은 웬일인지 늦도록 있다가 조금 전에 나갔는데…?"

주부는 왜 허둥허둥하느냐고 도리어 묻는 눈치로 쳐다본다.

"웅? 그 웬일인가…"하고 덕창이는 혼잣소리를 하다가

"지금 전화를 걸어 보니까 저기도 없구… 그건 고사하고 별안간 저기를 그만둔다고 했다니 어제 좀 듣기 싫은 소리는 했지만 아까까지도 아무 말 없이 참답게 있던 사람이 한마디 의논도 없이…"하며 덕창이는 주부에게나 무어라 하고 나갔는지 들어 보려고 물끄러미 마주 건너다보고 섰다.

"에? 그만둔다구? 아주 나왔대?"

"글쎄 전화로 하는 말이니까 자세치는 않지만… 그래 나갈 제 아무 말도 없었어요?"

"못 들었어. 아마 더 좋은 데가 있어 옮겨 간 게지."
하며 주부는 지나는 말로 이렇게 대꾸를 하고는 마지막 조리질을 쳐서 솥 속에 쏟고 이남박을 들어 일기 시작한다.

"어차피 인젠 내 일이 좀 피게 됐으니까 그만두게 하고 들어 앉히려는 생각이지만 그러기로…."

"에? 무에 됐소? 된다던 게 됐소?"

하두 일 년 이태를 두고 된다된다 하며 헛소리만 하던 것이 됐다는 바람에 과부가 아이 낳았다는 말이나 들은 듯이 우스꽝스러우면서도 신기해서

손에 든 이남박을 내려놓고 멸시하는 듯한 눈초리에 웃음까지 머금어 보이며 그래도 반색을 하는 인사성을 보인다.

"네— 겨우 탁방이 났어요. 내일부터 가게 됐어요. 그래서 어서 반가운 소식을 들려 주려고 전화를 걸었더니 그 모양이죠."

"그야 정말 그만두었다면 좀 있으면 들어오겠지. 그런데 참 고맙소, 내 일보다 더 고맙소. 그래 월급은 얼마란 말요?"

주부는 별안간 호들갑을 떨기 시작한다.

"사십 원요!"

덕창이는 활수있게 대답을 한다. 이왕이면 오십 원이라고 풍을 치고 싶었으나 겨우 십 원을 더 불렀다.

"어구, 그만하면 세 식구 인젠 떵떵거리고 살겠소. 긴상이 오래 노느라고 고생두 퍽 했지만 원체 재주는 좋거던!"하며 칭찬이 늘어졌다.

"헌데 계집애년은 어디 갔어요?"

"봉이가 데리고 놀러 나갔지."

"아, 봉이가 데리고… 인젠 차차 봉이 신세도 갚게 되고. 아주머님 신세도 갚아 드리게 되겠죠."

덕창이는 아내가 말 한마디 없이 별안간 다니던 '카페—'에서 나왔다는데 이상한 불안이 떠올랐던 것도 잊어 버리고 신기가 좋아졌다.

"천만에, 신세는 무슨 신세란 말이오? 아무튼지 인제는 밀린 세전이나 한꺼번에는 어렵겠지만 두서너 번에 질러 끄구 이 다음엘랑 또박또박 내구려."

"그야 말씀 않기로…."

덕창이는 내외에 네 살 먹은 딸년을 데리고 세 식구가 이 집 건넌방에 세를 든 것이 벌써 근 이태나 되는 것이다. 이리 떠나 온 지 몇 달 못 돼서 생명보험의 외교원이라는 것도 불관한 일에, 실은 돈 몇 푼 못 먹고 떨려 난 뒤로는 담배 한 개까지라도 아내의 턱살만 쳐다보며 살아 오느라니 젊은 놈이 말 못 할 고생, 남모를 창피도 당할 만큼 당하면서 입도 못 벌리고 참아 왔던 것이다.

보험회사 외교원을 한 이태 다니던 사품에 지금의 아내 분이를 역시 '카페—'에서 만났던 것이요, 아이가 들자 들어 앉혀 가지고 셋방 구석으로 끌고 다니던 것이지만 우연히 걸려 든 이 집은 늙은 마누라가 단 딸 하나 데리고 수모 노릇을 해가며 사는 터이다. 제법 어엿한 큰 수모는 아니지만 그래도 한 달에 한 번 평균으로는 꾸준히 일거리가 있어서 건넌방 세전 받고 하면 하루 두 끼니에는 걱정이 없는 살림이다. 어쨌든 수모, 중매 따위만 드나드는, 말하자면 사내 소리하는 덕창이 하나밖에 없는 집이니만치 덕창이는 죽치고 들어앉았어도 조금은 덜 창피하고 더구나 아내 분이가 다시 '카페—'로 나가게 된 뒤로는 안방집 딸 봉이가 있어서 겨우 젖을 떨어졌던 딸년을 일 년이나 보아 주는 것이 한결 도움이 되었던 것이다. 이래저래 이 집에서 나가랄까봐 무서워하며 근 이태나 살아 왔지만 그래도 늘 덕창의 마음이 놓이지 않는 것은 가뜩이나 '카페—' 같은 데 내놓아서 벌어 들이는 것을 얻어먹는 판에 중매니 수모니 하는 따위가 드나드는 것이 마음에 께름한 것이다.

하도 눈꼴 틀리거나 제 시간에 대어 들어오지를 않고 새로 두시 세시나 되어서 입으론 술 냄새를 풍기고 두 눈이 개개 풀려 들어오는 것을 보고는 아무래도 말다툼이 되고 그럴 때마다 네가 나가라거니 내가 나가겠다거니 하는 소리가 나는 것도 이틀 사흘 돌리요, 또 그럴 때마다 덕창이는 이 계집을 꼭 빼앗기고 마는 것만 같아서 한때도 마음을 놓고 지낸 날이 없지마는, 게다가 이 집 주인 마누라나 몇몇 젊은 수모들하고 한통속이 되어서 형님, 아우님, 아주머니, 어쩌고 지내는 것을 보면 자기만 돌려 놓고 무슨 짓들을 하는 것 같아서 조금 웬만만 하면 들어 앉히고 이 집도 어서 면해 버리고 싶은 생각이 굴뚝 같은 것을 참고 지내 오는 터이었다.

그러나 세전만 하더라도 순연히 건너는 달도 있었지만 한 달에 이 원, 삼 원씩밖에 그나마 모아서 내본 일은 없고 일 원, 이 원 심지어 몇십 전… 요렇게 흘려 넘어가는 형편이니 자연히 쌓이고 쌓여서 지금은 피차에 셈도 분명치 않으나 아마 사오십 원은 넉넉히 밀려 있는 터이니 지금 겨우 취직이 되었다손쳐도 한두 달 동안에 그것을 깡그리고 빠져 나가긴 어려운 노릇이다. 그건 그렇다 하고 대관절 세전도 변변히 못 받고 게다가 자기 딸년은 건넌방의 아이 보기처럼 내맡겨 두면서 조금도 싫어하는 내색이 없이 꾸준히 지내는 것이 가다가다 생각할수록 덕창이에게는 큰 의심거리이기도 한 것이다. 잔돈냥이나 모이면 오 원, 십 원씩 월수를 놓아 빚놓이도 쏠쏠히 하는 모양이요, 게다가 변덕이 습진을 하는 이무기 다 된 이 수모마누라가 세돈도 변변히 못 내는 자국에 귀한 딸자식은 학교도 안 보내고 건넌방 아이나 보아 주게 하니 자다 생각해도 희한한 일이요, 무엇이든지 보는 자국이 있어서 그러는 것만 같이 의심이 나는 것이다. — 하여간 인제는 들어 앉힐 일이요,

그 다음엔 반 년 동안만 죽을 쑤어 연명을 하여 가면서라도 세전을 끄고 좀 다른 데로 떠보아야 하겠다….

덕창이는 이런 생각을 하면서 자기 방 속에서 헌털뱅이 양복을 벗어 걸고 조선옷을 갈아 입고 나왔다. 저녁밥은 아침에 함께 지어 놓았겠지만, 그리고 홀애비 살림처럼 저녁 때면 툇마루 밑에 솥을 붙여 놓은 부뚜막 앞에서 덕창이가 꿈지럭거려야 군불도 때고 두 식구 입에 풀칠을 하는 것이었다.

덕창이는 찬밥덩이를 솥 속에 쓸어 넣고 불을 지펴 놓은 후 상을 보려고 상 두 개를 배를 맞추어 포개 놓은 데서 위에 것을 들어 낼라니까 거진 입 밖에 소리를 내지를 듯이 "엣?"하고 놀라면서 한 손에 들었던 소반을 내동 댕이치고 밑소반 위에 놓인 봉투 한 장을 들었다. 덕창이는 오랫동안의 의혹일 뿐 아니라 지금까지도 머리 속에 그려 보던 공상이 사실로 역력히 자기 앞에 나타난 것을 직각하였다. 무섭고 놀랍고 분하고 원통하고 괘씸하고… 무어라고 분명히 형용할 수 없는 복잡한 감정이 떠오르면서 펴보나마나 한 편지를 부리나케 뜯어 보았다.

단숨에 한번 죽 읽고 난 덕창이는 목젖이 말라 붙는 것 같아서 마른 침을 꿀꺽 하고 한번 헛삼켰다.

"인제는 지칠 대로 지치고 속을 만큼 속았으니까 당신 앞을 하직합니다. 당신 앞을 하직만 하는 게 아니라 이 세상까지 하직합니다. 찾느라고 헛수고 마십시오. 시체를 찾으면 어떻게 감장을 하겠습니까. 도리어 성이 나실 것이외다. 다만 하나 원희가 마음에 거리끼나 네 살이나 먹여 놓았으니 아무런들 못 기르겠습니까. 정 조처키 어려우시면 주인 마님과 상의하야 잘 길러 주십시오…."

대개 이 따위 수작이었다. 그리고 주인 마누라에게는 오랫동안 신세졌다는 치하와 딸년을 길러 줄 사람이 있거든 구해서 맡겨 달라는 부탁한 편지를 따로 써서 동봉하였다.

툭 하면 간다기도 잘하고 죽는다기도 잘하던 사람이지만 무슨 변통이 생기면 으레 어떤 놈 손길을 맞붙들고 꼬리를 감추려니 하는 짐작하는 딴판으로 천만 의외에 죽으러 가는 사람의 유서 비슷한—비슷이 아니라 어쩌면 정말 한강철교로 나가는 사람의 유서를 써놓고 달아나 버렸으니 대관절 이것을 믿어야 옳은지, 달아나는 년이 할 말이 없으니까 헛문서를 꾸며 놓고 간 것인지, 덕창이는 전후 맥락을 따지거나 두서를 차릴 여유가 없다.

"그게 뭐요?"

주인 마누라는 어느덧 밥솥 아구리에 불을 지펴 놓고 안방에 들어가 담배를 피우고 앉았다가 유리 구멍으로 내다보고 말을 붙인다.

"아, 이거 좀 보세요. 정말 죽으러 갔는지 달아났는지."

덕창이의 목소리는 미닫이 밖에 와서 편지를 내미는 손끝과 같이 덜덜 떨리며 꺽꺽 막히었다.

"엣? 그 무슨 소리요?"하고 마나님은 화닥닥 마루로 뛰어나온다.

"아무려면 설마 그럴 리가 있겠소? 어젯밤에도 말다툼을 했으니까. 인젠 한번 혼들 내려구 그러는 게지."

주인 마누라는 손에 든 두 장 유서를 건정건정 보고 나서는 무엇을 궁리하는지 망단한 눈치로 먼 산만 바라보고 섰다.

"어디를 가우?"

그 동안에 방으로 들어가서 부산히 양복을 입고 넥타이를 일변 매면서 뛰어나오는 덕창이를 마님은 돌아다보며 핀잔을 주듯이 묻는다.

"우선 경찰서에라도 가서 말을 하려구요."하고 덕창이는 부덩부덩 뜰로 내려 선다.

"왜 이리 서둘러요?"

주부는 무슨 생각이 있는지 또 핀잔을 준다.

"아, 서두르다니? 어서 수색원을 해놓고 한강철교에 나가 본다든지 찾아다닐 만한 데 찾아봐야지. 사람의 일을 누가 압니까?"

"하지만 한강철교를 나가기도 밤이나 들어야 갈 거요. 설마 해두 안 떨어져서 어델 가 나무가장지에 목을 맸겠지요. ―그렇게 죽기가 급하면야 어떻게 이때껏 살았겠소?"

주인 마누라는 이런 소리를 하며 코웃음을 친다.

"딴은 그두 그래!"하고 덕창이는 별안간 저으기 마음이 놓이는 듯이 먹먹히 서서 마누라의 입에서 무슨 더 반가운 말이나 나올 듯이 기다리며 쳐다보다가

"아니, 그런데 아주머니 무슨 말 들으신 거 있세요?"하고 물어 본다.

"온, 천만에! 내게 무슨 말을 했으면야 이런 편지를 내게두 써놓았겠나 생

각을 해봐요."하고 펄쩍 뛰며 또 핀잔을 준다.

"아니, 그래두 무슨 눈치를 보신 게 있을가봐서 말이죠."

덕창이는 열쩍은 듯이 도리어 주인 마누라를 달래는 어조이다.

"눈치? 눈치야 한 방에서 자는 내외가 더 잘 차릴 거 아닌가 봐."

주인 마누라가 또 구박을 주는 바람에 덕창이는 오도 가도 못하고 먼 산만 바라보며 축대 위에 맥맥히 섰을밖에 없다.

건넌방 툇마루 밑 솥 안에서는 데우는 밥이 끓다 못하여 부글부글 뚜껑이 들먹거리며 거품과 밥물이 질질 흘러나오건마는 덕창이는 보고도 모르는 척하고 있다. 솥이 졸아 붙어 터진다기로 그런데 손을 멜 경황이 없는 것이다. 그러나 주부는 무엇에 정신이 팔렸던지 밥솥에 불을 지펴 놓은 것도 까맣게 잊어 버렸다가 건넌방 솥에서 밥물이 넘쳐 나오는 것을 보고서야 단걸음에 뛰어내려가서 부엌 속으로 들어간다. 안방 솥에서는 밥 타는 내가 후르르 덕창이의 코에도 마쳐 온다.

"밥 타는 내가 나는군요."

"그런 걱정 말고 자갸네 솥뚜껑이나 좀 열어 놔요. 불을 물리든지."

무엇에 그리 역정이 나는지 부엌 속에서 이런 볼멘소리가 들려 나온다. 실상은 덕창이는 무심중에 나온 말이요, 또 한 가지는 이 판에 의지하고 의논할 데가 이 마누라뿐이라 좀 빌붙는 생각이 있어서 한 말이지마는 사실인즉 남의 솥의 밥 타는 걱정보다 내 솥에 밥 넘는 것을 먼저 생각해야 옳을 것이었다.

"그러기에 저런 사람이 내 계집 남에게 빼앗기는 거지. 남의 밥 타는 것만 코에 마치고 내 밥 타는 건 안 마치나?"

거기 뒤따라서 주인마님은 이런 소리를 혼잣말처럼 중얼거리며 아궁이의 불을 화로에 담고 앉았다.

"아주머니 그게 무슨 말씀이슈? 내 계집 남에게 빼앗기다니? 날 두구 하는 말씀 아뉴?"

덕창이는 귀가 번쩍해서 여전히 건넌방 솥은 돌아다보지도 않고 부엌문 앞으로 다가섰다.

"그건 또 무슨 딴소리야? 일테면 말이지, 누가 조카님을 두고 말인가? 어서 좋을 대로 찾아가 봐요. 공연히 남만 의심을 하고 생트집을 부리려 말구…."

주인 마누라는 웬일인지 또다시 얼굴빛을 펴며 '조카님'이라고 얼레발을 친다. 이 마누라가 '긴상'이라고 할 때와 '임자네'니 '자갸네'라 할 때와 조카님이라고 부를 때가 다 각각 다른 것이다.

덕창이는 하여간 의아하였다. 이놈의 노구가 무슨 변통이든지 내지 않았나, 하는 생각은 예전부터 있었지만 무슨 수심에 끼어서 걱정을 하는 눈치도 같고 공연히 화를 버럭 냈다가는 달래는 눈치가 수상하였다. 그러나 어쨌든 찾아나가기가 급해서 잠자코 발길을 돌렸다.

"하지만 공연히 섣불리 경찰서엔 가지 말아요. 좀 기다려 보면 저절로 들어올지도 모를 것을… 설마 그렇게 쉽사리 죽기야 할라구."

뒤에서 노파는 다지듯이 이런 소리를 중얼거린다.

덕창이는 어쨌든지 주인 노파의 말눈치로 보아서 분이가 죽지 않았으리라는 짐작이 드는 동시에 마음이 후련히 놓였다. 그러나 지금 이 길을 나간들 어디 가 찾아볼지 막연하다. 무엇보다도 절통한 것은 단 몇 시간만 참아 주었다면 그렇게도 성화를 하고 기다리던 취직이 된 것을 알려 주어서 반가워하고 기뻐하는 꼴을 볼 것을 이것도 무슨 운수던지 공교히도 하필 일이 탁방이 나서 사령장까지 받아 가지고 오자 간데온데가 없어졌으니 그것이 무엇보다도 절통한 것이다.

덕창이가 막 건넌방 모퉁이를 돌쳐 서려니까 봉이가 원희를 앞세우고 들어오는 것과 마주쳤다.

"아버지—"하고 원희는 달려든다. 그것을 보고도 덕창이는 언짢았다. 이 자식은 홀애비 자식 모양으로 에미 정은 몰라도 애비만 따른 것이었다. 젖 떨어질 무렵부터 에미는 대낮까지 자다가 부리나케 치장을 차리고 나가면 새벽 한시 두시에 잠든 동안 들어와서 또 이튿날 대낮에야 깨인 얼굴을 잠깐 보게 되니 자연 그럴 것이다.

"아버지 돈 주어—."

아이는 다리 밑에서 휘어매달린다.

"내가 돈이 어디 있니? 인제 어머니가 와야지."

평소에 하던 말버릇으로 이렇게 달랜다.

"어머니 돈 두고 갔어. 저기 돈 있어."

"응? 어따가?"

"저기 가봐. 아버지 오면 주라구…."

계집애년은 총총총 방으로 들어가더니 경대 서랍을 열고 돈지갑을 꺼내 가지고 온다.

낡아 빠진 분이의 지갑이다.

'어느 틈에 새 지갑을 샀던가, 어제까지 가지고 다니던 이 지갑을 내버리고 갔으니…'하며 지갑을 받아서 열어 보니 일 원짜리 석 장과 사십 몇 전 잔돈이 들어 있다. 이것을 보니 덕창이는 머리끝이 쭈볏하며 가슴이 덜렁하였다. 별안간 무슨 큰 돈이 생겼을 리는 만무하고 몸에 지닌 돈을 지갑에 털어 놓고 나간 것을 보면 정말 죽으러 나간 것이 분명하고나 직각이 든 것이다.

지난 새벽에 듣기 싫은 소리를 그만큼 해도 다른 때 같으면 퐁퐁 맞쏘았을 텐데 쥐죽은 듯이 말대꾸도 안 하고 돌아 누워 있으면서도 나중에는 덕창이 자신이 지쳐서 먼저 잠이 들 때까지 자지 않던 것을 생각하면 어쨌든 무슨 결심이든지 단단히 먹었던 모양이다. 그것이 죽으려는 결심으로 그랬던지 딴 서방 맞아 갈 차비를 차리고 나서 그랬던 것이었던지 간에 지금 와서는 후회도 나고 무심코 예사로이 여겼던 것이 자기의 어림없는 짓이었다고 어이도 없는 것이다. 어쨌든 덕창이는 그래도 분이가 집에 두고 나간 삼 원 몇십 전 덕에 한나절을 걸어야 할 것을 전차를 타고 단숨에 'M카페―'로 왔다. 문전까지 와서 덕창이는 자기의 외투도 없는 초라한 꼴에 저기가 되어서 좀 멈칫하였으나 그래도 용기를 뽑내서 쑥 들어 섰다. 말로만 들어 알았지만 서울서도 이류 삼류밖에 안 되는 조그마한 '카페―'라느니보다도 끽다점이다. 겨울날에 막 어두우려는 때라 손님이라고는 한두엇 흐릿한 불빛에 제각기 계집애를 마주 앉히고 가장 무슨 큰 사색이나 하고 있는 듯이 입을 가로 물고 눈을 내리 깔고 앉았다.

덕창이는 쑥 들어 서면서 여자들의 얼굴들부터 쭉 훑어보았다. 그러나 분이가 있을 리는 없다. 계집애들은 저희끼리 흘끔흘끔 보고 까닭없이 픽픽 웃는 눈치더니 그래도 얼른 배송을 내려는지 주문한 술병을 오 분이 못 되어 나왔다.

"여기 미도리라는 여자 있지 않소?"

덕창이는 술 따르는 여자의 얼굴을 건듯 보며 시골뜨기를 가작하노라고 공손히 물었다. 조선 사람이 경영하고 오는 손님도 조선 사람일 뿐 아니라 여기 있는 여자가 모두 다 조선 사람이건만은 이름은 모두 '미도리'니 '사요

장'이니 하는 것이다.

"왜 그러세요?"

저편에서는 무슨 시비나 하듯이 반문을 한다. 덕창이의 초라한 행색으로 보아서 묻지 않을 것까지 묻는다는 말눈치다.

"글쎄 왜 그러던지요….."

"갔어요."

말이 떨어지기가 무섭게 그 여자는 저편으로 가서 난로를 등지고 다른 손님 앞에 앉는다.

덕창이는 잠자코 노려만 보며 귀밑에는 "갔어요."라는 소리가 스러지지 않았다. 여기 있으려니 하는 생각으로 이 집에 찾아온 것은 아니나 이렇게도 푸대접을 당하는 것을 생각하면 분이가 자기를 버리고 가는 것도 당연한 일일 것 같고 또 저런 년도 제 남편을 버리고 달아나려니 하는 생각도 들어서 저년의 남편은 나 같은 놈이나 아닌가도 싶었다.

덕창이는 그것을 생각하면 아까 주인 노파 말마따나 제 계집 남에게 빼앗긴 것만 같고 돈지갑은 그대로 두고 나갔다기로 죽었을 리는 없을 것 같아서 아무래도 이 집에서 수소문을 해내는 것이 상책이라고 생각하였다.

혼자 벌주를 켜듯이 얼마 안 되는 한 병 술이지만 후딱 마시고 두 번째 병을 가져왔을 제 좀 자세히 물었다.

"언제부터 그만두었나요?"

"왜 그러세요? 어떻게 되세요?"

분이가 이 집에 온 지도 너덧 달밖에 아니 되거니와 피차에 창피해서 덕창이가 이 집에를 와본 일도 없고 분이가 동무들에게 제 속사정을 이야기한 일도 없으니 덕창이를 분이의 남편으로 곁짐작할 사람도 없다.

"아니 난 시골서 오늘 올라왔는데 실상은 창피한 말이지만 내 누이동생이란 말이죠. 지금 저 있던 집으로 찾아가 보니까 여기 있다기에 허허단심 찾아온 길인데 또 어디로 갔다니 하두 기가 막혀서 소식이나 좀 알구 가려구…."

보험회사 외교원을 다니던 찌꺼기라 이렇게 그럴듯이 꾸며 대었다.

"정말 오라버니세요? 시골서 올라오셨세요?"

"이 사람아, 정말 오라버니라니 가짠 듯싶다는 말인가?"하며 별안간 무심 중에 말씨가 달라졌다.

덕창이는 종일 굶은 속에 술이 들어가서 급시로 퍼지기도 하였지만 예전 보험회사 외교원 시대에 분이에게 반해서 '카페—'도 드나들던 시절 솜씨가 차차 나오기 시작하였다.

여자는 덕창이의 얼굴을 분이와 한 모습인지를 보려는 듯이 가만히 바라보더니 아무 말 없이 입귀로 비웃는 듯한 웃음을 살짝 비치곤 안으로 쪼르르 들어가 버린다. 조금 있다가 키대가 후리후리하고 살이 땅땅히 쪘으면서도 모인 구석이 없어서 투미하디 투미한 삼십 가량 된 남자가 덕창이 앞에 나와서 가로 딱 막아 선다.

덕창이는 너무나 의외에—그리고 한참 신경이 날카롭게 흥분된 끝에 깜짝 놀라며 질겁을 쳤다.

"당신이 '미도리'의 오라버니라구? 마침 잘되었군요."

되지 않은 체격에 두 손을 자켓 입은 좌우 허리에 딱 짚고 버티고 서서 조그마한 눈을 애를 써 부리부리해 보인다.

"에에? 네!"하고 덕창이는 군색한 자기 처지에 눌려서 어름거리며 공연히 황겁히 엉덩이를 들먹하였다.

"그 애가… 이거 봐요. 그 애가 내 집에 삼백 원에 왔는데 두 달밖에 안 있는 동안 겨우 이십 원만 까고 어디로 돌아 앉는지, 어떤 놈을 맞아 가는지 하여간 가겠다고 선금으로 백 원만 치르고 나머지는 그저께 가져온다더니 어제부터는 그림자도 안 보이니 대관절은 그녁은 그 내막을 알겠구려?"

그녁이라고 덤비는 수작도 수작이려니와 번연한 분이가 이 집에 넉 달 다닌 것은 덕창이가 더 잘 아는 터인데 주인이란 이 자는 두 달이라고 하는 말에 덕창이는 속으로 이 컴컴한 놈아… 하고 마주 건너다보았다.

"허— 그래요? 실상은 지금 나도 시골서 올라와서 찾아다니는 길인데요…."

그러면서도 덕창이는 분이가 어쨌든 살았고나 하고 안심이 되었다. 동시에 어떤 다른 데로 옮겨 가느라고 자기까지 속였는가? …제발 그렇기나 해주었으면…하는 생각이 번개같이 머리 속에 떠올랐다. 그러나 이놈이 정말 자기를 시골뜨기로 알고 달고 치면 이 성화를 어떻게 받나 하는 불안도 없지 않았다.

"자— 그러니 어떡허시겠소? 지금 당신이 일백팔십 원이란 돈이 있기로 내가 내라면 내겠소— 또는 미도리가 이 자리에 없는 다음에야 받으라기로 내가 받을 리가 있겠소. 하니 어쨌든 당신 손으로 미도리를 찾아 놓고 청장을 해주고서 가야 될 일 아니오? 우리가 초면에 안되기는 했으나 나두 어제 오늘 이때나 오나 저때나 오나 하고 조 비비듯 기다리던 판이오. 당신도 애를 써 누이동생을 찾으러 왔다니 어쨌든 찾아 가지고 뒷갈망을 해주고 가슈. 그렇지 않으면 경찰에 수속을 하는 수밖에!”

덕창이는 술이 발깍 취해서 스멀스멀한 두 눈을 내리깔고 가만히 앉았을 뿐이다.

집에서 딸년이 밤이 깊어 갈수록 울며 바지를 찾을 생각을 해도 기가 막히려니와 분이는 그쯤 하고 이놈의 성화를 어떻게 받고 요행 빠져 나간다기로 나중 갈망을 어떻게 할 것인가, 혹을 떼려다 붙인다기도 이런 일도 있을가 싶었다.

‘M카페—’ 주인은 덕창이가 고분고분히 대응하기 때문에 그랬던지 손님들이 꼬이면 주인으로서 와자지껄이는 것이 안 되어서 그랬던지 태도가 일변하여지며 올라가 조용히 이야기하자고 이층으로 끌고 올라갔다. 이층에는 좁아 터진 속에 그래도 방이 셋이나 터진 입구자로 붙어 있고 저편 구석 방문 앞에는 남자의 구두가 한 켤레 놓여 있다.

“그래 지금 어디 묵으슈?”

덕창이를 층계를 올라 서는 맞은 방에 들이 밀듯이 하고 주인은 문을 막고 서서 묻는다. 덕창이는 머리 속에 또 한번 딸년이 기다릴 집을 그려 보았으나 먼저 한 말이 있는지라 주저주저하였다.

“인제 친구집으로 찾아갈 모양예요”하고 어름어름해 버렸다.

“어쨌든 술이나 더 자시고 잠깐만 기다려 주슈.”

주인은 네 주머니에 돈이 있거든 먹을 대로 먹어 달라는 수작을 남기고 미처 무어라고 할 새도 없이 문짝을 후다닥 치며 훌쩍 내려가 버렸다.

덕창이는 취하려던 술이 번쩍 깨이며 십촉 등이 흐릿이 내려다보는 서늘하고 우중충한 다다미방 안에 우두커니 섰었다. 한가운데는 다다미만치나 때에 찌들은 상에 잔뜩 찬 재털이가 얹혀 놓였고 저편 구석에는 난쟁이 같은 경대 옆에 여자들이 목욕하는 체구를 담은 조그만한 주석대야가 두서너 개가 흐트러져 있고 때가 흐르는 치마저고리가 얼룩얼룩 걸려 있는 것을 보니 가운데 놓인 상만 밀어 놓으면 저의 집 없는 계집애들의 침실이 되는 모양이다.

그는 어찌되었든지 이편 구석에 두세 개 포개 놓인 방석을 끌어다 놓고 상 앞에 쪼그리고 앉았다. 그러나 잠깐 기다리라던 주인은 물론이요 이 추운 방에 화롯불 하나 아니 갖다 준다. 저편 남자의 구두가 놓인 방에는 아까 여자의 구두소리가 통통 나며 음식을 날라 들여가는 기척이더니 그 속이 얼마나 깊은지 쥐죽은 듯이 아무 소리조차 없다.

덕창이는 물론 술을 먹을 용기도 아니 나고 흥도 아니 났다.

내일부터 새로 취직된 회사에 출근을 하려면 여기 역시 외교원이니만치 외투 하나는 고물상에 가서 사입더라도 덜 써야 하겠는데 그것 역시 다만 한 곳 분이를 믿었던 것인데 이 지경이로구나. 그건 고사하고 아침을 손수 끓여 먹고 출근을 할 수 있나. 나간 뒤엔 그 전과 달라서 원희년을 어떻게 두고 다닌단 말인가.

인제는 달아난 아내 생각보다도 당장 내일부터 절박한 사정을 얼없이 앉아 생각하다가 문득 어쩌면 분이가 그 동안 집에 돌아오지나 않았을까 하는 일루의 희망이 또 머리에 떠올랐다. 나를 혼을 내려고 한때 발끈한 마음에 그런 편지를 써놓고 나갔다가도 일이 여의치 않게 될 뿐 아니라 차마 발길이 돌아 서지를 않아서 다시 들어오지나 않았을까? 적어도 자식이 있거든! 이런 공상을 해보는 것이다.

'어쨌든 일이 잘 안됐기에 여기도 새음을 깡그리 드리지 못하고 있으니까— 그러나 어쩌면 지금이라도 여기를 올지 모르지.'

이런 생각을 하면 괘씸하고 어쩌고 하는 생각은 다 잊어 버리고 곧 아래 층에서 분이의 목소리가 나는 듯싶다.

덕창이는 삼십 분을 앉았는지 한 시간을 앉았는지 멀거니 죽치고 앉았고 아래서도 가만히 내버려만 둔다. 그러나 일 년 이태 죽치고 들어 앉았느라고 기운이 줄고 비굴하게 된 그는 감히 큰소리를 내서 주인을 불러 올린다든지 쫓아 내려가서 얼른 귀정을 내고 가겠다고 버티어 볼 용기가 나지를 못 하였다.

'나는 감금을 해두려나? 어디를 보기로 피천샐잎이나 나오겠기에!'하며 덕창이는 혼자 코웃음을 치다가

'오죽해야 계집년까지 놓쳤을까…?'하고 자기를 조소하듯이 또 한번 흥하고 한숨을 쉬었다.

저편 방에서는 인제야 인기척이 나며 남녀가 깔깔대며 우당퉁탕 나온다.

덕창이는 지금 내려가는 여자를 불러서 주인을 불러 달라고 할까 하는 생각
도 없지 않았으나 눈살이 저절로 찌푸려지며 목소리가 냅뜨지를 못하였다.
자기도 그런 오입은 해본 찌꺼기지만 당장 이 집에 분이가 있었고 분이 역
시 지금 저 여자 같았으리라는 생각을 하고는 눈살이 안 찌푸려질 수가 없
었다.
'그러나 그 분이가 지금 이렇게 된 바에야 그런 생각을 하면 무얼 하니…'
하는 생각도 고쳐 해보았다.
덕창이는 인제는 아무도 없는 이층 속에 혼자 떨고 앉았는 것이 기다리기
에 지친 것보다는 우스꽝스러운 생각이 들어서 벌떡 일어났다.
"어딜 가우?"
그러지 않아도 주인을 찾아서 안으로 들어가는데 책상 앞에 화로를 끼고
유사태평으로 앉았던 뚱뚱보가 볼멘 소리를 한다. 정말 촌에서 갓 잡아 온
줄로 알았던지 죄인이나 닦달하듯 하는 것이 아무리 궁축한 덕창이로도 참
을 수 없다.
"날 붙들어 두면 무얼 한다는 거요? 내일 오리라."
덕창이의 어기는 숨었던 본성이 도져 나온 듯이 별안간 뾰롱뾰롱하였다.
주인은 저편의 태도가 돌변한 데에 어이가 없는 듯이 한참 눈을 흡뜨고 쳐
다보다가
"아니, 내일은 와서 무얼 하겠소? 누구를 떠보려 다니는 수작이란 말요?
둘이 맞붙들고 도망질을 치려건 외국에 도망질을 치든지 여기를 어디루 알
구 섣불리 들어 섰단 말야? 두말 말구 일백팔십 원 내놔요. 그게 안 되면 지
금 나하구 미도리한테를 가든지…."
골 김에 공연히 뾰롱뾰롱한 말을 한 것을 덕창이는 금시로 후회하였다. 그
러나 내친 걸음을 금시로 움츠러들이기는 어려웠다.
"글쎄 당신이나 내가 찾기는 일반 아뇨?"
"무에 일반이란 말야? 이 도장은 누가 찍은 거야? 눈이 있건 자세 봐요!"
하고 주인은 소리를 버럭 지르며 너저분한 책상 위에 내놓았던 네 골에 접
은 종이를 쫙 펴서 놓고 손바닥으로 땅 친다. 덕창이는 얼굴빛이 하얘졌다.
꿈에도 생각지 못한 것이다. 그것은 넉 달 전 분이가 이 집으로 올 제 몸치
장 하느라고 처음에 백 원 빚을 낸 차용증서다. 말하자면 몸값이다. 덕창이
는 소위 '보'를 서서 도장을 찍어 준 것이나 이 창황 중에 그런 것이 있는

것은 꿈에도 생각지 못하였다. 그 후에 십 원, 이십 원 해서 얻어 쓴 것이 수월치 않고 겨울 들어 설 때 또 백 원대서 외투니 구두니 하는 것을 장만하고 그 덕에 지금 입은 헌 양복 한 벌도 걸린 것이었다. 어쨌든 그럭저럭해서 삼백 원 돈이란 것이 걸리게 된 것이지만은 이놈이 그 도장 임자가 자기인 줄을 어떻게 알고 이렇게 들이 대는지 덕창이는 얼떨하였다.

"제 집을 이번 저당하는 놈은 있어두 계집을 이번 저당하는 놈은 처음 보겠더군…."

아래에도 손이 다 가고 쓸쓸한 판이라 주인의 목소리는 마음놓고 점점더 커졌다. 심심한 판에 좋아라고 모여든 세 계집애는 '미도리'의 남편인 것을 짐작하자 한층더 면구스럽게 덕창이의 얼굴을 요모조모 뜯어 보며 저희끼리 의미없는 눈짓들을 한다. 미도리와 좋은 사이가 아니던 이 계집애들은 (저희끼리도 결코 좋은 사이는 아니지만) 막연한 적개심으로 그 꼴 잘 되었다 하고 미도리의 남편의 얼굴을 쳐다보는 것이지만 한편으로는 저희도 이 주인에게 빚이 있고 어느새 어떻게 될지 모른다는 생각으로 남의 일 같지 않은 동정심도 나는 것이었다.

"그게 무슨 말씀요?"

덕창이는 탄하면서도 말씨는 다시 고와졌다.

"그래두 남매란 말야? 하여간 이 도장을 그 녀석이 찍었소, 안 찍었소? 말을 해봐요."

주인은 또 분연히 덤벼든다. 그러나 덕창이는 그 도장이 자기의 것이 아니라고 단연히 부인할 용기가 없었다. 없거든 아주 없거나 있을라면 철저히 있거나 하여야 할 양심이 한 귀퉁이에서 얼굴을 해쭉 내밀기 때문에 덕창이는 약자 중의 약자인 것이다.

"꺼내를 가거나 돌려를 앉히거나 잡혀를 먹거나 팔아를 먹거나 남편이 제 계집 가지고 하는 일에 내 알 배 있소? 돈이나 치르고 가요! 그 돈 가지고 술은 먹으러 다니고 왜 남의 돈은 멀쩡하게 떼먹을 작정이란 말야. 이렇게 세상이 어수룩한 줄 알았던가?"

"무슨 돈을 내가 떼먹었단 말씀이오? 내가 누군 줄 알고 이런 수작이슈?"

"누군 누구야, 김덕창이지. 도장만 받구 코빼기는 못 봤지만 이건 바지저고리만 안 젖는 줄 아나!"

여자들은 킥킥 웃었다. 덕창이의 곤경이 마음에 싸서 그런 게 아니라 주인의 절발해 내는 말이 통쾌해 그런 것이었다.

덕창이는 여자들의 웃음에 한층더 창피하고 분연하였으나 코가 맥맥하였다. 그는 무슨 생각이 들었던지 이때까지 앉은 주인과 맞대서다가 몸을 쑥 돌려 털썩 걸터 앉으면서

"술 한 병 가져와!"하고 소리를 치고 세 계집애를 쑥 훑어보았다.

"아까 간죠—를 해야지."

미도리를 제일 시기하던 계집애가 저희끼리 하는 말처럼 이런 소리를 한다.

"간죠—?"

덕창이는 눈을 흘기며 훔첨훔첨하더니 아까 집에서 그대로 넣고 나온 분이의 지갑을 꺼내서 일 원짜리 지폐를 한 장 빼서 내던졌다. 지폐는 땅에 떨어졌다. 그것을 보니 덕창이는 콕 막혔던 가슴이 금시로 탁 터진 듯이 속이 시원하였다. 그러니 그 종이조가을 아무도 집으려 들지 않는 것을 보자 덕창이는 또다시 마음이 어둡고 무거워졌다.

"애, 어서 가져오너라. 이 양반이 돈이 없어 이러는 줄 아니? 적어도 오백 원은 있다. 그만한 얼굴이면야 오백 원야 못 받았겠니? '신마찌' 같은 데면야 천 원두 할 거다."

계집애들은 주인의 이 말이 듣기 싫었다. 그러나 주인의 말이 떨어지자 주기가 눈가에 발그레하게 어리고 두 눈이 개개 풀린 여자가 땅바닥에 떨어진 일 원짜리를 책상 위에 올려놓았다. 이 여자는 아까 이층에서 내려온 여자이다.

실미적지근한 술 한 병이 금시로 왔다. 덕창이는 잔을 들려고도 않고 고뿌를 달라 하여 단꺼번에 따라서 단숨에 켜고 말았다. 하는 거동만 바라보던 주인과 여자들은 무심코 눈을 찌푸렸다. 그러나 주인과 여자들의 눈살을 찌푸리는 의미는 달랐다.

주인은 이놈이 화풀이술을 먹는구나… 하는 생각으로 그러면 돈이 없구나 하고 눈살을 찌푸린 것이요, 여자들은 본능적으로 곤경에 빠진 이성에 대한 동정감을 순간적으로 느낀 것이었다.

"시골서 초행에 고단하실 텐데 어서 귀정을 내고 늦기 전에 친구를 찾아가야 하지 않소?"

주인은 느물느물하게 이렇게 골을 울린다. 그러나 별안간 주기가 확 오른

덕창이는 잠자코 고개를 떨어뜨리고 앉아서 안주 대신으로 담배만 박박 피우다가 고개를 번쩍 들며 아까 일 원짜리를 내던지며 술 가져오라 할 때의 호기는 감은 듯이 없어지고 또다시 풀이 죽어서 찬찬히 말을 꺼낸다.

"내 바른 대로 말이지 사실 그 도장은 내가 찍은 것이오. 미도리는 내 아내요. 오늘 아침까지도 내 아내였단 말이오. 알아듣겠소? 오늘 아침까지 말이요…!"

하고 '오늘 아침'에 힘을 주어 뇌까리고 나서는 한층더 풀이 없이

"그러나 지금쯤은 뉘 품에 안겨서 이 나를 비웃고 누웠는지 당신은 나보다 더 잘 알 것이오."

하고 담배를 어둑컴컴한 땅바닥에 탁 내던졌다.

"엉? 당신은 더 잘 안다니…?"

주인은 그러지 않아도 입을 비쭉하며 듣는 둥 마는 둥하다가 마지막 말에 불끈하고 기고만장이 되었다.

"…애, 이거 봐라. 되집어홍으로 인제는 내가 유인이나 해서 어떤 놈한테로 숨겨 버렸단 말이지? 애, 알고 보니 여간내기가 아니로구나. 말이 그쯤 가면야 나두 더 참을 수는 없다. 자— 경찰서에 가자. 네가 돌려 뺐나 내가 돌려 뺐나 어디 흑백을 가려 보자."

정말 분해 그런다느니보다도 말끝을 잡은 것이 다행하다는 듯이 펄펄 뛰며 후닥닥 일어나서 외투를 떼어 입는다, 모자를 쓴다 하고 발을 쾅쾅 구르며 내려 선다.

덕창이는 또 한번 저색이 되었다. 다소 주인을 떠보려는 생각도 없지 않기는 하였지만 기실은 무심코 나온 말인데 결과에 있어서는 중대하게 되었다.

"아니 그런 게 아니라 하두 내 사정이 기가 막힌데 또 그런 의혹을 하니까 무심코 한 말인데…."

덕창이의 변명은 들으려고 아니 한다.

"잔말 말고 어서 나서. 기가 막한 것은 제 사정이지. 원체 기가 막히긴 내가 기가 막힐 일이지만… 자, 잔말 말고 어서 썩 나서!"

주인은 정말 경찰서로 끌고 가려는 작정이다. 덕창이는 말대꾸를 하기 싫어서 잠자코 앉았으려니까 덕창이에 비하면 들보만하게도 보이는 무지스러운 팔로 덕창의 넙적팔을 덥석 쥐어 앞으로 나꿔 채는 바람에 덕창이는 한 간통이나 끌려 나왔다.

덕창이는 하마터면 "아야야!" 소리가 나올 뻔한 것을 간신히 참고 두 발 끝에 전신의 힘을 다 주어서 버티고 서며

"갈 테니 놔요. 무슨 죄가 있어 가기가 싫다는 게 아니라 왁자히 떠들지 않아도 나올 사람은 나올 게 아니란 말요."

하고 그래도 다시 한번 앙버티어 보았다.

"잔말 말어. 유치장 맛을 봐야 어디다가 돌려 놨는지 불 거란 말야. 돈두 다— 싫다. 미도리를 찾아 놓으란 말야."

미도리가 이 집의 인기 여급이니만치 안 내놓으라고 무수히 달래기도 하였지만 인제는 돈도 싫어 당자를 찾아 내라는 품이 마치 유인해 간 제 계집이나 찾아 내라는 수작이다. 덕창이는 하는 수 없이 끄들려 나오고야 말았다. 죄야 있든 없든 그런 데 발을 들여 놓으면 자연히 시간이 걸리고 말썽이 생길까 보아 덕창이는 그것이 싫은 것이다. 잘못하다가는 오늘 밤을 거기서 새거나 하는 닐이면 집에 혼자 남은 원희가 거정이요, 내일 첫 출사할 회사 일이 애가 키우는 것이다.

경찰서 안은 밤이 그리 들지도 않았건만 무슨 사건이 있어 그런지 텅 비고 숙직만 한두 사람이 화롯불을 끼고 앉았다. 주인이란 궐자는 영업하는 관계도 있겠지만 경관들과 안면이 있는 모양인 것이 덕창이에게는 첫대백이에 불리하였다.

주인은 덕창이에게는 입을 벙긋도 못 하게 하고 기가 나서 제 말만 퍼붓고 섰다. 경관은 자기 담임이 아니란 듯이 처음에는 귓가로 흘려 듣는 눈치더니 미도리를 언제 본 일이 있는 수작으로 차차 사건의 내용에 흥미를 가지고 대꾸를 하여 준다.

"그래 어디루 돌려 앉혔단 말야? 바른 대로 말만 하면 당장 귀정이 날 일 아닌가? 돌려 앉혔거던 빚을 얼른 끈다든지."

경관은 주인의 말을 다 들은 뒤에 덕창이에게로 향하여 좀 언성을 높이며 꾸짖듯이 말을 붙인다.

"돌려 앉히긴 누가 돌려 앉힙니까. 오늘 어디를 다녀서 집에 들어가 보니 이런 편지를 써놓고 나가 버렸습니다그려. 그래서 자세한 사정이나 알려구 갔던 것이지요."

하고 덕창이는 분이의 헛유서를 꺼내서 경관 앞에 내밀었다.

"그러면야 왜 시골서 올라온 오래비라구 속였더란 말야?"

경관은 이렇게 핀둥이를 주고 손에 받은 종이를 펴보라니까 덕창이가 변명할 새도 없이 주인이 발등을 딛고 나서서

"그 편지가 무언진 모르겠습니다만 그것두 다 저희끼리 꾸민 일이죠. 미도리가 며칠 전에 호적등본을 나온 것을 저의 동무가 보았다는데 호적등본인지 초본인지를 냈을 제야 어떤 놈에게 아주 팔아 넘긴 게 분명한데 그래 자식까지 있는 제 서방 승낙 없이 그런 일이 될까 싶습니까."

"허!"하고 경관은 사실 그러리라는 듯이 고개를 끄덕여 보이며 분이의 유서를 펴보고 나서

"이걸 보면 한강철교로라도 나간 상싶은데."하고 조소를 하고 나서는

"그래 호적등본은 어째 냈더란 말야?"하고 덕창이더러 묻는다.

"글쎄 누가 압니까. 그것두 예서 지금 첨 듣는 말입니다."

"말이 되나? 내외간에 계집이 하는 일을 남편이 모르다니 누가 곧이들을 말일까."하고 경관은 눈을 부라린다.

"그러니까 어떤 놈하고 부동이 됐든지 어떤 놈에게 속아서 서방 자식을 버리고 달아난 거란 말씀이죠."

경관도 기연가 미연가 하는 생각이 없지 않았으나

"그 따위 어림없는 말이 어디 있어?"하고 또 핀잔을 주자 주인은 거기 뒤따라서

"그 따위 속이 빤히 뵈는 수작에 넘어간다면 사기횡령에 걸려 들 놈이 없겠다."하고 혼잣말처럼 하고 헛침을 퇴 뱉는다.

사법계가 아니면 이 순사는 임의로 처단키가 난처한 듯이 한참 망설이다가 우선 갔다가 내일 다시 데리고 오라고 주인에게 달래듯이 의견을 묻는다.

"글쎄올시다. 그러다가 요나마 놓치면 저는 아주 게두 구럭두 놓치지 않습니까."

주인의 이 말은 은근히 덕창이를 유치장에 넣어 두어 주었으면 좋겠다는 말이다.

"하지만 자식이 있다니까 설마 달아나기야 할까?"

"나으리두 망령의 말씀이십니다. 자식은 벌써 처치를 했겠죠만 설사 있기로서니 집이니 못 떼가지고 다닙니까, 산이니 못 떼가지고 갑니까."하고 주인은 너털웃음을 쳤다.

순사는 사실 무심코 한 말이 경관으로서 어리석은 말이나 한 것 같아서

덤덤히 앉았으나 어쨌든 자기 담임도 아닌데 밤을 도와서 취조를 하기도 성이 가시고 또 만원이 된 유치장에 애를 써 집어 넣기도 귀치 않았다. 그래서 어쨌든 같이 나가서 놓치지 말고 내일 데리고 들어오라고 일렀다.

그럭저럭 열시가 넘어서 경찰서에서 나온 덕창이는 또다시 카페로 끄들려 갔다. 하룻 밤만 같이 새고 내일 경찰서에 가서 귀정을 내야만 놓아 주겠다는 것이다. 덕창이는 사람을 무단히 감금을 하는 법이 있느냐고 얼러도 보고 에미 아비 없이 혼자 있는 어린 것이 가엾다고 애걸을 해보아야 주인은 막무가내하다.

문을 닫을 때면 그래도 내놓으려니 하였으나 그것도 헛다방이었다. 마지막으로 그러면 어린 애를 위하여 같이 가서 함께 자자고까지 하여 보았으나 그 역시 도리질이다. 그랬다가 사실로 분이가 어린 것까지 두고 도망한 형편을 목도하고는 덕창이를 달구칠 구실을 잃어 버릴까 보아서 그러는 모양이다.

꼼짝 수 없이 하룻밤을 그 무지렁이 같은 주인놈의 발치에서 새우잠을 자고 나니 무엇보다도 큰 걱정이 오늘 아홉시에 첫 출사를 할 회사이다. 이렇게 된 바에야 그놈하고 다시 삿을 어울리기도 싫고 독 안에 든 쥐 모양으로 하는 대로 내버려 두고 거동이나 보기로 하였다. 회사에 못 다니게 되면 못 가는 거요, 될 대로 되라고 슬며시 자포자기가 되는 것이었다. 전화나 걸고 못 가게 된 사유나 꾸며 댈까 하였으나 첫날부터 그런 말을 더구나 전화로 한대서야 도리어 연문의 짓이다.

덕창이는 새벽부터 일어나서 떨고 앉았어야 겨울해가 퍼지도록 위아래층에서 어리친 개새끼 하나 꼼짝달싹 하지 않고 주인은 얼굴까지 이불을 뒤집어쓰고 천정이 물러 앉을 만치 코를 더렁더렁 골더니 열시를 바라보니까 부엌에서 인제야 떼그럭 소리가 들려 오고 주인자도 부시시 눈을 떠본다. 이 자도 덕창의 존재는 눈에도 안 띠는 듯이 시치미를 뚝 떼고 있다.

아침이랍시고 한술 뜬 것이 오정 칠 때 그리고도 갖은 거래를 다한 뒤에 그 뚱뚱보의 자—나서라는 명령이 내린 것이 거진 한시, 경찰서 취조실 밖에 앉았는 것이 세 시간… 짧은 해에 전등불이 들어올 무렵에야 겨우 풀려서(?) 취조실에 발을 들여 놓았다. 별 둘 붙인 부장 앞에 섰을 때 덕창이는 그래도 마음이 조금은 후련해지고 물어만 보면 뻔한 일이니까 당장 나가게 되리라는 희망이 있는 것이었다. 그러나 부장은 바쁜 모양이었다. 주인의 설명만

다 듣고 나더니 주소, 성명, 직업 같은 것만 묻고 저리 가 앉았으라고 기다란 나무 결상을 가리키고는 '카페' 주인더러는 나가라고 한다. 이 부장과도 역시 안면이 있는 주인은 절을 열 번이나 하고 신신당부를 하고 물러 나가 버렸다. 그 자와 떨어진 것은 호랑이굴에서나 벗어난 듯싶이 시원도 하였으나 여기서 풀려 나갈 가망이 아득한 것 같다. 뒤에 밀린 사건을 처리하느라고 새 사건은 건드리지 않은 것인지 덕창이는 본체만체하고 밖에서 불러 들이는 것, 유치장에서 끌어 낸 것을 취조하느라고 한바탕 법석을 하더니 저녁밥 때가 되니까 다 걷어 치우고 부장은 덕창이와 그 외 두 사람만 숙직에게 맡기고 나가 버린다. 저녁밥을 먹으러 나가는 모양이다. 덕창이도 저녁을 그 속에서 사먹고 여전히 엉덩이가 배기는 결상에 걸터 앉았으려니까 여덟시가 넘어서 부장이 들어온다. 부장의 얼굴을 보니 반가웠다. 그러나 한 시간 동안 호통을 하여 가며 취조를 하고 나서는 또 앉았으라 하고 다른 사람을 갈아 댄다. 자정이 가까웠을 때 그제 부장은 다시 불러 세우고 특별히 여기서 재우지 않고 내보내는 것이니 내일은 아침 아홉시에 출두하라는 것이다.

하여간 놓여 나오는 것만은 고맙고 반가웠으나 내일도 회사에는 못 가고 마는구나 하는 생각을 하니 일은 영영 틀리는 것만 같았다.

"에잇! 될 대루 돼라!"

덕창이는 전차가 떨어진 어두운 길을 타박타박 걸으며 혀를 찼다.

집에 돌아와 보니 원희란 년은 그러리라는 짐작은 있었지만 안방에서 노파가 데리고 잔다. 하룻밤 하루 낮 일이 몇십 년이나 지난 듯이 먼 기억처럼 생각이 어렴풋하나 어쨌든 안심되고 방 안을 들여다보니 반갑기도 하다. 그래도 오면서 혹시나 분이가 집에 돌아와 있지나 않을까 하는 헛기대를 하던 것을 생각해 보고는 낙담이 된다느니보다도 어림없는 자기가 가여웠다.

"그 웬일요? 어제는 어디서 잤단 말요? 조금 전에 형사가 다녀갔는데… 난 가슴이 덜컥 내려 앉아서…."

대문을 열어 주고 방에까지 따라들어온 주인 노파는 정신을 차릴 새도 없이 연거퍼 허덕지덕 묻는 것이었다.

"형사가 언제 다녀갔세요?"

냉방에 겨우 자리를 잡고 앉아서 덕창이는 천천히 물어 보았다.

"아까 열시쯤엔가… 대관절 어떻게 된 셈요?"

노파는 아직도 가슴이 울렁거리는 듯이 눈이 둥그래서 안절부절을 못 한다.

'이놈의 노구가 이번 연극에 한 몫 본 건 아닌가?'

노파의 허둥대는 꼴을 보니 덕창이의 머리에는 또 이런 의심이 떠오르는 것이었다.

덕창이는 이튿날 일찍이 나서서 회사부터 갔다. 무어라고 꾸며 대든지 오늘 하루만 더 수유를 해놓고 경찰서에를 들어가려는 생각이다.

"…그게 말이 되겠소? 아이를 낳거나 어쨌거나 그건 내 사정이지. 첫 날부터 일언반사가 없이 결근을 했댔어야 간부에 대해서라두 무어라고 방패막이를 할 말이 없지 않소? 취직난이 이렇게 심한 이 판에 당신이 몇백 명 몇십 명을 제쳐놓고 들어왔기에 그렇게 등한히 한단 말요…."

과장의 말은 냉연하였다. 아내가 별안간 해산을 하였는데 잠시를 몸을 배치지 못하여 그렇게 된 것이라고 아무리 변명을 해야 소용없었다. 다만 한마니 나시 상의해서 기별할 때까지 집에 가 기다리라는 말에 일루의 희망을 붙이는 수밖에 없으나 너무 면박해서 거절하기가 어려워 일시 달래는 수작인지 모를 것이었다. 덕창이는 꿈 속에 곤두잡이를 시켜 천인의 구렁으로 떨어진 듯이 발밑이 허전허전거리었다.

그러나 경찰서에는 아니 가는 수 없었다. 오늘도 역시 저녁 때에나 가서 잠깐 취조를 하고 기다리게 하였다. 그러나 이번에는 좀 일찍이 밤 열시에 놓여 나올 제 미도리(부인)가 나설 때까지는 지금 있는 집에서 옮기지 못할 일, 아무데도 가지 말 일, 호출을 놓으면 곧 출두할 일 등을 단단히 단속하고 특별히 내놓는 것이었다.

덕창이는 죽어도 아깝지 않은 인생이라고 생각하였다. 이 길로 정말 한강 철교에를 나갈까 하는 공상도 떠올라 왔다. 그러나 어제와 같이 역시 대그럭거리는 컴컴한 길을 타박타박 걸어 쓸쓸하게 집으로 향하였다.

막 동구를 쑥 돌쳤을 제 넘넘한 속에서 덕창이의 눈앞에는 무엇인지 얼씬하고 지나쳤다. 덕창이는 가슴이 덜렁하며 자기 눈을 의심하는 듯이 우뚝 섰다.

'헛보았나? 내 눈의 착각인가?'

덕창이는 앞뒤를 살펴보았으나 아무 기척도 없이 골목 안은 잠잠하다.

다시 대문을 향하고 오려니까 옆집 뒤간 뒤에서 무엇이 부스럭한다. 잔뜩 신경이 피로하고 예민하여진 덕창이는 하마터면 "으앗!" 소리를 지를 만치

경겁을 하며 두 다리가 부르르 떨렸다.

앞에 나타난 것은 컴컴한 속에서도 분명 분이인 것을 알 수 있다. 네가 정녕 분이냐고 따져 보고 싶을 만치 그것은 허깨비로만 보이고 자기 눈에 착각 같았다. 그러나 손에 트렁크를 본 것을 보니 살아 온 것이요, 어디를 여행을 하고 방금 기차에서 내린 행색이다.

"어딜 갔다 오슈?"

분이의 목소리다.

"응?"

남자는 한마디 대꾸만 하고 얼이 빠져 물끄러미 바라만 보고 섰다. 분한 생각도, 미운 생각도, 나무랄 생각도, 반가운 생각도 아무것도 머리에 떠오르는 것은 없었다.

"어서 들어가시죠."

분이는 남편을 끌고 앞장을 서 들어갔다.

분이를 본 노파는 죽었던 사람이 살아 온 것같이 (반가워하는 게 아니라) 몹시 놀라며 얼굴이 해쓱하여졌다.

"어떻게 된 셈야?"

"어떻게 된 셈은 아주머니가 더 잘 알겠지."

분이의 얼굴빛은 추상 같다. 거기에 저기가 되어 노파는 감히 건넌방으로 따라 들어오지를 못하였다. 분이는 내닫는 딸년을 끼고 안다가 울음이 왁 하고 터졌다.

이 날 밤에 분이는 남편에게 잠을 자지 않고 사죄를 하였다.

"모두 내가 잘못했어요. 그 대신 묻지는 말아 주세요." 이렇게 뇌이면서 다만 한 가지 돈을 벌러 시골 갔다가 여의치 못해서 도로 왔다는 말만은 하였다.

"호적등본은 왜 냈어?"

"다 까닭이 있어요. 차차 아세요."

분이는 이것도 이렇게 어름어름해 버렸다.

실토로 말하면 이 남편은 영영 남 되리라는 모진 마음을 먹었었다. 안방 노파의 지시로 시골 늙은 부자를 따라 나서서 서울에서는 영영 자취를 감추려는 계획이었다. 호적등본도 그 늙은 부자가 근지를 알아야 하겠으니 보여지라는 대로 내어다 바친 것이었다. 그러나 결과는 천만 의외에도 하마터면 몹쓸 구렁에 일생을 빠칠 뻔하였던 것이다. 그놈에게 몸을 더럽힌 것쯤이야 문제가 아니었다. 시골 유곽에 끌려 들어갈 뻔한 것을 호혈에서 모면하고 나온 것만 다행하였다.

　이튿날부터 분이는 'M카페—'에서 아무 일 없었던 듯이 손님의 술을 따르고 앉았었다. 그리고 덕창이는 또다시 들어 앉아서 낮이면 아이를 보고 저녁 때가 되면 찬밥 덩어리를 솥 속에 넣고 불을 지피고 하였다. 그 덕에 백 원 빚만 받은 'M카페—' 주인은 미도리를 한층더 떠받들었다. 미도리도 백 원 빚을 언제든지 더 쓸 여유가 생긴 것이 든든하기도 하였다.■

염상섭
1897년 8월에 서울에서 출생. 본호 제월, 횡보.
1917년에 일본 게이오 대학 사회학과에 입학.
1919년에 와세다 대학 재학중 '만세운동' 사건으로 10개월간 복역.
1920년 이래 『동아일보』 기자, 『동명』지 편집장을 역임. 이때 『폐허』농인
　　으로 문학 활동을 시작.
1930년대 초엽에 장춘에서 『만몽일보』, 『만선일보』 주필, 편집국장을 역임.
　　이 시기에 장편소설 「개동」, 중편소설 「청춘항로」, 단편소설 「실직」, 「자
　　살미수」 등을 발표.
1921년에 단편소설 「청개구리」를 발표하면서부터 200여 편의 소설, 수필,
　　평론을 발표.
1963년 3월에 서울에서 별세.

인력거꾼

주요섭

1

밤 새로 두시에야 자리에 누웠던 아쩡이 아직 날이 채 밝기도 전에 졸음 오는 눈을 비비면서 일어났다. 잠자리라는 것이 되는 대로 얼거리 해놓은 막사리 속에 누더기와 짚을 섞어서 깔아 놓은 돼지우리 같은 자리였다. 그 속에서는 그야말로 돼지처럼 뚱뚱한 동거자가 아직도 흥흥거리며 자고 있는 것을 억지로 깨워 일으켜 가지고 아쩡이는 코를 힝하니 풀어서 문턱에 때려 뉘면서 찌그러진 문을 열고 밖으로 나왔다.

잠자던 거리가 깨기 시작하는 때이었다. 상해시가의 이백만 백성이 하룻밤 동안 싸놓은 배설물을 실어내 가는 꺼먼 구루마들이 요란한 소리를 내며 잔돌 깔아 울툭불툭한 길 위로 이리 달리고 저리 달리고 하는 것이 아쩡의 눈앞에 나타났다. 동편으로 해가 떠오르려고 하는 때이다. 일찍 일어난 동리집 부인들이 벌써 나무통으로 된 대변통들을 부시느라고 길가에 쭉 나서서 어성버성한 참대쑤시개로 일정한 리듬을 가진 소리를 내면서 분주스럽게 수선거렸다. 아쩡이와 뚱뚱보는 한꺼번에 하품과 기지개를 길게 하고 바로 그 맞은편에 있는 떡집으로 갔다. 거리로 향한 왼편 구석에 널판지 얼거리가 있고 그 얼거리 위에 원시적 기분이 농후한 꺼먼 질그릇 속에 삐죽삐죽하게 콩기름에 지져 낸 유자꽤(조반죽 반찬하는 떡)가 담뿍 꽂히어 있고 그 옆에는 방금 구워 놓은 먹음직스런 쪼빙(떡)들이 불규칙하게 담겨 있는 위로는 벌써 잠코 밝은 파리친구들이 날아와서 윙윙거리면서 이 떡 저 떡으로 돌아다니면서 먹고 싶은 대로 실컷 그 고소하고 짭짤한 맛을 빨아들이고 있었다. 모진 아궁이에다 지금 떡 굽는 사람이 풀무를 갖다 대고 풀덕풀덕해서 불을 피우고 있고 가마 위 나무뚜껑 아래에서는 길죽길죽하게 빚어서 한 편에 깨알 몇 알씩을 뿌린 쪼빙들이 우구구 하면서 뜨거운 진흙 위에서 모래찜들을 하고 있었다. 그것들이 모래찜을 실컷해서 엉덩이가 꺼머죽죽하게 되면 그 손톱이 세 치씩이나 자란 떡장수의 손이 들어와서 한 놈씩 한 놈씩 잡아 내다가 앞에 놓인 선반 위 파리 무리의 잔치터 위에 던져 주는 것이었다. 바로 이 떡가마 왼편에는 기다란 부뚜막을 가진 가마가 걸려 있고 그 위에서 지금 유자쾌들이 오그그하면서 콩기름 속에서 부어오르고 있었다. 그리고 역시 행길 쪽으로 향한 이편 한 모퉁이에는 네모 반듯한 부뚜막 위에 보름달만큼씩이나 둥근 서양철뚜껑을 덮은 깊다란 물솥들이 네다섯 개 줄 느런히 걸려 있고 부뚜막 바로 한복판에는 직경이 두 치나밖에 안 될 쇠통이 뚫려 있어서 가마지기가 이따금씩 그 조그맣고 둥그런 뚜껑을 열고는 바로 그 부뚜막 안쪽에 쌓아 둔 물에 젖은 석탄가루를 한 부삽씩 쭈르르 쏟군 하는 것이었다. 그리하면 그 구멍 속으로부터는 까만 연기와 붉은 불길이 힐끗힐끗 밖으로 내치미는 것을 서양철뚜껑으로 덮어 막아 버리고는 놋으로 만든 물푸개를 바른손에 들고 왼손으로 이편 솥뚜껑을 열고는 부글부글 끓는 맹물을 퍼서는 저편 솥 속으로 쭈르르 붓고는 또다시 왼편 솥 속 물을 퍼다가 바른편 솥 속에 놓고 이렇게 쭈룩쭈룩 소리를 내면서 분주스레 퍼옮기고 쏟아 옮기고 하다가는 엽전 두어 푼이나 나무조각 물표 서너 개씩을 가지고 와서 빙 둘러 섰는 아가씨들과 할머니들의 서양철물통(오리주둥이 같은 것이 달린 것.) 혹은 세숫대야, 혹은 쇠주전자, 혹은 사기 주전자 등에 엽전 두 푼에 물푸개 하나씩 그 설설 끓는 물을 담아 주는 것이다.

아찡이와 쫄루(돼지)라는 별명을 가진 동거자 뚱뚱보는 어두컴컴한 부엌 속으로 들어가서 둥그런 탁자를 가운데 놓고 뒤받침 없는 걸상에 빙 둘러 앉은 때묻은 옷 입은 친구들 틈에 끼어 앉아서 떡 두 개씩과 끼룩한 미음을 한 사발씩 먹고는 쩔렁쩔렁하는 전대 속에서 동전을 여섯 푼씩 꺼내서 탁자 위에 메치고 코를 힝힝 아무데나 풀어 붙이면서 거리로 나왔다.

둘이는 잠잠히 걸었다. 조약돌을 깔아서 올통볼통한 좁은 골목을 지나 나와서 전차길을 끼고 한참 올라가다가 다시 조그마한 골목으로 조금 들어가서 인력거 세 놓는 집 앞에 다다랐다. 벌써 수다한 인력거꾼들이 와서 널직한 창고 속에 줄줄이 세워 둔 인력거를 한 채씩 끌고 나갔다. 아찡도 거의 해져서 나들나들한 종이로 돌돌 싸둔 대양(大洋) 오십 전을 인력거세 하루 선금으로 지불하고 어둑시그레한 창고로 들어가서 제 차례에 오는 인력거 한 채를 들들 끌고 거리로 나왔다. 그는 잠깐 우두머니 서서 분주스럽게도 왔다갔다 하는 군중을 바라다보다가 인력거 뒤체를 부득부득 밀면서 나오는 뚱뚱보에게 이렇게 말했다.

"오늘 어째 신수가 궁해. 어젯밤 꿈이 숭하더라니!"

뚱뚱보는 이 말 대답할 사이도 없이 벌써 맞은편 거리에서 오라고 손짓하는 서양 여자를 보고 설마 남에게 빼앗길세라 줄달음질쳐 가서 인력거 앞채를 내려놓고 그 여자를 태웠다.

아찡이는 절반이나 잊어 버려서 무엇이었던지 잘 생각도 안 나는 꿈을 되풀이해 생각해 보려고 애쓰면서 정거장 쪽으로 향해 갔다.

마침 남경에서 떠난 막차가 북정거장에 닿았다. 제섭원이 노영상을 들이친다는 풍설이 한창 돌 때인데 이번 차가 아마 마지막 차일지도 모른다는 염려로 소주에서 곤산에서 쓸어 밀리는 피난민들이 넓은 정거장이 찢어져라 하고 밀려 나왔다. 정거장 정문이 있는 곳에는 벌써 그 동안 각처에서 몰려든 피난민들의 잃어 버린 짐짝으로 가득 차있어서 교통 단절이 되어 버렸고 좌우 옆문으로 쏠려 나오는 군중이 문간에 수직하고 있는 군인들의 몸수색을 당하면서 이리 밀치우고 저리 밀치우고 흐늑흐늑하였다.

아찡은 이 기회를 안 놓치려고 이리 기웃 저리 기웃하며 기회만 엿보고 서있었다. 아니나다를까 저편 한구석으로 늙은 할머니 한 분, 젊은 색시 한 분, 또 돈푼이나 있어 보이는 젊은 사내 하나가 고리짝, 참대 궤짝, 바구니 등 수십 개의 짐짝을 겨우 검사를 마친 후 시멘트 길바닥에 쌓아 놓고 어쩔 줄을 몰라 안달을 하고 있는 것이 보이었다. 아찡은 곧 그곳으로 뛰어가려다가 "이놈아!"하고 외치는 순사의 고함소리에 눌려서 한 편으로 물러 서면서 아까운 듯이 그쪽만을 바라다보았다. 짐은 산더미처럼 쌓아 놓고 촌계 관청식으로 두리번두리번하기만 하던 사내가 마침내 짐짝들을 여인더러 보라고 맡기고 인력거를 부르려고 정거장 구외로 나왔다. 아찡은 인력거를 내던지고 번개처럼 이 사내에게로 달려들었다. 벌써 네다섯 다른 인력거꾼들도 달려와서 이 젊은이를 에워쌌다.

"어데로 가오? 어데요? 여관으로요?"

젊은 사람은 어찌해야 좋을는지 모르겠다는 모양으로 한참이나 어릿어릿하다가 겨우 상해말은 아닌 어떤 다른 지방 사투리로 사마로(四馬路)까지 얼마에 가겠느냐고 물었다.

"사마로까지 육십 전만 내슈."하고 한 인력거꾼이 즐거운 듯이 웃으면서 말했다.

젊은이는 딱하다는 듯이 잠시 망설이더니

"이십 전에 가면 가구 그러찮으면 그만둬."하고 중얼거리었다. 인력거꾼 서넛이 펄쩍 뛰면서 한꺼번에 외쳤다.

"이십 전이라니? 어델, 우린 그렇게 에누리 없어요."

"그자 촌놈이다. 상해말은 할 줄도 모르는 모양이다."하고 인력거꾼 하나 가 외쳤다. 그래서 그들은 이 시골뜨기를 잠뿍 골려 먹으려고 그냥 육십 전 을 내어야 한다고 떠들었다. 얼마 동안 승강이 계속되다가 값은 마침내 매 인력거에 사십 전씩(보통 때 값의 4배)에 작정이 되었다. 아찡이도 새벽부터 이게 웬 떡이냐 하고 새벽부터의 운수를 웃고 떠들며 서로 축하하는 동무 인력거꾼들과 섞여서 정거장 구내로 들어가서 고리짝을 한 개 들어내 왔다. 아찡은 큰 고리짝 한 개와 또 어제 먹다 남은 것인지 생선대가리 같은 것을 주워 싼 조그마한 보꾸레미 한 개를 인력거 위에 올려놓고 앞장을 서서 줄 곧 달음질해 나갔다.

사마로에 즐비한 어관들은 여관마다 피난민으로 가득 차있었다. 그래 그들 은 이 여관 저 여관으로 한참이나 왔다갔다 하다가 마지막에 겨우 어떤 좁 고 더러운 여관으로 가서 그것도 남은 방이 없다고 해서 응접실에 그냥 있 기로 하고 겨우 짐을 풀어 놓았다. 인력거꾼들은 그 동안 미리 홍정한 장소 까지 와가지고도 여기저기를 한참이나 끌려 다녔다는 것을 핑계로 해가지고 세상이 떠나갈 듯이 싸고 덤벼들어 떠들어 낸 결과로 마침내 각 인력거꾼 앞에 대양 일 원씩을 떼내었다. 아찡은 그의 손바닥에 놓인 번들번들 빛나는 은전 일 원짜리 한 푼을 눈이 부신 듯이 바라보면서 저고리 앞자락으로 흐 르는 땀을 훔치었다.

그가 인력거채를 질질 끌면서 다시 큰 거리로 나올 때 혼자서

'이게 웬 호박인구? 꿈자리가 사나우문 생시엔 되려 신수가 좋은 법인가?' 하면서 속으로는 좀 있다 밤에 방장이네게로 가서 한잔 할 기쁨을 예상하면 서 그 번들번들하는 큰 돈을 허리춤 전대에 잘 간수하였다.

참말로 그 날은 특히 운이 좋았던지 큰 거리에 척 나서자 마침 가랑이 넓 은 바지를 입고 팽갱이 같은 모자를 쓴 미국 해군 하나를 만나서 태우고 팔 레스호텔까지 가서 해군들 보통 버릇으로 그냥 막 집어 주는 돈을 받아서 헤어 보니 이십 전짜리 은전이 한 푼, 동전이 열두 푼이었다.

그는 너무나 좋아서 벙글벙글 웃으면서 전차 궤도를 건너 인력거 정류소 로 들어가서 차를 내려놓고 그 살대 위에 편안히 걸터 앉아서 행상하는 어

린 애를 불러 동전을 여섯 푼 던져 주고 쪼빙을 두 개 사서 맛있게 먹었다.

해가 벌써 오정이나 되었으리라 생각되는데 앞자리에 앉았던 인력거가 다 풀려 나가고 마침내 아찡이 차례에 이르렀다. 방금 팔레스호텔 문지기인 인도인이 망치를 휘두르면서 "인력거꾼!"하고 부르는 소리를 듣고 달려가려고 일어서다가 아찡은 그만 벌떡 나가자빠졌다. 아찡 바로 뒷자리에 참새 눈깔 같은 눈을 도록도록 하며 앉아 있던 뽀죽이가 번개같이 아찡 옆으로 뛰어나가서 손님을 태우려고 달려갔다.

아찡이는 저도 모르게 "에쿠쿠"하고 신음하였다. 뒷자리에 차례로 앉았던 다른 인력거꾼들이 삥 둘러 서면서 눈이 둥그래서 아찡이를 내려다보았다. 아찡이는 겨우 몸을 일으켜 인력거채 위에 걸터 앉으면서 "으륵"하고 아까 먹었던 쪼빙 두 개를 그대로 토해 버렸다. 머리가 횡하고 온몸이 노곤해 들어왔다. 오분, 십분, 십오분! 그는 다시 제 기운을 차려 보려고 노력했으나 소용없는 일이었다.

의아스런 눈으로 바라보고 있던 동료들 중에 그 중 나이 많이 먹은 곰보 영감이 마침내 가까이 와서 아찡의 싸늘하게 식은 손을 주물러 주면서 말했다.

"여보게, 요 골목을 돌아 들어가서 사천로청년회로 가문 돈 안 받고 병 보아 주는 의사 어른이 계신다네. 그리 가보게. 그저께 우리 장손녀석이 갑자기 아프대서 거기 가서 약 두 봉지 타먹고 나았다네. 어서 가보게."

아찡이는 무의식하게 고개를 끄덕이었다. 아마도 이 곰보영감 말대로 하는 것이 좋을까 보다 하고 흐릿하게 그는 생각하였다. 그러나… 글쎄 어젯밤 꿈이 불길하더니… 그는 마치 꿈 속에서 길을 걷는 사람처럼 벌떡 일어나 남경로로 뛰어들어갔다.

2

그가 어떤 모양으로 어떻게 여기까지 왔는지를 기억할 수가 없었다. 하여간 이 사람 저 사람에게 물어 보아 가며 핀잔을 먹어 가면서 여기까지 찾아는 왔다. 방 안에는 자기 이외에도 서너 노동자들이 먼저부터 와서 아무 말도 없이들 서로 번번이 쳐다들만 보고 앉아 있었다. 한 사람은 어디서 무엇에 치었는지 그냥 피가 뚝뚝 흐르는 팔을 추켜 들고 "호, 호."하면서 부들부들 떨고 앉아 있었다. 아찡은 한참 동안이나 벽에 기대고 반쯤 누워 있다가 차차 정신이 드는 것을 깨달았다. 인제는 정신은 똑똑해졌는데 몸이 그저 사시나무 떨리듯 와들와들 떨리고 멎지를 않았다.

의사님은 어디를 갔나.

그곳 하인 비슷한 사람 하나가 비를 들고 들어왔다. 아찡은 거의 본능적으로

"의사님 어데 가셨수?"하고 물었다. 하인은 아무 대답도 없이 비로 방바닥을 두어 번 긁적거리고 나더니 기지개를 하면서

"규칙이 의사님이 새루 두시가 돼야 오우! 갔다가 두시에들 오라구. 두시 전에는 의사님이 안 오시는 규칙이야"하고는 다시 방을 쓴다. 아찡은 비가 가는 곳마다 풀썩풀썩 일어나는 먼지를 흠뻑 맞으면서 잇몸이 딱딱 마주 붙어서 떨리는 소리로 다시 물었다.

"지금 몇 시쯤 됐소?"

"열두시."하고 그 하인은 마치도 시간을 따로 외워 가지고 다니기나 하듯이 빨리 거침없이 대답했다.

두 시간! 그러나 여기서 기다릴 수밖에 없었다. 지금 아무데도 갈 기력이 없다. 왜 이다지도 몸은 자꾸만 떨릴까?

아찡이 한참 동안 정신없이 있다가 다시 정신을 차린 때에는 떨리는 증세는 모두 없어지고 그저 머리를 몽둥이에 얻어 맞은 듯이 뗑할 뿐이었다. 팔 부러진 사람은 아직도 그냥 "호호."하고 앉아 있고 다른 사람들은 일체 상관 없다는 듯이 천장들만 쳐다보고 앉아 있었다.

흐리멍텅한 아찡의 귀로는 바깥길 위로 뿡뿡 쓰르르 하며 오고 가는 자동차소리들이 어디 멀리서 들려 오는 소리같이 들렸다. 그는 침묵이 무서워졌다. 그래서 그는 이 답답한 침묵을 깨뜨리는 것이 자기의 책임이나 되는 것처럼

"지금 몇 시나 됐을까요?"하고 공중을 향하여 물었다. 천장만 쳐다보던 사람들이 잠깐 얼굴을 돌려 표정 없는 흐리멍텅한 눈동자로 바라다볼 뿐이요, 누구 하나 말대답하는 이가 없었다. 아찡은 무서운 생각이 나서 몸을 부르르 떨었다.

"글쎄 어젯밤 꿈자리가 사납더라니!"

문이 열리면서 깨끗이 양복을 입고 금테안경을 쓴 뚱뚱한 신사 한 분이

들어왔다. 아찡은 직감으로 이 사람이 의사 어른이려니 하고 벌떡 일어나면서

"의사나리님, 제가 오늘 갑자기…."하고 말을 건네었더니 그 신사는

"아니오, 아니오. 의사는 아직 한 시간이나 더 있다가야 오십니다. 좀더 기다리시오."하고 대답하고 안으로 들어가 버렸다. 그러나 조금 후에 그 신사는 다시 나타났다. 아픈 몸과 가슴을 가진 노동자들의 멀건 눈들이 이 젊은 신사의 일거일동을 멀거니 바라다보았다.

이 신사는 좀 뚱뚱하고 퍽 쾌활스러운 사람이었다. 그는 조그마한 세 다리 교의에 펄썩 주저앉으면서 구둣발로 마룻바닥을 한번 쿵쿵 구르고 나서

"당신들 의사 뵈러 왔소? 좀더 기다리시오. 아, 당신은 팔을 다쳤구려? 무슨 일 하오? 또 당신은?"하면서 이 사람 저 사람 번갈아 보면서 대답은 쓸데없다는 듯이 남이 미처 대답할 사이도 없이 혼자 주절대었다.

그러나 그도 입을 다물고 한참 동안 다시 침묵이 계속되었다. 그래서 표정 없는 여러 눈들이 신사의 몸을 떠나서 천장으로 향하려 하는 때에 신사가 다시 비룩비룩 하면서 말을 꺼냈다.

"세상은 고해이지요. 죄 때문이외다. 아담 이브가 한번 죄를 진 이후로 그 죄악이 온 세상에 관영해서 세상이 이렇게 괴로움 많은 세상이 되었습네다."하고는 가장 동정이나 구하는 듯이 군중을 한번 쭉 둘러보았다. 군중의 얼굴은 일체 "무슨 소린지 모르겠다."하는 그러면서도 약간 호기심에 끌린 표정이 나타난 것을 그는 간파한 모양이었다.

"당신들은 기도를 해본 적이 있소?"하고 신사는 일동에게 물었다. 아무도 대답하는 이는 없었다. 모두 신사의 얼굴만 열심히 바라다볼 뿐이었다. 신사는 잠깐 말을 멈추었다가

"기도함으로 죄 사함을 얻습니다. 요한복음 삼 장 십육 절에 말하기를 '하나님이 세상을 이처럼 사랑하사 독생자를 주셨으니 누구든지 그를 믿으면 멸망하지 않고 영생을 얻으리라.' 했습니다. 하나님의 독생자 예수 그리스도가 우리의 죄짐을 지시고 골고다에서 십자가에 못박혀 죽으면서 그 피로 우리 죄를 속해 주셨습니다. 그래서 누구든지 예수를 믿으면 세상에서는 이처럼 괴롭다가도 죽은 후에는 천당에 가서 금거문고를 뜯고 천군 천사와 함께 하나님을 찬양하면서 생명수가의 생명과를 먹으면서 살아 가게 된답니다."하면서 절반이나 설교하듯 혼자 흥분해서 한참 내리 엮고는 다시 한번 일동을

둘러보더니 벌떡 일어나며 눈을 하늘을 향하여 올려뜨고

"오! 사랑하는 하느님이시여, 이 불쌍한 무리들을 굽어 살피사 당신의 거룩한 성신의 불로 그들의 죄를 태워 버리고 그들의 마음을 감동시키사 하나님을 믿게 하시오며 풍성하신 은혜를 베푸소서."하더니 다시 눈을 내리며 군중을 둘러보면서

"여러분, 오늘부터 예수 품 안으로 들어오시오. 예수 말씀하시기를 '내 멍에는 가볍고 쉬우니라.' 하셨습니다. 이 세상 괴로움을 모두 잊어 버리고 예수만 믿었다가 이 다음 죽은 후에 천당에 가서 무궁한 복락을 같이 누립시다."하고 끝내고는 그만 불쑥 나가 버렸다.

소눈깔같이 우둔한 눈으로 이 흥분한 신사의 머리짓, 손짓을 열심히 바라보던 눈들은 다시 일제히 어딘가 보이지 않는 곳을 물끄러미 바라다보면서 각기 입으로는 약속했던 듯이 한숨을 내쉬었다.

아찡이는 열심으로 그 신사의 말을 들었다. 그러나 그는 그것이 모두 무슨 소리인지 잘 알아들을 수가 없었다. 무슨 "죽은 후에는 무궁한 복락을 누린다."는 소리를 들을 때에는 '그렇게 되었으면 오죽이나 좋으랴!'하고 속으로 부러워했다. 그러나 지금 세상이 아담과 이브의 죄 때문에 괴롭게 되었다는 소리는 미련한 생각에도 믿어지지가 않았다. 자기 같은 인력거꾼들은 모두 아담 이브의 죄의 형벌을 받는 중이라고 하려니와 그러면 어찌하여 자동차를 타고 다니는 양고자들이나 또는 자기도 가끔 인력거에 태우는 비단옷 입은 색시들은 아담 이브의 죄형벌을 받지 않고 잘사는지 알 수 없는 일이었다.

신사가 나간 후에도 아찡이는 한참이나 그 신사가 하던 말을 알아들은 대로 되풀이해 보았다. "세상에서는 괴롭게 지내다가 일후 죽은 후에 천당에 가서는 금거문고를 타고…." 죽은 후에 금거문고를 타려면 살아서는 왜 꼭 고생을 해야 되는가? 죽은 후에 천군 천사와 함께 노래부르면서 잘살려고 하면 왜 살아서는 매일 뚱뚱한 사람을 인력거 위에 태우고 땀을 흘려야 하며 발길에 채워야 하고 '홍도 아째' 순사 몽둥이에 얻어 맞아야만 되는가? 죽은 다음에 생명과를 배부르게 먹으려면 살았을 적에는 어찌하여 남다 먹는 아침 죽 한 그릇도 맘대로 못 먹고 쪼빙과 미음으로 요기를 하여야만 되는 것일까? 이것을 아찡이는 아무리 생각하여도 깨달을 수가 없는 것이었다. …그 신사가 말한바 그 소위 그 천당이라는 데는 그러면 우리 같은 인력거

꾼들만이 몰려가는 데일까? 그렇다면 양고자들과 양복 입은 젊은 사람들과 순사들은 죽은 후에는 어떤 곳으로 가는가? 그들도 예수만 믿으면 천당으로 가는가? 만일 그들도 천당으로 간다면 그들은 이 세상에서도 고생이라곤 아니 했으니 그것은 불공평하지 않은가? 옳다, 만일 천당이라는 데가 있다면 거기서는 필시 우리 이 세상 인력거꾼들은 아까 그 사람이 말한 모양으로 금거문고나 타고 생명과를 배불리 먹고 놀고 이 세상에서 인력거를 타고 다니던 사람들은 모두 인력거꾼이 되어서 누더기를 입고 주리고 떨면서 인력거를 끌고 와서 우리를 태워 주게 되나 부다! 그렇다. 그리만 된다면 나도 한번 그들을 "에잇끼놈"하고 소리지르면서 발길로 차고 동전 서 푼 던져 주고 예수 만나 보러 대문 안으로 들어가게 될 터이지. 정말 그럴까…? 하고 그는 혼자 흥분하여졌다. 그래서 그 신사가 아직 있으면 천당에도 인력거꾼이 있느냐고 물어 보고 싶었다. 만일 그렇다고만 하면 그는 이제라도 어서 속히 죽을 것이었다. 그래서 그 좋은 천당으로 한시 바삐 갈 것이다. 그는 호기심에 끌려서 미닫이칸 막은 안방에서 무슨 책인지 웅얼웅얼하면서 읽고 있는 하인에게 말을 건네었다.

"여보 영감님, 영감님도 예수 믿수?"

웅얼웅얼하던 소리가 뚝 끊어지고 잠시 가만 있더니

"네 왜 그러우?" 한다.

"천당에도 인력거꾼이 있답데까?"

"인력거꾼? 흥, 천당에두 인력거꾼이 있으문 천당이 좋을 게 무얼꼬? 없어요."

눈만 멀뚱멀뚱하고 앉아 있던 다른 사람들도 빙그레 웃었다. 피가 뚝뚝 떨어지는 부러진 팔을 들고 앉았는 사람만이 아무것도 모두 귀찮다는 듯이 그냥 물끄러미 팔만 들여다보고 앉아 있었다.

아찡이는 낙망했다. 천당에는 인력거꾼이 없다! 그러면 역시 고생하는 놈은 우리들뿐인 것이다. 돈 많은 사람들은 세상에서나 천당에서나 늘 즐거운 것뿐이지!

그는 그런 천당에는 가기가 싫었다. 천당에 가서도 낮은 데 사람이 위로 가고 위에 사람이 아래로 가지 않는다고 할 것 같으면 그런 데까지 일부러 다리 아프게 찾아갈 필요는 조금도 없는 것이었다. 차라리 괴롭더라도 이 세상에서나 쪼빙이나마 잔뜩 먹고 몸이나 성해서 한 달에 한 번씩 이십 전짜리 갈보네 집에나 가서 자면 그것이 더 행복스러운 일이라고 그는 생각하였다.

몸이 퍽 거뜬해진 것처럼 생각되어서 아찡이는 오지도 않는 의사를 기다리기가 싫어져서 그만 밖으로 나와 버렸다. 그런데 그가 분주스런 거리로 이 사람 저 사람 피하면서 걸어나갈 때 홀로 큰 고독을 깨달았다. 아찡이는 갑자기 이 세상 밖에 난 것같이 생각이 되어서 슬퍼졌다. 지나가는 사람, 지나오는 사람들이 모두 희미하게 멀리 딴 세상에 사는 사람들 같고 자기는 지구 밖 어떤 곳에 홀로 서서 이 사람떼를 바라보는 것처럼 생각되어졌다. 그는 이것이 흉조라고 생각되어 몸을 떨었다.

그는 정신없이 다리가 움직여지는 대로 걸었다. 팔레스호텔 앞에 버리고 온 인력거는 기억에 나오지도 않았다. 그 인력거를 잃어 버리면 제 앞에 어떠한 비참한 일이 오리라는 것조차도 인식하지 못하였다. 저도 모르게 제 집 쪽으로 걸어오다가 건재약국에 들어가서 감초가루약을 동전 서 푼어치 사들고 그냥 걸어갔다.

아찡이는 얼마나 오래 걸었던지 제 집 동구 밖에까지 왔을 때 동구 밖에 울긋불긋한 기를 늘인 책상 뒤에 앉아 있는 안경 쓴 점쟁이를 발견하였다. 아찡이는 저도 모르게 그리로 끌리어 갔다.

전대에서 이십 전짜리 은전 한 푼을 꺼내 이 점쟁이 앞에 던져 주고 우두머니 서서 점괘를 기다리고 있었다. 점쟁이는 누런 안경 속으로 그 큰 두 눈을 휘번덕거리면서 아찡이의 아래위를 한번 훑어보더니 자그마한 상자 속에 손을 넣어 돌돌 말린 종이 한 장을 꺼내서 펼쳐 읽어 보고는 책상 밑에서 커다란 장지책 한 권을 꺼내 들고 세 치나 자란 시커먼 엄지손톱으로 장장 들춰 가면서 고개를 끄덕끄덕하며 몇 곳 읽어 보더니 책을 덮어 놓고서 책상 위에 놓인 유리판에다가 먹붓으로 글자 넉 자를 써서 아찡 앞에 쑥 내밀었다. 아찡이가 그 글자를 알아볼 리가 없었다. 점쟁이는 가장 점잔을 빼면서 관화가 조금 섞인 듯한 영파방언으로 점의 해석을 길게 늘어놓았다. 이러쿵 저러쿵 중언부언한 해석을 다 모아 보면 대략 이러한 뜻이었다. …아찡이가 지금은 전생의 죄값으로 고생을 하지만 인제 얼마 안 있으면 돈 많이 모으고 잘살게 되리라는 것이었다.

3

아찡이는 정신없이 제 방 안으로 들어가서 고꾸라졌다. 그는 몸을 떨었다.

몸이 다시 으스스하고 구역이 나기 시작했다. 아찡의 눈앞에는 그의 전 생애가 한번 죽 나타났다. 어려서 시골서 남의 집 심부름하던 때로부터 상해로 굴러들어와서 공장에 들어갔다가 거기서 쫓겨나서는 이내 인력거를 끌게 된 것… 그것이 벌써 8년이라는 긴 동안이었다.

8년 동안 인력거를 끌던 신산한 기억이 다시금 생각났다. 애스톨하우스호텔에서 어떤 서양 신사를 태우고 오 리도 더 되는 올림픽 극장까지 가서 동전 열 푼을 받아 들고 너무나 억울해서 동전 두 푼만 더 달라고 빌다가 발길에 채이던 생각이 났다. 또 언젠가는 한번 밤이 새로 두시나 되어서 대동려사에서 술이 잠뿍 취해 나오는 꼬울리(조선 사람) 신사 세 사람을 다른 동무 둘과 함께 한 사람씩 태우고 불란서 조계 보강리까지 십 리나 되는 길을 끌고 가서 셋이서 도합 십 전짜리 은전 한 푼을 받고 너무도 기가 막혀서 더 내라고 야단치다가 그 신사들에게 단장으로 얻어 맞고 머리가 터져서 급한 김에 인력거도 내버리고 도망질쳐 달아나던 광경이 다시 생각났다. 그리고는 또다시 언젠가 한번 손님을 태우고 정안사로 가다가 소리도 없이 뒤로 달려온 자동차에게 떠밀리어서 인력거를 부수고 다리까지 삐인 위에 자동차 운전사의 발길에 채이고 인도인 순사에게 몽둥이에 매 맞던 일도 새삼스럽게 다시 생각이 났다.

길다면 길고 멀다면 멀 또는 짧다면 또 짧은 팔 년 동안의 인력거꾼 생활! 작은 일, 큰 일, 눈물 난 일, 한숨 쉰 일들이 하나씩 하나씩 다시 연상되어서 그는 어린애처럼 엉엉 울었다. 그러다가 그는 갑자기 목이 갈한 것을 느끼면서 몸을 일으키려 하다가 온몸에 쥐가 일어서는 것을 감각하여 "끙" 소리를 지르며 도로 엎어지고서는 다시 아무것도 인식하지 못하게 되고 말았다.

4

종일 인력거를 끌다가 새벽녘에야 집으로 돌아와서 아찡의 시체를 발견하고 공보국에 보고한 뚱뚱보를 따라서 공보국에서 순사와 의사가 검시를 하러 이 더러운 방 안으로 들어왔다.

의사는 방 안에서 검사하고 영국인 순사부장은 중국인 순사 통역을 세우고 뚱뚱보에게 여러 가지를 물어서 조그마한 수첩에 적어 넣었다.

"아찡이가 언제부터 인력거를 끌었지?"

"글쎄 똑똑히는 모릅니다. 이 집에 같이 있게 되기는 바루 삼 년 전부터올시다. 그때 제가 인력거를 처음 끌기 시작하면서부터 함께 있게 되었사와요."

"그래 똑똑히는 모른단 말이야?"

"네, 네. 아찡이 제 말로는 이 노릇을 시작한 지가 금년까지 팔 년째라구 말을 합디다만, 나리!"

순사부장은 알았다는 듯이 고개를 끄덕끄덕하더니 안에서 검시하고 나오는 의사를 향해 웃으면서 영어로 이렇게 말했다.

"무얼요, 저 죽을 때가 다 돼서 죽었군요. 팔 년 동안이나 인력거를 끌었다니깐요. 남보다 한 일 년 일찍 죽은 셈이지만. 지난번 공보국 조사를 보면 인력거 끌기 시작한 지 구 년 만에는 모두 죽는다고 하지 않았습니까?"

"흐훙! 팔 년으로 십 년, 그저 그 이내이지요. 매일 과도한 달음질 때문으로….."

5

공보국에서 온 일꾼들이 아찡이의 시체를 거적에 담아 실어 가지고 간 후 뚱뚱보는 한참이나 멀거니 앉아 있다가 벌떡 일어나서 밖으로 나갔다.

그 날 오후 두시에 사람들은 그 뚱뚱보가 역시 아무 일도 없다는 듯이 인력거에 손님을 태우고 기운차게 달리고 있는 것을 볼 수가 있었다. 그는 아까 순사부장과 의사와의 회화를 못 알아들은 것이 그에게는 다행이었다. 오 년 아니 육 년 후에 그도 아찡이의 뒤를 따르게 될 것을 모르므로 뚱뚱보는 껑충껑충 아스팔트 매끈한 길 위를 기운차게 달리는 것이었다. …마치도 한 백 년 더 살 것같이…■

주요섭
1902년에 조선 평양에서 출생. 호 여심, 금성.
1918년에 숭실중학 3학년 때 일본 도꾜 청산학원 중학부에 편입.
1919년에 조선에 돌아와 지하신문을 내다가 10개월간 복역.

1920년에 중국에 와서 1923년부터 1927년까지 소주 안성중학을 마치고 상
  해 호강대학을 졸업.
1929년에 미국 스탠퍼드 대학 교육학 석사학위를 취득하고 1934년에 북경
  보인대학 교수로 취임.
1972년 11월에 별세.
1921년에 단편소설 「깨어진 항아리」가 입선되면서 문단에 데뷔한 단편소설
  「치운 밤」, 「인력거꾼」, 「살인」, 「개밥」, 「사랑손님과 어머니」, 장편소설
  「길」 등 수십 편과 시, 수필 등을 발표.

심문

최명익

시속 50몇 킬로라는 특급차 창 밖에는 다리쉼을 할 만한 정거장도 역시 흘러갈 뿐이었다. 산, 들, 강, 작은 동리, 전선주, 꽤 길게 평행한 신작로의 행인과 소와 말. 그렇게 빨리 흘러가는 푼수로는 우리가 지나친 공간과 시간 저편 뒤에 가로막힌 어떤 장벽이 있다면 그것들은 캔버스 위의 한 터치, 또 한 터치의 '오일'같이 거기 부딪쳐서 농후한 한 폭 그림이 될 것이나 아닐까?하고 나는 그러한 망상의 그림을 눈앞에 그리며 흘러갔다. 간혹 맞은편 홈에 부풀듯이 사람을 가득 실은 열차가 서있기도 하였다. 그러나 무시하고 걸핏걸핏 지나치고 마는 이 창 밖의 그것들은, 비질 자국 새로운 홈이나 정연히 빛나는 궤도나 다 흐트러진 폐허 같고 방금 뿌레잌 되고 남은 관성과 새 정력으로 피스톤이 들먹거리는 차체도 폐물 같고 그러한 차체에 빈틈없이 나붙은 얼굴까지도 어중이떠중이 뭉친 조란자같이 보이는 것이고 그 역시 내가 지나친 공간 시간 저편 뒤에 가로막힌 캔버스 위의 한 터치로 붙어버릴 것같이 생각되었다.

이런 생각은 무슨 대단하다거나 신기로운 관찰은 물론 아니요, 멀리 또는 오래 고향을 떠나는 길도 아니라 슬픈 착각이랄 것도 없는 것이다. 그렇다고 내가 영진이 되었거나 무슨 사업열에 들떴거나 어떤 희망이 팽창하여 호기와 우월감으로 모든 것을 연민시하려 드는 것도 아니다. 정말 그도 저도 될 턱이 없는 내 위인이요 처지의 생각이라 창연하다기에는 너무 실없고 그렇다고 그리 유쾌하다 할 것도 없는 이런 망상을 무엇이라 명목을 지을 수 없어 혹시 스피드가 간지려 주는 '스릴'이라는 것인가고 생각하면 그럴듯도 한 것이다.

결코 이 열차의 성능을 못 믿는 것은 아니지만 이렇게 무도(?)하게 돌진 맹진하는 차 안에 앉았거니 하면 일종의 모험이라는 착각을 느낄 수 있고 그것이 착각인 바에야 안심하고 그런 '스릴'을 향락할 수 있는 것이다. 이렇듯 거진 십분의 안전율이 보장하는 모험이라 스릴을 향락하는 일종의 관능

유희다. 명수의 바이올린소리가 한껏 길고 높게 치달아 금시에 숨이 넘어갈 듯한 것을 들을 때 그 멜로디의 도취와는 달리 '이 순간! 다음 순간!' 이렇게 땅하니 줄이 튀지나 않을까?하는 소연감을 아실아실 느껴 보는 것도 일종의 관능유희로 그리 경멸할 수 없는 음악 감상술의 하나일 것이다. 그처럼 내가 탄 특급의 속력을 '무모'로 느끼고 뒤로 뒤로 달아나는 풍경이 더 물러 갈 수 없는 장벽에 부딪혀 한 폭 그림이 되고 폐허에 버려 둔 듯한 열차의 사람들도 한 터치의 '오일'이 되고 말 리라고 망상하는 것은 한 민도가 본 적이 없는 곳으로 달려가는 이 여행의 스릴로서 내게는 다행일지언정 그리 경멸한 착각만은 아닌 듯싶었다.

그러나 나 역시 이렇게 빨리 달아나는 푼수로는 어느 때 어느 장벽에 부딪혀서 어떤 풍속화나 혹은 어떤 인정극 배경이 한 터치의 오일이 되고 말 른지 예측할 수는 없을 것이다.

어느덧 국경이 가까워 이동경찰이 차표와 명함을 요구한다. '김명일'이라는 단 석 자만 박힌 내 명함을 받아 든 경찰은 우선 이런 무의미한 명함을 내놓는 나를 경멸할밖에 없다는 눈치로 직업과 주소와 '하얼빈'은 왜 가느냐고 물으며 수첩을 꺼내 들었다. 그리고 나의 무직업을 염려하고 또 일정한 주소가 없다니 체면에 그럴 법이 있느냐는 듯이 뒤캐어 묻는 바람에 나는 미술학교를 졸업했으니 화가라 할밖에 없고 재작년에 상처하고 하나뿐인 딸이 지난 봄에 여학교 기숙사로 입사하자 살림을 헤치고는 이리저리 여관생활을 하는 중이라고, 그러나 지금 가는 '하얼빈'에는 옛 친구 이 군이 착실한 실업가로 성공하였으므로 나도 그를 배워 일정한 직업과 주소를 갖게 될지 모른다고 무슨 큰 포부를 지닌 듯이 그 자리를 꿰맬밖에 없었다. 그러나 이런 내 말이 전연 거짓이라 할 수도 없는 것이다. 사실 나는 일정한 직업과 주소도 없는 지금의 생활이 주체스러워 견딜 수가 없는 것이다.

삼 년 전에 처 혜숙이가 죽자 나는 어느 중학교의 도화선생이라는 직업을 그만둔 후에는 팔리지 않는 그림을 몇 폭 그렸을 뿐인 화가라는 무직업자였다. 그리고 지난 봄에 딸 경옥이를 기숙사에 들여 보내고는 혜숙이와 신혼당시에 신축하여 십여 년 살던 집을 팔아 버리었으므로 일정한 주소가 없었다.

내가 늘 집에 있는 것도 아니요, 있더라도 아침이면 경옥이가 학교에 간 후에야 일어나게 되고 밤이면 경옥이가 잠든 후에야 들어오게 되는 불규칙한 내 생활이라 나와 한 집에 있더라도 어미 없는 경옥이는 언제나 쓸쓸하고 늘 외로울 밖에 없는 애였다. 그뿐 아니라 차차 자라서 감수성이 예민해가는 그 애에게 나 같은 애비의 생활이 좋은 영향을 줄 리도 없을 것이었다. 그래서 내 누님은 경옥이를 자기 집에 맡기라고도 하는 것이었으나 마침 경옥이와 같이 소학교를 졸업하고 한 여학교에 입학하여 입사하게 된 친한 동무가 있었으므로 경옥이는 즐겨 기숙사로 들어간 것이었다. 그러다 보니 늙은 어멈만이 지키게 되는 집을 그저 둘 필요는 없었다.

내가 상처한 후에 늘 재취를 권하던 누님은 정식 결혼을 할 의사가 없으면 첩살림이라도 차려서 그 집을 팔지 말라고 하였지만 십여 년 혜숙이의 손때로 길들은 옛집에 새 처나 첩이 어색할 것 같고 그 집에서는 내가 무심히 "여보"하고 부르는 것이 자연 혜숙이밖에 없을 것이나 "네"하고 나타나는 것이 딴 여자라면 나의 그 우울은 어찌할 도리가 없을 것이다. 또한 어린 경옥이 역시 한성 안에 제가 나서 자란 옛집이 있으면서 기숙생활을 하거니 생각하면 더 외로워질 것이요, 혹시 외출하는 날 별려서 찾아온 옛집에 제가 닮지 않은 새어미의 얼굴을 보게 될 때마다 제 어머니의 생각이 더 한층 새로울 것이다.

이런 심정으로 내가 재취를 않는다면 나는 경옥이와 같이 옛집을 지키면서 좀더 그 애 곁을 떠나지 않아야 할 것이었다. 생각만은 그러리라고 애를 써가면서도 그런 생각으로 학교를 사직까지 하고도 오히려 그 모든 시간을 여행이라기보다—방랑, 그리고 방탕—술과 계집과 늦잠으로 경옥이를 더욱 외롭게 해온 것이다.

이러한 생활에서도 나는 팔리지 않는 그림을 간혹 그리었고 그린 혜숙의 초상으로 경옥이의 방을 치장하는 것으로 그 애를 위로하는 보람을 삼아 온 것이다. 그러한 내 생활이다. 이번에도 역시 방랑이나 다름없이 떠난 여행이지만 근 십 년 전에 만주로 표랑하여 지금은 실업가로 일가를 이루었다는 이 군을 만나서 혹시 생활의 새 자극과 충동을 얻게 된다면 다행일 것이다.

무사히 세관을 치르고 국경을 넘은 나는 식당으로 갔다. 대만원인 식당에 겨우 자리를 얻은 나는 첫눈에도 근엄하다 할 수밖에 없는 어떤 중년 여사와 마주 앉게 되었다. 가수 미우라의 체격에 수녀 비슷한 양장을 한 그 중년 여사는 국방색 안경알 위로 연방 기울이는 나의 맥주잔을 이따금 넘겨다 보는 것이었다. 그런 중년 여사가 뒤적이는 작은 『신약전서』로 나는 방인시되는 나를 느낄밖에 없었고 그런 불쾌한 우연을 저주하며 마시는 동안에 창 밖의 풍경은 오룡배로 가까워 갔다. 익어 가는 가을의 논과 밭으로 문채 돋힌 들 한가운데는 역시 들이면서도 사람의 의도로 표정이 변해 가다 차차 더 매스러운 손길로 들의 성격이 정원으로 비약하는 초점 위에 온천 호텔 양관이 솟아 있고 그 주위에는 넘쳐 흐르는 온천물로 청등한 가을 하늘 아래 아지랑이같이 김이 떠오르는 것이었다.

들이 닿은 홈에는 유랑에 곤비한 발걸음이나 분망에 긴장한 얼굴이나 찌들은 생활의 보따리는 볼 수 없이 오직 꽃다발 같은 하오리의 부녀와 빛나는 얼굴의 신사 몇 쌍이 오르고 내릴 뿐이었다. 90%의 분망과 유랑과 전쟁과 혹은 위독, 사망 등 생활의 음영으로 배를 불리고 무모하게 달아나던 이 시커먼 열차도 화려한 유한에 소홀치 않은 풍류적인 성격의 일변이 있었던 것이다. 그러한 이 열차의 성격을 이용하여 나도 이 오룡배에 소홀치 않은 인연의 기억을 남긴 것이다.

지난 봄에 나는 여옥이를 데리고 그때도 이 열차로 여기 와서 오래간만에 모델을 두고 (여옥이를) 그려 본 것이었다. 여옥이는 동경 유학 시대에 흔히 있는 문학 소녀로서 그 당시의 어떤 청년 투사의 연인이었다는 염문을 지닌 여자였다.

그때 나는 간혹 출입하던 어느 다방의 새 마담으로 여옥이를 알았고 방종한 내 생활면을 오고 간 그런 종류의 한 여자라는 흥미로 여기까지 데리고 온 것이었다.

여옥이는 건강한 육체미의 모델이라기보다도 어떤 성격미랄까, 그러나 그때처럼 나는 그 모델의 성격을 마스터하지 못하여 애쓴 적은 없었다.

전연 처음 대하는 모델인 때에는 직감적으로 느껴지는 성격의 힘에 이끌려서 저절로 운필이 되거나 그렇지 않으면 그 모델의 어떤 특징을 고조하여 자유롭게 성격을 창조할 충동과 용기가 나는 것이다. 그래서 제작자의 해석과 의도로 뚜렷이 산 인물이 그려지는 것이지만 그러나 그때의 여옥이는 그렇지가 못하였다. 아마 뚜렷하게 통일된 인상을 주기에는 나와의 관계가 너무도 산문적이었던 탓일 것이다. 이 산문적이라는 말은 그때 우리 사이의 권태를 의미하는 말은 아니다. 우리는 권태를 느꼈다기보다 내 흥미가 사라지기 전에 헤어지고 말았던 것이다. 권태라기에는 오히려 그때 여옥이를 보는 내 눈이 때로는 너무도 주관적으로 도취되었고 때로는 객관적으로 여옥이의 정열을 관찰하게 되는 것이었으므로 그림이 되기에는 여옥이의 인상이 너무 산란하였다는 말이다.

침실의 여옥이는 전신 불덩어리의 정열과 그러면서도 난숙한 기교를 갖춘 창부였고 낮에는 교양인인 듯 영롱한 그 눈이 차게 빛나고 현숙한 주부인 양 단정한 입술은 늘 침묵하였다. 그리고 무엇을 주고받을 때 무심히 다친 그의 손가락은 새삼스럽게 그 얼굴을 쳐다보게 되도록 싸늘한 것이었다. 그렇게 산뜩한 손은 이지적이랄까, 두 사람만이 거닐던 호젓한 봄동산에서도 애무를 주저케 하는 것이었다. 그뿐 아니라 그 영롱한 눈과 침묵한 입술, 그 사이에 오연히 높은 코까지 어울려 어젯밤은 언제더라 하는 듯한 그 표정은 나를 당황케 하였고 마침내는 그 뺨을 갈겨 보고 싶도록 냉랭한 여옥이었다.

"혹시 나는 여옥이를 정말 사랑하게 될까봐!"

나는 내 손바닥 위에 가지런히 놓인 여옥이의 그 싸늘한 손끝의 감촉을 만지며 이렇게 말하는 것이었으나 자기는 알 바 아니라는 듯이 여옥이는 금시에 하품이라도 할 듯한 무료한 표정이었다.

나는 간혹 여옥이의 얼굴에서 죽은 내 처의 모습을 발견하게 되는 것이 반갑고도 슬픈 것이었다. 여옥이의 중정과 인당은 이십여 년 평생에 한 번도 찌푸려 본 적이 없는 듯한 것이다. 혜숙이 역시 죽은 그 얼굴까지도 가는 죽름살 작은 티 한 점 없이 맑고 너그러운 중정과 인당이었다. 나는 그 생전에 어머니의 젖가슴같이 너그러우면서도 이지적으로 맑은 아내의 인당에 마음 붙이고 응석인 양 방종을 부려 본 적이 한두 번이 아니었다. 그러나 그러한 남편을 둔 혜숙이는 한번도 그 얼굴의 윤곽을 이그러쳐 보인 적이 없었다. 나는 그러한 아내의 온후한 심정을 그의 귀 탓이거니 생각하기도 하였다.

영롱한 구슬같이 맑고 도타운 그 수주는 마음의 어떠한 물결이든 이모저모를 눌러서 침정하는 모양으로 그의 예절이 더욱 영롱할 뿐 아니라 방종에 거치른 나의 마음도 온후한 보살상의 귀를 우러러보는 때처럼 가라앉는 것이었다.

나는 그때도 혜숙이의 귀보다 좀 작고 작기는 하나 같은 모양으로 영롱한 여옥이의 귀를 바라볼 때 침실의 여옥이의 열정을 의아히 생각하리만큼 이 낮의 여옥이는 귀엽도록 단아하였다. 여옥이의 그 귀뿐 아니라 전체로 가냘픈 몸매무시와 작은 얼굴도래에 소복 단장을 상덕스러우리만큼 소탈한 한 가지의 백합으로 그릴까? 진한 녹의홍상으로 한 묶음의 장미꽃다발로 그릴

까? 이렇게 그 초상화의 성격을 궁리하면서

"안 그래? 내가 여옥이를 정말 사랑하게 될 것 같잖아?"고 다시 물었을 때

"글쎄요. 그럼 낮에요? 밤에요?"

여옥이는 이렇게 반문하였다. 그렇게 묻는 여옥이를 나만이 밤의 여옥이와 낮의 여옥이가 딴 사람이라고 보아 왔지만 여옥이 역시 나를 밤과 낮으로 구별하여 보는 것이 분명하였다. 그렇다면 본시부터 모호하던 두 사람의 심정의 초점이 더욱 모호해진다기보다도 밤과 낮으로 다른 두 여옥이와 두 '나'로 분열하고 무너져 가는 마음의 풍경을 멀거니 바라볼 수밖에는 별 도리가 없는 듯하였다.

그러한 모델을 대하는 제작자인 나라 이중의 관찰과 이중의 인상으로 갈피를 잡을 수 없는 몽타주가 현황이 떠오르는 캔버스 위에 애써 초점을 맞추어 한 붓 한 붓 붙여 가노라면 나타나는 것은 눈앞의 여옥이라기보다 내 머리 속의 혜숙이에 가까워지므로 나는 화필을 떨어치거나 던질 수밖에 없었다.

처음 그럴 때 여옥이는 어디가 편찮으세요? 물었고 그 다음에는 내가 흰 칠로 화면 얼굴을 뭉갤 때마다 모델로서 자기가 마음에 안 드는가 물었다. 한번은 내가 채 지워 버리지 못한 그림을 보자 그것은 누구야요? …아마 선생님의 옛꿈인 게죠? 하였던 것이다. 그 다음부터 모델대에 서는 여옥이의 눈은 한순간도 초점을 맞추지 않았고 그 입 가장자리에는 인광같이 새파란 미소가 흘렀다. 그러한 여옥이는 비록 그 얼굴은 내 붓끝 앞에 정면하고 있지만 그 마음은 늘 내 눈앞에서 외면하는 것이 분명하므로 나는 더욱 갈팡질팡하게 되어 마침내는 화를 내어 찢어지라고 화폭을 뭉갤 수밖에 없었다. 그럴 때면 여옥이는 치맛자락이 제 다리를 휘감으리만큼 돌아서 방으로 들어가고 말았다. 나는 미안한 생각에 따라들어가면 여옥이는 침대에 엎디어서 작은 팔목시계의 뒤딱지를 떼들고 속을 들여다보고 있는 것이다. 시계의 고장으로 그러는 것이 아니라 여옥이는 혼자 심심하거나 나와 말다툼이라도 하여 화가 나는 때면 언제나 시계 속을 들여다보거나 귀에 붙이고 소리를 듣거나 하는 버릇이 있었다. 여옥이의 그러한 버릇에 나는 한껏 요망스러운 잔인성을 느끼기도 하였다. 그러나 때로는 어린 애 장난같이 귀엽기도 하여 들여다보고 그 산뜻한 손끝으로 귀에 대주는 시계소리를 번갈아 들어가며

한나절을 보내는 때도 있었다. 그런 때 혹시 여옥이는 마음이 싸라서 하는 말로 언젠가는 사내 가슴에 귀를 붙이고 밤새도록 심장의 고동을 듣고 나서 머리가 욱신거려 사홀이나 앓은 적이 있었다고 하였다.

그런 말에 시계 속을 들여다보는 여옥이의 취미가 혹 여러 개 보석으로 찬란한 시계 속에서 사들거리는 산 시계를 작은 생명같이 사랑하는 연인다운 심정이거나 시간이라는 추상적 관념을 걸어가는 치차에 신비를 느끼려는 것이 아니라 밤새도록 심장을 들을 사내의 가슴속이나 머리 속을 들여다보고 싶은 요망스러운 잔인성이거니도 생각되는 것이었다. 사실 그렇다면 여옥이의 그런 상징적 행동이 궁금하여 지금 그 시계 속에서 여옥이는 누구의 마음속을 엿보고 시계소리에서 누구의 심장을 듣는 것인가고도 생각되었다.

그때 여옥이를 따라 들어온 나는 넓은 더블벧 요 속에 잠기고 남은 여옥이의 잔등이와 허리와 다리의 매끄러운 선을 그리고 그 손에 든 것을 시계 대신에 쏘푸트 쏜 인형을 크게 그려 만화를 만들가 망설이면서

"여옥인 시계 속을 보면서 무슨 생각을 하나?"하고 중얼거리듯이 물어 보았던 것이다. 그 말에 여옥이는

"선생님은 나를 모델로 세워 놓고 누굴 그리셔요?"하는 것이었다.

"…."

"부인을 그리시지요 아마?"

"여옥인 옛날 애인을 생각하나 그럼?"

"그렇다면 뉘 탓일까요?"

"내 탓일까?"

"그럼 내 탓인가요?"

"…."

"흥! 미안하게 된걸요. 그렇게 못 잊으시는 부인의 꿈을 도와 드리진 못하구 훼방을 놓아서….."

이렇게 말하자 여옥이는 시계를 방바닥에 팽개치고 엎드려서 느껴 울기를 시작하였다.

그때 나는 말로 여옥이를 위로하려고는 않았으나 끝없이 미안하였다. 이지적으로 명철하다기보다 요기롭도록 예민한 여옥이의 신경을 내 향락의 한 자극제로만 여겨 온 것이 미안하고 죄송스럽기도 하였다. 낮과 밤이 다른 여옥이는 여옥이가 그런 것이 아니라 맹목적이어야 할 사랑과 순정을 못 가지

는 나의 태도에 여옥이도 할 수 없이 그런 것이 아닐까? 여옥이와 나는 열정과 순정이 없다면 피차의 인격과 자존심을 서로 모욕하고 마는 관계가 아닐까? 그런 관계이므로 낮에 냉랭한 여옥이의 태도는 밤의 정열의 육체적 반동이 아니라 여옥이의 열정을 순정으로 받아 주지 않는 나에게 대한 반항일 것이다. 그러므로 나는 그 히스테리한 여옥이의 열정을 순정으로 존중하여야 할 것이요, 낮에 보는 여옥이의 인당과 귀에 혜숙이의 그것을 이중노출로 보는 환상을 버리고 여옥이 그대로 사랑해야 할 것이다. 여옥이도 나의 처지와 심정을 이해하므로 결혼을 전제로 하는 사이는 물론 아니지만 그러니만큼 나는 더욱 인격적으로 여옥이의 열정을 받아들이고 사랑하여야 할 것이었다.

그래서 나는 새로운 눈으로 여옥이를 그리려고 부족한 화구를 사러 그 이튿날 안동으로 갔던 것이다. 그러나 그 날 저녁에 돌아온즉 여옥이는 낮에 북행차로 혼자 떠나고 말았던 것이었다. 여옥에게 맡겼던 지갑과 같이 호텔 지배인이 내주는 편지에는

—이렇게 돌연히 떠나고 싶은 생각이 스스로 놀랍기도 하였사오나 돌이켜 생각하오면 본시 그런 신세로 그렇게 지내 온 몸이라 갈 길을 가는 듯도 하올시다. 저로서도 무엇을 구하러 가는지 전혀 지향 없는 길이오니 애써 찾아 주지 마시옵소서. 얼마의 여비를 가져갑니다. 그리고 주신 반지도 가지고 갑니다. 여옥배.

하였을 뿐이었다. 그때 여옥이는 이 차를 탔을 것이다. 찾지 말아 달라는 여옥이의 편지가 아니더라도 나는 그럴 염치조차 없는 듯하였고 오히려 무거운 짐이나 부리운 듯이 마음이 가벼워졌다. 그렇게 헤어진 여옥이라 그 후에 무슨 소식이 있을 리 없었다.

그러나 한 달여 후에 하얼빈 이 군의 편지 끝에 어느 캬바레의 댄서인 여옥이라는 미인이 이 군과 소홀치 않은 사이던 모양이니 멀리서나마 군의 만년 염복을 위하여 축배를 드네 하는 의외의 문구로 여옥의 거취를 짐작하였을 뿐이었다.

그러나 이번 내 여행이 결코 여옥이를 만나러 가는 길은 아니다. 연래로 이 군이 편지마다 오라는 것이요, 나 역시 가고 싶던 하얼빈이라 가는 것이지만 일부러 여옥이를 만날 욕심도 흥미도 없는 것이다. 그러나 우연히 만나게 된다면 애써 피하지도 않을 것이다.

　나는 이렇게 담담히 생각하기는 하면서도 그러나 담담히 생각하려는 노력 같이도 느껴지는 것이었다. 그렇다고 여옥이에 대한 내 생각이 담담치 못하여 그런 것은 아닐 것이다. 단순히 나를 반겨 맞아 줄 이 군만이 기다리는 '하얼빈'이 아니라 애욕 때문이랄까! 복잡한 심리적 암투를 하다가 달아난 여옥이가 있는 곳이라 생각하면 이국적 호기심을 만족할 수 있고 옛친구를 만나는 기쁨만이 기다리는 하얼빈이 아니요, 혹시 어떤 음울한 숙명까지도 나를 노리고 있을 것같이 생각되는 것이다. 숙명이란 이렇다 할 원인이 없는 결과만을 우리에게 던져 주는 것이다. 원인이 있다더라도 지금 마주앉은 중년여사의 신약전서에 있을 '죄는 죽음을 낳고'라는 '죄'와 같이 추상적인 것으로, 그런 추상적 원인이 '죽음'이라는 사실적 결과를 맺게 하는 것이 숙명이라면 우리는 그런 숙명 앞에 그저 전율할 수밖에 없을 것이다.

　그런 무서운 숙명이 나를 기다리는지도 모를 하얼빈이라고 생각하면 그곳으로 이렇게 달아나는 이 열차는 그런 숙명과 같이 음모한 괴물일는지도 모른다고 나는 좀 취한 머리 속에 또 한 가지 이런 스릴을 느끼었다. 그러면서 큰 고래 입 속을 양양히 헴쳐 들어가는 물고기들을 상상하며 그런 물고기의 어느 한 부분인지도 모르는 피쉬프라이의 한 조각을 입에 넣고 씹으며 마주볼 때 나보다 한 접시 앞선 중년여사는 소위 어느 한 부분인지도 모를 스테이크의 마지막 조각을 입에 넣고 입술에 맺힌 핏물을 찍어 내는 것이었다.

　하얼빈.
　내 이번 여행은 앞서도 한 말이지만 역시 전과 다름없는 방랑이라 어떤 기대를 가졌던 것은 아니지만 그러나 이같이 우울한 여행일 줄은 몰랐다. 가는 차중에서 일종의 모험이니 무서운 숙명과의 음모니 하여 즐겨 꾸민 망상이 단순한 망상이 아니었고 어김없이 들어맞는 예감이었던 것이다.
　물론 하얼빈서 이 군을 만났고 그의 십 년 풍상과 지금의 성공과 사업과 장차의 경륜을 듣고 보아 의지의 인 이 군을 탄복하고 축하하는 바이지만 나의 이 여행기는—그런 건전하고 명랑한 기록은 아니다. 내가 치우쳐 침울한 이야기만을 즐겨 한다거나 이야기로서의 소설적 흥미와 효과만을 탐내 그런 것은 물론 아니다.
　『'이 군'의 성공담』은 이야기의 주인공격인 '나'라는 나와는 별개의 것이 되고 말았으니만큼 이 하얼빈서 나는 나와 너무나 관련이 깊은 사건에 붙들리고 말았으므로 우선 그 이야기를 할 수밖에 없는 것이다. 그것은 물론 여옥이의 이야기다.

이 군의 안내로 하얼빈 구경을 나섰다. —천생 소비자인 자네라, 하얼빈의 소비면부터 안내하세— 하는 이 군을 따라 이름난 캬바레, 레스토랑, 댄스홀 그리고 우리가 '하얼빈'으로 연상하는 소위 에토그로를 구경하는 동안에 밤이 되고 두 사람은 좀 취하였던 것이다.

"…누구라던가? 그 미인 말일세. 자네 만나 봐야지 않나!"

"여옥이 말인가 글쎄…?"

"글쎄라니…."

이렇게 시작된 이야기로 "타향에 봉고인이라 이런 데서 만나면 다 반갑다네. 자, 가세."하고 이 군은 나를 끌었다. 그러나 금시에 "내가 어디서 만났더라?" 여옥이가 어디 있는지 분명치 않은 모양으로 중얼거리던 이 군은 언젠가 그때도 역시 구경 온 손님을 데리고 갔던 어느 캬바레에서 그리 흔치 않은 조선 댄서라 이야기를 붙인 것이 여옥이었다는 것이다. 더욱이 고향에서 온 여자라기에 자연 이야기가 벌어져 마침내 나와의 관계도 짐작하게 되었다는 것이다. 그러나 이 군은 나와 여옥이가 어떻게 헤어지게 된 것까지는 모르는 모양이다. 여옥이가 지내는 형편이 어떤가고 묻는 내 말에 그때 만나본 것뿐이라 알 수 없지만 그런 삼류 사류 캬바레의 댄서라 물론 수입은 많을 리 없고 혹 파트론이 있다면 몰라도 겨우 먹고 지내는 정도일 것이라고 하였다. 그러면서 만나면 반가울 사이니 내일은 하루 여옥이를 앞세우고 그 방면의 생활 내막을 엿보아 두라고 하였다.

—아마 여긴 듯하다—고 하면서 뒷골목 보도 밑에서 음악이 들리는 지하실 캬바레를 헛들어갔다. 서너 집만에야 여옥이를 발견하였다.

높은 천장, 찬란한 상데리아, 거울 같은 마룻바닥, 휘황한 파노라마, 그 속에서 음악의 물결을 헤엄치는 무희들, 이렇게 내 눈이 어느덧 높아진 탓인지 여옥이가 있는 캬바레는 너무도 초라한 것이었다. 사오 명밖에 안 되는 밴드의 소란한 재즈와 구두바닥에 즈벅거리는 술 냄새로 머리가 아팠다. 이 구석 저 구석에 서너 패 손님이 있을 뿐 텅 빈 듯한 홀 저편 모퉁이에는 십여 명 댄서들이 뭉쳐 있었다. 그 중에는 호복을 입은 것도 있고 기모노를 걸친 백인 계집애도 있었다. 전갈하는 만주인 보이를 따라 우리 테이블에 가까이 온 여옥이는 나를 바라보자 눈을 크게 뜨고 한순간 걸음을 멈추었다.

“내가 반가운 손님 모셔 왔죠? 자, 앉으시우.”

이러한 이 군의 말에 그를 알아보고 비로소 자기 앞에 나타난 나를 이해할 수 있는 모양으로 여옥이는 다시 침착한 태도를 회복하여 우리 앞에 와 앉으며

“오래간만에 뵙겠습니다.”

하고 숙인 머리를 한참이나 들지 않았다.

이 군은 또 술을 청하였다. 이 군은 나와 여옥이의 관계를 자세히 모를 뿐 아니라 만주 십 년에 체득한 대륙적 신경을 그러한 여옥이의 태도나 나의 어색한 표정 같은 것은 개의하지도 않은 모양이었다. 그저 쾌하게 웃고 쾌하게 마시면서 내일은 내가 영시로부터 한시까지 여옥이를 찾아갈 것과 여옥이는 여옥이로서 내게 보이고 싶은 곳을 안내할 것과 자기는 세시나 네시까지 전화를 기다릴 터이니 만나서 같이 저녁을 먹기로 하자고 이 군은 작정하고 말았디. 그 작정에 여옥이는 특별히 안내할 곳은 없지만 내가 간다면 그 시간에 기다리겠다고 하며 내 여관에서 자기 아파트까지의 지도를 그리고 주소를 적어 주는 것이었다.

그래서 나 역시 정한 시간에 여옥이를 찾아가기로 하였다. (독자 중에는 이 ‘그래서 나 역시…’라는 말에 불쾌를 느끼고 그만한 것을 동기나 이유로 행동하는 나를 경멸하는 이가 있을는지 모를 것이다. 사실은 나는 그러한 독자를 상대로 이 여행기를 쓰는 것이다.) 그때 내게는 굳이 여옥이를 찾지 않고 말 이유가 없었던 것이다. 오히려 나는 어젯밤에 주저하는 기색도 없이 나를 기다린다고 한 여옥이가 인사성으로만 그런 것이 아니라 혹시 조용한 기회를 지어 지난 봄의 자기 소행을 사과하려는 것이나 아닐까고도 생각되었던 것이다. 물론 사과하고 말고가 없을 일이나 그도 아니라면 피차에 긴한 이야기도 없을 처지에 여옥이의 자존심으로 일부터 구차한 자기 생활면을 보이려고 나를 집으로 오라고 할 리도 없을 것이다. 사실 어젯밤에 본 여옥이는 반 년이 되나마나한 동안에 생활에 퍽 시달린 사람같이 초췌하고 차가운 하늘빛 양장도 파뜻한 맛이 없이 고운 때가 오른 것이었다. 그리고 그 빨갛게 손톱을 물들인 손가락에 그런 직업 여자에게는 큰 장식일 것이건만 내가 주었던 반지가 없는 것만으로 미루어 보아도 그의 생활이 구차하게 상상될 수밖에 없는 것이다.

들어 선 여옥이의 살림은 사실 거칠은 것이었다. 방 한가운데는 사기 재떨이만을 올려놓은 둥근 탁자와 서너 개 나무 의자가 벌려져 있고 거리편으로 잇대어 난 두 폭의 벼락닫이 창 밑에는 유단이 닳아 모서리에는 소가 비죽이 나온 장의자가 길게 누운 듯이 놓여 있었다. 그것은 사실 길게 누운 듯이라 할밖에 없이 그 작은 방에는 어울리지 않게 큰 것이었고 진한 자주빛 유단이나 육중한 나무 다리의 미끄러운 결태와 은은한 조각이 장중하고 호화스럽던 가구였다. 그리고 화문이 다 낡은 맞은편 담과 방 윗목을 병풍 치듯 건너막은 판장 담모퉁이에는 역시 낡은 삼 면 경대가 비슷이 서있었다. 테두리나무의 칠이 벗고 조각의 획이 긁히우고 거울면 한복판에는 두터운 유리가 국살진 듯이 수은이 들뜨고 밀리운 것이나 본 체재만은 역시 호화롭고 장중한 것이었다. 그런 경대나 장의자나 여옥의 손때로 그렇게 낡았을 리는 없을 것이다. 당초에 여옥이같이 가냘픈 몸집, 가볍게 떠도는 생활에 맞추어 만들어진 것부터가 아닐 것이었다.

방 윗목을 가로막고 그런 정중한 가구가 차지하고 남은 좁은 방이라 더욱 길길이 높아 보이는 침침한 천장을 쳐다보는 나는 하얼빈의 여옥이는 이다지도 황폐한 생활자던가 느껴지는 것이다. 그뿐 아니라 이런 가구를 주워 들인 것이 여옥이의 취미였다면 그 역시 하잘것없는 위인이라고도 생각하였다.

여옥이는 내가 기억하는 그 몸매의 선을 그대로 내비치듯이 달라 붙은 초록빛 호복을 입고 붉은 장의자에 파묻히듯이 앉아서 열어 놓은 창틀 위에 팔굽을 세운 손끝에 담배를 피워 들었다. 짧은 호복 소매 밖의 그 손목은 가늘고 시들어서 한 가닥 황촉을 세운 듯하고 그 손끝에 물들인 손톱은 홍옥같이 빛나는 것이다. 그런 손끝에서 피어 오르는 담배연기를 바라볼 뿐 나는 별로 할 말이 없이 묵묵히 앉아 있었다. 여옥이도 무슨 생각에 잠기는 모양이었다. 본시 그런 여옥이인 줄 아는 나라 실례랄 것도 없이 나는 나대로 창밖을 내다보고 있었다. 거리 맞은 집 유리창은 잠기운 햇볕에 눈부시었다. 고기비늘무늬로 깔아 놓은 화강석 보도에 메마른 구두발소리가 소란하고 불리는 먼지조차 금싸래기같이 반짝이는 째인 햇볕 속을 붉고 파란 원색옷의 양녀들이 오고 간다. 높은 건축의 골짜구니라 그런지 걸싼 양녀들은 헤엄치는 열대어나 금붕어같이 매끄럽고 민첩하다. 그러한 인어의 거리에 무더기무더기 모여 앉은 쿠리떼는 바다 밑에 깔린 바윗돌같이 봄이 가건 겨울이 오건 무심하고 바뀌는 계절도, 역사의 파도까지도 그들을 어쩌는 수 없는 존재

같이 생각되었다. 그러한 창 밖에 눈이 팔려 있을 때 들창 위에 달아 놓은 조롱에서 새가 울었다. 쳐다보는 조롱의 설핀 댓살을 격하여 맑은 하늘의 한 폭이 멀리 바라보였다. 종달새도 발돋음을 하듯이 맨 윗가름대에 올라 서서 쫑쫑쫑—쪼르르릉 쫑쫑—을 연달아 울어 가며 목을 세우고 관을 세우고 가름대 위를 초조히 오고 간다. 금시에 날아 보고 싶어서 날개죽지가 미미적거리는 모양이나 그저 혀를 채고 말듯 쫑—쫑— 외마디 소리를 해가며 가름대 층계를 오르내릴 뿐이다. 나는 그러한 종달새소리에 알 수 없이 초조해지는 듯하고 이야기 실마리조차 골라 낼 수 없이 무료한 동안이 길었다. 여옥이는 간간이 손수건을 내어 콧물을 씻어 가며 초록빛 호복 자락으로 손톱을 닦고 있었다. 나는 그의 직업 탓이려니도 생각하지만 그러나 천한 취미로 물들여진 여옥이의 손톱이 닦을수록 더 영롱해지는 것을 보던 눈에 종달새의 며느리발톱이 띄우자 깜짝 놀랄 수밖에 없었다. 그것은 병신스럽게 한 치가 긴 것이었다. 니는 길게 드리운 호복 소매 속에 언제나 감추어 두는 왕이나 진이라는 대인들의 손톱을 연상하였으므로

"이건 만주종달샌가?"고 물었다.

"글쎄요. 예서 산 거라니까 아마 만주칠 걸요."

"…."

"뒷발톱이 어지간히 길죠?"

"병신스럽구 징그러운걸."

"병신이라면 병신이지만 그래도 배안의 병신은 아니래요. 제 손톱두 그렇구요."

여옥이는 빨간 손톱을 가지런히 들어 보이며 웃었다. 그리고는 종달새의 발톱은 왕대인이나 진대인같이 치레로 기른 것은 아니지만 누가 깎아 주지도 않고 조롱 속에서 닳지도 않아서 자랄 대로 자랄밖에 없는 것이고 또 길면 길수록 오래 사람의 손에 태운 표적이 되어 값이 나가는 것이라고 설명하였다.

"저 발톱만치 길이 들었다면 들었고 사람의 손에서 병신이 된 게라면 병신이구. …환경이나 처지의 힘이랄까요!"

여옥이는 이러한 자기 말에 소름이 끼치는 듯이 오싹 몸짓을 하고는 또 콧물을 씻어 가며 조롱을 쳐다본다.

나는 그 종달새 역시 여옥이의 손에서 뒷발톱이 그렇게 길었을 리는 없다

고 생각되어 혹시 이 방에는 또 다른 누가 있지나 않은가고 새삼스럽게 방 안을 둘러보았다. 그러자 여옥이는 재채기를 연거푸하며 눈물과 콧물을 씻는 것이었다.

"감기가 든 모양인데 추운가?"

"아뇨."하는 여옥이는 새삼스럽게 나의 얼굴을 쳐다보고 수줍은 듯이 인차 내려 까는 그 눈에는, 그리고 그 입술에는 알 수 없는 미소가 떠오르기 시작 하였다.

그 알 수 없는 미소는 오룡배에서 "꿈을 그려요?"하던 때의 웃음 같기도 하였으나 지금의 여옥이가 새삼스럽게 이전의 그 웃음으로 나를 빈정거릴 리는 없을 것이다. 다시 보아도 그 웃음은 사라지지 않는다.

혹시 지금 여옥이는 밤과 낮을 혼돈하는 것이나 아닌가? 그것은 여옥이의 밤의 웃음 비슷한 것이므로 나는 이렇게까지도 생각하였다. 이렇게 쌀쌀하다 하리만큼 청등한 낮에는 볼 수 없던 웃음이므로 혹시 여옥이는 제 말대로 이 하얼빈 그리고 지금 그의 처지의 힘으로 홱 변하여 이런 때도 무절제한 충동을 느끼게 되고 또 충동하려 드는 요망한 웃음이나 아닐까? 이렇게 혹 시 설마 하는 눈으로 바라볼 때 여옥이는 역시 같은 웃음을 띠운, 그리고 좀 더 가늘게 뜬 눈으로 나를 바라보면서 몸을 차차 기울여 마침내 장의자 팔 걸이에 어깨를 기대고 반쯤 누워 버리고는 눈을 감았다.

나는 더 의심할 여지가 없었다. 오직 그 퇴폐적 작태를 경멸하면 그만이라 고 생각되어 짐짓 그의 얼굴을 빤히 들여다볼 때 눈동자가 내비칠 듯이 엷 은 여옥이의 눈꺼풀이 떨리며 한 방울 눈물이 쏙 빼어져 눈썹 끝에 맺히자 하하 하하 하는 웃음소리가 그 엷은 어깨를 흔들며 새어 나오는 것이었다.

나는 오싹 등골에 소름이 끼쳐서 머리를 싸쥐고 눈을 감았을 때 머리 위 의 조롱이 푸득거리며 찍찍하는 쥐소리 같은 것이 크게 들리었다. 놀라 쳐다 본즉 종달새가 가름대에서 떨어져 조롱 바닥에서 몸부림을 하는 것이었다. 새는 다시 날려고 애써 몸을 솟구다가는 또 떨어지고 그때마다 그 긴 발톱 과 모지라진 날개로 허적이면서 쥐소리 같은 암담한 비명을 지르는 것이다. 새는 몇 번인가 조롱이 흔들리도록 몸을 솟구다 못하여 그만 제 똥 위에 다 리를 뻗고 눈을 감아 버린다. 아직도 들먹거리는 새의 가슴을—나는 그 암담 한 광경을 그저 뻔히 보고만 있을 때

"그 그 조롱 이리 내려 주세요. 네, 어서 좀."하며 여옥이는 내 팔을 잡아

흔드는 것이다.

한 손에 그 조롱을 든 여옥이는 한 손으로 쓸어 더듬듯이 담을 의지하고 방 윗목에 쳐놓은 판장 병풍 속으로 들어갔다. 들어가자 침실인 듯한 그 안에서는 판장 위로 담배연기가 무럭무럭 떠오르기 시작하고 무슨 동물성 기름을 타치는 듯한 냄새가 풍기었다. 그러자 푸드득거리는 날갯소리가 나고 쫑쫑하는 맑은 소리가 들리었다.

다시 살아 난 조롱을 들고 나와 제자리에 걸어 놓고 앉은 여옥이는

"지금 제가 웃지요?"하고 어색한 듯이 빨개진 얼굴의 웃음을 더욱 뚜렷이 지어 보이며

"…웃잖아요? 이렇게 뻔뻔스럽게…."하고는 웃음소리까지 내었다.

"…."

사실 나는 무엇이라 대답할 말을 몰랐다.

"웃잖으면 어찌게요?"하고 여옥이는 조롱을 툭 쳐서 빙그르 돌리며

"너나 내가 그 새를 못 참아서 이 망신이냐?" 하였다.

거리에 나선 나는 여옥이가 안내하는 대로 캬바레나 레스토랑에서 센 워카와 진한 커피를 조금씩 맛볼 뿐이었다. 나 역시 너무 강한 자극물이 싫고 으리으리할 뿐 아니라 마주앉은 여옥이는 그런 것에 입술을 적실 뿐으로도 기침을 하므로 더욱 마실 생각이 없었다. 그리고 여옥이는 몇 번 코를 풀고 나서 핸드백에 든 흰 약(모르핀)을 내어 담배에 찍어 피우며 그때마다―웃긴 왜 싱겁게―하고 싶도록 외면을 하고 싱글거리는 것이다.

지나가던 길에 들러 본 박물관에서는 나 역시 여옥이에 덩달아 재채기만을 하고 나왔다. 우중충한 집 속에 연대순으로 진열된 도자기나 불상이나 맘모스의 해골이나 지니고 있는 오랜 시간이 휘잉한 찬 바람으로 느껴질 뿐이었다. 차근차근히 보고 싶은 이 역사를 이렇게 설질러 놓으면 또다시 와볼 용기가 있을까고도 염려되었다. 이 박물관뿐 아니라 여옥이를 앞세우고 다닌다면 나의 힐빈 구경은 모두가 이 모양일 것이라고 염려하였다. 대체 나는 여옥이와 아직 어떤 인연이 남았을까고 속으로 중얼거리며

"이번엔 송화강엘 가세요."하고 앞서는 여옥이를 또 따라갈 수밖에 없었다.

아직도 러시아 사람과 유태인이 많이 살 뿐 아니라 '하얼빈'으로 연상하는

에로그로의 이국적 향락과 소비기관이 집중되었다는 '끼따이스까야'를 거처 송화강 부두로 나갔다. 여옥이는 파마 한편에 붙인 모자의 새 깃이 내 뺨을 스치도록 나란히 걸으면서도

"대동강의 한 삼 배? 한 오 배? 혹시 한 십 배 될지 몰라요."

"글쎄—. 장히 넓군요."

이런 삭막한 이야기를 주고받을 뿐이었다. 그뿐 아니라 나는 내 키보다도 마음의 눈을 더 높이 쳐들고 내려다보며 이 계집애의 운명은 장차 어찌될 것인가? 하고 여옥이를 동정하기보다 오히려 여옥이를 멀찍이 떠밀어 세워놓고 웬 공론을 하는 듯한 내 마음씨였다. 무료한 침묵이 주체스러워 그저 걷기만 한다. 부두의 쿠리들이 욱 몰려와서는 오리떼같이 뜬 경묘한 배를 가리키고 강 건너 수영장을 손질하며 선유를 강권한다. 그들의 생활에 흔히 있을 것 같지 않은 웃음을 지어 보이며 우리 간에 이렇게 웃을 젠 얼마나 좋겠느냐는 듯이 손짓을 해가며 알 수 없는 말로 우리를 유혹하는 것이다. 그러나 여옥이는 배 타보세요? 하는 기색도 없이 손을 내젓고 그대로 따라오면 '부요' 소리를 지르고 발을 구르기까지 하였다.

"피곤하시죠?"

"머— 괜찮소."

이렇게 대답은 하고도 여옥이가 자주 손수건을 꺼내는 것을 생각하자

"참 이 군이 기다리겠군요."하고 마차를 불렀다.

아파트 현관에 닿았을 때는 네시가 퍽 지났다. 여옥이가 전차를 탈 동안 자기 방에서 기다리라고 하며 같이 충계를 올라갔다. 컴컴한 복도를 서너 간 걸어 방문 앞에 선 여옥이가 핸드백에서 열쇠를 뒤질 때 그 문은 우리 앞에 저절로 풀썩 열리었다. 불의의 일이라 나는 놀랄 수밖에 없었다. 한 걸음 앞섰던 여옥이도 깜짝 놀라는 모양이었다.

"어서 이리 들어오시죠."

무겁게 울리는 듯한 녹슬은 음성이 들리었다. 짧은 가을 해가 높은 건축 저편으로 완전히 기울어 굴 속같이 음침한 방 한가운데 길고 핼쑥한 유령 같은 얼굴이 나를 바라보는 것이었다.

"자, 들어가세요."

여옥이의 또렷한 음성에 한순간 잊었던 나를 발견하고 나는 비로소 걸음을 옮겨 방 안에 들어 섰다.

“인사하시죠. 어 이는….”

이렇게 소개하려던 여옥이의 말을 앞질러서 그 남자는

“머 소개 않아두 김명일 씬 줄 짐작하지… 자 않으시우.”하고 자기가 먼저 의자에 털썩 주저앉았다.

여옥이는 기가 질리운 듯이 더 말이 없고 그 남자는 자기소개를 하려는 기색도 없이 담뱃불을 붙이는 것이었다. 그가 그런 인사를 미쳐 생각 못했거나 또는 짐짓 않더라도 나 역시 그 남자가 혹시 여옥이의 옛애인이던 현모가 아닐까고 짐작되었다.

이런 때 담배란 참 요긴한 것이었다. 자기소개도 않고 인사말도 없이 담배만 피우고 있는 그 남자의 거만하다기보다 모욕적 태도에 (그렇다고 단박 싸움을 걸 게제도 아니라) 나도 담배를 붙여서 그의 얼굴 편으로 길게 뿜는 것으로 이 무언극의 상대역을 할 수밖에 없었다. 그러나 그 남자는 팔굽을 테이블에 세운 손끝에서 타들어 가는 담배를 별로 빨지도 않고 무슨 생각으로 차차 골똘히 잠겨 들어가는 얼굴이었다. 생면 손님을 눈앞에 앉혀 놓고 혼자 생각에 정신을 팔고 있는 것은 더욱 나를 무시하는 배짱이라고 생각하면 내가 느끼는 모욕감은 더할 수밖에 없었다. 그러나 단순히 나를 모욕하는 수단으로 그런다기보다도 이 남자가 내 짐작에 틀리지 않는 현모라면 이 삼각관계(?)의 한 점이 되는 그로서 자연 어떤 생각에 잠기는 것도 무리한 일이 아니라고도 생각되었다. 사실 그렇다면 모욕감으로 혼자 흥분하고 있는 나보다 그는 퍽 침착한 사람이라고도 생각되었다.

그 남자는 꽤 벗어진 이마로 더욱 길고 여위어 보이는 창백한 얼굴이 석고상같이 굳어져 있다가 다 탄 담배를 부벼 끄고 일어나 좁은 방 안을 거닐기 시작한다. 검푸른 무명 호복이 파리한 어깨에서 발뒤꿈치까지 일직선으로 흘러서 더 수척하고 길어만 보이는 그 체격은 더욱더 짙어 가는 방 안의 어둠을 한 몸에 휘감은 듯하였다. 그보다도 어둠이 길게 엉키고 뭉치어서 내 눈앞에 흐느적거리는 것같이도 생각되는 것이다.

불은 왜 안 켜나? 나는 어둠이 주는 그런 착각이 싫고 그 남자의 길고 빠른 백골 같은 손끝이 비수로 변하지나 않을까도 생각하며 그저 연달아 담배를 피울 수밖에 도리가 없었다.

“혹시 여옥 군한테 들어 짐작하실는지 모르지만 나는 현일영이라고 합니다.”

갑자기 내 앞에 발을 멈추고 이렇게 말을 시작한 그는 다시 걸으며

"아주 보잘 것 없는 낙오자지요. 낙오자라기보다 지금은 어쩔 수 없는 아편중독자지요. …그러나 한때 나는 젊은 투사로 지도이론분자로 혁혁한 적이 있었더랍니다."

여기까지 하던 말을 그친 현은 문 옆의 스위치를 눌러 전등을 켰다. 켰더라도 천장 한가운데 드리운 줄에 갓도 없이 매달린 작은 전구의 불빛은 여간 희미하지 않았다. 현은 장의자에 털썩 주저앉아 호복 안 섶자락에서 뒤져낸 흰 약을 궐련에 찍어서 빨기 시작하였다. 그 누르지근한 냄새를 풍기는 연기가 판장병풍 뒤에서도 떠오르는 것이었다. 여옥이가 거기에 들어가기 전에 삼 면 경대 위에 들여다 놓았던 조롱에서는 은방울을 굴리는 듯이 종달새가 반겨 울었다.

"아마 방면은 달랐어도 현혁이라면 짐작하실걸요. 한때 좌익이론의 헤게모니를 잡았던 유명한 현혁이 말입니다. 현혁이 하면 그때 지식계급으로는 모르는 이가 없을 만치 유명한 현혁이었으니까요. 언제나 현혁이 신변에는 현혁이를 숭배하는 청년들이 현혁이를 따라다녔지요."

이러한 현의 말에 하도 자주 나오는 '현혁'이를 나도 신문이나 잡지에서 간혹 본 기억이 있다. 나는 한번도 유명해 본 경험이 없어 그런지는 모르나 그렇게 씹고 씹듯이 불러 보고 싶도록 매력이 있는 '현혁'일까고 이상스럽게 들리었다. 혹 현이 취한 탓일까? 모르핀도 취하면 술과 같이 흥분하는가 하여 침침한 전등빛에 유심히 바라보았으나 현이 얼굴은 더욱 해쓱하게 쪼들어지고 눈은 더 가늘어진 듯하였다.

"여옥이도 그렇게 유명한 현혁이를 숭배하던 학생중의 하나였답니다. 그때 패기만만한 현혁이는 연애에서도 패자였지요. 연애도 정치입니다. 정치는 투쟁과, 극복입니다. 여자란 남자의 투쟁력과 극복력이 강하면 강할수록 숭배하고 열복하는 것입니다. 결혼이니 부부니 하는 형식은 문제가 아니지요. 여옥이는 오륙 년이나 현혁이가 감옥으로 방랑으로 떠돌아 다니는 동안에 떨어져 있었지만 종시 현혁이를 잊지 못하고 이렇게 따라온 것입니다. 따라와서는 여급으로 댄서로 나를 벌어 먹이지요. 지금의 현일영이는 계집이 벌어주는 돈으로 이렇게 아편까지 먹습니다. 왜 아편을 먹는가 하겠지만 지금은 이것이 밥보다도 소중하고 없으면 반 나절도 살 수 없으니까 계집이 벌어준 돈이니 어떠니 하는 체면이나 의리 문제는 벌써 지나친 일입니다. 그럼

왜 당초에 아편을 시작했는가고 대들겠지요….”

그때 판장병풍 뒤에서 흐득흐득 느끼는 여옥이의 울음소리가 들리었다. 말을 멈춘 현은 약을 피우던 담배 꽁다리를 던져 버리고 일어나서 뒷짐을 지고 다시 거닐며 말을 계속한다.

“…김 선생도 의례히 그렇게 물으실 겝니다. 지금은 다 나를 버렸지만 옛날 친구나 동지들이 그랬고 다시 만난 여옥이도 그렇게 묻도 대들고 울고 야단을 치고 이제라도 끊으라고 애걸을 했지요. 간혹 제 정신이 들 때마다 나 역시 내게 묻고 대들고 울고 야단을 치는 때도 있었습니다.

물론 아편을 먹는 이유랄 것도 없는 것은 아닙니다. 신병, 빈곤, 고독, 절망, 자포자기 이런 이유랄까, 핑계랄까. 아마 그 중에 제일 큰 이유나 동기랄 것은 ‘자포자기’겠지요. 신병, 빈곤, 고독, 절망 이런 순서로 꼽아 내려가다가 흔히들 ‘자포자기’하는 것이지만 반드시 그런 것은 아니라고 나는 생각합니다.

신병이나 빈곤은 그리 쉽게 마음대로 안 되는 것이지만 자포자기를 하고 않는 것은 각자 그 사람에게 달렸다고 생각합니다. 나와 못지않는 역경에서도 칠전팔기란 말 그대로 자기의 운명을 개척해 나가는 친구도 많았습니다. 백팔십 도의 재주넘기를 해서라도 새 길을 찾은 옛동지도 있습니다. 이 말은 결코 야유가 아닙니다. 그런데 나만은 자포자기를 하였습니다. 비록 신병이 있고 빈곤하더라고 시작을 않았으면 그 만일 아편을 자포자기로 시작했지요. 그래서 지금은 아주 건질 수 없는 말기 중독자가 되고 말았죠.

말하자면 아무런 시대나 환경이라고 사람을 타락시킬 힘은 없다고 봅니다. 그 반대로 타락하는 사람은 어떤 시대나 환경에서든지 저 스스로 타락하고야 말 성격적 결함이 있는 것입니다.

그래서 나는 내 환경을 저주하거나 주제넘게 시대를 원망할 이유도 용기도 없습니다. 오직 내 약한, 자포자기하게 된 내 성격을 저주하는 것뿐입니다.

그러나 지금에는 그런 반성을 하는 것도 지난스러워지고 말았습니다. 사실 그런 반성이 지금 내게 무슨 소용이 있습니까? 이런 말을 내가 하고 보면 도리어 우스운 말이 되고 마는군요.

내가 지금 초면인 김 선생 앞에서 이같이 장황히 지껄인 것은 혹시 옛날의 내 교양의 찌꺼기나마 자랑하고 싶은 허영이었을는지도 모릅니다. 그보다도 이런 과거의 교양이랄까 지식을 씹으려 즐기는 수단이겠지요.”

현은 더 말할 수도, 거닐 수도 없이 피곤한 모양으로 장의자에 몸을 던지듯이 주저앉아서 두 손으로 이마를 받들어 짚고 아직도 그치지 않은 여옥이의 느껴 우는 소리를 한참 동안 듣고 있다가 또 흰 약담배를 피워 물었다.

“사실 나는 지금 이렇게 모르핀 연기와 추억의 꿈을 먹고 사는 사람입니다. 반성에는 지쳤고 자책에는 양심이랄 게 이성이 마비되고 말았지만 옛날 현혁의 명성을 더 히로익하게 꾸미고 그리 풍부하달 수도 없는 로맨스를 련문학적으로 과장해서 씹어 가며 호수 같은 시간 위에 떠도는 것입니다. 그러는 내게도 여옥이가 김 선생을 버리고 내 품속으로 돌아온 것입니다. 여옥이로서는 제 첫사랑의 추억으로도 그랬겠지만 나는 옛날의 혁혁하고 유명하던 현혁이, 즉 나의 패기와 극복력에 이끌린 것이라고 생각하지요. 지금 여옥이에게 물어 보아도 알 것입니다. 그래서 내 과거의 기억은 더 찬란해지고 내 꿈의 양식은 더 풍부해진 것입니다. 그러므로 나는 이 처지에도 행복을 느낄 수 있습니다. 내 곁에—여옥이만 있어 주면 나는 죽는 날까지 행복일 것입니다. 여옥이도 내가 죽는 날까지는 내 옆을 떠나지 않겠지요. 꼭 그래야 할 것입니다.

그런데 이미 여옥이를 놓쳐 버렸던 김 선생이 돌연히 우리 앞에 나타난 것은 무슨 까닭입니까? 지금 와서 김 선생이 아무리 금력으로 유혹한댔자 사내다운 매력이 없는 김 선생을 따라갈 여옥이가 아닙니다. 그뿐 아니라 결코 내가….”

현은 벌떡 일어나서 내 앞에 다가선다.

“이 이 내가 만만히 놓아 주질 않는단 말이요. 네? 이 내가 말이요. 알아듣겠소?”

이렇게 흥분으로 떨리는 높은 음성으로 말하는 현은 두 팔로 탁자를 짚고 들이대인 얼굴에 살기등등한 눈으로 나를 노리며

“네? 알아듣느냐 말요. 이 내가 만만히 놓아 주질 않는단 말요.”

이렇게 버럭 고함을 지르며 현은 주먹으로 제 가슴과 탁자를 두드리었다.

좀 전의 예감이 종내 이렇게 실현되고야 마는 것을 눈앞에 보고 있는 나는 그저 난처할 뿐이었다. 이렇게 발작된 현의 병적 흥분과 오해를 풀려면 장황한 이야기가 필요할 것이나 그럴 시간의 여유가 없으므로 나는 할 수 없이 의자에서 일어나 모로 서며 나도 주먹을 부르쥐고 노리는 현의 눈을

마주 노려볼 수밖에 없었다. 짧은 동안이었다.

금시에 현은 파리한 어깨가 들먹거리고 숨이 가빠지는 것이었다. 그때 어느 결에 튀어나온 여옥이가 두 사람 사이에 막아 서며 허전허전한 현의 허리를 붙안아 의자에 주저앉히고 그 무릎에 쓰러져 느껴 울기 시작하였다.

테이블 위에 놓인 모자를 집으려다가 현의 코언저리에 번쩍번쩍 흐르는 눈물을 보게 되자 나는 웬 까닭인지 그 자리에 멍하니 섰을 수밖에 없었다. 그러한 그들을 그 자리에 그대로 차마 버려 두고 나올 수 없었음인지 혹은 더덖인 엿마같이 뭉켜 앉은 그들의 눈물에 냉담한 호기심을 느낀 탓인지는 아직도 모르지만 그때 나는 그들 앞에 의자를 당겨 놓고 다시 앉았던 것이다.

여태껏 나는 현의 장황한 독백을 들을 뿐 그의 착잡한 심리적 독백의 결론이라 할 수 있는 오해를 풀려고도 않고 훌쩍 일어서 가버리면 너무 심한 모욕이 아닐까 하여 간명하게 변명할 이야기의 실마리를 찾아보려고도 하였다. 내가 여옥이를 유혹하러 왔다는 현의 오해를 풀려면 다른 말보다도 지금 나는 결코 여옥이를 사랑하지 않는다고 하여야 할 것이다. 그뿐 아니라 사랑 여부가 없이 아무런 호기심까지도 느끼지 않는다고 해야 할 것이다. 현의 흥분이 단순한 오해가 아니요 영락한 자신과 나와의 대조로 인한 자굴적 질투이기도 할 것이므로 변명하려면 이렇게까지도 말해야 할 것이다. 그런 내 말이 현의 흥분과 오해를 풀기에는 효과적이겠지만 그러나 본인 여옥이 앞에서는 그런 말은 삼가해야 할 것이다. 여옥이의 여자로서의 자존심을 위해서만도 그러려니와 그러한 솔직한 내 말이 어떻게 되면 현의 자존심까지도 상할 염려가 없지 않을 것이다.

이런 주저로 미처 할 말이 없이 그저 담배만 피우며 이따금 쫑―쫑―거리는 새소리를 듣고 있을 때 눈물 젖은 여옥이의 음성으로

"지금 이런 나를 가지구 누가 유혹을 하느니 질투를 하느니 모두 우스운 일이 아니야요? …김 선생님은 어서 돌아가세요."

하고 여옥이는 마침 자리를 일어 옷자락을 터는 것이었다.

나는 더 주저할 것도 없이 되었으므로 모자를 집어 들고 나왔다.

내가 현의 오해를 풀자면 더듬고 에둘러 중언부언 늘어놓아야 할 말을 단 한마디로 포개 놓고 마는 여옥이의 그 총명이 다시금 놀라웠다. 그러나 여옥이의 그런 말에 내 마음이 경쾌하기보다 그 총명과 직감력으로 여옥이는 더

욱더 불행한 여자가 되는 것이라고 오히려 우울할 수밖에 없었다.

그 날 밤에 만난 이 군은 일이 끝나서 네시까지 내 전화를 기다리다 못해 아파트 사무실에 전화로 여옥이를 찾았더니 웬 남자의 음성으로 여옥이가 돌아오면 전할 터이나 무슨 말이냐고 묻기에 무심히 내 이름을 일러 주고 지금 여옥 씨와 같이 나갔을 모양이니 돌아오면 이라는 사람이 기다린다는 말을 전해 달라고 부탁했던 것이라고 한다.

일이 그렇게 된 것이라면 현이 첫눈에 나를 알아본 것이 조금도 신비로울 것은 없었다. 시초가 그렇다면 갑자기 우리 앞에 열린 문이나 홀연히 나타난 그러한 인물의 괴이한 독백이나 흥분이나, 그리고 활극 일순전에 수탄으로 끝난 그 일막극은 모두가 몰락한 정치청년이 꾸며 놓은 가소로운 멜로드라마였던 것이 아닐까? 사실 그렇다면 그때 일종의 귀기와 압박감을 느끼고 마침내는 슬픈 인생의 매력에 감동(?)했던 나는 그들이 피운 마약에 오히려 내가 취하였던 것이라고 할 것이다.

이런 생각에 본시 나의 버릇인 급성신경쇠약으로 또 판단력을 잃고 만 나는 마주앉은 이 군이 미처 권할 사이도 없이 연방 잔을 기울이면서 그때의 여옥이의 '눈물'과 '총명한 말'까지도? 이렇게 속에 걸리는 것을 느끼면서도 그것은 모두가 다 현이 자작자연한 엉터리 희극이었다고만 치우쳐 설명하는 것으로 그때 흔들린 내 마음을 위로하였다. 그래서 나는 언제나 제 권모술수에 빠져서 솔직한 말과 행동을 하지 못하는 소위 정치가 타입의 인물을 싫어하는 것이라고 현을 조소하는 것이었으나 그러한 내 조소에 천박한 여운을 들을 수밖에 없었고 그럴수록 나는 그런 여운을 안 들으려고 더욱 크게 웃을 수밖에 없었다. 그래서 눈이 둥그래진 이 군이

"봉변은 하구도 옛애인을 만나 대단히 유쾌한 모양일세." 하도록 나는 유쾌한 듯이 웃었던 모양이다.

그 이튿날 늦잠을 자고 일어나자 보이가 벌써부터 로비에서 기다린 손님이라고 안내한 것은 여옥이었다.

정오의 양기가 가득 찬 방 안에 들어 선 여옥이는 분홍 저고리에 초록 치마가 오룡배적 차림이요, 풍기는 향료까지도 새로운 추억이었다. 오직 그 눈만이 정기를 잃었을 뿐이다.

"어제는 나 때문에 두 분을 괴롭혀서 미안하외다."

하는 내 말은 어색하도록 경어로 나왔다.

"천만에요." 역시 어색하도록 공손히 시작한 여옥이의 말은 이러하였다.

—그러한 제 생활을 애써 숨기려고 한 것만도 아니지만 잠시 다녀가는 나에게 알릴 필요도 없던 일이 그만 공교롭게 그 모양으로 알려져서 도리어 미안하다고 하였다. 이미 탄로된 일이라 더 숨길 필요도 없으므로 저간 지내온 이야기를 다하고 또 부탁도 있으니 들어 달라고 하는 여옥이는

"중독자에게서 흔히 볼 수 있는 몰염치한 생각인지는 모르지만…."

내가 잠시 손을 내밀어 준다면 여옥이는 내 손을 붙잡아 의지하고 지금의 생활에서 자기를 건져 내고 싶다는 것이었다.

"제가 중독자의 몰염치로 이런 말씀을 하게 되는 것인지는 모르지만…."

여옥이는 또 이런 말을 앞세우고 아직 자기의 몰염치를 자각할 수 있고 애써 자기를 건져야겠다는 의지가 남아 있는 이때를 놓치면 영 자기는 폐인이 되고 말 것이라는 7의 눈에는 눈물이 고인다.

그러한 여옥이의 말을 듣고 눈물을 보는 나는 언제나 나의 의식을 분열시키고야 말던, 그 역시 분열된 의식으로 갈피를 잡을 수 없던 여옥이의 표정이 갱생에 대한 열정과 동경을 초점으로 통일된 것을 발견하고 지금의 여옥이면 역력히 그릴 수 있다고 생각하였다. 어제 장의자에서도 여옥이의 눈물을 보았지만 그것은 역시 병적 권태에 물들고 니힐한 웃음에 떨리는 눈물이었다.

지금 한 초점으로 통일된 의식과 순화한 정서로 맺힌 맑은 눈물을 바라보는 나는 여옥이가 잠시 내밀어 달라는 손을 어떻게 얼마나 잠시 내밀어야 하는 것이며 현과의 관계는 어떻게 되는 것이며를 전혀 알 수 없지만 당장 그런 조건을 묻는 것은 너무 타산적으로 혹시 여옥이의 자존심을 건드려 존중해야 할 그 결심을 비누풍선같이 깨치게 될지도 모르므로 나는 우선

"참 좋은 결심입니다. 그래야지요. 내가 할 수 있는 일이면 해야지요." 할 수밖에 없었다. 그러한 내 말에 눈물어린 눈으로 나를 쳐다보던 여옥이는 자기 무릎에 얼굴을 묻고 느끼어 우는 것이다. 나는 한참이나 떨리는 그의 어깨를 바라보다가

"자 이젠 어떻게 할 방도를 의논해야지 않소?" 하였다.

"…네…감사합니다."

눈물을 씻고 난 여옥이는 창밖을 내다보며

"무엇보다 저는 이곳을 떠나야 해요. …할 수만 있다면 저를 데리시구 조선으로 나가 주셨으면 합니다."

그러한 여옥이의 말에

"?"

나는 그저 잠잠히 귀를 기울일 뿐이었다.

"…전같이 결코 그런 염치없는 생각으로 말씀드리는 것은 아닙니다. 단지 병인을, 사실 병인이니까요. 한 정신병자를 감시하시는 셈치시구 저를 조선까지 데려다만 주세요. 저 혼자서는 무섭기는 하면서도 그 마약의 매력과 또… 그런 것을 저버리고 이겨 나갈 자신이 없을 듯해요."

—마약의 매력과 또…. 이렇게 여옥이가 주저하다 흐려 버리고 만 '그런 것'이란 무엇일까? 현? 현에 대한 애착일까? 나는 이런 의문에 어제 저녁에 현의 무릎에 쓰러져 울던 여옥이의 모양을 다시 눈앞에 그릴 수밖에 없었다. 그때 아무리 내가 더덮인 영마 무더기라고 경멸의 눈을 보면서도 낙척, 패부 그리고 절망과 눈물에 젖은 슬픈 인생에도 황홀한 매력과 감격한 인정을 은연중 느끼는 듯하고 그들 중에 나만이 그런 감격과 인정의 문 밖에 호젓이 서있는 듯한 고독감을 느끼기도 하였던 것이다. 나의 그런 느낌이 혹시 여옥이에 대한 미련의 질투가 아닐까고 생각되자 "천만에"하고 떨어 버렸던 생각이다.

"어제 보신 바와 같이 현은 한 과대망상광일 뿐 아니라 제게는 무서운 악마같이 보이는 때도 있습니다. 제가 모히를 시작하게 된 것도 현이 강제로 그런 것이죠."

이렇게 다시 시작된 여옥이의 이야기는

—사실 현혁이라면 조선은 물론 일본의 동지간에도 주목되던 이론분자였고 심각한 지하운동에도 민활히 활동한 사람이었다. 그때 여옥이는 현의 애인이었지만 현은 감옥으로, 출옥 후에는 정처없는 방랑으로 5~6년간의 소식을 몰랐다. 그 동안 본시 고아인 여옥이는 여급으로 틔룸마담으로 전전하다가 평양까지 와서 나를 알게 되었다. 그 얼마 후에 우연히 만난 동경시대의 현의 친구에게서 현이 하얼빈에 있다는 소식을 들었다. 그러나 그때는 5~6년이라는 세월에 격하여 현을 따라갈 몸도 처지도 못 되므로 용기를 내지 못하였던 것이다. 그러나

"오룡배가 얼마 멀지는 않아도 아마 국경을 넘었다는 생각만으로도 하얼

빈이 지척같이 생각되었던 게죠. …그리구 또 그때는 참 그럴 만도 하게 되잖았어요!"

하고 여옥이는 얼굴을 붉히며 웃었다. 나 역시 따라 웃을 수밖에 없었다. 서로 어이없는 일이었다는 듯이 웃고 나서

"지금 이런 말을 한대서 부질없는 말이지만 그때 일은 전연 내 잘못이지요. 너무 진실성이 없었으니까요. 그때 여옥 씨가 그런 내 태도에 모욕감을 느끼셨을 것도, 그래서 달아나신 것도 여옥 씨다운 총명한 행동이었지요."

이런 내 말에 여옥이는 금시에 또 솟는 눈물을 씻었다.

"…그때 선생님의 심정도 당연히 그랬을 게죠. 만일 그 반대로 그때 선생님이 진정으로 저를 사랑하셨다면 저는 도리어 감당할 수 없어서 더 송구스러웠을 게죠."

잠시 말을 끊고 주저하던 여옥이는

"…또 참을 수가 없구만요."

하고 핸드백에서 마약을 내어 피워 물고 외면한 얼굴에 눈물이 어린다.

여옥이는 그만큼이라도 내 앞에 터놓은 마음이라 부끄러움을 싱글싱글한 웃음으로 가릴 처지가 아니므로 그만 눈물이 나는 모양이었다.

"지금 제 말씀같이 그렇게는 생각하면서도 그때 선생님이 저를 사랑하시는 노력이 아니라 그림을 위해서만이라도 옛 환상을 버리시려고 애쓰시면서도 못하시는 것을 볼 때 저는 저대로 자존심은 상하고 그러니 자연 반발적으로 저도 옛날 꿈을 그리게 될밖에 없었어…." 그래서 달아와 이곳에서 만난 현은 명색 어느 변호사의 사무원이지만 정한 수입도 없고 하는 일도 없는 하잘것없는 중독자였다는 것이다. 현은 다년간 혹사한 신경과 불규칙한 생활로 언제나 아픈 안면신경통과 자주 발작하는 위경련으로 없는 돈에 가장 수월하고 즉효적인 약으로 시작한 마약에 중독되기 시작하였다는 것이다.

그래서 여옥이는 현을 애걸하다시피 달래고 얼려서 모히환자수용소까지 데리고 갔으나 한번은 문 앞까지 가서 현이 뿌리치고 달아났고 한번은 여옥이가 현에게 설복되어 그저 돌아오고 말았던 것이다.

"이편이 도리어 설복되다니요?"

내가 묻는 말에

"참 괴상한 일 같지만 거역할 수 없는 사정이었어요."

―그 사정이란 것은 지금 마약에 눌리워 있는 현의 신경통과 위경련은 마

약의 힘이 사라지기가 무섭게 전보다 몇 배의 고통과 발작을 일으켜서 그 병만으로도 지금이나 다름없는 폐인이 될 수밖에 없고 따라서 생명도 중독으로 죽으나 다름없이 짧을 것이라는 것이다. 그럴 바에는 죽는 날까지 고통이나 없이 살겠다는 것이요, 그뿐 아니라 적극적으로 현재의 자기 생활을 혼자서나마 합리화하고 살자는 것이다.

그것은 역사적 결론의 예측이나 이상은 언제나 역사적으로 그 오류가 증명되어 왔고 진리는 오직 과거로만 입증되는 것이므로 현재나 더욱이 미래에는 있을 수 없다는 것이다. 그러므로 사람의 생활은 그런 이상을 목표로 한다거나 그런 진리라는 관념의 율제를 받아야 할 의무도 없을 것이요, 따라서 엄숙하랄 것도 없다는 것이다. 그뿐 아니라 사람은 허무한 미래로 사색적 모험을 하기보다도 거짓 없는 과거로 향하는 것이 현명하다는 것이다. 그러기에는 아편 연기 속에서 지난 꿈을 전망하는 것이 얼마나 황홀하고 행복스러운지 모른다고 하며 현은 여옥이에게도 마약을 권하였다는 것이다.

그러나 여옥이가 그런 말을 들었을 리가 없었다. 오직 두 사람의 생활을 위하여 홀의 댄서로, 캬바레의 여급으로 피로한 밤낮을 지낼 뿐이었다. 그러한 생활에 밤 세시 네시까지 지친 몸으로 곤히 잠들었다가도 혹시 심한 기침에 몸을 뒤치다 눈을 뜨게 되면 현은 그때도 일어나 앉아서 모히를 피우고 있었다. 그러던 중 어느 날 밤은 얼굴에 더운 김이 훅훅 끼치는 것을 느끼며 자꾸 기침이 나면서도 가위에 눌린 듯이 목이 답답하고 움직일 수 없이 사지에 맥이 풀리어 간신히 눈만을 떴을 때… 깊은 안개 속으로 보이는 듯한 현의 얼굴이 막다른 담과 같이 눈앞에 크게 막히고 그 입으로 뿜어 내는 마약 연기를 여옥의 코로 불어 넣고 있었다. 그런 줄 알자 여옥이는 비명을 지르고 달아나려 하였다. 그러나 현에게 붙잡힌 손목을 용히 뿌리칠 기력도 없이 그저 현이 무서워 떨리고 야속한 설움에 주저앉아 울 수밖에 없었다. 여옥이는 그때 그러한 광경을 지옥으로 느끼었다고 한다.

그러나 현은 가장 엄숙한 음성으로

"미안하다. 내가 죽일 놈이다. 그러나 지금 나는 너 없이는 살 수 없는 위인이 아니냐."

하면서 그대로 두면 여옥이는 언제든지 혹시 내일이나 모레라도 현을 버리고 달아날는지 모르므로 현은 잠시도 불안하여 견딜 수가 없다는 것이었다. 그래서 같은 중독자가 되어 현이 죽는 날까지 자기를 버리지 말아 달라고 울며 애걸하였다는 것이다.

　그때 그러한 현의 말이 여옥이 없이는 못살리만큼 여옥이를 사랑한다는 뜻인지, 여옥이가 벌어 먹이지 않으면 못산다는 말인지 분명히 알 수는 없으면서도 어느 편이건 여옥이는 그저 현이 애처롭고 불쌍하게만 생각되었다는 것이다.

　"웃지 마세요. 여자란 아마 저 없이는 못산다면 몸에 휘감긴 상사구렁이도 미워는 못하나 봐요."하고 여옥이는 얼굴을 붉히며 웃었다.

　그래서 그때부터 여옥이는 현이 권하는 대로 무서운 중독자가 되어 가면서도 한 남자의 더욱이 첫 정을 바쳤던 사람의 마음을 아직도 완전히 붙잡고 있다는 여자의 자존심이랄까?로 만족하게 지낼 수가 있었다고 한다.

　"그러시다면 지금 조선으로 나가실 결심은? 또 현씨는 어떻게 하시구서?"

　비로소 나는 아까부터 궁금하던 생각을 물을 수가 있었다.

　"네, 제 말씀을 들으세요."

하고 계속한 여옥이의 말은—그런 생각으로 의지하는 현을 받들어 지내 가면서도 문득문득 일생의 파멸이라는 생각이 들 적마다 여옥이는 전율에 떨고 울기도 하였다는 것이다. 혹시 그러한 여옥이를 보게 되면 현은 왜? 아직도 딴 세상에 미련이 남았나? 내가 짐스러운가? 물론 그렇겠지만 병신 자식을 둔 어머니의 운명으로 알고 얼마 멀지 않아서 올 나이니까 좀만 더 참으면 오래잖아 자유로운 몸이 될 터이니까. 현은 여옥이를 위로하는 셈인지 이런 말을 하게 되었다. 그 말을 들을 때마다 여옥이는, 여옥이 없이는 못산다는 현의 말뜻이 어떤 것인지 짐작되어 차차 파멸에 대한 공포가 더 커가서 울게 되는 때가 많아졌다. 이 즈음에는 여옥이가 울 때마다 현은 그렇게 내가 여옥이의 젊은 육체의 자유까지를 구속하려는 것은 아니니 자기 앞에서 그렇게 울어 보이지는 말아 달라고 성을 내는 것이다. 현의 그런 말이 본시부터의 심정인지 나날이 쇠약해 가는 생리적 타격으로 변한 생각인지는 모르지만 여옥이에 대한 현의 생각을 너무도 분명히 알게 되어 한없이 슬픈 것이라고 한다. 그러나 여옥이는

　"선생님이 어떻게 들으시라고 하는 말씀은 결코 아니지만 여자로서 선생에게 업수임을 받은 자존심을 살리기 위해서만이라도 현이 내게 의지하는 것이 어떤 심정이건 그 마음만은 내가 지니려는 노력을 해왔지요만."

　현은 훔쳐 낼 필요도 없으련만 여옥이 모르게 돈을 뒤져 내기도 하고 심

지어 여옥이가 다니는 홀이나 캬바레 주인에게 선채할 수 있는 대로 돈을
취해 가지고는 겨우 지내 가는 구차한 살림이라 물론 집에 많은 돈이 있을
리 없고 선채를 한대도 중독자에게 큰 돈을 취해 줄 리도 없지만 돈이 없어
질 때까지는 흰 약보다 더 좋다는 아편을 뺄 수 있는 비밀여관에 들어 박혀
서 집에 들어오는 법이 없었다. 그러한 현이 어제 집에 있는 것은 여옥이로
서도 의외였다.

그러나 여옥이는 어젯밤까지도 현을 버리고 제 몸만을 건져 보려는 생각
은 없었다. 현의 말대로 병신 자식을 둔 어머니의 운명으로 남은 반 생을 단
념하고 현이 사는 날까지 현을 지키려고 했다는 것이다.

그러나 어젯밤에 내가 나오자 김명일이가 여옥이를 따라온 것이 아니냐고
하도 여러 번 재차 묻는 현의 말씨나 태도가 단순한 질투나 시기라고 할 수
없으므로 짐짓 여옥이는

"아마 그런지도 모를걸요." 해보았더니 현은 의례히 그럴 것이라고 자기의
추측이 어김없는 것을 자긍하는 듯이 만족해 하며

"그럼 여옥이도 역시 김명일이를 못 잊어하지? 아마."

"…"

"그러면 그렇다고 솔직히 말하면 아무리 내가 니힐한 에고이스트라도 송
장이 다 된 나만을 위해서 여옥이를 희생할 염치도 없으니까."하면서 자기
(현) 앞에서 김명일이가 아직도 여옥이를 사랑한다고 어명하면 현은 두말없
이 물러 설 터이니 여옥이의 심정부터 솔직히 말하라고 다졌다는 것이다. 그
래서 여옥이는, 그럼 당신은 내가 없어도 살 수가 있느냐? 이젠 내가 소용이
없느냐?고 되물었더니 현은 결코 그런 것은 아니라고 하며 자기 욕심만 같
아서는 죽는 날까지 여옥이가 있어 주었으면 그 이상 행복이 없지만 아직
장래가 투철한 두 사람이 서로 사랑하는 것을 눈앞에 뻔히 보면서야 산 송
장인 자기 욕심만 채우잘 수도 없으므로 두 사람이 자기 앞에서 솔직한 대
답을 하라는 것이다. 그래서 여옥이는 나에게만 솔직한 대답을 강요하지 말
고 당신부터, 당신은 나보다 돈이 필요해서 김명일 씨가 나를 사랑한다고만
하면 그 말을 빌미로 잡아 가지고 돈을 강청할 심사가 아닌가! 좀 솔직히 말
해 보라고 하였던 것이 현은 하도 의외의 말이라는 듯이 펄쩍 뛰며 비록 지
금 여지없이 타락하였지만 아직도 '현혁'이의 자존심만은 남아서 제 계집을
팔아 먹게까지는 안 되었다고 하며 여옥이의 말이 너무 야속하다는 듯이 현

은 울었다고 한다. 그래서 나는

"그건 사실 여옥 씨가 너무 현 씨의 심정을 야속하게만 곡해하는 것이 아닐까요?"
물었다.

"혹 그런지도 모르죠."
하는 여옥이는 곧 말머리를 돌려서

"선생님은 지금 저와 같이 가셔서 현이 묻는 대로 아직도 저를 사랑하신다고 말씀해 주세요. 쑥스러운 일 같지만 그 한마디 말씀으로 저는 현에게서 벗어나 갱생할 수 있을는지도 모르니까요. …그리구 이걸 가지셨다 현이 요구하면 내주세요."
하면서 여옥이는 핸드백에서 백 원 지폐 석 장을 내 손바닥에 놓았다.

"이 돈은 선생님이 주셨던 보석을 지금 팔아 온 것입니다."고 하는 여옥이는 내가 준 다이아 반지를 수식물로만 아껴 지니고 있었다기보다 어느 때 닥쳐올지 모를 불행을 위하여 현도 모르게 간직해 두었던 것이라고 한다.

나는 이 돈이 현의 장비였구나! 그러나 지금은 여옥이의 몸값이 되는구나! 생각하면서도 (설마… 현씨가….) 이렇게 생각하려는 나의 말을 앞질러서

"죄송하지만 지금 곧 가주셨으면…."하고 여옥이는 먼저 일어선다.

이 일이 장차 어떻게 될 것인가? 속으로 중얼거리면서도 나는 여옥이의 단호한 기상에 더 주저할 여유가 없었다.

마차 위에서 여옥이의 몸은 가볍게 흔들리지만 그 마음은 호수같이 가라앉은 모양으로 어느 한 곳을 아마 때진 결심으로 한 점 구름 같은 잡념도 없이 맑은 호수 같은 제 마음을 들여다보는 듯한 그 눈은 깜박이지도 않았다.

그러한 여옥이 옆에 앉은 나는 그에게 미안하면서도 아까 중둥무리된 '설마… 현씨가…'하던 나의 의문을 "현이 설마 돈을 요구할라구요?"하고 계속해 보는 것이었다. 그러나 그것은 단지 의문의 형식으로 여옥이의 자존심을 위한 인사말이었고 오히려 의문은, 혹시, 만일 현이 의외로 담박하게 돈이야기 같은 것은 하지도 않고 만다면 그때의 여옥이는 어떻게 할 것인가? 이것이 더 궁금한 의문이다. 물론 현이 돈을 요구할 것이라 예측하는 것이요, 그 예측이 맞는다면 여옥이를 돈으로 바꾸는 현을 여옥이도 마음 가뜬히 버리고 나를 따라 조선으로 가는 것이 정한 순서일 것이다. 그러나 천만 이외에

도 현이 여옥이의 행복만을 위하여 여옥이를 버린다면 그때의 여옥이는 어떻게 될 것인가? 정녕 여옥이는 다시 현을 따라가게 될 것이다. 현이 돈을 요구하든 말든 지금의 결심대로 여옥이가 나와 같이 조선으로 간다면 이 연극은 제법 막이 닫히고 끝나는 것이지만 만일 여옥이가 다시 현을 따라가고 만다면 나는 중토막에서 히로인이 뛰어들어가고 만 무대에서 혼자 어떤 제스추어를 해야 할 일일가?

또 그것은 결과라 기다려 봐야 할 것이나 그 전에 그 그러한 인물, 현 앞에서 결혼식도 아닌데 여옥이를 사랑하느냐?고 물으면 "네." 대답해야 할 것은 또 얼마나 싱거운 희극일까? 이런 생각에 자연 싱글거려지는 내 옆의 여옥이는 또 얼마나 새색시같이 얌전한가? 생각하면 본 무대에 오르기 전에 '하나미찌' 인이 하얼빈 거리에서부터 희극은 연출된 것이라고 더욱 싱글거리자 그렇게 싱글거리는 나를 본 집시 계집애는 부리나케 손을 벌리고 웃으며 따라온다. 나는 포켓에서 잡히는 돈 한 푼과 같이 웃음도 집어 던지고 한 순간 후에 좌우될 운명으로 긴장하고 슬픈 여옥이와 같이 긴장하여 내 생활에도 적지 않게 영향이 있을지도 모르는 이 일을 생각해 보려는 사이에 마차는 현관에 닿고 말았다. 막상 그 문 밖에 서게 되자 나는 지나치게 긴장하여 두근거리는 가슴으로 심호흡을 할 때 여옥이는 앞서 문을 열고 들어 섰다.

"어서 이리 들어오시죠."

어제 저녁과 꼭 같은 말소리가 나며 현은 문 어귀까지 나와서 내 앞에 손을 내밀었다. 그림에서 본 유령의 손같이 희고 매듭이 울근불근한 긴 손이 반가울 리 없으나 마지못하여 잡은 손바닥에 의외로 눅직한 온기가 무슨 권모술수 같아서 더욱 불쾌하였다.

"어제는 퍽 놀랐었을걸요."

사실은 사실이지만 무엇이라 대답할 말이 없는 인사이므로 묵살하고 말았다.

"자 앉으세요."

현은 또 이렇게 나에게 의자를 권하면서 먼저 털썩 앉았다.

묽은 구름이 엉킨 초가을 북만 하늘은 백동색으로, 해 안 드는 방 안은 물 속같이 냉랭하다. 마주앉아 낮에 보는 현의 벗어진 이마와 뺨가죽은 낡은 양피같이 윤기 없고 구기었다. 나는 그의 성긴 머리털 속에서 방금 날아올 듯한 비듬에서 눈을 돌리며 그저 지나는 말로 "만주 사시는 재미가 어떠십니까?" 물었다.

"저 같은 사람에게 그런 말씀을 물으시는 것은 실례죠, 허허."

"?"

"송화강을 보셨나요?"

"네, 어제 잠깐."

"대학에서는 만주농사경제사를 연구한 적도 있었죠. 하나 지금은…. 이걸 좀 보시우."

현은 담에 붙여 놓은 낡은 만주지도 앞에 가서

"지도를 이렇게 붙여 놓고 보면 송화강이 이렇게 동북으로 치흐른다기보다 오호츠크 바닷물이 흑룡강으로 흘러들어와서 한 갈래는 송화강이 되어 만주로 흘러내려와 이렇게 여러 줄기로 갈리고 갈려서 나중에는 지도에 그릴 수도 없을 만치 작은 두랑이 되고 만다면 어떻습니까, 재미나잖아요?" 하고는 허허 웃었다. 나도 따라 웃는 것이 인사겠으나 그만두었다. 부질없는 말을 물어서 이런 객설을 듣게 되었다고 후회하면서 대체 이 현이라는 인물은 어디서 시작한 이야기가 어디로 번지어 어떤 결론을 낼는지 모를 자라고 나는 이 앞으로 나올 이야기가 더욱 창망할 것을 미리부터 염려하며 무료히 담배만을 피웠다.

여옥이도 무료히 장의자에 앉아서 조롱을 내려놓고 모히 연기를 뿜어 주고 있었다.

한동안 호신을 닳아 처진 리노리움 바닥에 철덕거리며 나와 여옥이 사이를 왔다갔다 거닐던 현은 역시 거닐면서

"이렇게 두 분이 같이 오셨을 적엔 여옥이에게 내 말을 들으시구 오신 것이니까 일부러 김 선생의 말씀을 들어 보잘 것도 없겠지요. 어제 나는 김 선생 앞에서 흥분하고 눈물까지 보였고 여옥이는 아시다시피 소리내어 울었습니다. 그렇게 눈물을 흘리면서 나는 왜 이렇게 슬퍼하는가고 생각하였지요. 영락, 폐인, 절망 이런 것들은 어제도 말씀한 것과 같이 새삼스럽게 지금 설움이 될 리는 없고 오직 우리 앞에 나타난 김 선생의 탓이라고 할 수 있습니다."

"?"

나는 자연 머리를 들어 크게 치뜬 눈으로 그를 바라볼 수밖에 없었다.

"가만 제 말씀을 들으시죠."

현은 역시 거닐면서

"처음에는 여옥이가 김 선생을 버리고 내게로 돌아왔지만 이 생활을 슬퍼하고 후회하는 지금의 여옥이라 김 선생이 그런 여옥이를 내게서 빼앗기는 여반장이리만치 지금의 나는 김 선생의 적수가 아니라는 생각과 설사 여옥이가 김 선생의 유혹을, 어폐가 있는 말인지는 모르지만 뿌리치고 여전히 내 곁에 있어 준대도 김 선생이 나타나기 전과는 다른 여옥일 것입니다. 여옥이의 본시 슬픈 체관은 더욱 슬픈 체관일 것이고 내게 대한 동정은 더 의식적 노력이 될밖에 없을 것입니다. 그러한 여옥이의 강인하는 희생의 신세를 지게 된다는 고통, 그리고 김 선생 같으신 신사가 아직도 못 잊으시고 여기까지 따라올 만치 아담한 여옥이를 나는 아낄 줄 모르고 폐인을 만들어 놓았거니 하는 자책과 그보다도 새삼스럽게 더욱 나를 원망하게 될 여옥이의 심정, 이러한 가지가지의 우리의 심리적 고통은 우리 앞에 나타난 김 선생 탓이 아니면 누구 탓일까요?

설사 김 선생이 여옥이를 찾아온 것이 아니요, 단지 우리 앞에 우연히 나타난 것이라 하더라도 우선 여옥이의 마음을 흔들어 놓고 내가 애써 잊어 버리려던 내 자존심과 반성력을 일부러 일으켜 세워 가지고 때리고 휘둘러서 비록 인간답지는 못하더라도 그런대로 평온하던 우리 두 사람의 생활을 김 선생이 여지없이 흐트러 놓고 만 것입니다. 그렇잖아요, 김 선생? 이렇게 생각하는 것도 역시 중독자의 착각일까요, 김 선생?"

이렇게 묻는 현은 내 앞에 의자를 당겨 놓고 앉아서 대답을 기다리는 듯이 내 얼굴을 바라보는 것이다. 그러나 나는 무엇이라 대답할 바를 몰랐다. 내가 그들 앞에 나타난 것이 우연이었더라도 경과로는 그들의 생활을 흐트러 놓은 셈이라는 현에게 사실 여옥이를 유혹—현의 말대로—하러 온 길이 아니라고 변명할 필요도 없을 것이다. 있더라도 여옥이와의 언약이 있는 나는 지금 그런 말을 할 처지가 아니었다. 그것은 그렇다 하고 현이 당장 묻는 것은 내가 그들의 생활을 흐트러 놓은 셈이냐 아니냐가 문제일 것이다. 그래서 나는 "아마 그렇게 생각할 수도 있겠지요. 그러나 그렇게도 생각할 수 있다는 단지 그뿐이겠지요." 할밖에 없었다.

"그뿐?"

현은 눈을 치떠 노리듯이 한순간 나를 바라보다가

"아마 김 선생으로선 그렇게 생각하시겠지요. 우리 앞에 나타나신 것이 고의건 우연이건 간에 김 선생 자신이 의식적으로 나를 모욕했다고 생각하시지는 않으실 터이니까 단지 그뿐이라고 아무런 책임감도 안 느끼시겠지요.

그러나 내가 모욕을 당하고 여옥이의 마음이 흔들리고 그래서 우리 생활이 흐트러진 것은 너무나 분명한 사실입니다. 안 그럴까요?”

“…”

사실 그렇다더라도 그것이 내 책임일가고 나는 속으로 중얼거렸을 뿐이다.

“사실입니다. 김 선생의 의식적 모욕이 아니라고, 우리 앞에 나타난 김 선생으로 해서 이렇게 우리가 받는 모욕감과 고통을 어떻게 합니까? 김 선생 때문에 이 모욕감이 김 선생의 책임이 아니라면 나는 어떻게 해야 합니까?

물론 김 선생의 책임이라고만도 할 수 없겠지요. 이런 내 모욕감은 김 선생과의 대조로서 비교도 안 되는 약자의 모욕감이라고 할 것입니다. 그렇다면, 그렇다고 지금의 내가 다시 당자가 되어 김 선생에게서 받은 모욕과 박해를 설욕할 수가 있을까요? 지금 김 선생은 내게 여옥이를 내놓으라고 내 앞에 뻗치고 앉아 있지 않습니까! 그것이 박해와 모욕이 아니고 무엇입니까? 그렇지만 나는 설욕할 만한 강자가 될 수 없습니다. 영원히 될 수 없습니다. …그래서 나는 피로써 피를 씻는다는 격으로, 그렇다고 김 선생의 모욕을 모욕으로 갚을 수 없는 나는 내 자신을 내가 철저히 모욕하는 것으로 받은 모욕감을 씻어 볼 수밖에 없습니다. 그러자면 김 선생에게 자진하여 여옥이를 내주는 것입니다.

김 선생 때문에 마음이 흔들린 여옥이를 그대로 내 옆에 두고 모욕감을 느끼기보다 내가 자굴해서 물러 가는 것이 오히려 내 맘이 편하겠지요. 그렇다고 김 선생을 따라가는 여옥이의 행복을 위한다거나 김 선생의 연애를 축복하자는 것도 아닙니다. 오늘 아침까지도 여옥이게게 그런 말을 했습니다. 그러나 내게 그런 인간다운 생각조차 남았을 리가 없지요. 그저 김 선생과 겨룰 수 없는 폐인의 자굴입니다. …나는 여기 더 있을 필요가 없는 사람입니다. 가겠습니다.”

하며 현은 일어선다.

나는 그의 그런 장황한 이야기가 그런 결론으로 끝나는 것이 의외였다. 사실 현은 그러한 자기의 결론 그대로 행동할 것인가?고 망연히 그를 바라볼 때 아까부터 장의자에 엎드려 소리없이 울던 여옥이가 일어선 현의 앞에 막아 선다.

"머 이제 더 할 말도 없을 것이고. 이렇게 김 선생을 모셔 온 것만으로도 알 수 있으니까 여옥이가 이제 무슨 말을 한다면 제 마음을 속이고 또 나를 속이는 것뿐이니까…."

현은 이렇게 말하면서 여옥이를 비켜서 내 앞에 다가서며

"김 선생, 스스로 나를 모욕하려는 나는 철저히 할 수밖에 없습니다. …지금 김 선생은 이것이 필요할 것입니다."

하고 현은 호복 앞섶을 뒤져서 열쇠 하나를 꺼내어 탁자 위에 놓는다.

"이것은 여옥이와 내가 하나씩 가진 이 방의 열쇠입니다. 지금 내게는 소용없는 것이지만 김 선생은 필요할 것입니다. …이 열쇠를 사주시오. 천 원이고 만 원이고 김 선생에게는 필요한 것이니까 사셔야 할 것입니다."

하고 현은 내 얼굴을 바라보는 것이다. 의외리만큼 현은 너무 태연한 얼굴이었다. 하기는 그의 장황한 이야기의 결론으로 당연할 일일 것이다. 그러나 나는 한번 여옥이를 쳐다볼밖에 없었다. 그러나 쳐다본 여옥이는 두 손으로 얼굴을 감싸 쥐고 있었다. 돈을 주고받는 것을 차마 못 보는 뿐일 것이다. 나는 더 주저할 필요가 없음을 깨달았다. 그래서 아까 여옥이가 준 지폐 석 장을 그 열쇠 위에 던졌다.

"고맙습니다."

현은 많다 적다는 말도 없이 오히려 의외로 많은 돈에 버럭 탐이 난 듯이 덥썩 움켜 쥐고

"이것으로 내 자신을 모욕할 대로 해서 만족합니다. 자, 나는 갑니다."하고 현은 도망이나 하듯이 문 밖으로 나가 버리었다.

철덕철덕하는 호신 끄는 소리마저 사라지자 여옥이는 의자에 쓰러져 느껴 울기 시작하였다. 들먹거리는 여옥이의 어깨를 바라볼 뿐 나는 위로할 말도 없어 한동안 멍하니 앉아 있을 뿐이었다.

얼마 후에 눈물을 씻고 일어나 앉은 여옥이는

"죄송하올시다. 여기 일은 될 대로 끝난 셈입니다. 현도—현에게는 돈은 곧 아편이니까요—아편이 풍부해졌다고 만족할 것입니다. 현은 본시 지식인이던 사람이 벌써 중독자의 필연적 증상이랄 수 있는 파렴치를 애써 변호해 보려고 그같이 궤변을 늘어놓는 것입니다. 그래서 자기 말에 스스로 흥분하고 슬퍼도 했지만 지금쯤은 말짱히 잊어 버리고 그저 제 생활이 풍족하다고

좋아할 것입니다. …저는 또 제 일을 생각해 봐야겠습니다."
하며 또 새로운 눈물을 씻었다.

그래서 나는 슬픔과 흥분으로 피곤한 여옥이를 우선 누워서 쉬라고 이르고 여관으로 돌아왔다. 목욕을 하고 저녁을 먹고 나니 어느덧 밤이었다. 나역시 피곤하여 이 군을 찾을 생각도 없이 반주로 좀 취한 김에 일찍이 자리에 들고 말았다. 그러나 흥분하였던 탓인지 깊이 잠들 수도 없었다. 어렴풋한 머리 속에 당장 잘 생각하려고도 않는 생각들이 짤막짤막 뒤섞여 떠오를 뿐이다. 여옥이는 장차 어떻게 되는가, 어떻게 할 셈인가? 정말 나를 따라 조선으로 나가는가, 내가 데리고 가는가? 나가면 어떻게 하나, 우선 입원시킬밖에 없다. 그래 완인이 되면? 그 후의 여옥이는 또 어떤 길을 밟게 될까? 혹시 또 나와! 그렇게 될지도 모른다. 사람의 일이라니 알 수 있더라구. 이런 뒤숭숭한 생각이 자꾸 반복되었다.

얼마나 지났을까 잠이 풀깃 드는 듯할 때 똑똑 문 두드리는 소리가 나는 듯하여 벌떡 일어나 앉았다. 역시 누가 문을 두드리는 것이었다. 보이의 안내로 백인 애 메신저가 들어와 네모난 서양 봉투의 묵직한 편지를 주고 간다. 여옥이의 편지였다.

―죄송한 말씀이오나 내일 아침 좀 일찍이 저를 찾아 주시면 감사하겠습니다. 혹 제가 없이 문이 걸렸더라도 제 방에서 잠시 기다려 주시옵소서. 열쇠를 동봉하옵니다.

이런 간단한 사연에 아까의 그 열쇠가 들어 있었다.

무슨 일일까? 할 말이 있으면 잘 아는 길이라 자기가 오면 그만인데 일부러 메신저를 보내고 나를 오라고.

혹시 앓는가? 앓아서 못 올 사람이면 이른 아침에 "혹 제가 없이…"하는 것은 웬일일까? 나는 이런 생각을 하면서도 내일 가보면 알 일이라고 다시 자리에 들어 자고 말았다.

이튿날 아침에 일어나자 이 군에게서 전화가 왔다. 어젯밤에도 전화로 나를 찾았으나 잔다기에 오지 않았다고 하며 지금 가도 좋으냐고 묻는다. 그러나 여옥이를 찾아보아야 할 것이므로 볼일을 보고 내가 찾아가마 하였더니 자네가 하얼빈서 볼일이 무엇이냐고 하며 아마 여옥 씨부터 찾아 뵙는 판이냐고 껄껄대는 큰 웃음소리를 방송하는 것이었다. 나 역시 그런가 보다고 웃었다.

상쾌하게 맑은 날씨였다. 내가 여옥이의 아파트에 가기는 아홉시였다. 방문 밖에서 기침을 하고 문을 두드리었으나 대답이 없었다. 사실 열쇠가 필요했구나… 하고 언제나 찬찬한 여옥이가 고마운 듯한 당치 않은 착각에 찰깍 열리는 쇠소리도 경쾌하게 들으며 방 안에 들어 섰다. 들어 서자 써늘한 공기가 묵직하게 가슴에 안기는 듯이 틈틈하다. 밤 자고 난 창문을 열지 않아서 그런가? 하였으나 그 느긋한 마약 냄새도 식어 날아 버린 듯하고 사람의 온기도 느낄 수 없이 냉랭한 바람이 휘잉하면서도 가슴이 틉틉하고 불쾌하였다. 그러나 나는 여옥이를 기다려야 할 것이므로 장의자에 앉아 담배를 붙였다. 창을 열고 내다보며 이 맑은 날 잘 울 종달새를 생각하고 방 안을 둘러보았으나 조롱은 없었다. 그때였다. 침실이라고 생각되는 판장병풍 뒤에서 푸득거리는 소리와 이어서 찍찍하는 소리가 들리었다. 첫 날 와서 들은 그 암담한 비명이었다. 그대로 두면 또 제 똥 위에 다리를 뻗고 누워 버릴 것이다. 여옥이가 와서 마약을 뿜어 주지 않으면 그대로 죽어 버릴 것이다. 또 몸을 솟구는 모양으로 푸득거리고 쥐소리를 지른다. 여옥이는 어디를 갔나? 나는 초조한 생각에 별 도리는 없을 줄 알면서도 보기라도 할 수밖에 없었다.

판장문을 열었다. 그 안에 여옥이가 있었다. 비좁은 침실이라 빼곡 찬 더블베드 한가운데 그린 듯이 누운 여옥이는 잠들어 있었다. 조롱도 그 침대 위에 놓여 있었다.

내 앞에 내놓은 여옥이의 한 팔은 그 빨간 손톱으로 찢어지도록 침대요를 한 줌 그러 쥐고 있었다. 그 손 아래 침대 밑에는 겉봉에 "김명일 선생 전"이라 쓴 편지가 떨어져 있었다. 여옥이의 손은 본시 이 편지를 쥐고 있던 모양으로 편지는 구기었다.

나는 조용히 장의자로 돌아와 그 편지를 뜯었다.

—아무리 염치없는 저이지만 선생님에게 이런 괴로움까지는 안 끼치려고 송화강, 철도를 생각하기도 하였으나 인적이 부절하고 경계가 엄하와 실패할 염려가 없지 않사오므로 이런 추한 모양을 보이게 되옵니다.
혹 선생님이 떠나신 후에나 또는 지금 멀찍이 떠나서 죽을 곳을 찾을까도 생각하였사오나 죽음을 지니고 어디를 가거나 시기를 기다리고 있을 만한 힘도 용기도 없었습니다. 그뿐 아니라 너무 외롭고 무서웠습니다. 야속한 생각이오나 시체나마 생전에 아무런 인연도 없는 손으로 처리된다고 생각하오면 너무 외롭고 무서웠습니다.

선생님의 괴로우심을 만 번 생각하면서도 믿고 이렇게 갑니다. 저는 갱생을 꿈꾸기도 하였습니다.

선생님을 따라 본국으로 가겠다 말씀드린 것은 본심이었습니다.

선생님이 '설마… 현이…?' 하실 때 저 역시 그런 의문이 있었사옵고 만일 현이 그런 만일의 태도를 갖는다면 저는 또 현을 따라갈 것이 아닐까 염려되도록 명확한 결심이 없었다면 없었고 또 그만치 갱생을 동경하였던 것이라고 할 것입니다. 그러나 현은 제가 예상한 태도로 나갔습니다. 그것이 현의 본심이라기보다 병(고칠 수 없는)인 줄 아옵는 고로 현에게 버림받은 것이 분해서 죽는 것은 아니외다. 그저 외롭습니다. 지금 제가 다시 현을 따라간대도 이미 저를 사랑하기를 잊은 현은 기회만 있으면 누구에게나 '열쇠'를 팔 것이외다.

그렇다고 저의 지금 병(중독)을 고친댔자 다시 맑아진 새 정신으로 보게 될 세상은 생소하고 광막하기만 하여 저는 더욱 외로울 것만 같습니다. 갱생을 꿈꾸던 것도 한때의 흥분인 듯하올시다. 지금 무엇을 숨기오리까. 요사한 말씀이오나 저는 선생님의 심정을 완전히 붙잡을 수 없음을 슬퍼하면서도 선생님을 잊으려고 노력할밖에 없었습니다.

그러한 제가 이제 다시,

선생님을 따라가 완인이 된댔자 제 앞에 무슨 희망이 있을 것입니까. 내내 선생님 귀체만강하시옵소서.

8일 밤 6시 여옥 상.

나는 여옥이의 유서를 읽고 다시 침실로 들어갔다.

한 점의 티나 가는 한 줄기 주름살도 없는 여옥이의 인당을 들여다보면서 죽은 내 처 혜숙이의 그것을 다시 보는 듯이 반갑기도 하였다.

그 영롱한 인당에 그들의 아름다운 심문이 비치어 보이는 것이다.

여옥이는 그러한 제 심정을 바칠 곳이 없어 죽었거니! 나는 그러한 여옥이의 심정을 받아들일 수 없었거니!하는 생각에 자연 북받쳐 오르는 설움을 참을 수 없었다.

나는 그 싸늘한 여옥이의 손을 이불 속에 넣어 주면서 갱생을 위하여 따라 나서기보다 이렇게 죽어 가는 것이 여옥이의 여옥이다운 운명이라고 생각하였다.■

최명익

1903년에 평양에서 출생. 필명 류방(柳坊).

1916년에 평양고보에 입학.

1928년에 『백치』지의 동인으로 가담.

1930년경에 중국에 옴.

1936년에 단편소설 「비오는 길」을 발표하면서 문단에 데뷔한 후 단편소설 「심문(心紋」), 「무성격자」, 「장삼이사」 등 무게 있는 작품을 발표하여 높은 평가를 받음.

1945년에 평양예술문화협회 회장을 역임.

별세 연대 미상.

조그마한 심판

최상덕

밤이다, 감옥의 밤.

일만 촉 전등이 귀화같이 번쩍이는 S감옥의 밤은 불안한 정적에 죽은 듯 고요하였다.

각 방에서 웅성거리는 수백 명 죄수의 이야기소리는 이 불안한 정적을 깨치기에는 연자매 당나귀처럼 돌아다니는 간수의 사벨소리만큼도 힘이 없었다.

"고노 감보오가 이치방 야까마시이조, 시즈까니 쎄까!"[이 감방이 제일 떠든다. 조용히들 못 있겠느냐!]

개장수라는 별명을 가진 간수가 호령을 내린다. 그러나 고양이 눈알만한 식창에 뚫린 구멍이 환하여질 때 간수가 문에서 비켜 설 때에는 감방에서는 다시 이야기가 시작되었다.

"여보 이백오십 호(250호), 나가거든 편지나 좀 하우. 우리 형님의 이름으로 알지? 그리구 나두 얼마 안 해 나갈 터이니까 우리 나가서 사회(그들은 감옥밖을 사회라고 한다.)에서 한번 만납시다."

강도 초범에 7년 징역을 다 살고 이제 몇 달 안 남은 이백칠십 호는 강간미수로 2년 징역을 살고 내일 만기 출옥을 하는 이백오십 호에게 이렇게 말하였다.

"이 도적 녀석아, 나가 만나긴 요 체격에 '꿈쩍 말아'(강도질)나 한번 큼직이 해보렴."

서울의 스리단 뻐꾹이패의 모가비라는 절도칠범의 오백 호(500호)가 일백칠십 호에게 건네는 수작이다.

"예이 재리가 될 녀석."

이백칠십오 호는 이렇게 말하고 웃었다.

"이 녀석아, 그럼 감옥에서 사귄 놈들이 사회에서 만나서 무슨 신통할 일 있더냐."

이렇게 대꾸를 한 오백 호는 말끝을 이어

"여보게 이백오십 호, 나는 부탁할 거 한 가지밖에 없네. 자네 나가거든 그 목도(죄수간에 통용하는 담배의 상징어)나 좀 사들여 보내게." 하였다.

"여보, 이백오십 호, 내야 세상에 무슨 큰 변이나 생기기 전에야 별수없이 감옥귀신 될 놈이니까 사회에 나가서 만나자는 기약도 할 수 없소. 그러니 이런 놈도 살아 나갈 수 있는 무슨 기맥이나 보아 편지나 좀 하여 주어. 전번에도 외역(外役) 나갔던 아들의 말을 들으니까 ××이 ×××다구 호외가 돌드라는데."

맨 뒤에 앉았던 살인범인 무기수(无期囚) 구백 호(900호)가 이렇게 말하고 한숨을 휘이 내쉬었다. 이백오십 호는 누구의 말에든지 그저 그 사람을 따라 "네" 혹은 "응"하고 대답할 뿐이었다.

이번에는 식창이 벌컥 열리며 개장수의 시커먼 두 눈이 번쩍이었다.

"다레다! 하나시떼 이루노와 고햐꾸고 기사마다로 아시다 히도이메니 아마시떼 야루까라 오보에떼오래."[누구냐, 떠드는 게. 900호 네놈이지, 내일 혼내 줄 터이니.]

"못된 바람은 시구문으로 분다구… 단또상 '와다시' '하나시' 없습니다."

"소레자 다레다?"[그럼 누구?]

"와다시 와까랑입니다."

"와까랑?"

오백 호의 딱 잡아 떼는 바람에 멋없이 방 안을 들여다보고 섰던 간수는 철창을 요란히 내리고 가버렸다.

"염병할 개장수."

오백 호는 거의 입버릇처럼 중얼대고 모로 돌아 앉으며

"이 사람 이백오십 호, 오늘은 이야기 좀 하게. 자네 비밀은 대관절 강간 미수라니 맛이나 보았나? 맛보았으면야 미수될 리가 있다구…? 맛두 못 보구 2년 징역은 고된걸. 인석아, 그 약을 흘리고 대들었던 이야기나 좀해." 하며 이백오십 호의 옆구리를 쿡쿡 찔러 가며 키득거렸다.

이백오십 호는 그래도 웃지도 않고 무엇을 골똘히 생각하고 있었다.

"저렇게 얌전한 양반이 어쩌다가 한때 욕심을 참지 못하고 그 짓을 하였더람. 그래 대관절 여자는 꽤 이뻤던가 보지 응?"

언제나 우울에 싸여 있는 구백 호의 얼굴에도 이 말끝에는 빙긋한 웃음이 흘렀다.

"흥, 생각하면 기막힌 일입죠."

이백오십 호는 비로소 고개를 들었다.

"그래 어쨌단 말이오?"

"맛두 못 봤단 말이지."

"그런 게로구먼."

장차 나올 재미있는 이야기를 들을 사람들의 호기심을 가진 최촉이다.

"내가 감옥에 들어온 후로 지금까지 내게 대한 일을 누구에게도 말하지 않았더니…."

말끝을 뚝 끊은 그의 얼굴은 무슨 침통한 일을 당하는 사람 모양으로 긴장하여지며

"내가 어려서 부모를 잃고 열네 살부터 남의 집을 살았지요."

"참 이백오십 호 올해 몇 이딘가?"

구백 호는 방 안을 대표나 한 듯이 이야기 대꾸를 한다.

"올해 서른셋입죠."

"그러니 고생도 퍽 했군, 그래서."

"그래 어려서는 애두 보구 잔심부름도 하구 하다가 차차 커가며 소두 멕이고 쉬운 들일도 하기 시작하여 스무 살부터는 실일꾼이 되었지요."

"응, 그래 장가는 언제 들구?"

"내 얘기를 들으셔요. 그래 돈 없는 놈이 장가들 수 있나요. 서른 살까지 총각으로 지냈지요. 그러다가 서른한 살 되던 해 봄에 남의 집살이 근근히 모은 돈으로 열여섯 살 나는 색시를 선채 이백 원을 싸고 안성땅으로 장가를 들었지요."

"호사했구먼, 그래서."

"장가라구 들구 나니 긁어 모았던 돈은 죄 써버렸지요. 그래 처가 근처 안성읍으로 와서 이번에는 양주가 남의 집 드난살이를 하게 되었지요. 안성에서는 으뜸가는 부자지요. 김 참사네라구 예전에는 군참사루 지금은 도평의원으로 안성에는 뜨르르하는 세도군이지요."

"암, 도평의원이랄대야 돈 많구 일본 사람 교제 잘해야지. 그래 그 집에서 드난을 살았어?"

구백 호는 신이 나게 말대꾸를 하여 준다.

"김 참사 집에 막서리를 한 간 얻어 가지고 드난살이 한편으로 농사 때면 논마지기나 얻어 부치군 하였지요."

"아따 이 사람아, 누가 자네놈 드난살이 고생살이하던 이야기하랬어? 그 맛두 못 보고 경치던 이야기하랬지."

오백 호는 껄껄 웃으며 본론에 들기를 재촉하였다.

"가만히 있게나. 이제 차차 얘기를 아니 하나베."

하고 오백 호의 입을 막고 나서 다시 구백 호를 바라보며

"그래 김가 집에서 이태째 되는 해 겨울이올시다… 글쎄 이 세상에 점잖은 놈이 어디 있고 믿을 놈이 어디가 있어요!"

이백오십 호는 갑자기 무슨 참으로 분한 일을 당하는 사람 모양으로 침통한 빛을 띠며 부르짖듯이 말했다. 이야기를 듣던 사람들은 무슨 뜻인지 모른다는 듯이 멀뚱멀뚱 그를 바라보고 말받이 잘하는 구백 호도 "그래서?"하고 뒷이야기를 기다릴 뿐이었다.

"겨울이면 쥔네 쟁변이며 장리 벼며 돈 수새를 내가 다녔습죠. 그런데 하루는 사오십 리 되는 촌으로 나갔다가 자정께나 집에 들어왔지요. 그것도 웬만하면 자고 올게로 되나 어린 여편네가 혼자 있을 생각을 하고 터벅터벅 집으로 돌아와 보니 싸리짝문이 짝 열리고 방 안에 불을 끈 채로 여편네가 아랫목에 가 모루 쓰러져 울고 있겠지요. 그래 나는 어쩐 영문도 모르고 일변 뛰어들어가며 욕부터 하였지요. 아닌 밤중에 계집년이 청승맞게 울기는 왜 울고 있느냐구요. 그래도 내 말은 대답도 않고 흐득흐득 울기만 하는구려. 이런 기맥힌 때가 있어요. 그래 남포등 갓 위에서 더듬더듬 성냥을 얻어 가지고 대관절 불을 켜봤지요. 했더니 그 꼴이라니요."

그는 지금 눈앞에 무슨 일을 당하는 것처럼 이야기를 끊고 한숨을 휘이 내쉬었다.

"그래서?"

아직 요령을 얻지 못한 이야기에 심상치 않는 전개를 상상하며 뒷이야기를 기다리기에 옆에 앉은 사람들은 저으기 초조하였다.

"그런 망측한 꼴이 있어요? 머리는 뒤범벅이 되고 옷고름은 떨어뜨리고 치마 밑은 터지고 그 지경을 하고 흑흑 느끼고 쓰려져 있는구려."

"그래 '꿈쩍말아' 패가 들어왔었구나."

"참 불한당이 댕겨 나가며 행실을 냈나 보구려."

오백 호와 구백 호는 번갈아 가며 자기의 추측한 바를 말하였다.

"아닙죠, 그래 여편네를 끄집어 일으키어 물어 보니 쥔놈이 그 지경을 하구 나갔다는구려. 그 말을 듣구야 잠신들 참을 수가 있어야지요. 그래 당장에 이놈을 요정을 낼 양으로 그놈의 집을 가려니까 내 성미를 아는 여편네가 따라나와 붙잡는구려. '아무리 분할지라도 밝은 날 법으로 다스리지 잘못 서둘다가 일이 잘못되면 어찌 하느냐'구요. 그도 그럴듯해서 분이 치미는 것을 억지로 그 밤을 참고 나서 그 이튿날 다짜고짜루 경찰서에다 고소를 했지요. 그리구는 그놈의 순사에게 옭혀 가는 그 점잖은 낮반대기를 보려고 기다렸더니 이삼 일이 지나도 그놈은 높은 퇴 위에서 가래침을 곤두 올리고 섰지 않겠어요. 거 이상한 일이다 하고 또 한 이틀을 지냈더니 저녁 때쯤 되어 쥔놈네 집에 자주 드나드는 그 동네 구장이 돈 오십 원을 가지구 나를 찾아와서 김 참사가 보내더라구 하며 '어찌어찌하여 일이 그렇게 된 것을 지금에 나무라는 것은 피차에 창피한 일일 뿐더러 우리가 다 이러니저러니 해도 그 댁 땅마지기라고 부쳐 먹고 사는 터에 웬만한 실수가 있었다구 그걸 말할 수가 없는 터이니 온 동네 사람들을 봐서 꼭 참고 마는 게 어떠냐 하고 일장사리를 타서 말을 하고는 다시 그렇게 하면 이 뒤에는 임자가 땅마지기라도 두둑히 얻어 부치고 또 이번 일을 건과 삼아 무엇이나 말대로 청할 수가 있지 않느냐고 꾀는 수작을 붙이고 나중에는 임자가 고소를 한대야 세도 좋고 교제 넓은 신분 좋은 그이라 별로 큰일도 안 당하고 임자만 돈 한 닢 못 얻어 먹고 까딱하면 되치는 수가 있다는 수작으로 딱 을러 놓고 그러니 어줍지 않은 고소 그만두고 속담에 누이 좋고 매부 좋다는 격으로 이 돈을 받구 또 땅마지기라두 맘에 있는 것이 있거든 내게다 말을 하면 범연치 않게 하리라고 하지 않겠나요?"

"음, 놈이 미리 저리던 게로군, 괜찮구먼. 그래 어쨌어?"

구백 호가 이렇게 말하자 오백 호는 손뼉을 탁 치며

"땡이로구나, 호박 잡았는걸."

하고 싱긋 웃으며

"그래 어쨌나?"

하며 뒤끝을 재촉하였다.

"아무리 가난하기로니 그까짓 돈을 받아요? 그리구 그놈의 집에 가 더 있어요? 그래 그 따위 놈은 법대로 다스려서 콩밥을 먹어야 한다구 버티어서 그 자를 다시 입도 못 떼게 돌려 세웠지요.”

“응, 남자의 의기가 그만이나 해야지. 그래서?”

“했더니 그 이튿날루 그놈은 번번 제 사랑에 가 앉았었구 경찰서에서 나를 부르겠지요. 그래 들어갔더니 좋도록 사과를 하라구 조선 순사가 그러겠지요. 그래 절대 사과 못 한다구 했더니 그럼 좀 기다리라구 하더니 이번엔 다른 순사가 나와서 ‘이놈, 네가 그 사람이 돈이 있으니까 젊은 여편네 내세워서 미인계를 쓰다가 그게 잘 안 되니까 돌려 씌우는 게 아니냐?’고 밑도 끝도 없는 소리를 꺼내며 추상같이 호령을 하겠지요. 내 텅무한 양 보았지요.”

“응, 돈냥 있고 세도 있으니까 그대들을 한번 낀 판이로구먼. 행용 있는 일이지. 그래 사과를 했는가?”

“그럼 어떻게 합니까. 그 앞에서야 할 수 없이 처분대로 합지요 했더니 글 쓴 종이에다가 도장을 치라 하기에 도장이 없다구 했더니 그럼 지장이라도 누르라구 해서 손도장을 찍고 나왔지요.”

“하하하! 멍텅구리놈, 갖다 주는 돈 오십 원도 못 먹구 경찰서에서 경만 파다발같이 치고 억지로 사과를 했구나.”

“암 그랬지. 그리구 나왔더니 아무 말 없이 나만 보면 슬슬 피하던 그놈이 내 집에를 오더니 내 집과 내 땅을 오늘로 당장 내놓고 나가라고 으르겠다. 그렇지 않더라도 나 역시 그놈의 집에 있을 재미도 없어서 그놈의 집에서 나왔지. 그리구 보니까 분하기 짝이 없데. 그놈을 무슨 수단으로나 골려 놓아야 할 텐데, 복수를 해야 할 텐데, 그놈이 가슴이 찢어지리만치 피 아픈 수단으로 원수를 갚아야 할 텐데 하구 밤낮 그 궁리만을 며칠을 두고 하였네. 그리다가 나는 한 궁리가 났는데 그야말로 돌을 돌로 갚는다는 격이지. 그놈이 그때 유처취처로 첩장가를 들어서 숫색시를 얻어다 따로 살림을 시켰 댔단 말이야.”

“응, 놈은 몇 살이나 났는데?”

“마흔댓 되었지요.”

“과히 젊지도 않구먼. 그래서?”

“그래 놈이 금이야 옥이야 하는 그년을 아닌 밤중에 욕을 뵈는 것이 그놈의 가슴을 아프게 하는 대로 두 수 없는 상책이라고 생각하였지.”

“뽕두 따고 임두 본다는 격으로 원수도 갚고 외도두 할 겸 거 괜찮구나. 흐흐흐, 그래서?”

오백 호는 참으로 괜찮은 듯이 통쾌히 웃고 무릎을 버썩 내밀었다.

"그래 벼르고 벼르다가 그놈이 안 온 틈을 타서 어느날 밤중에 담을 넘어 그년이 자는 방으로 쏜살같이 들어갔지. 그러나 욕도 보이기 전에 그년이 악을 써서 그대로 튕겨 나오다가 사랑에서 자던 머슴놈에게 꼼짝없이 붙들리고 말았지."

"그래 그것으로 해서 이태 징역이야?"

"그럼 공소까지 해봐 소용있나?"

"억울하네."

"에, 분해."

"싱겁다."

"못난이 같으니."

얘기를 듣던 사람들은 제각기 한마디씩을 약속이나 한 듯이 입맛을 쩝쩝 다시었다.

"그래 이백오십 호 마누라는 지금 어디 있소?"

구백 호가 묻는 말에 한참이나 대답이 없던 이백오십 호는 기력 없는 말소리로

"모릅죠. 감옥에 들어온 첫 해에는 면회도 오고 편지도 가끔 허더니 작년부터는 면회도 오지 않고 편지도 없으니….

하고 고개를 축 늘어뜨리고 한숨을 쉬었다.

"입때 그대로 있겠습니까, 새파랗게 젊은 여자가 감옥에 있는 놈 바라고, 벌써 갈 데로 갔겠지요."

오백 호의 입바른 소리에는 대꾸할 생각도 않고 이백오십 호는 그대로 무엇을 생각하는 모양이었다.

이과실(二課室)에서 떨렁떨렁 취침종 소리가 울리어 나왔다.

감방문마다 지나가며 "주싱!", "주싱!"하는 간수의 부드러운 호령을 따라 일제 사격을 하는 듯한 오줌발 소리, 풍덩 풀썩하는 이불 내던지는 소리, 왝깍뚝딱하는 목침 부딪는 소리, 잘 준비에 한바탕 수선스럽던 온 감방은 어느덧 고요하여졌다. 그야말로 쥐죽은 듯하다. 그들 중에는 잠자기 위해 사는 사람들처럼 어느덧 코를 골고 잠이 드는 이도 있었다.

그러나 이백오십 호는 자리에 누운 채로 눈은 말똥말똥하여 왔다. 넷이서 함께 덮은 시퍼런 이불 한 개가 답답한 가슴을 내리누를 뿐이요 잠은 올 듯

도 않았다. 밝는 날이면 이 험한 구덩이를 벗어 나간다는 커다란 기대, 그보다도 그를 잠못 들게 하는 커다란 원인이 있었다.

그것은 근 이태를 두고 알 수 없는 그 아내의 소식이었다. 도정이었다.

"어찌된 셈일까? 친정으로 가있나? 그러면 편지하는데 회답도 안 올 리가 있나? 도대체 편지 회답 없는 것이 이상치 않은가? 친정에도 구차하여 발붙일 수가 없으니까? 혼자 남의 집 드난살이를 하나? 그렇기로니 편지 한번이 없을 수야 있나? 나 없는 새에 고생고생하다가 그만 어떤 놈 따라 시집을 가버렸나?"

예까지 생각한 그는 목침 위에서 머리를 좌우로 흔들었다.

"아니다, 아니다. 결코 그럴 리는 없다. 약한 여자 혼자 살기에 너무나 고달파서 편지나마 할 만한 주변과 틈이 없는 것이다. 내일 내가 나가는 줄은 편지를 받아 보아 알았을 테니까, 미명사리라도 한 벌 지어 가지고 와서 옥문 밖에서 나를 기다릴 터이지…."

이렇게 생각을 돌리고 그는 억지로 눈을 감았다. 감은 눈 속에는 이전보다 키는 훨씬 크고 초췌는 할망정 갸름한 얼굴에 또렷한 눈이며 오똑한 코가 그대로 남아 있으면서도 얼마쯤 점잖아진 자기 아내의 모양이 정면으로 나타났다. 그것이 눈에서 사라질 때에 그는 다시 눈을 떴다. 높직이 달린 전깃불이 눈부시게 내리비친다.

"주는 돈두 못 먹구 경만 파다발같이 치구 하하하!"

자기 옆에서 자던 오백 호는 이렇게 잠꼬대를 하고 이를 부드득 갈고 누웠다. 이백오십 호도 픽 혼자 웃고 모로 돌아 누워서 잠이 좀 들어 볼 양으로 눈을 단단히 감았다. 그러나 잠은 역시 들 수가 없었다. "이죠 아리마셍" 하는 잠 섞인 간수의 보고소리며 째그락째그락 하는 구두 뒤축에 채우는 사벨소리, 벽에 기대어 졸다 쓰러지는 듯한 사람 넘어지는 소리, 모두가 잠못 드는 그의 신경을 잡아 누르고 시달리는 것이었다. 잠못 드는 이백오십 호는 관계할 것이 없이 날은 밝았다. 취장에서 부는 고동이 '뛰—'하고 요란히 울리었다.

"기쇼—!"

간수의 길다란 호령을 따라 푸른 이불 속에 묻히었던 붉은 옷 입은 무리들은 오똑이처럼 일어나 앉았다.

점검이 끝났다. 각 방의 무거운 문이 요란스레 열리었다.

수많은 아담의 부끄러운 것도 잊어 버린 나체의 행렬이 가로 세로 달아나고 있음은 쇠창살로 내다보고 있는 이백오십 호의 몇 시간 후의 커다란 희망을 뜻깊게 하였다.

갓모자를 연상케 하는 덜 된 메주 같은 아침밥을 받아 놓고 곁눈도 안 주어 보고 앉았는 그는 감방문을 똑 따는 서슬에 훌떡 일어섰다.

"이백오십 호 나왔! 이름이 허복돌이지?"

"나리 밖에 누가 왔어요?"

이백오십 호는 그것부터 먼저 물었다.

"이 녀석아, 오긴 네 할애비가 와?"

더 물어 볼 용기도 없이 잡역부가 갖다 놓은 소신 같은 일본 짚신을 끌고 간수의 앞을 서서 자유의 벌판을 향하는 복돌의 걸음은 그래도 가벼웠다.

선바위 골짜기에는 엷은 아지랑이가 서물거리고 무악재 바람은 봄 온 줄도 모르는 듯이 차게 부는 이월 초순 어떤 날 아침 덕지덕지 더러운 무명바지 저고리에 깎은 머리에 모자도 못 쓰고 현저동 길가에서 어린어린하는 것은 오늘 아침 출옥한 허복돌이었다.

복돌은 감옥 밖 밥집 또는 그 근처에 있는 집은 하나도 내어 놓지 않고 들어가서

"여보시오, 혹 안성서 온 젊은 아낙네가 댁에 들지 않았는지요?"
하고 자기도 미덥지 못한 것을 행여나 하고 물으며 돌아다니었다. 그러나 결국은 "나 여기 있어요"하고 자기를 맞아 주는 사랑하는 아내를 발견치 못하고 말았다.

"그러니 그럴 수야 있나? 오백 호 놈의 말대로 어느 놈에게로 시집을 가고 말았나? 설마 설마 설마… 대관절 내려가 보면 알 일이다. 그래도 설마?"

복돌이는 감옥에서 받아 가지고 나온 돈(작업 상여금) 속에서 일 원을 풀어서 목출모를 사 쓰고 떡집에서 인절미를 한 그릇을 게눈 감추듯 먹어 버리고 안성으로, 안성으로 총총걸음을 쳤다.

복돌이는 삼 년을 두고 그리던 안성을 들어 서는 날에 세상에도 없을 분한 소식에 놀랐다.

"이 녀석아, 이까짓 안성을 뭘 바라고 들어와? 계집이라는 게 믿을 게 되나베. 자네 아내는 김 참사의 셋째 첩이 돼서 호사를 벼락 맞듯하는 판이야.

이 녀석아, 정신 차려."

　동구 밖 술집에서 술을 먹고 앉았던 복돌의 친구의 수작이었다. 이 상서롭지 못한 소식이야말로 감옥을 벗어 나오는 기쁨에 비하여 얼마나 크게 분하고 서러운 보도였으랴.

　"에, 이 녀석,"

　복돌은 자기의 귀를 의심하려 하였다. 억지로라도 친구의 말을 부인하려 하였다. 종잡을 수 없는 취담으로 돌리려 하였다.

　그러나 자기의 귀를 의심하기에는, 흉한 보도를 부인하기에는 친구의 말을 취담으로 돌리기에는, 자기만이 지금까지 모를 뿐이었고 세상 사람이 다 아는 사실임을 어찌하랴.

　"참 저 사람은 가엾이 됐어."

　주모는 혀를 끌끌 차고 이렇게 말했다.

　"할 수 있나? 이 세상이 도무지 돈 많은 놈의 세상인데 계집 셋 데리구 살기 위해서 하나 가진 놈의 것을 빼앗는…."

　주모 옆에 앉았던 수염 난 늙은이가 주모의 말에 대답이다.

　복돌이가 지금까지 품고 온 아내에게 대한 의심은 쉽게도 풀리었다. 그의 발길은 천 근이나 되게 무거워졌다. 앞으로나 뒤로나 뛰어 놀 용기가 없었다. 이 발로 안성을 등지고 모든 것을 저주하고 멀리멀리 보기 싫은 꼴을 보지 말고 떠나 버릴까 하였다. 그러나 그대로 떠나 버리기에는 두고두고 그리던 아내에게 대한 애착이 너무도 끈적끈적하였다. 이 끈적끈적한 애착은 복돌이의 저주의 발길을 한 보도 뒤로 돌리어 놓지 못하게 잡아 끄는 것이었다.

　"그놈의 홀림때에 가 빠졌든지, 또는 내가 없는 새에 먹구 살기가 구차하여 그랬든지 어찌하여 그 지경이 되었다 할지라도 내가 이렇게 나온 것을 보면 설마 돌아 서지야 않을 테지. 슬픈 하소연에 울고 내 가슴으로 달아올 테지. 설마…."

　그는 실패한 '설마'를 또 한번 붙잡으려 하였다.

　"옳지, 그래서 울며 내게로 오면 나는 어떻게 할가? 물론 데리구 살지. 내 처지에 다른 놈에게 갔다왔다구 마다구 할 수야 있나?"

　그는 맘속으로 중얼거리며 자기의 앞으로 숙어 드는 아내에게 자기를 숙이었다.

"아니다. 모든 것은 당자를 만나 본 뒤에 할 일이다. 당자를 만나 보는 데는 먼저 처가집을 찾아갈 필요가 있다."

복돌이는 처가집을 찾아갔다. 그에게 하는 처가집 태도는 지나다 들어온 장사치를 대하듯이 범연하였다. 피차에 인사도 하는 둥 마는 둥하고

"집사람이 어데를 갔다우?"

복돌이의 이만한 수작은 이미 예기하였던 것처럼 장모가 쑥 나서며

"자네가 뭘 몰라서 묻나? 벌써 알 수 있었을 터이지? 사람이 이태 삼 년 먹지 않고 입지 않고 사나? 무엇 먹고 입을 것 장만해 뒀댔나? 그러니 어떻게 하나? 범이구 뭐구 밉거니 곱거니 입히구 먹이는 사람 마달까베. 이러니 저러니 해야 먹구 입구 사는 게 제일이지. 그래 지금 김 참봉네 집에 의탁하고 살지. 툭 털어놓고 말이지 그 덕에 우리두 땅마지기나 좋이 얻어 부치고 그럭저럭 지내네. 자네두 섭섭히 알 거 없어. 자네가 이제라도 벌이를 잘 하여 남 부끄럽지 않게 실게나. 우리 딸 이니래도 색시가 발에 터럭 채인 게구정 우리 딸이 맛이라면 뭐 민적 있는 여편네 돼서 못 빼앗겠나?"

가장 경우가 쪽째진 체하고 수다히 늘어놓는 장모의 말에 그는 더 말할 무엇이 없었다. 다만 걷잡을 수 없는 울분한 감정만이 자기 가슴에서 용솟음 칠 뿐이었다.

그러나 그는 아직 분한 감정을 폭발시켜 큰소리칠 때가 아니었다.

"대관절 저를 좀 만나 보고 할 말이 있으니 좀 집으로 오게 해주시오."

"건 글쎄 만나선 뭘 해? 이미 그리 된걸."

"만나서 어디 제 말을 좀 들어 봐야 합죠. 제가 정 마다면 병아리 새끼라 비끌어 맵니까? 저 갈대루 가라지요. 터놓고 말입니다. 내가 무슨 서방 노릇이 변변하다구 마다는 걸 굳이 붙잡겠어요? 그러니 오늘로 결말을 내구 마는 게 좋지요."

그의 침착하고 부드러운 말에 저으기 안심한 듯한 장모는

"고건 자네 소청대로 하게나. 어디 불러와 보지."

하고 목소리를 조금 낮추어

"자네 그리구 별 걱정은 말게. 김 참사 어른이 언젠가 그러는데 자네가 감옥에서 나오면 우리 애기한테 장가들 때 들인 선채 밑천 같은 것은 낸다구 그랬다네. 그이두 경우 바른 이야. 그러니 자네가 뭣하면 아무 짓을 해서라도 그건 받아내 줄게. 아무 염려 말란 말일세."

　예까지 말한 다음에야 제가 무슨 불평이 있으랴 하는 듯이 복돌을 쳐다보는 장모의 기색은 그야말로 아무 염려 없는 듯하였다.

　남의 계집을 빼앗고라도 돈만 주면 큰 얼굴로 사람을 대한다고 믿는 돈냥 있는 놈의 심리, 이런 것을 경우 쪽째진 것으로 칭찬하는 가난한 장모의 불쌍한 생각에 받는 감정으로 복돌은 전신이 부르르 떨리었다. 그는 타오르는 감정을 죽이고 최후로 이 일의 심판을 자기 아내에게 맡기려 하였다.

　"아니다. 천 사람 만 사람이 뭐라고 하든지 아내의 말이 제일이다."

　속으로 부르짖는 그는

　"길게 말씀할 것 없이 그저 저를 만나 보구 할 일입죠."

　"그럼 내 이제 데려옴세."

　장모가 나간 뒤에 지금까지 아무 말 없이 담배만 빨고 앉았던 장인이 물부리를 쭉 뽑으며 이가 빠져서 더듬더듬하는 말소리로

　"자네두 맘을 넓게 먹게. 기왕 그렇게 된 일을 남 부끄럽게 설렐 것 있나? 우리네 없는 사람이란 아무래도 있는 사람의 신세지게 마련이니. 그러므로 있는 사람 무이구는 못사는 법이야. 이따금 창피한 꼴두 보지만 그 역시 살자니 할 수 있나? 그게 사람이 그러는 게 아니라 돈이 그러는 게야. 돈 앞에야 장수 있나? '유전이면 능사귀신'이라는데 그러니 별말 말고 이 틀에 김 참봉한테서 한 밑천 떼내게, 떼내."

　장인이 보기 싫게 난 허연 수염을 흔들흔들하며 인생 육십 사는 동안에 얻은 진리가 이것뿐이라는 듯이 무슨 설교나 하듯이 복돌이에게 수군거리었다.

　복돌이는 말대꾸도 하기 싫다는 듯이 고개를 외꼬고 이 굼벵이 같은 물건아, 벌레 같은 짐승아, 하고 속으로 코웃음을 쳤다.

　"젊었을 때 한때 기운이란 지금 생각하면 아무 소용 없는 게야. 그저 참구 보면 약이 되느니."

　고개 외꼰 사위에게 장인은 또 중얼중얼하였다. 복돌이는 귀가 콱 멀고 싶으리만큼 듣기 싫었다.

　"에— 어서 아내나 왔으면."

하고 일부러 기침을 할 때에 앞문이 열리며 장모를 따라 아내가 들어왔다.

　그들 내외는 아무 말도 없이 싸움하려는 닭처럼 서로 마주보았다.

　부은 듯 살진 듯 누르튀한 얼굴에 남루한 옷을 입고 앉은 감옥에서 바로

나온 그대로의 엉성한 남편의 꼴과 기름독에다 담가 낸 듯한 벌오리[野鴨]의 대가리같이 윤기 찌르르 흐르는 곱게 쪽진 머리, 이런 머리에는 이런 거래야 한다는 것처럼 가로 꽂힌 금비녀, 가늘게 지운 눈썹 밑으로 반짝이는 눈, 진하게 바른 분의 힘으로 한층 더 되뚝해 보이는 코, 남끝동 밑으로 드러나는 하얀 손목, 거기 잇달린 붓끝 같은 손이 모든 것이 조화시키기에 적당한 부자 냄새가 흐르는 비단옷에 싸인 돈 많은 사람의 첩으로서 한 점의 유감이 없는 그 아내의 자태에 삼 년 후에 만난 그들은 서로 놀라지 않을 수 없었다.

놀랄 대로 놀란 복돌이는 더 주저할 때가 아니라는 듯이 다짜고짜로 자기의 묻고자 하는 바를 물었다.

"대관절 어쩔 테요?"

"…."

아내는 대답이 없었다. 그는 또 한번 똑같은 말을 물었다

"대관절 어쩔 테냐 말이오?"

"무엇을 어째요?"

"그래 여러 말 할 것 없이 내가 나온 이상에도 그놈의 집에서 살 테냐 말이야, 나를 배반하구."

"그럼 어째요? 이태 삼 년 그이의 덕으로 잘 입고 잘 먹고 게다가 우리 부모들까지 형편을 펴드렸는데 지금 무슨 염치에 그를 배반하고 나오겠습니까? 그도 그러려니와 지금 나오자면 저간에 아버지 어머니가 그이에게 내어 쓴 돈은 갚아야지요. 그리고 지금 나온다면 장래는 또 어떻게 삽니까? 지금 우리의 처지로 그이 무이고 살 수 있나요? 있는 사람 무이고 산다면 무얼 잘살겠어요? 거지같이 살 바에야 죽는 게 낫지요."

움츠러들어 가는 듯한 차디찬 그 아내의 말은 토라질 대로 토라진 맘의 그림자를 복돌이에게 보여 주고도 남았다.

"그래 나를 영 저버릴 테란 말이지?"

복돌이는 별로 신통치도 못한 말을 또 한번 다지었다.

"글쎄 누가 저버리고 싶어서 저버려요? 어찌할 수 없는 형편이니 그렇지요. 정 그러면 이제라도 살림 배치를 쭉 해놓구려. 그리고 그이에게 신세진 것도 갚고."

할 수 없는 일을 갑자기 명령하는 것은 "나는 이제 당신 따위는 일 없어

요."하는 그 이상의 패씸한 수단이었다.

아내의 태도는 복돌 자신에게 모든 것의 심판을 재촉하는 듯하였다.

모든 일에 힘을 많이 가진 돈은 계집이라는 사람을 사로잡는데 가장 큰 힘을 가진 데 새삼스러이 놀랐다. 아내라는 한 계집은 이제는 헤어 나기 어려운 돈 구덩이에서 죽는 날까지 헤매일 것을 알았다. 그는 구제치 못할 비단옷을 입은 어여쁜 노예로 변하였다. 구제치 못한 사람은 또 하나 있었다. 돈더미 위에 올라 앉아서 양심을 잃어 버리고 이것만 가지면 모든 것은 할 수 있다는 미친 생각에 취한 돈 많은 놈이 그것이었다. 김 참사가 그것이었다.

그러나 복돌이는 요만한 일을 심판할 만한 조그만 자기의 힘을 발견할 때 어여쁜 조그만 노예에게 자기의 약한 꼴을 더 보이지 않으려는 듯이 스스럽게 웃어 버리었다.

"아아, 좋도록 하시오. 부디 잘사시오."

복돌이는 마지막으로 이 말을 남기고 장인의 집을 나왔다.

그 이튿날 밤이다. 안성 읍내에서 근일에 드문 대참사가 일어났다. 그것은 안성의 부호요, 명망이 높은 김××가 첩의 집에서 자다가 어떤 흉한에게 첩을 끼고 누운 채로 첩과 함께 참살을 당하였다는 것이다. 범인은 감옥에서 나온 지 얼마 안 되는 전과자 허복돌로 판명되었으나 그의 종적은 묘연하다는 것이었다.■

최상덕
1901년 6월에 조선 황해도 신천에서 출생. 필명 최독견, 독고독.
1921년에 상해 혜령전문학원 중문과를 졸업하고 『상해일일신문』 기자, 『중외일보』 학예부장을 역임. 이때부터 중편소설 「유린」, 단편소설 「소작인의 딸」, 「유모」, 「바보의 진노」등 수십 편과 수필, 평론 등을 발표.
1970년에 서울에서 별세.

기아와 살육

최서해

1

경수는 묶은 나무짐을 짊어졌다.

힘에야 부치거나 말거나 가다가 거꾸러지더라도 일기가 사납지 않으면 좀 더 하려고 하였으나 속이 비고 등이 시려서 견딜 수 없었다.

키 넘는 나무짐을 가까스로 진 경수는 끙끙거리면서 험한 비탈길로 엉금엉금 걸었다. 짐바가 두 어깨를 꼭 죄어서 가슴은 뻐그러지는 듯하고 다리는 부들부들 떨려서 까딱하면 뒤로 자빠지거나 앞으로 곤두박질한 것 같다. 짐에 괴로운 그는

"이놈 남의 나무를 왜 도적해 가니?"

하고 산임자가 뒷덜미를 짚는 것 같아서 마음까지 괴로웠다.

그의 가슴은 한껏 두근거렸다. 벗어 버리고 싶은 마음이 여러 번 나다가도 식구의 덜덜 떠는 꼴을 생각할 때면 다시 이를 갈고 기운을 가다듬었다. 서북으로 쓸려 오는 차디찬 바람은 그의 가슴을 창살같이 쏜다. 하늘은 담뿍 흐려서 사 면은 어둑충충하다.

어수선한 중국 사람의 마을을 지나 5리 가까운 집까지 왔을 때 경수의 전신은 땀에 후줄근하였다. 몸을 움직일 때마다 의복 속으로 퀴지근한 땀 냄새가 물씬물씬 난다. 그는 부엌방문 앞에 이르러서 나무짐을 진 채로 펑덩 주저앉았다.

'인제는 다 왔구나'하고 생각할 때 긴장되었던 그의 신경은 줄 끊어진 활등같이 흐뭇하여져서 손가락 하나 꼼짝할 용기도 나지 않았다.

"해해, 아빠 왔다. 아빠! 해해."

뚫어진 문구멍으로 경수를 내다보면서 문을 탁탁 치는 것은 금년에 3살 나는 학실이었다.

꿈 같은 피곤에 싸였던 경수는 문구멍으로 내다보는 그 딸의 방긋 웃는 머루알 같은 눈을 보고 연한 소리를 들을 제 극히 정결하고 순화하고 부드

럽고 따뜻한—뭐라 형용키 어려운 감정이 그 가슴에 넘쳤다. 그는 문이라도
부수고 들어가서 학실이를 꼭 껴안고 그 연한 입술을 쪽쪽 빨고 싶었다.

"응, 학실이냐?"

그는 빙그레 웃으면서 바와 낫을 뽑아 들었다. 이때 부엌문이 덜컥 열렸
다.

"이제 오늬? 네 오늘 칩었겠구나! 배두 고프겠는데 어찌겠는구?"

하면서 내다보는 늙은 어머니는 어색해 한다.

"어머니는 별 걱정을 다 함매! 일없소."

여러 해 동안 겪은 풍상고초를 상징하는 그 어머니의 주름 잡힌 낯을 볼
때마다 경수의 가슴은 전기를 받는 듯이 찌르르하였다.

2

경수는 부엌에 들어 섰다. (북도는 부엌과 구들 사이에 벽 없이 한데 이어
있다.)

벽에는 서리가 들이 돋고 구들에는 먼지가 풀썩풀썩 일어나는 이 어둑한
실내를 볼 때 그는 새삼스럽게 서양소설에 나나타는 비밀 지하실을 상상하
였다. 경수는 "아빠, 아빠."하고 달룽달룽 쫓아와서 오금에 매어 달리는 학실
이를 안고 문 앞에 앉아서 부뚜막을 또 물끄러미 보았다. 산후풍이 다시 일
어서 벌써 열흘 넘어 신음하는 경수의 아내는 때가 지덕지덕한 포대기와 의
복에 싸여서 부뚜막에 고요히 누워 있다. 힘없이 감은 두 눈은 쑥 들어가고
그리 풍부치 못 하던 살은 쪽 빠져서 관골이 툭 나왔다.

"내 간연에 더하지 않았소?"

"더하지는 않았다만 사람은 점점 그르다."

창문을 멍하니 보던 그 어머니는 머리를 돌려서 곁에 누운 며느리를 힘없
이 본다.

문구멍으로 흘러 드는 바람은 몹시 쌀쌀하다. 여러 날 불 끊은 구들은 얼
음장같이 뼈가 제릿제릿하다.

누덕치마 하나도 못 얻어 입고 입술이 파래서 겨울을 지내는 학실이는 방
긋방긋 웃으면서 경수의 무릎에 올라 앉았다가는 내려서 등에 가 업히고 업
혔다가는 무릎에 와 안기면서 알아 못 들을 어눌한 소리로 뭐라고 지껄이기

도 한다.

"안채에서는 아깨두 또 나와서 야단을 치구…."

그 어머니는 차마 못할 소리를 하듯이 뒤끝을 흐리머리해 버린다.

"미친 놈들 같으니라구 누가 집세를 떼먹나! 또 좀 떼우면 어때?"

경수는 얼결에 내쏟았다.

"야 듣겠다. 안 그러겠늬? 받을 거 워쩌(어째) 안 받자구 하겠늬? 안 주는 우리 글치…."하는 어머니의 소리는 처참한 처지를 다시금 저주하는 듯하다.

"글키는? 우리가 두고 안 준답디까? 에그, 그게 트림하는 꼴들을 보지 말고 살았으면…."

경수는 홧김에 이렇게 쏟았으나 그 가슴에는 천사만념이 우물거렸다.

어머니의 시대는 남부럽잖게 지내다가 어머니가 늙은 오늘날, 즉 자기가 주인이 된 이때에 와서 어머니와 처와 자식을 뼈저린 냉방에서 주리게 하는 것을 생각하는 때면 자기가 20년간 밟어 온 모든 것이 한 푼의 가치가 없는 것 같고 차마 내가 주인이라고 식구들 앞에서 낯을 드러내 놓기가 부끄러웠다.

"학교! 홍, 그까짓 중학은 다녔대 무얼 한 게 있누? 학비 때문에 오막살이까지 팔아 가면서 중학을 마쳤으나 무엇이 한 것이 있나? 공연히 식구만 못 살게 굴었지!"

그는 이렇게 하루도 몇 번씩 자기의 소행을 후회하고 저주하였다. 그러다가도 "아니다, 아니다." 머리를 흔들면서 "내가 그른가? 공부도 있는 놈만 해야 하나? 식구가 빌어 먹게 집까지 팔면서 공부하게 한 죄가 뉘게 있나? 내게 있을까? 과연 내게 있을까? 아아, 세상은 그렇게 알 테지 홍! 공부를 하고도 먹을 수 없어서 더 궁하게 되니 이것도 내 허물인가! 일을 하잖는다구? 일! 무슨 일? 농촌으로 돌아 든대야 내게 밭이 있나? 도회로 나간대야 내게 자본이 있나? 교사 노릇이나 사무원 노릇을 한대야 좀 뾰로퉁한 말을 하면 단박 집에 세이고… 그러면 죽어야 옳은가? 왜 죽어? 시퍼렇게 산 놈이 왜 그저 죽어? 살 구멍을 뚫으다가 죽어도 죽지! 왜 그저 죽어? 세상에 먹을 것이 없나, 입을 것이 없나? 입을 것 먹을 것이 수두룩하지! 몇 놈이 혼자 가졌으니 그렇지. 있는 놈은 너무 있어서 걱정하는데 한편에서는 없어서 죽으니 이놈의 세상을 그저 두나?"

경수는 이렇게 도쳐 생각할 때면 전신의 피가 막 끓어올라서 소리를 지르고 뛰어나가면서 지구 덩어리까지도 부숴 놓고 싶었다. 그러나 미약한 자기의 힘을 돌아보고 자기 한 몸이 없어진 뒤의 식구(자기에게 목숨을 의탁한)의 정상이 눈앞에 선히 보이는 듯할 때면 "더 참자!"하는 의지가 끓는 감정을 눌렀다.

그는 어디서든지 처지가 절박한 사람을 보면 가슴이 찌르르 하면서도 그 무리를 짓밟는 흉악한 그림자가 눈앞에 보이는 듯해서 퍽 불쾌하였다.

"아아, 내가 왜 주저를 하나? 모두다 집어 치워라. 어머니, 처, 자식—그 조그마한 데 끌릴 것 없다. 내 식구만 불쌍하냐. 세상에는 내 식구보담도 백배나 주리는 사람이 있다. 이것저것 다 돌볼 것 없이 모든 인류가 다같이 살아갈 운동에 몸을 바치자!"

그는 속으로 이렇게 결심도 하고 분개도 하였으나 아직 그렇게 나서기에는 용기가 부족하였다. 아니, 용기가 부족이라는 것보다도 식구에게 대한 애착이 너무 컸다.

지금도 어수선한 광경에 자극을 받은 경수는 무릎을 그러 안은 두 손 엄지손가락을 맞이어 배배 돌리면서 소리없는 아내의 꼴을 골똘히 보고 있다.

철없는 학실이는 그저 몸에 와서 지근지근한다. 아까는 귀엽던 학실이도 이제는 귀찮았다. 그는 학실이를 보고

"내가 자겠다. 할머니 있는 데로 가거라."하면서 부엌에서 불을 때는 어머니를 가리켰다. 그리고 그는 그냥 드러누웠다. 그는 이 생각 저 생각 끝에 모두 죽어라! 하고 온 식구를 저주했다. 모두다 죽어 주었으면 큰 짐이나 벗어 놓은 듯이 시원할 것 같다.

"아니다. 그네도 사람이다. 산 사람이다. 내가 내 삶을 아낀다 하면 그네도 그네의 삶을 아낄 것이다. 왜 죽으라고 해? 그네들을 이 땅에 묻어? 내가 데리고 이 북만주에 와서 그네들을 여기다 묻어 놓고 나 혼자 잘살아 가? 아아, 만일 그렇다 해보자! 무덤을 등지고 나가는 내 자국자국에 붉은 피가! 저주의 피가 콸짝콸짝 괴일 테니 낸들 무엇이 바로 되랴? 응! 내가 왜 죽으라고 했을까? 살자! 뼈가 부서져도 같이 살자! 죽으면 같이 죽고!"

그는 무서운 꿈이나 본 듯이 눈을 번쩍 떴다가 다시 감으면서 돌아 누웠다.

3

경수는 돌아 누운 대로 꼼짝하지 않고 또 깊은 생각에 잠겼다.

"여보!"

잠잠하던 아내는 경수를 부른다. 그 소리는 가까스로 입 밖에 나오는 듯이 미미하다.

"또 어째 그러오?"

경수는 낯을 찡그리고 획 일어나면서 역증나게 대답했다. 그러나 그것은 아내의 부르는 것이 역증 나거나 귀찮아서 그런 것이 아니었다. 가슴에 알지 못할 불쾌한 감정이 울근불근할 제 분에 못 겨워서 그렇게 대답한 것이다. 그 아내는 벌쩍 일어나는 경수를 보더니 아무 소리 없이 눈을 스르르 감는다. 감는 그 두 눈으로서는 굵은 눈물이 뚝뚝 흘러 해쓱한 뺨을 스치고 거적자리에 떨어진다. 그것을 볼 때 경수의 가슴은 몹시 쓰렸다. 일없이 퉁명스럽게 대답한 것이 후회스러웠다. 자기를 따라 수전 리 타국에 와서 주리고 헐벗다가 드러누운 아내에게 의약을 못 써주는 자기가 말로라도 왜 다정히 못 해주었을까 하는 생각이 치밀 때 그는 죄송스럽고 애절하고 통탄스러웠다. 이때 그 아내가 일어나서 도끼로 경수의 목을 자른다 하더라도 그는 순종하였을 것이다. 그는 아내를 얼싸안고 자기의 잘못을 백 번 사례하고 싶었다.

"여보! 어디 몹시 아프우!"

경수는 다정스럽게 물으면서 곁으로 갔다.

"야, 이거 또 풍 이는 게다."

불을 때고 올라와서 학실이를 재우던 어머니는 며느리의 낯을 보더니 겁난 목소리로 부르짖는다.

이를 꼭 아문 병인의 이마에는 진땀이 좁쌀같이 빠직빠직 돋았다. 사들사들한 두 입술은 시우쇠빛같이 파랗다. 콧등에도 땀방울이 뽀직뽀직 흐른다. 그의 호흡은 몹시 급하다. 여러 날 경험에 병세를 짐작하는 경수의 모자는 포대기를 들고 병인의 다리를 보았다. 열 발가락 열 손가락은 꼭꼭 곱아 들었고 팔다리의 관절관절은 말끔 줄어 붙어서 소디손 나무통에다 집어 넣은 사람같이 되었다.

어머니와 경수는 이전처럼 그 팔다리를 주물러 펴려고 애썼으나 점점 줄어 붙어서 쇠덩어리같이 굳어 만지고 병인은 더욱 괴로워한다.

"여보, 속은 어떠오?"

경수는 물 퍼붓듯하는 아내의 이마의 땀을 씻으면서 물었다. 아내는 무슨 말을 하려고 입술을 너부적거리나 혀가 굳어서 하지 못하고 눈만 번쩍 떠서 경수를 보더니 다시 감는다. 그 두 눈에는 핏발이 새빨갛게 섰다! 경수는 가슴이 쯔르르하고 머리가 띵할 뿐이었다.

"야! 학실 엄마! 늬 이게 오늘 웬일이냐? 말두 못 하니? 에구, 워쩐 땀을 저리두 흘리니?"

어머니는 부들부들 떨면서 병인의 팔다리를 주무른다. 병인은 호흡이 점점 높아 가고 전신에서 흐르는 땀은 의복 거죽까지 내배어서 포대기를 들썩거릴 때마다 김이 물씬물씬 오른다.

"에구, 네가 죽는구나! 에구, 어찌겠는구! 너를 뜨뜻한 죽 한 술 못 먹이고 죽이는구나!! 하—야, 학실 아빠! 가봐라, 응 또 가봐라. 가서 사정해라. 의원두 목석이 아니문 이번에야 오겠지! 좀 가봐라, 침이라도 맞혀 보고 쥑에야 원통찮지!"

경수는 벌떡 일어섰다. 무슨 결심이나 한 듯이 그의 눈에는 엄연한 빛이 돈다.

4

네 번이나 사절하고 응치 않던 최 의사는 어찌 생각하였던지 오늘은 경수를 따라왔다.

맥을 짚어 본 의사는 병을 고칠 테니 의채 50원을 주겠다는 계약을 쓰라 한다.

경수 모자는 한참 묵묵하였다.

병인의 고통은 점점더 심해 간다.

경수는 몸이 부르르 떨렸다. 한 나라 한 땅에서 난 사람(최 의사)으로 다 같이 이국땅에 와서 그렇게 쌀쌀스런 짓을 부리는 최 의사를 단박 때려서 죽여 버리고 싶었다. 그러나 일각이 시급한 아내를 살려야 하겠다 생각하면 그의 머리는 숙어지지 않을 수 없었다. 그러나 이를 어찌하랴? 그리라 하면 50원을 내놓아야 하겠으니 50원은커녕 5전이나 있나? 못하겠소 하면 아내는 죽는다.

(아아, 그래 나의 아내는 죽이는가?) 생각할 때 그의 오장은 칼에 푹푹 찢기는 듯하였다.

"시방 돈이 없더래도 일없소. 연기를 했다가 일후에 줘도 좋지! 계약서만 써놓으면…."

의사는 벌써 눈치채었다는 수작이다. 경수는 벼루를 집어다가 계약서를 써주었다. 그 계약서는 이렇게 썼다.

—의채 일금 50원을 한 달 안으로 보급하되 만일 위약하는 때면 경수가 최 의사 집에 가서 머슴 일 년 동안 살 일—.

의사는 경수 아내의 팔다리를 동침으로 쑥쑥 찌르고 나서 약화제 한 장을 써주면서

"이것을 가지고 박 주사 약국에 가보오. 내 약국에서는 인삼이 없어서 못 짓겠으니."하고는 돌아다도 보지 않고 가버렸다.

병인의 사지는 점점 풀리면서 호흡이 순하여진다.

경수는 차마 발길이 떨어지지 않았다. 그 약국문 앞에 이르러서 퍽 주저거리다가 할 수 없어 방에 들어 섰다.

약 냄새는 코를 쿡 찌른다. 그는 주저거리다가 겨우 입을 열었다.

"약을 좀 지어 주시오."

약국 주인은 아무 말 없이 화제를 집어서 보다가 수판을 자각자각 놓더니

"돈 가지고 왔소?"

하면서 경수를 본다. 경수의 낯은 화끈하였다.

"돈은 드릴 테니 좀 지어 주시오."

경수의 목소리는 간수 앞에서 면회를 신청하는 죄수의 소리 같다.

약국 주인은 아무 말도 없이 이마를 찡그리면서 저편 방으로 들어간다. 경수는 모든 설움이 북받쳐서 눈물에 앞이 캄캄하였다. 일종의 분노도 없지 않았다. 세상은 너무도 자기를 학대하는 것 같았다. 그것이 새삼스럽게 슬프고 쓰리고 원통하였다. 방 안에 걸어 놓은 약봉지까지 자기를 비웃고 가라고 쫓는 것 같았다. 그는 소리없는 눈물을 주먹으로 씻으면서 약국문을 나섰다. 약국문을 나선 경수는 빈 손으로 집에 들어갈 일을 생각하면 또 부끄럽고 구슬펐다.

경수는 집으로 돌아왔다.

집 안은 황혼빛이 어둑하여 모두 희미하게 보인다. 그는 아내의 곁에 가 앉았다.

"좀 어떻소? 어머니는 어디루 갔소?"

"어머님은 그 집(당신)에서 나간 담에 이에 나가서 시방 안 들어왔소? 약을 제왔소?"

아내의 소리를 퍽 부드러웠다. 경수는 무어라 대답하면 좋을지 몰랐다. 어서 괴로운 변을, 한 찰나라도 건실한 삶을 얻으려는 그 아내에게—그가 먹어야만 될 약을 못 지어 왔소 하기는 남편 되는 자기의 입으로써 차마 말할 수 없었다.

"지금 지어요. 나는 당신이 더치 않은가 해서 또 왔소. 이제 또 가지러 가겠소."

경수는 아무쪼록 아내의 마음을 위로하려고 이렇게 말하였다. 그러나 그것이 경수에게는 더욱 고통이 되었다. 내가 왜 진실히 말 안 했누? 생각할 때 그 순박한 아내를 속인 것이 무어라 할 수 없이 가슴이 아팠다. 아내는 그 약을 기다릴 것이다. 그 약에 의하여 괴로운 순간을 벗으려고 애써 기다릴 것이다. 이렇게 생각하면서도 그것이 거짓말이라고 고백할 수도 없었다.

"돈 없다구 약국쟁이가 무시기라구 안 합데?"

"흥!"

경수는 그 소리에 가슴이 꽉 막혔다. 그 무슨 의미로 흥! 했는지 자기도 몰랐다. 그는 아무 소리 없이 손가락만 비비고 앉았다. 어머니가 얼른 오시지 않는 것이 퍽 조마조마하였다. 그는 불만 멍하니 쳐다보았다. 빤한 기름불은 실룩실룩하여 무슨 괴화같이 보이더니 인제는 윤곽만 희미하여 무리를 하는 햇빛 같다. 모든 빛은 흐리멍텅하다. 자기 몸은 꺼먼 구름에 싸여서 밑 없고 끝없는 나라로 흥덩거려 들어가는 것 같다.

꺼지고 거무레한 그의 눈 가장자리가 실룩실룩하더니 누른빛을 띤 흰자위에 꾹 박힌 두 검은 자위가 점점 한곳으로 모여서 모들떴다. 그의 낯빛은 점점 검푸르러 가며 두 뺨과 입술은 경련적으로 떨린다.

그는 모들뜬 눈을 점점 똑바로 떠서 부뚜막을 노려보고 있다. 그의 눈에는 새로 보이는 괴물이 있다. 그 괴물들은 탐욕의 붉은빛이 어리어리한 눈을 날카롭게 번쩍거리면서 철관으로 경수 아내의 심장을 꾹 찔러 놓고는 검붉은 피를 쑥쑥 빨아 먹는다. 병인은 낯이 새까맣게 질려서 버둥거리며 신음한다. 그렇게 괴로워할 때마다 두 남녀는 피에 물든 새빨간 혀를 내두르면서 '하하하'하고 손뼉을 친다. 경수는 주먹을 부르 쥐면서 소름을 쳤다. 그는 뼈가 쩌릿쩌릿하고 염통이 쏙쏙 찔렸다. 그는 자기 옆에도 무엇이 있는 것을 보았다. 눈깔이 벌건 자들이 검붉은 손으로 자기의 팔다리를 꼭 잡고 철관으로 자기의 염통피를 빨면서 홍소를 친다. 수염이 많이 나고 낯이 시뻘건 자는 학실이를 집어서 바싹바싹 깨물어 먹는다. 경수는 악 소리를 치면서 벌떡 일어섰다. 그것은 한 환상이었다. 그는 무서운 사실을 금방 겪은 듯이 눈을 비비면서 다시 방 안을 보았다. 불빛이 어스름한 방 안은 여전하다.

그의 어머니는 그저 오지 않았다. 오늘은 어머니가 어떻게 기다려지는지 마음이 퍽 죄였다. 너무도 괴로워서 윗집 우물에 가서 빠져 죽은 것 같기도 하고 어느 나뭇가지에 가서 목이라도 맨 것 같게도 생각났다. 그럴 때면 기구한 어머니의 시체가 눈에 보이는 듯하였다. 그는 뒷간에도 가보고 슬그머니 앞집 우물에도 가보았다. 그 어머니는 없었다. 그럴 리가 없겠지?하고 자기의 무서운 상상을 부언할 때마다 그러한 생각을 하는 자기가 고약스럽고 악착스러웠다.

이렇게 마음을 죄이는 경수는 잠든 아내의 곁에 앉았다. 학실이도 그저 깨지 않고 잘 잔다. 뼈저리게 차던 구들이 뜨뜻하니 수마가 모든 사람을 침범한 것이다. 경수도 몸이 노근하면서 졸음이 왔다.

"경수 있나?"

밖에서 부르는 소리에 경수는 깜짝 놀라 일어섰다. 이때 그의 심령은 그에게 무슨 불길을 가르치는 듯하였다.

경수는 문 밖에 나섰다.

쌀쌀한 어둠 속에서 사람들이 수근거렸다. 그는 공연히 가슴이 덜컥하고 두근두근하였다. 그는 앞뒤를 얼결에 돌아보았다.

누군지 희슥한 것을 등에 업고 경수의 앞에 나타났다.

"아이구, 어머니!"

그 사람의 등에 업힌 것을 들여다보던 경수는 이렇게 소리를 지르면서 정신없는 어머니에게 매달렸다.

6

경수의 어머니는 방에 들여다 눕히었다. 다리와 팔에서는 검붉은 피가 그 저 줄줄 흘러서 걸레 같은 치마저고리에 피흔적이 림리하다. 낯의 고기도 척 척 떨어졌다. 그는 정신없이 척 늘어졌다. 사지는 냉랭하고 가슴만 팔딱팔딱 한다.

경수는 갑갑하여 울음도 나지 않고 말도 나오지 않았다.

"이게 어쩐 일이오?"

죽 모여 선 사람 가운데서 누가 묻는다. 입을 쩍쩍 다시고 앉았던 김 참봉 은 말을 내었다.

"하, 내가 최 도감하구 물남에 갔다오는데요. 물 건네 중국 사람 집 있는 데루 가까이 오니 그놈의 집 개가 어떻게 짖는지! 워낙 그놈의 개가 사나운 개니까 미리 알아차리느라구 돌째기(돌멩이)를 찾느라구 옆데서 낑낑하는데 '사람 살리오!'하는 소리가 개소리 가운데 모기소리만치 들린단 말이야! 그래 최 도감하구 둘이 달아가 보니까 웬 사람을 그놈의 개들이 뜯겠지! 그래 소 리를 쳐서 주인을 부른다 개를 쫓는다 하구 보니 아 이 늙은이겠지."하며 김 참봉은 경수 어머니를 가리킨다.

"에구, 그놈의 개가 상년에두 사람을 물어 죽였지."

누가 말한다.

"그래 님자는 가만히 있었나?"

또 누가 묻는다.

"그래 몸을 잡아 일으키니 벌써 정신을 잃었겠지요! 그런데두 무시긴지 저거는 옆구리에 껴안고 있어!"하면서 땅바닥에 놓은 조그마한 보퉁이를 가 리킨다.

"그게 무시기오?"하면서 누가 그것을 풀었다. 거기서는 한 되도 못 되는 누런 좁쌀이 우시시 나타났다. 경수 어머니는 앓는 며느리를 먹이려고 자기 머리의 다리를 풀어 가지고 물남에 쌀 사러 갔었던 것이다.

자던 학실이는 언제 깨었는지 터벅터벅 기어와서 할머니를 쥐어 흔든다.

"할머니 일어나라 이차! 이—차."

학실이는 항상 하는 것이 잠든 할머니를 깨우는 모양으로 할머니의 머리를 들어 일으키려고 한다. 경수의 아내는 흑흑 운다. 너무도 무서운 광경에 놀랐는지 그는 또 풍증이 일어났다. 철없는 학실이는 할머니가 일어나지 않고 대답도 없으니 어미 있는데 가서 젖을 달라고 가슴에 매어 달린다. 괴로워하는 그 어미의 호흡은 점점 커졌다.

모였던 사람은 하나 둘씩 흩어진다. 누가 뜨뜻한 물 한 술 갖다 주는 이가 없다.

경수는 머리가 떵하였다. 그는 사지가 경련되는 것을 느꼈다. 그의 가슴에서는 연덩어리가 쑤심질하는 듯도 하고 캐한 연기가 팽팽 도는 듯도 하고 오장을 바늘로 쏙쏙 찌르는 듯도 해서 뭐라 형언할 수 없었다. 갑자기 하늘은 시꺼멓게 흐리고 땅은 쿵쿵 꺼져 들어간다. 어둑한 구석구석으로서는 몸서리치도록 무서운 악마들이 뛰어나와서 세상을 깡그리 태워 버리려는 듯이 뻘건 불길을 활활 내뿜는다. 그 불은 집을 불사르고 어머니를, 아내를, 학실이를 자기까지 태워 버리려고 몰켜 온다. 뻘긴 불 속으로서는 시퍼런 칼 든 악마들이 불끈불끈 나타나서 온 식구를 쿡쿡 찌른다. 피를 흘리면서 혀를 가로 물고 쓰러져 가는 식구들의 괴로운 신음소리는 차마 들을 수 없어 뼈까지 저리다. 그 괴로워하는 삶을 어서 면케 하고 싶었다. 이러한 환상이 그의 눈앞에 활동사진같이 나타날 때

"아아, 부셔라, 모다 부셔라!"
소리를 지르면서 그는 벌떡 일어섰다. 그의 손에는 식칼이 쥐었다.

"모두 죽여라! 이놈의 세상을 부시자! 복마전 같은 이놈의 세상을 부시자! 모두 죽여라!"

방으로 뛰어나오면서 외치는 그 소리는 침침한 어둠 속에 쌀쌀한 바람같이 처량히 울렸다. 그는 쓸쓸한 거리를 나섰다. 좌우에 고요히 늘어 있는 몇 개의 상점은 빈지를 반을 닫고 반은 열어 놓았다.

경수의 눈앞에는 아무 거리낄 것 아무 주저할 것이 없었다. 그는 허둥지둥 올라가면서 닥치는 대로 부순다. 상점이 보이면 상점을 짓마스고 사람이 보이면 사람을 찔렀다.

"홍으적(도적놈)이야!"

"저 미친 놈 봐라!"

고요하던 거리에는 사람의 소리가 요란하다.

"내가 미쳐? 내가 도적놈이야? 이 악마 같은 놈들 다 죽인다!"

경수는 어느새 웃장거리 중국 경찰서 앞까지 이르렀다. 그는 경찰서 앞에서 파수 보는 순사를 콱 찔러 눕히고 안으로 뛰어들어갔다. 창문을 부순다. 보이는 사람대로 찌른다.

"꽝…꽝…꽝꽝…."

경찰서 안에서는 총소리가 연방 났다. 벽력같이 울리는 총소리는 쌀쌀한 바람과 함께 쓸쓸한 거리에 처량히 울렸다.

모든 누리는 공포의 침묵에 잠겼다.■

최서해

1901년 5월에 조선 함경북도 성진에서 출생. 본명 최학송. 익명 풍년년, 저곡.

1915년에 성진보통학교 5학년 때 『학지광』에 산문시 3편을 발표.

1917년에 간도로 이주하여 백하, 용정, 달라즈 등지를 전전하면서 모진 수난과 고생을 겪다가 1923년에 조선으로 돌아감.

1924년에 단편소설 「고국」을 발표한 후 그 뒤를 이어 단편소설 「탈출기」, 「기아와 살육」, 「홍염」 등 60여 편과 수필, 시 등을 발표.

1932년 병환으로 별세.

초원

한찬숙

하일라르에서 동북쪽으로 한 오십 리 가량 찾아가면 끝없는 들판 가운데 '파잉콜'이라고 부르는 동네가 있다.

이 동네가 살고 있는 몽골 사람은 원시족 유목민족이기 때문에 언제나 가축을 데리고 수초를 따라 움직여 다니는 외에 아무 일도 모른다.

소와 말과 양은 그들에게 하루라도 떨어져서 살 수 없는 재물이요 생명이건만 민도가 낮은 그들은 하등 대과학문명의 현대 지식을 가지고 있지 못하기 때문에 이렇게 중한 가축을 어떻게 하면 개량이 되는 것이며 어떻게 손을 쓰면 발달이 되는지도 모르고 지나간다.

그 가축이 죽거나 살거나 아는 체할 것 없이 일 년 열두 달 어느 때를 물론하고 대자연의 들판 가운데 내어버려 두면 그만이다.

그것도 봄과 여름 같으면 끝없이 넓은 들판에 얼마든지 있는 풀을 마음대로 뜯어 먹으며 지나갈 수 있지만 가을을 지나 겨울철만 되면 눈보라 치는 들판 가운데서 어리고 약한 가축은 무참히도 죽어 버리고 마는 것이다.

한 해 한 번씩 제때를 잊지 않고 돌아오는 새 봄이 어느 곳이라 다르랴만은 이러한 몽골 땅의 들판에 찾아오는 봄은 한 해 겨우내 눈바람에 시달리며 죽지 못해서 살아 오는 가축을 위하여 생명을 주는 반가운 봄이 아닐 수 없다.

따뜻한 봄날을 맞아 훌룬뷔르 넓은 벌판에 새 풀이 돋게 되면 이 동네 저 동네에 젊은 남녀들은 이러한 가여운 가축에게 어서 빨리 물과 풀을 주기 위하여 수백 마리 가축 떼를 데리고 들판으로 나간다.

오늘도 이 동네 구장의 딸인 '마루도'라고 부르는 처녀는 이웃집 동무들과 함께 삼백 마리나 넘는 양의 무리를 따라 풀밭으로 나갔다.

풀이 없는 곳이면 풀이 많은 곳을 찾기 위하여 그냥 저 멀리 두던을 찾아 달아나지만 가끔 풀밭 가운데 하얗게 내어 뿜는 소금밭을 만나게 되면 이 소금을 반반히 핥아 먹기 위하여 양의 무리는 의례 여기서 한두 시간을 보내는 법이다.

이럴 때마다 마루도는 들었던 채찍을 집어 던지고 풀밭을 요 삼고 가만히 땅 위에 주저앉는다.

남쪽 하늘의 솜 같은 구름을 멍하니 바라보다가는 일도 없이 돌을 주어 하나씩 둘씩 던져 보는 것이다.

던지는 돌이 행여 멀리 떨어져 있는 바윗돌을 맞히면 그 날 일수가 좋은 것이나 만일에 하나도 맞지 않으면 그 날 신수가 그다지 신통치 못하다는 것이다.

기분으로 해서 그러는지는 모르나 일수가 좋은 날이면 다섯 번에 세 번이나 혹은 열 번에 일곱 번쯤은 의례 맞지만 일수가 좋지 못한 날이면 열 번에 한두 번도 맞지 않는 것이 보통이다.

그러나 오늘은 이상도 하다.

무심코 던지는 돌이나 마음먹고 던지는 돌이나 틀림없이 바윗돌에 때각때각 재미있게 맞아 준다.

여지껏 남모르게 며칠을 두고 하는 장난이건만 요렇게 하나도 실수 없이 맞히기는 오늘이 처음이었다.

이것은 오늘까지 지나 온 경험으로 보더라도 필시 무슨 좋은 일이 있을 것만 같다. 그러나 아무리 생각하여 보아도 모를 일이다. 바로 지난 여름에 어머니는 몹쓸 병에 붙들리어 나와 어린 동생 둘을 남겨 두고 저 세상으로 돌아가시고 말지 않았는가. 그처럼 일찍이 돌아가실 리가 없지 않을까.

좋은 일이 있기는커녕 어머니가 돌아가신 뒤에 나의 신세야말로 나날이 슬퍼만 갈 뿐이다.

더욱이 네 살 나는 아우와 여섯 살 나는 여동생은 어머니 생각만 나면 무시로 어머니를 찾는 것이니 나는 이제부터 어린이의 누이요 언니인 동시에 돌아가신 어머니 대신까지 아니 할 수 없지 않느냐.

아버지는 이 동네의 구장으로 계신 까닭에 한 달 동안은 거의 포(包)에 가 계시고 사흘을 집에 계시지 않아 나 혼자만 삼백 마리가 넘는 양을 몰고 날마다 들판에서 세상을 보내게 되니 집에서 내가 돌아갈 때만 눈이 까매 기다리고 있는 동생들의 일을 생각하면 금시에 눈물이 핑 돌고 만다.

사정이 이러함에야 오늘 들판에서 던지는 돌이 열 번이 아니라 백 번을 맞아 준들 나에게야 돌아올 좋은 일이 무엇일까.

그러나 다시 생각하여 보면 알 수 없는 일이다. 바로 나흘 전에 아버지는 기공서에 다녀온다고 하시면서 집을 떠나갔었다. 기공서가 아무리 멀다고 하더라도 내일 모레는 어김없이 돌아오실 것이다.

가셨던 아버지가 돌아오실 때에 무슨 소식과 무슨 선물을 가지고 오실는지. 요 다음에 바로 무슨 좋은 일이 있다고 하면 기공서에 가신 아버지가 돌아오시는 데밖에 더 바랄 곳이 없었다.

이렇게 좋은 일이 있을 것도 같고 없을 것도 같이 생각되는 마루도는 또 다시 이러한 생각을 하지 않기 위하여 머리를 좌우로 흔들면서 채찍을 집어 들고 가만히 일어섰다.

그때에야 희뜩희뜩 땅바닥에 내어 뿜은 소금을 핥아 먹던 양의 무리도 머리를 내저으며 움직이기 시작한다.

제일 체통이 큼직한 염소 한 마리가 걸어가니 그 나머지 무리는 줄줄 그림자가 따라선나.

너무 걸음이 빨라지면 마루도는 소리를 치며 앞길을 막아 주고 너무 느릴 때면 그 뒤에 서서 말없이 채찍질만 하여 주는 것이다.

그러다가 다시 풀 많은 곳을 만나 양의 무리가 움직이지 않을 때면 마루도도 다시 풀밭 위에 물앉아서 남쪽 하늘을 바라보는 것이 버릇이다.

아──, 저 멀리 하늘 복판에 뭉게뭉게 피어 오르는 구름 가운데는 무엇이 있을까.

그리고 그 구름 밑에도 역시 여기와 같이 들판이 있고 들판 위에 풀이 나올 것일까. 여기와 같이 풀밭이 있고 풀밭을 따라 양 무리도 움직여 다닐지 모르나 그렇게 고약하고 밉살스러운 이리나 늑대 같은 짐승은 없으리라.

저 구름 아래에 일본이라는 나라가 있고 그 나라에 조선 사람이 있다지. 우리 기공서에도 요전에 조선 사람 한 분이 새로 부임하여 왔다는 말을 들었으나 그 사람은 과연 어떻게 생긴 사람일까? 기공서에 한번 다녀온 사람이면 저마다 무슨 큰 구경이나 하고 온 듯이 모두 조선 사람 조선 사람하고 말을 하고 있을 뿐만 아니라 보지 못한 우리 동무들까지 하나둘 모여 앉기만 하면 서로 번갈아 가며 조선 사람이 어쩌구어쩌구 했다는 이야기를 하는 것이니 대체 조선 사람이 우리들과 무슨 인연이 있는 것인가?

기공서에 와있다는 그 조선 사람은 어떻게 생긴 사람일까? 한번 만나 보았으면 어쩐지 재미있을 것 같았다.

마루도는 이렇게 생각을 하고 있었다. 그리고 머리를 저쪽으로 돌리면서 기지개를 켜고 나자 저 멀리 아지랑이가 아른거리는 들판에 말을 타고 달려오는 두 남자를 문득 발견하였다.

"아버지다."

한 주일 만에 무사히 돌아오는 아버지를 보니 마루도는 그윽히 반가웠다.

그러나 뒤에서 천천히 아버지 뒤를 따라오는 사람은 누구인지를 알 수가 없다. 입은 옷도 별났고 모자도 이상하니 누가 보든지 이 동네 사람이 아닌 것만은 얼른 알아볼 수가 있다.

그러나 아버지는 마루도가 있는 이쪽을 빤히 바라보는 것 같으면서도 여기로는 오지 않고 그냥 두던을 끼고 집을 향하여 들어가는 것이다.

얼마 있다가 아버지는 다시 말을 타고 딸이 있는 곳을 찾아 나와서 웃는 낯으로 마루도를 불렀다.

반가운 마음 같아서는 어린 애처럼 아버지의 어깨에라도 매어 달리고 싶은 심정이다.

"아버지, 어째 그렇게 늦으셨어요?"

"늦다니, 가는 길로 돌아오는 것이 그렇다."

"아버지, 그런데 같이 오신 분은 누구예요?"

"응… 그 사람 말이냐! 우리 기공서에 축산주임으로 계신 조선 양반이란다."

"네, 그이가 바로 조선 사람이세요?"

"…응!"

"그러면 그이가 언제 돌아가시나요?"

"우리 동네에 출장을 나왔으니까 아마 한 달은 묵어 갈 게다."

"한 달? 한 달씩이나 묵으면서 무얼 해요?"

"요즘 우리 동네에 소병이 돌아서 야단 아니냐. 그래 그 양반이 우선 주사도 놓고 약도 준단다."

"그 양반은 그렇게 짐승의 병만 고치구 사람의 병은 모르나요?"

"왜 몰라? 그이는 사람 병도 곧잘 고친다더라."

"아이, 그러면 좋아! 나는 지금 잔등에 헐멩이가 나서 죽을 지경인데."

"헐멩이쯤이야 약만 바르면 얼른 나을 테니 걱정도 말아."

"아버지, 그런데 그이가 이제 이리로 나오지는 않나요?"

“나오는 것보다 네가 들어가야 되겠다.”

“왜요?”

“그 양반에게 점심이라도 지어 드려야 되지 않겠니?”

“네, 그러면 아버지 어서 먼저 들어가세요. 저도 곧 뒤따라 가겠어요.”

말을 타고 나온 아버지와 같이 갈 수가 없으니까 먼저 아버지를 돌려 보내고 마루도는 그 뒤를 따라 서서히 집으로 돌아간 것이다.

마루도가 없는 동안에 양의 무리는 몽골 개 두 마리가 대신하여 보호해 주기 때문에 하루나 하룻밤쯤은 아무 염려가 없는 것이다.

마루도는 얼마 안 되어 문 앞까지 다다랐으나 어쩐지 방 안으로 얼른 들어갈 생각은 감히 나지 않았다. 그렇게 여지껏 이야기거리가 되어 있던 조선 사람이 오늘은 정말 우리 집 안에 들어 있는가 생각하니 제 집이 남의 집 같아서 뜰 밖에서 어물어물하였다.

그러자 어린 동생 둘이 뛰어나오더니 방 안에 손님이 왔다고 손짓을 한다. 그리고 손님이 주더라는 캬라멜 한 갑씩 가지고 자랑 삼아 맛있게 먹고 있다.

조금 있더니 마침 아버지가 밖으로 나왔다. 마루도는 다시 들어가는 아버지의 뒤를 따라 방 안으로 들어갔다.

아버지는 마루도를 가리키며 손님에게 소개하니 마루도는 인사 대신에 말 없이 고개를 수그렸다.

잠깐 보는 눈에도 그 손님은 겨우 스물서너 살이나 되어 보이지만 얼굴을 깨끗하게 잘도 생겨 보였다.

둥그렇고 광대뼈가 좀 나온 듯하면서도 미간이 청수한 것과 담쑥 다물고 있는 입술 모양이 남자답게 보였다. 그리고 어느 편으로 보면 몽골 사람의 얼굴과 비슷한 데도 많았다.

마루도는 아버지의 명령을 받아 그 손님에게 점심을 지어 주었으나 손님은 몽골 사람이 먹는 음식은 조금도 입에 맞지 않았음인지 소젖으로 만든 떡과 차물에 기장쌀을 섞어서 끓인 물을 약간 마시는 듯 마는 듯하고는 그냥 슬그머니 일어나서 밖으로 나간다.

손님이 나간 뒤에 문을 빠끔히 열고 밖을 내다보니 어느덧 이웃 사람 오륙 명이 모여 왔다. 물론 이 집에 온 손님을 구경하기 위하여 일부러 찾아온 것이 분명하였다.

그런 줄도 모르는 손님은 이내 말을 타고 천천히 들판을 향하였다.

마루도는 방 안에 있던 손님이 나가니 어쩐지 무거운 짐이나 벗어 버린 것도 같아서 전처럼 아버지에게 아양을 부릴 수도 있고 손님이 주고 나간 캬라멜 하나를 먹어 볼 수도 있었다.

"아버지, 하나 안 잡수실래요."하고 그중에서 하나를 들고 아버지께 올리었다.

아버지는 그런 것은 애들이나 먹는 것이라고 하면서 사양을 한다.

아버지는 무엇이 그리 만족한지 마루도를 볼 때마마 빙글빙글 웃고 있는 얼굴에 알 수 없는 기쁨이 가득하여 보였다.

"아버지는 어째 절 보면 자꾸만 웃으세요? 무슨 좋은 일이 계세요?"

"나보다도 네게 좋은 일이니 말이다."

"아버지, 무어예요, 제게 좋다는 게?"하고 조르니 아버지는 보따리 하나를 구석에서 내놓았다.

마루도는 부리나케 풀어 보고 깜짝 놀라지 않을 수 없었다. 그 안에는 생전에 구경도 못 하던 옷 세 벌이 차곡차곡 들어 있지 않는가. 물론 작은 것은 동생들의 것이요, 나머지 한 벌은 제 것이었다.

그러나 이것을 어떻게 입으며 입어서 좋은지 그른지도 알 수 없었다.

아버지의 설명을 들으면 그것이 양복이라는 것인데 조선서도 도회지에 사는 학생들이나 입는 것이지 시골 계집애들은 여간해서 입어 볼 수도 없으며 그것을 정히 입으면 사 년 동안은 넉넉히 입을 수 있다는 것이었다.

"아버지, 그런데 이것이 어데서 났어요?"

"이런 것을 어데서 나니? 바로 그 손님이 주시더구나."

"아니, 이것을 그이가?"

"떠나 올 때 우리 집 식구가 몇이냐고 묻길래 넷이라고 하였더니 이것을 네 동생과 너에게 주라고 하면서 고리짝에서 끄집어 내어 주시더구나."

"그러세요, 아버지… 아이 참, 고마워…."하면서 마루도는 밖에 나간 동생을 불러 들였다. 그리고 양복을 한 벌씩 입히고 보니 우선 몸에 꼭 들어 맞을 뿐만 아니라 웬 영문인지 몰라하는 동생은 두 눈이 둥그래지면서도 한없이 기뻐하는 양을 볼 때 마루도는 기쁘고 만족한 마음을 비할 곳이 없었다. 그리고 자기도 일어서 그 양복을 입어 보니 길이는 조금 긴 듯하나 품은 하나도 틀리지 않고 딱 들어 맞았다.

그러나 이러한 때에, 이렇게 손님이 오셨을 때에 어머니만 계셨다면 나보다도 어머니 마음이야 얼마나 기뻐하실 것인가.

이제는 불러 보아도 대답이 없는 땅 속의 어머니라 마루도는 갑자기 서글퍼지는 마음을 참을 수 없는 대신에 두 눈에는 남모르는 눈물이 어리어졌다.

방 안에 아버지만 안 계셨다면 목을 놓아 울고라도 싶었다.

그러나 이 눈물이 그 손님에게로 가는 고마운 마음으로 바뀌어질 때는 이제 그이에게 무어라고 인사를 하여야 되며 장차 그의 신세를 무엇으로 갚아야 될는지 알 수 없는 마음에 가슴만이 울렁댄다.

그래서 마루도는 이웃집에 지난번 중국인 장사꾼이 들어왔을 때 양가죽을 주고 바꾼 밀가루와 분탕이 있는 것을 깨닫고 그것을 빌려다가 만투국을 끓이고 아버지는 양 한 마리를 잡아서 그이에게 갈비 대접을 하기 위하여 오락가락 저녁 준비에 여념이 없다.

마루도의 집에 머무르게 된 임봉익은 평남 안주 태생의 조선 사람이었다.

금년 봄에 내지 어느 시골에서 축산학교를 졸업하자 대륙 진출의 큰 뜻을 품고 단걸음에 몽골로 들어왔던 것이다.

누구나 번화하고 교통이 편리한 곳에 살고 싶고 기차도 전등도 전혀 없는 외촌벽지에 살기 싫은 것은 저마다 가진 감정이건만 세상을 모르고 지나가는 몽골땅의 미개한 민족을 지도하기 위하여 자청하고 나온 봉익의 결심이야말로 누구나 본받을 수 없는 장거가 아닐 수 없다.

봉익이가 이번에 마루도 아버지를 따라 파잉콜이라는 동네에 출장하여 온 것도 단순히 몽골 들판의 이상한 풍경이나 보고 가자는 간단한 생각은 아니었다.

봉익은 이 동네 구장집에 하숙을 정하고 월여간이나 묵어 가면서 그들에게 이(利) 되는 일이라면 언제든지 발 벗고 나섰다.

출장하여 온 첫 날부터 봉익은 이 동네 남녀노소를 가리지 않고 누구든지 찾아오는 병자에게는 친절히 약을 주고 주사를 놓아 줄 뿐 아니라 어떤 집 늙은 영감의 병은 밤을 새어 가면서 간호까지 하여 준 것이었다. 그리고 낮에는 소나 말이나 양이나 할 것 없이 이 동네 사람이 가지고 있는 가축이라면 한 마리도 빼어 놓지 않고 무서운 가축의 병을 방역하기 위하여 예방주사를 놓아 주느라고 눈코 뜰 사이가 없었다.

이렇게 하기를 한 달 동안이나 묵어 가면서 그들이 살고 있는 몽골포 안에서 먹고 자고 뒹굴고 일어나서는 그 동네의 젊은 남녀들과 섞이어 들판에 나가 양몰이까지 하는 데 아무 불편도 느끼지 않을 뿐만 아니라 이제는 어느 집에 가든지 그들이 주는 음식에도 아무것이나 가리지 않고 맛있게 먹을 수가 있었다.

이렇게 되니 어느 집에를 가든지 철모르는 아이들까지 봉익이를 보면 마치 어미새를 보고 반기는 제비새끼 모양으로 모두 박시박시(박시는 선생님이라는 말)하고 서로 번갈아 부르며 양쪽 다리에 매어 달리군 하였다.

봉익은 비단 파잉콜이라는 이 동네뿐이 아니라 흑정자 또는 '커르징'이라는 동네에도 돌아다니면서 그들 생활에 이익이 되고 행복이 되는 일이라면 언제나 수고를 잊어 버리고 힘써 주었다.

그러나 봉익은 가끔 여름 하늘을 빤히 쳐다보면서 이러한 생각을 하는 때가 적지 않았다.

나는 이 기내의 축산을 담당한 관리이니 어느 곳 어느 동네를 가리지 않고 다 마찬가지로 그들을 헤아리고 가르쳐 주고 인도하여 주어야 할 입장에 있지 않느냐.

그런데 무엇 때문에 나는 한 달에 보름 이상은 파잉콜에 가서 있게 되는 것이며 다섯 번에 세 번 이상은 이곳으로 출장을 오게 되는고.

아, 파잉콜이라는 동네에는 어여쁜 마루도가 있지 않느냐!

마루도는 정말로 어여쁜 처녀였다. 마치 어느 들판 거치른 풀밭 가운데 가리어서 마지막으로 피려는 백합화와도 같이 파잉콜에 피는 한 떨기 꽃송이로 빛나는 마루도는 몽골 땅 넓은 들판에 한 사람밖에 없는 미인이 아닐 수 없었다.

언제나 평화한 몽골 땅 대자연 속에서 평화로이 지내려고 애쓰는 봉익의 눈에는 하루에도 몇 번이나 마루도의 귀여운 눈동자가 아른거림을 몰라볼 수 없었다.

몽골 민족의 손발이 되어 가지고 그들의 행복을 위하여 일신을 바쳐야 될 마음을 먹는 외에 달리 아무 생각도 가져서는 안 될 봉익이건만 파잉콜로 출장갈 때마다 마루도가 갖은 정성을 다하여 주는 대접은 단순한 대접이라든가 혹은 여자로서의 누구나 가질 수 있는 친절로만 해석하여 버릴 수는 없을 때가 많았다.

바로 한 주일 전에 마루도가 이마에 헌데가 났다고 하여 마침 가지고 있던 고약을 그 이마에 발라 줄 적에도 봉익은 마루도의 두 눈동자에 이상히 반짝이는 번갯불을 보았다. 그것이 틀림없이 이성을 그리워하는 눈이요, 인생의 봄을 찾기 위하여 새로이 빛나는 눈동자인 것을 짐작할 수 있었다.

정말로 마루도는 세련된 도회에서는 좀체로 볼 수 없는 미인이었다.

어여쁜 그 얼굴과 아울러 마음도 곱고 아름다웠다.

이러한 들판에 얼마든지 영원히 내어버려 두기가 아까울 만치 귀여운 마루도를 생각하면 생각할수록 봉익은 기쁘고도 사랑스러운 마음에 붙들리어 어찌할 줄을 몰랐다.

봉익은 아무리 큰 뜻을 품고 남달리 몽골 땅 현지에서 몸을 던지고 그들을 위하여 밤낮없이 일하여 가는 기특한 청년이건만 때로는 마음 한구석이 공연히 텅 비어 가는 동시에 주위가 저절로 적막해짐을 느낄 때도 있었다.

그럴 때미디 누구든지 좋다, 곁에 있어서 나를 위로하고 나를 따뜻이 껴안아 주는 사람이 있었으면 하는 생각을 가져 본 때도 한두 번이 아니었다.

약대를 타고 한없이 넓은 들판을 갈 때나 달 뜨는 밤 버드나무 아래서 피리를 불 때면 반드시 마루도의 어여쁜 자태가 사뿐사뿐 달려와서 앞에 앉는 듯이 눈앞에 나타나군 하였다.

이것을 가리켜 연애라고 할까.

연애에는 국경이 없다더니 나는 마루도의 애인이 되고 마루도는 내가 사랑하여 주어야 될 여자인가. 몽골 사람이 되고 말려는 결심까지 한 나라면 몽골 처녀를 사랑하는 것이 무슨 잘못이 있을까. 그러나 아니다, 절대로 아니다. 나는 몽골 천지에서 미개한 민족을 위하여 온갖 고통과 곤난과 번민을 물리치고 씩씩하게 싸워 나가야 할 관리가 아닌가.

나는 언제나 나 하나만으로 해석하면 안 된다. 만주국내 흥안사성에 있어서 원시적 생활을 계속하고 있는 몽골 민족을 위하여 내 한 몸을 아낌없이 던진 다음엔 이러한 연애의 감정에 붙들린다는 것처럼 맹랑한 것이 없다고까지 결론을 붙이기 위하여 머리를 좌우로 흔들어 보았다.

그리고 눈을 들판으로 보내니 저 멀리 라마묘 불당을 찾아 유유히 걸어가는 라마승 몇 사람이 보인다. 들판 아니면 개천이요, 개천 아니면 들판 위에 풀밭이다. 들과 개천의 풀밭 위로 천천히 양을 몰고 다니는 목동이 파인하다리를 건너려 할 때 불당에서 울려 나오는 낮 종소리가 은은히 들린다. 위

대하고 아름다운 대자연의 광경이다. 봉익은 이러한 들판과 대자연의 우주를 바라보는 데서 희망도 있고 생명도 있을 것 같았다.

그리고 일망무제 가도 가도 끝이 없는 풀밭 가운데서 과학도 철학도 예술도 찾을 것만 같았다.

그 다음부터 봉익이가 파잉콜을 찾아가는 걸음은 나날이 떠져 갔다.

봉익의 그림자가 파잉콜 들판에 나타나지 않기 때문에 날마다 눈물지어 울고 있는 사람은 물론 마루도였다.

여지껏 마루도는 어머니 없는 슬픔을 언제나 봉익이를 알게 된 기쁨으로 바꾸려 하였고 날마다 어린 동생을 집에 두고 삼백 마리 넘는 양을 몰고 들판에서 보내는 자기 생활 가운데서 모든 행복은 봉익이를 만날 수 있는 날이면 날마다 보는 들판이 별로 넓어 보이고 환하게 열리어도 보였으나 그이가 오지 않는 날이면 세상이 캄캄하여지는 동시에 마음 한 편이 빈 것도 같다. 그런 때에는 누구든지 붙들고 한바탕 발악이라도 하고 나면 시원할 것도 같았다.

만나면 살 것 같고 못 만나면 죽을 것만 같으니 이렇게 그이에게 끌리어 가는 마음이란 저도 모를 일이다.

마루도가 봉익이를 알게 된 이후에 만나는 기쁨과 행복이란 결코 하나 둘이 아니었다.

하루는 봉익이가 손수 기공서의 자동차 한 대를 운전하여 가지고 파잉콜로 출장 나온 일이 있었다.

마루도는 그때 그것이 자동차인 줄을 몰랐다. 그 곁에 가기만 하면 알 수 없는 도깨비가 나와서 팔목이라도 잡아 당길 것 같아서 다른 동무들과 같이 유리창 하나도 만져 보지 못하였다.

가끔 공중으로 우르릉 소리를 치면서 소리개처럼 날아다니는 비행기를 올려다볼 때는 있었으나 이처럼 땅 위로 굴러다니는 자동차를 본 것은 이번이 처음이었을 뿐만 아니라 마루도는 봉익이와 함께 어깨를 가지런히 하여 그 차를 같이 타고 그렇게 넓은 들판을 한바퀴 획 돌아보고 온 일이 있었다.

이것은 오직 마루도뿐이요 다른 동무들은 꿈도 꾸어 보지 못한 일이었다.

그뿐이랴, 마루도는 지난 여름에 파잉콜 라마묘에서 묘회가 있었을 때 봉익이가 선물로 준 양복을 보아라는 듯이 입고 갔더니 그렇게 수만 명이나 모인 사람들 가운데서 양복 입은 처녀는 물론 마루도밖에 없었다.

마루도는 그때 어쩐 일인지도 모르게 어깨가 으쓱 올라가는 기쁨을 느끼게 되는 동시에 이 세상 온갖 행복이 자기 일신에만 몰려온 것 같기도 하였다. 이것도 저것도 모두가 봉익의 신세이다. 봉익이가 아니었다면 마루도인들 별수가 있으랴, 자동차를 타본 것, 양복을 입고 만인중에 우쭐하고 나선 것 모두가 봉익의 은혜이거늘 자다가 생각하여도 고맙기가 끝이 없는 그의 신세는 갚을 길이 없을 것 같았다.

그런데 이제 와서 봉익이는 어째서 한번도 오지 않으며 이렇다는 소식 하나도 보내 주지 않을까.

그러면 이제부터 마루도는 누구를 믿으며 누구를 의지하여 눈물조차 구하랴.

봉익이를 만난 지 이 년도 못 되어서 이처럼 간단히 갈라질 이별일진대 치리리 처음부터 모르고 지났던 편이 그 얼마나 행복이었을 거냐?

그리고 마루도의 집 뒤 들판에 보이는 두던 위에 대추나무 없었던들 오늘 와서 마루도의 마음이 이렇게 쓰리지는 않았으리라.

문 앞만 나서면 그 두던과 그 나무가 빤히 건너다보이니 마음 상하는 분수로는 당장에 도끼를 들고 뛰어가서 단손에 그 나무를 찍어 버릴 생각도 불현듯 났다.

그러나 그 나무는 그의 동네를 대표하는 단 한 그루의 귀중한 나무요, 누구나 다같이 오늘껏 그 나무 하나를 바라보면서 영화로이 지내 오는 것이었다. 그리고 젊은 남녀가 사랑을 속삭임도 의례 그 나무 앞이었다. 그러므로 이 동네에 하나밖에 없는 대추나무는 이 동네를 위하여 평화의 나무요, 사랑의 나무였다.

마루도도 지나간 그 전날에 봉익이와 더불어 그 나무 아래서 재미있는 이야기를 주고받고 하였던 생각이 다시금 났다. 그것이 단 한 번이었다 하지만 이제 와서 야속하게도 잊을 수 없는 것은 역시 그 나무 앞에서 생긴 일이었다.

그러나 이제 와서는 그 나무가 밉고 원망스러운 한 그루의 나무인 데는 마루도도 새로 고이는 눈물을 참을 수가 없었다.

마루도는 들판 위에 얼마든지 널려 있는 소똥을 긁어 오기 위하여 구럭을 메고 하루 종일 들판에서 보냈다.

가을날이면 동네의 동무들은 누구나 할 것 없이 소똥을 줍기 위하여 들판으로 나온다. 그리하여 들판의 소똥을 모아다가는 태산같이 쌓아 두면 그것이 나무도 석탄도 없는 몽골 땅에서는 없지 못할 연료가 된다.

마루도는 벌써 한 달 동안이나 이곳저곳 들판으로 돌아다니며 여름 내 싸 버린 소똥이나 말똥을 줍느라고 여념이 없었다.

그런데 어느날이었던가, 마루도는 이렇게 소똥을 줍고 있던 들판 가운데서 말 타고 찾아온 봉익이를 만났다.

이것은 봉익이와 같이 자동차를 타고 마음대로 이 동네 들판을 돌아온 일이 있은 지 두 달 만의 일이었으니 오래간만에 만나는 봉익이가 한없이 반가웠다. 그때 봉익이가 마루도 앞에 와서 손을 내어 밀므로 마루도도 같이 따라 손을 내어 밀었더니 봉익이는 마루도의 손을 한참이나 꼭 잡아 쥐였다. 마루도는 그때 그의 손바닥이 화끈화끈함을 통하여 그의 마음도 얼마나 따뜻한가를 알았다.

그때 봉익이는 담배 두 갑을 마루도에게 주면서 저녁에 다시 조용히 만나 줄 수가 없는가고 물었다. 마루도는 저기에 보이는 두던 위에 대추나무를 가리키며 거기서 만나기를 약속해 주었다. 시간은 저녁 달이 그 나무 위에까지 떠오를 때에 그 아래서 만나자는 것도 겸하여 약속하였다.

몽골 들판이란 원래가 오직 넓을 뿐이지 가도 가도 산이 없고 나무도 없다. 그리고 그들에게는 시계가 없다. 보통 때 같으면 저녁 몇 시에 아무 거리 모퉁이에서나 혹은 어느 공원 어느 나무 아래서 만나자고 약속할 수 있을 것이나 집도 산도 시계도 없는 몽골 땅 넓은 벌판에는 아무것도 목표될 것이 없다.

그러므로 젊은 남녀가 서로 만나기를 약속할 때에는 언제나 밤에 뜨는 달 하나가 표준이 된다. 저기 저 달이 저 두던 위에 혹은 저 나무 꼭대기에 올 때 그 나무 아래서 만나자는 것이 약속하는 시간이요, 장소가 된다. 그래서 마루도도 봉익이와 만나자는 약속을 달 뜨는 밤 대추나무 아래라고 말하여 둔 것이었다.

그 날 밤에 정말 두 사람은 그 두던 위 대추나무 아래서 가지런히 서로 마주앉게 되었다.

그리고 그 밤에 뜬 달도 그 나무 꼭대기에 걸리어서 떠날 줄을 모른다.

오늘 밤에 두 사람이 만난 시간은 보통 시계 가진 사람끼리 만나는 시간

보다도 틀림이 없었다.

죽은 듯이 고요한 들판 가운데 몽골포에서는 가끔 개 짖는 소리가 들릴 뿐이다.

그렇게 넓고 넓은 들판이건만 그 들판에는 어느 구석에나 골고루 비춰 주는 그 달은 밝기도 하였다.

마루도는 봉익의 곁에 가까이 앉았으나 무슨 말부터 먼저 하여야 좋을지 알 수 없어서 잠자코 있었다.

봉익이를 조용히 만나기만 하면 여지껏 마음먹어 오던 이야기를 한꺼번에 다하리라고 벼르고 벼르는 마루도도 막상 이렇게 만나서 기회를 당하고 보니 그만 말문이 막히고 공연히 가슴만 울렁댈 뿐이었다.

"박시!"

서로 말없이 앉았다가 결국 마루도가 먼저 침묵을 깨뜨렸다.

"오늘 저녁은 참 딜이 밝고요."

"참 밝습니다. 그런데 오늘 밤에 우리가 이렇게 여기까지 놀러 나온 것을 아버지가 모르십니까?"

"왜 몰라요. 다 알고 있답니다."

"알고 계신다면 아버지가 왜 잠자코 계셔요?"

"잠자코 계시지 않고 어째요. 우리가 무슨 죄를 지었나요."

하면서 마루도는 시치미를 떼었다.

사실 마루도의 아버지는 여지껏 봉익이와 마루도 두 사람 사이의 가까운 교제에는 일체로 간섭하지 않았고 도리어 날마다 친밀하게 되어 가는 두 젊은이의 사이를 묵인하여 주는 눈치까지 완연하였다.

더욱이 언제인가는 봉익이가 지팡이를 들고 마루도의 집으로 놀러 간 일이 있었다.

몽골 땅의 풍속으로 따지고 보면 처녀가 있는 집에 지팡이를 가지고 간다는 것처럼 실례가 되는 일은 없는 것이었다.

처녀의 집에 지팡이를 가지고 가는 것은 "당신의 집 처녀를 나에게 제공하여 주시오."하는 것을 의미하는 것이기 때문에 멋모르고 지팡이를 가지고 다니다가는 의외에 망신을 당하는 일도 적지 않은 것이다. 그러나 봉익은 이러한 풍속이란 전혀 모르고 그때에도 지팡이를 가지고 갔던 것이었으나 그 후에 그러한 풍속이 이 땅에 있다는 말을 들었을 때 봉익은 깜짝 놀라지 않을 수 없었다.

그러나 그때 마루도의 아버지는 지팡이를 가지고 갔던 봉익에게 하등 불쾌한 태도를 가지지 않고 도리어 흡족해 하는 눈치를 다시금 생각하면 마루도 아버지가 얼마나 봉익에 대한 호의가 절대했던지도 나중에야 짐작할 수 있었다. 오늘 밤 마루도를 데리고 이곳으로 나온 것쯤은 알고도 좋아 줄 것이 사실이었다.

봉익은 다시 입을 열어 "마루도 씨."하고 불렀다.

"네."

"지난번에 내가 당신의 집에 처음 지팡막대를 가지고 갔을 때 아버지께서는 어째 아무 말이 없었을까요?"

"아이, 난 몰라요."하며 살짝 머리를 흔들었다. 봉익은 얼른 그 뒤를 이어

"그러면 마루도 씨의 마음엔 어땠어요?"

"그것도 몰라요. 왜 자꾸 그런 것만 물으세요?"

"왜 그러십니까? 제가 묻는 말에 무슨 잘못이 있습니까? 그렇다면 그만 묻겠습니다."

"아냐요. 그런 것이 아니라 묻지 않아도 다 알고 계시는 일이 아녀요!"

"그러면 마루도 씨도 만족하였다는 말이지요?"

"…."

이런 때에는 차라리 잠자코 있는 것이 편할 것 같아서 마루도는 대답이 없다.

"왜 대답이 없습니까?"

"아이 참, 박시는 정말 멍텅구리시네! 제가 만족하고 안할 것이 없지 않아요. 마음에 당신이 싫으면야 오늘 박시께서 주시는 담배를 받았을 리가 없지 않아요!"

"담배를 주고받는 것쯤이야 별 문제가 아니지요."

"어째 별 문제가 아니겠어요. 제가 오늘 박시께서 주시는 담배를 받은 것을 그렇게 간단히 생각하고 계셔요?"

"글쎄 마루도 씨, 그렇지 않아요, 내가 주는 담배를 마루도 씨가 받았으면 그뿐이지 무슨 딴 뜻이 있단 말씀입니까."

"아이 참, 갑갑해라. 박시는 그럼 나를 아무것도 아니라고 생각하고 계십니까?"

마루도의 태도가 전보다 좀 날카로워지는 동시에 어조가 점점 이상하여짐을 깨닫게 됨에 봉익은 담배 문제가 결코 간단하지 않은 것도 같아서

"마루도 씨! 나는 조선 사람입니다. 피차간 나라가 다르기 때문에 여러 가지 풍속도 자연 다른 곳이 많습니다. 그래서 공연히 모르고 하는 이야기가 도리어 마루도 씨의 감정만 상하게 할는지도 모르니 만일 내가 하는 말에 재미없는 데가 있거든 좀 가르쳐 주시오. 그래 내가 마루도 씨에게 담배를 주고 마루도 씨가 그것을 받았다는데 무슨 이상한 사정이 있습니까?"하고 은근히 물어 보았다.

"박시는 다 알고 계시면서 그러시지 않아요?"

"아닙니다. 정말 모릅니다."

"정말이세요?"

"참 정말입니다."

봉익의 대답은 어느 모로 보든지 진정인 것 같았고 그야말로 나라가 다르니 남녀 사이에 담배를 주고받고 하는 몽골의 풍속이란 참으로 모를 상도 싶었다. 그러나 이제는 봉익이가 이곳에 온 지도 벌써 일 년이 가까웠으니 이만한 것쯤이야 모르랴 하는 의심도 없지 않았다.

"박시, 정말이지 모를 말씀이에요. 몽골 땅에 오신 지가 벌써 일 년이 가까워 오는데 그것도 듣지 못했단 말씀입니까?"

"정말 모릅니다. 어서 들려 주세요."하고 좀더 봉익은 마루도 곁으로 붙어 앉으면서 대답을 재촉하였다.

"박시, 정말 모르신다면 가르쳐 드리지요. 몽골의 처녀들은 그렇게 남이 주는 담배를 받지 않습니다. 그리고 남자가 처녀에게 담배를 주는 일도 없답니다. 만일 어느 남자가 처녀에게 담배를 주는 것은 그 남자가 그 처녀를 탐내서 야심을 두는 것을 의미합니다. 그리고 여자가 어느 남자가 주는 담배를 받아들게 된다면 그 처녀는 벌써 그 남자의 것이 되어야 옳답니다. 박시, 그런데 조선에는 그런 풍속이 없습니까?"

"…."

봉익은 아무 대답이 없었다. 조선에 이러한 풍속이 있고 없는 것은 둘째로 치고 봉익이가 오늘 들판에서 마루도에게 담배를 준 것도 결코 그런 의미에 있지 않았다. 그리고 이러한 풍속이 있다는 것도 물론 오늘 마루도에게서 처음 듣는 이야기였다.

　그러나 마루도는 지금 자기가 말하고 있는 의미로서 그 담배를 받았을 것이니 아, 그러면 마루도는 나를 사랑하는 동시에 나의 사랑을 구하고 있는 것이 아닌가.

　그리고 이제 마루도가 하는 말 같으면 마루도는 이미 나의 사람이요, 나의 것이 아닌가. 거기까지 생각을 끌고 가다가 정신을 차리게 되니 봉익은 기쁘고도 거북한 감정에 붙들리고 말았다.

　"그러면 마루도 씨! 당신은 나를 사랑합니까?"

　"그것을 몰라서 지금 묻고 계셔요?"

　그때 마루도는 너무 북받치는 감정을 걷잡을 수 없는 대신에 봉익의 두 팔목을 힘있게 붙들고 부들부들 떨었다.

　"마루도 씨, 너무 흥분하지 마세요…응."

　"박시! 이제부터는 우리 동네에 늘 계셔 주세요, 네? 나는 정말 박시가 보고 싶어요. 이제는 기공서도 가지 말고 여기 농장에만 계셔 주세요, 네? 아버지도 그렇게 되기를 바라고 있답니다."

　"마루도 씨, 그건 안 됩니다. 나는 관리가 아닙니까? 그렇게 한 곳에만 오래 묵어 있을 수 없음을 마루도도 알고 있잖습니까?"

　"한 곳에 오래 계신다고 그게 무에 잘못이 될까요."

　"마루도 씨, 너무 그런 말만 자꾸 하게 되면 나는 더욱 거북하지 않습니까? 오늘 밤에 우리 둘이서 하고 싶은 말이 많더라도 그것은 요 다음에 다시 좋은 기회에 재미있게 이야기하기로 하고 오늘 밤은 그만 집으로 돌아가는 것이 좋지 않아요? 아버지도 기다리실 테니."

　"…."

　"자, 그럼 마루도 씨!"

　"그럼 박시, 요 다음에도 이렇게 나하고 단둘이 여기까지 올라와 주시겠지요… 네?"

　"암… 그리고 말고요! 자, 이젠 일어나서 집으로 갑시다."

　봉익은 좀더 마루도를 통하여 다른 곳에서 들을 수 없는 가지가지의 이상한 몽골 사정과 거짓말 같은 풍속담이라도 많이 듣고 싶었으나 마루도가 나에 대한 사랑이 이렇게 열렬함을 알게 됨을 따라 봉익은 좀더 서서히 연구하고 달리 생각하여 볼 사정도 없지 않아 이 달밤 대추나무 아래서 마루도와 서로 주고받고 하는 이야기는 이만한 정도에서 끊어 버림이 편할 것도 같았다.

봉익은 마루도의 손을 마주 잡고 가만히 일어섰다. 그리고 서로 어깨를 가지런히 하고 서서히 걸어 집으로 돌아왔다.

마루도는 모처럼 이 달밤 대추나무 아래서 봉익을 만났건만 결과로 보아 오늘 밤의 상봉은 아무것도 아니었다. 그러나 이것이 마루도에게는 머리 속에 깊이깊이 못박힌 사정인 동시에 자나깨나 잊으려 해도 잊을 수 없는 한 가지 사건이 아닐 수 없었다. 이 일이 있은 뒤에 마루도의 맞는 봄은 한층더 명랑하게 보였다.

그럴수록 봉익이를 그리워하는 마루도의 눈동자는 새로 차츰 빛나는 것이었다. 자나깨나 마루도는 그 어느 한때나 봉익을 떨어져 생각함이 없었다.

이제 와서는 돌아가신 어머니나 지금의 아버지도 그 전부가 봉익이 있음이요 봉익이만 없나면 이 세상 모든 것이 허무하고 맹랑할 것만 같았다.

그런데 어찌하여 요즘에 와서는 봉익이가 발길을 끊고 한번도 오지 않을까? 생각만 하면 저절로 눈물이 어리어졌다.

그러나 봉익이를 기다림은 마루도뿐이 아니다.

이 동네에 사는 사람이면 그 누구 하나가 봉익의 손이 닿지 않은 곳이 없었다.

이 동네에 그렇게 해마다 한번씩 무서운 전염병이 돌아서 사람이나 가축이 일시에 생명 잃는 수가 많던 것이 작년에 봉익이가 와서 예방주사를 놓은 다음부터는 가축도 튼튼히 자라나고 온 동네가 보다 평안해진 것이다.

그리고 이 들판을 파들추어 농사를 짓기 위하여 생긴 기영농장이 있었다.

거기에는 지금껏 볼 수 없는 뜨락또르라는 괴물이 나타나서 날마다 우르릉거리는 소리를 들을 수가 있었다.

이 농장이 생기기 때문에 이 동네 사람들은 전에 맛보지 못하던 보리밥과 밀가루떡을 만들어 먹을 수가 있는 것이었다.

그리고 요즘에 와서는 돼지고기도 닭고기도 양소젖도 먹어 볼 수 있으니 이것이 다 누구의 신세이며 누구의 은혜이랴. 이 동네를 위하여 밤낮을 가리지 않고 일하여 준 봉익의 은혜야말로 큰 것이었다.

봉익이는 이 동네에 둘도 없는 구주요 선생님이었다. 이 몽골 땅에 제일 세력 있고 무서운 사람이 활불이라면 고맙고 반가운 사람은 봉익이가 아니고 그 누구이랴? 들으면 벌 맞을 소리지만 활불은 불당에서 목탁을 들고 경을 읽는 이외에 하는 일이 무엇이냐. 그리고 활불은 그들을 먹여 살리기 위하여 고기도 쌀도 떡도 주지 못한다. 그러한 물건을 주기는커녕 그들이 먹고 입고 평안히 지내는 데 필요한 물건은 그 전부가 몽골 백성들의 손에서 우려 내지 않는가.

그런데 무슨 일로 몽골 사람은 활불만 만나면 벌벌 떨고 말 한마디 변변히 건네지도 못하는 것일까.

그 대신 봉익이를 보라. 그이는 무어든지 이곳 백성들을 위하여 이익이 되고 행복이 되는 일이라면 발 벗고 나서지 않느냐?

그러면 그이에게서 입는 신세가 그 얼마나 큰가 말이다.

마루도는 활불과 봉익이와 두 사람이 꼭같이 서서 마루도에게 손짓을 한다면 두말할 것도 없이 봉익의 품 안으로 안기어 갈 상도 싶었다.

봉익이는 마루도가 그리워하는 사람이라기보다 이곳 몽골 사람 전부의 애인이 되어 있었다.

요즘 얼마 동안 봉익이가 보이지 아니하자 온 동네는 얼마나 쓸쓸하여지는지 몰랐다. 그런데 무슨 일로 봉익이는 이 동네에 갑자기 보여 주지 않았을까.

이렇게 한 달만 더 기다리라면 마루도의 가슴 안은 말라 터질 것만 같았다.

그 다음부터 마루도는 모든 것이 귀찮았다. 들판에 양몰이 나가는 것도 싫증이 났다. 보는 것마다 화만 나고 닥치는 것마다 내어 던지고 싶었다.

그러나 날이 가고 달이 가도 봉익의 소식은 알 도리가 없었다.

그 동안 다른 동네에 다녀오는 사람이 있으면 그 사람을 붙들고 물어도 보았지만 모두가 도리질하는 사람뿐이었다. 이렇게 두 눈이 빠지도록 봉익이 오기를 기다렸건만 그리운 그이가 오기는커녕 그 어느날 저녁에 파잉콜 동네에는 벼락 같은 정보가 들려 왔다. 그것은 바로 이 달 말경에 이 동네 농장을 구경하기 위하여 감쥬루 묘의 활불 한 분이 여러 부하를 거느리고 온다는 것이었다.

잠잠한 호수물같이 평화하던 파잉콜 동네에 들리는 이 소식은 그야말로 청천에 벽력이었다. 이 동네에 생긴 기영농장이 한 해도 못 되어서 소문이

낳기 때문에 이곳 저곳에서 구경하러 오는 몽골 사람이 적지도 않았지만 절간의 중이라면 목탁을 들고 염불이나 하면 그만이지 얼토당토 않은 농장을 구경하여 무슨 소용이랴.

간쥬루묘는 북 몽골 일대에서 제일 크고 이름난 절간이니만큼 거기에 한 분밖에 없는 활불은 오죽이나 놀라우며 거룩할 것이냐.

그러한 활불이 파잉콜 동네에 농장 구경을 온다는 것은 새빨간 구실이 아닐 수 없었다.

그것은 이 동네에 오기 위한 한 가지 평계에 지나지 못하였다. 이 동네에는 마루도라는 어여쁜 처녀가 있으니 이 처녀를 노리고 오는 것은 그 누구나 알 수 있었다.

더구나 지나간 가을에 파잉콜 절간에서 열렸던 부처님 제사날에 마루도는 양복을 입고 구경 갔던 것이 잘못이었다.

그렇게 많이 모인 민징편에 특별니게 양복을 입고 나타난 마루도의 소문이란 참으로 여간이 아니었다.

워낙 미개한 나라란 소문도 잘 나고 그 소문이 엄청나게 퍼지기도 쉬운 법이라 그 날 묘회에 양복 입은 마루도의 어여쁜 자태가 모였던 여러 사람의 입을 거쳐 활불의 귀에 아니 갈 수 없었다.

그 다음부터는 누구나 마루도라면 모를 사람이 없을 만치 몽골 지방을 싸고 도는 화제거리가 아니 될 수 없었다.

활불이 이번에 파잉콜 농장에 오게 된다면 이 땅의 풍속을 따라 마루도의 처녀라는 생명은 여지없이 짓밟히고 말 것은 말할 것도 없었다.

사실 몽골 땅의 활불은 몽골 천지를 마음대로 휘두를 수 있는 세력을 가지고 있다. 그러므로 활불의 명령이라면 누구나 물불이라도 가리지 않고 뛰어들지 않으면 안 된다. 따라서 활불이 한번 어느 동네를 지나게 되면 그 활불을 환영하기 위하여 온 동네가 떠들썩하게 야단을 친다.

만일 그 활불이 어느 어여쁜 처녀의 집이나 부녀의 집에 하룻밤을 들게 되면 그 처녀나 그 부인의 정조는 아낌없이 그 활불에게 바쳐야 된다. 그뿐만 아니라 이러한 활불에게 정조를 바치게 된 그 부녀는 일생을 통하여 한 가지 광영으로 알고 있으니 활불에게 대한 정의 서비스는 한 가지 봉사라고도 볼 수 있는 것이다.

이러한 풍속쯤은 마루도 자신도 모르는 것이 아니지만 능구렁이 같은 활불에게 하룻밤의 정조를 제공하여야 될 오늘의 운명을 생각할수록 마루도는 금시에 독약이라도 먹고 죽어 버릴 마음이 아닐 수 없었다.

나에게 벼락이 내려도 분수가 있지 이 세상 넓은 천지에 오직 그립고 보고 싶은 사람은 봉익이밖에 없는데 난데없이 나타나는 활불이 무엇이냐?

오냐! 좋다. 될 대로 되어라. 활불이 아니라 활불의 할애비가 온단들 걱정이 무엇이냐.

만일 일이 잘못될 지경이면 팔딱 죽어 버리면 그만이 아니냐.

어려운 문제를 해결하는 데 오직 죽는 길이 첫 수다.

보고 싶은 사람! 그리운 사람! 나의 생명같이 믿어지는 그이를 만나지도 못하고 난데없는 활불의 하룻밤 노리개가 될진대 차라리 죽어 버리는 것이 오죽이나 깨끗할 거냐.

이제 이 달 말경이면 아직 반 달은 남았으니 일이야 죽이 되든 밥이 되든 지나 보면 알 것이다.

이렇게 냉담하고 비장한 결심을 품고 죽음의 길까지 사양치 않고 나선 마루도는 공연히 덤빌 필요도 없고 걱정 하나 없이 되어 반 달 후의 구슬픈 운명을 두고도 가지고 있는 기분만은 그윽히 침착하였다.

그러나 다시 생각하면 생각할수록 두 눈앞에 뚜렷이 나타나는 것은 언제나 변치 않는 봉익의 쾌활한 태도였다.

그이를 두고 죽다니? 죽어서 될 일이면 죽지 말고도 될 수 없을까. 해보다 안 되면 그때에 죽자꾸나.

활불이 온다는 것은 물론 확실한 근거가 있어서 들려 온 소문도 아니다. 그저 "온다더라"하는 막연한 풍설일는지도 모른다. 그러나 이것을 아버지도 알고 계시니 웬일인가. 어느날 저녁에 아버지는 활불이 오면 "어쩔 테냐?"고 물을 때 마루도는

"되는 대로 하지요."하고 단단한 대답을 하고 만 일도 있었다.

몽골의 풍속을 따라 따지고 보면 그러한 유명한 활불에게 마루도를 아낌없이 바쳐 준다면 그것이 마루도 집에 자랑인 동시에 이 동네에 광영일 것이다.

그야말로 마루도는 파잉콜이 낳은 미인이고 명물이었다.

마루도는 그 날 저녁부터 이 일을 어찌하면 면할 것이며 봉익이를 어찌하면 만날 수 있을까를 연구하기 위하여 갖은 생각을 있는 대로 쥐어짜 보았

다. 그러나 별달리 뾰죽한 지혜도 명안도 나지 않았다.

결국은 이러한 결론을 붙들고 말았다.

"도망."

오직 이것 하나였다.

활불의 손아귀를 면하고 그이를 만나려면 이곳을 피해서 저곳으로 가는 데 있다.

가는 데는 결단이 필요하다. 동생이 어쩌구 아버지가 어쩌구 이것저것 생각하다가는 죽도 밥도 안 될 것이다.

그이가 지금 대관절 어데 있는고? 이러구 공연히 여기서 어물대다가는 날만 보낼 뿐이요 별수가 없다.

마루도는 부끄러움을 무릅쓰고 파잉콜 농장을 찾아갔다. 농장은 적어도 기영농장이기 때문에 봉익이가 지금 어데 있는 것쯤은 서로 연락이 있어서 알 수 있을 것 같았다.

마침 거기에 일본 사람 주임이 없고 용인으로 있는 몽골 사람에게 물어보니 봉익이가 지금 여기서 이백 리 가량 떨어져 있는 포루토라는 동네에 기영목장을 만들기 위하여 거의 한 달이나 묵고 있다는 것을 알았다.

마루도는 참으로 반가웠다.

포루토! 포루토 동네에는 작년에 아버지를 따라 가본 일도 있었다. 말을 타면 하루 길이지만 걸어가도 이틀이면 넉넉하다. 마루도는 그 이튿날 걸어서 갈 양으로 결심하고 밤에는 떠나갈 때 필요한 두 가지 준비를 넌지시 하였다.

무심한 남동생은 감기가 들었는지 가끔 콜록콜록 기침을 하며 자다가는 깨고 깼다가는 다시 잔다. 그러나 아버지와 여동생은 깊은 잠이 들어서 코를 골며 자고 있다.

그러나 생각하면 서러웠다.

잠자는 이 두 동생을 버려 두고 내일은 그이를 찾아 도망을 가다니?

내가 가면 동생들은 나를 찾아 얼마나 울 것이냐. 어머니가 없기 때문에 나를 누이요, 언니 겸 어머니로 믿고 있는 요것들을 버리고 어디로 간담? 참으로 이것만은 못할 짓이요, 죄 될 것도 같았다.

그러나 아니다, 나의 운명을 굳세게 살리려면 오직 가는 데 있다.

이렇게 생각이 돌아질 때면 한 가지 두 가지 갈 준비를 안 할 수 없었다.

우선 보따리에 양복을 싸고 사오 일 동안은 걱정 없이 먹을 것도 준비를
했다. 물론 그것은 진떡이 절반이요, 만투도 적지 않았다. 그리고 가다가 집
이 없으면 들판에서 풀을 깔고 자게 될 것이니 밤중에 이리나 늑대 같은 짐
승을 물리치려면 두 마리 개가 있지 않느냐.

우리 집에 카로와 치베라는 두 마리 개만 데리고 가면 이리 늑대가 아니
라 호랑이가 있더라도 염려가 없다.

이렇게 아버지 몰래 도망갈 준비를 다 한 뒤에 남과 같이 자고 이튿날 아
침에 여전히 일어나서 조반을 먹고 양을 따라 들판으로 나갔다. 물론 나올
때에 아버지 안 보는 틈을 타서 보따리도 가지고 나왔다. 그리고 전날처럼
양을 몰고 있다가 때를 보아 달아날 작정이었으나 들판마다 아는 사람뿐이
었다.

거의 점심 때가 된 다음에야 들판에 사람도 없고 기회가 좋아서 풀밭에
숨겼던 보따리를 집어 들고 집 있는 쪽으로 머리를 다시 한번 돌려 보았다.

이것이 웬일인가.

난데없이 아버지가 말을 타고 나왔다.

"아버지, 무슨 일이 계셔요?"

"네 동생이 병이 나서 큰일났다. 열이 올라서 대단하구나. 마루도야, 어서
들어가 보자!"

필경은 동생이 병에 걸리고야 말았나? 어젯밤에는 어쩐지 기침이 나더니
어 참, 귀찮아. 왜 하필 오늘 병일까.

마루도는 속으로 화를 내며 아버지가 나오기 전에 보따리를 감춘 풀밭을
바라보며 집으로 들어갔다.

동생을 보니 온몸이 불덩이요, 숨소리만 커지고 있었다. 어린 애라는 것은
열이 오르면 정신을 잃고 정신만 잃으면 으레 헛소리를 하는 법이다. 곁에
누이가 있는 줄도 모르고

"누이야, 어데 갔어… 응."

"애, 색보야!"

색보는 동생의 이름이었다.

"색보야, 여기 누이가 있지 않니… 색보야, 정신차려… 응?"

"어떤 게 누이야? 누이야, 가지 말어… 응? 누이가 가면 난 싫어….”

물론 이것은 열이 올라 정신없이 말하는 동생의 헛소리에 지나지 않았다.

　그러나 그것이 아무리 병들어 누운 어린 애의 헛소리지만 언니가 가면 안 된다는 것은 마루도의 가슴 안에 깊이깊이 감추고 있는 비밀을 긁어 내는 듯 마루도는 울어도 울어도 시원치 못할 거북한 사정에 붙들리고 말았다.

　마루도는 마침 그 어느 때인가 봉익이가 주고 간 하열제를 꺼내어 그 가루를 물에 풀어 동생에게 먹였다.

　그 약을 먹이고 하룻밤을 지나니 그렇게 걱정되는 동생의 병도 깨끗이 나아 여전히 뛰놀았다.

　마루도는 그 이튿날도 못 떠났고 그 그 이튿날도 역시 못 떠났다.

　동생이 병 앓고 낫던 날 마루도는 들판으로 나가 보았으나 풀밭에 감추었던 보따리는 엉망진창이었다.

　들판 가운데는 다람쥐, 두더지, 자발쥐 무슨 쥐 하는 가지각색의 쥐떼가 오방난전을 펴는 법이라 쥐 세상의 풀밭에 감춘 보따리가 그냥 고이 있을 리가 없었다.

　쥐들이 마음대로 보따리를 쏠고 들어가서는 만투, 젖떡 할 것 없이 모조리 먹어 치웠을 뿐만 아니라 양복도 발기발기 구멍을 쏠아 놓았다. 먹을 것은 다시 만들면 그만이지만 지나간 가을날 묘회에 갈 때 입어 본 다음엔 한번도 입지 않고 아끼고 아껴 두었던 내 양복이 마침내는 이 모양이 되다니!

　하여튼 마루도는 아무런 일이 있고 가다가 죽는 한이 있더라도 봉익이 있는 포루토로 갈 생각만 났다.

　마루도는 전보다도 더 튼튼한 차비를 차리고 같이 갈 개에게 먹일 양고기까지도 준비한 후에 그 이튿날 아침에 기어코 파잉콜 들판을 떠나고야 말았다.

　그 다음에는 아무것도 모른다. 갈 데로 가는 것이 목적이다.

　얼마나 갔던지 쉬지 않고 가는 마루도는 아마 오십 리는 갔으리라. 점심 때를 지난 지도 이미 오랜 듯하였다.

　한 곳에 조그마한 산이 있고 산으로 넘어가는 큰 길이 있었다.

　오래간만에 보는 산이요, 산 위에서 불어 오는 바람이 머리를 스쳐 갈 때 유정한 것도 같았다. 그 산 위에 올라 서니 나무가 있고 나무 뒤에는 바위 하나가 보기좋게 놓여 있었다.

　마루도는 여기서 쉬어 가며 점심을 먹기 위하여 바윗돌 옆에 가만히 걸터 앉았다.

　문득 저 아래 산기슭에서 인적기가 있는 것을 보고 유심히 보니 말을 타고 올라오는 두 사람의 몽골 인이었다.

　그들은 파잉콜 동네에 일이 있어 가는 모양이었다. 차차 위로 올라올 때 자세히 보니 한 사람은 파잉콜에 사는 사람일 뿐 아니라 그는 바로 마루도의 동무 베루샤의 삼촌이었다.

　마루도는 얼른 바위 뒤에 꼭 숨어서 그들이 하는 말을 듣기 위하여 숨을 죽이고 귀를 기울이었다. 그들이 맞은편 바위에 앉아서 주고받는 말 가운데는 봉익의 이야기가 말끝마다 들어감을 알았다. 마루도는 웬 말인지 몰라서 좀더 귀를 저쪽으로 기울였다. 그들은 그저 봉익이가 싫지 않은 사람이라든가 우리 몽골 사람을 위하여 고마운 사람이라고 칭찬하는 외에 아무 말이 없었다.

　이쪽 사람이 베루샤의 삼촌보고

　“그래 자네는 무슨 일로 포루토를 갔더랬나?”

　“글쎄 우리 집 작은애 녀석이 별안간 열이 나면서 밥도 못 먹고 밤새도록 야단을 치는데 별의별 약을 다 써봐야 나아야지. 그래 봉익은 그러한 의술에 아주 능한 분이라 좀 부탁을 하여 볼까 하고 찾아갔더니 일도 이상하고 그이가 있어야지. 별수없이 헛걸음만 걸었네.”

　매우 어이없어하는 눈치였다. 그러나 포루토에 있어야 될 봉익이가 없다는 데는 마루도도 울렁거리는 가슴을 누를 수가 없었다.

　더욱이 나도 그이를 만나려 이렇게 이것저것 다 버리고 떠났는데 포루토에 그 양반이 없다면 내 일이 어찌되노.

　마루도는 좀더 그들의 말을 자세히 듣기 위하여 바위 곁에 딱 들러 붙어 두 귀를 기울였다.

　“봉익이가 아니 어제까지 있는 것을 보았는데 없다니 무슨 말이야?”

　“하하, 그러기에 말일세. 그이가 오늘 아침에 막 떠나가자 내가 갔으니 소용이 있나. 그이도 공무가 있어서 다니는 양반이니 갔다는 곳으로 따라갈 수도 없지 않나. 참 오늘은 재수가 없어.”

　“어데로 갔다던가?”

　“흑산두로 갔다네….”

　“응… 흑산두라니, 저 삼하로 가는 데 있는 동네 말이지.”

　“그래, 그렇네.”

그들은 일어서더니 다시 산 너머 길을 향하여 무어라 지껄이며 천천히 걸어갔다.

마루도는 그들이 간 뒤에 후 하고 한숨을 내어 쉬었다. 그리고 저 멀리 보이는 포루토 들판을 바라보노라니 두 눈에 눈물이 핑 돌았다.

모처럼 그이를 만나기 위하여 여기까지 왔더니 일은 또 요 모양이 되고 말았구나. 그래도 마침 그들을 만났으니 망정이지 그들까지 못 만났더라면 그냥 산 너머 내일까지 걸려 포루토를 가느라고 별 고생을 다하였겠지. 일은 마침 잘되었지만, 그러면 봉익 씨는 포루토에 있지 않고 흑산두에 간 이상 이제 여기서 어물어물할 필요도 없다.

마지못하여 마루도는 갈 길을 돌리어서 집으로 향하였다.

그 날 밤 날이 어둡고 달이 뜬 다음에야 마루도는 집으로 들어갔다.

이렇게 늦어서 들어감은 보통 있는 일이라 아버지는 아무 영문도 모르고 있었디.

봉익을 만나기 위하여 포루토로 가다가 사정이 있어서 다시 돌아온 줄은 아무도 알 사람이 없었다.

그러나 마루도는 그 이튿날 아침에 다시 일어나서 손꼽아 보니 활불이 우리 동네로 올 날은 이제 엿새밖에 안 남았었다.

"에라, 또 가자!"

무슨 일이든지 첫번에 안 된다고 낙심할 필요는 없다. 안 되면 열네 번이라도 좋지 않는가. 나는 그이를 만나기 위하여 떠나는 것이 이번으로 세 번째가 아니냐.

이왕 마음 내켰던 길이니 내 뜻을 이제 중간에서 꺾을 필요야 무엇 있나.

흑산두가 아니라 나라무토라도 좋다.

날이 갈수록 봉익을 만나기 위하여 떠날 결심이 철석 같은 마루도는 그 이튿날 또다시 집을 떠나 흑산두를 향하였다.

파잉콜에서 흑산두까지는 삼백 리는 넘는 곳이다. 그러나 동으로 육십 리만 가면 기공서에서 포루토를 지나 흑산두로 가는 갈림길에 나서게 된다. 여기에 나서면 탄탄한 큰 길이요, 그 길로 곧장 찾아가면 틀림없이 흑산두다.

흑산두는 소련의 접경이요, 동쪽의 큰 길로 그냥 찾아가면 삼하 지방이다.

이러한 지리쯤은 미리 알아 두었고 이번은 큰 길이요 곧은 길이니 길을 빗들 염려도 없었다. 점심 때가 지나 좀더 들판을 찾아가니 과연 거기에는 큰 길이 있고 큰 길에는 자동차바퀴 자리가 무수히 나있었다.

마루도는 큰 길 옆 풀밭에서 점심을 먹고 난 뒤에 다시 일어나서 한 마장 쯤 걸어갈 때 저쪽 큰 길 가운데 먼지가 뽀얗게 일어났다.

뛰뛰소리가 났다. 일찍 자동차에 경험이 있는 마루도는 그것이 자동차임을 얼른 알아보았다.

자동차에 달린 만주 국기의 깃발이 불어 오는 들바람에 펄펄 날리는 것을 보니 그 차는 필연코 기공서 자동차인 줄도 알 수 있었다.

정말 그것이 기공서 차라면 행여나 그 안에 봉익이가 타고 있을는지도 알 수 없으며 봉익이가 아니더라도 그이가 지금 어데 가 있는지를 확실히 알아 볼 수도 있을 것이다. 그 차가 점점 가까워질 때 마루도는 손을 들어 오는 차를 멈출까 말까 퍽이나 망설이었다.

큰 마음을 먹고 두 손을 번쩍 들면서 유리 안을 들여다보니 그 안에 홀로 타고 있는 운전수는 어느 때인가 봉익이와 같이 이 차를 운전하여 가지고 파잉콜 동네에 놀러 온 때도 한번 있었다.

운전수가 차를 멈추고 뛰어내리더니 여기까지 혼자 찾아온 마루도를 보고 깜짝 놀라면서

"마루도, 이게 웬일이오?"

"…."

"무슨 일이 있어서 여기까지 왔어요?"

"…."

마루도는 그 운전수에게 이러구저러구 응답할 필요조차 없었으나 봉익의 거처를 알기 위해서는 여기까지 온 일과 흑산두까지 찾아가야 될 사정을 말 하지 않을 수 없었다.

"흑산두까지 다녀올 일이 있어서 떠났어요."

"네… 그렇습니까! 그러면 봉익 씨 만나러 가는 길이구려."

"네!"

말하지 않아도 운전수는 마루도가 흑산두를 간다면 틀림없이 봉익이를 만 나러 가는 것인 줄을 얼른 알고 있었다.

마루도가 봉익이를 만나기 위하여 혼자서 떠나 온 그의 진실한 행위에 아 니 놀랄 수가 없었다.

참으로 몽골 땅에서 양몰이를 하고 있는 이외에 아무것도 모르는 몽골 처

녀로서 이처럼 사랑을 찾는 열정이 절대함을 탄복하였다.

생각다 못하여 운전수는 이처럼 어여쁘고도 가엾은 마루도를 동정하여 한시바삐 봉익이를 만나게 하기 위하여 자동차를 다시 흑산두로 몰기에 주저하지 않았다.

"마루도, 이 차를 타시오."

"어째 그러세요?"

"흑산두까지 데려다 줄 테니 어서 이 차에 오르시오."

"…."

마루도는 웬일인지 몰랐으나 선뜻 그 차에 올라갈 용기가 나지 않아서 말없는 대신에 땅을 굽어 보던 고개를 들지 못하였다.

"마루도 씨!"

"네."하고 간신히 고개를 들었다.

"어서 타시오. 차로 간다면 잠깐이니!"

"정말 타도 좋아요?"

"정말 아니구 누가 거짓말할 리가 있소. 마음놓고 어서 타시오."

마루도는 뜻하지 않은 운전수의 호의대로 그 차에 올라타자 뛰— 소리를 치며 그 차는 달리기 시작했다.

아까 이곳을 향하여 올 때와 같이 먼지를 뽀얗게 일으키면서 자동차는 쉬지 않고 흑산두를 향하여 그냥그냥 달려간다. 차가 빨리 가면 갈수록 봉익이를 만날 수 있는 시간이 줄어 가는 것이니 마루도의 영롱한 두 눈동자에는 사랑을 찾아가는 처녀에게 한해서만 볼 수 있는 기쁨이 빛나고 있었다.■

한찬숙

1907년에 조선 평안북도 영변성 내에서 출생.

일본에 가 나가노현 북좌구농업학교를 졸업하고 강원도 회양군 기수로 3년 근무하다가 만주국에 들어와 관리생활을 8년간 하였음.

1940년에 왕청현 실업과장으로 있음.

작품으로 단편소설 「안해의 마음」, 「화침」(花枕), 「쌍경」, 「취직」, 「초원」 등 여러 편이 있음.

제 화

황건

마지막 가려는 어머니 병석에도 불효한 자식은 한사코 가만히 참아 앉아 슬퍼하지 못한다. 안방에서 주사 놓고 나오는 중년 의사 뒤로 누이는 눈물이 글썽하다. 누이는 이루 편히 앉았을 사이가 없다.

"어쩌면 좋을지요? 선생님"

"글쎄올시다, 혈압이 좀 내려야 할 텐데 종시 듣지 않는군요. …기력이 너무 쇠약하셔서 보할 약을 쓰려 해도 혈압이 높아질까 염려되어 탈입니다. 무엇보다도 혈압 내릴 것이 급하니까 우선 혈관 늘일 주사부터 썼습니다."

책상에 턱을 고이고 멍하니 밖을 내다보고 있는 내 옆에서 이러한 대화가 나누어진다.

나이 서른두셋밖에 안 된 상싶어도 둥근 얼굴에 검은 수염이 코밑에 깔리어 곁늙어 보이는 의사는 누이와 말을 나누면서도 누이보다 나를 더 쳐다보는 것이다.

의사는 누이가 주는 검은 가방을 받아 들고 복도로 내려 선다. 바깥문이 열렸다 닫히고 위쪽으로 우산 든 의사가 올라가는 양이 보이자 이윽고 누이가 들어온다. 방바닥에 흩어진 수건이며 신문을 주섬주섬 정돈하여 놓고 아무 말도 없이 내 옆 조금 떨어진 곳에 앉더니 누이가 밖을 내다본다.

누이는 모를 리 없다. 어머니하고 둘이 마주 앉으면 높지 않은 음성으로 곧잘 시간 가는 줄 모르다가도 나와 앉으면 이렇게 말이 없다. 온종일 가야 내 편에서 말 건네는 일이 별로 없지만 그렇다고 무슨 그렇게까지 나에게 말 없으란 법이 있으랴 서글프다.

누이도 끔찍히 가엾은 여자다. 나이 서른에 두셋이 넘는 오늘까지 설움과 눈물로만 지내 왔다. 어려서 촌학교에 다녔을 때는 할머니의 엄한 시중 밑에서… 나이 열네댓이 되어 여학교라고 다녔을 때는 주위 사람의 불행 속에서… 시집엘 와 아이 두셋이 무릎이며 등에 달리게 되었을 때는 이해와 애정이 멀어져 가는 애달픔, 사랑하는 어린 것들의 먼 장래에 대한 근심으로 어느덧 이마에는 주름살만 늘어 갔다.

몹쓸 것도! 누이는 무엇 때문에 나 같은 동생을 두었다느냐?

누이는 옷고름을 접어 얼굴로 가져간다. 눈물을 씻는다.

괴로웁다. 어찌하여 나에게는 엄마가 있고 이리 가엾은 누이가 있다느냐….

아아, 그 가엾은 아버지나 오늘까지 살아 계셨던들 나는 이리 괴로웁지는 않았으리라.

아버지가 살아 계셨을 때에도 나는 불효하였다. 그럼에도 불구하고 아버지는 한번도 탓하는 일이 없었다. 살아 계셨을 때 아버지도 왜 내 볼기짝이며 사타구니를 벗겨 놓고 장작개비가 부러지도록, 피가 죽죽 흐르도록 때릴 줄을 몰랐는지… 그리나 하였더면 나는 오늘 더 성하여 병든 어머니 옆에 지그시 앉은 채 너를 이리 생각하는 일도 없으리라.

이찌하여 아비지는 저 고독한 어머니를 두고 먼저 갔다느냐? 무너져 가는 마음의 여린 상처를 누가 이제 붙잡을 수 있다느냐? 아버지는 기어코 오늘까지 남아 있어 굵직한 그 손, 무거운 눈으로 어머니의 마지막 순간을 지켜야 하였으리라. 어머니의 눈물을 그대로 받은 누이나 천하고 배운 것 없어 말까지 잊은 내나 누가 이제 저 죄없는 마음이 저 가는 순간을 다잡을 수 있다느냐.

기주를 떠나 보낸 지도 벌써 두 주일이 된다. 바람도 그리 모질게도 불더니 오늘 저녁은 비가 내린다. 낮밥 때부터 내리기 시작한 보슬비는 저녁 무렵이 으슥하도록 그칠 줄 모른다. 축으니 젖어 드는 기름한 푸른 옷을 입은 만인 계집아이들이 노래를 부르며 지나간다. 노랫소리는 이내 멀어져서 들리지는 않아도 맑고 어린 음성은 오래도록 귓가에서 빙빙 돈다. 멀지 않아 나무에는 가지마다 새싹이 나고 온갖 것은 소생의 기쁨에 잠기리라. 그것은 모두 작은 아름다운 이야기거리다. 깊은 밤을 헤나 나는 넋 없이 앉아 바람 부는 소리, 비 오는 소리에 끌려간다. 달밤에 기울어지는 찬 호수, 사람 없는 들 위에 저 가는 것의 이름모를 음성만을 듣는다. 남처럼 호탕하게 웃고 떠들고 뛰놀 줄은 모르고 너는 무슨 까닭에 그 그늘에 피어져 가는 것의 이야기만 귀여겨 왔느냐? 모두 새로운 하늘을 우러러 환희에 뛰놀고 있으며 훤한 평야를 향하여 무한한 질주와 조약과 희망을 말할 제 모두 살아 즐거운 것을 이야기할 제 너는 혼자 문녘에 턱을 고이고 앉아 머리를 흐트린 채 해

가는 줄도 모르고 무슨 그 몹쓸 살지 못할 것의 이야기만 생각하고 있느냐?

살아 가는 데 있어 과거란 흔히 아무데도 쓸데없는 것이겠다. 영리한 두뇌는 그러한 쓸데없는 것을 애초에 생각하려고도 않지만 생각되더라도 곧 물리칠 줄 안다. 산다는 것을 보다 완전하게 할 수 있는 인간에게는 원체 생각되지 않는 것인지도 모른다. 그들에게 이것은 한 개의 자랑인 동시에 즐거웁게 산다는 특권까지를 의미하는 것이겠다. 허나 미래를 말할 아무것도 가진 것 없어 어두운 곳에 후줄근히 젖은 과거만이 무거울 제 벗과 형제와 부모와 사랑하는 모든 인간들에게 나는 오늘 무슨 이야기를 하여야 하는 것인지….

마차가 내려간다. 직경이 한 아름 넘는 큰 바퀴가 수차물레처럼 빙빙 돌아갔다. 무어라고 중얼중얼 지껄이며 검은 만인복 입은 중늙은이 하나와 소년이 그 뒤로 질적질적 발소리를 내며 내려가자 길 위에는 다시 가는 빗발만 남는다. 밖은 벌써 어둠이 군림하여 건너 쇼풀에는 전등이 켜졌다.

누이는 치마 끝을 잡아다 눈물을 씻더니 일어서서 어머니 방으로 들어간다. 좁은 방 안에나마 나는 완전히 자유로웠다.

생각난다.

기주와의 지나간 일이 하나하나 생각난다.

"선생님, 그러한 가지가지 음성들을 저는 어떻게 하면 잊을 수 있는 것일지요. 피뜩 밤 어두운 거리를 지나다니는 듯 은은한 선율이며 기실 있는 것이 아니면서도 먼 들을 어느 때까지고 울며 지나는 청한 노랫소리며 호숫가 작은 물결이 출렁이며 짓는 가늘은 흐느낌이며 이러한 것이 일찍이 저의 작은 가슴을 스치며 던지고 가는 가지가지 형용들을 저는 어떻게 하면 잊을 수 있는 것일지요…."

이러한… 저녁이면 너는 찾아와서 내 지금 턱을 고이고 있는 이 책상귀 밑에 말없이 앉아 바깥길로 사람들이 지나가는 것을 넋 없이 바라보더니 너는 이 밤 고향집에서 무엇을 하고 있는지… 열한 살 먹었다는 계집아이 동생과 뒤울 안에서 갓난 달래뿌리나 가리고 있지나 않는지… 혹은 희미한 등잔 밑에 조그맣게 쪼그리고 앉아 밭에서 돌아오신 아버지의 일하실 때 헌옷을 깁고 있지나 않는지… 모질 줄 모르는 너는 필시 오늘 저녁도 여린 손길이 무릎 위를 넘을 때마다 그리 애정겨웠으면서도 애정겨웁지 못하였음을 뉘우치고 있을 것만 같아 괴로웁다.

　세 번이나 편지를 받고도 나는 한 번 답을 쓰지 못하였다. 그런데도 아무 탓하는 일 없이 한결같이 여겨 주는 너, 너로 하여 나는 더 못쓰게 되어 버렸다.

　보다 악하게 살리라 마음먹을 수 있었던 것도 너를 만나 너의 인간됨을 알게 되고 너와의 같은 하늘을 가지는 것으로 생의 따뜻한 보람을 생각케 되면서부터였지만 동시에 그 싹을 갓난 그대로 크게 못하였던 것도 또한 너의 그 고마운 마음 까닭이었다. 남처럼 살면서도 종내 그렇지 못했던 그것은 너와 나를 갈수록 한곳에 굳게 매어 놓는 계기였고 고마움이었지만 강하지 못한 서로의 마음에는 더한 슬픔이기도 하였다. 나라는 인간을 가장 잘 알고 있는 너—네가 가장 잘 알고 있다는 그 까닭에 나는 더 못해지는 것이다. 너는 항상 아끼고 믿어 굳게 지키려 한다. 헛되이 밝음을 말하는 일도 없지만 그렇다고 어둠을 말하는 일은 더욱 없는 너는 그러한 어둠이며 슬픔을 미워히기보다는 오히려 먼저 아끼었다.

　편지마다 어머니 병이야기다. 가까스로 너는 물어 온다. 그러나 나는 아무것도 대답할 수 없다. 내가 이제 어머니 병에 대하여 무엇을 알랴… 나는 아무것도 모른다. 오직 단 하나 믿고 있는 것은 무슨 천하 없는 일이 생긴다 하더라도 어머니는 내 곁을 떠날 수 없다는 것이다. 어느 만큼 끔찍한 명령이 있고 천변이 있다 하더라도 내가 아직 이곳에 살아 있어 보고 듣고 생각하고 있는 한 어머니는 나를—나와 누이를 남겨 두고 도저히 떠나갈 수 없다는 것이다. 그것만을 알고 그것만을 굳게 믿는다.

　실로 돌아만 보아도 무서운 악몽의 반 생은 모든 애정의 못 놓칠 대상을 나에게서 빼앗아 갔고 끝내 나는 지상 위 아무것도 부를 수 없게 되었다. 어느 몹쓸 깊은 밤에 나의 지혜며 노래며 자랑들은 산새처럼 날려가 없는지 보고 듣고 느끼고 하는 온갖 것이 그저 어지럽고 괴로웁고 차다. 넷이 둘로 쪼개어 둘이 된다는 것을 나는 언제부터 못 잊게 되었는지 모른다.

　아아, 모든 인간이 제가끔 밖으로 밖으로만 나가고 있을 제 나는 이 아무도 없는 옛집이 얼마나 뼈아프게 생각되는지 모른다. 그들에게는 그리도 명료한 사실이 나에게는 모두 애매하고 몽롱하다. 애당초 나는 이 세상에 나지나 않았던 것처럼 모든 것을 생각지 말아야 하는지도 모른다. 그러나 생각지 않으려 마음먹을 때 그때 일로 모든 것이 더 새로워져 그렇지 못한 것이 나여니 이것이 나의 제일 큰 불행인가 한다.

한때는 나도 영웅시대를 가졌었다. 미래만을 알았었다. 현재라는 것도 미래에 통하여 있었기 때문에 모든 것은 힘과 보람에 차 밝았었다. 허나 나는 그로부터 십 년 가까운 세월을 보내었다. 그 사이에 나는 이제껏 몰랐던 너무나 많은 경악과 회의를 포태하게 되었던 것이니 아름답고 진실하려던 모든 성곽은 아찔하여 갔다. 그래도 나는 마치 사람에게 쫓기우는 고기와도 같이 먹히우는 곳에서마다 다른 성곽, 다른 길을 찾아 헤매었었다. 허나 스산하고도 오랜 밤 뒤 나는 드디어 자신이 온갖 것에서 배반당하고 말았음을 알았다. 웅장하고 화려한 온갖 속을 가장 중요한 무엇이 빠져 없다는 것, 모든 것이 진실로 아름다운 것에서는 멀다는 것, 그리고 그 아름다운 것은 우리들 머리와 가슴속에밖에는 없다는 것, 그때부터 나는 이러한 것을 골똘히 생각하게 되었었다. 나중에는 그 어떤 인간을 넘은 힘의 일만이 자꾸 되살려졌고 아무리 화려한 것을 가져온다 한들 이제는 너무나한 공허를 메울 수가 없겠다는 것을 알게 되었고 그리하여 나는 드디어 양팔을 힘없이 놓고 말았던 것이다. 이곳에는 말하자면 사회와 인류 역사와 인간성에의 모든 나다운 결산이 얽혀 있었다고 하겠다.

앞을 지향함도 아니요 뒤를 돌아봄도 아니요, 그러한 애매한 지점이 즉 나의 선 곳이다. 갖가지 태만이 온몸을 감아 가던 허수아비의 나날은 여기에서 비로소 시작되었던 것이다. 언제 자고 언제 먹고 어디로 가는지 알 바 없었다.

바다의 이쪽 저쪽에서 떠들고 고함치고 하는 모든 것 주위를 무수히 배회하며 근심하고 목메어하는 어머니, 누이의 애정이며 온갖 것이 한 가지 흰색으로 칠해진 멍한 눈과 찢어진 기발과 흩어진 노래와 종이쪽의 정지된 풍경화로 응결되어 있었다. 즐거울 까닭이야 없지만 무슨 슬프지도 안 했다. 빈 마음이 무게 없이 내려 앉아 움직임 없는 것만이 덧없었다.

쌀쌀한 바람이 불고 가버린 깃발의 보다 어두워 가는 그림자가 성히 날리던 날, 이러한 날 내 앞에 나타나 새로운 고마움으로 다시 나를 끌려 한 이가 있었으니 그는 틀림없는 기주였던 것이다.

얼마나 귀중한 마음이 울고 있느냐 하는 것을 알고 얼마나 그 험상한 나날이 자신을 시달리게 하였더냐 하는 것을 알고 하여튼 기주와 나의 뜻하지 않은 첫 저녁은 동시에 나의 어제까지의 대사회적인 관계의 무딘 끈이 마지막 끊어져 버렸던 저녁으로, 또 하나 다른 의미의 시련과 발발에의 준동을 나에게 주었던 저녁이었다.

결코 붉을 수도 없고 푸를 수도 없는 그러한 한 개의 하얀 풍경에의 의도였다. 붉은 것 푸른 것을 지나 왔음으로 하여 그것은 하얄 수밖에 없었던 것인지도 모르지만 그는 동시에 퍽 스산한 이야기였으며 그럼으로 하여 더한 따뜻함과 밝음에의 호흡이었기도 하였다.

그러면 그 밝은 것 따뜻한 것에의 호흡을 암시하여 주었던 날 저녁이란 어떠한 저녁이었던가—.

모진 바람이 불어 오면 거리에는 채 다 누르지도 않은 나뭇잎이 우수수 떨어져 가는 어느 늦은 가을이었다.

정한 날이 두어 차례 지나가도록 오랫동안 회합이 없었던 문화청년회 회의가 그도 이삼 인의 분개에 의하여 겨우 열리게 되었던 저녁이었다. 모임 사람이라야 모두 낯익은 사람들뿐으로 그 어떤 결정적인 이야기를 간단히 나누기 위하여는 오히려 지금 모인 사람들만으로 더 긴한, 말하자면 문화부 창설시부터의 중심 추진력 칠팔 인이었다.

둥글게 지어진 좁은 회의실에는 길을 면하여 방에 비하여서는 엄청나게 넓은 유리창이 있고 그것을 통하여 냉한 기운이 촉촉히 숨어 들고 있었다. 포켓에 손을 넣고 오버깃을 세우는 것이 어느덧 아득하여졌다.

이야기 끊어진 방 안은 고요하였다.

벌써 삼 년째의 겨울을 맞게 되는구나 생각하며 나는 헝클어진 머리를 밖으로 돌렸다.

컴컴하여져 전등불에 얼룩진 길 위에는 희미한 촛불 단 마차가 지나가고 있었다.

이제껏 서로 거품을 올리며 싸우던 그 지점에서는 홀로 완전히 떠난 듯한 조용함을 나는 느낄 수 있었다.

논쟁하던 일이 연상되었다. 격한 음성이며 표정들이 노한 파도처럼 한시에 몰려와 면상에 덮치고 발길이 가슴을 사정없이 차는 것 같다가도 이미 부서져 잔잔한 물결로 물러 가군 하였다.

아무리 싸우고 물어 뜯고 한들 오늘의 암담과 무질서는 처음부터 구할 수 없는 것인지도 몰랐다. 그러나 보다 진실되려 하고 더 굳은 믿음과 보람을 가지려 하였던 넋에 있어서는 그 어떤 재출발에의 결정적인 결산이 동시에 필요하였던 것이겠다. 문화며 문화의 건설이며 이성이며 양심이며 하는 미명

밑에서 환경이며 개성이며 영웅이며 나중에는 영웅을 못 가진 세기의 불행
이며 하는 것까지를 각기 이야기하게 되었다. 벗이 모르는 사이에 그들은 제
가끔 어느 곳에서 이처럼 신기한 것을 배워 왔는지 뱀도 아니요 뱀장어도
아닌 몸의 슬픔은 오히려 자신을 시원시원히 도마 위에 던져 결단의 칼로
용서 없이 단절하고 싶었던 것이다. 남다른 실마리가 서로의 사이를 엮고 있
음을 무언중에 느끼고 있으면서도 그 맺음이라 하는 것이 어느덧 믿을 수
없는 것으로 되어 버렸을 제… 따라서 보다 귀중한 것에 바친 몸이라 알았
던 서로의 그 모든 것이 이리도 태 없고 걷잡을 수 없는 것으로 변하고 말
았음을 믿어야 하였을 제 이는 몸서리나는 일이 아닐 수 없었다. 곧은 마음
의 너무나 한 괴로움을 서로 나누려 하는 것은 고사하고 오히려 웃고 조롱
하게까지 되어 버린 벗들을 발견하여야 하였던 것이다. 생명, 자중, 오만, 의
욕, 이 중에서도 자기 한 개인에만 관한 것에 이끌려 벗을 미워하게 되고 비
웃게 되고 멸시하게 됨을 알 제 놀라운 마음은 오늘 그들을 하나하나 어찌
해석하여야 하는 것인지 몰랐다. 믿음을 잊은 날의 슬픔… 아무런 지향도 의
의도 가질 수 없는 날과 밤은 기력도 없는 빈 곳으로 끌려갔다. 이름모를 피
로가 무겁게 매어 달려 떨어지지 않았다.

　"솔직히 고백한다면 나는 자네들한테서 내 청춘을 배웠네. 자네들은 나의
학원이었던 것이네."

　등 뒤로 필수의 격한 음성이 들려 왔다. 나는 이윽고 고개를 돌렸다.

　바바리 앞을 헤쳐 놓은 채 왼손으로 쇼파등에 옆으로 턱을 고이고 있는
필수의 얼굴은 핏기가 서있었다. 말을 끊자 필수는 이빨을 가로 문 듯 왼쪽
볼이 부풀어 보였다. 담배를 피워 물더니 필수는 다시 이었다.

　"한마디로 말해 우리는 모두 무대가 그리웠던 것인 줄 아네. 수많은 관중
과 관중의 박수가 그리웠더라고 하는 편이 오히려 더 옳겠지… 그 무슨 비
싼 말들은 처음부터 필요치 않았던 것이네. 진실로 바른 것을 살리고 바르지
않은 것을 살리지 않으려 하였다기보다는 바른 것 속에 바르지 못한 것도
넉히 바른 것이 보다 많은 것처럼 보이고 싶었던 것이겠네. 죄는 시대와 그
시대의 기렵적인 무지한 관중에 있었던 것인지도 모르지… 관중이 없었던들
우리는 그런 허울좋은 패랭이를 쓰고 어색한 춤을 추는 꼴은 안 하고도 좋
았을지 모르니까… 사랑하는 것처럼 하는 속에 기실 우리를 염원의 안전에
는 인간의 괴로운 형상이 있었다기보다는 오히려 더 화려한 모습의 자신이

있었던 것이겠네…."

말을 끊자 필수는 조용히 담배를 붙여 물었다.

모인 중에서 제일 나이 어린 필수는 그리 튼튼치 못한 몸에 갸름한 얼굴을 가지고 무슨 일에든 누구보다 앞서 하여 왔다. 헬쑥한 얼굴이 웃음도 없이 항상 찾는 것은 일이요 발견이요 티기 없는 애정이었다. 보여 주려고 일부러 하는 것도 아니며 동시에 남이 모르는 사이에 모든 의욕과 행동에 성실을 간직하고 있었다. 때로는 악의 없는 웃음 내기를 할 줄도 알고 자기보다 나이 많은 벗들의 형겨워지기도 하였으나 그러한 조그마한 일에서도 항상 나어린 믿음과 밝음을 잊지 않아 자연스러웠다. 매사에 성실한 나머지 자칫하면 사념에 잠기기 쉬우면서도 착착 그어지는 노력의 자족을 더 즐기는 그였다. 회합 같은 때에도 논의며 결의사항을 시종 빼지 않고 잘 여겨 듣고 말없는 속에 찬의를 표하는 것이나 일단 이의가 있는 때에는 어디까지든지 신념에서 우리나오는 주장을 세우는 그였다.

그는 조금 언성을 높이며 다시 말을 이었다.

"드디어 흑백을 가려야 할 때가 당도하고 그리도 놀라운 눈으로 보고 있던 허울좋은 관중이 마저 멀어지자 이제껏 뛰놀던 무대는 어느새 발길로 차고 오금을 흐트린 채 모두 제 구멍을 찾아 헤매던 꼴이란 참 볼 수 없었던 것인 줄 아네… 그 중에도 직스러웠던 일부 인간들을 제대로 낯익은 옛 항간에 돌아가게 하였던 것은 이 시대가 준 좋은 것이었다고 하겠지만 아무런 반성도 가책도 고민도 없는 속에 형태를 바꾸기는 하였으나 오늘까지도 그 교묘하게 된 패랭이를 모로 거꾸로 쓰고 우러른 이름 밑에서 제 딴은 춤을 추려 하는 그 허튼 꼴들이란 참 볼 수 없는 것이었네.

건방진 말이나 내 자신이 자네들과의 한 사람인 까닭에 나는 오히려 이 밤 차디찬 결별로 내 자신을 때려 보려는 것이네."

필수는 다시 담배를 입에 가져가더니 두어 모금 빨고 이내 방바닥에 구두로 비벼 버리자 의자에서 일어나 눈을 내리뜨린 채 바바리 단추를 채우는 것이었다.

그는 다시 말을 이었다.

"일생을 통하여 나는 자네들을 잊지 못할 것이네… 그리구 끝내 미워할 수도 없을 것이네만 나는 이제 이 자리에서 자네들과 아주 헤어지려네. 다시 조선에 나가지도 않겠지만 만주에 있지도 않을 것이네. 언제 만날지 기약할 수도 없고… 모두 잘 있어 주기 바라네. 이 이상 아무 말도 나는 준비한 것이 없네.”

끝으로 오자 목소리는 조금 낮아지더니 떨리기까지 하였다. 그는 바바리 주머니에 양손을 지르고 고개를 들어 방 안 얼굴들을 민망하듯이 돌아보더니 다시 눈을 내리뜨리고 천천히 문 쪽으로 발을 옮기는 것이었다.

필수는 이렇게 참말로 우리들과 헤어지려는 것일까 반신반의로 방 안 사람은 모두 그의 다음 행동만 지키고 있었다.

필수가 도어 핸들을 잡으려 할 때다.

“필수!”하는 무겁고 탁한 음성이 오른쪽 구석에서 들려 왔다. 내 건너편 의자에서 이제껏 담배 연기 너머로 그를 노려보고 있던 태규의 음성이었다.

어디서 벌써 한잔하고 온 듯 태규는 언제나 마찬가지로 거무스레한 눈에 얼굴이 붉었다. 교제가 비교적 넓은 그는 술 먹을 기회도 많았지만 태규 자신 그러한 교제라든지 술을 남 이상 즐겨 하였고 만주 온 이후로 그것은 더 하였다.

“잠깐 거기 섰게!”하고 그는 일어서자 피우던 담배를 책상 위 재떨이 속에 던지듯이 집어 넣고 큰 몸집에 성큼성큼 필수 쪽으로 걸어오는 것이었다. 노기띤 두 눈이 마주치고 태규의 우중충한 검붉은 얼굴이 빛났다.

“그런데 필수! 자네 언제부터 그리 장하여졌는가… 응? 건방지게… 에잇, 아니꼬운 놈!”

순식간에 태규의 주먹은 필수의 약한 턱으로 두세 번 연거푸 올라갔다. 필수는 반항할 사이도 없이 그 자리에 물앉더니 아무 말 없이 손수건을 꺼내여 얼굴을 싸는 것이었다. 모두 일어서서 그 주위에 몰려서 버렸다. 코피가 나오는 모양이다. 기주가 이내 그 옆에 와 쪼그리고 앉아 손수건을 자기 것과 바꿔 얼굴을 씻어 준다. 태규는 양팔을 허리에 짚고 서서 필수의 앉은 양만 노려보고 있다.

방 안은 금시에 무덤 속처럼 무거워졌다.

잠시 후 필수는 피 묻은 손수건을 모두 기주에게 주어 버리더니 서서히 일어나 태규 앞으로 다가오는 것이었다.

필수의 주먹이 날렸다. 이윽고 둘은 서로 멱살을 붙잡고 밀렸다 밀었다 하며 방 가운데까지 버둥겨 나왔다. 책상이 밀리고 의자가 쓰러졌다. 주먹은 그 사이에도 자꾸 날리었다. K와 P가 다가가 말려 헤치려 하나 떨어지지 않는다. 필수 편이 약한 것은 확연하였다. 무서운 공세로 겹쳐 오는 태규의 육박을 작은 몸은 이루 당하여 내지 못한다. 때리고 차고 밀고 하는 사이에 방 안은 어느덧 수라장이 되고 말았다.

어느 편이 그르고 옳은 것은 생각하고 싶지도 않았지만 그 광경을 차마 볼 수 없었던 나는 "끝내 여기까지 와버렸던가."하는 어지러운 마음으로 그제야 자리에서 일어나 앞으로 다가왔다. 무엇이 무엇인지 분간할 수 없는 속에서 나는 태규를 향하여 주먹을 날리고야 말았던 것이다. 나는 내 팔을 흔들며

"그러지 마세요, 네? 김 선생, 그러지 마세요."하는 기주의 떨리는 음성이며 "식이! 아서."하는 동무들 말리는 소리를 희미하니 기억하면서도 주먹 날리기에만 여념이 없었다. 그리고도 오랜 쟁투 끝에야 우리는 드디어 K며 P며 여럿의 힘에 끌려 떨어져 앉고 말았다. 동무들에게 끌려 태질하며 밖으로 나가는 태규의 고함소리가 한동안 들려 오더니 그 소리마저 멀어지자 방 안은 다시 고요하여졌다. 이윽고 밖으로 나간 기주가 대야를 가지고 들어왔다. 기주의 얼굴을 허옇게 질려 있었다. 기주는 필수에게 세수하기를 권하고 그 옆에서 보고 있더니 세수가 끝나자 그에게 수건을 주는 것이었다. 얼굴 씻는 양을 물끄러미 바라보고 섰던 내 곁으로 오더니

"어디 다치시진 않으셨어요?"하고 묻는 것이었다.

얼마 후 필수가 간단한 인사를 남기고 나가고 담배만 피우고 있는 내 옆 의자에 앉아 맥없이 무엇을 생각하고 있는 기주마저 가버리자 방 안에는 나와 실내를 정리하는 소사만 남아 버렸다. 오랫동안을 나는 자리에서 일어날 줄 몰랐다. 내일쯤 다시 만나겠거니 어슴푸레한 속을 내 생각에만 잠겨 이곳을 아주 떠나 버리리라던 필수와 아무 확실한 이야기나 따뜻한 인사도 나눔 없이 헤어져 버릴 것이 어쩐지 가책다운 무거운 심사를 가져다 주는 것이었다.

거리로 나왔을 때는 열시나 되었을지 보름이 갓 지난 달빛이 훤한 가로에는 아직 사람이 드문드문 거닐고 있었다. 나는 대동대가 쪽을 향하여 걸었다.

오랫동안의 탄력 없는 모든 의식이 무기력하게나마 해결점을 향하여 폭발하였던 것이 끝내 이것이었던가 생각하면 모두 우스운 일이었다. 내가 필수 편을 들어 태규를 때렸다는 것이나 그 일로 하여 필수가 나에게 전보다 더

친밀하게 생각되는 일이 있겠다거나 모두가 어린 아이 장난과도 같았다. 허나 그보다 나의 마음을 몇 곱절 더 아프게 하였던 것은 일찍이 남달리 자라 왔던 서로의 우정이 만주라는 먼 곳에 와서 이렇게 참혹하게 문질러지고 말았다는 사실이었다. 이는 마치 나의 보고 듣고 생각하고 사랑하는 그 속에 오래 전부터 가녀리게 자라 오던 그늘진 가슴에 한 마지막 선고와도 같았다. 동시에 모든 것은 아득한 옛일과도 같았다.

삼 년 전 봄, 다른 벗들이 혹은 현해탄을 건너고 혹은 촌으로 가고 하여 대부분이 흩어져 버린 뒤 서울서 방황하다 이곳으로 먼저 온 태규의 주선으로 하나씩 둘씩 오게 되었고 다시 이곳에서 문화며 생활이며 그 이상 더 넓기도 하고 진실도 한 것에의 한 정열을 가지려고 문화청년회를 중심하여 모이게 되어 K며 기주며 그와 몇몇 친구와 알게 되었던 것이나 그것이 끝내는 탄력 없는 오늘의 처참을 맞이하게 한 것이나 한갓 꿈 같았다. 태 없고 잡을 길 없는 무엇만이 한 최대한의 깊은 심연을 부단히 제시하고 있는 것 같았다.

수없이 꼬리를 물고 떠도는 사념에 잠겨 나는 어느덧 보산백화점 앞에서 대경로 쪽으로 구부러져 다시 소학교 옆길로 장춘대가에 나섰다. 절 앞 넓은 활짝 공지가 눈앞에 펴졌다. 공지 한가운데 가로 놓여 있는 길을 지나 협화회 뒷길로 대동공원에 들어 섰다.

거처가 그쪽에 있었던 것이 아니지만 밤이면 이렇게 싸다니기나 하여야 잠이 오는 이 즈음의 나는 자기 전 한 시간 두 시간을 으레 이렇게 질서 없이 싸다녔다.

울창한 나무 사이길로 발을 옮겼다. 밤이 이슥하여 사람 하나 없는 초가을 공원 안은 어디 할 것 없이 무겁고 차가웠다.

이 모양으로 오늘 저녁은 밤이 새도록 싸다녀야 마음이 가라앉을 것이라 싶었다. 안개와도 같이 희미한 응체 속에 아무 기력도 움직임도 못 가진 채 작고 파묻혀 가는 아린 형상이 전신을 당기고 있는 것 같았다.

다리를 건너 버들이 우거진 가름길로 구부러졌다. 나무는 많아도 평평하여 마음 둘 곳 없는 공원 안에서도 비교적 떨어져 있어 사람도 드문 이곳은 늪 가로 나갈수록 어린 풀들이 자욱하여 좋았다. 오이막같이 호젓이 서있는 정자 밑까지 왔다. 옹이 선 그대로 다듬지도 않고 사방으로 받쳐 세운 기둥이며 낡아 고색이 창연한 이 정자는 공원 안 딴 정자와는 달리 자그마치 큰

우산을 펴 세운 듯 오붓하다. 한가운데 송송 구멍이 나고 갈라진 통나무가 걸상 대신으로 허전하게 놓여 있다.

정자 옆길로 나와 달빛에 무겁게 가라앉아 있는 물 위로 눈을 옮기려 하였을 제였다. 수풀 너머 물가에 달빛을 앞으로 받으며 조그맣게 웅크리고 앉아 있는 여자 뒷모습을 발견하고 나는 놀라 마지않을 수 없었다. 나는 두어 발작 더 나오자 그 자리에 바위처럼 서버렸다.

흰 저고리에 검은 치마의 조선 여자임에 분명하다. 무릎을 가지런히 세우고 풀 위에 앉아 있는 그는 얼굴을 손수건에 파묻은 채 어깨를 간간이 추졌다 놓았다 하는 것이다. 아마 울고 있는 양이다. 의아한 마음으로 그 모양을 잠깐 동안 바라보고 있던 나는 순간 머리를 스치는 한 의심에 전신이 오싹하는 찬 것을 느끼지 않을 수 없었다.

나는 더 앞으로 다가갔다. 기주… 귀 덮은 머리며 나릿한 낯익은 몸이며 얇게 입은 옷이며 조금 흐려는 보이나마 기주임에 틀림없다. 더욱이 팔밑 무릎 위에 아까 청년회에서 모두 나눠 가졌던 연극 원본인 듯한 푸른 표지가 보이지 않는가.

공원에서 얼마 더 안 가 있는 통화로 자기 집으로는 곧추 가지 않고 기주는 여기 와있었던 것인가 생각되자 싸늘한 무엇을 느끼지 않을 수 없었다.

대체 이 여자는 무슨 남다른 슬픔이 있기에 이런 시각에 사람 없는 곳에서 울고 있는 것일까? 언제나 상냥하면서도 말 적은 기주, 항시 무엇이고 회상하는 듯 사념에 잠기기 쉽던 검은 눈의 기주는 그러면 이렇게 불행한 여자였던가. 기주는 우리 모르는 오래 전부터 자기만의 남다른 불행을 가지고 있었던 것일까. 그렇지 않으면 가정에나 자기 일신상에 갑자기 무슨 참변이 생겼던 것일까?

그러나 다음 순간 이러한 모든 의혹은 간 데 없이 되고 머리에 선히 떠올라 왔던 것은 아까 분회에서 벌어지던 피 서린 광경과 그 사이에 끼어 어쩔 줄 몰라 하던 하얗게 질린 그의 얼굴이었다.

"그러지 마세요, 네? 김 선생."하던 그의 떨리던 음성이 귓가에 서성거리었다.

극히 짧은 시간이었으나 이러한 어지러운 사념 속에서 그의 얼굴을 정면으로 볼 수 없었던 나는 그래도 혹여나 하는 마음을 버릴 수 없어 작은 나무들이 몰켜 선 옆을 지나 바로 옆까지 발을 옮겼다. 역시 틀림없는 기주였다.

그제야 기주는 누가 옆에 와 선 것을 안 듯 깜짝 놀라 고개를 들고 쳐다보는 것이었다. 눈물에 젖은 검은 눈은 달빛에 어릿어릿하였다.

"아! 김 선생…!"하고 나직히 부르고 그대로 꼼짝않고 쳐다보는 기주는 갑자기 쏟아지는 눈물에 더 참을 수 없는 듯 무릎에 얼굴을 파묻는 것이었다. 너무나 무거운 마음에서 나는 오랫동안 기주의 머리며 귓가를 물끄러미 바라보다가 고개를 들어 늪 위에 눈을 옮겼다.

아무 기척 없이 누워 있는 호수는 무엇인지 구리 같은 무거운 것을 품은 듯 검푸렀다.

넉 달 전 어느날 저녁 K의 소개로 청년회에서 기주와 인사하였을 제 받았던 그의 무거운 첫인상이며 그 뒤로 몇 차례 되지는 않지만 서로 나누게 되었던 조용한 이야기가 모두 생각되었다.

이 여자에게서 내가 받을 수 있었던 첫인상이란 몽롱하게 떠오르는 것이나마 남자가 흔히 여성 일반에게서 느끼게 되는 도경이라든지 사모와는 달리 그 어떤 그늘진 형용의 파문으로 무거운 짐처럼 심역에 매어 달려 있었던 것이 아닌가 생각되었다. 그렇다면 그것은 가까운 곳에 있어 때로 허물없는 마음으로 어루만질 수도 있으며 동시에 어딘가 남다른 입김이 어려 있어 뛰고 날려 멀리 떠나려 하여도 이내 돌아오게 하는, 말하자면 인간과 인간 애정의 슬픔에 깃든 가슴 아픈 것이었다. 그러한 모든 것이 말이 없어 알 수는 없으나 고독한 기주와 벌써 무수히 교차하고 있었던 것이나 아닌가 생각되는 것이었다.

이윽고 나는 착잡한 속에서 이루 머리를 가려 잡을 길 없이 그의 옆에 자리잡고 앉아

"기주 씨…."하고 불렀다.

"…."

"기주 씨, 왜 우십니까?"

나는 그의 어깨에 손을 올려놓으며

"울지 마십시오. …무슨 일로 우십니까?"

하고 다시 말하였다. 그러나 말을 건넬수록 기주는 더욱 어깨만 추킬 뿐이었다.

나는 그의 어깨에서 손을 내리고 다시 늪 위로 눈을 옮겼다.

내가 아직 분명히 알지 못하는 이 여자—따라서 아무런 위로의 말도 가지고 있지 못하여 혹은 도리어 더 괴로웁게만 하고 있는 것일지도 모르는 자신이 순간 덧없게 생각되었다.

호면에는 좌우로 굽이쳐 늘어 선 나무 그림자가 바람 없는 어둠 속에 무수히 가리어져 가고 무수히 가리어져 오며 까맣게 물 속으로 잠겨 가고 있는 것 같았다.

오랜 뒤에야 고개를 들고 손수건으로 눈물을 씻은 기주는 아무 말도 없이 그대로 물 위 먼 곳만 바라보는 것이었다.

"무슨 일인지 말씀해 주실 수 없습니까?"

나는 다시 물었다. 옆의 풀잎을 뜯어 만지며 바라보고 있더니 나직이 입을 여는 것이었다.

"이런 꼴을 뵈여 드리게 돼서… 저 무어라 말씀드릴지 모르겠어요…."

음성은 저으기 떨리고 있었다. 손에 쥐었던 풀을 물 위에 던지고 기주는 무얼 생각하는 듯 잠깐 풀이 떨어져 물결 짓는 곳만 바라보더니 뒤를 잇는 것이었다.

"저는 모든 게 다 슬퍼요. …그래도 어떠한 일에는 무서워 말고 슬퍼 말고 살아 가리라 하였어요. …그러던 게 오늘 저녁 그 일을 보고 이제껏 쌓였던 슬픔이 그냥 한꺼번에 쏟아져 버렸어요. 아무리 하여도 살아 가는 것의 어두움을 저는 어쩔 수 없는 것이에요. …일상 염원하는 모든 것이 주위에 배좁게 모여 있어도 모두 머리요 끝이 없는 어둠이 자꾸 목밑까지 차오는 것 같애요. …그러면서도 저는 믿지 않을 수 없어요. 믿지 못한다는 것은 저에게는 죽음을 의미하는 이외에 아무것도 아니에요. …저는 너무도 약한 여잔가 봐요."

조용히 말을 끊자 기주는 고개를 조금 앞으로 숙이고 발 아래 어린 풀들이 간간이 나부끼고 있는 물가로 시선을 던졌다.

저으기 세찬 바람이 물 위로 스쳐 갔다. 등 뒤며 좌우에서 우수수 나뭇잎 흔들리는 소리가 났다. 바람은 이내 멀리로 불어 가고 주위는 다시 고요하여졌다.

한참 후 기주는 황급히 고개를 들더니

"저, 김 선생한테 이런 이야기 드렸을지 모르겠어요…."하고 어색하게 약간 웃어 보였다.

"아니올시다. 되려 여간 고맙지 않습니다….."하고 나는 혼자말하듯 뒤를 이었다. "기주 씨는 제가 일찍이 아무한테서도 들을 수 없던 이야기를 들려 주신 것 같습니다."

기주는 더 말이 없었다.

그리고도 우리는 오랜 뒤에야 그 자리를 일어섰다.

이는 기주와 나에게 있어 가장 귀중한 저녁의 이야기다. 이 밤 이후로 우리는 자주 만나게 되어졌고 자주 만나 더 얼마나 가까워지지 않아서는 안 될 사람들인가 하는 것을 생각하게 되었다.

그러한 날의 나에게 더한 아픔을 주었던 것은 그 일이 있은 지 석 달이 지난 어느날 저녁이었다. 기주는 너무도 모진 말을 나에게 주었던 것이다. 극을 보고 그 속 승무에서 받았던 감격과 함께 그 말은 종내 잊혀지지 않았다. 감격은 잠자던 또 하나 진실을 깨쳐 주었던 것이겠다.

조선서 양심적 예술극단으로 지칭되고 있는 백성좌(白星座)가 왔다기에 만철사원구락부로 함께 구경갔었다. 극이 끝나고 막이 조용히 내리자 사람사태 속을 헤어 겨우 밖에 나왔을 때는 눈이 허옇게 깔려 있는 길 위를 모진 바람이 불어 치고 있었다. 바람은 눈보라를 몰고 와서 볼을 맵게 때리고 얼어 가는 듯 발이 잘 옮겨지지 않았다.

이윽고 우리는 길야정(吉野町) 어느 조그마한 다방에 들어와 앉았다.

기성 도덕과 인습과 그것에 대한 자연과 생명의 욕구와 항거와 그의 암영을 주제로 한 극이었으나 우리는 극주제에 대하여서 보다 없어져 가는 것의 형용에 대하여 이야기하고 있었던 것이다.

이전에 우리는 때때로 밤이면 멀리서 들려 오는 단조로우면서도 에꼬로워 얼켜모개는 호궁소리와 함께 연상하였던 고향의 귀익은 농악—새납, 퉁소, 징, 깽맥이 그리고 그에 따라 추는 허물없고 잡을 길 없는 춤, 이런 것에서 느껴졌던 것 같은 충격을 이 밤 승무에서도 느낄 수 있었다. 때로 대수롭지 못한 곳에서 본 일은 있었지만 이 날 저녁에야 비로소 우리는 완전히 예술의 경지에까지 노려진 승무를 보았던 것이다.

담배를 피워 물고 사모와르김이 푸근히 오르는 '죠바' 쪽을 물끄러미 바라보노라면 그 은은한 선율에 맞추어 조금 전에 무대에서 흥겨워지던 소녀의 가느란 모습이 연상되는 것이었다. 희미한 조명 속에 헌 고깔에 검은 소매 검은 옷섶이 선히 날렸다. 머물 줄 모르는 형용은 어두운 속을 수없이 져가고 수없이 자라 다가왔다. 선율이 그윽히 멀어져 가는 곳, 검은 그림자가 어지럽게 사라져 가는 곳, 그 낯 모를 바닷가로 온 넋은 실실이 풀리어 달리는 것 같다가도 갑자기 뒤로부터 자라 오는 징소리, 새납소리, 북소리에 놀라 돌아 서는 승무는 요란한 음향 선율 속으로 다시 높아 오는 것이었다.

사람들은 그것을 막을 길 없는 동경과 애욕의 괴로운 표현이라 하였다. 허나 구슬픈 노래하며 애달픈 몸짓하며 모두가 일종의 제화(祭火)를 쌓아 올리는 말없는 형용과도 같이 생각되었던 것은 기주나 나나 일반이었던가 싶다.

그러한 이야기를 하여 가는 사이에 나는 기주는 얼마나 호궁이며 퉁소, 깽맥이, 징, 새납의 농악이며 승무, 이러한 것을 좋아하고 있느냐 하는 것을 발견할 수 있었으며 오늘 저녁 그는 피로한 하루의 근무 뒤에 승무에서 어느만큼 큰 감격을 받았는가 알 수 있었다.

조용한 이야기를 나누는 사이에 나는 자신이 그 어떤 알 수 없는 물결 속에 그냥 잠겨 버리는 듯한 전에 없는 서글픈 시름을 느끼지 않을 수 없었다.

오랜 후 맥주 청할 것을 기주에게 묻자 기주가 내 얼굴을 쳐다보며 희롱하듯한 웃음 속에 머리를 굽혀 승낙하고 하여 처음으로 둘이 술잔을 나누게 되었던 것도 이 날 저녁이었다.

오랜 시간이 지나갔다.

몇 번이나 거북한 미소를 보이며 기주가 겨우 한 컵을 비었을 제 나는 내 컵에 네 번째 병을 따르고 있었다.

컵을 오른손으로 기우뚱하고 그 속을 바라보고 있던 기주는

"저는 선생님."하고 말하는 것이었다. "그래서 쓰겠는지 모르겠어요. 눈물도 좀해 없어야만 웃음이라는 걸 날마다 이렇게두 잊어 좋을지요. …오직 조금이라도 웃을 수 있는 때는 김 선생 앞에서 뿐이에요."

말을 끊자 기주는 고개를 들어 어색히 웃는 것이었다. 그러한 그의 웃음을 보아야 하는 자신이 순간 웬일인지 잔인한 것 같아 괴로웠다.

기주의 그 말을 듣자 나는 문득 언젠가 기주 집에서 그의 형 앨범을 보던 일이 생각났다.

서울서만 지내다가 이제는 그곳 재산가의 집 장자에게 시집갔다 하며 운동선수였다는 기주의 언니는 펴지는 사진에서마다 웃고 있는 것이었다. 동생인 기주와는 너무도 엄격한 대조라 생각하며 나는 자신도 모르게 기주의 얼굴을 쳐다보았던 것이다. 이렇게도 판이한 자매를 여태껏 보지 못했던 것이

다.

　얼마 취하지는 않았지만 찻집을 나온 우리는 마차도 부르지 않고 일본 교통 눈바람이 불어 치는 길을 오버 깃을 세우고 가지런히 걸어왔다. 첫 일이 아니며 기주 자신 그리 원하였고 나도 바랐지만 기주는 밤도 늦고 하여 우리 집에서 자기로 하였다. 기주는 집에 다다르자 내 자리를 펴고 자리옷을 내어 주고 문을 채운 다음 어머니 방으로 건너갈 때까지 내 편에서 원래 말을 걸지 않았지만 자리를 펼까, 문을 걸까 하는 말밖에 하지 않았다. 다른 때에는 곧잘 이야기가 있었지만 이 날 저녁은 자기까지 술을 하게 되었음에 서였던지 찻집에서 보여 주던 웃는 기색도 없어 아무 말도 안 했다.

　술 하는 것을 그리 말리지도 않지만 술을 하면 언제나 기주는 내 곁을 떠나지 않았다. 말없는 속에 주위 모든 것을 일일이 살펴 주는 것이었다.

　나의 빈 마음을 채워 주려 정성껏 하는 이러한 기주를 생각할 제 나는 그 뒤에 숨은 기주만의 그늘진 무엇이 늘 보이는 것 같아 기주는 이 밤 혹은 어머니 방 이불 옆에서 혼자 슬픈 것이나 아닐까 마음이 괴로웠다.

　겨울, 봄하여 철이 바뀌고 어두운 가운데 날도 더 못 지게 서로의 음성을 찾게 되고 찾는 것으로 아늑할 수 있었던 그것은 생각하면 너무나 스산한 나날이었으며 보다 햇빛 없는 거리의 이야기였던 것이겠다. 그러니 그때의 우리에게 있어 이것은 모든 삶, 욕망을 넘어서의 못 놓칠 부름이었던 것이다. 그 어느 몹쓸 날 기주는 이리하여 나에게 새로운 의미와 보람을 가져다 주었던 것이었으니 이로부터 제이의 나의 출발은 시작되었던 것이었다.

　나는 다시 사랑하리라, 사랑하면서도 구하지 않으리라. 사랑하는 그 속에 단 하나 촛불을 안는 것으로 달가우리라. 네 속에 모든 것을 보고 모든 것 속에 너를 보리라. 너를 믿는 속에 모든 것을 보고 너를 사랑하는 속에 모든 것을 다시 사랑할 수 있으리라.

　마음먹었던 것이다.

　허나 이러한 날의 우리들 앞에 그 어떤 거센 바람과도 같이 모든 과거를 떨쳐 안고 돌연 나타난 것이 어머니였다. 말하자면 이로부터 나의 또 하나 숙명의 이야기는 시작되었던 것이다.

　허나 나는 무슨 제이의 출발이니 또 하나 숙명이니 하고 조리를 따질 필요는 없는 것일지도 모른다. 오직 나는 이곳에 그 당시당시에 본 그대로 들은 그대로 느낀 그대로 충실히 적어 가면 그만이겠다.

어머니와 기주는 어찌하여 내 안에 들어왔는가? 그리고 나는 또 어찌하여 그들 안에 까맣게 가라앉아 갔는가? 이는 결국 기주와 내 이야기로 돌아오는 것이었다.

기주가 떠나기 나흘 전 새벽이었다. 누가 급하게 깨우기에 깜짝 놀라 눈을 떴을 때 누이가 상서롭지 못한 얼굴로 옆에 서있는 것이었다. 아직 날도 밝은 것 같지 않았다. 이내 나의 귀에는 옆방에서 어머니의 급한 신음소리가 들려 왔다. 순간 나는 모든 것을 알아차릴 수 있었고 동시에 가슴이 선뜩하여지지 않을 수 없었다. 어머니는 사나흘 전부터 누워 계시어서 누이가 오게 되고 하였던 것이지만 의사의 말이 몸살인 듯한데 심한 정도는 아니고 삼사일 조용히 누워 약을 쓰면 괜찮을 거라 하기에 나도 그쯤 알고 있었던 것이다.

"어서 좀 나가 봐. 큰일나겠다. 어머니가 아마 돌아가시나 부다. 숨이 자꾸 가쁘다고 하시니…."

누이는 목이 메어 말을 더듬더듬하는 것이었다.

누이는 이내 나가 버리고 나도 자리에서 일어나 옷을 갈아 입었다.

순간 나의 뇌리에는 이 년 전 어느날 아침이 전광(電光)처럼 스쳐와 서서히 살아났다. 그때는 누이가 시가에서 오지 못하였을 때다.

그 전날 밤 술을 먹고 돌아다니다 늦게야 돌아와 잠이 들어 곤히 자고 있던 나는 또 이 날 아침처럼 무슨 바쁜 소리에 어슴푸레 잠이 깨었던 것이다.

"식아… 식아…."하는 소리가 들려 왔다. 어머니 목소리임에 틀림없으나 명확치 못한 음성이 이상하였다. '힉'인지 '식'인지 알고 듣지 않으면 모를 소리다. 나는 깜짝 놀라 자리에서 일어나 앉았다. 책상 위 괘종은 새벽 두시를 가리키고 있었다.

"식아… 식아…."하는 약한 목소리에는 금시에 끊어질 듯이 작아졌다 커졌다 하며 이어 들려 왔다. 발음이 저렇게 똑똑치 못할진대 미상불 잠소리시겠거니 생각되기도 하였으나 마음속은 여전히 불안하여 뿌듯한 몸을 겨우 일으켜 부랴부랴 아랫방으로 나가 불을 켰던 것이다.

어머니는 정히 눈을 뜨고 계셨다. 핏기 없는 눈시울을 맥없이 치뜨고 무엇이라 나에게 자꾸 설명하고 호소하는 것이나 나는 한마디도 알아들을 수 없다. 정말 나는 그 광경이 무엇을 의미하는 것인지 도시 알 수 없었다. 꿈인지 생신지 분간 못 할 순간이었다. 벌써 오래 전부터도 어머니는 괴로워 태질하고 계셨던 듯 방 안은 낭자하였다. 옷가지며 바느질감이며 모두 부산히 흩어져 더러는 사발에서 쏟아진 물에 걸레쪽처럼 젖어 있었다. 다시 눈여겨 보자 왼쪽 손이 자신의 몸에 끼어 전혀 쓰여지지 않는 것이다.

나는 더욱 놀랐다. 그러고 보니 오른 다리는 자꾸 오그렸다 폈다 하시는데 왼편 다리는 쭉 뻗친 채 움직이지 못하는 것이다. 모든 것이 금시에 전도되어 가는 듯한 아찔한 속에서 나는 다시 눈을 얼굴로 옮겼다. 왼편 반은 전부 부어 있는 것이다.

어저께까지의 어머니 모습을 어디서 찾으면 좋을지 나는 몰랐다. 그러한 속에서도 어머니에 관한 온갖 것은 각각으로 돌이킬 수 없는 곳으로 기울어져 가는 것이다. 무수히 외우고 부르나 애달픈 마음은 종시 전할 길이 없다. 감았다 뜨는 어머니 눈에서는 눈물이 쫙 쏟아져 내린다. 나는 나의 할 일이 무엇인지 어찌하면 나는 이 무서운 지점에서 기울어만 가는 어머니를 나의 어머니로 붙잡을 것인지 모르는 것이다.

모든 것을 있는 껏 기울여 왔던 온갖 것은 용서 없이 흘러가고 마지막 물을 아무 말도 어머니는 이제 가질 수 없다. 슬픈 것은 못 참게 애달픈 추억으로 만남이 주름진 목을 칭칭 감아 가는 것이다. 단 하나 최후의 말 최후의 손길이 그리웁다. 식아 나는 너를 얼마나 사랑하였던 것인가. 너로 하여 그 많은 날을 나는 얼마나 밤잠을 못 자며 근심하였던 것인가. 그러고도 그로 하여 나는 얼마나 행복할 수 있었던 것인가. 나를 위하여 너는 어느만큼 소중하였고 컸던가. 눈물이 자욱한 어머니의 눈은 이렇게 외우고 말하는 것이었다.

어서 날이 밝기를 기다려 의사 부를 것을 생각하며 나는 우선 어머니 등 밑에 손을 넣어 일으켜 안았다. 팔에 안기어서도 어머니는 가는 몸을 번지며 숨이 차서 골을 쉴 사이 없이 내어 젓는다. 손끝에 닿는 작은 무게의 따스함에 눈앞이 금시에 어두워졌다. 뜨거운 것이 볼 위를 줄지어 달음질쳤다.

중풍. 이제 의사를 불러 어느 만큼 병이 나으신다 하더라도 전날의 그를 찾고 따라서 전날의 나를 찾는 일은 종내 없으리라.

실로 병은 불효한 자식 까닭으로 났던 것이다. 시집간 누이의 불행도 있었지만 언제나 술만 먹고 말없이 마쳐져 가는 아들 자식에 대한 근심으로 하여도 생긴 것임에 틀림없다. 어머니는 말하지 못하며 말할 까닭도 없지만 나는 너무나 잘 알고 있었다. 전날 그래도 나는 어머니가 살아 계시는 동안엔 어머니를 언제고 기어이 마음껏 즐겁게 하여 드리리라. 진실로 어머니가 고대하는 어머니의 자식이 되어 드리리라 언제나 마음먹어 왔다. 허나 이제는 끝이 아닌가. 이렇게 된 후에 아무런 말이면 무슨 소용이 있으랴. 이 크나큰 회한을 나는 어떻게 하면 메울 수 있을 것인가. 그가 이제껏 부어 주신 애정의 비록 조금이라도 나는 어떻게 하면 갚을 수 있을 것인가 아득하였다.

날이 밝자 의사를 불러 오고 소낙비와도 같은 며칠이 무디게 지나가고 그리하여 천행이었던지 병에 점점 차도가 생기어 꺼진 마음이 가라앉는 틈을 타서 벽을 바라보게 될 두 달 뒤에는 부자유하게나마 어머니는 몸을 쓰게 되었던 것이지만 그 날 아침의 그 무섭던 광경만은 종내 잊을 수 없었다. 그것은 마치 어떤 커다란 그림자와도 같이 나의 모든 의식 속을 부단히 따라 다니는 것이었다. 사정없이 부스러지려던 크나큰 기억은 언제나 붙어 다녀 불시로 내 몸을 붙들고 서글피 흔들어 놓는 것이었다. 그것은 동시에 한 개의 무서웁고 검은 것에의 에감으로 머리 속에 못박혀 왔었다.

이리하여 나는 나의 어머니에 대하여 오히려 더 슬픈 자식이 되고 말았던 것이다. 그로부터 나는 나의 어머니를 보다 즐거웁고 아늑한 마음으로 보고 생각할 수 없게 되었던 것이다.

이제야말로 그 마지막 날은 찾아온 것이 아닐까. 이제 다시 나는 진실로 죽음의 악착함을 생각할 용기가 없는 것이다.

이제야말로 그 마지막 날은 찾아온 것이 아닐까. 이제 다시 나는 진실로 죽음의 악착함을 생각할 용기가 없는 것이다.

나는 어머니 방으로 건너갔다.

어머니는 벽에 받쳐 쌓아 놓은 이불에 몸을 기대고 누워 한쪽 팔을 누이에게 안기운 채 기력 없는 시선을 이쪽으로 던지고 있었다. 가쁜 숨소리가 그칠 사이 없이 들려 왔다. 속에서 번열이 나는 듯 이를 깨물고 입을 다시고 하신다. 주름진 얼굴이 파라니 질려 있다.

"식아, 이 손을 좀 쥐어 다고. 너희를 두고… 내 어찌 눈을 감겠니….."

어머니는 못 참을 듯이 눈을 내리깐다. 볼 위로 금시에 눈물이 맺혀 떨어진다.

"아… 추워…."하시며 어머니는 이를 가신다. 왼손으로 이불섶을 당겨 올리신다. 일 년 전 같은 형상은 아니다. 그러나 더 심각한 의미의 어느 안정이 온몸을 누르고 있는 것임을 내가 의사 아니나 직각하지 않을 수 없었다.

보다 더 무거웁고 보다 더 어두운 그 어떤 항거할 수 없는 안정은 음성 전체에, 눈길 전체에, 살 빛 전체에 자리잡고 있는 것이다.

나는 그 옆에 앉아 누이가 쥐었던 손을 받아 꼭 쥐었다. 잠깐 뒤 나는 목밑까지도 캄캄한 마음으로 달음질하듯 의사를 불러 왔다.

"십중팔구는 소생치 못하실 겝니다."하는 것이 얼마 뒤의 의사진단이라기보다 한 선고였다.

"하여간 응급치료를 하여 보겠습니다."

어머니를 부축하고 앉아 말없이 눈물만 흘리고 있는 누이며 숨차 하시는 어머니를 그냥 볼 수 없어 나는 내 방으로 나와 버리고 말았다. 문턱에 걸터앉아 열린 미닫이 너머로 밖을 내다보았다. 아직 지나가는 사람 하나 없이 거리는 쥐죽은 듯 조용하였다. 지울 길 없는 아련한 호흡의 어머니 모습이 연상되었다. 눈물겨운, 너무도 낯익은 음성까지 수없이 울려 오는 것이었다.

나는 잘 알고 있다.

어머니, 어머니는 누구누구의 어머니처럼 정몽주나 이율곡 이야기할 줄은 모른다. 맹자가 누구며 맹자 어머니가 누구인지 서양이 어디 붙었는지도 모른다. 허나 어머니는 어머니의 자식이 어머니의 목숨 이상으로 아까운 줄을 안다. 세상 없이 귀중한 줄을 알고 그것을 믿는다. 내가 가진 것 생각하는 것, 내가 말하는 것 모두를 어머니는 좋아하고 아껴 한다. 책이며 연필이며 종이며 내 주위에 있는 모든 것을 다 어디에 어떻게 쓰는 것인지 분명히는 몰라도 어머니는 그것이 내 손길에 닿고 내 곁에 있는 까닭에 모두 다시 없이 귀중하고 낯익은 것으로 안다. 그리고 이러한 모든 어머니의 기억은 나의 온갖 사념, 감정, 염원, 분한 밑을 언제나 잔잔히 흐르고 있는 강임을 나는 안다. 가버린 듯 숨었다가도 어느새 다시 아프게 살아 온다. 때로는 온 전신을 그 출렁이는 물결로 얼싸 안고 간다.

다음 순간이었다. 나는 그러한 일종의 너무나 무거운 정적을 깨뜨리고 무엇인가 가까이 다가와서는 온 넋을 안고 넘어가고 동댕이치고 쓰러져 가고 하는 뒷골을 방망이로라도 얻어 맞은 듯한 혼돈된 것을 느끼지 않을 수 없었다. 그것은 지상의 모든 것에 대한 일종의 사형선고와도 같은 암시로서 커다란 위협이기도 하였다.

나는 그로부터 두어 시간 그대로 앉아 있었다. 또다시 오랜 시간이 지나가고 나의 백지장같이 식어 가는 머리 속에 다른 몽롱한 한 세계가 찾아오고 있었을 제 나는 '위협', '위압'이라는 것과 함께 그 어떤 '정신'이라는 것을 잡아 생각하고 있는다. 나의 머리에는 벌써 어머니에 대한 아무런 상념도 없었다. 나는 딴 인간이나 되는 것처럼 완전히 또 하나의 딴 것을 생각하고 있었던 것이다.

이러한 눈알이 도는 듯한 변천과 위협 속에서 한 정상적이 아닌 정신이 가져야 하는 만태의 변화와 위압을 애정이라는 것과의 관련에 있어 어떻게 규정하고 어떻게 표현하여 그것을 다시 인간성의 순수를 보지하는 입장에 결합시키고 사상하여 또 하나 새로운 애정 주체와 의의를 발견하고 만들 수 있을까? 따라서 이 관찰은 어디까지든 특정한 개인이라든지 종족이라든지 하는 범주를 생각하기 이전에 '인간'이라는 것에까지 올려 와야 할 것이겠고 발부리는 언젠 역사 이전의 지점에 두어져야 할 것이었다. 어떻게 하면 우리는 그러한 정신의 지하에까지 내려가 그곳에서 그것을 해치고 피해받는 일 없이 샘물처럼 다시 솟아나오게 하고 솟아니을 수 있을까.

그러므로 그 다음에 올 것은 필연 우리는 어찌하며 모두가 아버지일 수 있고 모두가 어머니일 수 있을까 하는 문제일 것이다. 나아가 그러한 것까지를 살펴야 하리라 생각하였다. 그리하여서만이 추구는 의의를 가질 수 있으리라 싶었다. 동시에 나는 이러한 것을 언제 한번 쓰리라 생각하였다. 나의 눈앞에는 원고용지의 환상이 떠올랐다. 잡지며 신문 이름과 함께 가지각색 '미다시'와 활자체재와 표지, 카드까지 어수선히 떠올랐다. 하얗게 종이발을 뺄어 놓은 거창한 윤전기의 회전과 경의에 찬 온갖 크고 작은 눈이 숨가쁘게 육박하여 왔다.

나는 두 시간 반이나 한자리에 앉아 몽롱한 속에서 이 모양으로 이빨을 갈며 사념을 좇고 있었던 것이다.

허나 어지러운 꿈에서 깨어 깜짝 정신이 돌아왔을 때 나는 자신이 얼마나 무서웠던지 모른다.

나는 지금 무슨 이런 쓸모없는 것을 생각하고 있는가. 이것이 오늘의 내 슬픈 어머니에게 무슨 관련이 있는가. 어머니 병석에서 나와 내가 기껏 생각할 수 있었던 것은 이런 덜 된 지혜의 유희와 자기 영달의 어리석은 꿈에 지나지 못하는 것이었던가. 그리도 슬프고 괴로웠다는 것 그것은 한갓 거짓 이외의 아무것도 아니었던가. 기실 나는 지금 어머니에 대하여는 무슨 슬픔을 가지고 있는가. 어머니는 옆방에서 괴로워하시고 눈물을 흘리시나 나는 지금 이런 진리라 하며 지혜라 하는 미명 아래서 허영만을 장난하고 있는 것이다.

나를 아껴 하고 나를 기어코 살리려 하는 너희들에게 내가 줄 수 있었던 것은 끝내 이것이었던가. 나는 나의 못 잊을 어머니와 함께 어느 만큼이나 같이 갈 수 있다는 것이냐.

너는 그러고도 오늘 더한 희생이 필요하다 할 것인가. 먼 것은 모두 틀렸다는 것이 아니다. 먼 것을 말함으로 하여 오늘을 모독하려는 그 짓궂음이 밉다. 어느 누가 너에게 그러한 권리를 주었다느냐. 그러면 너는 우리도 한 개의 과정에 있는 것이 아니냐고 다시 말할지 모른다. 허나 너는 미래에 있어 지나간 오늘을 잊을 수 있겠는가. 미래의 이름 밑에 오늘의 공허를 채울 수 있겠는가. 과거의 그 부단한 육박을 뱀과 같이 감겨 드는 회한을 너는 진실로 잊을 수 있겠는가.

그렇다. 모두가 거짓이다. 내가 가진 것은 모두가 이런 허울좋은 것이다. 그로 보면 어머니나 누이는 얼마나 귀중한 인간들인가, 즐거움 이외의 아무 것도 모른다. 행복한 이외의 아무것도 모른다. 슬픔 이외의 괴로움 이외의 아무것도 모른다. 슬프고 괴로웁고 즐거운 모든 것이 그들에게는 그 순간순간에 있어 바꿀 수 없는 세계인 동시에 진실이다. 따라서 더 물을 것이 없다.

허나 또 하나 이내 다음 순간 내 옆을 지나가고 지나 오는 온갖 형상 그 것은 나와는 과연 아무런 관련도 없는 것이라면 내 일찍이 그곳을 알고 그곳에 머무르지 않으면 안 되었던 한 운명은 무엇을 의미하는 것이었던가. 나는 오직 단 하나이며 때문에 모두가 단 하나가 아닌가. 그리고 나에게는 벌써 죽음도 삶도 없지 않은가. 어떠한 경우에 있어서든지 나는 나의 단 하나 마음만 믿으면 그만이 아니었던가. 의지라 하며 지혜라 하며 이러한 어수선한 것을 모두 잊는 것으로 하여 나는 아무런 의심도 가질 것 없이 내 가슴 속 한 갈래 부름을 알리. 그 인도에 따르면 그만이 아니었던가. 나의 고요함에 순종하면 그만이 아니었던가. 고요함 그것만이 나의 단 하나 진실일 것이다. 의혹을 버리자. 나의 머리에서 허위니 진실이니 이러한 분류 단어까지를 아주 축출하여 버리자. 허나 때는 이미 늦어 모두가 지나간 이야기임을 알았고 이제 내가 무슨 어머니의 애정을 위하여 나의 불효, 나의 죄는 그의 애정을 받는 마당에서 그치기나 하였더라면 하는 어리석은 이야기였다. 나는 지

극히 이르지 못하였던 지나간 모든 날을 너무나 잘 알고 있으며 그것은 비단 한두 가지가 아니어서 온통 나의 힘을 넘었음을 알았고 이리하여 모든 이러한 악착한 속에 있어 이러지도 저러지도 못하고 단 하나 신선한 것도 가진 것 없는 오늘의 자신이 한 개의 무슨 천하에도 불측한 것으로 온 정신에 덮쳐 왔을 때 전신이 부르르 몸서리쳤던 것이다. 육체와 정신… 눈이 돌고 손길이 가는 곳 모두가 한껏 무서워졌던 것이다.

그 많은 세월을 읽고 배우고 생각하고 하였다는 것이 자신을 오늘 이 한 곳에까지 가져오고 말았던가. 진실로 무엇이 귀중한지 무엇이 아름다울 수 있는지 알 수 없었다. 어두운 방에서 한갓 누이와 내 이름만을 수없이 부르고 있는 엄마를 나는 다시 대해 낼 수 있을 것 같지 않았다.

기주의 얼굴이 무겁게 떠올랐다. 어느날 그는 심연에 빠져 절망에 쌓인 나를 그 심연에서 구출하여 주었었다. 허나 그 구출하여 주었다는 것이 무엇을 의미하였으며 무엇을 의미하고 있고 의미할 것인가. 모든 문제는 기실 이곳에서 그칠 수나 있었던가. 불길은 벌써 기주의 손길도 닿을 수 없는 그리고 나 혼자만이 가야 하는 강 건너에서 일고 있는 것이 아닌가. 아무리 뜨겁고 아무리 애절하여도 말없는 강을 가운데 두고 우리는 이에서 끝내 틀리는 나라로 갈라져야 한다. 손을 완전히 내려야 한다 생각될 때 그의 귀중한 애정은 그것을 미리 알아 예기하고 있었던 것인지는 모르지만 내 다시 그의 이름을 전날과 같은 고요한 마음으로 부를 수 있을 것 같지 않았다.

이리하여 문제는 실로 기주에게 와서 가장 밝을 수 있었던 것이다.

피투성이 번뇌의 아찔한 이틀이 지나가고 그리 모지던 어머니 병세가 조금 멈칫하는 아침 나는 전에 없는 해맑은 마음으로 어머니 방을 찾을 수 있었다. 새벽녘에 다시 잠이 드신 듯 내가 들어간 줄도 모르고 누워 계시는 어머니의 핏기 없는 얼굴을 나는 오랫동안 화석처럼 서서 바라보고 있었다.

어느 그 작은 안도가 나에게 이 날 찾아올 수 있었던가. 오늘의 나는 그 이름모를 순간을 상상할 수조차 없다.

차라리 나는 너보다 먼저 가리라. 엄마야 단 하나인 실로 단 하나인 나의 엄마야 이 불효한 자식을 용서하라. 나는 이제는 인간에 관한 아무것도 생각할 수 없다. 모든 것이 스산하고 무서울 뿐이다. 불효함으로 하여 내 어머니보다 먼저 가서 못쓴다는 법이야 있겠느냐. 더 불효하기 위하여 나에게 남은 마지막 귀중한 하나까지를 잊어 버리기 위하여 살아 있어야 할 법이 먼저 났으니 먼저 가야 하는 법이 어디 있겠느냐.

아! 일 년 전 그 몸서리나던 광경! 그 속에 섰을 불덩이 같은 자신—다시 불러야 할 기주—다시 물어야 할 애정—그리고 오늘의 이 천정 같은 피로와 또 하나 거역과 그 뒤에 오는 거역—하루 이틀에 생긴 것도 아니매 하루 이틀에 나을 것도 아니다. 나의 피로한 방에서는 모든 것이 참을 수 없다. 너무나 또렷한 확신을 나는 나의 가슴에 박고 만 것이다. 나는 이제는 나의 오늘을 마치 말 잘 듣는 어린 아이와도 같이 순량히 받아야 하는 것이다. 오늘의 이 충격, 충격에의 고요함을 마지막 달가히 아끼는 것만이 나에게 있어 영원한 해결을 주는 것이다.

아무리 불효하기로 내 이제 어머니에게 유언까지는 남기지 않으리라. 그리고 내가 간단들 아버지가 남겨 두고 가신 조그마한 재물이 네 약값을 못하거나 누이가 살아 가지 못할 일은 없을 것으로 믿는다. 나는 간다.

그리하여 다음으로 나는 어머니는 이제 가고야 말 것이나 내 없는 날 기주는 어떻게 할 것인가를 생각하게 되었던 것이다. 기주 없는 오늘의 내 자신을 잡을 수 없는 것과 같이 내 없는 날의 기주를 나는 생각할 수 없었던 것이다. 모두가 남의 나라 같은 쓸쓸하고 괴로운 곳에서 기주는 어떻게 나 없는 나날을 보낼 수 있을까? 오랜 모색 끝에 내가 생각하여 낼 수 있었던 것은 세상에도 무서운 일이 아닐 수 없었으니 나하고 같이 가다오 기주…하고 내가 직접 그에게 말하는 것으로 그 순간 오늘까지의 기주와 나 사이에 있었던 모든 잊을 수 없는 것들이 산산히 부서져 가는 것을 눈앞에 같이 볼 수 없었던 나는 차라리 아무 소리도 없이 그가 모르게 이 손으로 그의 목숨을 끊으리라. 그리고 그 하얀 밤을 나는 그의 뒤를 따라 달음질쳐 가리라 결심하였던 것이다. 그러면 그렇게 결심하는 것으로 너의 책무는 그곳에서 끝나는 것이었던가 하면 결코 그런 것도 아님을 자신 모르는 배 아니었으며 내가 이 위에 또 무엇을 생각하여야 하는가 오직 아무런 용기도 이제는 없었을 뿐이다. 끝내 모르노라 단 하나 이것만이라도 깨물어 붙잡으리라 두 번 세 번 결심하였던 것이다.

그 날 저녁 나는 누이가 집에 잠깐 갔다 온다 하고 나갈 제 누이가 펴놓은 이불 위에 아무렇게나 쓰러져 밖을 내다보고 있었다. 눕지 않으면 의례 문턱에 걸터앉아 밖만 내다보며 처음도 끝도 없는 사념에 잠겨 있는 것이 나의 오랜 습성이다.

다섯시 넘은 지도 오랬을 만한 때 옆구리에 종이꾸러미를 낀 기주가 도랑을 건너 들어오는 것이 보였다.

기주는 나를 보자 바깥문 녘에서 조금 고개를 숙이고 가볍게 인사하더니 거기에 잠깐 섰는 것이었다.

이윽고 나는 일어나 앉았다. 그러자 기주는 한 걸음 다가들어오더니

"어머니 어떠세요?"하고 나직이 묻는 것이었다. 나는 말대답 대신

"벌써, 집에서…?"하고 천천히 묻자

"아니오! 회사에서 나오는 길이에요."하며 기주는 꾸러미를 든 채 어머니 방으로 들어가 한참이나 있더니 다시 나왔다. 꾸러미는 없었다. 기주는 문턱에 걸터앉더니

"언니 어디 가셨어요?" 하였다.

"집에 갔다 온다구 조금 전에 나갔지." 대답을 듣자 기주는 내 얼굴에서 시선을 떨어뜨리고 불안스러운 듯 땅바닥이며 그 위에 어수선히 놓여 있는 신발이며 종이쪽들을 물끄러미 바라보는 것이었다.

그때 조그맣게 앉아 있는 기주를 나는 온 시선이 마치 그 한곳에 매어져 있는 것처럼 넋 없이 바라보고 있었다. 복스러운 귀며 그 옆으로 스며 나온 귀밑머리며 비스듬히 보이는 나릿한 콧날이며 무릎 위 검은 치마 주름을 쥐고 있는 작은 손이며 그 모든 낯익은 모습들이 새삼스러이 못 참게 가슴 아팠다.

이윽고 고삐 놓은 어느 마음이 드디어 마지막 부를 이름조차 잊어 버린 쓸쓸한 속을 수 없는 무엇이 목에 차 넘침을 깨닫지 않을 수 없을 때 나는 끝내 고개를 돌리며 눈을 감아 버리고 말았던 것이다.

무서운 일이다.

나는 자신도 모르게 큰 한숨을 쉬었다.

그 모양으로 반 시간을 넘어 앉아 있을 때 밖에서는 바람이 잔잔히 불어왔다. 끝내 나는 한 가지 해결만이… 그도 어느 만큼 믿을 수 있을는지 모르지만 남아 있음을 알았다.

나는 담배를 붙여 물며

"기주…."하고 불렀다. 하나 다음에 무슨 말을 할 것인지 자신도 잊은 듯 다시 잠자코 앉았을 때 고개를 돌린 기주는 내 얼굴만 쳐다보는 것이었다. 한참 후 나는 무슨 천 근이나 되는 것을 가슴에 내어 던지는 듯한 마음으로

"기주, 나 청이 하나 있는데 들어 주겠어?" 하였다.

기주는 다음 말을 기다리는 듯 내 얼굴만 물끄러미 쳐다보더니 이윽고

"무슨 일이에요?"하고 묻는 것이었다.

나는 조용히 책상 위 재떨이를 가져다 담뱃재를 털며 다시 입을 열었다.

"내일 조선으로 나갈 수 없어?"

나는 고개를 돌려 기주 얼굴을 쳐다보았다. 기주는 의아스러운 눈으로 무슨 말인지 알 수 없는 듯 내 얼굴만을 바라보고 있더니

"왜요?"하고 묻는 것이었다.

나는 다시 얼굴을 밖으로 돌리고 오랫동안 담배만 풀썩풀썩 피우다가 입을 열었다.

"여러 가지로 생각한 거지만 얼마 동안만 내 옆을 떠나 줘요. 그러면 다시 밝은 걸 무어 생각할 수 있을 것 같소."

"밝은 것이라니요?"

나는 담배를 두어 모금 더 빨고 재떨이에 비벼 버리며 서서히 대답하였다.

"그건 묻지 말아 줘요. 그걸 말할려면 더 딴 것을 말해야 할 것이고 그럴 수는 없는 자신이오. 너무 나만의 자의지만… 용서해요. 나에게는 무거웁고 큰 문제라는 것만 알아 두어 주고…."

기주는 더 묻지 않았다. 고개를 돌리더니 다시 문 밖을 내다보는 것이었다. 나는 그래도 기주 얼굴을 옆으로 한참 동안 물끄러미 바라보다가 고개를 돌렸다.

기주는 이윽고 어머니 방에 들어가 오랫동안 앉았더니 도로 나와 신발을 신는 것이었다.

"벌써…."

"나올 제 들르지도 않아서 집에 가봐야겠어요."

"같이 나가다 어디 들러 저녁이나 할까. 나도 아직 안 했어…."

어두워진 거리로 둘은 나왔다. 비에 젖어 흐물진 길을 우리는 나란히 걸었다. 서삼마로 나가는 가름길을 지나서 서이마로 극장 앞 큰 길로 나섰을 때였다.

"저 조선 가겠어요. 내일…."하고 기주는 서글피 웃어 보이는 것이었으나 웃음은 이내 사라지고 그 어떤 어두운 그림자가 얼굴을 스쳐 가는 것이었다.

"그래도 어머니 일이 마음 놓이지 않아서… 이내 저 오겠어요."

저으기 원망하듯 작은 음성은 조급히 굴러나와 무엇인가 어린 듯 허물없이 탓하는 것 같았다.

환희에서였던지 슬픔에서였던지 알 수 없는 것으로 나의 가슴은 금시에 가득하였다.

"아침에 사에 들려 말하고 '노조미'로 떠나겠어요."

서삼마로 우정국을 지나 대경로에 나오자 ×× 그릴에서 간단한 식사를 치르고 다시 거리에 나섰을 때는 벌써 사 면이 어둑하였다. 마차를 불러 기주를 앉히고 나는 그의 작은 손을 잡았다. 움직이는 차와 함께 아무 말 없이 먼 데만 바라보며 잠깐 걷다 나는 고개를 기주 편으로 돌리고

"그럼 내일 집에 들릴까요?"하고 그의 손을 다시 꼭 쥐었다 놓았다.

기주는 고개를 조금 굽혀 보이더니 이내 손수건에 얼굴을 파묻는 것이었다.

어둠 속에 점점 멀어져 가는 마차 위 기주의 숙인 머리며 저고리 동정깃을 바라보고 섰을 때 나는 이제는 영원히 놓는구나 하는 가슴이 미어지는 듯한 공허를 느끼지 않을 수 없었다. 끝내 마지막 그 악착한 사실까지도 끊어져 가는가, 어둠 속에서 나는 어느 때까지고 움직일 줄 몰랐다.

두 번 묻는 일도 없이 내 곁을 떠나리라 대답한 기주—내 자신 거역할 수 없는 요구였지만 미더운 승낙—이었기도 하였다. 이리하여 생은 이곳에서 완전히 끝나는 것이나 한번 옮겨 놓은 발은 끝내 돌이킬 줄 모르는 자신이었던 것이다.

나는 드디어 보다 안이하고 선량한 마음으로 내 일찍이 경험한 적 없는 조용한 속에서 땅 위 모든 벗, 모든 생명, 모든 물상을 바라볼 수 있었다. 미워하였고 의심하였던 모든 인간—태규며 검은 안경 쓴 의사며 눈물만 흘리는 누이며 조일동에서 늘 만나는 코밑에 채플린 수염 난 인간이며 내 이제 아무 의심하는 일 없이 볼 수 있으리라 생각하였다. 모든 것은 이리하여 비로소 나에게 한결같이 가까울 수 있었던 것이다.

그 바람으로 오래도록 거리를 싸다니다 지쳐 돌아온 나는 책상에 엎드려 전에 없던 맑은 마음으로 소리없이 울었다.

기주를 보내고 저물 무렵 폼을 나선 나는 마차에 앉아—지금 마차에 앉아 있는 자신은 기실 틀림없는 나인가. 이 화려한 거리며 질주하는 인마며 거륜은 어느 거리에서 보고 있는 나의 현상인가. 어디에 진실로 나의 벗은 있는

가. 나의 마음은 지금 어디에 던져져 있는가. 무엇을 위하여 청춘은 높은 것을 생각하고 달음질쳐 갔었던가. 어지러운 거류! 쓰러져 가는 성터! 뭐! 하늘! 백골의 창백한 웃음! 선무! 선무! 무수한 선무!

얼른 집으로 돌아와 누이와 함께 위독하신 어머니 병을 돌보아야 하였을 나는 그러지는 않고 일본교에 다다르자 어느 조그마한 오뎅집 나무판자 걸상에 걸터앉았다.

손님이 드문 이 집엔 삼십이 가까워 보이는 상냥한 젊은 '옥상'이 흰 에이프런을 걸치고 언제나 마찬가지로 반겨 준다.

"하야이와 네 공야 도우— 시다노?"

눈이, 크지 못한 '옥상'은 컵에 술을 따르고 오뎅쪽을 접시에 옮겨 놓으며 웃음 어린 얼굴로 바라보는 것이다. 주인은 어느 다다미집 직공으로 다니는데 퍽은 독한 이라고 언젠가 '옥상'은 이야기하였으나 나는 한번도 본 일이 없었다.

"도—모시야시나이요… 이랑고도 가까나이데요 쯔 데구레."

"헨 네— 곰방…."하며 희롱하듯 웃는 그에게는 대답도 않고 나는 술만 부었다. 술은 연거푸 부어지고 어느덧 불이 켜졌을 제 나의 머리는 점점 몽롱하여 갔다.

댓가지로 엮은 조그마한 창에 유리 너머로 바깥 어둠이 가까이까지 몰려와 옹기종기 서있는 것 같았다. 오른손에 고뿌를 움켜 쥔 채 나는 그 낯익은 창을 어느 때까지고 바라보고 있었다. 어느 알 수 없는 힘에 끌려 나는 내 일찍이 본 일 없고 생각한 일 없는 세계로 가까워지고 있음을 느끼지 않을 수 없었으니 어느덧 나의 눈앞에는 스산한 동굴이 펑—하니 나타났던 것이다. 송구스런 그 기상은 어느 몇만 길 깊고 먼 곳에서 솟아오는 것인지 알 수 없었다. 양손에 드높이 횃불 든 말없는 행렬이 동굴 속 저 멀리 무한한 어둠을 향하여 사라져 가고 있고 노랫소리가 귓가에서 어느 때까지고 회오리 치듯 울며 가는 것이었다. 순간 온몸에 오한이 스쳐 갔다. 득득 정기서 떠는 이발로 내 어디까지 안겨 가는지 몰랐다. 휘영청 들어앉은 수만 길 어둠 밑을 무슨 사나운 짐승이 그리도 수많이 눈을 번득이며 희뜩희뜩 날려 들고 날려 가고 있는지 스산한 바람은 사정없이 살을 물어 뿌리치는 것이었다.

아! 이 잿무덤과도 같은 안식! 나는 드디어 아무것도 생각할 수 없었으니

애틋하였고 아름다웠던 과거의 기억 모든 것이 완전히 멀어졌다. 아무 낯익
은 형용도 음성도 없어진 이곳에 내 어찌하여 서있는 것인가 이 또한 모를
일이었다.

고뿌도 여러 개 떨어뜨려 깨었던 상싶다. 웃고 있는지 울고 있는지 성내고
있는지 알 수 없는 얼굴이 헝클어졌다 이지러졌다 하며 눈앞을 어쩔어쩔 지
나가는 것이 수없이 보였다. 무수한 광선과 무수한 소음과 무수한 그림자의
쟁투 속을 어찌하여 헤어 갔고 어찌하여 헤어 왔는지 까만 속에 정신이 깨
었을 때는 내 몸이 낯선 집 다다미 위에 눕혀 있는 것을 발견하였다. 벌써
낮밥 때도 이슥한 듯 광선은 방 안에 가득하고 '조―바'의 거리에서 소음이
어수선히 들려 왔다. 골속이 덜걱덜걱 마치도 온몸이 어디 없이 찌뿌듯하였
다.

'조―바'에 나와 '옥상'에게 미안하다는 말을 하고 술값을 무니 주머니에
쥐이는 돈괴는 엄청나게 차이 났다. 집에 갔댔자 돈이 있을 턱이 없었기에
K회사 M에게 전화를 걸어 나오는 길에 술집에 들러 달라는 부탁을 하고 볼
모양 없이 처져 거리로 나왔다. 그리하여 어두운 방에 돌아오는 길로 이불을
펴고 드러누운 것이 종시 일어나지 못하고 오늘까지 되고 만 것이다. 온몸이
상기되어 다칠 수 없고 뼈며 살이 제가끔 흘어져 가는 것같이 자꾸 오한이
들었다.

기대키는 것은 누이다. 누이는 어머니 방과 내 방을 쉴 사이 없이 건너 다
녔다.

몇 번 급한 고개에서 부대끼던 어머니는 사오 일 전에 다시 좀 평온한 것
같더니 어제부텀 갑자기 악화되고 있다. 기어이 마지막 고개에 닥치고야 만
듯한 기막힌 예감이 몸을 꾹 누르고 있는 것이다. 어제 오늘 의사가 남겨 놓
고 가는 말이란 모두 듣기에도 기막히는 말뿐이었다. 눈이 푹 빠져 버린 누
이는 안색이 까칠하다.

이리하여 나는 다행히도 이제는 내 병까지 잊은 것 같다. 이것이 반가운
일인지 아닌지 나는 모른다. 생각하고 싶지도 않다.

이제는 밤도 이슥하여 사면은 고요하고 처마밑을 흐르는 낙숫물소리가 간
간히 들려 올 뿐이다.

아아 기주야, 또다시 네 이름을 부르는 오늘의 나를 용서하라. 나는 드디
어 달빛 고요한 그 옛 고향 강변에로 돌아온 것 같다. 일찍이 이곳에서 나서

열세넷까지도 나는 이곳에서 자랐었다. 우중충하게 둘러 선 높은 뫼, 깊은 품을 굽이쳐 흐르는 강… 윙—윙 처량히 외치는 저 강물소리를 나는 얼마나 그려 왔던 것인지 모든 과거의 나의 고뇌는 네 품으로 돌아가고 싶음에서의 부름이었던지도 모른다. 네 품을 떠나 방황하던 날의 어지러움을 나는 뼈아프게 기억하고 있다.

나는 돌아왔다. 내 일찍이 아무것도 생각한 바 없었고 따라서 잊은 것도 없음을 나는 새로이 깨닫는다. 어렸을 때 네 품을 떠나던 그 꼭 같은 마음으로 나는 네 품에 다시 안기리라. 오오, 나의 어머니! 나의 고향아!

횃불! 횃불! 저 말없는 행렬을 나는 여기서도 본다. 무수한 바위와 수풀을 지나 행렬은 멀리 굽이쳐 사라져 간다.

아아, 진실로 두 번 돌아올 생명도 아니기에 나는 다시 묻는다. 너는 어찌하여 그리도 감추기를 좋아하느냐. 어찌하여 너는 이 병든 곳 수척한 곳을 두고 뻣뻣이 가기만 한다느냐. 정말 나는 아프다.

나는 알고 싶다. 다시 한번 나는 내 일찍이 인간이었더라는 것을—그리하여 나에게도 부모가 있었고 형제가 있었더라는 것을 나는 다시 한번 알고 싶다. 어린 아이 달래듯 자신에게 타이르고 싶다. 얼마나 끔찍이도 무서운 것이 나를 지키고 있다 한들 나도 차마 내 자신에게까지 거짓말을 할 수는 없다. 그 악마 같은 짐승이 악을 쓰며 마지막 달려온단들 그러면 내 차라리 이 작은 숨을 부둥켜 쥔 채 그 입을 향하여 뛰어들리라. 내 어찌 이 마지막 눈물겨운 것까지를 놓을 수 있을 것인가.

아아, 오늘— 모두 저마다의 큰 슬픔에 젖어 목놓고 있는데 무슨 내 이렇게 몹쓸 것을 생각한다느냐.

이단자였던 나는 모든 것이 어찌하여 죄인지 딱히는 몰라도 필시 퍽이나 많이 죄를 지는 것 같다. 그렇다면 너만이라도 용서하라, 기주야!

실로 이 고마운 강바람의 눈물겹기도 하고 차겁기도 하기란.■

황건

1918년 4월에 조선 함경남도 갑산군에서 출생.

1928년에 형을 따라 서울로 올라가 직업학교를 마치고 동경에 가 고학을
　　함. 1년 후에 조선에 돌아와 보성고보, 전주사법 강습과를 거쳐 무주에
　　가 교편을 잡았다가 장춘에 들어와 기자생활을 함. 나중에는 산간에 가
　　목축업에 종사. 작품으로는 단편소설 「기적」, 「제화」 등이 있음.

오마리

현경준

1

갈마반도를 벗어지니 물결은 제법 굼실거리고 바람살도 거칠다.

그러나 정히 마파람이다.

돌아다보니 원산항구는 벌써 아득하니 시야에서 멀어졌다.

앞뒤 돛폭은 활등처럼 휘어져서 튀기면 터질 듯이 배불러 있고 동북으로 곧추 향한 뱃머리는 들었다 놓았다 잘도 움씻거린다.

고불사공 형보는 틀어 잡은 따리[舵]재에나가 한쪽 손으로 곰방내를 탁탁 턴 후 아뒷사공 용칠이를 내다보며

"여보게 바람살이 너머 센 것 같네. 용천질이나 좀 허게."[앞 돛으로 바람을 털라는 말]

하고 따리채를 지그시 당기며 뱃머리를 얼마쯤 노 뒤[北]쪽으로 돌려 놓는다.

멀리 점점 아스름해 가는 항구를 하염없이 바라보던 용칠이는 아무 대답도 없이 손아귀에 감아 쥔 돛줄을 휘청 잡아 챈다.

만포된 바람이 슬며시 풀려 나가자 뱃머리는 움칫 숙어지며 미끄러지듯 요동 없이 나간다.

그러나 얼마쯤 나가던 돛폭은 다시금 불러지며 배는 머리를 쳐든다.

그러면 그럴 때마다 용칠이는 돛줄을 잡아 채어 바람을 털어 버린다.

형보는 한동안 그 모양을 내다보다가 당겨 잡은 따리채를 다시금 기웃이 밀며 뱃머리를 노 앞[南]으로 돌려 놓는다.

그러고는 따리채를 겨드랑에 끼고 곰방대에다가 장수연을 눌러 담아 성냥을 그어 붙여 물고 인제는 아주 시야에서 멀어진 항구 쪽을 들여다보며 간밤의 달콤한 추회에 잠겼다.

영흥만 끝 굽이를 벗어지니 끝없이 바라다보이는 바다는 더한층 망망해 보이고 왼편에 들여다보이는 먼 산들은 바다보다도 더 푸르러 보인다.

바다에는 수많은 배들이 떠있다.

모두 다 뱃머리는 동북으로 향해 있다.

그리고 강원도 바다에서 곧게 들어오는 그것들은 거진 '오마리' 배들이다.

형보는 가까운 거리라면 건너다 불러 보며 무슨 수작이든지 걸어 보고 싶었다마는 배들 사이의 거리는 오 리도 더 된다.

고향을 떠난 후 달이 찬다.

타도 바다에 들어 서서 그런지는 몰라도 고향 '오마리'들을 보니 이상스럽게도 그리운 생각이 사무쳐 든다.

무엇보다도 애새끼들이 보고 싶어진다. 평소에는 귀찮게만 여겨지던 것이 이렇게 타도 바다에 떠보니 짜장 그리워나는 깜둥이들이다.

형보는 한옆으로 따리채를 밀어서 노 앞쪽에 떠가는 '오마리'의 곁으로 배를 몰았다.

그러고는 거친 것 같으면서도 부드러운 말씨로 용칠에게 일렀다.

"용천줄을 좀 늦추게."

용칠이는 여전 아무 대답도 없이 그러나 형보의 속은 알아챈 듯 그도 바다 쪽에 떠가는 '오마리'를 내다본다.

'오마리'의 고향.

그것은 대개가 강원도나 경상도, 경상도 중에도 북도가 많다.

어째서 '오마리'라고 불리워지는지는 그들 자신도 모른다.

그들이 고향을 떠나는 것은 거개가 오월 중순으로부터 하순경에까지 이르는 것으로서 난류의 흐름에 따라 밀려 오는 정어리가 북동으로 밀려 가면 그 뒤를 따라 돛폭을 다는 것이니 귀향은 빨리 쳐도 시월 하순 십일월 초순경 다시 난류가 돌아질 때인 것이다.

그 동안 '오마리'들은 난류를 따라 북동으로 자꾸만 떠가며 정어리를 잡아서는 근방 포구에 들어가서 시세가 돌아지는 대로 팔고는 다시금 돛폭을 달고 떠들어가는 것으로서 그들의 최종 목적지는 경흥 서수라 끝이다.

해는 벌써 한낮이 겨웠다.

바다에 돛폭은 점점 늘어 가고 뱃머리가 이리저리 돌아지는 것을 보니 벌써부터 물결을 고르는 모양이다.

그러나 향하는 곳은 모두 다 지지난 밤부터 흘렀다는(잡혔다는) 마양도 앞말기(지경)다.

　　형보는 갑자기 정신을 차린 듯 키 밑에서 사품을 치며 흐르는 물살을 여겨 보았다.

　　부글부글 끓으며 순조롭게 흐르지 못하는 것이 틀림없는 역류다.

　　형보는 한동안 앞뒤 바다를 번갈아 둘러보다가 큰 돛줄을 두어 고비 빨려 놓으며 따리채를 삐익 노 뒤쪽으로 놓았다.

　　배는 갑자기 기우뚱거리며 노 앞으로 위태롭게 돌아지더니 비뚜름히 누운 채 바다를 향해 곧게 내달린다.

　　그러는데 이물간에서 억쇠가 나오더니

　　"여보게 점심이 됐네."

하며 형보의 앞에 와서 따리채를 잡는다.

　　"물길을 찾아야겠네. 한동안 내몰게."

하고 형보는 우쭐 일어나서 허리를 쭉 편 다음 이물 쪽으로 간다.

2

　　고물사공이면 배에서는 선장격이다.

　　이물간에서는 형보가 내려 서는 것을 보고 모두 다 한쪽으로 비키며 자리를 낸다.

　　형보는 비켜 주는 대로 털썩 주저앉으며 여럿을 둘러보았다.

　　왼편으로부터 경덕이, 병호, 종삼이 모두 다 억세게 생긴 몸집에 부리부리한 얼굴들이다.

　　그러나 순동의 얼굴에는 아직 애티가 그냥 서려 있다.

　　하긴 그럴 것이 배는 탔다지만 아직 스물밖에 안 되는 그가 아닌가?

　　새로 지은 밥은 언제나 제 자랑을 잊지 않는 종삼의 솜씨라 알맞추 물을 받혀 맛스럽게 되었고 생선으로 지진 가재미 맛도 입맛을 당긴다.

　　더구나 생채에다가 볶은 정어리의 생회는 못 견디게끔 술생각을 돋우어 준다.

　　그 모양을 보고 종삼이는 형보의 속을 엿볼 대로 엿본지라

　　"형님, 생각이 나지요?"

하며 씩 웃어 보인다.

　　형보는 아무 소리도 없이 마주 싱글 웃으며 한 젓가락 듬썩 집어 먹는다.

　　한동안 말없이 식사가 계속된 후
　　"그런데 오늘 밤은 어디 가서 풀 작정인가?"
하고 형보를 건너다보는 것은 경덕이다.
　　"마양도 말기루 가야지."
　　"벌써 해가 기울었는데 그렇게 갈 수 있을까?"
　　"없으면 되는 대루 가다가 아무데서나 풀지."
　　형보는 표정도 없이 무뚝뚝하게 대답한 후 가재미뼈를 뱉는다.
　　"대체 마양도 말긴 원산서 몇 리나 되나?"
하고 이번에는 종삼이가 말끝을 잇는다.
　　"이백 리는 실헐걸."
하고 받는 것은 경덕이다.
　　"이백 리면 이 바람에 못 갈 게 뭐인가."
　　"아, 그야 갈 수 있지만 말길 잡자니 심든단 말이지."
　　"심들문 아무데나 잡아 놓지, 이 너른 바다에 고기가 없겠는가? 그저 물길
만 잘 찾게."
　　종삼이는 자신있는 듯이 어깨까지 으쓱거리며 형보를 흘낏 건너다본다.
　　형보는 여전히 말없이 식사만 계속하다가 숟가락을 집어 던지는 순동이를
보고 넌지시 말한다.
　　"다 먹었으문 용칠이와 좀 바꿔라."
　　순동이가 나가자 뒤바뀌어 용칠은 이내 들어온다.
　　그는 들어오기가 바쁘게 여럿의 앞에서 밥통을 빼앗다시피 끌어당겨다가
숟가락이 부러져라 퍼먹으며
　　"제길, 반찬은 죄다 먹구 찌꺼기만 남겼나?"
하고 투덜거리면서도 그래도 맛스레 퍼먹는다.
　　"여보게, 잔소리 말게. 그래두 알짜만 남겨 뒀네."
하고 양치질을 하며 나앉는 것은 병호다.
　　"알짜만 남겨 뒀다니 고맙네. 자네 언제부텀 고양이가 쥐 생각하듯 그렇게
심보가 좋아졌나?"
　　용칠이는 한 방 툭 쏘아 준 다음 열쩍게 씩 웃는다.
　　"이놈의 자식, 요담부터 어디 보자. 꽁대기두 안 남긴다."
　　형보는 한동안 둘의 말에 귀를 기울이다가 그만 우쭐 일어나며

"얼른 걷어들 치우구 그물 손질이나 하게."

하고는 밖으로 나왔다.

그는 고물 쪽에 가서 억쇠와 바꾸어 앉으며 물살을 내려다보았다.

앞뒤로 갈려지는 물살을 보니 인제는 틀림없이 제 길로 잡아 든 듯하다.

형보는 따리채에 감아 놓은 돛줄을 한 고비 풀어 놓으며 키자루를 기웃이 돌려 밀었다.

동시에 배는 슬며시 머리를 노 뒤편으로 돌린다.

바다 쪽에 떴던 배들은 그 동안에 거진 안쪽으로 돌린다.

"미친놈들, 이게 어느 땐가. 벌써부터 도시긴[都時期]가?"

하고 형보는 제 혼자 중얼거리며 이물 쪽 순동이를 내다보니 그는 멀리 강원도 바다 쪽을 바라보며 무언지 생각는 듯하다.

"제길 어미 생각이 나나!"

형보는 또 한번 중얼거리고 나서

"야, 순동아!"

하고 갑자기 불러 본다.

마치 기다리기나 한 것처럼 순동의 고개는 홱 돌아진다.

"너 무슨 생각을 그렇게 하구 있냐? 엄마 젖 생각나냐?"

순동의 입가에는 어설픈 웃음이 힘없이 떠오른다.

그 웃음을 보고 형보는 문득 그 언젠가 고향을 떠날 때 경덕이에게서 얻어 들은 순동의 이야기를 생각해 내고 혀를 끌끌 차며 입속말로 중얼거렸다.

"아서라, 어린 놈에게 계집이 다 뭐냐?"

그러나 순동이는 눈치 빠르게 형보의 입속말을 알아 채고 이내 얼굴을 붉힌다. 그 모양을 보니 형보는 공연한 수작을 한 것 같아 실없이 가슴속이 언짢았다.

그래 그는 다시 웃음을 지으며

"엄마젖 생각이 나문 내일쯤 신포 가서 막걸리나 한 사발 들이켜라."

하고 부드러운 표정으로 농을 걸었다. 순동의 얼굴에는 다시금 힘없는 웃음이 떠오른다.

그러는데 이물간에서 떠들어 대던 패거리들이 나오더니 뱃전에 널어 놓은 그물 앞으로 제각기 갈라져 가서 베대(그물줄)를 가누기도 하며 밧돌을 들춰 넣기도 한다.

해는 훨씬 서쪽에 기울었다.

형보는 황혼이 짙어 드는 바다를 이리저리 살펴보며 말길 찾기에 애를 쓴다. 그러나 마양도 말긴 아직도 멀다.

"여보게 병호, 마양도 말긴 아직두 멀었지? 자넨 여러 해째 돼서 잘 알겠네그려."

형보의 질문에 병호는 그럴듯한 자세로 멀리 동북 산들을 바라보면서

"글쎄 말이네. 아직 멀었나 보네. 헌데 너머 나오지 않았는가?"

하고 다시 근심스런 양을 하며 이번에는 바다 쪽으로 시선을 돌린다.

"좀 나온 것 같기도 하네. 그렇지만 물길을 찾지 않구야 고기떼를 어떻게 따르는가?"

"그건 그렇지만 다들 안쪽으로 쏠리는 것 같은데."

"쏠리는 놈들이 철이 없지. 이게 어느 땐가? 도시긴가?"

"어디 폭풍경보나 나지 않았는가?"

"미친 소리 말게. 오늘 아침 원산서 잘 보잖았는가?"

바로 그때다.

갑자기 병호의 앞에서 그물베대를 가누던 경덕이가

"아! 고기떼다, 고기떼다!"하며 소리친다.

"저것 봐라. 정어리떼다! 물살을 봐라."

사실 그의 말과 같이 배 앞에서 얼마 멀지 않은 곳에서는 이상스레도 물살이 설레며 원형으로 둥그러니 물결이 부풀어오르는 것이었다.

틀림없는 정어리의 싹이다.

"옳다, 고기떼다!"

"그렇다, 틀림없다!"

사공들은 정신없이 서둔다. 그리고 그들의 얼굴에는 한결같이 생기가 떠돈다.

형보는 돛줄을 힘차게 들이 닥쳤다. 그러고는 다리채를 삐익 노 뒤쪽으로 틀었다마는 다음 순간 고기떼의 싹은 흔적도 없이 사라져 버리고 굼실거리는 파도만이 이랑을 지으며 흘러가고 있다. 사공들은 다치면 터질 듯한 긴장을 띠고 물결에서 시선을 떼지 않는다. 한동안이 지나도 소식이 없다. 그들의 얼굴에는 차츰 실망의 빛이 떠돌기 시작한다. 그러나 형보는 조금도 실망하는 양 없이 기세를 올리며 소리를 지른다.

"다들 뭘 하고 섰어? 어서 차비를 안 할 텐가?"

"아니, 고기떼가 어디루 빠졌을까?"

병호는 진정을 못 하며 앞뒤로 돌아다닌다.

"어디루 빠진 걸 알문 어쩔 텐가? 이건 아주 건착선으루 아는 모양인가? 잔소리 말구 어서 차비들이나 하게. 자, 돛줄을 풀어라. 오늘 밤은 이 바다에 떴다."

형보의 말에 여럿은 비로소 잊었던 것을 깨달은 듯 당황하게 서두르며 차비를 시작한다. 줄을 풀기가 무섭게 큰 돛은 와르르 쏠려 내리고 뱃머리는 힌뜻 들린다.

앞돛도 내려졌다. 돛폭을 거둔 다음 억쇠는 형보의 옆에 와서 한노[后方 櫓]를 넣고 다른 사공들은 이물 앞뒤에 벌려 서서 곁노[左右便櫓]를 넣은 다음 물결이 흐르는 대로 한동안 흐른다. 틀림없이 북동으로, 즉 그들 말을 빌면 됫세[北車]로 흐르는 난류다. 한동안 흐르는 대로 더 가다가 형보는 갑자기 키를 걸어 올리며

"자, 인젠 아시우며(한노로 조종하며) 그물을 풀어라. 노 앞쪽이다."

형보의 명령이 떨어지기가 바쁘게 배는 기우뚱 머리를 바다 쪽으로 돌려 가로 나가고 사공들은 솜씨 빨리 그물을 풀어 넣는다. 그물을 죄다 풀어 넣고는 다음에는 다시 되돌아지며 그물 베대에다가 빈 석유통으로 만든 알기[標]를 드문드문 달아 놓은 다음 배는 그물 끝에다가 단단히 달아 맨다.

일은 끝났다. 인제는 한밤을 그물에 달린 채 물결이 흐르는 대로 떠가며 천행을 기다릴밖에 없다.

"자, 인젠 뫼(해신을 위하는 치성밥)를 지어라."

형보의 분부가 내리자 종삼이는 벙글 웃으며 팔소매를 걷어 올린다.

"아, 등대불이다. 마양도 등대구나."

하고 경덕이가 갑자기 놀란 듯이 떠들어 대는 바람에 그의 손끝이 가리키는 곳을 보니 멀리 보랏빛으로 어두워 드는 뭍 쪽에서는 샛별 같은 불빛이 깜박인다.

위치로 보아서 틀림없는 마양도 등대불인 것을 알고 사공들은 더한층 마음을 놓았다.

3

알기로 달아 맨 빈 석유통들이 뗑뗑 울리기는 한밤중이었으나 그러나 그것은 얼마 동안 지나지 못했고 그 뒤는 동살이 훤히 틀 때까지 애를 태우며 기다렸건만 온통 소식이 없다. 날이 밝으면 볼장은 다 본다.

사공들은 다시금 짧은 밤을 원망했다. 그러나 좀더 오래 두어 두면 큰 고기가 무섭다. 번연히 틀린 줄은 짐작하면서도 할 수 없이 그물을 커올리기 시작했다. 가물에 씨앗 나듯 드문드문 그물코에서 번쩍이는 것을 볼 때마다 도리어 화가 치민다마는 그래도 다 걷어 올리고 보니 열 통은 넘을 것 같다. 한동안 사공들은 우두머니 먼 바다를 내다보며 걷잡을 수 없는 생각에 잠겼다.

배는 흐를 대로 흘러간다. 갑자기 동쪽 바다가 뻘겋게 물들며 햇살이 뻗쳐 오른다. 사공들은 비로소 정신을 차리고 뭍쪽을 돌아다보았다. 하룻밤 동안 그물에 매달려 흐르고 나니 바로 정면으로 마양도가 들여다보인다.

마양도가 보이자 형보는 갑자기 기운을 얻은 듯 소리를 지른다.

“돛을 달자. 신포 들어가서 점심 전에 풀구 나오면 오늘 밤은 차호 말게 가서 풀 수가 있다.”

그 소리에 여럿이 일제히 돛대 밑으로 몰려 가며 돛폭을 가누기 시작한다. 이윽한 후 쌍돛은 다시금 달리고 밤새로 돌아진 샛바람에 배는 쏜살같이 마양도를 향해 달린다. 한 시간도 못 걸려 마양도 어깨를 스쳐 들면서 포구를 들여다보니 뜻밖에도 부두는 한적하다. 지난 해에 왔을 때는 그렇게도 흥성거리던 바닷가에는 개새끼도 어른거리는 것이 없다. 그러나 아래편을 들여다보니 첫머리에 재치 없이 엉거주춤하게 앉아 있는 공장기대에는 얼룩덜룩한 기폭이 초라하게 나부끼고 있다.

오늘의 낙찰을 알리어 주는 기폭이다. 배는 어김없이 기폭 달린 공장을 향해 들어가며 큰 돛을 거둔다. 배가 들어가는 것을 보고 먼저 사람의 그림자를 나타내는 곳은 그래도 낙찰된 공장 마당이다. 다음 부두 모퉁이에도 몇몇 그림자가 어른거리더니 기다린 듯이 공장 앞으로 줄을 이어 나서는 것은 이곳 특유한 여자 일꾼들이다. 흰 수건으로 머리를 싸고 손에는 저마다 함지박을 들었다. 병호의 입가에는 부지중 뜻 모를 웃음이 벙긋 떠오른다.

“뭘 보구 웃는가?”

경덕이는 나무라는 어조로 묻지만 그의 입가에도 부지중 떠오르는 웃음은 금할 수가 없다.

"함경도 아주마니야."

"함경도 아주마니가 어쨌단 말인가?"

"좋—지."

"뭐이 좋단 말인가?"

"이 자식, 시침을 따지 말아."

"저런 오라질 자식이라구. 내가 뭘 시침을 딴단 말이냐?"

"흥, 어디 보자. 수박씨는 제가 다 까면서. 그렇지만 오늘은 안돼, 내 차례다."

병호는 주먹으로 제 가슴을 짚어 보며 모로 돌아진다.

"개수작 말구 어서 닻줄이나 풀어라."

경덕이는 열없이 대꾸를 한 다음 이물 쪽으로 나간다. 그러나 닻은 벌써 용칠의 손에서 풍덩 물 속에 던져진 때다. 앞돛까지 거두자 배는 아주 힘없는 걸음으로 닻줄을 풀며 들어간다. 가에서는 이곳 여자들의 특색인 훤소(喧騷)가 시작된다.

무슨 수작을 무엇이라고 지껄이는지는 몰라도 하여튼 남자들 이상으로 굉장히들 떠들어 댄다. 하기야 어촌치고 여자들이 떠들어 대지 않는 곳이 어디 있으랴만 이 지방은 특별히 더하다. 배가 가에 닿게 되자 형보는 먼저 대금부터 물었다.

"오늘 낙찰은 얼마에 됐수?"

"4원 70전이우."

하고 선뜻 대답해 주는 것은 공장서기인 듯 골덴 양복쟁이다.

"제길."

형보뿐만이 아니라 사공들은 약속이나 한 듯이 모두 다 투덜거린다. 골덴 양복쟁이는 여자들을 보고 무어라고 말하더니

"몇 통이나 잡았소?"

하고 묻는다.

"얼마 안 돼요."

하고 볼멘소리로 대답하는 것은 경덕이다.

"어느 말게서 잡았소?"

"이 앞 말게서 잡았수다."

이번에는 득쇠가 대답한다. 서기는 제 혼자 무어라고 중얼거리는 것 같으나 여자들의 떠들어 대는 소리에 들리지 않는다. 모로 가로 붙인 뱃전에 널다리가 놓이자 여자들이 재빠르게도 서로 앞을 다투어 오른다.

병호의 입에서는 침이 흐를 지경이다. 그 모양을 보고 경덕이는 팔굽으로 그의 옆구리를 꾹 찌르며

"이 자식아, 입 좀 다물어라. 똥파리가 날아들어간다."

하고 씽긋 웃는다.

"에이 자식, 네 입이나 다물어라."

병호는 입술에까지 나온 침을 슬쩍 마시며 그물코에 걸린 정어리를 털기 시작한다.

"아주마니 참말 오래간만이구려."

하며 비위성 좋게 알은 체하고 수작을 거는 것은 종삼이다.

"정말 오랜만이웁메."

여자는 대담히도 응수한다. 그 바람에 용기를 얻어 가지고 병호도 한 풍 걸어 보았다.

"이 아주마니는 작년보다 더 고와졌구려."

그러나 병호의 패짝은 만만하게 걸려 들지 않는다.

"미친 소리를 마오. 당신 같은 사람은 초하루 장에두 본 일이 없소."

딱 잡아 떼는 여자의 모양에 병호는 어디다가 얼굴을 돌렸으면 좋을지 몰랐다. 갑자기 배 위에는 웃음보가 터졌다. 병호는 얼굴빛이 수수떡처럼 되어서

"제—길."

한마디 뱉고는 저쪽으로 돌아 앉는다. 그 바람에 웃음소리는 더한층 소란해진다.

그물코에서 털어 낸 정어리는 여자들의 함지박에 담겨서 공장까지 가면 거기서는 다시 통(樽)에다가 되질한 다음 공장 가마까지 가져간다. 그런데 통에다가 될 때면 사공과 공장측은 언제나 말썽이 있었는데 금년은 그것이 없다.

밀대로 쪽쪽 밀어 되는 바람에 더 달란 말도 더 주겠다는 말도 아무것도 없이 쉽사리 매매가 되어 간다. 매매는 이내 끝났다. 얼마 안 될 줄 알았던

것이 끝장을 보니 그래도 열여덟 통이나 된다. 공장서기에게서 표지를 받아 가지고 형보는 어업조합으로 돈 받으러 갔다. 그 동안에 사공들은 육지에 올라가서 막걸리라도 한 잔씩 하려고 죄다 배에서 내렸다. 그러나 경덕이만은 먼저들 내리라고 하며 뒤떨어졌다. 사공들이 내리는 것을 보고 어느 모퉁이에 지켜 있었던지 아까 병호에게 핀잔을 주던 계집은 생글거리며 배 옆으로 오더니 조금도 주저함이 없이
　"이봅시오, 생선거리를 좀 못 주겠소?"
하고는 경덕의 얼굴을 빤히 쳐다본다.
　너무나 대담한 계집의 행동에 경덕이는 잠시 멍하니 내려다보기만 했다.
　그러나 그에게 거절이 있을 리는 만무하다.
　"생선거리요? 아, 드리지요."
한 다음 그는 여자가 올려 보내는 함지박에다가 거진 차게 반찬거리로 남겨둔 정어리를 닦아 주었다.
　"고맙소."
　여자는 눈으로 웃어 보인다. 경덕이는 가슴이 울렁거려 견딜 수가 없다. 그러나 계집을 다루는 데는 익을 대로 익은 솜씨를 가졌는지라
　"정어리만 달라우? 고등어는 일없수?"
하고 벌쭉 웃어 보인다.
　"고등어를? 에그, 그러니 어떻게 그것까지 먹겠습메?"
　계집은 사양하는 체하나 그의 눈은 탐스럽게 빛난다.
　"뭐 이까짓 거야."
　경덕이는 싱싱한 고등어를 덥석 집어 함지박에 담아 주었다. 그러고는 또 두 마리를 더 집어 주며
　"아주마니 아까는 아주 맵더니 그렇지두 않수다그려."
하고 예의 솜씨를 꺼내어 나꾸려 한다. 계집은 조금 얼굴을 붉히는 것 같더니
　"그 나그네 너무 염치없이 덤비니 그랬습지."
　제법으로 얄궂은 표정까지 지으며 도리어 사내를 나꾸려 든다. 경덕이는 대구입 같은 입을 벌쭉 열었다.
　"아주마니, 생선거리 말구 다른 건 싫수?"
　"생선거리 말구 무스게 또 있소?"

경덕이는 다시 한번 벌쭉 웃으며 엄지손가락과 식지를 한데 맞추어서 동그라미를 만들어 보인다.

"돈은 싫수?"

"에그, 그 나그네 벨소리를 다 하네."

계집의 얼굴은 이내 샐쭉하니 실그러진다.

"벨소리라니요? 거짓말인 줄 알구? 사내대장부가 준다면 줬지."

"듣기 싫소. 그런 소리는… 당신이 무슨 일루 나에게 돈을 주겠소?"

"그야 일이 있어야 주나요?"

"그렇채이쿠, 일이 없이 어째 주겠소?"

"괜히 그러지 말구 있다 조용한 때 오시우."

"흥, 벨일이 다 있네."

하며 계집은 홱 돌아서 버린다. 그러나 경덕이는 벌써 계집의 속을 엿볼 대로 엿보았다.

"아주마니 정말이우. 있다 조용한 짬을 봐가지구 와야 해요. 기다릴게."

아니나 다를까 계집은 살짝 돌아다보며

"있다가라니 어느 때란 말이오?"

하고 눈자위를 붉힌다.

"초저녁이 지날 때쯤 해서 오문 되지요. 그때문 곁에 놈들은 죄다 술집으루들 갈 테니까."

계집은 다시 한번 생글 웃어 보이며 도망질 치듯 언덕으로 올라간다. 경덕이는 다시 한번 따져 일렀다.

"기다릴 테니 꼭 와야 허우."

언덕을 다 올라간 계집은 골목으로 들어가기 전에 다시 한번 이쪽을 돌아다보고 하얀 이빨을 보여 준 다음 사라져 버린다.

경덕이는 가슴속이 흐뭇해 나서 진정할 수가 없다. 그래 그는 앞뒤로 왔다 갔다 서성거리다가 갑자기 생각난 듯 여럿의 뒤를 따라 육지로 올라갔다. 그러나 배는 경덕이 한 사람의 배가 아니다.

배에서는 형보의 권리가 일체를 지배한다. 사공들은 그의 명령에 따라 다시금 바다로 나갈 차비를 했다.

경덕이는 갖은 구실을 죄다 달며 하룻밤만 묵기를 주장이 아니라 애원을 했다.

"여보게 형보, 샛바람이 부는 게 어째 재미없을 것 같네. 날이 궂으면 어떻게 하겠는가?"

그러나 경덕의 그 속을 형보가 알 리는 없다.

"알지두 못하는 소릴 말게. 어업조합에 통지가 왔는데 며칠간은 날씨가 좋겠다네. 지금 명천 바다에 기수 없이 흐른다네."

할 수가 없다.

더구나 다른 사공까지 말도 못 하게 떠드는 바람에 경덕이는 그만 입술을 악물고 바다 쪽으로 돌아서 버렸다.

4

돛은 돛대에 달린 채로 축 처져 있다. 잔 물결 하나 일지 않는 해면은 거울같이 맑고 평탄하다.

쨍쨍 내려 쪼이는 햇볕과 후끈거리는 더위에 숨은 금시에 막힐 것 같고 부질없는 땀만 자꾸 흘러내리는데 아무리 둘러보아야 언덕만한 섬 하나 보이지 않는다.

사공들은 될 대로 되라는 듯이 노를 집어 던지고 배장에 나가 자빠졌다.

신포를 떠난 지가 벌써 보름이나 지났건만 아직도 명천 바다에는 접어 들지 못하고 여해진(汝海津) 바다에서 헤맨다. 그 동안에 그들은 몇 번이나 생소한 포구를 드나들며 조금씩 되는 고기를 팔았다.

그러나 그것은 때로는 그 날의 경비도 되나마나 했다. 큰 고기에게 그물이나 다치우는 때면 도리어 결손이 되군 하였던 것이다. 그래 그들은 여해진에 들려서 사흘 동안이나 찢어진 그물을 기워 가지고는 중도에서는 성진에도 들지 말고 곧게 명천 무수끝[舞水端] 바다를 향해 들어갈 것을 결정하고 돛을 달았다. 그러나 바다에 바람은 어린 아기의 숨결만큼도 일지 않는다. 점심 때가 지나도 바람은 여전히 없고 햇볕만 내려쪼인다.

사공들은 죄다 기진해서 쓰러지고 다만 형보만이 키자루를 그래도 틀어잡고 고물사공의 직무를 지켜 간다. 그리고 이물 쪽에서는 여전히 순동이가 오도카니 앉아서 바다 쪽을 내다보며 무슨 생각엔지 잠겨 있다.

형보는 웬일인지 순동의 그 모양이 가련해 보이며 무슨 말이든지 수작을 걸어서 그의 맘을 위로해 주고 싶은 충동을 느꼈다.

“얘, 순동아.”

순동이는 여전히 대답없이 고개만 돌린다.

“이리 좀 오너라.”

순동이는 한동안 빤히 건너다보다가 슬며시 일어나더니 형보의 앞으로 힘없이 걸어온다.

형보는 부드러운 웃음으로 쳐다보며

“그리 앉아라. 꽤 덥지?”

하고 제 앞에 깔린 초석자리를 권했다. 순동이는 조용히 형보가 권하는 대로 그의 앞 초석 위에 모로 앉는다. 형보는 순동의 옆모습을 이윽히 들여다보았다. 7년 전에 바다에서 잃어 버린 아우의 생각이 문득 미친다.

“순동아, 너는 무슨 생각을 하구 있냐?”

그러나 순동의 입에서는 나직한 한숨만 흐를 뿐이다.

“너의 고향은 경덕이와 한 고장이라지.”

“예.”

“그럼 바루 삼척이겠구나.”

“예, 나기는 강릉서 나구요.”

“그럼 삼척에는 언제 갔냐?”

“여섯 살 때 이사해 갔지요.”

“아버지가 안 계신다지?”

“내가 열한 살 때 바다에 나갔다가 돌아갔어요.”

순동의 얼굴에는 이내 그늘이 진다.

“그래 지금 어머니만 계시냐?”

“예.”

“동생들은 없냐?”

“누이가 있었는데 시집을 갔어요.”

“그럼 지금 어머니는 혼자 계시겠구나.”

“예.”

“너 배는 언제부터 탔느냐?”

“작년부터 탔어요.”

“그럼 아직 멀리는 못 가봤겠구나.”

“이번이 처음입니다.”

"이번에는 어째 이렇게 멀리루 떠나게 됐느냐?"

"함경도루 들어오문 돈 많이 벌 수가 있다는 바람에 이렇게 떠나왔어요."

"돈 많이 번다? …만약 그러다가 못 벌문 어떡허느냐?"

"할 수 없지요. 명년에 또 오지요."

형보는 순동의 모습에서 자기의 어렸을 때를 발견하고 적잖이 미쁘게 생각했다마는 그와 동시에 그의 일생도 줌안에 쥐고 보는 듯이 빤히 내다보여 한숨이 저절로 나온다. 그는 한동안 추연한 빛으로 바다를 내다보다가

"그런데 경덕에게서 들었는데 너 돈두 돈이지만 누구를 찾아 떠났다구?"
하고 슬쩍 말끝을 돌려 보았다. 그 순간 순동의 얼굴이 갑자기 붉어지며 모로 숙여진다. 형보는 한층더 목소리를 부드러이 하면서 뒤를 이었다.

"누구를 어째서 찾아가는지는 모르겠다만 경덕이에게서 들으니까 찾는 사람이 어디 있는지 곳두 확실히 모른다니 사람을 그렇게 찾아서 어떻게 찾니? 형편에 따라서는 되는 한도까지는 도와 주기래도 할 테니까 어디 감추지 말구 속시원히 얘기라두 들려 주렴."

그러나 순동이는 그 말에는 대답을 안 주고 한동안 바다만 내다보다가 갑자기 형보 쪽으로 돌아지며

"그런데 이 배가 서수라란 곳까지는 어김없이 가지요?"
하고 다소 긴장된 빛으로 묻는다.

"글쎄 어떻게 될지는 가봐야지."
하고 미지근한 대답을 하다가 상대편의 실망되는 빛을 엿보고 형보는 이내 돌려 말했다.

"하기야 목적한 곳이 서수라까지니까 어김없이 가겠지만 철수가 늦어지면 중로에서 돌아 설밖에 어떻게 하는 수가 있니? 그렇지만 이 달 말이문 넉넉히 서수라까지 갈 테니까. 그러구 또 순동이까지 부탁한다면야 다른 일은 죄다 집어 치우더래두 서수라는 가야지."

형보의 이 말에 순동이는 얼마간 화색을 띠우며 나직이 한숨을 돌려 쉰다. 그것을 보고 형보는 빙그레 웃으며

"순동아, 나이 먹은 것이 철없이 묻는다구 잘못 생각지는 말구 어떠냐, 좀 얘기해 줄 수가 없니? 누구를 찾아가는지?"
하고는 옆차기에서 곰방대와 장수연 봉지를 꺼낸다.

순동이는 오랫동안 말없이 무언지 생각하다가 그만 형보 쪽으로 돌아 앉

는다.

"말하지요….

내가 지금 찾아가는 사람은 어려서부터 한 동리에서 살던 사람인데 나와는 약혼까지 했던 사이유.

그땐 우리 아버지가 살아 계실 때지요. 그러다가 우리 집이 차츰 살림살이가 구차해지자 여자의 집 편에서는 마음이 달라져 가지구 마지막에는 우리를 피해 울진으로 이사해 갔지요. 그렇지만 나는 가끔 찾아가서는 복순이를 만나 보군 했어요. 복순이란 약혼했던 그 애의 이름이라우, 우리들은 갈라질 때문 언제든지 울었어요. 그러다가 지지난 해 봄에 애비놈이 노름빚 때문에 나한테는 아무 말두 없이 그 애를 갈보루 팔았답니다."

여기까지 말한 후 순동이는 후—하고 긴 한숨을 내뿜는다. 형보의 입에서도 무의식중에 한숨이 흘러나온다.

"그럼 그 다음에는 한번두 못 만나 봤겠구나."

"3년째 못 만났지요."

"그런데 그 여자가 서수라에 가있다는 건 어떻게 알았느냐?"

"우리 고향 배가 작년에 웅기까지 갔다가 어떤 술집에서 우연히 고향 계집을 만났는데 그 계집 말이 복순이가 두 달 전까지 자기와 같이 있었는데 서수라란 곳으로 옮겨 갔다구 하더래요."

이야기를 끝마친 다음 순동이는 다시금 긴 한숨을 뿜는다.

형보는 마치 구름을 잡으러 가는 것과도 같은 순동의 정경에 얼굴을 돌려 버리지 않을 수가 없다.

세상은 좁은 것 같으면서도 넓다. 더구나 정처없이 떠다니는 그러한 계집을 찾아간다는 것은 거의 무모에 가까운 일이다.

지난 해에는 서수라에 있었다지만 지금쯤은 어느 바람에 어디로 불려 갔는지 어떻게 알 것인가? 그리고 계집은 몸값이 있을 것이 아닌가?

"그런데 만나문 어떻게 할 작정이야? 여자의 몸값이 있을 텐데."

"만나면 따져 보겠어요. 지금두 마음이 변찮았는지. 변찮았다면 어떻게 해서든지 몸값을 벌 작정이우. 10년이 걸린 대두, 일생이 걸린 대두 벌어 볼 작정이우."

순동의 얼굴에는 천연한 결심의 빛이 역력히 떠오른다.

"그러다가 여자의 맘이 만약에 변했다문 어떻게 할 작정이냐?"

형보의 이 말에 순동의 얼굴빛은 새파랗게 질리어 앉은 자리에 화석처럼 되어 버린다.

'아차!'

형보는 이내 뉘우쳤다. 그래 그는 이내 속없는 웃음을 껄껄 웃으며

"인제 한 말은 농담이야. 그럴 리가 있니? 지성이면 감천이라구 여자는 너만 보면 너무 반가와서 발광이라두 할 거다."

하고 슬쩍 마음을 쓰다듬어 주었다. 그러나 순동의 응결된 표정은 털끝만큼도 풀리지 않는다. 그는 오랫동안 입술을 악물고 공간을 노려보다가 괴로운 듯이 씨근거리며

"그런데 이 배가 서수라까지 가기야 틀림없이 가겠지요."

하고 신음소리와도 같은 어조로 다시 묻는다.

"가구 말구, 백사를 불구하구서래두 서수라는 갈 테야. 자 걱정 말구 기운을 내라. 인젠 바람이 좀 돌아 앉는 듯하다."

형보는 믿음성 있는 웃음을 벌쭉 웃으며 순동의 어깨를 정답게 툭 친다.

5

형보네가 명천 바다에 접어 들어서 양도에 다다르기는 그 이튿날 아침이다. 고물 쪽 큰 돛 뒤에는 뻘건 대렵기가 기세좋게 펄럭거린다. 그것을 보고 섬에서는 부두에 몰려 나와서 모두들 떠들어 댄다. 부두의 안쪽에는 고깃배들의 돛대가 밀림처럼 솟아 있다. 짜장 양도다. 동해안을 드나드는 어선치고 명천 바다를 모르는 배가 없을 것이고 명천 바다치고도 양도를 모르는 배는 없으리라. 부두 안에는 '오마리'들도 많다. 형보네는 지난 밤 오는 도중에서 잡아 낸 고기도 고기려니와 고향 '오마리'들을 만나니 진정 반가웠다. 저쪽에서도 반가운 듯 배가 부두에 닿기 전에 소리를 지른다.

"여— 어디 밴가?"

"강릉 배로세."

"얼마나 잡았는가?"

"한 50통 잡았네."

형보는 다리를 걸어 올리며

"어떤가? 요즘 잘 흐르는가?"

하고 맞은편 '오마리'에서 수작을 거는 텁석부리에게 물었다.
"흐르기는 잘 흐른다지만 큰 놈 때문에 잘 안 되네."
"큰 놈이라니? 큰 고기떼 말인가?"
"그렇다네."
"제길… 얼마나 멀리 흐르는가?"
"알섬말게서 흐르네."
알섬말기면 양도서 한 30리 가량밖에 안 된다. 큰 고기떼란 말에 근심은 일지만 그러나 형보는 그런 것쯤에 마음을 썩일 잣달가운 조무래기는 아니다.
(큰 고기가 나뜨면 떴지 6월에 구더기를 무서워 장독을 열지 못할까?)
그는 얼른 고기를 풀어 버린 후 남보다 먼저 나갈 작정을 하고 사공들을 독촉했다. 세 시간도 더 걸려서 겨우 다 풀고 나니 해는 벌써 점심 때가 훨씬 지났다. 형보네는 간단히 점심 요기를 하고 부랴부랴 떠날 차비를 했다. 그것을 보고 다른 '오마리'들도 차비들을 했다.
'오마리'의 경기는 요때에 올려야 한다. 다른 '자망'배들이, 고기들이 잘아서 그물코로 샐 때 '오마리'들은 바짝 솜씨를 펴야 한다.
형보네가 바로 닻을 거두려 할 때 갑자기 고동소리가 바다 쪽에서 울리더니 운반 발동선이 세 척이나 만선을 해가지고 들어온다. 섬 안은 물 끓듯 웅성거린다. 모두 건착선들이다.
형보는 무수 끝에서 흘렀다는 운반선의 말을 듣고 예정길을 바꾸어서 닻을 거두자 뱃머리를 동으로 돌렸다.
"50리라니 어둡기 전으루 가겠지."
알맞추 바람은 남풍이다. 바라보니 우뚝하니 멀리 내민 무수 끝은 어서 빨리 오라고 손짓하며 부르는 것 같다. 형보의 입에서는 저절로 흥에 겨운 노래가 흘러나왔다.

훨훨 나는 저 백구야
만경창파 길을 묻자.

사공들은 일제히 뒤를 받아 넘긴다.

에—라 칭칭 나—네
인생 칠십 고래희에

사공일생 몇 해런가
에—라 칭칭 나—네
벽해창공 푸르른데
수궁길은 어디멘고
에—라 칭칭 나—네
어야더야 이승 저승
널 한쪽이 사이로다
에—라 칭칭 나—네
바람광풍 불지 마라
명사십리 꽃잎 진다
에—라 칭칭 나—네.

노랫소리에 흥이 나서 사공들은 어느 틈에 강쿠리[江厚耳島] 바다까지 나왔는지 몰랐다.

"자, 돛을 올려라!"

형보의 외치는 소리에 큰 돛은 저절로 기어 오르듯이 슬슬 올라간다. 50리 수로는 잠깐이다. 두어 시간도 걸리나마나 해서 무수 끝 바다에 다다르니 돛폭은 처처에 떠서 헤맨다. 모두 다 자리를 잡으렴이다.

멀리 바다 쪽을 내다보니 바로 건착선 한 척이 고기 무리를 휩싸느라고 분주히 원을 그리며 돌아가고 있다. 드물게 보는 광경이라 사공들은 넋을 잃고 내다본다. 건착선의 원은 점점 좁아져 들어간다. 갑자기 돛대 끝에서 기폭이 펄럭하더니 꽁무니 쪽에서는 그물이 와르르 풀려 내려간다. 순식간에 그물은 둘러싸이고 배는 천천히 속력을 늦추며 한숨 돌려 쉬는 것 같다. 5리는 되는 것 같은데 그물이 조여짐을 따라 그 안에서 뛰노는 고기떼는 바로 눈앞에서 보는 듯이 똑똑히 보인다.

멀리서 따르던 운반선들이 분주히 모여든다. 어느덧 해는 서산에 기울려 한다.

형보는 갑자기 정신을 차리고 사공들을 독촉했다.

"남이 잡는 것만 볼 텐가? 어서 우리두 차비를 해야지."

돛을 거두고 물결을 살핀 다음 그물을 풀어 넣는데 바다 쪽 건착선은 벌써 그물을 거두어 가지고 동쪽으로 들이 빼기 시작하고 운반선들은 양도 쪽으로 툭탁거리며 나간다.

형보는 새삼스레 자신의 초라함을 느꼈다. 불과 반 시간에 수백여 통을 퍼 가지고 달아나는데 자기네는 그야말로 한 바다에 낚시질격으로 그물을 놓고 밤을 새며 천행을 기다려야 한다. 이 얼마나 허황한 노릇인가? 바다에 고기는 수없이 많다. 그러나 그 많은 고기를 어떻게 하면 똑 제 길을 찾듯이 자기네 그물을 찾아오게 할 것인가! 아무리 생각해도 허무한 노릇이 아닐 수 없다.

그것은 형보뿐만 아니라 건착선을 본 사공들의 생각은 전부 그러했다. 할 수 없이 그물은 풀어 넣으면서도 보낼 곳 없는 역정은 자꾸만 치밀어오른다.

바로 그런 때에 웬 고깃배 한 척이 안쪽에서 나오더니 바로 형보네 위에 와서 돛을 걷으며 앉을 차비를 한다. '오마리' 사공들의 얼굴에는 대번에 살기가 떠오른다. 그러나 맞은편 배는 태연하게 앉아서 그물을 풀려 든다.

"야, 이 개새끼들아!"

맨 먼저 이물 쪽에 버쩍 나서며 욕설을 퍼붓는 것은 경덕이다. 다음에는 득쇠, 병호, 형보까지 나온다.

"이 염병 삼 년에 땀 못 내구 죽을 자식들아!"

"정어리 ×두 못 ×자식들아!"

맞은편에서는 이 뜻밖의 욕설에 한참 동안은 구경만 하고 있다. 그러다가 이쪽 욕설이 한바탕 끝나고 수머줏해진 것을 보자

"무스거 어째? 이 개새끼들아!"

하며 썩 나서는 것은 더벅머리 청년이다.

"뭐야? 이 도둑놈들아!"

"저 자식이 수궁 맛 보구 싶은가?"

"이 함경도 뚝배기놈들아, 어디다가 배를 띄우는 거냐?"

다시금 욕설이 터지자 상대편도 지지 않는다.

"이 강원도 오마리 새끼들아!"

"무수 끝 물맛을 보구 싶으냐?"

바로 그 순간이다. 이물 끝에서 씨근거리던 경덕이는 첨벙 물 속에 뛰어들더니 마치 육지를 달려가기나 하는 것처럼 좌우 팔을 뽑아 친다.

그것을 본 앞뒤 배에서는 서로 욕설을 딱 그치고 마주보기만 한다. 경덕이는 헤엄쳐 가면서 무어라고 욕지거리를 한다. 그가 얼마간 헤엄쳐 나갔을 때

"앗, 새알이다!"

하고 맞은편 배에서 소리를 지르는 바람에 사공들은 일제히 바다 쪽을 내다 보았다.

새알, 큰 고기다. 얼마 멀지 않은 바다 쪽을 내다보니 수없는 큰 고기떼가 물 위에 벌꺽벌꺽 뛰어오르며 이쪽을 향해 달려오고 있다.

"앗, 경덕이! 큰 고기야, 큰 고기! 어서 빨리 돌아 서게!"

"새알이다!"

"경덕이, 경덕이!"

그 소리에 경덕이는 비로소 바다 쪽을 내다보았다.

"앗!"

그는 정신없이 되돌아서 헤엄을 친다.

"빨리 오게!"

"로뿌를 던져라!"

배에서는 로프를 던졌다. 고기떼는 점점 가까이 화살같이 들어온다. 경덕이는 죽을 힘을 다해 헤엄친다. 배에서는 모두가 사색이 되어 경덕이 쪽과 고기 쪽만 번갈아 본다. 고기떼는 벌써 목전에 임박했다.

먹을 것을 노림인지 선두의 놈이 물 위에 벌떡 솟아오르자 모두 다 물 위에 미쳐 날뛴다. 바로 그때 경덕이는 정신없이 줄에 매달렸다. 사공들은 죽을 힘을 다해 끌어 올렸다. 뒤미처 뱃전에서 철썩 소리가 나자 "앗!" 여럿은 넋 없이 한 걸음 뒤로 물러 섰다.

배밑에서는 길이가 한 발도 더 되는 고기 무리들이 바다를 뒤집을 듯이 가로세로 싸다니며 날뛴다. 그제야 여럿은 기절한 경덕이를 둘러싸고 서로 마주 보았다.

10년은 감수된 것 같다.

건너다보니 맞은편 배에서도 넋이 나간 듯 이쪽만 건너다본다.

6

명천 바다에서 7월은 다 보내고 8월을 잡아서야 청진에 다다랐다. 언제나 풍성거리는 항구다. 부두에 들어 선 건착선만 보더라도 항구의 경기를 넉넉히 짐작할 수가 있다.

어항에는 날마다 수만 통의 고기가 들어오고 공중에는 정어리의 싹을 보는 비행기의 폭음소리가 그칠 새가 없다. 배는 쉴 사이 없이 들어왔다가는 나가고 나갔다는 들어오고 그 바람에 항구의 윤기는 점점 빛난다.

형보네는 며칠 동안 네 활개를 쭈욱 뻗어 버리고 놀았다. 명천 바다에서 주머니가 불룩해진 것이다. 사흘 동안이나 항구에 올라서 두드려 먹고 나서도 따져 보니 팔백 원은 훨씬 넘는다. 이 모양으로 서수라까지 돌아 나온다면 적게 잡아도 2천 원에는 달할 것 같다. 그들의 눈앞에는 고향의 처자들의 반가워 날뛰는 그 모양이 사뭇 떠올랐다. 청진서 사흘을 묵으며 제반 준비를 빠짐없이 한 다음 배는 다시 바다로 떠났다.

해는 벌써 서산에 기울었지만 목적한 곳이 고말반도 등대말기니 관계치 않다. 샛바람이 다소 순조롭지 못하긴 하지만 숙달된 솜씨로 화치는 데는 아무 일 없다. 약 한 시간 내모니 등대 끝은 벌써 아스름하다.

말길 돌아 자리를 잡고 그물을 풀어 넣으니 어쩐지 일이 또 다 된 것같이 생각된다. 그물베대에 달아 맨 석유통들이 땡땡 울리기는 밤중부터였다. 배 위에는 형용할 수 없는 희열이 넘쳐 흘렀다. 어둠 속이지만 고기 무게에 자꾸만 그물이 처지는 것이 똑똑히 보인다. 그 바람에 석유통은 자꾸 울린다. 사공들은 날이 밝기만 고대한다. 시간으로 따지면 세시는 지났을까? 동쪽 하늘이 으스름하게 터오며 수평선 금이 약간 알리는 것 같다.

형보는 기세 좋게 외쳤다.

"자, 인젠 그물을 켜올려라."

사공들은 웃통을 벗어 던지고 뱃전에 나섰다. 바로 그때다. 형보는 어두운 바다에서 무엇인지 벌컥 뛰노는 것을 보았다. 깜짝 놀라 제 눈을 비빌 틈도 없이 뒤이어 배 밑에서 철썩 뛰는 것은 틀림없는 큰 고기다.

"앗!"

사공들은 넋 없이 그물줄을 틀어 잡았다마는 수없이 달려든 큰 고기 무리는 사정이 없다. 그물을 찌르고 앞뒤로 넘나들 때마다 석유통은 요란하게 울린다.

사공들은 죽을 힘을 다하여 첫 대[台]를 켜올렸다. 그러나 그물은 간 곳이 없고 베대뿐이다.

형보는 입술이 찢어져라고 악 물며

"얼른 켜올려라!"

하고 자기도 그물줄에 매달렸다. 그러나 그 다음 그물도 베대뿐이다.

“아!”

형보는 하마터면 뒤로 나가 자빠질 뻔했다. 그리고 사공들은 마치 실신한 사람처럼 미쳐 날뛰는 고기 무리들만 내다보았다. 그 동안에 바다는 훤히 밝아 왔다. 그러나 사공들의 가슴속은 어두운 구름장으로 흐려졌다. 동쪽 수평선 위가 벌겋게 물들기 시작할 때 그물은 전부 걷어 올렸다마는 그것은 전부 폐망들뿐이다. 그물을 거두자 고기들은 간 곳이 없다. 아침 바다는 햇빛에 아름답기 비길 데 없지만 그것을 바라보는 사공들의 가슴속은 너무도 어둡다. 흐르는 줄 모르게 눈물은 자꾸 두 볼을 적신다. 고향을 떠난 지 석 달만에 길수를 따진다면 수로 3천 리는 거진 된다. 3천 리 타향 바다에 뜨기도 섧다거든 돌아갈 기약조차 잃어 버렸다는 것은 이 얼마나 참담한 일이랴? 바로 전날까지 그들의 눈앞에 사뭇 떠오르던 가족들의 반가움에 빛나는 그 얼굴은 흔적도 없이 사라져 버리고 그 대신 그 무서운 채귀들의 얼굴이 밀쳐도 가슴속을 사꾸 파고든다. 사공들은 근 한 시간 동안이나 우두커니 넋을 잃고 앉아서 배가 흐르는 대로 내버려 두었다. 그러다가 형보는 문득 ‘210일’을 생각하고 깜짝 놀랐다. 어떻게 해서든지 ‘210일’ 전으로 서수라 바다까지 가야 한다. ‘210일’만 지나면 난류는 되돌아지고 그에 따라 고기 무리도 되돌아지는 것이 아닌가?

난류가 되돌아지면 고기는 가로 가까이 흐른다. 가까이 흐르면 건착선의 독점이다. 형보는 꿈에서 깨어 난 듯 벌떡 일서나서 풀기 없이 앉아 있는 사공들에게 외쳤다.

“뭣들 하구 있는가? 함경도 뚝사공과는 다르다. 오마리사공이 요만 일에 낙망하면 어디다 쓰느냐? 어서 그물들을 들춰 봐라. 틀린 건 내버리구 웬만한 건 집구 그러구 두 대는 새루 장만할 수 있다. 자, 어서들 정신차려라.”

이 날부터 그들은 항구에 다시 들어가서 찢기운 그물을 깁기 시작하고 그리고 두 대는 새로 장만했다.

그리하여 일 주일 후 그들은 다시금 기세를 올리며 항구를 떠났다.

7

최종 목적지 서수라에 달한 것은 사흘 후다.
예기한 바와 같이 흥성거리는 항구다.

부두 안에는 고깃배들이 빈틈없이 들어 찼고 언덕에는 공장들이 수없이 줄을 이어 앉아 있다. 형보는 중로에서 잡은 고기를 풀기가 무섭게 경덕이와 함께 순동을 데리고 술집을 찾아 헤맸다.

그러나 집집마다 뒤지다시피 하며 샅샅이 캐어 물었건만 찾는 사람은 흔적도 잡아 낼 수가 없다.

형보는 어리석기가 비길 데 없는 줄은 알면서도 순동의 낙망된 얼굴을 보고는 어찌하는 수가 없다. 내키지 않는 걸음을 옮겨 놓으며 골목을 헤매다가 마지막에는 하도 피곤해서 어떤 국수집으로 들어갔다. 국수 세 그릇을 시켜 놓고 요기를 하면서 헛일 삼아 형보가 국수집 주인에게 물었더니 뜻밖에도 그 주인에게서 소식을 알게 되었다.

"그 여자가 복순인지는 자세히 알 수 없지만 작년 가을까지 여기 바루 부두거리에 강원옥(江原屋)이라는 술집에 있었는데 그때의 이름은 금옥이라구 들 부르더군요. 얼굴이 갸름하구 강원도 울진서 왔지만 본 고향은 삼척이라구 하는데 나두 고향이 삼척이기에 우연한 기회에 물어 봤지요."

삼척이란 말에 경덕이와 순동이도 귀가 번쩍 열렸다.

"삼척이요? 삼척에서 언제 떠났어요?"

"아이구, 떠나기는 세 살 때 떠났다는데 원산 와서 30여 년을 살았지요."

"그래 그 금옥이란 여자가 지금 어디 가 있나요?"

순동이가 울상을 하고 묻는다.

"작년 가을에 강원옥이 어대진으루 이사해 나가는 바람에 그리루 같이 나갔지요."

"그럼 지금 어대진에 있을까요?"

"있을 겁니다. 지난 4월에 일이 좀 생겨서 어대진에 갔다왔는데 강원옥두 있구 그 애두 있더군요."

순동의 입에서는 까닭 모를 한숨이 후— 하고 흘러 나온다.

이 날부터 순동의 머리 속에는 어대진밖에 없었다. 그는 하루를 삼추같이 여기며 '210일'이 지나기만 고대했다. 그러나 사공들은 그와는 반대로 불원이면 닥쳐 올 '210일'을 원수같이 여겼다.

좀더 철수가 깊어졌으면 그 얼마나 좋을까? 바라고 바라던 서수라 끝에서는 날마다 수없이 배들이 떠서 헤매건만 고기는커녕 고기 그림자도 어른거리지 않는다. 가끔 만선을 해가지고 들어오는 배들은 전부 국경 말기서 짬을 보아 가지고 밀어(密魚)를 해오는 배들이다.

밤마다 밀어를 떠나는 배들이 불어 간다. 바로 맞히기만 하면 배가 갈앉을 지경 만선을 하고 돌아온다. 그것도 단 하룻밤새다. 그러나 하룻밤새로 돌아 못 오는 배는 일본 경비선에 붙들려 감옥살이를 하는 것이다.

형보는 날마다 바다를 헤매다 못해 끝내 사공들을 모아 앉히고 밀어의 상담을 했다. 물론 사공들에게 이의가 있을 리 없다. 다만 병호가 좌석에 없는 것이 미안하다. 그래 경덕이는 그를 찾아 그가 자주 다니는 막걸리집으로 찾아갔다. 예기에 어그러짐 없이 병호는 막걸리 사발을 앞에다 놓고 문턱에 걸터앉아서 술집 주모와 군수작을 늘어놓으며 있다.

경덕이는 그가 권하는 대로 막걸리 한 사발을 단숨에 들이키고 나서 배에서 결정된 사실을 이야기했다.

"싫다. 나는 그런 축에는 안 든다."

병호의 대답은 너무도 뜻밖이었다.

경덕이는 제 귀를 의심했다.

"뭐?"

"난 그런 축에는 안 들겠다."

병호는 딱 잡아 떼어 말한다. 경덕이는 한동안 벌린 입을 다물지 못한 채 멍하니 마주보기만 하다가

"너 그게 정말이냐?"

하고 아직도 제 귀를 의심하며 물었다.

"정말이 아니문 농담인 줄 아냐?"

말도 맺기 전에

"엑, 개자식!"

하는 소리와 동시에 경덕이의 주먹은 번개같이 휘날렸다.

"앗!"

병호는 두 손으로 코를 붙잡고 대번에 나가 쓰러진다. 손가락 새로는 시뻘건 피가 이내 주르르 쏟아져 나온다.

"뭣이 어찌구 어째? 이 개 같은 놈아, 고향을 떠날 때 뭐라고 약속하구 떠났냐? 죽어두 같이 죽구 살어두 같이 산다구 했지."

경덕이는 욕설을 퍼부으며 침을 탁 뱉았다.

"오마리사공이면 오마리사공답게 행동을 해라. 더러운 자식!"

하며 경덕이가 돌아 서려 할 때 병호는 벌떡 일어난다.

"이 자식, 누구한테 손찌검이냐? 너 아직 세상 맛을 잘 모르는 모양이구나."

"뭐?"

"이 자식!"

병호의 이마빼기가 총알같이 날려든다. 경덕이는 미처 피할 새 없이 턱을 받혔으나 쓰러지지도 않고 이내 떡 맞선다. 둘 사이에는 보기에도 끔찍한 싸움이 벌어졌다. 서로 물고 차고 받고 닥치는 대로 집어서는 후려 갈기는 바람에 술집에서는 말릴 생각도 못 하고 그저 떨기만 하다가 마침내 형보네 배로 달려갔다. 사공들이 소식을 접하고 달려왔을 때는 병호는 어디로 갔는지 없고 경덕이만 싸우던 자리에 정신을 잃고 쓰러져 있다. 얼굴이며 머리전체가 성한 곳이 없다. 이빨도 두 대나 부러졌다.

형보는 입술을 악물고 술집 주모를 노려보았다.

"한 놈은 어디로 갔냐?"

오돌오돌 떨고 섰던 주모는 가까스로 대답한다.

"몰라요, 어디루 갔는지."

"왜들 쌈이 났냐?"

독이 오른 형보의 모양에 계집은 선후를 잘 이어 놓지 못하며 대강 사건 전말을 이야기한다. 계집의 이야기를 듣고 형보는 더한층 살기를 띠우며 사공들을 돌아본다.

"병호를 찾아라. 그리구 이 자식을 병원에 끌구 가라."

사공들은 경덕이를 병원으로 업어 가고 한편으로는 병호를 찾았다. 그러나 병호의 행방은 도무지 묘연했다. 경덕이는 병원에 가서도 약 두 시간 후에야 겨우 정신을 차렸다. 그가 정신을 차린 것을 보고 형보는 의사에게 단단히 부탁한 후 사공들을 독촉하여 배로 돌아왔다.

"얼른 떠날 차비를 해라."

누구 하나 입을 여는 사람이 없다. 그저 묵묵히 제각기 떠날 차비를 시작한다.

차비가 다 되어 닻을 거두려 할 때 부랴부랴 병호가 돌아왔다. 그도 전신이 피투성이가 되어 볼 모양이 없다. 사공들은 형보 쪽을 돌아다보았다. 형보도 돛대를 등지고 서서 병호의 얼굴을 잡아 삼킬 듯이 노려본다. 배 위에는 숨막힐 것 같은 침묵이 흐른다. 갑자기 형보의 입이 열려졌다.

"뭣하게 돌아왔느냐?"

"경덕이 대신 왔다."

병호의 태도에는 조금도 기줄해함이 없다. 어디까지든지 태연자약하다.

"국경을 넘어가두 좋으냐?"

"지옥에까지 갈 작정이다."

형보도 한일자로 입을 다물고 오랫동안 노려보다가

"좋다. 그럼 경덕이 대신 용천줄을 잡어라."

한 다음 뒤에 선 순동이를 돌아본다.

"너는 내려서 병원에 가 경덕이 시중이나 들어 줘라."

순동이는 한동안 선 자리에서 마주보기만 하며 말을 못 한다. 형보는 다시 이번에는 호주머니에서 지갑을 꺼내 순동에게 맡기며

"3백50원이다. 너한테 맡긴 테니 잘 됐다 다구. 만약에 내일 아침으루 돌아 안 오면 병원에 치를 걸 치러 주고 맘대루 해라."

하고는 의젓이 고개를 돌려 바다를 내다본다.

"싫어요. 나두 바다루 나갈 테요."

순동의 말이 끝나기 무섭게

"두 번 말하면 잔소리다."

형보는 추상 같은 호령을 한 다음 고물 쪽으로 천천히 걸어간다.■

현경준

1909년에 조선 함경북도 명천군에서 출생. 별명 김향운, 금남.

경성고보에 다니다가 중퇴하고 한때 씨비리를 방랑. 귀국 후 평양숭실중학
    을 수업하고 일본에 가 공부하다가 중퇴.

1938년부터 도문시 백봉국민우급학교에서 교편을 잡음.

1950년 말에 종군작가로 전선에 나갔다가 전사.

작품으로 단편소설 「마음의 태양」, 「격랑」, 「금요일」, 「소년록」, 「사생첩」,
    「길」, 중편소설 「류맹」(후에 「마음의 금선」으로 게재), 수필 등 30여 편이
    있음.

엮은이 **조남철**은

서울에서 태어나 연세대학교 국어국문학과를
졸업한 후 대학원 석·박사 과정을 수료하여 1986년
『일제하 농민소설 연구』로 문학박사 학위를 받았다. 연세대학교, 서경대학교,
상명대학교 등의 대학과 대학원에서 강의하였으며 강릉대학교 국어국문학과
전임강사, 조교수를 거쳐 1987년부터 한국방송대학교 국어국문학과
교수로 근무하고 있다. 논문에 「김기림 연구」, 「춘원의 비평과 문학사상」,
「한설야 연구」, 「20년대 농민소설 연구」 등이 있으며 『현대소설론』,
『한국현대문학사』, 『문학의 이해』 등의 저서가 있다.

중국내 조선인 소설선집

해 방 전 편

지은이/ 강경애 외
엮은이/ 조남철
펴낸이/ 이정옥
펴낸곳/ **평민사**

초판 1쇄/ 1998년 3월 20일
초판 4쇄/ 1998년 5월 3일

주소/ 서울특별시 서대문구 남가좌2동 370-40 (우: 120-122)
전화/ 375-8571, 375-3815(영업) 375-8572(편집)
팩시밀리/ 375-8573
등록번호/ 제10-328호

값/ 11,000원